Søren Sveistrup

Der Kastanienmann

Søren Sveistrup

Der Kastanienmann

THRILLER

Aus dem Dänischen
von Susanne Dahmann

GOLDMANN

Die dänische Originalausgabe erschien 2018 unter dem Titel »Kastanjemanden« bei Politikens Forlag, Kopenhagen.

Dieses Buch ist auch als E-Book erhältlich.

Verlagsgruppe Random House FSC® N001967

1. Auflage
Deutsche Erstveröffentlichung August 2019

Dieses Buch wurde vermittelt von Politiken Literary Agency.
Umschlaggestaltung: UNO Werbeagentur, München
Umschlagmotiv: nach einer Gestaltung von Kenneth Schultz
Redaktion: Gabriele Zigldrum
AG · Herstellung: Han
Satz: Uhl + Massopust, Aalen
Druck und Bindung: CPI books GmbH, Leck
Printed in Germany
ISBN: 978-3-442-31522-2
www.goldmann-verlag.de

Besuchen Sie den Goldmann Verlag im Netz

Für meine geliebten Söhne
Silas und Sylvester

Dienstag, 31. Oktober 1989

1

Gelbe und rote Blätter segeln durch das Sonnenlicht auf den feuchten Asphalt, der wie ein dunkler, spiegelglatter Fluss den Wald durchschneidet. Als der weiße Dienstwagen vorüberfährt, werden sie für einen kurzen Moment durch die Luft gewirbelt, um sich dann auf zusammengeklebten Haufen entlang der Straße zurechtzulegen.

Marius Larsen nimmt den Fuß vom Gas, geht langsamer in die Kurve und versucht sich zu merken, dass er dem Straßenamt der Gemeinde Bescheid geben sollte, dass sie mal mit der Kehrmaschine hier rauskommen müssen. Wenn die Blätter zu lange liegen bleiben, hat man keinen sicheren Grip auf der Straße, und so was kann Leben kosten. Marius hat das schon oft gesagt. Seit 41 Jahren ist er im Dienst, die letzten 17 als Leiter des Polizeireviers, und in jedem Spätherbst muss er sie daran erinnern. Doch heute wird nichts daraus, denn heute muss er sich auf das Gespräch konzentrieren.

Marius Larsen dreht verärgert am Sender des Autoradios, kann aber nicht finden, was er sucht. Nur Nachrichten über Gorbatschow und Reagan und Spekulationen über den Mauerfall in Berlin. Er stehe kurz bevor, heißt es. Möglicherweise bricht eine völlig neue Epoche an.

Er hat schon lange gewusst, dass dieses Gespräch kommen muss, und trotzdem hat er sich bisher nicht dazu durchringen können. Jetzt ist es nur noch eine Woche, bis er, so denkt seine Frau, in Pension geht, es ist also höchste

Zeit, ihr die Wahrheit zu sagen. Dass er nicht ohne seine Arbeit sein kann. Dass er das Praktische schon geregelt und die Entscheidung rausgeschoben hat. Dass er noch nicht bereit ist, nach Hause aufs Ecksofa zu kommen und »Glücksrad« zu kucken, im Garten die Blätter zusammenzufegen oder mit den Enkelkindern Schwarzer Peter zu spielen.

Wenn er das Gespräch in seinem Kopf durchspielt, ist alles ganz einfach, aber Marius weiß nur zu gut, dass sie traurig sein wird. Sie wird sich betrogen fühlen, vom Tisch aufstehen und rausgehen. Den Herd in der Küche wischen, ihm den Rücken zudrehen und sagen, dass sie das gut verstehen kann. Doch das kann sie nicht. Deshalb hat er, als vor zehn Minuten die Meldung über den Polizeifunk kam, im Revier Bescheid gegeben, dass er die Sache selbst übernehmen wird. So kann er das Gespräch noch ein wenig rausschieben. Normalerweise wäre er verärgert darüber, den ganzen langen Weg durch Felder und Wald zu Ørums Hof fahren zu müssen, um denen da zu sagen, dass sie besser auf ihre Tiere aufpassen müssen. Schon mehrmals waren entweder Schweine oder Kühe aus der Umzäunung ausgebrochen und über die Felder der Nachbarn gestreift, bis Marius selbst oder einer seiner Leute Ørum dazu gebracht hatte, sich darum zu kümmern. Doch heute macht ihm das nichts aus. Selbstverständlich hat er das Revier angewiesen, erst einmal anzurufen, sowohl bei Ørum zu Hause als auch bei seinem Teilzeitjob an der Fähre, doch da bisher keine Rückmeldung kam, hat er oben auf der Hauptstraße gewendet, um persönlich hinzufahren.

Marius landet bei einem Sender mit alter Schlagermusik. »Ein knallrotes Gummiboot« tönt in den Fond des alten Ford Escort hinaus, und Marius dreht auf. Er genießt den

Spätherbst und die Straße da draußen. Der Wald mit den gelben, roten und braunen Blättern, vermischt mit dem Immergrün. Die Vorfreude auf die bevorstehende Jagdsaison. Er kurbelt die Fensterscheibe herunter, die Sonne wirft ihr fleckiges Licht durch die Baumkronen auf die Straße, und für einen Moment vergisst Marius, wie alt er ist.

Auf dem Hof ist es still, als er ankommt. Er steigt aus und schlägt die Autotür zu, und mit einem Mal fällt ihm ein, dass es lange her ist, seit er das letzte Mal hier draußen war. Der große Hof wirkt vernachlässigt. Die Stallfenster sind zerbrochen, an den Hauswänden ist der Putz abgeblättert, und das leere Schaukelgestell im hohen Gras des Rasens scheint von den großen Kastanienbäumen, die das Grundstück säumen, fast verschluckt zu werden.

Nachdem Marius dreimal geklopft und nach Ørum gerufen hat, sieht er ein, dass ihm keiner öffnen wird. Er kann auch kein Lebenszeichen entdecken, und so zieht er einen Block heraus, schreibt einen Zettel und schiebt ihn in den Briefschlitz, während ein paar Krähen über den Hof fliegen und hinter dem Ferguson-Traktor verschwinden, der vor dem Schuppen steht. Nun ist Marius den ganzen Weg hierhergefahren und muss den Hof unverrichteter Dinge wieder verlassen und auch noch den Umweg zum Fähranleger machen, um Ørum zu erwischen. Doch das kann ihn nicht betrüben. Auf dem Weg zurück zum Auto kommt ihm eine Idee. Diese Sorte Ideen hat Marius eigentlich nie, es muss also eine glückliche Fügung sein, dass er hier rausgefahren ist anstatt gleich zum Gespräch nach Hause. Wie ein Pflaster auf die Wunde will er seiner Frau eine Reise nach Berlin anbieten. Sie könnten sich eine Woche dafür nehmen, ja, oder zumindest ein Wochenende, sobald er frei machen kann. Selbst hinfahren, den Flügelschlag der Geschichte verspüren, die neue Epoche, Knödel mit Sauerkraut essen, wie sie es damals vor allzu langer Zeit getan haben, auf der Campingtour mit den Kindern im Harz. Erst als er fast wieder am Auto ist, entdeckt er, warum die Krähen hinter dem Traktor hocken. Sie trippeln um etwas Weißes und Bleiches und Unförmiges herum, und als er näher kommt, wird ihm klar, dass es sich um ein Schwein handelt. Die Augen sind tot, doch der Körper zittert und strampelt, als wolle er versuchen, die Krähen zu erschrecken, die dahocken und aus der großen, offenen Schusswunde im Hinterkopf picken.

Marius öffnet die Haustür. Im Flur ist es dunkel, und er vernimmt einen Geruch von Feuchtigkeit und Schimmel und noch von etwas anderem, von dem er nicht so richtig sagen kann, was es ist.

»Ørum, hier ist die Polizei.«

Es kommt keine Antwort, aber er kann weiter drinnen im Haus das Wasser laufen hören und betritt die Küche. Das Mädchen ist ein Teenager. Vielleicht 16 oder 17 Jahre alt. Ihr Körper sitzt immer noch auf dem Stuhl am Esstisch, und das, was von ihrem zerschossenen Gesicht übrig ist, liegt in einer Schale mit Haferbrei. Auf der anderen Seite des Esstischs kauert auf dem Linoleumfußboden noch ein lebloses Wesen. Ein Junge, auch Teenager, etwas älter, mit einer großen, klaffenden Schusswunde in der Brust, sein Hinterkopf lehnt linkisch am Herd. Marius Larsen erstarrt. Natürlich hat er schon öfter Tote gesehen, aber noch niemals etwas wie das hier, und einen kurzen Augenblick ist er gelähmt, bis er seine Dienstwaffe aus dem Holster im Gürtel holt.

»Ørum?«

Marius geht weiter, während er ruft, jetzt hält er die Pistole vor sich. Immer noch keine Antwort. Die nächste Leiche findet er im Badezimmer, und diesmal muss er sich die Hand vor den Mund halten, um sich nicht zu übergeben. Das Wasser läuft aus dem Hahn in die Badewanne, die schon längst bis an den Rand gefüllt ist. Es fließt weiter auf den Terrazzofußboden zum Ablauf und vermischt sich mit dem Blut. Die nackte Frau, vielleicht die Mutter, liegt in einer verdrehten Stellung auf dem Fußboden. Ein Arm und ein Bein sind vom Torso abgetrennt. Später im Obduktionsbericht wird stehen, dass sie mit einer Axt abgeschlagen wurden, die sie mehrmals getroffen hat. Erst, während sie in der Badewanne gelegen hat, und danach, als sie in dem Versuch wegzukommen, auf dem Boden gekrochen ist. Dort wird auch stehen, dass sie anfänglich versucht hat, sich mit Händen und Füßen zu verteidigen, die deshalb große Wunden aufweisen. Ihr Gesicht ist nicht mehr zu erkennen, weil die Axt benutzt wurde, um ihr den Schädel zu zerschmettern.

Marius erstarrt beinahe bei dem Anblick, doch plötzlich nimmt er aus dem Augenwinkel eine schwache Bewegung wahr. Halb unter einem Duschvorhang verborgen, der in die Ecke geworfen ist, erahnt er einen Menschen. Marius zieht den Vorhang ein klein wenig beiseite. Es ist ein Junge. Zerzaustes Haar, ungefähr zehn, elf Jahre alt. Er liegt leblos im Blut, aber ein Fetzen vom Vorhang bedeckt den Mund des Jungen und vibriert schwach und stoßweise.

Marius beugt sich schnell über den Jungen, entfernt den Vorhang ganz, nimmt seinen leblosen Arm und sucht nach einem Puls. Der Junge hat Schnittwunden und Kratzer an Armen und Beinen, T-Shirt und Unterhose sind blutig, und direkt bei seinem Kopf liegt eine Axt. Marius findet den Puls des Jungen und erhebt sich rasch.

In der Wohnstube sucht er fieberhaft das Telefon und findet es neben dem vollen Aschenbecher, der auf den Teppich fällt, aber da hat er schon das Revier dran, und er ist klar genug im Kopf, um einen ordentlichen Bericht durchzugeben. Ambulanz. Verstärkung. Eile. Keine Spur von Ørum, macht den Leuten Beine. Sofort! Als er auflegt, ist sein erster Gedanke, schnell wieder zu dem Jungen zu kommen, als ihm plötzlich klar wird, dass da noch ein Kind sein muss, denn der Junge hatte doch eine Zwillingsschwester.

Marius sieht sich um und geht zum Eingang und der Treppe zum oberen Stockwerk zurück. Als er an der Küche und der offenen Tür zum Keller vorbeikommt, hält er abrupt an und sieht nach unten. Da war ein Geräusch. Schritte oder ein Kratzen, aber jetzt ist es still. Marius holt seine Dienstwaffe wieder hervor. Öffnet die Tür sperrangelweit und bewegt sich vorsichtig die Stufen hinunter, bis seine Füße behutsam auf dem Betonboden landen. Seine Augen müssen sich erst an die Dunkelheit gewöhnen, und dann sieht er die offene Tür am Ende des Ganges. Sein Körper zögert und sagt ihm, dass er hier stehen bleiben sollte. Auf die Ambulanz und die Kollegen warten, aber Marius denkt an das Mädchen.

Als er sich der Tür nähert, kann er sehen, dass sie gewaltsam aufgebrochen wurde. Schloss und Stahlbeschläge liegen auf dem Boden. Marius betritt einen Raum, der von den schmutzigen Kellerfenstern nur schwach erhellt ist. Dennoch ahnt er mit einem Mal das kleine Wesen, das sich ganz hinten unter einem Tisch in einer Ecke versteckt. Marius eilt hin, senkt die Pistole, beugt sich herab und sieht unter den Tisch.

»Es ist okay. Es passiert nichts mehr.«

Das Mädchen kauert zitternd in der Ecke und verbirgt sein Gesicht in den Händen.

»Ich heiße Marius. Ich bin von der Polizei, und ich bin hier, um dir zu helfen.«

Das Mädchen bleibt ängstlich hocken, als würde es ihn nicht hören, und plötzlich wird Marius auf den Raum aufmerksam. Er sieht sich um, und ihm geht allmählich auf, wofür er benutzt worden ist. Marius erschauert. Da fällt sein Blick durch die Tür auf die schiefen Holzregale im angrenzenden Raum. Für einen Augenblick vergisst er das Mädchen und tritt über die Schwelle. Er kann nicht abschätzen, wie viele es sind, aber es sind viele, mehr als er zählen kann. Kastanienmänner und Kastanienfrauen. Auch Tiere. Große und kleine, kindliche und gruselige, viele von ihnen unfertig und deformiert. Marius starrt sie an, ihre Anzahl und Verschiedenheit, und die kleinen Figuren auf den Regalen verwirren ihn für einen Moment, als der Junge hinter ihm durch die Tür tritt.

Im Bruchteil einer Sekunde denkt Marius, dass er nicht vergessen darf, die Techniker untersuchen zu lassen, ob die Tür zum Keller von außen oder von innen aufgebrochen wurde. Im Bruchteil einer Sekunde erkennt er, dass hier etwas Schreckliches ausgebrochen sein könnte, wie die Tiere aus ihrer Umhegung, aber als er sich dem Jungen zuwendet, flimmern seine Gedanken nur vorbei wie kleine, verwirrte Wölkchen am Himmel. Und dann trifft die Axt seinen Kiefer, und alles wird schwarz.

Montag, 5. Oktober,
Gegenwart

2

Die Stimme ist überall in der Dunkelheit. Sie flüstert leise und verhöhnt sie – sie hebt sie auf, wenn sie fällt, und wirbelt sie im Wind herum. Laura Kjær kann nicht mehr sehen. Sie kann nicht mehr das Rascheln der Blätter in den Bäumen hören oder das kalte Gras unter ihren Füßen spüren. Sie hört nur noch die Stimme, die zwischen den Schlägen mit dem Stock und der Kugel flüstert. Sie denkt, wenn sie aufhört Widerstand zu leisten, dann wird die Stimme doch irgendwann schweigen, doch das tut sie nicht. Die Stimme bleibt, und die Schläge gehen weiter, und am Ende kann sie sich nicht mehr rühren. Zu spät bemerkt sie die scharfen Zacken von einem Werkzeug auf ihrem Handgelenk, und bevor sie das Bewusstsein verliert, hört sie das elektrische Geräusch der Säge, die angeworfen wird und beginnt, durch ihren Knochen zu schneiden.

Hinterher weiß sie nicht, wie lange sie weg war. Es ist immer noch dunkel. Dieselbe Stimme, und es ist, als habe sie darauf gewartet, dass Laura wieder bei Bewusstsein ist.

»Laura, bist du okay?«

Der Klang ist sanft und zärtlich und viel zu dicht an ihrem Ohr. Doch die Stimme wartet nicht auf Antwort. Vor einer Weile ist das entfernt worden, was über ihrem Mund klebte, und Laura Kjær hört sich selbst bitten und flehen. Sie versteht nichts. Sie will alles tun. Warum sie – was hat sie denn nur getan?

Die Stimme sagt, das wüsste sie sehr genau. Sie beugt sich herab, ganz dicht, und flüstert es in ihr Ohr, und Laura kann spüren, dass die Stimme sich auf diesen besonderen Augenblick gefreut hat. Sie muss sich konzentrieren, um die Worte zu hören. Sie versteht, was die Stimme sagt, doch sie kann es nicht glauben. Der Schmerz ist größer als alle Qualen zusammengenommen. Das kann es nicht sein. Das *darf* es nicht sein.

Sie schiebt die Worte weg, als wären sie ein Teil des Wahnsinns, der sie umgibt. Sie will aufstehen und weiterkämpfen, aber ihr Körper gibt auf, und sie schluchzt hysterisch. Sie hat es schon eine Weile gewusst, aber irgendwie auch nicht, und erst jetzt, als die Stimme es ihr zugeflüstert hat, begreift sie, dass es wahr ist. Sie will schreien, wie sie nur kann, aber ihre Eingeweide sind bereits auf dem Weg hinauf durch ihren Hals, und als sie spürt, wie der Stock ihre Wange streichelt, stößt sie sich mit aller Kraft ab und stolpert weiter in die Dunkelheit hinaus.

Dienstag, 6. Oktober,
Gegenwart

3

Draußen wird es schon hell, aber als Naia Thulin nach unten greift und ihn in sich einführt, ist er erst allmählich auf dem Weg aus dem Schlaf. Sie spürt ihn in sich und beginnt, vor- und zurückzugleiten. Packt fest seine Schultern, und seine Hände wachen auf, aber nur langsam und linkisch.

»He, warte …«

Er ist immer noch schlaftrunken, doch Naia wartet nicht. Das hier, darauf hatte sie in dem Moment, als sie die Augen aufschlug, Lust, und ihre Bewegungen werden fordernder, sie gleitet mit größerer Kraft zurück und stützt sich mit der einen Hand an der Wand ab. Sie merkt, dass er ungeschickt liegt und dass sein Kopf an den Bettrahmen stößt, und sie hört das Geräusch des Bettgestells, das an die Wand schlägt, doch das ist ihr egal. Sie macht weiter und spürt, wie er nachgibt, und als sie kommt, krallt sie ihre Nägel in seine Brust und verspürt seinen Schmerz und die Befriedigung.

Danach liegt sie einen Moment lang außer Atem da und horcht auf das Müllauto im Hinterhof. Dann rollt sie sich weg und steigt aus dem Bett, während er immer noch dabei ist, ihren Rücken zu streicheln.

»Es ist am besten, wenn du gehst, ehe sie aufwacht.«

»Warum? Sie hat nichts dagegen, dass ich hier bin.«

»Komm schon, hoch mit dir.«

»Nur, wenn ihr mit mir zusammenzieht.«

Sie wirft ihm sein Hemd an den Kopf und verschwindet

im Badezimmer, während er sich mit einem Lächeln wieder in die Kissen fallen lässt.

4

Es ist der erste Dienstag im Oktober. Der Herbst ist spät gekommen, aber heute hängt eine niedrige Decke aus dunkelgrauen Wolken über der Stadt, und es hat angefangen zu schütten, als Naia Thulin vom Auto durch den Verkehr über die Straße läuft. Sie hört zwar ihr Handy klingeln, greift aber nicht in die Manteltasche. Ihre Hand ruht auf dem Rücken der Tochter, um sie schnell durch die kleinen Lücken im Morgenverkehr schieben zu können. Der Morgen war stressig. Le war hauptsächlich damit beschäftigt, von dem Videospiel *League of Legends* zu erzählen, von dem sie alles zu wissen scheint, obwohl sie dazu eigentlich noch viel zu klein ist, und nun hat sie auch noch einen koreanischen Teenager namens Park Su zu ihrem großen Idol erklärt.

»Du hast Gummistiefel mit, falls ihr in den Park geht. Und denk dran, heute holt der Opa dich ab, aber du sollst selbst über die Straße gehen. Du kuckst nach links, dann nach rechts …«

»… und dann wieder nach links, und ich denk dran, meine Jacke anzuziehen, damit man meine Reflektoren sehen kann.«

»Steh still, damit ich dir den Schnürsenkel binden kann.«

Sie haben das Dach über dem Fahrradständer vor der Schule erreicht, und Thulin beugt sich herab, während Le versucht, mit den Schuhen in den Wasserpfützen still zu stehen.

»Wann ziehen wir mit Sebastian zusammen?«

»Ich habe nie gesagt, dass wir mit Sebastian zusammenziehen.«

»Warum ist er morgens nicht da, wenn er doch abends da war?«

»Morgens haben es die Erwachsenen eilig, und Sebastian muss früh zur Arbeit.«

»Ramazan hat einen kleinen Bruder bekommen und hat jetzt 15 Bilder auf dem Stammbaum, und ich hab nur drei.«

Thulin schaut kurz zu ihrer Tochter hoch und verflucht innerlich die süßen Bildchen mit den Stammbäumen, die von der Klassenlehrerin mit Herbstblättern dekoriert und an die Wand im Klassenzimmer gehängt werden, sodass Kinder wie Eltern davor stehen bleiben und sie betrachten können. Andererseits ist sie immer dankbar, dass Le ganz selbstverständlich den Opa zur Familie zählt, auch wenn er rein biologisch gar nicht ihr Großvater ist.

»Darauf kommt es nicht an. Und du hast fünf Bilder auf dem Stammbaum, wenn man den Wellensittich und den Hamster mitzählt.«

»Die anderen haben keine Tiere auf ihren Stammbäumen.«

»Nein, so gut haben es die anderen Kinder nicht.«

Le antwortet nicht, und Thulin steht auf.

»Wir sind vielleicht nicht viele, aber wir haben es gut, und das ist das Wichtigste. Okay?«

»Kann ich noch einen Wellensittich kriegen?«

Thulin überlegt, welchen Verlauf dieses Gespräch genommen hat und ob ihre Tochter vielleicht viel schlauer ist, als sie denkt.

»Darüber reden wir ein andermal. Warte kurz.«

Ihr Handy hat schon wieder angefangen zu klingeln, und sie weiß, dass sie diesmal rangehen muss.

»Ich bin in einer Viertelstunde da.«

»Keine Eile«, erwidert die Stimme am anderen Ende, die sie als eine der Sekretärinnen von Nylander erkennt.

»Nylander schafft es heute Morgen nicht zu eurem Treffen, es wird nächste Woche Dienstag draus. Aber ich soll dir Bescheid sagen, er hätte gerne, dass du heute mit dem Neuen fährst, damit er auch zu was nutze ist, wenn er schon mal da ist.«

»Mama, ich geh mit Ramazan rein!«

Thulin sieht, wie die Tochter zu dem Jungen rennt, der Ramazan heißt. Völlig selbstverständlich reiht sie sich in die syrische Familie ein, eine Frau und ein Mann, dazu noch zwei andere Kinder; der Mann hat ein Neugeborenes auf dem Arm. Thulin kommt es vor, als seien sie alle aus einem Frauenzeitungsdossier zum Thema Musterfamilie ausgeschnitten.

»Aber das ist jetzt schon das zweite Mal, dass Nylander absagt, und dabei würde die ganze Sache nur fünf Minuten dauern. Wo ist er denn diesmal?«

»Tut mir leid, er ist auf dem Weg zur Budgetkonferenz. Übrigens wüsste er gern, worum es in eurem Gespräch denn gehen soll.«

Thulin erwägt einen Moment lang zu erzählen, dass ihre neun Monate in der Abteilung für Kapitalverbrechen, der so genannten Mordkommission, ungefähr so spannend waren wie ein Besuch im Polizeimuseum. Dass die Arbeitsaufgaben unerträglich langweilig sind, die technische Ausrüstung der Abteilung so beeindruckend wie ein Commodore 64, und dass sie sich wie blöd freuen würde, wenn sie dort wegkommen könnte.

»Nur Kleinigkeiten, danke.«

Sie beendet das Gespräch und winkt ihrer Tochter, die in die Schule läuft. Sie merkt, dass der Regen langsam durch den Mantel sickert, und als sie wieder auf der Straße ist, wird ihr klar, dass sie nicht bis Dienstag mit diesem Termin warten kann.

Sie rennt durch den Verkehr, und als sie an ihrem Auto ankommt und die Tür öffnet, hat sie plötzlich das Gefühl, beobachtet zu werden. Auf der anderen Seite der Kreuzung, hinter der endlosen Reihe von Autos und Lastwagen, kann sie die Andeutung einer Gestalt erkennen. Doch als die Autoschlange vorüber ist, ist auch die Gestalt verschwunden. Thulin schüttelt das Gefühl ab und setzt sich hinters Steuer.

5

Die breiten Gänge des Polizeipräsidiums hallen von den Schritten der beiden Männer wider. Jetzt kommt ihnen auch noch eine Gruppe Kriminalassistenten entgegen, die in die andere Richtung unterwegs ist. Der Leiter der Mordkommission, Nylander, hasst Gespräche wie diese, doch er weiß, dass es wahrscheinlich die einzige Chance ist, die sich ihm heute bieten wird, und deshalb schluckt er die Demütigung herunter und hält mit dem Vizepolizeipräsidenten Schritt, während ein unerfreulicher Satz auf den nächsten folgt.

»Nylander, wir sind gezwungen, den Gürtel enger zu schnallen. Und das gilt für alle Abteilungen.«

»Es waren mir mehr Leute in Aussicht gestellt worden…«

»Das ist eine Frage des Timings. Momentan priorisiert das Justizministerium andere Abteilungen als Ihre. Man hat den Ehrgeiz, das NC3 zur besten Cyberabteilung Europas zu machen, und deshalb werden an anderen Stellen Ressourcen abgezogen.«

»Das darf nicht an meiner Abteilung ausgelassen werden. Wir brauchen doppelt so viele Leute, und das nicht erst…«

»Ich verfolge es ja weiter, und schließlich haben Sie auch schon Entlastung bekommen.«

»Ich habe keine Entlastung bekommen. Einen einzigen Ermittler, der ein paar Tage hier sein wird, weil er bei Europol hochkant rausgeflogen ist, wollen wir mal nicht mitrechnen.«

»Er wird durchaus ein bisschen länger bleiben, je nachdem, wie die Situation ist. Aber das Ministerium hätte Ihre Mannschaft genauso gut auch *reduzieren* können, im Moment ist also angeraten, sich über das zu freuen, was man hat. Okay?«

Der Vizepolizeipräsident ist stehen geblieben und hat sich Nylander zugewandt, um seinen Worten Nachdruck zu verleihen, und dieser würde am liebsten antworten, dass verdammt noch mal nichts okay ist. Er hat zu wenig Leute, und ihm war eine Lösung dieses Problems in Aussicht gestellt worden, doch stattdessen ist er zugunsten des fucking NC3, wie die scheißvornehme Abkürzung für das so genannte National Cyber Crime Center lautet, übergangen worden. Und außerdem ist es ein monumentaler bürokratischer Hohn, dass er sich mit einem ausgebrannten Ermittler begnügen soll, der in Den Haag in Ungnade gefallen ist.

»Hast du einen Moment Zeit?« Im Hintergrund ist Thulin aufgetaucht, und der Vizepolizeipräsident nutzt die Gelegenheit, um durch die Tür zum Besprechungszimmer zu gleiten und diese hinter sich zu schließen. Nylander starrt ihm kurz hinterher, dann macht er kehrt und geht in die Richtung zurück, aus der er gekommen ist.

»Im Moment habe ich keine Zeit und du auch nicht. Check mit dem Diensthabenden die Anzeige, die von draußen aus Husum reingekommen ist, und dann nimmst du den Europol-Typen mit und bringst den mal in Gang.«

»Aber wegen …«

»Ich habe jetzt keine Zeit für dieses Gespräch. Ich sehe deine Qualitäten, aber du bist die Jüngste, die jemals einen Fuß in diese Abteilung gesetzt hat, deshalb solltest du nicht den Hals danach recken, Dienstgruppenleiterin zu werden, oder was es auch immer ist, worüber du mit mir reden willst.«

»Ich will nicht Dienstgruppenleiterin werden. Ich hätte gern eine Versetzung zum NC3.«

Nylander hält auf der Schwelle zu einer der Rotunden inne und sieht sie an.

»NC3. Die Abteilung für Cyberkriminalität …«, fügt Thulin hinzu.

»Ich weiß sehr gut, was für eine Abteilung das ist. Warum?«

»Weil ich glaube, dass die Aufgaben im NC3 interessant sind.«

»Im Gegensatz zu?«

»Nicht im Gegensatz zu irgendwas. Ich möchte einfach gern …«

»Du bist im Prinzip noch eine Anfängerin. Das NC3 stellt keine Leute ein, die da einfach so reinkommen wollen, es macht also überhaupt keinen Sinn, sich da für irgendetwas zu bewerben.«

»Die haben mich selbst aufgefordert, mich zu bewerben.«

Nylander versucht, seine Überraschung zu verbergen, doch er weiß gleichzeitig, dass sie die Wahrheit sagt. Er betrachtet die kleine Gestalt, die vor ihm steht. Wie alt ist sie? 29, vielleicht 30? Ein kleiner, fremder Vogel, der nach nichts aussieht, und er erinnert sich sehr wohl daran, wie er sie unterschätzt hat, aber inzwischen ist er klüger. Zur Bewertung seiner Leute hat er kürzlich die Ermittler der Abteilung in eine A- und eine B-Gruppe eingeteilt, und Thulin war trotz ihres jungen Alters einer der ersten Namen, die er, zusammen mit hartgesottenen Ermittlern wie Jansen und Ricks, auf der A-Seite notiert hatte, um die herum sich die Abteilung konsolidieren sollte. Und *in der Tat* hatte Nylander sie für eine Position als Dienstgruppenleiterin in Erwägung gezogen. Er war kein großer Anhänger von weiblichen Ermittlern, und ihr unnahbares Wesen machte es ihm nicht leichter, doch sie war intelligenter als die meisten, und ihre Fälle waren in einem Tempo gelöst, das selbst erfahrene Ermittler so wirken ließ, als träten sie auf der Stelle. Vermutlich betrachtet Thulin das technologische Niveau der Abteilung als ein Fossil aus der Steinzeit, und da er ihre Auffassung teilt, weiß er, wie dringend sein Bedarf an solchen Net-Nerds wie ihr ist, damit die Abteilung mit der Zeit gehen kann. Deswegen hat er auch bei einigen Gelegenheiten fallen lassen, dass sie immer noch grün hinter den Ohren ist, und zwar genau deshalb, damit sie nicht einfach davonrennt.

»Wer hat dich aufgefordert?«

»Der Chef, wie heißt er doch noch gleich? Isak Wenger.«

Ein Schatten huscht über Nylanders Gesicht.

»Ich war gerne hier, aber ich würde mich trotzdem spätestens Ende der Woche gern wegbewerben.«

»Ich denke mal darüber nach.«

»Sagen wir Freitag?«

Nylander geht weiter. Einen kurzen Moment spürt er ihren Blick im Nacken und weiß, dass sie ihn am Freitag aufsuchen wird, um diese Empfehlung zu erhalten. So weit ist es also schon gekommen. Seine Abteilung ist zum Brutkasten für die Eliten geworden, für das neue Lieblingsspielzeug des Ministeriums, das NC3. Und wenn er gleich die Budgetbesprechung seiner Abteilung betreten wird, dann wird man ihm in Form von Zahlen diese Priorisierung wieder einmal bestätigen. Weihnachten sind es drei Jahre, dass Nylander die Leitung der Mordkommission übernommen hat, doch die Dinge sind zum Stillstand gekommen, und wenn nicht bald etwas passiert, dann wird dies nicht das Karrieresprungbrett sein, das er sich erhofft hat.

6

Die Scheibenwischer schleudern die Wassermassen auf die Seite. Als die Ampel auf Grün springt, schert der Polizeiwagen aus der Schlange aus, weg von den Werbeaufdrucken des Busses mit den Angeboten der Privatklinik für neue Brüste, Botox und Fettabsaugung, und nimmt Kurs auf die Vororte.

Das Radio ist eingeschaltet. Das Geplapper der Moderatoren und die neuesten Popsongs werden für einen Moment von den Nachrichten abgelöst, in denen der Sprecher berichtet, dass am heutigen ersten Dienstag im Oktober das Parlament eröffnet wird. Es ist keine Überraschung, dass die Topstory Sozialministerin Rosa Hartung zum Thema hat, die nun, nach der tragischen und von allen mit angehaltenem Atem verfolgten Geschichte um ihre Tochter, nach einem Jahr wieder auf ihren Posten zurückkehrt. Doch als der Nachrichtensprecher weiterredet, dreht der Fremde neben Thulin die Lautstärke herunter.

»Du hast nicht zufällig eine Schere oder so?«

»Nein, ich habe keine Schere.«

Für einen Moment nimmt Thulin den Blick vom Verkehr und mustert den Mann, der neben ihr sitzt und hartnäckig versucht, die Verpackung eines neuen Handys zu öffnen. Als sie in die Garage des Polizeipräsidiums gekommen war, hatte er neben dem Wagen gestanden und geraucht. Groß, schlank, aber auch ein bisschen verwahrlost. Nass vom Regen, strähniges Haar, durchnässte, zerschlissene Nikes, dünne, tütige Hosen, kurze schwarze Thermojacke, die auch so aussah, als habe sie schon eine längere Wanderung durch den Regen hinter sich. Der Mann war nicht passend für das hiesige Klima angezogen, und Thulin hatte den Eindruck, als sei er direkt in den Klamotten, die er am Leib hatte, aus Den Haag gekommen. Eine kleine, in sich zusammengesunkene Reisetasche, die neben ihm stand, verstärkte dieses Bild. Thulin wusste, dass er am Vortag im Polizeipräsidium aufgetaucht war, denn als sie sich eben in der Kantine einen Morgenkaffee holte, hatte sie schon ein paar Kollegen über ihn sprechen hören. Ein so genannter Verbindungsoffizier, ins Hauptquartier von Europol in Den Haag ausgeliehen, der plötzlich vom Dienst freigestellt und nach Kopenhagen zurückbeordert worden war, um dort Rede und Antwort zu stehen, weil er sich auf irgendeine Weise danebenbenommen hatte. Was Anlass für höhnische Kommentare der Kollegen war, denn die Beziehung der Kopenhagener Polizei zu Europol war ohnehin von einem dänischen Nein nach einer

Volksabstimmung vor einigen Jahren belastet, wo man sich gegen die Abschaffung einiger Rechtsvorbehalte ausgesprochen hatte.

Als Thulin in der Garage auf ihn traf, war er tief in eigene Gedanken versunken gewesen, und als sie sich vorstellte, hatte er nur ihre Hand gedrückt und »Hess« gemurmelt. Sonderlich redselig zeigte er sich nicht. Das war sie normalerweise auch nicht, doch das Gespräch mit Nylander war gut verlaufen. Ihre Zugehörigkeit zu dieser Abteilung würde bald Vergangenheit sein, davon war sie überzeugt, und deshalb brach sie sich keinen Zacken aus der Krone, wenn sie sich gegenüber einem Kollegen, der in die Kritik geraten war, entgegenkommend verhielt. Als sie im Auto saßen, hatte sie skizziert, was sie über den Fall, zu dem sie unterwegs waren, wusste, aber der Typ nickte nur, ohne großes Interesse zu zeigen.

Sie schätzt ihn auf Ende 30, und mit seinem halb lässigen Straßenjungen-Look erinnert er sie an irgendeinen Schauspieler, sie kommt aber nicht auf den Namen. Er trägt einen Ring am Finger, möglicherweise einen Ehering, doch instinktiv denkt sie, dass der Mann längst geschieden ist oder zumindest dabei, es zu werden. Sie hat das dringende Gefühl, gegen eine Wand zu reden, doch selbst das kann ihr die Laune nicht verderben, und schließlich ist sie ja auch an der internationalen Polizeiarbeit interessiert, von der Hess kommt.

»Wie lange wirst du in Kopenhagen sein?«

»Nur ein paar Tage. Sie haben sich noch nicht festgelegt.«

»Aber du bist gern bei Europol?«

»Ja. Da ist das Wetter besser.«

»Stimmt es, dass die Cyber-Crime-Abteilung dort Hacker rekrutiert, die sie selbst aufgespürt haben?«

»Keine Ahnung, nicht meine Abteilung. Ist es okay, wenn ich kurz abhaue, wenn wir mit dem Tatort fertig sind?«

»Abhauen?«

»Nur so eine Stunde. Ich muss die Schlüssel zu meiner Wohnung holen.«

»Ja, klar.«

»Danke.«

»Aber du wohnst eigentlich in Den Haag?«

»Ja, oder woanders, wo sie mich brauchen können.«

»Wo zum Beispiel?«

»Alles Mögliche. Marseille, Genf, Amsterdam, Lissabon …«

Der Mann konzentriert sich wieder auf die widerspenstige Handyverpackung. Thulin denkt sich, dass die Reihe von Orten wohl noch lange weitergehen könnte. Er hat etwas Kosmopolitisches. Eine Art Reisender ohne Gepäck, aber der Glanz der großen Städte und der fernen Hemisphären ist längst von ihm abgeblättert. Wenn es ihn je gab.

»Wie lange warst du weg?«

»Knapp fünf Jahre. Ich leih mir den mal.«

Hess nimmt einen Kugelschreiber aus dem Tassenhalter zwischen den Sitzen, um die Verpackung damit aufzuknacken.

»Fünf Jahre?«

Thulin ist überrascht. Die meisten Verbindungsoffiziere, von denen sie gehört hat, haben einen Vertrag über zwei Jahre. Manche verlängern dann um eine weitere Periode auf insgesamt vier Jahre. Aber von einem, der fünf Jahre lang weg war, hat sie noch nie gehört.

»Die Zeit rast.«

»Dann war also die Polizeireform der Grund?«

»Wofür?«

»Dass du gegangen bist. Ich habe gehört, dass viele die Abteilung verlassen haben, weil sie unzufrieden waren mit…«

»Nein.«

»Was dann?«

»Ich hab es einfach gemacht.«

Sie sieht ihn an. Er erwidert ihren Blick kurz, und zum ersten Mal bemerkt sie seine Augen. Das linke ist grün, das rechte blau. Er ist nicht unfreundlich, als er ihr antwortet, aber sehr deutlich. Er wird nicht mehr darüber sagen. Thulin setzt den Blinker und biegt in eine Siedlung ab. Soll ihr auch recht sein, wenn er den Macho-Agenten mit rätselhafter Vergangenheit geben will. Von denen haben sie im Polizeipräsidium so viele, dass die ihre eigene Fußballmannschaft stellen könnten.

Es ist ein gepflegtes, weißes Haus mit dazugehöriger Garage und liegt mitten in einem Familienviertel im Kopenhagener Vorort Husum mit Ligusterhecken und adretten Reihen von Briefkästen an der Straße. Hierher ziehen die Leute mit mittlerem Einkommen, wenn die Kernfamilie Wirklichkeit wird und die Finanzen ausreichen. Jede Menge Sicherheit und hohe Fahrthindernisse auf der Straße, sodass man auch nicht über 30 Stundenkilometer fährt. In den Gärten Trampoline, und auf dem feuchten Asphalt Reste von Straßenkreide. Ein paar Schulkinder mit Helmen und Reflektoren radeln im Regen vorbei, als Thulin rechts ranfährt und neben den Streifenwagen und den Fahrzeugen der Spurensicherung parkt. Ein Stück entfernt stehen hinter einer Absperrung einzelne Bewohner der Siedlung unter Regenschirmen und tuscheln miteinander.

»Ich geh da mal eben ran.« Vor weniger als zwei Minuten hat Hess eine Sim-Karte in das Handy geschoben und eine SMS geschickt, und nun tönt es schon.

»Ist okay, lass dir Zeit.«

Thulin steigt aus in den Regen, und Hess bleibt sitzen und beginnt ein Telefongespräch auf Französisch. Während sie über den kleinen Gartenweg mit den traditionellen Betonplatten läuft, kommt ihr der Gedanke, dass sie möglicherweise noch einen Grund gefunden hat, sich darüber zu freuen, dass sie die Abteilung verlassen kann.

7

Die Stimmen der beiden Fernsehmoderatoren hallen in der großen, mondänen Villa in Ydre Østerbro vor den Toren Kopenhagens wider, als sie einen weiteren Interviewgast auf dem Ecksofa im Fernsehstudio begrüßen.

»Heute findet also die Parlamentseröffnung statt, und das neue politische Jahr beginnt. Das ist immer ein besonderer Tag, doch diesmal vor allem für eine bestimmte Politikerin, nämlich Sozialministerin Rosa Hartung, die am 18. Oktober letzten Jahres ihre 12-jährige Tochter verloren hat. Rosa Hartung war beurlaubt, seit ihre Tochter …«

Steen Hartung schaltet den Flachbildschirm aus, der neben dem Kühlschrank an der Wand hängt. Dann sammelt er seine Architekturzeichnungen und die Schreibgeräte vom Dielenfußboden in der großen, französisch inspirierten Landküche auf, wo sie ihm eben aus der Hand gefallen sind.

»Komm jetzt, mach fertig. Wir fahren, sowie Mama auch los ist.«

Der Sohn sitzt immer noch umgeben von den Resten des Frühstücks am großen Esstisch und schreibt in sein Mathematikheft. Jeden Dienstag taucht Gustav erst kurz nach neun Uhr auf, und jeden Dienstag muss Steen ihm sagen, dass dies der falsche Zeitpunkt ist, um Hausaufgaben zu machen.

»Aber warum darf ich nicht selbst mit dem Rad fahren?«

»Es ist Dienstag, und nach der Schule gehst du zum Tennis, also hole ich dich ab. Hast du deine Sachen gepackt?«

»I have it.«

Das zierliche philippinische Au-pair-Mädchen kommt herein und stellt eine Sporttasche bereit, und Steen sieht ihr dankbar nach, als sie mit dem Abräumen beginnt.

»Danke, Alice. Jetzt komm, Gustav.«

»Alle anderen Kinder fahren mit dem Rad.«

Durchs Fenster sieht Steen den großen, schwarzen Wagen in die Einfahrt biegen und vor der Tür in den Regenpfützen halten.

»Papa, bitte, nur heute?«

»Nein, wir machen es wie immer. Da kommt das Auto. Wo ist Mama?«

8

Steen ist auf dem Weg die Treppe hinauf in den ersten Stock und ruft sie. Die hundert Jahre alte Patriziervilla hat fast 400 Quadratmeter, und er kennt jeden einzelnen Winkel, denn er hat sie selbst renoviert. Als sie das Haus kauften und einzogen, war es wichtig, massenhaft Platz zu haben, doch jetzt ist es zu groß geworden. Viel zu groß. Er sucht sie im Schlafzimmer und im Badezimmer, als er bemerkt, dass die Tür gegenüber nur angelehnt ist. Er zögert einen Moment, dann schiebt er die Tür auf und schaut in das Zimmer, das einmal seiner Tochter gehörte.

Seine Frau sitzt fertig angezogen auf der nackten Matratze des Bettes an der Wand. Er lässt den Blick durch das Zimmer wandern, über die leeren Wände und die Umzugskartons, die in der Ecke stehen. Dann sieht er sie wieder an.

»Der Wagen ist da.«

»Danke …«

Sie nickt kurz, bleibt aber sitzen. Steen tritt ein und spürt die Kälte des Zimmers. Erst jetzt bemerkt er, dass sie ein gelbes T-Shirt mit ihren Händen umklammert.

»Bist du okay?«

Die Frage ist dumm, denn sie sieht nicht so aus, als wäre sie okay.

»Ich habe gestern das Fenster aufgemacht, und dann habe ich vergessen, es wieder zu schließen, und ich hab es eben erst gemerkt.«

Er nickt verständnisvoll, auch wenn ihr Satz keine Antwort auf seine Frage ist. Von weit unten aus der Diele können sie den Sohn rufen hören, dass Vogel gekommen sei, doch keiner von beiden reagiert.

»Ich kann mich nicht mehr an ihren Duft erinnern.«

Ihre Hände reiben den gelben Stoff des T-Shirts, und sie schaut darauf, als würde sie nach etwas suchen, was sich zwischen den Fäden des Stoffes versteckt.

»Ihr Duft ist nicht mehr da. Und auch nicht in den anderen Sachen.«

Er setzt sich neben sie.

»Vielleicht ist das gut so. Vielleicht ist es so am besten.«

»Warum sagst du das? Das stimmt doch gar nicht…«

Er antwortet nicht und merkt, dass sie die harsche Erwiderung bereut, denn ihre Stimme wird sanfter.

»Ich weiß nicht, ob ich das kann… Es kommt mir verkehrt vor.«

»Es ist nicht verkehrt. Es ist das einzig Richtige. Das hast du mir selbst gesagt.«

Der Sohn ruft wieder.

»Sie würde dir sagen, dass du rausgehen sollst. Sie würde sagen, dass es schon irgendwie gehen wird. Sie würde sagen, dass du krass gut bist.«

Rosa antwortet nicht. Einen Moment lang sitzt sie einfach nur mit dem T-Shirt da. Dann nimmt sie seine Hand, drückt sie und versucht ein Lächeln.

»Okay, super, bis gleich.« Der persönliche Assistent von Rosa Hartung drückt das Gespräch auf seinem Handy weg, als sie die Treppe in die Diele hinunterkommt.

»Bin ich zu früh? Soll ich das Königshaus bitten, mit der Parlamentseröffnung bis morgen zu warten?«

Rosa muss über Frederik Vogels Energie lächeln und denkt, dass er einen seltenen Kontrast im Haus schafft. Wenn Vogel in der Nähe ist, gibt es keinen Raum für Sentimentalitäten.

»Nein, ich bin fertig.«

»Gut. Dann gehen wir noch mal das Programm durch. Es sind eine Menge Anfragen gekommen – ein paar davon gut, ein paar vorhersehbar und boulevardmäßig…«

»Das besprechen wir im Wagen. Gustav, vergiss nicht, dass heute Dienstag ist und Papa dich abholt, und ruf an, wenn irgendwas ist. Okay, mein Schatz?«

»Jaja.«

Der Junge nickt müde, und Rosa schafft es noch, ihm die Haare zu zerzausen, ehe Vogel die Autotür für sie öffnet.

»Und das ist unser neuer Chauffeur, und dann müssen wir noch über die Reihenfolge der Besprechungen zu den Verhandlungen reden …«

Steen sieht ihnen durch das Küchenfenster nach und versucht, seiner Frau aufmunternd zuzulächeln, als sie den neuen Chauffeur begrüßt und in den Fond des Wagens einsteigt. Als das Auto die Einfahrt verlässt, empfindet Steen das als Erleichterung.

»Fahren wir jetzt, oder was?«

Es ist sein Sohn, der da fragt, und Steen kann hören, dass er schon dabei ist, draußen in der Diele Jacke und Stiefel anzuziehen.

»Ja, ich komme.«

Steen öffnet den Kühlschrank, nimmt die Packung mit den kleinen Fläschchen Kräuterschnaps heraus, schraubt von einer den Deckel ab und leert sie in seinen Mund. Er spürt, wie sich der Alkohol den Weg durch die Speiseröhre und in den Magen brennt. Die restlichen kleinen Fläschchen schiebt er in seine Tasche, knallt die Kühlschranktür zu und greift sich vom Küchentisch die Autoschlüssel.

9

Es ist etwas mit dem Haus, was Thulin nicht gefällt. Das Gefühl stellt sich schon ein, als sie sich mit Handschuhen und blauen Plastiküberschuhen durch den dunklen Flur bewegt, wo die Schuhe der Familie unter der Garderobenstange mit Jacken aufgereiht sind. An der Wand hängen schön gerahmte Bilder mit Blumenmotiven, und als sie das Schlafzimmer betritt, begegnet ihr eine feminine, unschuldige Atmosphäre. Abgesehen von einem hellroten, heruntergezogenen Faltrollo ist der Raum ganz in weißen Tönen gehalten.

»Das Opfer heißt Laura Kjær, 37 Jahre, MTA in einer Zahnarztpraxis im Zentrum von Kopenhagen. Es sieht so aus, als wäre sie zu Bett gegangen und dann überrascht worden. Ihr neunjähriger Sohn hat im Zimmer am Ende des Flurs geschlafen, aber er hat offensichtlich weder etwas gesehen noch gehört.«

Thulin steht da und blickt auf das Doppelbett, das nur auf einer Seite benutzt ist, während der ältere uniformierte Kollege ihr kurz Bericht erstattet. Eine Lampe ist vom Nachttisch gerissen worden und weich auf dem langhaarigen weißen Teppich gelandet.

»Der Junge ist aufgewacht, und niemand war da. Er hat sich dann selbst Frühstück gemacht, sich angezogen und auf die Mutter gewartet, doch als sie nicht auftauchte, ist er zur Nachbarin gegangen. Die ist dann wieder ins Haus, hat es leer vorgefunden, dann aber draußen beim Spielplatz einen Hund bellen hören. Da hat sie dann das Opfer gefunden und uns angerufen.«

»Wurde der Vater schon benachrichtigt?«

Thulin geht an dem Kollegen vorbei, schaut kurz in das Kinderzimmer und kehrt dann mit dem Kollegen hinter sich wieder in den Flur zurück.

»Die Nachbarin sagt, dass der Vater vor ein paar Jahren an Krebs gestorben ist. Das Opfer hat ein halbes Jahr später einen neuen Mann kennengelernt, und sie sind hier in ihrem Haus zusammengezogen. Der Typ ist auf einer Messe in Sjælland. Wir haben ihn angerufen, als wir ankamen, er sollte also bald hier sein.«

Durch die Türöffnung zum Badezimmer kann Thulin drei elektrische Zahnbürsten erkennen, die nebeneinanderhängen, dazu ein Paar Pantoffeln, die auf dem Fliesenboden bereitstehen, und zwei gleiche Morgenmäntel, die an Haken hängen. Sie tritt aus dem Flur in die offene Küche, die in ein Wohnzimmer übergeht, wo weißgekleidete Techniker gerade dabei sind, mit Hilfe der Ausrüstung in ihren Pilotenkoffern Spuren und Fingerabdrücke zu sichern. Die Einrichtung des Hauses ist genauso gewöhnlich wie das Viertel, in dem das Haus steht. Skandinavisches Design, zumeist von Ikea oder dem dänischen Pendant Ilva, drei leere Platzsets auf dem Tisch, ein kleiner Herbstblumenstrauß mit Ziersträuchern in einer Vase, Kissen auf dem Sofa, und auf der Arbeitsfläche mit Spüle ein einzelner, tiefer Teller mit Resten von Milch und Cornflakes, der wohl von dem Jungen stammt. Im Wohnzimmer steht ein digitaler Fotorahmen, der in Richtung auf den leeren Lehnstuhl, der daneben steht, in konstantem Fluss Bilder von der kleinen Familie zeigt. Mutter, Sohn und wahrscheinlich der Lebensgefährte. Sie lächeln und sehen froh aus. Laura Kjær ist eine flotte, schlanke Frau mit langen, roten Haaren, doch in ihrem warmen, sympathischen Blick ist eine gewisse Verletzlichkeit zu erkennen. Es ist ein nettes Zuhause, und trotzdem gibt es da etwas, was Thulin nicht gefällt.

»Hinweise auf Einbruch?«

»Nein. Wir haben Fenster und Türen gecheckt. Sieht so aus, als hätte sie ferngesehen und Tee getrunken und sei dann ins Bett.«

Thulin betrachtet die Pinnwand in der Küche, doch da hängen nur Stundenplan, Jahreskalender, die Öffnungszeiten der Schwimmhalle, ein Angebot für Baumschneidearbeiten, eine Einladung zu einem Halloween-Fest der Eigentümergemeinschaft und eine Erinnerung an einen Untersuchungstermin auf der Kinderstation im Rigshospital. Normalerweise ist das etwas, was Thulin besonders gut kann: die kleinen Dinge bemerken, die von Bedeutung sein könnten. Weil sie das selbst einmal gewohnt war. Nach Hause zu kommen, die Eingangstür aufzuschließen und die Zeichen zu lesen, die darüber entschieden, ob es ein guter oder ein schlechter Tag werden würde. Doch in diesem Fall gibt es nichts zu bemerken. Einfach nur Kernfamilie und Alltagsidylle. Von der Sorte, wie sie selbst sie niemals haben will, und einen Moment lang versucht sie, sich einzureden, dass es wahrscheinlich das ist, was ihr an diesem Haus nicht gefällt.

»Was ist mit Computern, Tablets, Handys?«

»Soweit wir erkennen können, ist nichts gestohlen, und die Leute von Genz haben schon alles verpackt und eingeschickt.«

Thulin nickt. Die meisten Gewalt- und Mordfälle kann man auf diese Weise aufklären. Oft geben Kurznachrichten, Verlaufsinformationen, Mails oder Facebook-Korrespondenzen darüber Aufschluss, warum etwas geschehen ist, und sie freut sich schon darauf, dieses Material in die Finger zu kriegen.

»Was riecht denn hier so? Erbrochenes?«

Mit einem Mal wird Thulin der strenge, unbehagliche Geruch bewusst, der sie schon im ganzen Haus verfolgt. Der ältere Kollege macht ein schuldbewusstes Gesicht, und erst jetzt merkt Thulin, dass er ganz bleich ist.

»Tut mir leid. Ich komme gerade vom Tatort. Ich dachte, ich wäre daran gewöhnt… Aber jetzt zeige ich Ihnen den Weg.«

»Ich finde es schon. Sagen Sie mir nur Bescheid, wenn der Lebensgefährte auftaucht.«

Sie öffnet die Terrassentür zum Garten hinter dem Haus, und der Kollege nickt dankbar.

10

Das Trampolin hat schon bessere Tage gesehen, und dasselbe gilt für das kleine zugewachsene Gewächshaus, das links von der Terrassentür steht. Nach rechts grenzt das nasse Gras an die Rückwand einer glänzenden Blechgarage, die sicherlich enorm praktisch ist, aber in keiner Weise zu dem klassisch-modernistischen, weißen Funkishaus passt. Thulin geht zum hintersten Teil des Gartens. Auf der anderen Seite der Hecke kann man Scheinwerfer, uniformierte Polizisten und weißgekleidete Techniker erahnen, und sie schiebt sich zwischen Bäumen und Büschen mit gelben und grellroten Blättern hindurch und kommt auf einen Naturspielplatz. Ein Blitz scheint bei einem ramponierten Spielhäuschen im Regen auf, und aus der Entfernung sieht sie die energischen Bewegungen von Genz, der mit seiner Kamera Details des Tatorts festhält, während er gleichzeitig sein weißgekleidetes Volk dirigiert.

»Wie weit seid ihr?«

Simon Genz sieht vom Sucher der Kamera auf. Sein Blick ist ernst, doch als er sie erkennt, geht ein kurzes Lächeln über sein Gesicht. Genz ist wahrscheinlich Ende 30, adretter

Typ, und die Gerüchte sagen, er sei allein in diesem Jahr schon fünf Marathons gelaufen. Außerdem ist er der jüngste Chef, den die Kriminaltechnische Abteilung der Polizei jemals gehabt hat, und Thulin hat ihn als einen der wenigen schätzen gelernt, auf deren Kompetenz sie sich verlassen kann. Scharfsichtig, fokussiert und im Besitz einer Urteilskraft, der sie vertraut. Wenn sie ihn trotzdem auf Abstand hält, dann deswegen, weil er sie gefragt hat, ob sie nicht mal zusammen eine Laufrunde drehen sollen, und das sollen sie nicht. Genz ist der Einzige, zu dem Thulin in ihren neun Monaten bei der Mordkommission annähernd so etwas wie eine Beziehung aufgebaut hat, doch das Abtörnendste, was sie sich vorstellen kann, ist eine amouröse Beziehung zu einem Kollegen.

»Hallo Thulin. Noch nicht sehr weit. Es regnet, und es ist schon eine ganze Weile vergangen, seit das hier passiert ist.«

»Haben die Forensiker etwas zu einem Zeitpunkt gesagt?«

»Noch nicht. Die stehen da hinten um die Ecke. Aber es hat kurz vor Mitternacht angefangen zu regnen, und meine Vermutung ist, dass es ungefähr um die Zeit herum geschehen ist. Wenn es in der Umgebung irgendwelche Spuren gegeben hat, dann sind sie gründlich weggespült, aber wir geben nicht auf. Willst du sie sehen?«

»Ja, danke.«

Die leblose Gestalt sitzt mit einem weißen Tuch von der Spurensicherung bedeckt im Gras. Sie ist an einen der beiden Pfosten gelehnt, die das Dach der Spielhaus-Veranda tragen, und das Szenario wirkt fast friedlich mit den roten und gelben Farben, die das Gebüsch im Hintergrund dominieren. Genz hebt vorsichtig das weiße Tuch und legt die

Frau frei. Sie sitzt zusammengesunken wie eine Stoffpuppe und hat nichts an, abgesehen von einer Unterhose und einem Hemd, das einmal beige war, aber jetzt vom Regen durchnässt und mit dunklen Blutflecken übersät ist. Thulin tritt näher und geht in die Hocke, um besser sehen zu können. Um Laura Kjærs Kopf ist schwarzes Gafferband gewickelt. Es schneidet in den erstarrten, offenen Mund und ist mehrere Male um den Hinterkopf und das nasse rote Haar gewickelt. Das eine Auge ist eingeschlagen, sodass man bis in die Augenhöhle hineinsehen kann, das andere starrt blind vor sich hin. Die nackte, bläuliche Haut ist von einer Unzahl Schrammen, Kratzer und blauer Flecken übersät, und die nackten Füße sind blutig. Die Hände sind mit Kabelbindern über den Handgelenken fest zusammengebunden und in einem kleinen Haufen Blätter vor ihrem Schoß begraben. Thulin genügt ein einziger Blick auf die Leiche, um zu verstehen, warum der ältere Kollege zusammengeklappt ist. Normalerweise macht es ihr nichts aus, tote Menschen zu sehen. Die Arbeit bei der Mordkommission erfordert einen unsentimentalen Zugang zum Tod, und wenn man das nicht kann, dann sollte man sich einen anderen Job suchen. Doch noch niemals hat Thulin jemanden gesehen, der so misshandelt wurde wie die Frau, die hier an dem Pfosten des Spielhäuschens lehnt.

»Du musst natürlich die Forensiker fragen, aber meiner Meinung nach deuten einige der Verletzungen darauf hin, dass sie zu irgendeinem Zeitpunkt versucht hat, zwischen den Bäumen hindurch vor dem Täter zu fliehen. Entweder vom Haus weg oder zum Haus zurück. Aber es war stockfinster, und sie war nach der Amputation sicher ernsthaft geschwächt, denn die ist ziemlich sicher vorgenommen worden, bevor das Opfer am Ende am Spielhäuschen installiert wurde.«

»Amputation?«

»Halt das mal.«

Genz reicht ihr zerstreut die große Kamera mit dem Blitzgerät. Er geht zu der Leiche, hockt sich hin und benutzt seine Stabtaschenlampe als Hebewerkzeug, um die zusammengebundenen Handgelenke der Frau ein wenig anzuheben. Die Totenstarre hat bereits eingesetzt, und die steifen Arme folgen Genz mechanisch, als er sie hochhebt, und jetzt sieht Thulin, dass Laura Kjærs rechte Hand nicht in den Blättern begraben ist, wie sie dachte. Der Arm hört groteskerweise unter dem Handgelenk auf, wo ein schräger, unebener Schnitt Knöchel und Sehnen freilegt.

»Wir nehmen vorerst mal an, dass es hier draußen geschehen ist, denn wir haben weder in der Garage noch im Haus Blutspuren gefunden. Natürlich habe ich meine Leute gebeten, die Garage gründlich nach Tape, Kabelbindern, Garten- oder Arbeitsgeräten zu durchsuchen, doch bis auf Weiteres ohne eindeutiges Ergebnis. Ebenso wie wir uns natürlich darüber wundern, dass wir die Hand noch nicht gefunden haben, doch da müssen wir weitersuchen.«

»Vielleicht ist ein Hund damit abgehauen.«

Das sagt Hess, der durch den Garten und die Hecke herausgekommen ist. Er sieht sich kurz um, während er sich im Regen schüttelt, und Genz sieht ihn überrascht an. Aus irgendeinem Grund ist Thulin über die Bemerkung verärgert, auch wenn sie weiß, dass er möglicherweise recht hat.

»Genz, das hier ist Hess. Er unterstützt uns für ein paar Tage.«

»Guten Morgen. Willkommen.« Genz macht Anstalten,

Hess die Hand zu geben, doch der nickt nur zu dem Haus nebenan hin.

»Hat jemand was gehört? Nachbarn?«

Ein langsames Grummeln nähert sich, und plötzlich rauscht ein S-Bahn-Zug auf nassen Schienen über das Gleisbett auf der anderen Seite des Spielplatzes, und Genz muss seine Antwort laut rufen.

»Nein, soweit ich weiß, hat niemand was gehört! Die S-Bahnen fahren nachts ja nicht so oft, aber dann sind es stattdessen die Güterzüge!«

Der Lärm des Zuges verklingt, und Genz sieht wieder Thulin an.

»Ich wünschte, ich hätte eine Menge Hinweise für dich, aber im Moment kann ich nicht mehr sagen. Außer dass ich noch niemals jemanden gesehen habe, der so misshandelt wurde.«

»Was ist das?«

»Was?«

»Das hier?«

Thulin hockt noch bei der Leiche und zeigt jetzt auf etwas, was Genz erst sieht, als er sich umdreht. Hinter der toten Frau, am Balken über der Veranda des Spielhäuschens, kann man etwas erahnen, das im Wind baumelt und in eine Schnur verwickelt zu sein scheint. Genz greift unter den Balken und wickelt den Gegenstand aus, sodass er frei hängt und hin und her schwingen kann. Die zwei dunkelbraunen Kastanien sind übereinandergesteckt. Die obere ist klein, die untere etwas größer. In die obere Kastanie sind zwei Löcher als Augen in das Kastanienfleisch geritzt. In der unteren stecken Zahnstocher als Arme und Beine. Es ist eine einfache Figur, bestehend aus zwei Kugeln und vier Hölzchen, ganz gewöhnlich, doch für einen Moment bleibt Thulin das Herz stehen, und sie weiß nicht warum.

»Ein Kastanienmännchen. Sollten wir das zum Verhör bitten?«

Hess sieht sie unschuldig an. Bei Europol ist offenbar Polizeihumor von der klassischen Sorte hoch im Kurs, und Thulin antwortet nicht. Genz und sie schaffen es noch, einen Blick auszutauschen, ehe dieser von einem seiner Leute mit einer Frage abgelenkt wird. Hess greift in die Tasche nach seinem Handy, das wieder angefangen hat zu klingeln, und im selben Augenblick pfeift es vom Haus. Es ist der Kollege mit der Übelkeit, der Thulin in den Garten hinaus ein Zeichen gibt. Sie erhebt sich. Schaut über den von Bäumen mit bronzefarbenen Blättern umgebenen Spielplatz, doch mehr ist nicht zu erkennen. Nur nasse Schaukeln, Klettergerüste und eine Parcours-Bahn, die trotz der vielen Polizisten und Techniker, die im Regen herumwandern und die Gegend absuchen, trist und verloren wirken. Thulin geht zum Haus zurück. Als sie an Hess vorbeikommt, steht er schon wieder da und redet Französisch, während eine weitere S-Bahn vorbeidonnert.

11

Auf der Fahrt in die Innenstadt geht Vogel mit Rosa das Tagesprogramm durch. Die Minister der Regierung treffen in Christiansborg, dem Parlamentsgebäude, zusammen, danach gehen sie gemeinsam in die Schlosskirche, um am traditionellen Gottesdienst teilzunehmen. Wenn der absolviert ist, wird Rosa im Sozialministerium, das gegenüber auf dem

Schlossplatz von Christiansborg am Holmens Kanal liegt, ihr Personal begrüßen, und danach wird sie rechtzeitig zur offiziellen Parlamentseröffnung wieder zurück in Christiansborg sein.

Auch der Rest des Tages ist bereits gründlich verplant, doch Rosa bringt einige Veränderungen ein, die sie dann in den Kalender auf ihrem iPhone einträgt. Eigentlich muss sie das nicht tun, denn ihre Sekretärin kümmert sich um alles, doch Rosa ist es so lieber. Dann kann sie sich besser in die Details einarbeiten, verliert den Kontakt zur Wirklichkeit nicht und bewahrt sich das Gefühl einer gewissen Kontrolle. Vor allem an einem Tag wie heute. Doch als der Wagen auf den Hof des Reichstags einbiegt, hört sie Vogel nicht mehr zu. Der dänische Dannebrog flattert auf dem Turm des Gebäudes und überall sind Medienwagen geparkt, und sie sieht die Gestalten, die da stehen und sich vorbereiten oder unter ihren Regenschirmen im Licht der Fotografen Beiträge sprechen.

»Asger, wir fahren weiter und nehmen den Hintereingang.«

Der neue Chauffeur nickt bei Vogels Worten, doch Rosa gefällt die Idee nicht.

»Nein. Setzen Sie mich hier ab.«

Vogel wendet sich überrascht zu ihr, und der Fahrer schaut sie im Rückspiegel an. Erst jetzt bemerkt sie, dass er trotz seines jungen Alters einen ernsten Zug um den Mund trägt.

»Wenn ich es jetzt nicht mache, dann bleiben sie den ganzen Tag da. Fahren Sie bitte vor den Eingang und setzen Sie mich dort ab.«

»Rosa, bist du sicher?«

»Ich bin sicher.«

Der Wagen gleitet an die Bordsteinkante, und der Fahrer springt heraus und öffnet die Autotür für sie. Als sie aussteigt und auf die breite Treppe vor dem Parlament zugeht, bewegt sich plötzlich alles wie in Zeitlupe: die Kameraleute, die sich umwenden, die Journalisten, die sich auf sie zubewegen, die Gesichter mit offenen Mündern und verzerrte Worte.

»Rosa Hartung, einen Moment bitte!«

Die Wirklichkeit trifft sie mit voller Kraft. Die Menge vor ihr explodiert, Kameras stürzen vor ihr Gesicht, und die Fragen der Journalisten prasseln auf sie ein. Rosa nimmt zwei Stufen der Treppe, dann sieht sie über die Menge und registriert alles. Die Stimmen, das Licht und die Mikrofone, eine blaue Mütze über einer gerunzelten Stirn, einen winkenden Arm, ein Paar dunkle Augen, die aus der hintersten Reihe zu folgen versuchen.

»Frau Hartung, einen Kommentar, bitte!«

»Wie ist es, wieder zurück zu sein?«

»Können wir zwei Minuten bekommen?«

»Rosa Hartung, schauen Sie hierher!«

Rosa weiß, dass sie in den vergangenen Monaten und nicht zuletzt während der letzten Tage ein Punkt auf der Agenda diverser Redaktionskonferenzen gewesen ist, doch niemand hat mit dieser Gelegenheit gerechnet, deshalb sind sie unvorbereitet, und genau das war Rosas Absicht.

»Treten Sie zurück! Die Ministerin gibt einen Kommentar.«

Das ist Vogel, der sich vor sie gedrängelt hat, um dafür zu sorgen, dass die Leute Abstand halten. Die meisten tun, was er sagt, und Rosa sieht in die Gesichter, von denen sie viele schon von früher kennt.

»Wie Sie alle wissen, war es eine schwere Zeit. Meine Familie und ich sind froh über die Unterstützung, die wir dabei erfahren haben. Jetzt beginnt ein neues Parlamentsjahr, und es ist an der Zeit, nach vorn zu blicken. Ich danke dem Ministerpräsidenten für sein Vertrauen, und ich freue mich darauf, mich den politischen Aufgaben zu widmen, die vor uns liegen. Ich hoffe, Sie alle werden das respektieren. Danke.«

Rosa Hartung geht hinter Vogel, der versucht, einen Weg zu bahnen, weiter die Stufen hinauf.

»Aber, Frau Hartung, sind Sie denn so weit, dass Sie wieder zurückkommen können?«

»Wie geht es Ihnen?«

»Wie fühlt es sich an, dass der Täter nicht gesagt hat, wo Ihre Tochter ...«

Vogel gelingt es, sie zu der großen Tür zu bringen, und als ihre Sekretärin an der Schwelle steht und ihr die Hand reicht, ist es, als hätte sie sich aus einem tosenden Meer an Land gerettet.

12

»Wie Sie sehen, haben wir die Einrichtung ein bisschen verändert, es sind nämlich neue Sofas gekommen, aber wenn Sie gern das alte zurückhaben möchten ...«

»Nein, alles gut. Ich finde es schön, dass es neu ist.«

Rosa ist gerade durch die Tür zu ihrem Büro im vierten Stock des Sozialministeriums gekommen. Die Ankunft in Christiansborg und der darauffolgende Gottesdienst haben viele Begegnungen mit sich gebracht, und sie ist erleichtert, die geballte Aufmerksamkeit abschütteln zu können. Die Kollegen aus den Nachbarbüros haben sie umarmt oder freundlich und mitleidig genickt, und sie hat dafür gesorgt, in Bewegung zu bleiben, abgesehen von dem Gottesdienst, wo sie versucht hat, sich auf die Predigt des Bischofs zu konzentrieren. Vogel musste danach mit diversen Abgeordneten sprechen, und Rosa war zusammen mit ihrer Sekretärin und ein paar Assistenten, die auf sie warteten, über den Schlossplatz zum großen, graubraunen Gebäude des Sozialministeriums gegangen. Es passt ihr gut, dass Vogel jetzt woanders ist, denn so kann sie sich darauf konzentrieren, das Personal zu treffen und mit der Sekretärin zu sprechen.

»Rosa, ich weiß nicht, wie ich es ausdrücken soll, also muss ich ganz einfach fragen: Wie geht es Ihnen?«

Bisher hat es keine Zeit und keinen Ort gegeben, um so zu reden, und Rosa kennt ihre Sekretärin gut genug, um zu wissen, dass sie nur das Beste für sie möchte. Liu ist chinesischer Herkunft, mit einem Dänen verheiratet, Mutter von zwei Kindern und darüber hinaus der gutherzigste Mensch, den Rosa kennt. Dennoch muss sie auch hier der persönlichen Frage genauso ausweichen, wie sie es in Christiansborg und in der Kirche getan hat.

»Es ist ganz in Ordnung, dass Sie fragen. Es geht mir den Umständen entsprechend gut, und jetzt freue ich mich darauf, wieder zu starten. Wie geht es bei euch?«

»Doch, alles gut. Der Kleine hat sich irgendeinen Magenvirus eingefangen. Und der Große … Aber alles ist gut.«

»Die Wand da hinten wirkt ein bisschen kahl.«

Rosa streckt die Hand aus und merkt, wie Liu sich windet.

»Ja, da haben die Bilder gehangen. Aber ich finde, dass

Sie das selbst entscheiden sollten. Da sind ein paar von – von Ihnen allen zusammen – und ich wusste nicht, ob Sie die wieder aufhängen lassen wollen.«

Rosa schaut in die Kiste, die an der Wand lehnt, und erkennt eine Ecke von einem Foto mit Kristine.

»Das überlege ich mir später. Jetzt lassen Sie mich erst mal wissen, wie viel Zeit ich heute für Gespräche habe.«

»Nicht viel. Sie sollen gleich das Personal begrüßen, und dann kommt die offizielle Eröffnung mit der Rede des Ministerpräsidenten und danach …«

»Das ist gut, aber ich möchte gern schon heute mit den Gesprächen beginnen. Nichts Großes und ganz inoffiziell. Ich habe versucht, einigen Leuten auf dem Weg hierher schon zu schreiben, aber das System war abgestürzt.«

»Das ist leider immer noch der Fall.«

»Na gut, dann rufen Sie doch Engells, damit ich ihm einfach sage, mit wem ich reden will.«

»Engells ist leider gerade unterwegs.«

»Jetzt?«

Rosa sieht Liu an, und mit einem Mal geht ihr auf, dass es noch einen anderen Grund für die Unsicherheit und Nervosität der Sekretärin geben könnte. Der Abteilungsleiter des Sozialministeriums würde an einem Tag wie diesem normalerweise bereitstehen und auf sie warten, und die Tatsache, dass er nicht da ist, kommt ihr plötzlich unheilverkündend vor.

»Ja. Er musste weg, weil … Aber das kann er Ihnen selbst erzählen, wenn er zurückkommt.«

»Zurückkommt von was? Was ist denn los?«

»Ich weiß es nicht genau. Und es wird sich bestimmt auch regeln lassen, aber wie gesagt …«

»Liu, was ist hier los?«

Die Sekretärin zögert und sieht sehr unglücklich aus.

»Es tut mir wirklich leid. Es sind so viele freundliche Mails von den Menschen gekommen, die Sie unterstützen und Ihnen Gutes wünschen, und ich verstehe nicht, wie jemand so etwas schicken kann.«

»Was schicken?«

»Ich habe es selbst nicht gesehen. Aber ich glaube, es ist eine Drohung. Soweit ich Engells verstanden habe, hatte es etwas mit Ihrer Tochter zu tun.«

13

»Aber ich habe gestern Abend doch mit ihr telefoniert… Ich hatte gegessen, und dann habe ich zu Hause angerufen, und alles war wie immer.«

Der 43-jährige Lebensgefährte von Laura Kjær, Hans Henrik Hauge, sitzt immer noch in seiner nassen Jacke auf einem Stuhl in der Küche, die Hand umklammert die Autoschlüssel. Seine Augen sind rot und verweint, und er blickt verwirrt durch das Fenster zu den weißgekleideten Gestalten im Garten und unten hinter der Hecke, ehe er wieder Thulin anschaut.

»Wie ist es passiert?«

»Das wissen wir noch nicht. Worüber haben Sie am Telefon gesprochen?«

Es klappert in der Küche, und Thulin schielt zu dem Mann von Europol hin, der herumschlendert und Schränke und Schubladen öffnet, und sie stellt fest, dass er die Fähigkeit hat, sie zu nerven, auch wenn er gar nichts sagt.

»Nichts Besonderes. Was hat Magnus gesagt? Ich würde ihn gern sehen.«

»Das können Sie auch, wenn wir hier fertig sind. Hat Laura etwas gesagt, worüber Sie sich gewundert haben, wirkte sie besorgt, oder …«

»Nein. Wir haben nur von Magnus gesprochen, und dann sagte sie, dass sie ins Bett gehen wolle, weil sie müde war.«

Hans Henrik Hauges Stimme wird von Tränen erstickt. Er ist groß, kräftig gebaut, gut gekleidet, doch er scheint auch ein sanfter Mann zu sein, und Thulin denkt, dass dies ein schwieriges Verhör werden wird, es sei denn, sie erhöht das Tempo.

»Erzählen Sie, wie lange haben Sie sich gekannt?«

»Anderthalb Jahre.«

»Waren Sie verheiratet?«

Thulin hat Hauges Hände gesehen, und sie kann einen Ring erkennen, an dem er jetzt zupft.

»Verlobt. Ich habe ihr einen Ring geschenkt. Wir wollten im Winter nach Thailand und da heiraten.«

»Warum ausgerechnet in Thailand?«

»Wir waren beide schon einmal verheiratet, und deshalb fanden wir, es sollte anders sein.«

»An welcher Hand hat sie den Ring getragen?«

»Wie?«

»Der Ring. An welcher Hand hat sie ihn getragen?«

»An der rechten, glaube ich. Warum?«

»Routinefragen, aber es ist wichtig, dass Sie darauf antworten. Erzählen Sie mir, wo Sie gestern waren.«

»Roskilde. Ich bin IT-Entwickler. Gestern Morgen bin ich hingefahren und sollte bis nachmittags auf der Messe dort bleiben.«

»Sie waren gestern Abend also mit jemandem zusammen?«

»Ja, mit unserem Vizechef. Oder besser gesagt, ich bin gegen neun oder zehn Uhr am Abend ins Hotel gefahren. Und von dort aus habe ich sie dann ja auch angerufen.«

»Warum sind Sie nicht einfach nach Hause gefahren?«

»Weil die Firma uns gebeten hat, dort zu übernachten. Wir sollten frühmorgens noch an Besprechungen teilnehmen.«

»Wie war das mit Laura und Ihnen? Gab es irgendwelche Probleme, oder …«

»Nein. Wir hatten es gut zusammen. Was machen die da in der Garage?«

Hauges verweinter Blick ist wieder zum Fenster hinausgewandert, diesmal zur Rückseite der Garage, wo ein paar weißgekleidete Techniker gerade eine Tür hinter sich schließen.

»Sie sind dabei, Spuren zu sichern, wenn es welche gibt. Fällt Ihnen irgendjemand ein, der Laura Böses wollte?«

Hauge sieht sie an, doch es wirkt, als sei er nicht ganz da.

»Könnte es etwas geben, was Sie von ihr nicht wussten? Könnte Sie sich mit jemand anders getroffen haben?«

»Nein, bestimmt nicht. Jetzt möchte ich gern Magnus sehen. Er braucht seine Medizin.«

»Was fehlt ihm?«

»Das wissen wir nicht. Oder … Er war im Rigshospital in Behandlung, und sie glauben, es sei eine Form von Autismus. Er kriegt ein Beruhigungsmittel. Magnus ist ein guter Junge, aber er ist sehr verschlossen, und außerdem ist er ja erst neun …«

Hans Henrik Hauge versagt wieder die Stimme. Thulin

will gerade die Befragung fortsetzen, doch Hess kommt ihr zuvor.

»Aber zwischen Laura und Ihnen lief es gut, sagen Sie. Keine Probleme.«

»Das habe ich doch schon gesagt. Wo ist Magnus? Ich will ihn jetzt sehen.«

»Warum wurde das Schloss ausgewechselt?«

Die Worte kommen völlig unerwartet, und Thulin sieht zu Hess. Seine Frage ist ganz unschuldig, wie hingeworfen, und er hält etwas hoch, was er aus einer Küchenschublade geholt hat. Ein Stück Papier, auf das zwei glänzende Schlüssel geklebt sind.

Hauge sieht verständnislos von ihm zu dem Zettel.

»Dies ist die Rechnung von einem Schlosser. Dort steht, dass das Schloss am 5. Oktober um 15.30 Uhr ausgewechselt worden ist. Also gestern Nachmittag. Will heißen, nachdem Sie zur Messe gefahren waren.«

»Das weiß ich nicht. Magnus hatte schon ein paarmal seine Schlüssel verloren, und da haben wir darüber gesprochen, das Schloss auszuwechseln. Aber ich wusste nicht, dass Laura es hat machen lassen ...«

Thulin steht auf, um die Rechnung anzusehen, die sie von Hess entgegen nimmt. Wenn sie später selbst das Haus durchsucht hätte, wäre sie ihr auch in die Hände gefallen, doch nun beschließt sie, den Moment zu nutzen, auch wenn sie verärgert ist.

»Sie wussten nicht, dass Laura das Schloss ausgewechselt hat?«

»Nein.«

»Hat Laura nichts davon erzählt, als Sie telefonierten?«

»Nein ... oder, nein, ich glaube nicht.«

»Könnte es einen Grund dafür geben, dass sie nichts gesagt hat?«

»Wahrscheinlich wollte sie es einfach später erzählen. Warum ist das wichtig?«

Thulin sieht ihn an, ohne zu antworten. Hans Henrik Hauge starrt mit großen, verständnislos dreinblickenden Augen zurück. Dann steht er ruckartig auf, sodass der Stuhl hintenüberfällt.

»Sie können mich hier nicht einfach festhalten. Ich habe ein Recht, Magnus zu sehen. Ich will ihn jetzt sehen!«

Thulin zögert. Dann nickt sie einem Beamten zu, der im Hintergrund an der Tür wartet.

»Danach müssen Sie eine Speichelprobe und Ihre Fingerabdrücke abgeben. Das ist wichtig für uns, damit wir zwischen den Spuren, die ins Haus gehören, und denen, die nicht hierhergehören, unterscheiden können. Verstehen Sie?«

Hauge nickt abwesend und verschwindet mit dem Beamten nach draußen. Hess hat seine Plastikhandschuhe ausgezogen, macht den Reißverschluss seiner Jacke zu und greift nach der kleinen Reisetasche, die er auf einem Stück Plastik im Eingang abgestellt hat.

»Wir sehen uns in der Rechtsmedizin. Wahrscheinlich wäre es eine gute Idee, das Alibi von dem Typen zu checken.«

»Danke, ich werde versuchen, mir das zu merken.«

Hess nickt mit unschuldiger Miene und verlässt die Küche, während ein anderer Beamter reinkommt.

»Wollen Sie jetzt mit dem Jungen reden? Er ist bei den Nachbarn, Sie können ihn durchs Fenster sehen.«

Thulin tritt ans Fenster, das zum Nachbarhaus weist, und schaut durch die entlaubte Hecke hinüber zu einem Wintergarten mit großen Glasflächen. Der Junge sitzt auf einem Stuhl an einem weißen Tisch und spielt mit etwas, das wie eine Spielkonsole aussieht. Sie sieht ihn nur von der Seite, kann aber doch bemerken, dass sein Gesicht und seine Bewegungen etwas Abwesendes und Mechanisches haben.

»Er sagt nicht viel, wirkt ein wenig zurückgeblieben, spricht fast ausschließlich in einsilbigen Wörtern.«

Thulin betrachtet den Jungen, während sie hört, was der Beamte sagt, und einen Moment lang erkennt sie sich selbst und den Abgrund von Einsamkeit, von dem sie weiß, dass er ihn heute empfindet und in den vielen Jahren, die kommen, immer fühlen wird. Doch dann tritt eine ältere Frau in den Wintergarten, vermutlich die Nachbarin, gefolgt von Hans Henrik Hauge. Hauge schluchzt, als er Magnus sieht, geht in die Hocke und legt die Arme um ihn, während der Junge weiter kerzengerade mit den Händen auf der Spielkonsole verharrt.

»Soll ich ihn reinholen?«

Der Beamte sieht Thulin ungeduldig an.

»Ich habe gefragt, ob …«

»Nein, geben Sie ihnen noch einen Augenblick. Aber passen Sie auf den Lebensgefährten auf und sorgen Sie dafür, dass sein Alibi überprüft wird.«

Thulin entfernt sich vom Fenster, und sie hofft, dass die Geschichte genauso einleuchtend ist, wie sie wirkt. Einen Moment lang flimmert das Bild von der kleinen Kastanienfigur aus dem Spielhäuschen vor ihrem geistigen Auge auf. Plötzlich kann es ihr mit dem NC3 gar nicht schnell genug gehen.

14

Aus den Panoramafenstern des Architekturbüros kann man über die Stadt sehen. Die Arbeitstische stehen wie kleine Inseln in dem großen, mit Oberlichtern versehenen Saal, und es wirkt, als würde der ganze Raum gleich kentern, denn die meisten Mitarbeiter sind zu dem Flachbildschirm gegangen, der auf der einen Seite des Lofts hängt. Steen Hartung kommt mit den Zeichnungen die Treppe hoch, gerade in dem Moment, als auf dem Schirm der Beitrag mit der Ankunft seiner Frau in Christiansborg beendet ist. Die meisten Mitarbeiter bemerken, dass er da ist, und tun schnell so, als würden sie arbeiten, während er in sein Büro geht. Nur sein Partner Bjarke sieht ihn mit einem verlegenen Lächeln an.

»Hallo, hast du kurz Zeit?«

Sie gehen in das Büro, und Bjarke macht die Tür hinter sich zu.

»Ich finde, sie macht das wirklich gut.«

»Danke. Hast du mit dem Kunden gesprochen?«

»Ja, der ist glücklich.«

»Warum haben wir dann noch keinen Auftrag?«

»Weil der mit Netz und doppeltem Boden fährt. Er will mehr Zeichnungen, aber ich habe ihm gesagt, dass du etwas mehr Zeit brauchen wirst.«

»Mehr Zeichnungen?«

»Wie geht es zu Hause?«

»Ich kann schnell was machen. Das ist kein Problem.«

Steen räumt seinen Zeichentisch ab, um Platz für die Zeichnungen zu machen, doch sein Ärger wächst, als sein Partner ihn unverwandt ansieht.

»Steen, du setzt dich zu sehr unter Druck. Jeder hätte Verständnis dafür, wenn du es etwas lockerer angehst und dir Zeit gibst. Schieb den anderen mehr rüber. Dafür haben wir sie verdammt noch mal doch eingestellt.«

»Sag dem Kunden einfach, dass ich spätestens in ein paar Tagen die Sache nacharbeite. Wir können diesen Auftrag gut gebrauchen.«

»Aber das ist nicht das Wichtigste. Steen, ich mache mir Sorgen um dich. Ich finde immer noch …«

»Ja, hier Steen Hartung.«

Steen hat sein Telefon beim ersten Klingeln aus der Tasche gezogen. Die Stimme am anderen Ende stellt sich als die Sekretärin seines Anwalts vor, und Steen wendet Bjarke den Rücken zu, um ihn aus dem Büro zu kriegen.

»Nein, es passt. Worum geht es?«

In der Reflexion der großen Panoramascheibe sieht Steen seinen Partner das Büro verlassen. Die Stimme im Hörer fährt fort.

»Es geht um eine Aktualisierung der Informationen, die Sie bereits bekommen haben, und Sie müssen jetzt auch nicht antworten. Es kann viele gute Gründe geben zu warten, doch nun, da sich der Jahrestag des Ereignisses nähert, möchten wir einfach nur daran erinnern, dass Sie berechtigt sind, eine Todeserklärung zu beantragen.«

Aus irgendeinem Grund ist das nicht das, was Steen Hartung zu hören erwartet hat. Er spürt, wie die Übelkeit in ihm aufsteigt, und einen Moment lang starrt er, außerstande sich zu rühren, in die regennasse Scheibe.

»Wie Sie wissen, ist das etwas, was in solchen Fällen beantragt werden kann, wenn die vermisste Person nicht gefunden wird und es keinen Zweifel über den Ausgang der

Dinge gibt. Es liegt natürlich ganz allein bei Ihnen, ob Sie den Schlusspunkt nun schon setzen wollen. Wir möchten Sie lediglich informieren, und Sie können dann selbst …«

»Wir möchten das gern tun.«

Die Stimme im Hörer verstummt kurz.

»Wie gesagt, das ist nichts, was Sie jetzt …«

»Wenn Sie mir freundlicherweise die Papiere schicken möchten, ich werde sie dann unterschreiben und meine Frau darüber unterrichten. Danke.«

Er nimmt das Handy vom Ohr und drückt das Gespräch weg. Zwei nasse Tauben trippeln auf dem Sims des großen Fensters umeinander herum. Er sieht sie an, ohne sie doch zu sehen, und als er sich in Bewegung setzt, heben die Tauben ab und flattern davon.

Steen nimmt ein Schnapsfläschchen aus der Tasche und schüttet den Inhalt in die Kaffeetasse, dann beugt er sich über die Zeichnungen. Seine Hände zittern, und er braucht sie beide, um das Messinstrument festzuhalten. Er weiß, dass es die richtige Entscheidung ist, und er wünscht sich, das so schnell wie möglich hinter sich zu bringen. Es ist eine kleine Sache, aber sie ist wichtig. Die Toten dürfen auf die Lebenden keinen Schatten werfen. Das haben sie gesagt, die Psychologen und die Therapeuten, und er spürt mit jeder Faser seines Körpers, dass sie recht haben.

15

»Sie ist heute am frühen Morgen gekommen, an Ihre offizielle Parlamentsmailadresse. Der Sicherheitsdienst versucht, den Absender zu ermitteln, und das müsste auch gelingen, kann aber möglicherweise einige Zeit dauern. Es tut mir wirklich leid«, sagt Engells.

Rosa hatte eben die Rundtour durch das Ministerium beendet, auf der sie ihr Personal begrüßt hat, und als sie zurückkam, stand Engells in ihrem Büro. Jetzt tritt sie ans Fenster hinter dem Schreibtisch, während ihr Büroleiter sie mit einem mitleidigen Blick ansieht, den sie nicht aushalten kann.

»Ich habe schon früher Hassmails bekommen. In der Regel stammen sie von bemitleidenswerten Personen, die selbst nichts dafürkönnen.«

»Das hier ist anders. Bösartiger. Sie haben Bildmaterial von der Facebookseite Ihrer Tochter benutzt, die eigentlich abgemeldet wurde, als sie … als sie verschwand. Das bedeutet, dass die Mail von einer Person stammt, die sich schon lange Zeit für Sie interessiert.«

Diese Nachricht verstört Rosa, aber sie ist fest entschlossen, sich nicht davon beirren zu lassen.

»Ich würde die Mail gern sehen.«

»Sie ist an die Kollegen vom Nachrichten- und Sicherheitsdienst beim PET weitergeschickt worden, und die sind gerade …«

»Engells, Sie lassen doch nie etwas raus, ohne sieben Kopien davon zu machen. Ich möchte sie gern sehen.«

Engells sieht sie an und zögert, doch dann öffnet er seine Mappe und holt ein Papier heraus, das er auf den Tisch legt. Rosa nimmt das Blatt. Erst kann sie sich nicht in den kleinen Farbfragmenten orientieren, die unschön auf der Seite herumfahren. Doch dann begreift sie. Sie erkennt Kristines hübsche Selfies: das, auf dem sie grinsend und verschwitzt im Handballtrikot auf dem Boden der Sporthalle liegt. Und das, als sie mit ihrem neuen Mountainbike auf dem Weg zum Strand war. Zu Hause, als sie sich mit Gustav im Garten eine Schneeballschlacht geliefert hat. Als sie sich vor dem Badezimmerspiegel verkleidet hat. Es sind mehrere Bilder, lachend und fröhlich, und Rosa spürt, wie Sehnsucht und Trauer in ihr aufwallen, bis ihr Blick die Worte einfängt, die gegen sie selbst gerichtet sind. »Willkommen zurück. Sterben sollst du, Luder.«

Der Satz steht in roten Buchstaben in einem Bogen über den Bildern, und die Nachricht wirkt besonders bösartig, weil sie mit krakeliger Kinderschrift geschrieben ist. Als Rosa etwas sagt, muss sie sich anstrengen, normal zu klingen.

»Wir haben schon mit anderen Idioten zu tun gehabt. Das hat meist nichts zu bedeuten.«

»Schon, aber das hier ...«

»Ich will mich nicht einschüchtern lassen. Ich kümmere mich um meine Arbeit, und der Sicherheitsdienst soll sich um seine kümmern.«

»Wir sind alle der Meinung, dass Sie Leibwächter haben sollten. Die können Sie schützen, wenn ...«

»Nein, keine Leibwächter.«

»Warum nicht?«

»Weil ich nicht glaube, dass es nötig ist. Die Mail ist sich selbst schon genug. Sie ist von irgendeinem armen Irren geschrieben, der sich hinter einem Bildschirm verstecken will, und außerdem können wir zu Hause jetzt keine fremden Leute gebrauchen.«

Engells schaut sie ein wenig überrascht an, so wie er es in den seltenen Fällen, wenn sie einmal ihr Privatleben in ihren Gesprächen erwähnt, immer tut.

»Was wir brauchen, ist, dass alles normal läuft, damit wir weitermachen können …«

Der Büroleiter würde gern noch etwas sagen, und Rosa kann erkennen, dass er anderer Meinung ist.

»Engells, ich schätze Ihre Sorge sehr, doch wenn es jetzt nichts weiter gibt, dann würde ich gern zur Eröffnungsrede des Ministerpräsidenten rübergehen.«

»Selbstverständlich. Ich werde Ihre Entscheidung weiterleiten.«

Rosa geht zur Tür, wo Liu bereits wartet. Engells sieht ihr nach, und Rosa spürt, dass er noch lange, nachdem sie schon draußen ist, dort verharrt.

16

Das rechteckige Gebäude mit dazugehöriger Kapelle liegt an der vielbefahrenen Verbindungsstraße zwischen Nørrebro und Østerbro. Nicht weit vom Eingang ist normalerweise sehr viel Betrieb. Autos und eilige Passanten, und einen Steinwurf entfernt kann man die fröhlichen Stimmen von den Spielplätzen und Skaterbahnen im Fælled-Park hören. Doch in dem langgezogenen Kubus mit den vier sterilen Obduktionssälen und den Kälteräumen im Keller ist es unmöglich, nicht an den Tod und die Vergänglichkeit allen Seins erinnert zu werden. Es ist, als wäre der Ort unwirklich. Thulin war schon unzählige Male im Rechtsmedizinischen Institut, doch freut sie sich immer darauf, es durch die Drehtür am Ende des allzu langen Ganges, den sie jetzt gerade hinuntergeht, wieder zu verlassen.

Sie ist gerade mit der Leichenschau von Laura Kjær fertig

und versucht, Genz zu erreichen. Die Mailbox des Kriminaltechnikers lädt ein weiteres Mal dazu ein, doch eine Nachricht zu hinterlassen, doch Thulin bricht ab und drückt ungeduldig die Wahlwiederholung. Normalerweise kann man die Uhr nach ihm stellen, und es ist noch nie passiert, dass er nicht rechtzeitig geliefert hat. Und Thulin hat auch noch nie erlebt, dass er nicht ans Telefon geht, wenn sie ihn erreichen will. Genz hatte ihr bis 15 Uhr einen vorläufigen Ausdruck von Laura Kjærs Mailkorrespondenz samt SMS- und Anrufliste versprochen, jetzt ist es aber schon nach halb vier, und sie hat immer noch nichts gehört.

Die Leichenschau hat keine entscheidenden neuen Erkenntnisse gebracht. Der Gast von Europol, oder wohin er nun wieder gehört, war natürlich nicht wie verabredet aufgetaucht, und Thulin hatte auch keine Sekunde gewartet, sondern den Forensiker gebeten loszulegen. Die sterblichen Überreste von Laura Kjær lagen auf dem Obduktionstisch, während der Gerichtsmediziner in seinen Notizen auf einem Bildschirm blätterte und ein wenig darüber klagte, dass sie wegen verschiedener Verkehrsunfälle, die wohl dem starken Regen zuzuschreiben wären, heute ungewöhnlich viel zu tun hätten. Aber wenn er mal an einem Ende anfangen sollte, so würde der Mageninhalt von einem Abendessen zeugen, bestehend aus Kürbissuppe, Brokkolisalat mit Hähnchen, möglicherweise begleitet von einer Tasse Tee, die könnte aber auch früher eingenommen worden sein. Thulin hatte ihn ungeduldig gebeten, doch bitte vorzuspulen zu dem Teil, mit dem sie was anfangen könne. Auf so etwas reagierten die Rechtsmediziner immer barsch. »Thulin, das ist, als würdest du Per Kirkeby bitten, sein Werk zu erklären«, aber sie hatte sich nicht beirren lassen. Der Tag hatte ihr immer noch nicht die Antworten geliefert, auf die sie gehofft hatte, und während der Mediziner ihr seine Notizen vortrug, hatte sie wegen des Regens, der auf das Dach trommelte, immer mehr das Gefühl, sich in einem Sarg zu befinden.

»Es liegt eine extrem große Menge von blauen Flecken und Verletzungen vor, und sie ist fünfzig- bis sechzigmal mit einer Schlagwaffe aus Stahl oder Aluminium geschlagen worden. Welcher Art diese Waffe war, kann ich nicht sagen, doch aus den Verletzungen zu schließen war sie mit einer Kugel in der Größe einer Faust versehen, und die Kugel war mit kleinen, dicht sitzenden Spitzen von zwei bis drei Millimeter Länge bestückt.«

»Wie ein Morgenstern?«

»Im Prinzip ja, doch es ist *kein* Morgenstern. Ich habe schon darüber nachgedacht, ob es vielleicht ein Gerät sein könnte, das im Garten benutzt wird, mir ist aber nichts eingefallen. Die Fesseln um die Handgelenke haben dafür gesorgt, dass sie keine Möglichkeit hatte, sich zu schützen. Darüber hinaus ist sie auf dem Gelände mehrmals hingefallen und hat sich dadurch weitere Verletzungen zugezogen.«

Das meiste davon wusste Thulin schon von dem Gespräch mit Genz am Morgen, und deshalb war sie mehr daran interessiert, ob es etwas gab, was auf den Lebensgefährten Hans Henrik Hauge hinwiese.

»Sowohl als auch«, war die ärgerliche Antwort gewesen. »Die vorläufige Untersuchung deutet darauf hin, dass sich auf Unterhose, Hemd und Körper Haare und DNA von ihm finden, aber nicht mehr, als zu erwarten ist, wenn sie tatsächlich in ihrem gemeinsamen Doppelbett lag.«

»Vergewaltigt?«

Diese Möglichkeit und damit auch ein sexuelles Motiv hatte der Forensiker ausgeschlossen. »Sofern man nicht davon ausgeht, dass hinter sadistischer Bestrafung ein sexueller Trieb steht.«

Thulin hatte ihn gebeten, diese Bemerkung doch näher zu erläutern, und der Kollege hatte darauf hingewiesen, dass Laura Kjær gequält worden sei.

»Es kann nicht anders sein, als dass der Täter ihre Schmerzen gesehen hat, während er sie ihr zufügte. Hätte er sie nur totschlagen wollen, dann wäre das sehr schnell gegangen. Sie muss im Verlauf mehrmals ohnmächtig geworden sein, und meine Vermutung ist, dass sie ungefähr zwanzig Minuten misshandelt worden ist, ehe der Schlag ins Auge kam, der dazu führte, dass der Tod eintrat.«

Die Wunde von der fehlenden rechten Hand, die immer noch nicht gefunden worden war, hatte auch keine neuen Spuren ergeben. Der Gerichtsmediziner fasste zusammen, dass Amputationen ansonsten meist bei Personen aus Rockerkreisen zu finden seien, wo es sich allerdings eher um einzelne Finger handelte, die abgetrennt wurden, um Geldforderungen durchzusetzen, und dies in der Regel mit einer Geflügelschere, einem Samurai-Schwert oder dergleichen. Doch das war hier nicht der Fall.

»Rebschere, Heckenschere?«, hatte Thulin gefragt und an die Geräte in der Garage in Husum gedacht.

»Nein, es ist mit Sicherheit eine Art Säge gewesen. Eine Stichsäge oder eine Handkreissäge. Wahrscheinlich batteriebetrieben, wenn man bedenkt, dass der Täter sich auf einem Spielplatz befunden und freihändig gesägt hat, und meine direkte Vermutung ist, dass es sich bei der Klinge um ein Diamantsägeblatt oder dergleichen gehandelt hat.«

»Diamantsägeblatt?«

»Es gibt unterschiedliche Sägeblätter, je nachdem, wofür man eine Säge braucht. Diamantklingen sind am robustesten, die werden normalerweise dazu gebraucht, um durch Fliesen, Beton oder Mauerstein zu schneiden, und man kann sie in den meisten Baumärkten bekommen. Dieser Schnitt ist schließlich schnell gegangen. Andererseits war das Blatt offenbar grobzahnig, deshalb sieht die Wunde grob und etwas ungleichmäßig aus, was bei einem Blatt mit kleineren Zähnchen anders gewesen wäre. Abgesehen von alldem hat die Amputation ihren Zustand natürlich beträchtlich geschwächt.«

Die Feststellung des Gerichtsmediziners, dass Laura Kjær während der Amputation lebte, war so unangenehm, dass Thulin die nächsten paar Sätze nicht hörte, und deshalb darum bitten musste, dass er sie noch einmal wiederholte. Den übrigen Verletzungen zufolge hatte Laura Kjær umnebelt und durch den Blutverlust zunehmend geschwächt versucht zu fliehen, bis sie wahrscheinlich so schwach war, dass sie ohne Probleme am Hinrichtungsort vor dem Spielhäuschen abgesetzt werden konnte. Einen Moment lang hatte sich Thulin die Frau im Stockdunkeln vorgestellt, mit einem Verfolger auf den Fersen, und sie musste unwillkürlich daran denken, wie sie als Kind auf dem Bauernhof einer Freundin eines Sommers ein kopfloses Huhn nach der Schlachtung verwirrt hatte herumlaufen sehen. Thulin hatte den Gedanken weggeschoben und stattdessen nach Nägeln, Mund und Hautabschürfungen des Opfers gefragt, doch über die bereits erwähnten Verletzungen hinaus gab es an der Leiche keine Spuren von direktem Kontakt mit dem Täter. Der Forensiker hatte allerdings darauf hingewiesen, dass zum

Teil auch der Regen daran schuld sein könnte, dass es keine derartigen Spuren gab.

Jetzt hat Thulin die Drehtür erreicht und landet zum dritten Mal auf der Mailbox von Genz. Diesmal hinterlässt sie eine knapp formulierte Nachricht, die keinen Zweifel daran lässt, dass Genz sie so schnell wie möglich anrufen soll. Draußen schüttet es nach wie vor, und Thulin zieht ihren Mantel an und beschließt, die Wartezeit darauf zu verwenden, zum Polizeipräsidium zurückzufahren.

Es ist vorläufig bestätigt worden, dass der Lebensgefährte Hans Henrik Hauge gestern Abend um zirka 21.30 Uhr die IT-Messe verlassen hat, nachdem er mit dem Vizechef und zwei Kollegen aus Jylland während einer Besprechung über eine neue Firewall ein Glas Weißwein getrunken hatte. Danach jedoch ist Hauges Alibi unsicher. Er hatte im Hotel zwar eingecheckt, doch gab es niemanden, der bezeugen konnte, dass sein schwarzer Mazda 6 Kombi die ganze Nacht dort geparkt war. Hauge könnte, zumindest theoretisch, zu dem Haus in Husum hin und wieder zurückgefahren sein. Diese Verdachtsmomente waren jedoch noch nicht stark genug, um für ihn und sein Auto eine kriminaltechnische Untersuchung beantragen zu können, und deshalb brauchte Thulin dringend Genz und die Ergebnisse seiner technischen Arbeit.

»Entschuldigung. Das hat ein bisschen gedauert.« Plötzlich ist Hess durch die Drehtür gekommen. Seine Schuhe haben kleine Wasserpfützen hinterlassen, und er schüttelt seine Jacke, die völlig durchnässt ist. »Ich konnte meinen Hausverwalter nicht erreichen. Alles okay?«

»Ja, alles gut.«

Thulin geht durch die Drehtür, ohne sich umzusehen. Als sie draußen im Regen ist, läuft sie schnell zu ihrem Auto, um so wenig wie möglich nass zu werden, und sie kann die Stimme von Hess hinter sich hören.

»Ich weiß ja nicht, wie weit du jetzt bist, aber ich könnte Aussagen vom Arbeitsplatz des Opfers einsammeln, oder …«

»Nein, das ist bereits erledigt, mach dir deswegen also keine Gedanken.«

Thulin klickt ihr Auto auf und setzt sich hinein, doch ehe sie die Tür zuknallen kann, stellt sich Hess in den Weg. Er erschauert im Regen und sieht sie an.

»Ich glaube, du hast nicht verstanden, was ich gesagt habe. Es tut mir leid, dass ich zu spät bin, aber …«

»Ich habe durchaus verstanden. Du hast dich in Haag blamiert. Irgendjemand hat dir geraten, dass du dich erst mal hier im Präsidium einloggen sollst, bevor du wieder grünes Licht kriegst zurückzukommen. Das sagt dir natürlich gar nicht zu, und deshalb musst du jetzt die Zeit rumbringen, während du so wenig wie möglich tust.«

Hess bewegt sich nicht vom Fleck. Er steht nur da und sieht sie mit diesen Augen an, die sie immer noch gewöhnungsbedürftig findet.

»Nun war das ja wohl nicht die schwierigste Aufgabe, die du heute hattest.«

»Ich will es dir leichtmachen. Konzentriere du dich auf Haag und deine Wohnung, und ich sage nichts zu Nylander. Okay?«

»Thulin!«

Thulin schaut zum Eingang, wo der Gerichtsmediziner mit einem Regenschirm rausgekommen ist.

»Genz sagt, er könne dich nicht erreichen, aber du sollst sofort in die Technik fahren.«

»Warum? Er soll mich einfach nur anrufen!«

»Es gibt etwas, das du dir ansehen musst. Er sagt, du musst es dir anschauen, denn sonst würdest du glauben, er lügt.«

17

Das neue Hauptquartier der Kriminaltechnischen Abteilung der Polizei liegt im nordwestlichen Teil der Stadt. Draußen auf dem Parkplatz bei den Birken wird es schon dunkel, doch in den Labors, die auf der Etage über der großen Parkgarage liegen, wird immer noch mit Hochdruck gearbeitet.

»Aber SMS, Mail, Anrufe, habt ihr das alles schon gecheckt?«

»Die IT-Leute haben noch nichts von Bedeutung gefunden, aber das ist auch alles nicht so wichtig wie das, was ich dir jetzt zeigen werde.«

Thulin folgt Genz, der sie eben in der Rezeption abgeholt und sie und Hess als seine Gäste hat registrieren lassen, auf dem Fuße. Hess hatte darauf bestanden mitzukommen, aber das war wahrscheinlich mehr, damit sich nicht rumspricht, dass er die Ermittlung vernachlässigt. Während der Fahrt im Auto zeigte der Mann kein besonderes Interesse für den Obduktionsbericht aus der Gerichtsmedizin, den Thulin mitgenommen hatte, und Thulin hatte es auch nicht für nötig gehalten, den Fall mit ihm durchzugehen. Aber die Autofahrt hat sie ungeduldig gemacht, und Genz' kryptische Antworten noch viel mehr, doch es wirkt so, als würde sie erst mehr erfahren, wenn sie in seinem Labor sind.

Überall auf dem Weg dorthin kommen sie an verglasten Laborräumen vorbei. Die Techniker schwärmen wie kleine, weißgekleidete Bienen zwischen ihren Arbeitstischen herum, und eine Fülle von Klimaanlagen und Thermostaten an den Wänden sorgen dafür, dass Raumtemperatur und Luftfeuchtigkeit auf dem Niveau gehalten werden, das für die in den jeweiligen Laboren laufenden Untersuchungen erforderlich ist. In der Kriminaltechnischen Abteilung wird das gesammelte Material von jedem möglichen Tatort untersucht und beurteilt, sodass die Ermittler dann Zugang zu den betreffenden Daten erhalten können. Oft sind es die technischen Spuren, die einen Fall entscheiden, und Thulin hat im Laufe ihrer kurzen Zeit bei der Mordkommission gelernt, dass die Kriminaltechnische Abteilung sich um die minutiöse Untersuchung von so unterschiedlichen Dingen wie Bekleidung, Bettzeug, Teppichen, Tapeten, Lebensmitteln, Fahrzeugen, Vegetation und Erde kümmert. Und diese Liste ist im Grunde unendlich. So wie es die Aufgabe der Gerichtsmedizin ist, die Leiche zu untersuchen und die dazugehörigen Daten zugänglich zu machen, so ist es die Aufgabe der Kriminaltechnik, die Spuren vom Tatort und von möglichen Verdächtigen zu untersuchen und freizulegen. Gerichtsmedizin und Kriminaltechnik sind die zwei wissenschaftlichen Beine, auf denen eine Ermittlung steht, und beide sind verantwortlich für das Beweismaterial, das die Staatsanwaltschaft später benutzen kann, um einen Täter vor Gericht zu bringen.

Seit den 1990er Jahren zeichnet die Kriminaltechnische Abteilung auch für die so genannten IT-Spuren verantwortlich, und zwar in Form einer Unterabteilung, die das technologische Hab und Gut eines Opfers oder eines Verdächtigen untersucht. Mit dem wachsenden Fokus auf globalen Cyberverbrechen, Hackerangriffen und internationalem Terrorismus wird diese Unterabteilung seit 2014 nach und nach in das NC3 überführt, für das Thulin gern arbeiten würde, doch noch erledigt die Abteilung aus praktischen Gründen die kleineren, lokalen Aufgaben, wie zum Beispiel die Analyse der Computer- und Handydaten aus Laura Kjærs Haus, selbst.

»Was ist mit den anderen Spuren? Schlafzimmer, Garage?«

Thulin hat sich ungeduldig in dem großen Labor aufgebaut, in das Genz sie geführt hat.

»Nein. Aber bevor ich jetzt mehr sage, möchte ich wissen, ob wir ihm vertrauen können.«

Genz hat die Tür geschlossen und nickt jetzt zu Hess hin. Obwohl es Thulin schon ein bisschen freut, dass Genz in seiner Vorsicht gegenüber dem Fremden plötzlich so direkt ist, erstaunt es sie doch auch.

»Wie meinst du das?«

»Das, was ich dir gleich berichten werde, hat einen gewissen sensationellen Inhalt, und ich möchte nicht riskieren, dass die Information außer Kontrolle gerät. Das ist nicht persönlich gemeint. Ich hoffe, Sie verstehen das.«

Der letzte Teil der Bemerkung ist an Hess gerichtet, der keine Miene verzieht.

»Er ist von Nylander als Ermittler eingesetzt. Und jetzt, da er tatsächlich mal zur Stelle ist, würde ich davon ausgehen, dass wir ihm vertrauen können.«

»Thulin, ich meine es ernst.«

»Ich übernehme die Verantwortung. Jetzt lass mich hören, was du hast.«

Genz zögert einen Moment, bevor er sich seiner Tastatur zuwendet. Eilig beginnt er, einen Zugangscode einzutippen, während er mit der anderen Hand nach seiner Lesebrille auf dem Tisch angelt. So hat Thulin ihn noch nie erlebt. Er ist ernsthaft und exaltiert zugleich, und sie hatte eine aufregendere Ursache für seine besondere Laune erwartet als nur den Fingerabdruck, der jetzt auf dem HD-Bildschirm auf der Wand über dem beeindruckenden Schreibtisch erscheint.

»Es war reiner Zufall, dass ich das gefunden habe. Wir hatten ja entschieden, das Spielhäuschen an der Stelle, wo die Leiche angebracht war, nach Fingerabdrücken abzusuchen, für den Fall, dass der Täter sich an den Pfosten abgestützt oder mit einem Kleidungsstück daran hängengeblieben ist. Das war natürlich eine unmögliche Aufgabe. Es wimmelte da nur so von Fingerabdrücken, wahrscheinlich von den vielen Kindern, die das Spielhäuschen benutzen. Doch aus demselben Grund haben wir auch routinemäßig diese kleine Figur, das Kastanienmännchen, gecheckt, weil die doch relativ nahe bei der Leiche hing.«

»Genz, was ist hier so wichtig?«

»Der Fingerabdruck war auf der unteren Kastanie. Also auf dem Teil, den man als den Körper bezeichnen kann. Es war der einzige Abdruck, den es dort gab. Ich weiß nicht, ob euch das klar ist, aber wenn es um die Präzisierung von Fingerabdrücken geht, dann suchen wir normalerweise nach zehn Punkten in dem Fingerabdruck selbst, die man zur Identifikation verwenden kann. In Verbindung mit diesem Abdruck war es leider nur möglich, fünf Punkte festzumachen, weil der Abdruck verwischt ist. Doch im Prinzip reichen auch fünf Punkte aus. Es gibt jedenfalls unzählige Gerichtsfälle, wo man …«

»Reichen wofür aus, Genz?«

Genz hat derweil die fünf Punkte in dem Abdruck mit Hilfe seines elektronischen Stiftes und der digitalen Zeichenplatte auf dem Schreibtisch aufgezeigt, aber jetzt legt er den Stift weg und sieht Thulin an.

»Entschuldigung. Reichen aus, um sagen zu können, dass der Abdruck auf dem Kastanienmännchen – in fünf Punkten zumindest – identisch mit dem Fingerabdruck von Kristine Hartung ist.«

Die Information macht Thulin fassungslos, und einen Moment lang vergisst sie, Luft zu holen. Sie weiß nicht, was sie von Genz erwartet hat, doch zumindest, dass er etwas sagt, das sich im selben Sonnensystem wie ihrem eigenen abspielt.

»Der Treffer kam vom Computer, nachdem der die fünf Punkte identifiziert hatte. Das geschieht vollkommen automatisch, denn das Material ist mit der Datenbasis von Tausenden von Abdrücken aus früheren Fällen verbunden. Normalerweise möchte man natürlich gern mehr Punkte haben. Üblicherweise zehn, doch wie gesagt, kann man sagen, dass fünf Punkte ausreichen…«

»Kristine Hartung ist tot, zumindest nimmt man das an.«

Thulin hat sich gefangen, und ihre Stimme klingt verärgert, als sie weiterspricht: »Die Ermittlung ist zu dem Schluss gekommen, dass sie vor einem knappen Jahr ermordet wurde. Der Fall ist aufgeklärt, und der Täter ist verurteilt.«

»Das weiß ich wohl.«

Genz nimmt seine Lesebrille ab und sieht sie an.

»Ich sage ja auch nur, dass der Abdruck…«

»Aber das muss ein Fehler sein.«

»Es *ist* aber kein Fehler. Ich bin das in den vergangenen

drei Stunden wieder und wieder durchgegangen, denn ich wollte nichts sagen, ehe ich nicht sicher bin. Doch das bin ich jetzt. In fünf Punkten ist es ein Treffer.«

»Mit welchem Programm arbeitet ihr?«

Hess hat sich von seinem Platz im Hintergrund, wo er mit seinem Handy gesessen hat, erhoben, und Thulin bemerkt, dass sein Gesichtsausdruck wachsam geworden ist. Sie hört, wie Genz in zurückhaltendem Ton erklärt, mit was für einem daktyloskopischen System er arbeitet, und sie hört, wie Hess feststellt, dass bei Europol dasselbe System zur Identifikation von Fingerabdrücken verwendet wird.

Genz lebt auf, überrascht und froh, weil der Gast das Programm kennt, doch Hess erwidert die Begeisterung nicht.

»Wer ist denn Kristine Hartung?«, fragt er stattdessen.

Thulin wendet den Blick vom Fingerabdruck auf dem Bildschirm zu dem blauen und dem grünen Auge.

18

Es hat aufgehört zu regnen, und die Fußballfelder um die Sporthalle liegen öde da. Er sieht die einsame Gestalt zwischen den Bäumen herauskommen und über die Spielfelder gehen, wo der nasse Kunstrasen im Flutlicht glitzert. Erst als sie am letzten Tor vorbeikommt und sich der Betonumrandung des leeren Parkplatzes nähert, begreift er langsam, dass sie es wirklich ist. Sie hat dasselbe an wie am Tag als sie verschwand, und sie bewegt sich auf die Weise, die er so gut kennt, dass er sie unter Tausenden anderen Kindern erkennen würde. Als sie das Auto entdeckt, beginnt sie zu laufen, und als die Kapuze herunterrutscht und das Licht ihr Gesicht trifft, sieht er, wie sich ihr Lächeln ausbreitet. Sie hat rote Wangen von der Kälte, und er nimmt bereits ihren Duft wahr und weiß ganz genau, wie sie sich in seinen Armen anfühlen wird, wenn er sie an sich drückt. Sie lacht und ruft ihn, wie sie es so viele Male zuvor getan hat, und sein ganzer Körper zerspringt fast, als er die Tür aufreißt und sie an sich drückt und anfängt, sie immer im Kreis herumzuschwingen.

»Was machst du? Fahr schon!«

Die Hintertür knallt laut zu. Steen Hartung wacht verwirrt auf. Er hat hinter dem Steuer ans Fenster gelehnt geschlafen. Der Sohn sitzt in Trainingssachen mit seinen Taschen und Schlägern auf dem Rücksitz, und draußen fahren andere Kinder weg, die zu Steen hineinschauen und sich dann angrinsen.

»Bist du fertig mit …«

»Fahr einfach!«

»Ich muss erst den Schlüssel finden.«

Steen sucht nach dem Schlüssel, öffnet die Autotür in die Dunkelheit hinaus, sodass das Licht angeht, und findet den Schlüssel sogleich, er liegt unter dem Lenkrad auf dem Teppich. Der Sohn drückt sich tief in den Sitz, als die letzten Kinder vorbeifahren.

»So … da ist er ja.«

Steen schließt die Autotür.

»Lief es gut mit …«

»Du sollst mich nicht mehr abholen.«

»Was meinst du …«

»Das ganze Auto stinkt.«

»Gustav, ich weiß nicht …«

»Ich vermisse sie auch, aber ich trinke nicht!«

Steen hält inne. Er sieht zu den Bäumen hinaus und spürt das Gewicht von Tausenden toten, nassen Blättern, die ihn begraben. Im Rückspiegel kann er seinen Sohn sehen, der mit hartem Blick aus dem Fenster starrt. Er ist erst elf Jahre alt, und die Szene sollte komisch sein, ist es aber nicht. Steen würde gern etwas sagen. Sagen, dass es ungehörig ist, sagen, dass der Junge sich täuscht, oder laut und herzlich lachen und etwas Witziges antworten, was den Jungen zum Lachen bringen würde, denn er lacht gar nicht mehr, und es ist so lange her, dass er es das letzte Mal getan hat.

»Entschuldige … Du hast recht.«

Gustavs Blick bleibt derselbe. Er starrt einfach nur auf den leeren Parkplatz hinaus.

»Es war ein Fehler. Ich werde mich zusammenreißen …«

Immer noch keine Antwort.

»Ich kann gut verstehen, dass du das jetzt nicht glaubst, aber ich meine es ernst. Es wird nicht wieder vorkommen. Das Letzte, was ich will, ist, dich traurig zu machen. Okay?«

»Kann ich vor dem Essen noch mit Kalle spielen?«

Kalle ist Gustavs bester Freund, und er wohnt in ihrer Straße. Steen schaut ein letztes Mal in den Rückspiegel, dann dreht er den Schlüssel herum und startet den Wagen.

»Ja. Selbstverständlich.«

19

»Und was ist dann passiert?«

»Ja, dann ist die Opposition an die Decke gegangen. Die liefen Amok – erinnerst du dich an diese Frau von der Einheitsliste, die mit der Hornbrille?«

Steen steht an dem großen Gasherd und schmeckt das Essen ab. Er nickt mit einem Lächeln. Das Radio läuft im Hintergrund, und Rosa ist dabei, sich ein Glas Rotwein einzuschenken, und will ihm auch eins eingießen, doch er winkt ab.

»Du meinst die, die damals auf der Weihnachtsfeier zu viel getrunken hat und rausgeworfen wurde?«

»Ja, genau, die meine ich. Sie ist plötzlich mitten im Saal aufgesprungen und hat angefangen, den Ministerpräsidenten zu beschimpfen, und der Parlamentssprecher hat vergebens versucht, sie dazu zu bringen, sich wieder hinzusetzen. Und dann hat sie auch noch angefangen, den Sprecher zu beschimpfen. Und vorher hatte sie sich schon geweigert aufzustehen, als die Königin reinkam, deshalb fing jetzt der halbe Saal an, sie auszubuhen, und am Ende war sie so sauer, dass sie ihre Papiere von sich schmiss und alles zusammen mit ihrem Kugelschreiber und dem Brillenetui in der Gegend herumflog.«

Rosa muss grinsen, und Steen lässt sich anstecken. Er kann sich nicht erinnern, wann sie das letzte Mal in der Küche gestanden und sich auf diese Weise miteinander unterhalten haben, doch es fühlt sich an, als sei es viel zu lange her. In Gedanken schiebt er die Sache weg. Er mag nicht daran denken – die Sache, die sie traurig machen wird. Ihre Blicke begegnen sich im Nachklang des Lächelns, und einen Moment lang sagt keiner von ihnen etwas.

»Es freut mich, dass du einen guten Tag hattest.«

Sie nickt und trinkt von dem Wein, ein wenig zu rasch, kommt es ihm vor, aber sie lächelt weiter.

»Und du hast noch nicht mal vom neuen Sprecher der Volkspartei gehört.« Ihr Handy auf dem Küchentisch beginnt zu klingeln. »Aber das erzähle ich nachher. Ich ziehe mich eben um und rede noch kurz mit Liu wegen einer Stellungnahme morgen.«

Sie nimmt das Handy mit, und er hört, wie sie zu telefonieren beginnt, während sie die Treppen ins obere Stockwerk hinaufgeht. Steen schüttet den Reis ins kochende Wasser, und als es an der Tür klingelt, ist er nicht überrascht, denn er weiß, dass es nur Gustav ist, der von Kalle zurückkommt und zu faul ist, seine Schlüssel rauszusuchen.

20

Als sich die Eingangstür zu der großen Villa öffnet und Thulin in Steen Hartungs Gesicht schaut, bereut sie augenblicklich, hierhergekommen zu sein. Er hat eine Schürze umgebunden und einen Messbecher mit Resten von Reis in der einen Hand, und sein Blick verrät ihr, dass er jemand anders erwartet hatte, als er die Tür öffnete.

»Steen Hartung?«

»Ja.«

»Entschuldigen Sie die Störung. Wir kommen von der Polizei.«

Die Miene des Mannes verändert sich. Es ist, als würde in ihm etwas in Stücke gehen oder als würde er in eine Wirklichkeit zurückkehren, die er für einen Moment vergessen hatte.

»Dürfen wir reinkommen?«

»Worum geht es?«

»Es wird nur einen Augenblick dauern. Besser, wenn wir drinnen sprechen.«

Thulin und Hess sehen sich verlegen in dem großen Wohnzimmer um, während sie warten, ohne ein Wort zu wechseln. Draußen vor der großen, verglasten Terrassentür liegt der dunkle Garten. Der Esstisch unter der großen Arne-Jacobsen-Lampe ist für drei Personen gedeckt, und der Kräuterduft von einem Eintopfgericht hängt von der Küche her in der Luft. Plötzlich möchte Thulin einfach nur aus der Tür rennen, ehe Steen Hartung zurückkommt. Sie schielt zu ihrem Begleiter, der mit dem Rücken zu ihr steht und sich im Hintergrund umsieht, und sie weiß, dass sie aus dieser Richtung mit keiner Hilfe rechnen kann.

Nach dem Gespräch bei Genz in der Kriminaltechnischen Abteilung hatte sie Nylander angerufen, der verärgert wirkte, weil er in einer Besprechung gestört wurde. Seine Laune besserte sich nicht, als sie ihm den Grund ihres Anrufs mitteilte. Nylander war erst misstrauisch und insistierte, dass es sich um einen Fehler handeln müsse, doch als ihm aufging, dass Genz alles schon hundertachtzigmal gegengeprüft hatte, schwieg er. Trotz ihrer ansonsten negativen Meinung von der Abteilung wusste Thulin doch sehr gut, dass Nylander alles andere als dumm war, und es war offenkundig, dass er die Information sehr ernst nahm. Er sagte, es müsse eine logische Erklärung geben, einen natürlichen Zusammenhang, von dem sie nichts wussten, und deshalb hatte er sie zu Familie Hartung geschickt.

Hess hatte nicht viel gesagt. Im Auto auf dem Weg hierher hatte sie ihm einen Überblick zur Geschichte von Kristine Hartung verpasst. Die hatte sich zugetragen, ehe sie selbst in die Abteilung kam, war aber natürlich noch lange nach dem Abschluss des Falls ein Gesprächsthema im Polizeipräsidium und in den Medien gewesen. Und das bis heute.

Kristine Hartung war die Tochter von Rosa Hartung, der Politikerin und Sozialministerin, die gerade an diesem Tag ihr Comeback ins politische Leben gehabt hatte. Das zwölfjährige Mädchen war vor knapp einem Jahr auf dem Weg vom Sport nach Hause verschwunden. Ihre Tasche und ihr Fahrrad waren in einem Wald gefunden worden, und einige Wochen später war ein junger IT-Nerd, Linus Bekker, festgenommen worden. Er hatte mehrere Verurteilungen wegen Sexualdelikten auf dem Kerbholz, und die Liste von Indizien und Beweisen war überwältigend gewesen. Während einer Vernehmung im Polizeihaus hatte der Täter zugegeben, Kristine Hartung sexuell missbraucht und danach erstickt und in derselben Nacht die Leiche mit einer Machete, die man mit Kristine Hartungs Blut darauf in seiner Garage gefunden hatte, zerlegt zu haben. Eigenen Aussagen zufolge hatte er die Leichenteile an verschiedenen Plätzen im Waldgebiet von Nordsjælland vergraben, doch Linus Bekker, der als paranoid schizophren diagnostiziert worden war, war nicht in der Lage, der Polizei die genauen Stellen zu zeigen. Nach weiteren zwei Monaten des Suchens, das alle Ressourcen der Polizei bis zum Äußersten strapazierte, hatte man aufgegeben, da der Frost eingesetzt hatte und die Arbeit unmöglich machte. Linus Bekker war voriges Jahr unter großer Anteilnahme der Medien zur höchstmöglichen Strafe verurteilt worden, nämlich Einweisung in die Forensische Psychiatrie auf unbestimmte Zeit, was bedeutete, dass der Mann vermutlich fünfzehn bis zwanzig Jahre eingesperrt bleiben würde.

Thulin hört, wie das Radio ausgeschaltet wird, und Steen Hartung kehrt aus der Küche zurück.

»Meine Frau ist oben. Falls es ist, weil Sie …«

Steen Hartung hält inne und sucht nach Worten.

»Falls etwas gefunden worden ist... dann würde ich es gerne hören, bevor meine Frau etwas erfährt.«

»Nein, damit hat es nichts zu tun.«

Der Mann sieht sie an. Er wirkt zwar erleichtert, aber immer noch wachsam und misstrauisch.

»Wir sind heute in Verbindung mit der Untersuchung eines Tatorts auf einen Gegenstand gestoßen, der höchstwahrscheinlich den Fingerabdruck Ihrer Tochter trägt. Der Abdruck sitzt genauer gesagt auf einem so genannten Kastanienmännchen. Ich habe hier ein Foto, von dem ich gern möchte, dass Sie es sich ansehen.«

Thulin hält ihm das Foto hin, doch Steen Hartung schaut nur verwirrt darauf und dann wieder zu Thulin.

»Es ist nicht hundertprozentig sicher, dass es sich wirklich um ihren Fingerabdruck handelt, doch es ist ausreichend wahrscheinlich, dass wir eine Erklärung dafür suchen müssen, warum es ihn da gibt.«

Steen Hartung nimmt das Foto in die Hand, das Thulin auf den Esstisch gelegt hat.

»Ich verstehe nicht. Ein Fingerabdruck...?«

»Ja. Der Gegenstand wurde auf einem Spielplatz in Husum gefunden. Genauer gesagt an der Adresse Cedervænget 7. Sagt Ihnen diese Adresse oder dieser Spielplatz irgendetwas?«

»Nein.«

»Und eine Frau namens Laura Kjær? Oder ihr Sohn Magnus oder ein Mann namens Hans Henrik Hauge?«

»Nein.«

»Wäre es möglich, dass Ihre Tochter diese Familie gekannt hat? Oder andere in dieser Gegend – vielleicht sich dort zum Spielen verabredet oder jemanden besucht hat, oder …«

»Nein. Wir wohnen ja hier. Ich verstehe nicht, was das bedeuten soll.«

Einen Moment lang weiß Thulin nicht, was sie antworten soll.

»Es gibt wahrscheinlich eine logische Erklärung. Wenn Ihre Frau zu Hause ist, dann fragen wir sie vielleicht auch gleich, ob …«

»Nein, Sie werden meine Frau nicht befragen.«

Steen Hartung sieht sie plötzlich mit feindseligem Blick an.

»Es tut mir sehr leid, aber es ist notwendig, dass wir das herausfinden.«

»Das ist mir scheißegal. Sie werden nicht mit meiner Frau sprechen. Meine Antwort ist genauso gut wie ihre. Wir haben keine Ahnung, warum da ein Fingerabdruck sein könnte, und wir kennen auch den Ort nicht, von dem sie reden, und ich verstehe nicht, warum zum Teufel das überhaupt von Bedeutung ist!«

Steen Hartung wird plötzlich klar, dass Thulin und Hess auf einen Punkt hinter ihm schauen. Seine Frau ist die Treppe heruntergekommen, steht da und sieht sie aus der Diele an.

Einen Moment lang sagt niemand etwas. Rosa Hartung betritt das Wohnzimmer und nimmt das Foto auf, das Steen Hartung im Zorn von sich geschleudert hat. Thulin erwägt wieder, einfach rauszurennen, und ihr Ärger über Hess wächst, weil der nur im Hintergrund steht, ohne ein Wort von sich zu geben.

»Entschuldigen Sie die Störung. Wir …«

»Das habe ich schon gehört.«

Rosa Hartung betrachtet das Bild vom Kastanienmännchen, und es ist, als würde sie hoffen, etwas zu finden. Ihr Mann macht Anstalten, ihnen die Tür zu weisen.

»Sie gehen jetzt. Ich habe Ihnen schon gesagt, dass wir nichts wissen. Guten Tag.«

»Sie hat sie unten an der Hauptstraße verkauft …«

Steen Hartung erstarrt auf der Türschwelle und sieht sich nach seiner Frau um.

»Jeden Herbst. Zusammen mit Mathilde aus ihrer Klasse. Sie haben immer hier gesessen und eine Menge …«

Rosa Hartungs Blick wandert von dem Foto zu ihrem Mann, und Thulin kann an seinem Gesicht ablesen, dass er sich plötzlich erinnert.

»Wie verkauft?«

Das fragt Hess, der näher gekommen ist.

»Sie haben sich einen kleinen Verkaufsstand gebaut. Für Leute, die vorbeigingen, oder Autos, die anhielten. Sie haben auch Kuchen gebacken und Saft gemacht. Das konnte man dann zusammen mit einer der Figuren kaufen …«

»Und das haben sie auch letztes Jahr gemacht?«

»Ja … Sie saßen hier an diesem Tisch. Erst haben sie draußen im Garten die Kastanien gesammelt und dann die Männchen gebastelt. Ich kann mich daran erinnern, denn es war das Wochenende, bevor …« Rosa Hartung hält inne. »Warum ist das wichtig?«

»Es ist nur etwas, was wir untersuchen müssen. Im Zusammenhang mit einem anderen Fall.«

Rosa Hartung sagt nichts. Ihr Mann steht nur einen Schritt entfernt, und es ist, als würden sich beide im freien Fall befinden. Hess steht nur da und sieht die beiden an, und Thulin greift nach dem Foto wie nach einem Rettungsring.

»Vielen Dank. Wir haben alles erfahren, was wir brauchen. Entschuldigen Sie die Störung.«

21

Als Thulin aufs Gas tritt und wegfährt, sieht sie kurz nach Hess im Rückspiegel. Nachdem sie auf der Auffahrt die Autotür geöffnet hatte, sah er sich nach der Villa um und sagte, er wolle zu Fuß gehen, und das passte ihr gut.

Sie nimmt die erste Seitenstraße aus dem Viertel heraus und erledigt auf dem Weg zurück in die Stadt zwei Telefonanrufe. Zuerst Nylander, der geht sofort ran und hat offenbar auf ihren Anruf gewartet. Im Hintergrund kann sie seine Frau und die Kinder hören, und als sie ihm vom Ergebnis des Besuchs bei Kristine Hartungs Eltern erzählt, scheint er mit der Erklärung zufrieden. Ehe er auflegt, kann er ihr noch einschärfen, dass die Information weiterhin vertraulich behandelt werden muss, damit die Medien nicht irgendwas Nebensächliches aufblasen, das zu einer Belastung der Eltern wird, doch Thulin hört ihm nur mit halbem Ohr zu, denn das hat sie sich natürlich auch schon gedacht.

Danach ruft sie das dritte Bild im Stammbaum an, den Mann, den ihre Tochter Opa nennt – der immer loyale und robuste Aksel, dem sie selbst alles verdankt. Sie freut sich, seine Stimme und seine Ruhe zu vernehmen, und er erzählt, dass sie ein sehr kompliziertes südkoreanisches Videospiel spielen, von dem er rein gar nichts kapiert. Le fragt im Hintergrund, ob sie beim Opa übernachten darf, und Thulin gibt nach, obwohl sie keine Lust hat, heute Abend allein zu sein. Aksel hört es an ihrer Stimme, und sie beeilt sich zu sagen, dass alles in Ordnung ist, und beendet das Gespräch. Durch die Windschutzscheibe sieht sie Familien mit Einkaufstaschen nach Hause gehen, und sie verspürt Unruhe und versucht, sich zu beruhigen: Ein Mädchen verkauft ein Kastanienmännchen an einem Stand am Straßenrand, und das Kastanienmännchen landet zufällig in einem Spielhäuschen irgendwo in Husum. Punkt, Schluss. Sie trifft eine Entscheidung und biegt zur Store Kongensgade ab.

Ein älterer Mann in Pelz und mit einem kleinen Hund auf dem Arm kommt aus der Haustür und sieht misstrauisch hinter ihr her, als sie ohne zu klingeln in den Aufgang tritt. Sie geht die breite Treppe mit den großen herrschaftlichen Wohnungen hoch, und als sie im zweiten Stock ankommt, kann sie Musik aus der Wohnung hören. Sie klopft ein einziges Mal, öffnet aber die Tür ohne abzuwarten und marschiert direkt in die große Diele. Sebastian steht mit seinem Handy da, hat eben das Gespräch beendet, lächelt überrascht, immer noch im Anzug, was offenbar die einzige akzeptierte Uniform in seiner Branche zu sein scheint.

»Hallo?«

Thulin zieht ihren Mantel aus.

»Zieh die Klamotten aus, ich habe eine halbe Stunde.«

Ihre Hände ziehen seinen Reißverschluss runter und fangen schon mit dem Gürtel an, als sie Schritte hört.

»Junge, wo hast du denn wohl einen Korkenzieher?«

Ein älterer Mann mit scharf geschnittenen Zügen taucht mit einer Flasche Wein in der Türöffnung auf, und als die

Musik eine Pause macht, wird Thulin eine Kakophonie von Stimmen aus dem Wohnzimmer bewusst.

»Das ist mein Vater. Vater, das ist Naia.« Sebastian stellt sie einander vor und lächelt. Ein paar Kinder spielen Fangen und rennen durch den Flur in die Küche.

»Schön, Sie kennenzulernen. Schatz, komm doch mal!«

Ehe Thulin es gewahr wird, ist sie von Sebastians Mutter zusammen mit anderen Familienmitgliedern umringt. Nachdem sie dreimal versucht hat, den Vorschlag abzulehnen, wird ihr klar, dass sie wohl mit ihnen zu Abend essen muss.

22

Es geht ein Nieselregen nieder, und die Neonröhren von den Fahrradschuppen erleuchten das eine Ende des Basketballfeldes. Nasse Kinder mit arabischen Zügen halten kurz inne und sehen der Gestalt nach, ehe sie weiterspielen. Der Odinpark im Stadtteil Ydre Nørrebro hat nicht viele weiße Bewohner, wenn also ein eingeborener Däne auftaucht, dann wird das bemerkt. Meist sind es Polizeibeamte, uniformiert oder in Zivil, doch die kommen in der Regel zu zweit und nicht allein wie die Gestalt, die jetzt mit einer Takeaway-Tüte zu einem der Wohnhäuser am Rand des Komplexes schlendert.

Hess geht die Außentreppen in den dritten Stock hoch und dann den Balkongang entlang bis zur letzten Tür auf der Etage. Vor den anderen Türen stehen Mülltüten und Fahrräder und Kram, und aus einem gekippten Fenster sind arabische Stimmen zu hören, umflort von exotischen Kräuterdüften, die Hess an das tunesische Viertel in Paris erinnern. Vor der letzten Tür mit Nummer 37C stehen ein alter, verwitterter Gartentisch und ein wackliger, weißer Plastikstuhl, und Hess bleibt stehen, um den Schlüssel rauszuholen.

Die Wohnung ist dunkel, und er schaltet das Licht ein. Es sind zwei Zimmer, und seine dürftige Reisetasche steht an der einen Wand, wo er sie hingestellt hat, nachdem er früher am Tag den Schlüssel vom Hausverwalter bekommen hat. Zuletzt war die Wohnung an einen bolivianischen Studenten vermietet gewesen, doch der junge Mann ist im April nach Hause gereist, und angeblich war es seither nicht möglich, Hess' Wohnung wieder zu vermieten. Was eigentlich auch nicht verwunderlich ist. Das Wohnzimmer besteht aus einem Tisch, zwei Stühlen, einer Teeküche mit zwei Platten, dem unebenen und löchrigen Fußboden und vier nackten, fleckigen Wänden. Nichts Persönliches außer dem alten, ramponierten Fernsehapparat in der Ecke, der trotz seines analogen Aussehens immer noch funktioniert, weil er an das Kabelpaket der Eigentümergemeinschaft angeschlossen ist. Da Hess niemals da ist, gab es auch keinen Grund, die Wohnung einzurichten, die anfallenden Kosten sind aber über die Jahre von den Mietern bezahlt worden, und deshalb hat er sie behalten. Hess zieht seine Jacke aus, legt sein Pistolenholster und seine Zigaretten ab und hängt die Jacke zum Trocknen über eine Stuhllehne. Zum dritten Mal innerhalb einer halben Stunde ruft er Francois auf der vereinbarten Nummer an, doch der geht wieder nicht ran, und Hess hinterlässt auch keine Nachricht.

Als er am Tisch sitzt und die Pappschachtel mit dem vietnamesischen Essen öffnet, schaltet er den Fernseher ein. Er isst Hähnchen und Nudeln ohne Appetit und zappt ruhelos durch den Überfluss an Kanälen, bis er bei einem Nachrichtensender landet, der die heutigen Christiansborg-Bilder von Rosa Hartung zeigt, während die Hintergrundstimme noch einmal die Geschichte von ihrer Tochter erzählt, die verschwunden und das Opfer von Linus Bekker geworden ist. Hess zappt weiter und gerät an eine Natursendung über südafrikanische Spinnen, deren besonderes Merkmal es ist, dass sie, sowie sie geschlüpft sind, ihre Mütter auffressen. Die Sendung interessiert ihn nicht, aber sie stört ihn auch nicht in seinen Gedanken und Versuchen herauszufinden, wie er schnellstmöglich wieder nach Haag zurückkommen kann.

Ein paar dramatische Tage liegen hinter Hess. Am Wochenende war er mit sofortiger Wirkung durch seinen deutschen Chef Freimann bei Europol vom Dienst suspendiert worden. Vielleicht nicht völlig unerwartet, aber trotzdem eine Überreaktion. Zumindest sieht Hess es so. Die Entscheidung war darauf durch die Hierarchie gewandert, die Gerüchte erreichten rasch auch Kopenhagen, und am Sonntagabend war er nach Hause beordert worden, um Rede und Antwort zu stehen. Bei der Besprechung im Polizeipräsidium am Montagmorgen hatten die dänischen Chefs seiner Darstellung der Situation nicht geglaubt, und er war daran erinnert worden, dass die Sache deshalb besonders unangenehm sei, weil das Verhältnis der dänischen Polizei zu Europol seit dem großartigen Nein in der Volksabstimmung bereits angespannt sei. Hess würde mit anderen Worten nicht gerade dazu beitragen, die Zusammenarbeit zu verbessern, die ja von der Gnade von Europol abhinge. Tatsächlich hatte einer der Chefs betont, es wäre an der Grenze zu peinlich, und Hess hatte versucht, zerknirscht auszusehen, und dann hatte die Aufzählung seiner Sünden begonnen: Disziplinarprobleme in Form von Diskussionen mit Vorgesetzten, eigenmächtiges Fernbleiben, allgemeiner Schlendrian, angebliche Sauftouren in europäischen Hauptstädten sowie das alles überschattende Thema Burnout. Er hatte eingewandt, es handele sich um einen Sturm im Wasserglas, und er sei sicher, dass die Evaluation am Ende zu seinen Gunsten ausfallen würde. In Gedanken befand er sich bereits an Bord des 15.55-Uhr-Fluges zurück nach Haag, auf den er sich schon gebucht hatte, und wenn der Flug nicht verspätet war, würde er sich rechtzeitig zu Hause im zweiten Stock an der Zeekantstraat auf dem Sofa einfinden und das Champions-League-Spiel zwischen Ajax Amsterdam und Borussia Dortmund ansehen können.

Doch dann war die Bombe explodiert. Bis die Dinge geklärt seien, solle Hess als Ermittler in seiner früheren Abteilung, dem Morddezernat, arbeiten. Mit Beginn bereits am nächsten Morgen im Polizeihaus.

Hess hatte im Großen und Ganzen fast nichts mit nach Kopenhagen gebracht. Vor der Abreise hatte er nur das Allernotwendigste in die Reisetasche geworfen, und nach der missratenen Besprechung war er zurückgegangen und hatte wieder im Missionshotel am Hauptbahnhof eingecheckt, das er gerade erst verlassen hatte. Als Erstes hatte er seinen guten Freund und Kollegen Francois angerufen, um ihm die Situation zu erläutern und sich einen vorläufigen Wetterbericht aus Haag zu holen. Francois war ein kahlköpfiger Franzose von 41 Jahren, ursprünglich aus Marseille, die Familie in der dritten Generation bei der Polizei, ein harter Hund, aber so gut, wie der Tag lang war, und der einzige unter seinen Kollegen, den Hess mochte und dem er vertraute.

Francois hatte berichtet, dass die Evaluation in Gang sei und dass er Hess auf dem Laufenden halten und so gut wie möglich decken würde, sie aber ihre Aussagen koordinieren müssten, damit ihre jeweiligen Berichte nicht durchscheinen lassen würden, dass sie miteinander in Kontakt standen. Wenn sich die Sache zu einer Dienstaufsichtsbeschwerde entwickelte, dann könnte es auch sein, dass Telefongespräche abgehört würden, deshalb schien es eine gute Idee, sich zu diesem Zweck neue Handys anzuschaffen. Nach dem Gespräch hatte Hess ein Dosenbier aus der Minibar getrunken und versucht, den Hausverwalter zu erreichen, der im Besitz des Schlüssels zu seiner Wohnung war, denn es gab schließlich keinen Grund, in mehr Hotelnächte als unbedingt notwendig zu investieren. Doch die Hausverwaltung war schon zu, und Hess war zu der beschämenden 0:3-Niederlage von Ajax Amsterdam gegen die Deutschen in seinen Kleidern auf dem Hotelbett in den Schlaf gesunken.

Die Spinnen sind allmählich fertig damit, ihre Mütter zu fressen, als das neue Handy klingelt. Das Englisch von Francois ist nicht sonderlich geschmeidig, deshalb spricht Hess immer Französisch mit ihm, obwohl er das nur gebrochen und selbsterlernt beherrscht.

»Na, wie war dein erster Arbeitstag?«, ist das Erste, was Francois wissen will.

»Super.«

Sie koordinieren sich kurz, damit Francois weiß, was Hess in seinem Bericht schreiben wird, und Francois bringt ihn auf den neuesten Stand, wie sich die Dinge entwickeln.

Als sie fertig sind, spürt Hess, dass den Franzosen noch etwas bedrückt.

»Was ist?«

»Du wirst das hier nicht hören wollen.«

»Komm, raus damit.«

»Ich dachte mir nur: Warum entspannst du dich nicht und bleibst ein bisschen in Kopenhagen? Du sollst ja zurückkommen, aber vielleicht ist das Ganze gut für dich. Mal aus allem raus sein. Die Batterien aufladen. Ein paar süße dänische Mädchen kennenlernen und …«

»Du hast recht. Ich will das nicht hören. Kümmer du dich mal um deinen Bericht und schick ihn so schnell wie möglich an Freimann.«

Hess legt auf. Die Aussicht, in Kopenhagen bleiben zu müssen, ist im Laufe des Tages noch unerträglicher geworden. Die fast fünf Jahre bei Europol waren auch kein Zuckerschlecken, doch alles besser als hier. Als ein von der dänischen Polizei entsandter Verbindungsoffizier konnte man sich im Prinzip auch damit zufriedengeben, irgendwo im Hauptquartier in einem Büro vorm Computerbildschirm zu sitzen, doch Hess war bald nach seiner Ankunft als Ermittler für eine multinationale Einsatzgruppe rekrutiert worden. Im Durchschnitt hatte er 150 Reisetage im Jahr gehabt. Ein Fall hatte den anderen abgelöst. Berlin wurde Lissabon, Lissabon wurde Kalabrien, Kalabrien wurde Marseille, und so war es geblieben. Mit kleinen Unterbrechungen in Haag, wo man ihm eine Wohnung zur Verfügung gestellt hatte. Der Kontakt zum dänischen Polizeisystem war durch gelegentliche Rapporte aufrechterhalten worden, in denen die Verbindungen des Organisierten Verbrechens nach Nordeuropa und insbesondere Skandinavien und Dänemark aufgelistet wurden. In der Regel per E-Mail und in seltenen Fällen via Skype, und dieser periphere Kontakt hatte Hess sehr gut gepasst. Ebenso das Gefühl der Heimatlosigkeit. Im Laufe der Zeit hatte er auch gelernt, damit zu leben, dass der europäische Polizeiapparat ein Koloss auf tönernen Füßen war, mit Mengen von juristischen und politischen Hindernissen, die mit jedem Mal, das man auf sie stieß, unüberwindlicher erschienen.

War er ausgebrannt? Ja, vielleicht. Als Ermittler sah er die ganze Zeit neue Beispiele für organisierte Ungerechtigkeit, Boshaftigkeit und Tod. Er verfolgte Spuren, sammelte Beweise und führte unzählige Verhöre in allen Sprachen dieser Welt, doch oft wurden die Ergebnisse von den Politikern, die sich nicht über die Landesgrenzen hinweg zu einigen vermochten, den Hasen gegeben.

Auf der anderen Seite durfte Hess die meiste Zeit so ziemlich machen, was er wollte. Das war leicht möglich, weil das System so groß und labyrinthisch war. Zumindest bis vor Kurzem, als seine Abteilung einen neuen Chef bekommen hatte – Freimann, ein jüngerer Bürokrat aus dem ehemaligen Ostdeutschland, der in der europäischen Polizeizusammenarbeit große Möglichkeiten witterte und angefangen hatte, zu rationalisieren und aufzuräumen. Doch verglichen mit seinem ersten Arbeitstag in Kopenhagen erschien Hess inzwischen sogar ein Wochenende mit Freimann auf einer einsamen Insel geradezu verlockend.

Eigentlich hatte der Tag ganz gut angefangen. Er hatte vermeiden können, im Polizeipräsidium irgendwelchen alten Kollegen zu begegnen, und war dann vom Morgen an aus dem Haus geschickt worden. Die Ermittlerin, der er an die Seite gestellt worden war, war sehr viel schlauer als die meisten und war offensichtlich einfach nicht an seiner Anwesenheit interessiert, was nur von Vorteil sein konnte. Doch ein scheinbar leicht zu durchschauender Mordfall in einem Ligusterheckenviertel war plötzlich durch einen Fingerabdruck kompliziert geworden, und ehe er es gewahr wurde, hatte er in einem Zuhause gestanden, wo die Trauer wie dicker Teer an den Wänden geklebt hatte, weshalb er am liebsten schreiend rausgerannt wäre.

Nach dem Besuch bei Familie Hartung hatte er Luft gebraucht. Es gab etwas, was an ihm nagte, und das war nicht nur die Trauer gewesen. Ein Detail. Etwas, was noch kein Gedanke geworden war, oder vielleicht war es auch bereits zu einem Gedanken geworden, mit dem dazugehörigen Regenschauer an Fragen, die sein aufkeimendes Bewusstsein doch wieder von sich geschoben hatte, sodass er nichts in der Sache unternehmen musste.

Hess war durch die nassen Straßen gewandert, hatte einen Umweg in die Stadt genommen, die er nicht mehr wiedererkannte. Überall Glas und Stahlkonstruktionen, Straßenarbeiten, die von einer Stadt in Veränderung zeugten, im Prinzip bloß eine europäische Hauptstadt unter vielen, aber doch immer noch viel kleiner, harmloser und sicherer als die meisten Hauptstädte im Süden. Fröhliche Familien mit Kindern hatten Herbst und Regen getrotzt und sich von den Belustigungen des Tivoli einfangen lassen, aber die Haufen von heruntergefallenem Laub unter den Kastanienbäumen an den Teichen hatten ihn wieder an Laura Kjær denken lassen. Das Postkartenbild von dem sicheren Märchenland hatte erneut begonnen, Risse zu zeigen, und an der Dronning-Louises-Brücke waren wie kleine beschwerliche Geister seine eigenen Erinnerungen aufgetaucht, und die waren erst wieder verschwunden, als er nach Ydre Nørrebro kam.

Hess weiß gut, dass es ihm egal sein kann. Es ist nicht seine Verantwortung. Verrückte gibt es überall, und jeden Tag verlieren Eltern ihre Kinder, so wie Kinder ihre Eltern verlieren. Das hat er schon so oft gesehen, in so vielen Orten und Ländern, mit so vielen verschiedenen Erscheinungsformen, dass er sich gar nicht mehr daran erinnern will. In wenigen Tagen wird der versöhnende Anruf aus Haag kommen, und dann spielt es überhaupt keine Rolle mehr, was er heute erlebt hat. Er wird sich mit einem festen Auftrag in ein Flugzeug, einen Zug oder ein Auto setzen, und bis dahin kommt es nur darauf an, die Zeit rumzukriegen.

Hess wird klar, dass er dasitzt und apathisch auf die spakigen Wände starrt. Damit die Unruhe sich nicht wieder seiner bemächtigt, wirft er die Pappschachtel mit den Nudelresten in den Mülleimer und geht zur Tür.

23

Die Stimme von Bob dem Baumeister dröhnt durchs Wohnzimmer von Nehru Amdi, und vor allem das jüngste der Kinder saugt vor dem Fernseher die guten Ratschläge in sich hinein. Nehru Amdi selbst ist gerade dabei, für seine Frau und die vier Kinder Lammcurry zu kochen, als es an der Tür klopft. Seine Frau signalisiert ihm, dass sie gerade mit ihrem Cousin am Telefon über geschäftliche Dinge redet, also muss Nehru zur Tür gehen. Er öffnet verärgert, mit der Schürze um den Bauch, und draußen steht der weiße Mann von Nummer 37C, den Nehru heute früh schon einmal kurz gesehen hat.

»Ja, bitte?«

»Entschuldigen Sie die Störung, aber ich würde gern meine Wohnung streichen. 37C.«

»Die Wohnung streichen? Jetzt?«

»Ja, genau. Die von der Wohnungsgesellschaft haben gesagt, Sie seien der Hausmeister und wüssten, wo Farben und Malergeräte stehen.«

Nehru bemerkt, dass die Augen des Mannes von unterschiedlicher Farbe sind. Eines ist grün, das andere blau.

»Aber Sie können doch nicht einfach drauflosstreichen. So was darf man nicht ohne Einverständnis des Wohnungseigentümers machen, und der ist verreist.«

»Ich *bin* der Eigentümer.«

»*Sie* sind der Eigentümer?«

»Vielleicht können Sie mir ja einfach den Schlüssel geben. Stehen die Sachen im Keller?«

»Doch, doch, aber es ist Abend. Man kann um diese Zeit nicht streichen, und schon gar nicht ohne Lampen. Haben Sie Lampen?«

»Nein, aber jetzt habe ich Zeit«, antwortet der Mann ungeduldig. »Ich bin für ein paar Tage in Kopenhagen und würde gern die Wohnung so herrichten, dass ich sie zum Verkauf ausschreiben kann. Könnte ich dann jetzt die Schlüssel bekommen, wenn es keine Mühe macht?«

»Ich kann die Kellerschlüssel nicht einfach aus der Hand geben. Warten Sie im Flur, ich komme gleich.«

Der Mann nickt und geht. Nehrus Frau wirft Nehru einen langen Blick zu, während er die Schlüssel sucht. Kein normaler weißer Mann besitzt freiwillig eine Wohnung im Odinpark, und auf gar keinen Fall wohnt er hier. Er gibt also allen Grund, wachsam zu sein.

Die Malerrolle fährt eilig die Wand hoch und runter und verspritzt dicke Placken Farbe auf die auf dem Fußboden ausgebreitete Pappe. Als Nehru mit einem weiteren Farbeimer zur Tür hereinkommt, lässt der Mann die Rolle in die Schale mit Farbe platschen, um dann seine Arbeit mit schweißnassem Gesicht fortzusetzen.

»Da war nur noch dieser eine Eimer, aber ich habe keine Zeit mehr, Sie müssen also selbst nachsehen, ob es derselbe Farbcode ist.«

»Das ist egal, Hauptsache, es ist weiß.«

»Nein, das ist nicht egal. Es muss derselbe Code sein.«

Nehru nimmt die Jacke des Mannes vom Tisch, um Platz für den Eimer zu machen, damit er den Code kontrollieren kann. Ein Pistolenholster wird sichtbar, und Nehru erstarrt.

»Schon okay, ich bin Polizist.«

»Ja, natürlich«, erwidert Nehru, macht einen halben Schritt zurück Richtung Tür und muss an den warnenden Blick seiner Frau denken.

Der Mann klappt mit den Fingerspitzen, die schon ganz weiß bespritzt sind, seine Polizeimarke auf.

»Ehrlich. Das hier bin ich.«

Nehru beruhigt sich ein klein wenig, als er die Marke ansieht, während die große Gestalt wieder anfängt, die Malerrolle hoch- und runterzufahren.

»Verdeckter Ermittler? Braucht ihr die Wohnung zur Überwachung?«

Der Odinpark steht oft im Verdacht, Brutstätte sowohl für kriminelle Gangs wie islamistische Terroristen zu sein, so gesehen fragt Nehru nicht ohne Grund.

»Nein. Es ist einfach meine Wohnung. Keine Überwachung. Aber ich arbeite im Ausland, und deshalb will ich sie loswerden. Lassen Sie die Tür auf, wenn Sie gehen, damit ein bisschen Luft reinkommt.«

Die Antwort wirkt entwaffnend auf Nehru. Er wundert sich immer noch, wie der Mann darauf gekommen ist, sich ausgerechnet im Odinpark was zu kaufen, aber es kommt ihm doch beruhigend vor, dass er allein arbeiten will. Sehr dänisch und normal. Nehru wirft einen Blick auf die Gestalt und kann sich nicht beherrschen. Der große Mann streicht, wie ein Pferd galoppiert. Als würde es sein Leben bedeuten.

»Sie drücken viel zu fest auf. Darf ich mal die Rolle sehen …«

»Nein, es geht schon.«

»Ohne Arbeitslicht sehen Sie doch auch gar nichts.«

»Alles in Ordnung.«

»Stopp, sage ich. Wenn ich Ihnen nicht helfe, wird Sie das ärgern, was Sie da machen.«

»Ich werde mich nicht ärgern, das verspreche ich.«

Aber Nehru hat schon den Stiel gepackt und begutachtet die Rolle, während der Mann hartnäckig den Griff festhält.

»Hab ich's mir doch gedacht. Die muss gewechselt werden. Ich hole gleich eine andere.«

»Nein, die ist gut.«

»Ist sie nicht. Ich bin von Haus aus Malermeister, und Handwerk verpflichtet.«

»Hören Sie doch, ich will einfach nur streichen …«

»Handwerk verpflichtet! Wer kann, der muss. Tut mir leid, aber das geht nicht anders.«

Der Mann lässt den Griff der Rolle fahren. Einen Moment lang starrt er verloren vor sich hin, als hätte Nehru ihn um den Sinn seines Lebens gebracht, und Nehru beeilt sich, mit der Rolle zu verschwinden, ehe der Mann es sich anders überlegt.

Ganz hinten in der Abseite seiner Wohnung findet Nehru schnell ein paar Arbeitslampen und in einem großen Eimer eine neue Malerrolle. Seine Frau sitzt mit den Kindern am Tisch und versteht ihn nicht. 37C soll doch alleine klarkommen, bis sie gegessen haben, findet sie.

»Der Mann ist vielleicht nur ein Lügner und in Wirklichkeit ein armer Irrer, den die Stadtverwaltung hier im Komplex untergebracht hat.«

Nehru verzichtet auf eine weitere Diskussion mit ihr und schließt mit den Sachen unterm Arm die Wohnungstür hinter sich. Er will gerade den Griff mit der alten Rolle von der Zeitung auf der Fußmatte pflücken, als er plötzlich die Gestalt von 37C unten übers Basketballfeld rennen und aus dem Wohnkomplex verschwinden sieht.

Einen Moment lang versteht Nehru gar nichts mehr. Und dann denkt er, dass die Menschen heutzutage keinen Respekt mehr voreinander haben und dass seine Frau wahrscheinlich recht hatte mit dem Irren und der Stadtverwaltung. Wie auch immer, es ist eine ausgezeichnete Idee, dass der Mann verkaufen will.

24

Zu ihrer eigenen Überraschung hat Thulin langsam begonnen, sich beim Abendessen in der herrschaftlichen Wohnung in der Store Kongensgade zu amüsieren. Sebastians Familie ist eine anerkannte, wohlhabende Anwaltsfamilie mit dem Vater als über allem thronender Patriarch. Vor bald zehn Jahren wurde er zum Richter am Landgericht ernannt, also führen heute Sebastian und sein großer Bruder die Anwaltsfirma, was jedoch keineswegs bedeutet, dass die Brüder sich in allen Dingen einig wären. Das ist im Laufe des Abendessens offensichtlich geworden. Die etwas linkischen neoliberalistischen Bemerkungen des großen Bruders über Staat und Gesellschaft wirbelten über den Tisch, dicht gefolgt von Sebastians schnellen Kontern und dem Hinweis seiner Schwägerin darauf, dass das Gefühlsleben des Bruders mit seiner Bestallung zum Rechtsanwalt abgestorben sei. Der Vater hatte Thulin über ihre Arbeit bei der Mordkommission ausgefragt und dafür gelobt, dass sie zum NC3 wechseln wolle, wo ganz sicher im Gegensatz zum verstaubten Morddezernat die Zukunft läge. Der große Bruder hielt dagegen, dass keine dieser Abteilungen in 20 Jahren noch existieren würde, weil dann hoffentlich sowieso die ganze Polizeiarbeit privatisiert worden sei. Mitten während des Hauptgangs stellte er dann zur Diskussion, warum Sebastian offensichtlich nicht attraktiv genug sei, dass Thulin mit ihm zusammenziehen wolle.

»Ist er vielleicht nicht Manns genug, dir zu geben, was du gern hättest?«

»Doch, das ist er. Ich will ihn nur lieber sexuell ausnutzen, anstatt das in einer Paarbeziehung abzutöten.«

Die Antwort bringt die Frau des großen Bruders dermaßen zum Lachen, dass Rotwein auf das weiße Boss-Hemd ihres Ehemannes spritzt, weshalb er sofort hartnäckig mit der Stoffserviette daran herumreibt.

»Darauf trinken wir«, sagt sie und leert das Glas, noch ehe die anderen ihr folgen können. Sebastian wirft Thulin ein Lächeln zu, und seine Mutter drückt kurz ihre Hand.

»Jedenfalls sind wir froh, Sie kennenzulernen, und ich weiß, dass Sebastian auch froh ist.«

»Mutter, hör auf.«

»Ja, aber ich sage doch gar nichts!«

Sie hat dieselben Augen wie Sebastian. Denselben warmen, dunklen Schimmer, der Thulin aufgefallen war, als sie ihn vor etwas mehr als vier Monaten in Zusammenhang mit einem ihrer Fälle im Gerichtssaal sah. Sebastian Valeur im Gericht zu beobachten, das war, als würde man einen fabrikneuen Tesla in einem Oldtimermuseum bestaunen, und doch wurde ihr Vorurteil, dass er bestimmt arrogant wäre, schnell Lügen gestraft. Als Pflichtverteidiger eines angeklagten Somaliers vertrat er seinen Klienten ohne Vorbehalte und zugleich mit so viel realistischem Geist, dass er den Mann dazu überredet hatte, die häusliche Gewalttat, derer er angeklagt war, zu gestehen. Danach hatte Sebastian sie vor dem Gerichtsgebäude abgefangen, und auch wenn er kein Glück damit gehabt hatte, sie zum Essen einzuladen, fand sie ihn doch anziehend. Eines späten Nachmittags Anfang Juni war sie unangemeldet in der Rechtsanwaltskanzlei in der Amaliegade aufgetaucht und hatte ihm, als sie schließlich allein im Büro waren, die Hose ausgezogen. Es war von ihr aus nicht geplant gewesen, dass sich daraus mehr entwickeln sollte, doch der Sex-Part war überraschend gut gewesen, und Sebastian hatte kapiert, dass sie nicht auf eine Bekanntschaft aus war, mit der sie einen gemütlichen Spaziergang zur Kleinen Meerjungfrau machen konnte. Doch jetzt, als sie da sitzt und über seine leicht exzentrischen Familienmitglieder kichert, wirkt auch dieser Punkt nicht mehr so abschreckend, wie er anfangs schien.

Das laute Klingeln eines Handys bringt die Gespräche um

den Tisch zum Verstummen, und Thulin muss in die Tasche greifen und rangehen.

»Ja, hallo?«

»Hier Hess. Wo ist der Junge jetzt?«

Thulin steht auf und geht in die Diele, um allein zu sein.

»Welcher Junge?«

»Der aus Husum. Es gibt da etwas, was ich ihn fragen muss, und zwar jetzt.«

»Du kannst jetzt nicht mit ihm reden. Ein Arzt hat ihn untersucht und festgestellt, dass er wahrscheinlich unter Schock steht, deshalb ist er in eine Notaufnahme gebracht worden.«

»Welche Notaufnahme?«

»Warum?«

»Egal. Ich finde es schon raus.«

»Warum willst du …?«

Die Verbindung wird unterbrochen. Thulin steht einen Moment mit dem Handy in der Hand da. Drinnen um den Tisch wird das Gespräch wieder aufgenommen, doch sie hört nicht mehr, was gesagt wird. Als Sebastian auftaucht und fragt, ob was passiert sei, da hat sie schon ihren Mantel an und ist auf dem Weg zur Tür hinaus.

25

Die Flure sind menschenleer und nur schwach beleuchtet, als Thulin das Kinder- und Jugendpsychiatrische Zentrum im Glostrup Hospital betritt. Als sie zum Empfang kommt, kann sie im dahinterliegenden Büro Hess mit einer älteren Krankenschwester diskutieren sehen. Ihre Stimmen sickern unter der Tür zu dem Glaskasten, in dem sie stehen, heraus, und ein paar Teenager in Hausschuhen sind stehen geblieben, um zu sehen, was da passiert. Thulin schiebt sich an ihnen vorbei, klopft an die Tür und öffnet sie.

»Komm mal mit.«

Hess entdeckt sie und trottet widerwillig hinter ihr her, während die Krankenschwester ihm wütend nachsieht.

»Ich will mit dem Jungen reden, aber irgendein anderer Idiot hat ihnen versprochen, dass er heute nicht weiter gestört wird.«

»*Ich* habe das versprochen. Worüber willst du mit ihm sprechen?«

Sie sieht Hess an, dessen Gesicht und Hände weiße Farbsprenkel tragen.

»Der Junge ist heute bereits einmal befragt worden, und wenn du mir nicht sagen kannst, worum es geht, dann kann es nicht wichtig sein.«

»Nur ein paar Fragen. Wenn du die Krankenschwester überreden kannst, dann verspreche ich im Gegenzug, dass ich morgen früh anrufe und mich krankmelde.«

»Sag mir erst, was du ihn fragen willst.«

26

Die Station im Kinder- und Jugendpsychiatrischen Zentrum ist ziemlich identisch mit der Abteilung für Erwachsene, doch sind überall kleine Inseln mit Spielsachen und Büchern und dazu Stühle und Tische in Kindergröße verteilt. Das macht keinen großen Unterschied, denn das Interieur wirkt trotzdem öde und trist, doch Thulin weiß aus Erfahrung, dass es Orte für Kinder gibt, an denen es sehr viel schlimmer aussieht als hier.

Endlich kommt die Krankenschwester aus der Tür zum Zimmer des Jungen. Sie ignoriert Hess und schaut Thulin direkt an.

»Ich habe ihm gesagt, dass es nur fünf Minuten dauert. Aber er spricht nicht viel, so ist das schon, seit er hierhergekommen ist, und das ist auch sein gutes Recht. Sind wir uns darüber einig?«

»Natürlich, danke.«

»Und ich habe die Uhr im Blick.«

Die Krankenschwester zeigt auf ihre Armbanduhr und sieht dann ärgerlich Hess nach, der schon die Hand auf der Türklinke hat.

Magnus Kjær sieht nicht auf, als sie hereinkommen. Er sitzt auf seinem Bett unter einer Decke, das Kopfende ist hochgefahren, und auf dem Schoß hat er einen tragbaren Computer mit einem großen Krankenhauslogo auf der Rückseite. Es ist ein Einzelzimmer. Die Gardinen sind vorgezogen, auf dem Nachttisch brennt eine einfache Lampe, doch das Gesicht des Jungen wird vom Computerschirm beleuchtet.

»Hallo Magnus, entschuldige, dass wir dich stören. Ich heiße Mark, und das hier ist …«

Hess sieht kurz zu Thulin, die noch dabei ist, sich an den Gedanken zu gewöhnen, dass ihr neuer Kollege auch einen Vornamen hat.

»Naia.«

Der Junge grüßt nicht, und Hess tritt an das Bett.

»Was spielst du? Darf ich mich kurz setzen?«

Hess lässt sich auf dem Stuhl neben dem Bett nieder,

während Thulin im Hintergrund stehen bleibt. Irgendetwas gibt ihr das Gefühl, es sei besser, Abstand zu den beiden zu halten.

»Magnus, ich würde dich gerne etwas fragen. Wenn ich darf. Darf ich, Magnus?«

Hess sieht den Jungen an, der nicht reagiert, und Thulin denkt, das hier ist Zeitverschwendung. Alle Konzentration des Jungen richtet sich auf den Bildschirm und die Tastatur, auf der seine Finger eifrig herumtippen. Es ist, als habe er eine Blase um sich herum, und Hess kann noch bis morgen früh fragen, ohne dass er eine Antwort bekommt.

»Was spielst du? Läuft es gut?«

Der Junge antwortet immer noch nicht, aber Thulin hat sofort League of Legends vom Bildschirm ihrer Tochter wiedererkannt.

»Das ist ein Videospiel. Da geht es darum, dass …«

Hess hebt die Hand zum Zeichen, dass Thulin still sein soll, schaut aber weiterhin unverwandt auf den Bildschirm des Jungen.

»Du spielst auf Summoner's Rift. Die Map mag ich auch am liebsten. Dein Champion, ist das Lucian the Purifier?«

Der Junge antwortet nicht, und Hess zeigt auf eines der Symbole ganz unten auf dem Schirm.

»Wenn du Lucian bist, dann kriegst du bald ein Upgrade.«

»Hab ich schon. Warte aufs nächste Level.«

Die Stimme des Jungen ist mechanisch und monoton, und Hess zeigt unbeeindruckt auf den Schirm.

»Pass auf, da kommen Minions. Nexus wird eingezogen, wenn du nichts unternimmst. Drück auf Magic, damit du nicht failst.«

»Ich faile nicht. Ich *hab* schon Magic gedrückt.«

Thulin unterdrückt ihr Erstaunen. Die Kollegen, mit denen sie auf der Polizei zu tun hat, kennen sich mit Videospielen ungefähr so gut aus wie mit Kantonesisch, doch Hess ist offenbar eine Ausnahme. Das hier ist das beste Gespräch, das Magnus heute gehabt hat, das sieht sie ihm an. Und dasselbe gilt wahrscheinlich auch für den Mann, der auf dem Stuhl neben ihm sitzt und aufrichtig engagiert wirkt.

»Du spielst echt gut. Wenn du einen Break hast, würde ich dir gern eine andere Mission geben. Das läuft ein bisschen anders als in LoL. Dafür brauchst du alle deine Skills.«

Magnus klappt augenblicklich den Computer zu und wartet auf Hess, ohne ihn anzusehen. Hess holt drei Fotos aus seiner Innentasche und legt sie umgedreht vor dem Jungen auf die Decke. Thulin sieht ihn erstaunt an und tritt auf die beiden zu.

»Das war nicht vereinbart. Du hast nichts von Fotos gesagt.«

Hess ignoriert sie und sieht den Jungen an.

»Magnus, gleich werde ich die Fotos eines nach dem anderen umdrehen. Du bekommst zehn Sekunden pro Foto, um es dir anzusehen und mir zu sagen, ob darauf irgendwas anders ist als sonst. Irgendwas, was nicht da sein sollte. Etwas Auffälliges, was nicht da hingehört. Ein bisschen so wie ein trojanisches Pferd, das sich in deinen Compound geschlichen hat. Okay?«

Der Neunjährige nickt und sieht zielgerichtet auf die Rückseiten der Fotos, die auf der Decke bereitliegen. Hess dreht das erste Bild um. Es ist ein Ausschnitt aus der Küche am Cedervænget oder, genauer gesagt, von Küchenregalen mit Kräutern und den Beruhigungsmitteln des Jungen.

Offensichtlich von Genz und seinen Leuten von der Spurensicherung aufgenommen. Thulin wird plötzlich klar, dass Hess, bevor er hierherkam, im Polizeipräsidium vorbeigefahren sein muss, um die Fotos zu holen, und das macht sie noch wachsamer.

Magnus' Blick wandert von einem Detail zum nächsten, analysiert mechanisch das Foto, doch dann schüttelt er den Kopf. Hess lächelt ihm anerkennend zu und dreht das nächste Bild um. Es ist ein nichtssagendes Foto, diesmal von einer Ecke im Wohnzimmer, mit ein paar Frauenzeitschriften und einer zusammengefalteten Decke auf dem Sofa. Im Hintergrund sieht man ein Fensterbrett mit dem digitalen Fotorahmen, auf dem ein Bild von Magnus zu sehen ist. Der Junge wiederholt mechanisch den Prozess und schüttelt dann den Kopf. Hess dreht das letzte Foto um. Es ist ein Ausschnitt vom Spielhäuschen auf dem Naturspielplatz. Thulin schaudert es, und sie beeilt sich zu kontrollieren, dass auch keine Spur von Laura Kjær zu sehen ist. Das Foto ist aus einem Winkel aufgenommen, der vor allem die Schaukeln und die bronzefarbenen Bäume im Hintergrund zeigt. Doch nach kaum einer Sekunde liegt der Finger des Jungen in der obersten rechten Ecke des Bildes auf dem kleinen Kastanienmann unter dem Balken am Spielhaus. Thulin sieht auf den Finger und spürt das Schweigen wie einen Knoten im Magen, bis Hess weiterspricht.

»Bist du sicher? Den hast du noch nicht gesehen?«

Magnus Kjær schüttelt den Kopf.

»War gestern nach dem Abendessen mit Mama auf dem Spielplatz. Kein Kastanienmann.«

»Stark … Du bist wirklich gut. Weißt du auch, wer ihn da hingehängt hat?«

»Nein. Ist die Mission beendet?«

Hess sieht den Jungen an und richtet sich wieder auf.

»Ja. Danke … Du warst eine echt große Hilfe, Magnus.«

»Kommt Mama nicht wieder?«

Einen Moment lang weiß Hess offensichtlich nicht, was er antworten soll. Magnus sieht ihn immer noch nicht an, und die Frage bleibt viel zu lange in der Luft hängen, bis Hess die Hand des Jungen nimmt, die auf der Decke liegt, und ihn ansieht.

»Nein, das wird sie nicht. Deine Mutter ist jetzt an einem anderen Ort.«

»Im Himmel?«

»Ja. Sie ist jetzt im Himmel. Ein guter Ort.«

»Kommst du zurück und spielst mit mir?«

»Natürlich. Wann anders.«

Der Junge öffnet den Computer, und Hess muss die Hand loslassen.

27

Hess steht mit dem Rücken zur Tür und raucht, und der Wind wirbelt den Rauch zwischen dem Gebäude und den Bäumen auf. Vor ihm liegt der große, dunkle Parkplatz mit den alten, schwarzen Bäumen, deren Wurzeln den Asphalt ausbeulen und sich kreuz und quer durch den Belag pressen. Als Thulin hinaustritt, sieht sie einen Krankenwagen über den Platz und in die Garagenanlage hineinholpern, wo sich die elektrischen Glastüren für ihn öffnen.

Sie hatte noch mit der Krankenschwester sprechen müssen, um die Sache abzuschließen. Und um sich zu versichern, dass der Junge auf die bestmögliche Art versorgt wird. Als sie damit fertig war, hatte Hess sich in Luft aufgelöst, und als sie jetzt auf den Parkplatz kommt, freut sie sich doch, dass er auf sie gewartet hat.

»Was wird mit ihm geschehen?«

Diese im stillen Einverständnis gestellte Frage wirkt seltsam, wo sie sich doch weniger als 24 Stunden kennen, doch Thulin hat keinen Zweifel, worauf er sich bezieht.

»Das Jugendamt hat übernommen. Dummerweise hat er keine anderen Verwandten, deshalb werden sie wahrscheinlich eine Lösung mit dem Stiefvater erarbeiten. Natürlich nur, wenn der nicht schuldig ist.«

Hess sieht Thulin an und fragt: »Glaubst du, dass er das ist?«

»Er hat kein Alibi. Und in 99 Prozent aller Fälle ist der Lebensgefährte oder der Ehemann der Täter. Das da drinnen hat nichts Neues gebracht.«

»Hat es nicht?«

Hess sieht ihr in die Augen, während er weiterspricht.

»Wenn der Junge die Wahrheit sagt, dann ist die Figur mit dem Fingerabdruck wahrscheinlich am Mordabend oder in der Mordnacht am Tatort angebracht worden. Das ist gelinde gesagt seltsam und kann nicht damit wegerklärt werden, dass jemand zufällig diese Figur vor einem Jahr an einem kleinen Stand gekauft hat, oder?«

»Die Dinge müssen aber nicht unbedingt etwas miteinander zu tun haben. Der Stiefvater kann die Frau sehr wohl erschlagen haben, und der Junge kann sich, was die Figur angeht, irren. Ein Zusammenhang ergibt doch keinen Sinn.«

Hess macht Anstalten, etwas zu sagen, doch dann überlegt er es sich anders und drückt die Zigarette unter dem Absatz aus.

»Nein. Vielleicht nicht.«

Er nickt ein abruptes Auf Wiedersehen, und Thulin sieht ihm nach, wie er über den Platz geht. Sie öffnet den Mund und will ihn schon fragen, ob er mit in die Stadt fahren will, da fällt durch einen Windstoß etwas auf den Asphalt hinter ihr. Thulin dreht sich um und starrt auf die grünbraune, stachelige Kugel, die in die Vertiefung bei der Zigarettenkippe rollt und sich zu anderen ihrer Art gesellt. Da wird ihr klar, was das ist. Sie sieht zu dem Kastanienbaum mit seinen schwankenden Ästen hinauf, zu den vielen anderen grünbraunen, stacheligen Kugeln, die darauf warten, abgeworfen zu werden, und für einen kurzen Moment sieht sie das Bild von Kristine Hartung vor sich, die Kastanienmännchen bastelt. Zu Hause am Wohnzimmertisch. Oder ganz woanders.

Montag, 12. Oktober,
Gegenwart

28

»Ich habe keine Lust es noch mal zu sagen. Ich bin zum Motel zurückgefahren und ins Bett gegangen, und jetzt will ich wissen, wann ich mit Magnus wieder nach Hause kann!«

Der kleine Raum am Ende des langen Flurs im Morddezernat ist grell ausgeleuchtet und muffig, und Hans Henrik Hauge schluchzt und ringt die Hände. Seine Kleidung ist verknittert, und er riecht nach Schweiß und Urin. Sechs Tage sind vergangen, seit Laura Kjær gefunden wurde, und vor knapp zwei Tagen hat Thulin sich entschlossen, ihn in Untersuchungshaft nehmen zu lassen. Das Gericht hat dem Dezernat 48 Stunden gewährt, um die Grundlage für eine Anklage zu finden, was bisher nicht gelungen ist. Thulin ist sicher, dass Hauge mehr weiß, als er sagt, aber der Mann ist nicht dumm. Informatiker von der Süddänischen Universität, in seinen IT-Methoden altmodisch und einschätzbar, aber nicht schlecht. Er ist schon ziemlich oft umgezogen und behauptet, das wäre eben sein Los als freiberuflicher IT-Entwickler gewesen, doch dann habe er Laura Kjær kennengelernt und eine Festanstellung in einem mittelgroßen IT-Unternehmen in Kalvebod Brygge am Meer angenommen.

»Niemand kann bestätigen, dass Sie am Montagabend im Motel geblieben sind, und niemand hat vor sieben Uhr am nächsten Morgen ihr Auto auf dem Parkplatz des Motels bemerkt. Wo waren Sie?«

Als Hauge in Untersuchungshaft genommen wurde,

nutzte er sein Recht auf einen Pflichtverteidiger. Eine junge Frau, scharfzüngig, gut duftend und in Klamotten, die sich Thulin nie wird leisten können, ergreift das Wort.

»Mein Klient besteht darauf, dass er die ganze Nacht in dem Motel war. Er hat geduldig wiederholt, dass er nichts mit dem Verbrechen zu tun hat, wenn Sie also keine neuen Informationen besitzen, dann möchte ich beantragen, dass er schnellstmöglich auf freien Fuß gesetzt wird.«

Thulin sieht nur Hauge an.

»Tatsache ist, dass Sie kein Alibi haben, und dass Laura Kjær an dem Tag, an dem Sie auf die Messe gefahren sind, ohne Ihr Wissen die Schlösser im Haus ausgewechselt hat. Warum?«

»Das habe ich bereits gesagt. Magnus hatte seine Schlüssel verloren…«

»Hatte sie einen anderen kennengelernt?«

»Nein!«

»Aber Sie wurden wütend, als sie am Telefon erzählte, dass sie die Schlösser ausgewechselt hat…«

»Sie hat *nicht* gesagt, dass sie die Schlösser ausgewechselt hat…«

»Und die Krankheit von Magnus hat vielleicht an ihrer Beziehung gezehrt. Ich könnte sehr gut verstehen, dass Sie wütend wären, wenn sie plötzlich sagt, dass sie einen anderen hat, der sie jetzt tröstet.«

»Ich weiß von keinem anderen, und ich war auf Magnus niemals wütend.«

»Aber auf Laura?«

»Nein, ich war *nicht* wütend auf…«

»Aber sie hat die Schlösser ausgewechselt, weil sie Sie nicht mehr mochte, und das war es, was sie Ihnen am Telefon gesagt hat. Sie fühlten sich betrogen, wo Sie so viel für sie und den Jungen getan haben, also sind Sie zum Haus zurückgefahren…«

»Ich bin nicht zum Haus zurückgefahren…«

»Sie haben an die Tür oder ans Fenster geklopft, und sie hat aufgemacht, weil sie nicht wollte, dass Sie den Jungen wecken. Sie haben versucht, mit ihr zu reden, haben sie an den Ring am Finger erinnert…«

»Das stimmt doch nicht…«

»…den Ring, den Sie selbst ihr geschenkt haben, aber sie verhielt sich kalt und gleichgültig. Sie sind mit ihr in den Garten, aber sie blieb dabei, dass Sie sich zum Teufel scheren sollen. Es sei Schluss zwischen Ihnen beiden, Sie hätten überhaupt kein Recht auf gar nichts, Sie würden auch keine Erlaubnis bekommen, den Jungen zu sehen, Sie würden nämlich nichts bedeuten, und am Ende…«

»Das stimmt nicht, sage ich!«

Thulin spürt den ungeduldigen Blick der Anwältin auf sich, während sie weiterhin Hauge ansieht, der wieder die Hände ringt und an dem Ring zupft.

»Das hier führt zu nichts. Mein Klient hat seine Verlobte verloren, und man muss auch auf den Jungen Rücksicht nehmen, es ist also unmenschlich, ihn noch weiter hierzubehalten. Mein Klient möchte gern so schnell wie möglich ins Haus zurück, damit er dem Jungen einen Alltag bieten kann, sowie der aus…«

»Wir wollen einfach nur nach Hause, zum Teufel! Wie lange wollen Sie noch in unserem Haus bleiben? Verdammt noch mal, Sie müssen doch langsam mit uns fertig sein!«

Etwas an Hauges Ausbruch verwundert Thulin. Es ist nicht das erste Mal, dass der 43-jährige IT-Entwickler sich ungeduldig über die Absperrung der Polizei und die Durchsuchung des Hauses zeigt, und ihr logischer Sinn sagt ihr, dass Hauge stattdessen doch daran interessiert sein sollte, dass die Polizei sich die Zeit nimmt, die Spuren zu sichern, die es geben könnte. Auf der anderen Seite ist das Haus bereits so oft von Grund auf durchsucht worden, dass sie, würde Hauge da etwas verbergen wollen, das längst entdeckt hätten. Ihr bleibt nichts anderes übrig, als sich mit dem Gedanken abzufinden, dass es ihm wirklich um das Wohl des Kindes geht.

»Mein Klient zeigt selbstverständlich Verständnis für Ihre Untersuchungen. Aber darf er jetzt gehen?«

Hans Henrik Hauge sieht Thulin angespannt an. Sie weiß, dass sie ihn gehen lassen muss, und gleich wird sie Nylander darüber informieren müssen, dass sie in der Mordsache Laura Kjær immer noch auf der Stelle treten. Nylander wird sie zweifellos kurzerhand bitten, mal den Hintern hochzukriegen, um weitere Zeit- und Personalverschwendung zu vermeiden, und dann wird er sie fragen, wo zum Teufel eigentlich Hess ist. Letzteres weiß Thulin aus gutem Grund nicht. Seit dem Abend, an dem sie sich vor dem Glostrup Hospital getrennt haben, hat Hess so wenig wie möglich gearbeitet und war im Grunde gekommen und gegangen, wie es ihm passte. Am Wochenende hatte er sie angerufen und nach dem Fall gefragt, als er sich gerade scheinbar in so etwas wie einem Baumarkt befand. Zumindest wurde im Hintergrund über Farbe und Farbcodes geredet, und nach dem Anruf hatte sie das Gefühl, dass er sich nur gemeldet hatte, um den Eindruck zu erwecken, dass er noch dabei war. Das waren alles Dinge, die sie selbstverständlich nicht an Nylander weitergeben würde, doch die Abwesenheit des

Mannes würde ihn garantiert ebenso wütend machen wie die fehlgeschlagene Untersuchungshaft, und nichts von alldem würde zum Vorteil Thulins sein, wenn sie am Ende des Gespräches versuchen würde, mit Nylander über eine Empfehlung für das NC3 zu sprechen, wozu er auch am letzten Freitag wieder keine Zeit gehabt hatte, obwohl sie das vereinbart hatten.

»Er kann gehen, aber das Haus ist nicht freigegeben, ehe unsere Untersuchungen nicht abgeschlossen sind, Ihr Klient muss also eine andere Lösung finden.«

Die Anwältin schlägt mit befriedigter Miene ihre Mappe zu und erhebt sich. Thulin kann erkennen, dass Hauge einen kurzen Moment protestieren will, doch ein Blick seiner Anwältin bringt ihn zum Schweigen.

29

Die hohen Birken mit ihren gelben Blättern schwanken gefährlich im Wind, als Hess einbiegt und den Dienstwagen vor dem Haupteingang zur Kriminaltechnischen Abteilung abstellt. Am Empfang auf der ersten Etage angelangt, kommt er allen Protesten zuvor, indem er seine Marke zeigt und erklärt, es sei so verabredet. Einen Moment später taucht Genz im weißen Kittel auf und sieht Hess überrascht an.

»Ich brauche Hilfe bei einem Experiment. Es wird nicht lange dauern, aber ich benötige einen einigermaßen sterilen Raum und einen Techniker, der unterm Mikroskop was erkennen kann.«

»Das beherrschen die meisten von uns. Worum geht es?«

»Zunächst muss ich wissen, ob ich Ihnen vertrauen kann. Es ist höchstwahrscheinlich nur ein Sturm im Wasserglas und eher Zeitverschwendung, aber ich will nicht riskieren, dass die Information außer Kontrolle gerät.«

Genz, der Hess bisher skeptisch betrachtet hat, zieht die Mundwinkel zu einem Lächeln hoch.

»Wenn Sie damit auf das anspielen, was ich neulich zu Ihnen gesagt habe, dann hoffe ich, dass Sie verstehen, dass ich vorsichtig sein musste.«

»Und jetzt bin ich es, der auf der Hut sein muss.«

»Ist das Ihr Ernst?«

»Allerdings.«

Genz wirft einen kurzen Blick über die Schulter, als würde er an den Stapel mit Arbeit denken, der auf seinem Schreibtisch wartet.

»Wenn es relevant ist und im Rahmen des Gesetzes.«

»Ich glaube, das ist es. Solange Sie kein Vegetarier sind. Wo kann ich mit dem Auto reinfahren?«

Die letzte der elektronischen Türen des Gebäudes gleitet auf, und als Hess den Dienstwagen rückwärts reingefahren hat, drückt Genz auf einen Knopf, sodass das Tor wieder zufährt, ehe alles Laub hinterherkommt. Der Raum ist so groß wie eine Mechanikerwerkstatt. Es ist einer der Untersuchungsräume der Abteilung für Fahrzeuge, und auch wenn es kein Auto ist, das hier untersucht werden soll, so ist Hess doch sehr zufrieden mit den Örtlichkeiten. Starke Neonröhren an der Decke und ein Abfluss im Boden.

»Was soll denn untersucht werden?«

»Wenn Sie bitte mal mit anfassen würden.«

Hess öffnet den Kofferraum, und Genz stößt einen überraschten Laut aus, als er des toten, bleichen Körpers ansichtig wird, der da in durchsichtiges Plastik eingewickelt auf dem Boden des Kofferraums liegt.

»Was ist das denn?«

»Ein Schwein. Ungefähr drei Monate alt, im Schlachthof gekauft, wo es bis vor einer Stunde in einem Kühlraum hing. Wir tragen es zum Tisch.«

Hess packt die Hinterbeine des Schweins, während Genz zögerlich die Vorderbeine anhebt. Gemeinsam platzieren sie das Schwein auf dem Stahltisch, der an der einen Wand steht. Der Bauch ist aufgeschlitzt, alle Organe sind entfernt, und die Augen starren leblos auf die Wand.

»Ich verstehe nicht ganz. Das hier kann doch nicht relevant sein, und wenn es ein Scherz ist, dann habe ich für so was einfach keine Zeit.«

»Es ist kein Scherz. Der Bursche hier wiegt 45 Kilo, also ungefähr so viel wie ein angehender Teenager. Er hat einen Kopf und vier Gliedmaßen, und auch wenn Sehnen, Muskeln und Knochen ein wenig von denen eines Menschen abweichen, gibt es doch genug Gemeinsamkeiten, die ihn für die Untersuchung des Gerätes passend machen, wenn wir mit dem Zerteilen fertig sind.«

»Mit dem *Zerteilen*?«

Genz sieht ungläubig zu, wie Hess zum Auto zurückgeht, auf dessen Rücksitz sich ein Aktenordner und ein länglicher, eingepackter Gegenstand befinden. Er schiebt sich den Aktenordner unter den Arm und zieht den Gegenstand aus seiner gefütterten Hülle, sodass eine fast einen Meter lange Machete zum Vorschein kommt.

»Das hier soll untersucht werden, wenn wir fertig sind. Die Machete ist ziemlich identisch mit der, die beim Täter im Hartung-Fall gefunden wurde, und ich hätte gern, dass wir versuchen, das Schwein zu zerteilen, und zwar so weit wie möglich nach der Beschreibung, die der Täter selbst vor Gericht abgegeben hat. Ich leihe mir mal eine Schürze.«

Hess hat Waffe und Akte mit dem Kristine-Hartung-Fall neben Genz auf den Stahltisch gelegt und nimmt sich jetzt vom Kleiderhaken eine Schürze. Genz sieht zu der Akte und dann wieder zu Hess.

»Aber warum das denn? Ich dachte, der Hartung-Fall ist nicht relevant. Thulin hat mir gesagt, dass…«

»Er *ist* auch nicht relevant. Wenn jemand reinkommt und fragt, dann teilen wir zwei nur einen Weihnachtsschinken für die Kühltruhe. Wollen Sie anfangen oder soll ich?«

Wenn man ihn vor ein paar Tagen gefragt hätte, dann hätte Hess weit von sich gewiesen, dass er sich je hinstellen und ein Schwein zerteilen würde, doch es war etwas geschehen, was ihn eine völlig andere Perspektive auf den Mord an Laura Kjær einnehmen ließ. Das hatte nichts mit der Unruhe zu tun, die ihn nach dem Besuch bei Magnus im Glostrup Hospital befallen hatte. Dass ein Kastanienmännchen mit Kristine Hartungs Fingerabdruck im Grunde gleichzeitig mit dem Mord am Tatort aufgehängt worden war, war gewiss ein extremes Zusammentreffen, doch schon auf dem Weg nach Hause in der S-Bahn von Glostrup hatte er begonnen, die Sache noch einmal zu durchdenken. Im Prinzip stellte er nicht in Zweifel, dass das Hartung-Mädchen, wie Thulin ihm berichtet hatte, vor knapp einem Jahr ermordet und zerstückelt worden war. Die dänische Polizei war vielleicht nicht der beste Arbeitsplatz – das wusste er aus Erfahrung – aber Gründlichkeit und Aufklärungsquote des Morddezernats hatten sie in die europäische Elite gebracht. Ein Menschenleben war in diesem Land immer noch von Bedeutung, vor allem, wenn es um ein Kind ging, und da besonders, wenn es sich um das Kind einer bekannten Parlamentspolitikerin handelte. Die Tatsache, dass Kristine Hartung die Tochter einer Ministerin war, bedeutete sicher, dass Kriminalassistenten, Techniker, Rechtsmediziner, Einsatzkräfte und nicht zuletzt der Sicherheitsdienst umfangreiche Nachforschungen angestellt hatten. Das Verbrechen an dem Mädchen war wahrscheinlich als ein möglicher Angriff auf die Demokratie betrachtet worden, und deshalb hatte man zweifellos alle Register gezogen. Hess hatte also ganz einfach Vertrauen in die Ermittlung und ihre Ergebnisse. Blieb nur dieser merkwürdige Zufall mit dem Kastanienmännchen und die Nervosität, die er ununterbrochen empfand, wenn er zu Hause in seiner Bude im Odinpark saß.

Im Laufe der letzten Tage hatte der Fall zudem seine natürliche Richtung in dem logischen Verdacht gegen den Lebensgefährten Hans Henrik Hauge gefunden, und Hess hatte sich damit abgefunden. Die Ermittlungen lagen in Thulins Händen, und sie schien hartnäckig, offensichtlich auf dem Weg aus der Abteilung raus und die Karriereleiter hoch. Außerdem wirkte sie ziemlich unnahbar.

Andererseits war sein eigenes Engagement, mal abgesehen von dem spontanen Besuch bei Magnus Kjær, auch sehr überschaubar gewesen, und er hatte mehrere Gelegenheiten genutzt, sich in Luft aufzulösen. Seine Zeit hatte er hauptsächlich mit dem Bericht an Europol verbracht, den er mit dem von Francois abgestimmt hatte. Nach einigen Justierungen waren beide Berichte abgeschickt worden, und während Hess auf die Antwort seines deutschen Chefs wartete, hatte er begonnen, seine Wohnung instand zu setzen. Mit der Aussicht, wahrscheinlich bald wieder im Hamsterrad zu landen, hatte er sogar einen Makler kontaktiert. Oder besser gesagt, mehrere. Die ersten drei, die er angerufen hatte, wollten die Wohnung nicht in ihre Kartei aufnehmen. Der vierte war einverstanden, kündigte aber an, dass das länger dauern könnte, weil das Viertel nicht den besten Ruf hätte. »Wenn man nicht gerade Islamist oder grundsätzlich lebensmüde ist«, fügte der Makler noch hinzu. Der emsige Hausmeister hatte sich natürlich in die Renovierung eingemischt, und Hess hatte sich einiges von dem kleinen Pakistani anhören müssen, während dieser den Malerpinsel schwang, aber das Projekt war trotz allem vorangeschritten.

Doch gestern Abend war etwas geschehen. Erst einmal war er aus Haag angerufen worden. Eine Sekretärin hatte ihm mit kühler Stimme auf Englisch ausgerichtet, dass Freimann gern um 15 Uhr des folgenden Tages einen Telefontermin mit ihm hätte, und diese Aussicht auf ein Gespräch hatte Hess aufleben lassen. Die Energie aus dieser positiven Entwicklung in der Sache hatte er genutzt, um die Decke zu streichen, die er bis dahin noch ausgespart hatte. Leider war ihm die Pappe ausgegangen, und er hatte stattdessen vom Hausmeister eine Kiste alter Zeitungen aus dem Keller bekommen, die er nun auf dem Fußboden ausgebreitet hatte, doch als Hess mit der Decke in der Küchenecke fertig war, stieg er von der Leiter und begegnete auf einer der Zeitungen Kristine Hartungs Blick.

Die Versuchung war zu groß gewesen, und er hatte die Seite mit dem Foto mit seinen farbverschmierten Händen aufgehoben. »Wo ist Kristine?«, lautete die Headline, und er musste bald nach der Fortsetzung des Artikels suchen, die er schließlich unter den Zeitungen auf dem Fußboden in der Toilette fand. Es handelte sich um ein so genanntes Feature vom 10. Dezember vorigen Jahres, und der Artikel fasste den Fall im Zusammenhang mit der bis auf Weiteres ergebnislosen Suche nach Kristine Hartungs Leiche zusammen. Die Ermittlungen waren abgeschlossen, doch der Artikel nahm die Gelegenheit wahr, den Tod von Kristine Hartung auf sensationelle Weise zu mystifizieren. Der Täter Linus Bekker hatte einen Monat zuvor in einem Verhör den sexuellen Übergriff, den Mord und die Zerstückelung gestanden, man hatte jedoch immer noch keine Leichenteile gefunden, und der Artikel war mit stimmungsvollen, schwarz-weißen Fotos von Mannschaften, die Wälder durchkämmten, versehen. Einzelne anonyme Polizeistimmen wurden mit den Worten zitiert, dass möglicherweise Füchse, Dachse oder andere Tiere die Leichenteile ausgegraben und gefressen hätten, was der Grund dafür sein könnte, dass man immer noch nichts gefunden hatte. Doch der Chef der Mordkommission, Nylander, äußerte sich optimistisch, wenngleich auch er zu bedenken gab, dass die Witterung ihnen möglicherweise Steine in den Weg legte. Der Journalist hatte Nylander gefragt, ob die Behauptungen von Linus Bekker möglicherweise falsch waren, da man nun noch nichts gefunden hätte, doch das hatte der Polizeichef zurückgewiesen: Über Linus Bekkers Aussage hinaus habe man sichere Beweise für den Mord und die Zerstückelung gefunden, doch näher wollte er sich dazu in dem Artikel nicht äußern.

Hess hatte versucht, weiterzustreichen, doch am Ende wurde ihm klar, dass er ins Polizeipräsidium fahren musste. Einerseits, um den Dienstwagen zu holen, den er tags darauf benutzen wollte, um im Baumarkt eine Bodenschleifmaschine auszuleihen, andererseits, um sich Seelenfrieden zu verschaffen.

Auf den Fluren waren nur wenige Menschen unterwegs gewesen – es war Sonntagabend und fast 22 Uhr – und er hatte Glück gehabt und den letzten Mitarbeiter in der Verwaltung erwischt. An einem Bildschirm ganz hinten in der bereits in Dunkel gehüllten Abteilung durfte er sich in die Datenbank einloggen, nachdem er erklärt hatte, er müsse sich in den Laura-Kjær-Fall einlesen, doch sowie der Mitarbeiter verduftet war, hatte er stattdessen nach Kristine Hartung gesucht.

Das Material war überwältigend gewesen. An die 500 Menschen waren befragt worden. Hunderte von Plätzen hatte man durchsucht, und eine Unzahl von Objekten war in die technische Untersuchung geschickt worden. Doch Hess fahndete ausschließlich nach der Zusammenfassung der Beweise gegen Linus Bekker, und das erleichterte seine Suche. Das Problem war nur, dass die Lektüre ihm nicht den Seelenfrieden schenkte, den er suchte. Im Gegenteil.

Das Erste, was ihm nicht gefiel, war die Erkenntnis, dass Linus Bekker durch einen anonymen Tipp ins Visier der Ermittler gekommen war. Zwar hatte man Bekker schon zuvor routinemäßig verhört, da er ein verurteilter Sexualverbrecher war, doch das hatte nichts ergeben, und erst mit dem anonymen Hinweis kam der Durchbruch. Ein Hinweis, dessen Urheber man im Übrigen bis heute nicht hatte ausfindig machen können. Das Nächste, was Hess Kopfschmerzen verursachte, war Linus Bekkers wiederholte Behauptung, er könne sich an keine genauen Stellen erinnern, wo er die Leichenteile vergraben hatte, angeblich, weil das in der Dunkelheit und in einem Zustand starker geistiger Verwirrung geschehen sei.

Was die Beweise gegen Linus Bekker anging, hatte man infolge des anonymen Hinweises einen entscheidenden Fund gemacht: In der Garagenanlage seines Wohnsitzes, einer Parterrewohnung in Bispeberg, fand man die Waffe, mit der Kristine Hartung angeblich zerstückelt worden war, und das war offenbar der sichere Beweis, den Nylander in dem Zeitungsartikel nicht näher beschreiben wollte. Die Waffe, eine 90 Zentimeter lange Machete, war von den Gerichtsmedizinern untersucht worden, und mit der Tatsache konfrontiert, dass die Waffe mit hundertprozentiger Sicherheit Spuren von Kristine Hartungs Blut aufwies, hatte Linus Bekker im Folgenden die Tat gestanden. Er hatte erklärt, wie er mit seinem Auto hinter dem Mädchen her in den Wald gefahren war, wie er sie überwältigt, missbraucht und erstickt hatte. Dann hatte er die Leiche in schwarze Plastiksäcke aus seinem Kofferraum gewickelt und war nach Hause gefahren, um aus der Garage die Machete und einen Spaten zu holen. Er insistierte jedoch, heftige Blackouts gehabt zu haben, weshalb sein Gedächtnis so unzuverlässig sei. Doch meinte er sich zu erinnern, dass es während seiner Irrfahrt mit der Leiche dunkel geworden war. Schließlich landete er in einem Waldstück in Nordsjælland, wo er ein Loch gegraben, die Leiche zerstückelt und Teile davon, wahrscheinlich den Torso, versenkt hatte. Danach war er weiter durch den Wald gefahren und hatte die restlichen Teile an einem anderen Ort vergraben. Nach der Analyse der Gerichtsmediziner herrschte kein Zweifel daran, dass die Machete benutzt worden war, um Kristine Hartungs Leiche zu zerstückeln, und damit war der Fall aufgeklärt.

Dennoch war es gerade die Analyse der Waffe, die Hess an diesem Morgen zum Schlachthof hatte fahren lassen.

Auf dem Weg zurück durch die City hatte er dann noch bei einem Jagd- und Angelgeschäft am Gammeltorv gehalten, das er aus seiner Zeit als Ermittler bei der Mordkommission kannte. Das Geschäft bot nach wie vor eine Auswahl derart exotischer Waffen, dass Hess sich fragte, inwieweit das wohl legal war. Hier hatte er die Machete entdeckt, die ganz sicher nicht vollkommen identisch mit der aus dem Kristine-Hartung-Fall war, aber doch von derselben Länge und aus demselben Material, auch Krümmung und Gewicht stimmten mit dem Beweisstück überein. Er hatte gezögert, welchen technischen Experten er aufsuchen und um Hilfe für das Experiment bitten sollte, doch da er um Genz' guten Ruf wusste, auch dass er sogar von den eigenen Experten bei Europol anerkannt war, war die Wahl auf ihn gefallen. Außerdem ersparte sich Hess so, mit alten Bekannten reden zu müssen.

Das Zerstückeln des Schweines ist fast überstanden. Nachdem Hess noch einen Knochen, in diesem Fall einen Vorderlauf, mit zwei harten, präzisen Schlägen gegen das Schulterblatt vom Schweinekörper getrennt hat, wischt er sich die Stirn und tritt vom Stahltisch zurück.

»Und was nun? Sind wir fertig?«

Genz, der das Schwein für Hess festgehalten hat, lässt Vorderlauf und Körper los und schaut auf seine Uhr, während Hess die Klinge gegen das Licht hält, um zu sehen, was der Kontakt mit den Knochen bewirkt hat.

»Noch nicht. Die muss jetzt noch sauber gewaschen werden, und dann hoffe ich, dass Sie ein wirklich gutes Mikroskop haben.«

»Wozu? Ich verstehe immer noch nicht, worauf Sie hinauswollen.«

Hess antwortet nicht. Vorsichtig fährt er mit der äußersten Spitze seines Zeigefingers über die Klinge der Machete.

30

Thulin scrollt frustriert durch das Material auf dem Flachbildschirm vor sich, auf dem Laura Kjærs elektronische Hinterlassenschaften eilig vorbeidefilieren. Die IT-Techniker der Kriminaltechnischen Abteilung haben drei Ordner mit Kurznachrichten, Mailkorrespondenz und Facebook-Aktualisierungen eingerichtet. In der vergangenen Woche hat sie das Material bereits mehrere Male durchgeschaut, und sie hat keine Idee, wonach sie suchen soll, aber Hauge ist inzwischen freigelassen, und der Ermittlung fehlt eine Stoßrichtung. Als sie eben durch die Tür zu dem Großraumbüro kam, hat sie deshalb die beiden Kriminalassistenten, die sie in diesem Fall unterstützen sollen, gebeten, die Alternativen zu Hauge aufzuzählen, damit sie möglichst alle Informationen zu ihrem Statusbericht bei Nylander mitnehmen kann.

»Der Schulbegleiter des Jungen ist eine Möglichkeit«, sagt der eine von ihnen. »Er hatte ziemlich viel Kontakt zu Laura Kjær, weil der Junge zwischen Introvertiertheit und plötzlicher Aggression und Gewalttätigkeit hin und her wechselt. Er sagt, er habe ein paar Treffen darauf verwandt, der Mutter vorzuschlagen, den Jungen so bald wie möglich auf eine Spezialschule zu schicken, aber es könnte ja sein, dass sich ihre Beziehung weiterentwickelt hat.«

»Wohin entwickelt hat?«, will Thulin wissen.

»Vielleicht ist die Mama ja bereit, für den Lehrer die Beine breit zu machen, aber dann taucht er eines Abends unangemeldet in ihrem Haus auf, um noch eins draufzusetzen, und schon haben wir den Salat.«

Thulin ignoriert die Argumentation und versucht stattdessen, sich auf die Myriaden von Buchstaben und Satzkonstruktionen zu konzentrieren, die in hohem Tempo auf dem Schirm vorbeisausen.

Die IT-Leute hatten recht, Laura Kjærs Kommunikationsdaten sind uninteressant. Nichts als massenhaft Trivialitäten, nicht zuletzt zwischen ihr und Hans Henrik Hauge. Deshalb hatte Thulin um Zugang zu den Daten aus den letzten zwei Jahren gebeten. An ihrem Bildschirm im Polizeipräsidium hatte sie sich eingeloggt, und zwar mit dem Code, den Genz ihr am Telefon gegeben hatte, der bei der Gelegenheit gleich fragte, wie denn die Entwicklung in dem Fall mit dem bemerkenswerten Fund von Kristine Hartungs Fingerabdruck verliefe. Auch wenn es das gute Recht von Genz war, danach zu fragen, hatte sich Thulin über das Nachhaken doch geärgert und ihn kurzangebunden wissen lassen, es gebe eine logische Erklärung dafür und das sei folglich nichts, worauf man Zeit verwenden wolle. Hinterher hatte sie ihre Reaktion bereut. Genz war einer der wenigen Techniker überhaupt, die den Verlauf eines Falles über ihr Labor hinaus verfolgten, und sie beschloss, die Sache mit der gemeinsamen Joggingrunde doch noch mal zu überdenken.

Selbstverständlich hatte Thulin nicht die gesamte Datenmenge gelesen, doch die Stichproben reichten aus, um ihr ein Bild von der Toten zu vermitteln. Das Problem war nur, dass sich daraus überhaupt nichts ergab, weshalb sie schon ein paar Tage nach dem Mord den Arbeitsplatz von Laura Kjær aufgesucht hatte, wo sie aber auch nichts erfahren hatte, was sie nicht aus Facebook oder durch die elektronische Rohrpost bereits wusste. In der sterilen, in einer der schicken Fußgängerzonen der Stadt gelegenen Zahnarztpraxis hatten traurige und verzweifelte Kolleginnen lediglich bekräftigt, dass Laura Kjær ein ausgesprochener Familienmensch gewesen sei und sich hauptsächlich um ihren Sohn gekümmert habe. Als sie vor ein paar Jahren ihren Mann verlor, war sie unglücklich gewesen, aber eher wegen Magnus, weil der Todesfall den bis dahin lebensfrohen Siebenjährigen schweigsam und verschlossen gemacht hatte. Sie war nicht gern allein gewesen, und so hatte eine jüngere Kollegin sie mit verschiedenen Datingportalen vertraut gemacht, wo sie vielleicht wieder jemanden kennenlernen könnte. Sie hatte sich mit mehreren Männern getroffen, zunächst über so genannte »Sex-Apps« wie Tinder, Happn und Candidate, was Thulin schon wusste, weil es aus dem Mailverkehr hervorging. Dort hatte Laura Kjær jedoch keinen Mann gefunden, der an einer länger währenden Bekanntschaft interessiert gewesen wäre, und stattdessen hatte sie das Datingportal My Second Love bemüht, wo sie nach ein paar Nieten dann auf Hans Henrik Hauge gestoßen war. Im Gegensatz zu allen früheren Kandidaten war Hauge so tolerant gewesen, sich auch um ihren Sohn Magnus kümmern zu wollen, und Laura war offensichtlich sehr verliebt gewesen und glücklich über die neue Etablierung eines Familienlebens. Doch als Magnus dann immer unzugänglicher geworden war, war er wieder das Thema gewesen, welches ihre Zeit zwischen Wurzelbehandlungen und Zahnbleichungen ausfüllte. Laura Kjær war immer mehr damit beschäftigt gewesen, Spezialisten zu finden, die dem Jungen helfen könnten, dessen Zustand inzwischen als eine Form von Autismus diagnostiziert worden war.

Es war nicht möglich gewesen, die Kolleginnen in der Praxis zu irgendeiner negativen Äußerung über Hauge zu veranlassen, der Laura ab und zu von der Arbeit abgeholt hatte. Er war offensichtlich eine große Stütze gewesen, hatte sich geduldig um das Wohlergehen des Jungen gesorgt, und mehrere Kolleginnen meinten, wenn Hauge nicht gewesen wäre, dann wäre Laura zusammengebrochen. In den letzten paar Wochen war sie doch etwas weniger mitteilsam über den Jungen gewesen als sonst. Am Freitag vor dem Mord hatte sie lediglich gebeten, freizubekommen, um mit ihm zusammen zu sein, und sie hatte auch einen Wochenendtermin abgesagt, wo sie mit ein paar Kollegen an einer Fortbildung mit Übernachtung in Malmö hätte teilnehmen sollen.

Thulin wusste, dass die Kurznachrichten der letzten Tage auf Laura Kjærs Handy diesen Ereignisverlauf bestätigten. Hauge hatte ihr ein paarmal aus der Arbeit geschrieben und sich besorgt geäußert, dass sie sich isolierte und wegen des Sohnes alles andere absagte, aber Laura hatte nur wortkarg oder ganz einfach gar nicht geantwortet. Doch zeigte Hauge aus diesem Grund keinerlei Anzeichen von Zorn. Vielmehr nannte er sie in seinen geduldigen Versuchen, ihre Aufmerksamkeit zu erlangen, »Liebe meines Lebens«, »mein Schatz«, »Schnäuzelchen« und andere Dinge, die Thulin einfach nur zum Kotzen fand.

Thulin hatte deshalb erwartet und wohl auch darauf gehofft, dass Hauge sich von einer anderen Seite zeigen würde, als sie, nachdem er in Untersuchungshaft genommen worden war, die Genehmigung erhielt, *seinen* Internetverkehr durchzusehen. Doch auch da wurde sie enttäuscht. Aus dem zugänglichen Material ging hervor, dass der Mann hingebungsvoll seine Arbeit machte und in der IT-Firma in

Kalvebod Brygge hoch geschätzt wurde, dass aber sein alles bestimmendes Interesse, abgesehen von Laura und Magnus, Heim und Garten galt, inklusive der Garage, die er offensichtlich eigenhändig ausgeschachtet und errichtet hatte. Hauges Facebookseite war im Grunde genommen tot und zeigte nur ein einziges Bild von ihm zusammen mit Laura und Magnus im Garten – er im Blaumann hinter einer Schubkarre. Ansonsten gab es nichts Verdächtiges, nicht einmal den üblichen Drang, im Netz nach Pornos zu surfen. Thulin hatte Hauge nach seinem mangelnden Interesse für soziale Medien gefragt, und der Mann hatte in einem der ersten Verhöre geantwortet, er würde an seinem Arbeitsplatz genug Zeit vor dem Bildschirm verbringen und sich deshalb in seiner Freizeit lieber auf andere Dinge konzentrieren. Dieser friedliche Eindruck wurde von seinen Kollegen und dem kleinen Kreis von Freunden und Bekannten bestätigt, und niemand hatte etwas Ungewöhnliches bemerkt, weder auf der IT-Messe noch früher.

Danach hatte Thulin alles auf Genz und die Untersuchungen der Kriminaltechnik gesetzt: Hauges Auto, Teile seiner Garderobe samt Schuhen waren beschlagnahmt und auf Spuren von Laura Kjærs Blut oder irgendetwas anderem Verdächtigen aus der Mordnacht untersucht worden. Doch da war nichts, und als Genz kurz darauf Thulin noch mitteilte, dass weder das Gafferband von Lauras Mund noch die Kabelbinder um ihre Handgelenke von der Sorte waren, wie Hauge sie auf dem Regal in seiner Garage lagerte, erstarb die Hoffnung langsam. Die Schlagwaffe und die Säge, die für die Amputation benutzt worden war, hatte man ebenso wenig gefunden wie die amputierte Hand.

Thulin loggt sich aus und fasst einen Entschluss. Nylander soll noch ein bisschen auf den Statusbericht warten, den sie ihm versprochen hat, stattdessen steht sie auf, nimmt ihren Mantel und unterbricht die Diskussion der beiden Kriminalassistenten über den Schulbegleiter.

»Lasst den Lehrer, kümmert euch um Hauge. Geht die Filme der Verkehrsüberwachungskameras noch mal durch und sucht nach Hauges Auto auf der Strecke vom Messezentrum nach Husum zwischen 22 Uhr und sieben Uhr.«

»Hauges Auto? Aber das haben wir doch längst getan.«

»Macht es noch mal.«

»Er ist doch entlassen worden.«

»Ruft mich an, wenn ihr was findet. Ich gehe und rede noch mal mit Hauges Chef.«

Thulin ignoriert den Protest der Assistenten und wendet sich zum Gehen, als plötzlich Hess in der Tür auftaucht.

»Hast du einen Moment Zeit?«

Er sieht gehetzt aus und wirft einen Blick auf die Beamten im Hintergrund. Thulin geht an ihm vorbei.

»Nicht wirklich.«

31

»Tut mir leid, dass ich heute Morgen nicht dabei war. Ich hab gehört, dass Hauge aus der U-Haft entlassen worden ist, aber vielleicht ist das sogar egal. Wir müssen unbedingt noch mal über den Fingerabdruck reden.«

»Der Fingerabdruck ist nicht wichtig.«

Thulin marschiert eilig den langen Flur hinunter und hört Hess hinter sich.

»Der Junge hat gesagt, dass die Figur vor dem Mord noch nicht da hing. Du musst untersuchen lassen, ob das noch andere bestätigen können. Leute, die da draußen wohnen oder die vielleicht was gesehen haben.«

Thulin kommt an die Wendeltreppe in der Rotunde. Ihr Handy klingelt, aber sie will sich nicht aufhalten lassen, also lässt sie es klingeln, während sie mit Hess auf den Fersen die Treppe hinunterläuft.

»Nein, denn wir *haben* eine Erklärung dafür gefunden. Hier in der Abteilung finden die Leute übrigens, dass wir unsere Zeit auf die Fälle verwenden sollten, die *nicht* aufgeklärt sind, und nicht auf solche, die schon aufgeklärt sind.«

»Genau darüber reden wir ja. Jetzt warte doch einen Moment, verdammt noch mal!«

Thulin ist gerade am Fuß der Treppe in der menschenleeren Rotunde angekommen, als Hess sie an der Schulter packt, sodass sie stehen bleiben muss. Sie dreht sich um und sieht ihn an. Hess zeigt auf eine Klarsichthülle, in der sie etwas wie eine Fallzusammenfassung erkennt.

»Nach der Analyse von damals gab es keine Spuren von Knochenstaub auf der Waffe, die Linus Bekker für die Zerstückelung von Kristine Hartung benutzte. Es gab Spuren von Kristine Hartungs Blut, und man fand, dass dies zusammen mit dem Geständnis des Täters ausreichte, um die Zerstückelung für wahrscheinlich zu halten.«

»Wovon zum Teufel redest du? Woher hast du diesen Bericht?«

»Ich komme gerade aus der Technik, da hat Genz mir bei einem Experiment geholfen. Wenn man Knochen zerteilt und schneidet, ganz gleich, was für Knochen, dann legt sich mikroskopisch feiner Knochenstaub in Sprünge und Kerben der Waffe. Kuck mal hier die Vergrößerung der Machete, die wir für das Experiment benutzt haben. Im Grunde genommen ist es unmöglich, die Staubpartikel zu entfernen, ganz gleich, wie oft man die Waffe reinigt. Doch in der gerichtsmedizinischen Analyse von damals ist nur von Blutspuren die Rede. *Kein* Knochenstaub.«

Hess hat Thulin ein paar Blätter mit Nahaufnahmen gegeben, offenbar von kleinen Partikeln auf einer metallischen Oberfläche, möglicherweise der Machete, von der es auch eine Nahaufnahme gibt. Doch ihr Blick bleibt an den Leichenteilen auf den anderen Bildern hängen.

»Was ist das da im Hintergrund? Ein Schwein?«

»Das war das Experiment. Es ist kein Beweis, aber das Wichtige ist ...«

»Wenn es von Bedeutung gewesen wäre, dann hätte man das damals ja wohl zur Sprache gebracht, meinst du nicht?«

»Damals war es nicht wichtig, aber jetzt ist es das vielleicht, wo ein Fingerabdruck aufgetaucht ist!«

Die Eingangstür geht auf, und der kalte Wind wirbelt herein, zusammen mit ein paar lachenden Gestalten. Einer davon ist Tim Jansen, ein hochgewachsener Ermittler, den man in der Regel nur in Gesellschaft seines Kumpels Martin Ricks zu sehen bekommt. Jansen geht der Ruf voraus, scharfsinnig und routiniert zu sein, aber Thulin hat ihn als chauvinistisches Schwein kennengelernt, und sie erinnert sich nur zu gut daran, wie er während eines Kampftrainings im Winter seinen Schritt an ihr auf und ab rieb und erst locker ließ, als sie ihm einen Ellenbogen in den Solarplexus rammte. Jansen war es auch, der zusammen mit seinem Kollegen Ricks den Täter im Kristine-Hartung-Fall zum Geständnis brachte, und Thulin hat schon gemerkt, dass der Status der beiden in der Abteilung seither unantastbar ist.

»Hallo Hess. Auf Heimaturlaub?«

Jansen versieht seinen Gruß mit einem unschuldigen Lächeln, und Hess antwortet nicht. Er wartet, ehe er weiterspricht, bis die Kollegen durch die Rotunde sind, und Thulin hat nicht übel Lust, ihm zu sagen, dass seine Vorsicht lachhaft ist.

»Vielleicht ist es nichts. Ihr Blut war da, und ja, mir persönlich kann es egal sein, aber du musst zu deinem Chef gehen und rausfinden, was in der Sache unternommen werden soll«, sagt er und sieht sie dabei unverwandt an.

Thulin hat nicht vor, ihm zu verraten, dass sie sich nach dem Besuch bei Magnus im Glostrup Hospital selbst in die Datenbank eingeloggt und im Material zum Hartung-Fall gelesen hat. Einfach nur, um sich zu vergewissern, dass da wirklich nichts war, worauf sie achten sollte, und ihrer Meinung nach war da nichts. Abgesehen von der Bestätigung, wie schmerzhaft es für die Eltern gewesen sein muss, als sie und Hess neulich bei ihnen zu Hause auftauchten.

»Und das erzählst du mir, weil du aufgrund deiner Arbeit in Haag ein Experte für Mordfälle bist?«

»Nein, das erzähle ich, weil …«

»Also misch dich nicht ein. Du sollst hier nicht anfangen, Lärm zu machen und in der Trauer von anderen Menschen herumtrampeln, denn hier gab es Leute, die haben ihre Arbeit gemacht, während du deine nicht gemacht hast.«

Hess sieht sie an. Sie kann erkennen, dass er überrascht ist. Es ist ein mildernder Umstand, dass er so weit in seinen Gedankengängen verirrt war, dass er nicht begriffen hat, dass er mehr Schaden als Gutes anrichtet, doch das ändert nichts. Sie will grade zur Tür gehen, als eine Stimme durch die Rotunde klingt.

»Thulin, die IT-Techniker versuchen, dich zu erreichen!«

Thulin sieht oben auf der Treppe den Kriminalassistenten, der jetzt mit einem Telefon in der Hand herunterkommt.

»Sag ihnen, dass ich gleich zurückrufe.«

»Es ist wichtig. Auf Laura Kjærs Handy ist gerade eine Nachricht eingegangen.«

Thulin merkt, wie Hess aufwacht und sich dem Kriminalassistenten zuwendet, und sie nimmt das Handy, das ihr der Kollege reicht.

Am anderen Ende ist ein IT-Techniker. Ein junger Kerl, und sie kriegt seinen Namen nicht mit. Er spricht schnell und kurzatmig, erklärt die Umstände.

»Es geht um das Handy des Opfers. Wenn wir mit den Untersuchungen fertig sind, dann melden wir die Handys ja immer beim Telefonanbieter ab, aber das dauert immer ein paar Tage, und deshalb ist es immer noch aktiv, und deshalb kann man immer noch …«

»Sagen Sie mir einfach, was in der Nachricht steht.«

Thulin sieht auf den Säulengang hinaus, zu den bronzefarbenen Blättern, die da herumwirbeln, sie spürt Hess' Blick im Nacken, während der IT-Techniker die SMS vorliest. Es geht ein kalter Luftzug durch die undichte Tür und sie hört sich selbst fragen, ob sie den Absender herausfinden konnten.

32

Die Besprechung mit dem Vorsitzenden des Koalitionspartners, Gert Bukke, ist erst eine Viertelstunde alt, als Rosa Hartung klar wird, dass hier irgendetwas überhaupt nicht stimmt.

Die letzten Tage auf Christiansborg waren geschäftig, und die Vorschläge über die verschiedenen Posten im Sozialbudget für den Finanzplan des nächsten Jahres sind zwischen ihrem und Bukkes Büro hin und her geschickt worden. Sie selbst und Vogel haben Tag und Nacht gearbeitet, um einen sozialpolitischen Kompromiss zusammenzustricken, der sowohl den Koalitionspartner wie auch die Regierung zufriedenstellen wird. Diese Geschäftigkeit kam Rosa gut zupass. Sechs Tage lang hat sie versucht, die Erschütterung zu vergessen, die der Besuch der beiden Polizisten verursacht hatte, und stattdessen all ihre Energie darauf verlegt, einen Vertrag zur Sozialpolitik abzuschließen, wie der Ministerpräsident ihn von ihr erwartet. Es ist extrem wichtig für sie, sein Vertrauen zu rechtfertigen, nicht zuletzt, weil sie selbst diejenige war, die versichert hat, ihre Aufgaben als Ministerin wieder wahrnehmen zu können. Was vielleicht nicht die ganze Wahrheit war, aber dennoch war es für Rosa alles entscheidend gewesen, wieder ins Arbeiten zu kommen.

Glücklicherweise hatte es im Laufe der Woche keine weiteren Probleme oder Störungen gegeben, und sie hatte den Eindruck gehabt, alles würde in die richtige Richtung gehen – zumindest bis jetzt, da sie im Besprechungszimmer neben dem Parlamentssaal sitzt und Gert Bukke ansieht. Dieser nickt höflich zu Vogels engagierten Darlegungen der

Änderungsvorschläge, doch Rosa kann erkennen, dass er in Wirklichkeit mehr damit beschäftigt ist, auf seinem karierten Block Kringel zu zeichnen. Als er dann das Wort ergreift, ist sie überrascht.

»Ich höre, was Sie sagen, aber ich muss das noch einmal mit den Abgeordneten durchsprechen.«

»Aber das haben Sie doch schon getan, und zwar mehrmals.«

»Dann tue ich es noch einmal. Können wir so verbleiben?«

»Aber die Abgeordneten machen doch, was Sie sagen, Bukke. Ich muss wissen, ob die Aussicht besteht, zu einer Einigung zu kommen, oder …«

»Rosa, ich kenne die Prozedur. Aber, wie gesagt.«

Rosa sieht ihn an, als er sich erhebt. Sie weiß, dass die Aussage von Bukke frei übersetzt bedeutet, dass er auf Zeit spielen will, aber sie versteht nicht, warum. Um Bukkes Basis und die Wählergunst ist es nicht gerade gut bestellt, und wenn er eine Einigung mit ihr erzielt, dann könnte ihm das durchaus von Nutzen sein.

»Bukke, ich würde Ihnen gern entgegenkommen, aber wir können uns nicht noch mehr abringen lassen. Wir verhandeln jetzt bald eine Woche, und wir haben Ihnen Zugeständnisse eingeräumt, doch wir können nicht …«

»Ich sehe es so, dass der Ministerpräsident *uns* unter Druck gesetzt hat, und das gefällt mir nicht, deswegen nehme ich mir die Zeit, die ich brauche.«

»Was für ein Druck soll das gewesen sein?«

Gert Bukke setzt sich wieder und lehnt sich zu ihr hinüber.

»Rosa, ich kann Sie gut leiden. Und ich bedauere Ihren Verlust. Aber um ehrlich zu sein, wirkt es so, als wären Sie hier in die Manege gebracht worden, damit wir eine bittere Pille leichter schlucken, und so läuft das nicht.«

»Ich verstehe nicht, was Sie meinen.«

»In dem Jahr, in dem Sie weg waren, ist die Regierung von einem Misthaufen zum nächsten gewandert. Sie ist in den Meinungsumfragen gefallen, und der Ministerpräsident ist in einer verzweifelten Lage. Jetzt versucht er, es so darzustellen, als sei der Haushaltsvertrag ein Gabentisch und stellt bewusst seine beliebteste Ministerin – nämlich Sie – hin, um den Weihnachtsmann zu geben, damit die Regierung ihre Wähler rechtzeitig zurückgewinnen kann, um wiedergewählt zu werden.«

»Bukke, ich bin nicht ›hingestellt‹ worden, um die Wähler zurückzugewinnen. Ich habe selbst darum gebeten.«

»Na gut, dann nennen wir es so.«

»Und wenn Sie meinen, dass diese Absprache ein Gabentisch ist, dann können wir darüber gern diskutieren. Wir befinden uns mitten in einer Regierungsperiode, und wir müssen noch zwei Jahre zusammenarbeiten, deshalb bin ich ausschließlich daran interessiert, eine Lösung zu finden, die beide Parteien zufriedenstellt. Doch es scheint, als würden Sie hier auf Zeit spielen.«

»Ich spiele nicht auf Zeit. Ich sage nur, dass es Herausforderungen gibt: Ich habe meine, und Sie haben sicher auch Ihre, mit denen Sie sich herumschlagen müssen, und da ist es nur verständlich, dass eine Einigung schwierig wird.«

Bukke lächelt diplomatisch, und Rosa sieht ihn an. Vogel hat vergebens versucht, die Stimmung zu besänftigen, jetzt unternimmt er einen weiteren Anlauf.

»Bukke, wenn wir nun anbieten würden, ein wenig mehr …«

Doch Rosa hat etwas erkannt und steht plötzlich auf.

»Nein, wir unterbrechen hier. Geben wir Bukke die Zeit, noch einmal mit den Abgeordneten Rücksprache zu halten.«

Rosa nickt zum Abschied und geht zur Tür, ehe Frederik Vogel noch etwas sagen kann.

Die Wandelhalle von Christiansborg ist voller Besucher mit diversen Guides, die begeistert an die Decke und zu den Gemälden der verschiedenen Staatsoberhäupter zeigen. Rosa hat schon, als sie am Morgen ankam, die Touristenbusse und die Schlange an der Sicherheitskontrolle bemerkt, und auch wenn sie viel vom Offenheitsprinzip des Parlamentes hält, steuert sie jetzt doch mit angestrengter Miene durch das Gewimmel zum Ausgang, um in ihr Ministerium hinüberzukommen. Vogel holt sie auf halber Strecke ein.

»Ich muss daran erinnern, dass wir von Bukkes Unterstützung abhängig sind. Seine Partei ist ein Teil der parlamentarischen Basis der Regierung. Du kannst so nicht reagieren, auch nicht, wenn er zu persönlich geworden ist.«

»Das hat überhaupt nichts damit zu tun. Wir haben eine Woche für nichts gearbeitet. Sein Plan ist es, mich so aussehen zu lassen, als würde ich die Aufgabe nicht bewältigen, sodass die Verhandlungen scheitern und wir gezwungen sind, Neuwahlen auszurufen.«

Rosa ist klar geworden, dass Bukke die Zusammenarbeit mit der Regierung leid ist. Möglicherweise hat ihm die Opposition bereits ein verlockenderes Angebot gemacht. Wenn die Regierung zurücktritt und Neuwahlen ausgerufen werden, würde es Bukkes Partei der Mitte freistehen, eine neue Allianz einzugehen, und sein Zusatz »Sie haben sicher auch Ihre Herausforderungen, mit denen Sie sich herumschlagen müssen«, deutet wahrscheinlich an, dass er gerne Rosa die Verantwortung für die gescheiterten Verhandlungen zuschreiben würde.

Vogel sieht sie an, als sie nebeneinander herlaufen.

»Du meinst, er hat ein Angebot von der Opposition bekommen? In dem Fall gibst du ihm einen guten Grund, das in Erwägung zu ziehen, indem du die Verhandlungen beendest, und ich weiß nicht, was der Ministerpräsident davon hält.«

»Ich beende gar nichts. Aber wenn Bukke versucht, uns unter Druck zu setzen, müssen wir dasselbe tun.«

»Und wie?«

Rosa erkennt, dass es ein großer Fehler war, die Presse seit ihrer Rückkehr zu vermeiden. Sie hatte ihr Ministerium gebeten, sämtliche Interviewanfragen freundlich, aber entschieden abzulehnen. Einerseits, weil sie sich darüber im Klaren war, wovon die Interviews eigentlich handeln würden, und andererseits, weil sie die Zeit lieber auf die Verhandlungen verwenden wollte. Aber hauptsächlich vielleicht Ersteres. Vogel hatte versucht, sie umzustimmen, aber sie war dabei geblieben, und jetzt, da sie die Lage von außen betrachtet, weiß sie, dass ihre Unsichtbarkeit, sollte die Regierung zusammenbrechen, mit Schwäche verwechselt werden wird.

»Mach Termine für Interviews aus. So viele heute reinpassen. Unser Vorschlag zur Sozialpolitik soll rausgehen und bekannt werden – das wird Bukke unter Druck setzen.«

»Das denke ich auch. Aber wenn du dich den Fragen stellst, dann wird es unvermeidlich sein, dass auch private Themen angesprochen werden.«

Rosa kommt nicht dazu zu antworten. Sie spürt einen harten Schlag gegen die Schulter, als eine junge Frau in sie hineinläuft, und sie muss sich an der Wand abstützen, um nicht hinzufallen.

»He, was machen Sie da?!«

Vogel packt Rosa am Arm und schaut wütend zu der Frau, die ohne stehenzubleiben nur einen kurzen Blick zurückwirft. Sie trägt eine Daunenweste und einen roten Kapuzenpullover, sie hat die Kapuze über den Kopf gezogen. Rosa sieht nur kurz die dunklen Augen der Frau, ehe sie verschwindet, wahrscheinlich um eine Gruppe Besucher einzuholen.

»Idiotin. Bist du in Ordnung?«

Rosa nickt und geht weiter. Vogel holt sein Handy heraus. »Ich lege gleich los.«

Während Vogel schon mit dem ersten Journalisten telefoniert, gehen sie zur Treppe hinunter. Rosa sieht sich kurz um, kann aber die Frau nicht mehr in der Besuchermenge entdecken. Plötzlich hat sie das Gefühl, sie schon einmal gesehen zu haben, aber sie kann sich nicht erinnern, wo und wann.

»Bist du bereit für das erste Interview in einer Viertelstunde?«

Vogels Stimme reißt sie in die Wirklichkeit zurück, und Rosa vergisst den Gedanken wieder.

33

Der spätherbstliche Wind reißt und zerrt furchteinflößend an den flatternden Planen auf den Gerüsten am Jarmers Plads, der für den Verkehr gesperrt ist. Der weiße Dienstwagen mit Martinshorn und Blaulicht auf dem Dach fährt rasant über den Bürgersteig und an der Ruine vorbei, wird dann aber hinter einem städtischen Lastwagen mit Mengen von nassen Blättern eingeklemmt.

»Wir brauchen es präziser. Wo ist das Signal jetzt?«

Thulin sitzt am Steuer und wartet ungeduldig auf die Antwort des Technikers über Funk, während sie versucht, an dem Kehrfahrzeug vorbeizukommen.

»Das Signal des Handys hat sich vom Tagensvej wegbewegt, jetzt grade fährt es an der Gothersgade runter, wahrscheinlich in einem Auto.«

»Was ist mit den Absenderinformationen?«

»Es gibt keine. Die Nachricht ist von einem Handy mit nicht registrierter Mobilfunkkarte geschickt worden, aber wir haben sie an euch weitergeleitet, damit ihr sie selbst lesen könnt.«

Thulin drückt die Hupe durch, findet eine Lücke in der Schlange und gibt Gas, während Hess auf dem Beifahrersitz die SMS vom Display seines Handys vorliest.

»*Kastanienmann, komm herein. Kastanienmann, komm herein. Hast du welche für mich dabei? Danke schön …*«

»Das ist ein Kinderlied. ›Apfelmann, komm herein‹. Aber der ›Apfelmann‹ kann durch ›Blumenmann‹, ›Kastanienmann‹ oder was auch immer die Kinder möchten ersetzt werden. Jetzt fahrt doch schon, verdammt!«

Thulin drückt wieder auf die Hupe und überholt einen Kastenwagen. Hess sieht sie an.

»Wer weiß, dass wir draußen am Tatort den Kastanienmann gefunden haben? Ist das irgendwo erwähnt worden, in einem Bericht oder einer Analyse, oder ...«

»Nein. Nylander hat es mit Geheimhaltung belegt, es ist also nirgends erwähnt.«

Thulin weiß genau, warum Hess fragt. Wenn über den Kastanienmann mit Kristine Hartungs Fingerabdruck was durchgesickert ist, dann können Trittbrettfahrer ihnen jede erdenkliche Nachricht schicken. Doch das scheint hier nicht wahrscheinlich. Und schon gar nicht, da die SMS direkt ausgerechnet auf Laura Kjærs Handy geschickt worden ist, und dieser Gedanke lässt sie wieder über Funk nachfragen.

»Was jetzt? Wohin sollen wir?«

»Das Signal fährt die Christian IX's Gade runter, verschwindet, möglicherweise in einem Gebäude. Es wird schwächer.«

Die Ampel ist rot, aber Thulin fährt über den Bürgersteig und rast über die Kreuzung, ohne sich umzusehen.

34

Als Thulin und Hess aus dem Auto aussteigen und die Rampe runterlaufen, kommen sie an einer Reihe Autos vorbei, die vor dem Schlagbaum Schlange stehen, um hineinzufahren. Die jüngste Meldung deutet darauf hin, dass das Fahrzeug mit dem Handysignal auf demselben Weg hereingefahren ist, aber die Parkgarage ist fast voll besetzt. Es ist Montag, mitten am Nachmittag, und die Leute laufen zwischen ihren Autos hin und her. Familien mit großen Einkaufstaschen und Kürbissen, die bald für Halloween geschnitzt werden. Aus den Lautsprechern kommt Kaufhausmusik, nur ab und zu von der Lautsprecherstimme unterbrochen, die begeistert auf die besonderen Herbstangebote im Erdgeschoss des Warenhauses aufmerksam macht.

Thulin läuft direkt zum Glaskasten der Parkhausaufsicht am Ende der Garage. Ein junger Mann sitzt dort und ist gerade dabei, ein paar Ordner in ein Regal zu stellen.

»Polizei. Ich würde gern …«

Thulin sieht, dass der Wachmann ein Headset trägt, deshalb reagiert er erst, als sie fest an die Scheibe schlägt und ihre Polizeimarke zeigt.

»Ich würde gern wissen, welche Autos hier in den letzten fünf Minuten reingefahren sind!«

»Woher soll ich das wissen?«

»Sie haben es da auf dem Schirm, jetzt kommen Sie schon!«

Thulin zeigt auf die Wand mit kleinen Bildschirmen hinter dem Mann, der langsam begreift, dass es eilig ist.

»Spulen Sie zurück. Schnell!«

Seit das Signal in dem Gebäude verschwunden ist, haben sie es nicht lokalisieren können, aber wenn Thulin sehen kann, welche Autos in den letzten fünf Minuten reingefahren sind, dann kann sie über die Kennzeichen die Personen identifizieren, um die es geht. Doch bisher sucht der Wachmann immer noch eine Fernbedienung.

»Ich erinnere mich auf jeden Fall an einen Mercedes und einen Kurierwagen und ein paar Personenwagen.«

»Schnell, schnell, schnell!«

»Thulin, das Signal wandert zur Købmagergade!«

Thulin dreht sich zu Hess um, der sein Handy am Ohr hat und den Anweisungen der Ermittlungseinheit folgt, jetzt rennt er im Zickzack zwischen den Autos zu einem Aufgang. Thulin wendet sich wieder dem Wachmann im Glaskasten zu, der endlich die Fernbedienung gefunden hat.

»Egal, zeigen Sie mir die Kameras im Warenhaus. Die im Erdgeschoss am Ausgang zur Købmagergade!«

Der Wachmann zeigt auf die oberen drei Bildschirme, und Thulin starrt auf die schwarz-weißen Bilder. Ein Gewimmel von Menschen bewegt sich wie in einem Ameisenhaufen im Parterre des Warenhauses umeinander. Erst wirkt es unüberschaubar, doch dann sieht sie plötzlich eine Gestalt. Zielgerichteter als die anderen und auf dem Weg quer durch das Haus zum Ausgang Richtung Købmagergade. Die Gestalt geht mit dem Rücken zur Überwachungskamera, der Anzug und die dunklen Haare verschwinden hinter einer Säule, und Thulin rennt los.

35

Erik Sejer-Lassen geht nur drei Schritte hinter der Frau, und er kann ihr Parfüm riechen. Sie ist Anfang 30, trägt einen schwarzen Rock, dazu schwarze Strümpfe, und das Geräusch der hohen Absätze ihrer Louboutin-Schuhe ist fast unerträglich für ihn, als er ihr durch den Warenhausteil mit Victoria's Secret folgt. Sie ist gut gepflegt, hat die Körpermaße, die er schätzt, großer Busen und schmale Taille, und bestimmt arbeitet sie an einem Ort mit Spiegeln, Ölen, warmen Steinen und anderen Dingen, mit denen sie sich die Zeit vertreibt, während sie darauf wartet, zum Inventar im

Haus eines reichen Mannes zu werden. Er denkt daran, was er gern mit ihr machen würde, sie an eine Tür pressen, den Rock runterziehen und sie dann von hinten nehmen, dabei ihre langen blondierten Haare packen und nach hinten ziehen, bis sie schreit. Wahrscheinlich könnte er Zugang zum Land der Verheißung bekommen, indem er sie in ein angesagtes Restaurant oder einen mondänen Nachtclub einlädt, wo sie jedes Mal, wenn er die Platinkarte durch den Apparat zieht, beeindruckt kichern und einen nassen Slip kriegen würde, aber das will er nicht, da hat er keine Lust drauf – das ist nicht, was sie verdient. Er bemerkt, dass sein Handy angefangen hat zu klingeln, und als er in die Schultertasche langt und eilig das Display checkt, katapultiert es ihn aus seiner Phantasie.

»Was ist?«

Seine Stimme ist kalt, als er rangeht, und er weiß, dass seine Frau das hört, aber verdammt noch mal, sie hat es sich selbst zuzuschreiben, dass er so ist, wie er ist. Er bleibt stehen und sieht sich nach der Frau mit den Louboutin-Schuhen um, aber sie ist schon im Getümmel verschwunden.

»Entschuldige, wenn ich störe.«

»Was willst du? Ich kann jetzt nicht reden. Und das hatte ich dir auch schon deutlich gesagt.«

»Ich wollte nur fragen, ob es okay ist, wenn ich mit den Mädchen zu Mutter fahre. Und da bis morgen bleibe.«

Er wird argwöhnisch.

»Warum solltest du das tun wollen?«

Sie zögert einen Moment.

»Es ist einfach so lange her, dass ich sie gesehen habe. Und wenn du sowieso nicht zu Hause bist.«

»Willst du nicht, dass ich zu Hause bin, Anne?«

»Doch, natürlich. Aber du hast doch gesagt, dass du heute Abend lange arbeitest, und da...«

»Und da was, Anne?«

»Entschuldige... Aber dann bleiben wir zu Hause... Wenn du die Idee nicht gut findest...«

Es ist etwas an ihr, was ihn irritiert. Etwas an ihrer Stimme, was ihn misstrauisch macht. Er wünscht, es wäre nicht so, er wünscht so vieles, er wünscht, alles könnte zurückgespult und ganz anders noch einmal gemacht werden. Aber dann hört er plötzlich das Klappern von Absätzen auf dem Marmorboden, und als er sich herumdreht, sieht er die Frau mit den Louboutin-Schuhen mit einer schönen, kleinen Tüte aus einem Kosmetikladen kommen und zu dem Fahrstuhl neben dem Ausgang zur Købmagergade gehen.

»Es ist gut. Haut ihr ruhig ab.«

Erik Sejer-Lassen drückt das Gespräch weg und erreicht den Fahrstuhl gerade ehe die Türen zugehen.

»Darf ich mitfahren?«

Sie steht allein mit ihrem Puppengesicht da und schaut ihn etwas überrascht an. Rasch scannt sie ihn ab, und er spürt den Blick auf seinem Gesicht und dem dunklen Haar, auf dem teuren Anzug und den Schuhen, und er sieht, wie sie ein breites Lächeln auflegt.

»Selbstverständlich.«

Erik Sejer-Lassen betritt den Fahrstuhl. Er schafft es gerade noch, das Lächeln zu erwidern, auf den Knopf zu drücken und sich der Frau zuzuwenden, ehe der Mann mit dem wilden Gesicht die Hände in die Tür steckt und ihn an die Spiegelwand presst, sodass seine Nase von dem kalten Glas plattgedrückt wird. Die Frau kreischt erschrocken auf. Er spürt das Gewicht des Mannes im Rücken, seine Hände, die ihn abtasten, und einen kurzen Moment erkennt er seine Augenfarbe, und denkt, dass er vielleicht geisteskrank ist.

36

Für Steen ist offenkundig, dass der Kunde kaum weiß, wo bei den Zeichnungen oben und unten ist. Das hat er schon oft erlebt, aber in diesem Fall ärgert es ihn grenzenlos, weil der Kunde aus seiner Unkenntnis eine Tugend macht und behauptet, dass er gerade deshalb »original« und »schief« und »out of the box« denken könne.

Sie sitzen in dem großen Besprechungsraum, sein Partner Bjarke und er selbst, und warten darauf, dass der Kunde den Blick von einer weiteren Zeichnung heben und ihnen gnädigst mitteilen möge, was er meint. Steen schielt auf seine Uhr. Die Besprechung hat sich hingezogen, und er müsste längst auf dem Weg Richtung Schule in seinem Auto sitzen. Aber der Kunde ist 23 Jahre alt, IT-Multimillionär, wie ein 15-Jähriger in Kapuzenpulli, löchrige Hosen und weiße Sneakers gekleidet, und Steen weiß instinktiv, dass der Kerl »Funktionalismus« ohne die Autokorrektur des nagelneuen iPhones, das er auf den Tisch gelegt hat und mit dem er ständig rumfummelt, nicht buchstabieren könnte.

»Alter, auf dem hier sind nicht viele *Details*.«

»Nein, weil Sie letztes Mal gesagt haben, es wären zu viele *Details* drauf.«

Steen merkt, wie Bjarke erschrocken zusammenfährt und sich beeilt, die Wogen zu glätten.

»Wir können natürlich wieder welche davon einsetzen, kein Problem.«

»Es müsste auf jeden Fall mehr *Pang* sein, mehr *Kapow.*«

Auf diese Bemerkung hat Steen nur gewartet und holt den Stapel mit den alten Zeichnungen heraus.

»Das hier sind die letzten Zeichnungen. Da war Pang und Kapow drin, aber sie haben gesagt, es wäre zu viel.«

»Ja, das war es auch. Obwohl vielleicht war es auch zu wenig.«

Steen sieht den Kerl an, der ihm ein breites Grinsen präsentiert.

»Vielleicht ist der Fehler, dass alles zu sehr *inbetween* ist. Ihr kommt mit einer Zeichnung nach der anderen, ihr könnt euren Shit, aber es wird zu wenig nuanciert, und es müsste mehr *no strings attached* sein. Könnt ihr mir folgen?«

»Nein, ich kann Ihnen nicht folgen. Aber wir können rote Plastiktiere entlang dem Eingang platzieren und die Rezeption zu einem Seeräuberschiff umbauen, wenn das besser ist.«

Bjarke bricht in ein viel zu lautes Lachen aus, um entwaffnend zu wirken, aber der junge Sonnenkönig kapiert das nicht.

»Das wäre vielleicht eine gute Idee. Aber wenn ihr keinen besseren *take* darauf habt, ehe eure Deadline heute Abend abläuft, kann ich eure Konkurrenten fragen.«

Als Steen kurz darauf auf dem Weg zur Schule im Auto sitzt, ruft er in der Anwaltskanzlei an, um zu sagen, dass er die Todeserklärung immer noch nicht bekommen hat. Die Sekretärin klingt überrascht und versichert, sich darum zu kümmern, und Steen bricht das Gespräch ein wenig zu hastig ab.

Als er vor den Eingang der Schule rollt, hat er schon

längst drei der kleinen Schnapsfläschchen geleert, aber diesmal hat er ans Kaugummi gedacht und ist mehrere Kilometer mit heruntergekurbelten Scheiben gefahren. Er stellt fest, dass Gustav nicht wie sonst unter den Bäumen wartet, und er kann ihn auch auf dem Handy nicht erreichen. Plötzlich kommen ihm Zweifel, ob er vielleicht zu früh oder zu spät da ist. Der Schulhof ist leer, und Steen schaut auf seine Uhr. Er betritt die Schule inzwischen nur noch selten, tatsächlich kann er sich nicht erinnern, wann er das zuletzt getan hat, und es ist, als würden Gustav und er beide wissen, dass er besser draußen bleibt. Aber jetzt ist Gustav nicht da. In einer halben Stunde muss Steen wieder im Büro sein, um die Zeichnungen für den Sonnenkönig zu überarbeiten, also öffnet er ungeduldig die Autotür und steigt aus.

37

Die Tür zu Gustavs Klassenzimmer steht weit offen, aber der Raum ist leer. Steen geht eilig weiter und ist froh, dass gerade Unterricht und keine Pause ist. Keine prüfenden Blicke auf den Fluren, und als er an den Türen zu den emsig brummenden Vorschulklassen vorbeikommt, gelingt es ihm fast, die Dekoration mit kahlen Herbstästen und Kastanientieren zu ignorieren. Der Besuch der Polizisten neulich war albtraumhaft. Der Fingerabdruck. Die Gefühle, die in ihm wach wurden, als er begriff, was sie sagten. Die Hoffnung, die sich aufdrängte und gleichzeitig mit Verwirrung mischte. Rosa und er hatten das so oft schon durchlebt – wieder zurück an den Anfang geworfen zu werden –, doch dieses Mal kam es unerwartet.

Sie hatten hinterher darüber gesprochen – dass es nun einmal nicht zu ändern war. Dass sie – nicht zuletzt um Gustavs willen – einfach versuchen müssten, stark genug zu sein, um den Explosionen und Fallgruben, die die Erinnerungen an die Tochter immer sein würden, zu begegnen. Ganz gleich, in welcher Form sie kamen. Und sie hatten sich hinterher versichert, dass es trotz allem vorwärtsging, und selbst wenn Steen fast die Blicke der Kastanientiere im Rücken spüren kann, als er um die Ecke zu dem großen Gemeinschaftsraum geht, ist er doch fest entschlossen, sich davon nicht beeindrucken zu lassen.

Steen hält abrupt inne. Es dauert einen Moment, bis ihm klar wird, dass es ihre Klassenkameraden sind, die da im Aufenthaltsraum sitzen. Es ist lange her, seit er sie gesehen hat, doch er erkennt ihre Gesichter.

Sie sitzen friedlich und arbeiten in Gruppen an den weißen Tischen, die ringsherum auf dem braunen Teppich stehen. Doch sowie der erste Schüler ihn entdeckt hat, breitet sich die Aufmerksamkeit aus, bis alle Gesichter zu ihm gewandt sind. Keiner sagt etwas. Einen Moment lang weiß er nicht, was er tun soll, doch dann will er wieder in die Richtung gehen, aus der er kam.

»Hallo.«

Steen wendet sich dem Mädchen zu, das allein am nächsten Tisch mit Schulbüchern in kleinen Stapeln vor sich sitzt, und ihm wird klar, dass es Mathilde ist. Sie sieht älter aus. Ernster, schwarzgekleidet, und sie lächelt ihn freundlich an.

»Suchen Sie Gustav?«

»Ja.«

Er hat sie tausendmal gesehen, sie war so oft in ihrem Haus, dass es für ihn fast so selbstverständlich war, mit ihr zu reden wie mit seiner eigenen Tochter, doch das ist es jetzt nicht mehr, und er findet keine Worte.

»Seine Klasse ist vorhin mal vorbeigegangen, aber sie kommen bestimmt bald zurück.«

»Danke. Weißt du, wo sie hin sind?«

»Nein.«

Steen kontrolliert seine Uhr, obwohl er sehr gut weiß, wie spät es ist.

»Na, dann warte ich im Auto auf ihn.«

»Wie geht es euch?«

Steen sieht Mathilde an und versucht zu lächeln. Das ist eine der gefährlichen Fragen, aber er bekommt sie so oft gestellt, und er weiß, dass es nur darauf ankommt, rasch zu antworten.

»Uns geht es gut. Wir haben viel zu tun, aber das ist ja auch gut. Und dir?«

Sie nickt und versucht zu lächeln, aber sie sieht traurig aus.

»Ich habe ein schlechtes Gewissen, dass ich nicht mehr bei euch vorbeigekommen bin.«

»Das musst du nicht. Es geht uns gut.«

»Hallo Steen. Kann ich irgendwie helfen?«

Steen wendet sich dem Klassenlehrer Jonas Kragh zu, der jetzt zu ihnen tritt. Er ist Mitte vierzig, trägt Jeans und ein enges, schwarzes T-Shirt. Sein Blick ist freundlich, aber auch wachsam und forschend, und Steen weiß gut, warum er ihn so ansieht. Die ganze Klasse war von den Geschehnissen sehr berührt, und die Schule hat seither versucht, die Schüler in ihrer Trauer zu begleiten. Der Klassenlehrer war einer von denen, die meinten, dass es am besten wäre, wenn sie nicht an dem Gedenkgottesdienst teilnahmen, der aus logischen Gründen erst mehrere Monate nach Kristines Verschwinden stattfinden konnte. Es würde, so meinte er, mehr schaden als helfen, denn es würde eine Wunde wieder aufreißen, die gerade begonnen hatte zu verheilen, und das hatte er Steen damals auch mitgeteilt. Die Schulleitung hingegen hatte entschieden, dass die Kinder selbst bestimmen sollten, ob sie teilnehmen wollten oder nicht, und fast alle Klassenkameraden von Kristine waren gekommen.

»Nein, alles gut. Ich bin auf dem Weg nach draußen.«

Als Steen wieder am Auto ist, läutet die Glocke. Er macht die Autotür hinter sich zu und versucht, sich darauf zu konzentrieren, unter den Kindern, die aus dem Haupteingang kommen, Gustavs Gestalt zu entdecken. Er weiß, dass er das Richtige getan hat, doch der Anblick von Mathilde hat die Gedanken an den Besuch der Polizei wieder aufkommen lassen, und er sagt sich die Worte des letzten Therapeuten auf: dass Trauer eine heimatlos gewordene Liebe ist, und dass man mit der Trauer leben und sich selbst weiterzwingen muss.

Er hört, wie sich Gustav auf den Beifahrersitz setzt und ihm erzählt, dass der Dänischlehrer sie mit in die Schulbibliothek geschleift hat, damit sie irgendwelche Bücher ausleihen, und dass er deshalb zu spät ist. Steen würde gern verständnisvoll nicken, das Auto starten und sich in den Verkehr hinausblinken, aber er bleibt sitzen und verspürt die innere Notwendigkeit, noch einmal in die Schule zu gehen. Die Glocke läutet wieder, und er kämpft. Er weiß, dass sein Vorhaben auf der anderen Seite der Grenze liegt, die er sich selbst gezogen hat, aber wenn er es jetzt nicht tut, dann wird er Mathilde vielleicht nie fragen, und irgendetwas an der Frage ist wichtig, vielleicht wichtiger als alles andere im Leben.

»Stimmt was nicht?«

Steen öffnet die Autotür.

»Ich muss nur noch was machen. Bleib einfach sitzen.«

»Was hast du vor?«

Steen schlägt die Tür zu und geht zum Eingang. Die Blätter wirbeln um ihn.

38

»Was zum Teufel machen Sie da? Ich verlange eine Erklärung«, bollert Erik Sejer-Lassen.

Thulin drückt auf das Icon für Nachrichten auf dem Samsung-Galaxy-Handy und sieht noch einmal die Liste der SMS durch, während Hess den Inhalt von Erik Sejer-Lassens Tasche auf dem weißen Leder des loungeartigen Sofa-Arrangements ausleert.

Sie befinden sich im Büro des Mannes in der obersten Etage des Gebäudes. Während auf den Stockwerken unter ihnen die Dauerbeschallung des Warenhauses und Massen von Menschen um Platz kämpfen, ist die am nächsten zum Himmel gelegene Etage eine beeindruckende Bürolandschaft für Sejer-Lassens Investmentunternehmen. Das Tageslicht verschwindet, und vor der Glaspartie zum Gang hinaus stehen die Angestellten mit besorgten Mienen zusammen und schauen zu ihrem Chef hinein, der eben auf eine unmissverständliche Weise aus dem Fahrstuhl geführt wurde.

»Sie haben kein Recht dazu. Was wollen Sie mit meinem Handy?«

Thulin ignoriert ihn, sie macht das Handy aus und sieht zu Hess, der dabei ist, den Inhalt der Tasche zu durchsuchen.

»Die Nachricht ist da nicht.«

»Er kann sie gelöscht haben. Sie sagen, das Signal würde immer noch von hier senden.«

Hess stürzt sich auf die weiße 7-Eleven-Tüte, die auch in der Tasche liegt, während Erik Sejer-Lassen einen Schritt auf Thulin zu macht.

»Ich habe gar nichts getan. Also scheren Sie sich entweder zum Teufel oder sagen Sie mir …«

»Wie ist Ihre Beziehung zu Laura Kjær?«

»Zu wem?«

»Laura Kjær, 37 Jahre, Sprechstundenhilfe, Sie haben grade eine Nachricht auf ihr Handy geschickt.«

»Ich habe noch nie von ihr gehört.«

»Was haben Sie mit Ihrem anderen Handy gemacht?«

»Ich habe nur eins!«

»Was ist in dem Paket?«

Thulin sieht, dass Hess ein weißes, gefüttertes A5-Päckchen aus der Tüte geholt hat und es jetzt Erik Sejer-Lassen hinhält.

»Keine Ahnung, ich habe es gerade abgeholt! Ich kam aus einer Besprechung und habe eine SMS von einem Kurierdienst bekommen, dass im 7-Eleven ein Päckchen an mich … He!?«

Sejer-Lassen merkt, dass Hess dabei ist, das Päckchen aufzureißen.

»Was machen Sie da? Was zum Teufel geht hier vor?«

Plötzlich hält Hess inne und lässt das Päckchen abrupt auf das weiße Leder fallen. Die Öffnung ist groß genug, dass Thulin die Plastiktüte mit den geronnenen Flecken und dem alten Nokia-Handy sehen kann, das darin blinkt. Aber das Handy ist mit Gafferband an einem seltsamen, grauen Klumpen befestigt, und erst als Thulin den Ring am Finger erahnt, geht ihr auf, dass sie Laura Kjærs amputierte Hand vor sich haben.

Erik Sejer-Lassen glotzt sie an.

»Was zum Teufel ist das?«

Hess und Thulin wechseln einen Blick, und Hess tritt auf den Mann zu.

»Jetzt denken Sie noch mal gut nach. Laura Kjær …«

»Ja, aber ich weiß nichts!«

»Wer hat Ihnen das Päckchen geschickt?«

»Ich habe es gerade erst abgeholt! Ich weiß es nicht …«

»Wo waren Sie letzte Woche am Montagabend?«

»Montagabend?«

Die Stimmen von Hess und Sejer-Lassen werden leiser, während sich Thulin im Büro des Mannes umsieht. Sie weiß instinktiv, dass dieses Gespräch sinnlos ist. Es ist, als wäre die Verwirrung beabsichtigt. Als würde sich bereits jemand über sie amüsieren und lustig machen, während sie wie Insekten in einer Flasche herumsausen. Sie versucht, sich darauf zu konzentrieren, warum sie hier sind und warum dieser Ort gleichzeitig richtig und verkehrt wirkt.

Jemand hat die SMS geschickt, um sie bewusst hierherzulocken. Jemand wollte gern, dass sie das Signal des Nokia-Handys verfolgen und hier bei Erik Sejer-Lassen die rechte Hand von Laura Kjær finden. Aber warum? Nicht um zu helfen, und offensichtlich auch nicht, weil Sejer-Lassen Licht in die Sache bringen könnte. Warum sind sie ausgerechnet zu ihm geführt worden?

Thulins Blick landet auf dem hübsch gerahmten Foto von Erik, seiner Frau und den Kindern auf dem Montana-Regal hinterm Schreibtisch, und ihr geht auf, was der bösartigste Grund sein könnte.

»Wo ist Ihre Frau?«

Thulin unterbricht Hess und Erik Sejer-Lassen, und die beiden schauen sie schweigend an.

»Ihre Frau! Wo ist sie jetzt gerade?«

Erik Sejer-Lassen schüttelt ungläubig den Kopf, während Hess von Thulin zum Familienfoto auf dem Regal schaut, und sie erkennt, dass er denselben Gedanken hat. Erik Sejer-Lassen zuckt mit den Schultern.

»Das weiß ich wirklich nicht. Sie wird zu Hause sein. Warum?«

39

Die Villa ist die größte in Klampenborg, und seit Anne Sejer-Lassen, ihr Mann und die beiden Kinder vor wenigen Monaten eingezogen sind, hat sie es sich zur Gewohnheit gemacht, ihre Joggingtour vor dem großen, elektronischen Metalltor zu beenden und das letzte Stück über den Kies ins Haus zu gehen, um auszupusten und den Puls runterzubringen. Doch nicht so heute. Seit sie ihren Mut zusammengenommen und Erik angerufen hat, ist sie schnell gerannt, um nach Hause zu kommen, und sie läuft auch weiter über den Kies, vorbei an den kunstvoll geschnittenen Büschen, der Alabasterfontäne und dem Land Rover. Das Tor steht immer noch offen, doch das ist ihr egal, denn sie weiß, sie wird gleich zum letzten Mal in ihrem Leben herausfahren. Gerade eben hat sie ihr Au-pair-Mädchen angerufen und gesagt, dass sie Lina und Sofia selbst aus dem Kindergarten und der Kernzeitbetreuung abholen wird, und als sie jetzt an die Steintreppe kommt und der Hund aus dem Garten auftaucht und sie verspielt anblafft, streichelt sie ihn nur eilig, holt die Schlüssel unter dem Steintopf heraus und schließt auf.

Drinnen im Haus wird es schon dunkel, und sie schaltet das Licht ein, ehe sie außer Atem den Alarm am Display ausmacht. Eilig schüttelt sie die Laufschuhe von den Füßen und läuft zielgerichtet mit dem Hund hinter sich die Treppe hinauf. Sie weiß genau, was sie mitnehmen wird, denn in Gedanken hat sie schon viele Male gepackt. Im Kinderzimmer im ersten Stock nimmt sie die zwei Haufen ganz hinten im Schrank, die sie bereits zurechtgelegt hat, und im Badezimmer sammelt sie Zahnbürsten und Toilettensachen ein. Als ihr Handy klingelt, sieht sie, dass es ihr Mann ist, aber sie geht nicht ran. Wenn sie sich jetzt beeilt, kann sie ihn später zurückrufen und sagen, dass sie nicht rangegangen ist, weil sie Auto gefahren ist, und dann wird er den Zusammenhang erst begreifen, wenn er morgen entdeckt, dass sie gar nicht bei ihrer Mutter sind. Sie beeilt sich, stopft die Sachen der Mädchen in die schwarze Reisetasche, die schon mit ihren eigenen Sachen und den drei bordeauxfarbenen Pässen im Schlafzimmerschrank bereitsteht. Sie macht die Tasche zu und eilt die Treppe hinunter, und als sie in das Wohnzimmer mit dem großen Panoramafenster zum Wald hinaus kommt, da fällt ihr ein, was sie vergessen hat. Sie lässt die Tasche mitten im Zimmer fallen, legt ihr Handy darauf und läuft noch einmal die Treppe zum ersten Stock hinauf. Im Kinderzimmer ist es inzwischen dunkel. Fieberhaft sucht sie unter Decken und Betten, doch erst auf dem Fensterbrett entdeckt sie die beiden kleinen, unersetzlichen Pandabären. Sie ist glücklich, sie so schnell gefunden zu haben, läuft schnell wieder die Treppe hinunter und denkt, dass sie nicht ihren Geldbeutel und die Autoschlüssel vergessen darf. Beides findet sie in der Küche auf dem großen, rustikalen Esstisch aus chinesischem Holz, und dann geht sie wieder ins Wohnzimmer und erstarrt.

Da, wo sie vor einem Augenblick die schwarze Reisetasche abgestellt hat, mitten im Zimmer, steht jetzt nichts mehr. Keine Tasche, kein Handy. Nur das bläuliche Gartenlicht scheint durch die Terrassentür auf die lackierten Bodendielen, wo nun ein kleines Kastanienmännchen steht. Einen Moment lang begreift sie nichts. Vielleicht ist das nur ein Kastanienmann, den eines der Mädchen zusammen mit dem Au-pair gemacht hat, und vielleicht hat Anne die Reisetasche ganz einfach woanders abgestellt, doch plötzlich wird ihr klar, dass dies nicht der Fall ist.

»Hallo …? Erik, bist du das?«

Das Haus ist still. Keine Antwort ist zu hören, und als sie auf den Hund hinunterschaut, hat der sich knurrend etwas in der Dunkelheit hinter ihr zugewandt.

40

Der Klassenlehrer ist gerade dabei, die Geschichte des Internets von Tim Berners-Lee bis Bill Gates und Steve Jobs zu erzählen, als die Tür zum Klassenzimmer aufgeht. Mathilde schaut von ihrem Platz am Fenster hin und entdeckt zu ihrem Erstaunen, dass es Kristines Vater ist, der reinschaut. Er entschuldigt sich auf eine etwas verwirrte Weise, und ihm scheint erst jetzt aufzugehen, dass er vergessen hat anzuklopfen.

»Ich möchte nur eben noch mit Mathilde sprechen. Nur einen Augenblick.«

Mathilde steht auf, ehe der Klassenlehrer etwas sagen kann. Sie spürt, dass ihm die Unterbrechung nicht behagt, und sie weiß auch sehr gut, warum, aber das ist ihr egal.

Als sie draußen stehen und die Tür hinter ihr zu ist, sieht sie Steen an, dass irgendetwas nicht stimmt. Sie erinnert sich immer noch sehr deutlich an den Tag vor bald einem Jahr, als er sie zu Hause aufsuchte, um zu fragen, ob sie wisse, wo Kristine sei. Sie hatte versucht zu helfen, aber sie konnte doch erkennen, dass ihre Antwort ihn nur noch besorgter machte, auch wenn er meinte, dass Kristine sicher nur mit einer anderen Freundin nach Hause gegangen war.

Mathilde fällt es immer noch schwer zu begreifen, dass Kristine nicht mehr da ist. Manchmal, wenn sie an sie denken muss, dann hat sie das Gefühl, das alles nur geträumt zu haben. Dass Kristine einfach weggezogen ist und jetzt woanders lebt – und dass sie natürlich irgendwann wieder zusammen mit ihr lachen wird. Aber wenn sie in der Schule zufällig an Gustav vorbeikommt oder Rosa oder Steen sieht, dann weiß sie, dass es Wirklichkeit ist. Sie hat sie so gut gekannt. Sie war so gern bei ihnen zu Hause, und es ist schlimm für sie zu sehen, was die Trauer mit ihnen gemacht hat. Sie will gern alles tun, um zu helfen, aber als sie jetzt allein mit Steen vor der Klasse steht, da hat sie fast ein bisschen Angst, denn sie spürt, dass er nicht er selbst ist. Er wirkt verwirrt und abgehetzt und riecht stark nach Alkohol, als er beginnt, sich zu entschuldigen und zu erklären, dass er einfach wissen müsse, wie es damals war, als sie im letzten Herbst bei ihnen zu Hause saßen und Kastanienmännchen bastelten.

»Kastanienmännchen?«

Mathilde weiß nicht, was für eine Frage sie erwartet hat,

doch diese Frage ist ihr noch unheimlicher, und erst versteht sie ganz einfach nicht, was er meint.

»Sie meinen, wie wir sie gemacht haben?«

»Nein. Als ihr die Figuren gebastelt habt, war sie es, oder hast du sie gemacht?«

Einen Moment lang kann sich Mathilde nicht erinnern, und er sieht sie ungeduldig an.

»Ich muss es wissen.«

»Wir beide haben sie gemacht, glaube ich.«

»Glaubst du?«

»Nein, so war es. Warum?«

»Also sie hat die Männchen gebastelt? Da bist du sicher?«

»Ja. Also wir zusammen.«

Sie kann ihm ansehen, dass dies nicht die erhoffte Antwort war, und sie fühlt sich schuldig.

»Wir waren ja oft bei euch und haben gebastelt und …«

»Ja, das weiß ich. Und was habt ihr dann mit den Männchen gemacht?«

»Dann sind wir auf die Straße raus und haben sie verkauft. Zusammen mit dem Kuchen und …«

»An wen?«

»Keine Ahnung. An alle, die gerne welche kaufen wollten. Warum ist das …«

»Also, habt ihr sie an Leute auf der Straße verkauft, die ihr kanntet, oder waren da noch andere?«

»Das weiß ich nicht …«

»Aber du würdest dich doch daran erinnern, wenn da noch andere gewesen wären, oder?«

»Aber ich kannte die Leute doch nicht …«

»Aber waren es Fremde, oder war es jemand, den sie kannte, oder wer war es?«

»Ich weiß es nicht …«

»Mathilde, das könnte wichtig sein!«

»Steen, was geht hier vor?«

Der Klassenlehrer ist aus der Tür gekommen, aber Kristines Vater sieht ihn nur kurz an.

»Nichts. Es dauert nur …«

»Steen, kommen Sie mal mit.«

Der Klassenlehrer ist vor Mathilde getreten und versucht, Kristines Vater beiseitezuziehen, doch der leistet Widerstand.

»Wenn Sie noch etwas Wichtiges zu Mathilde zu sagen haben, dann muss es auf die richtige Weise geschehen. Es war eine schwere Zeit für alle, vor allem für Sie, aber auch für die Klassenkameraden.«

»Nur ein paar Fragen. Es dauert nicht lang.«

»Ich wüsste gern, worum es sich handelt, andernfalls muss ich Sie bitten zu gehen.«

Es ist, als würde alle Luft aus Kristines Vater entweichen, während der Klassenlehrer dasteht und ihn fragend ansieht. Steen schaut Mathilde verwirrt an, und sie kann sehen, dass er erst jetzt entdeckt, dass die anderen Schüler das Gespräch durch die offene Tür verfolgen.

»Entschuldigung. Ich wollte wirklich nicht …«

Steen hält inne und dreht sich herum. Mathilde sieht, dass ihm plötzlich klar wird, dass auch Gustav am anderen Ende des Ganges steht und ihn beobachtet. Gustav sagt nichts, sondern starrt seinen Vater nur an, macht dann aber auf dem Absatz kehrt und verschwindet wieder. Steen geht ihm hinterher, und erst als er schon an der Ecke ist, reagiert Mathilde.

»Moment!«

Steen dreht sich langsam um, und sie läuft ihm entgegen.

»Es tut mir leid, dass ich mich nicht an alles erinnern kann.«

»Es ist egal. Entschuldige.«

»Aber wenn ich genau darüber nachdenke, dann erinnere ich mich, dass wir letztes Jahr gar keine Kastanienmännchen gemacht haben.«

Sein Blick war fest auf den Fußboden gerichtet. Sein ganzer Körper war vorgebeugt und von einem unsichtbaren Gewicht beschwert. Doch als ihre Worte eingesunken sind, schaut er auf und begegnet ihrem Blick.

41

Das siebte Zeitungsinterview für heute ist eben beendet, und Rosa läuft eilig zusammen mit Engells den Gang im Ministerium hinunter, als ihr Handy klingelt. Während sie ihren Mantel anzieht, sieht sie den Namen ihres Mannes auf dem Display, doch sie hat keine Zeit ranzugehen, denn der Büroleiter muss es noch schaffen, sie mit den Zahlen aus dem jüngsten Bericht des Sozialministeriums auszustatten.

Alle Interviews sind gut verlaufen. Sie hat berichtet, wie notwendig alle Initiativen sind, und konnte unterstreichen, dass sie große Hoffnungen in die Zusammenarbeit mit dem Koalitionspartner setzt. Insgesamt müsste das Bukke wieder in Reih und Glied zwingen.

Sie hat auch die privaten Fragen ertragen, auch wenn es Kraft gekostet hat. »Wie ist es, wieder zurück zu sein?«, »Inwiefern hat sich Ihr Leben verändert?« und »Wie kommt man über etwas so Schreckliches hinweg?« Seltsamerweise schien der junge Journalist, der Rosa die letzte Frage gestellt hatte, davon auszugehen, dass sie nun, da sie als Ministerin zurückgekehrt war, über den Verlust ihrer Tochter hinweggekommen sein müsste.

»Beeilt euch! Wenn die Ministerin es noch schaffen soll, dann muss ich sie unterwegs briefen.«

Liu steht ungeduldig am Fahrstuhl und übernimmt den Bericht mit den Zahlen von Engells, der Rosa mit einem Schulterklopfen viel Glück wünscht.

»Wo ist Vogel?«, fragt Rosa.

»Wir treffen ihn draußen. Er wollte erst noch bei TV2 vorbei, hat er gesagt.«

Sie haben zwei Live-Interviews in den Nachrichten zugesagt. Der Zeitplan ist eng. Sie betreten den Fahrstuhl, der sie zum Hinterausgang des Ministeriums bringen wird, wo der Chauffeur sie leichter aufsammeln kann als vor dem stark frequentierten Haupteingang. Liu drückt auf den Knopf ins Parterre.

»Das Staatsministerium ist über die Entwicklung informiert, aber Vogel hat gesagt, es wäre ihnen nach wie vor lieber, Sie würden sich nicht mit Bukke überwerfen.«

»Wir überwerfen uns nicht mit Bukke, aber wir sollten die Zügel in der Hand behalten.«

»Ich gebe nur wieder, was Vogel gesagt hat. Und es ist wichtig, wie Sie jetzt wirken. Die Printmedien sind eine Sache …«

»Ich weiß, was ich tun muss, Liu.«

»Das ist mir klar, aber das hier ist live, und die werden nach anderen Dingen als Politik fragen. Vogel hat mich gebeten, Sie zu erinnern, dass die gern Äußerungen zu Ihrem Comeback hätten. Sie wollen mit anderen Worten private

Fragen stellen, und sie wollten Vogel keine Vorabzusagen machen.«

»Da muss ich durch. Wenn ich jetzt einen Rückzieher mache, war alles umsonst. Wo ist der Wagen?«

Rosa ist aus dem Fahrstuhl getreten und hat mit Liu im Schlepptau die Sicherheitsschleusen des Hinterausgangs passiert. Jetzt stehen sie auf der zugigen Admiralgade, aber der Ministerwagen wartet nicht da, wo er sein sollte. Rosa merkt, dass Liu überrascht ist, aber wie immer so zu wirken versucht, als habe sie alles unter Kontrolle.

»Warten Sie hier, ich finde ihn. Oft parkt er in einer der Nebenstraßen, wenn er Pause macht.«

Liu eilt über das Kopfsteinpflaster, schaut vor und zurück und holt das Handy aus ihrer Tasche. Rosas Handy klingelt wieder, und sie geht ran, während sie ihrer Sekretärin folgt. Der Wind ist eisig, und als sie an der Boldhusgade vorbeikommt, kann sie bis rüber nach Christiansborg auf der anderen Seite des Kanals sehen.

»Hallo, Schatz. Ich hab nicht viel Zeit. Ich bin auf dem Weg zum Live-Interview und muss mich im Auto noch vorbereiten.«

Die Verbindung ist schlecht, und sie kann ihn fast nicht verstehen. Seine Stimme klingt aufgeregt und verwirrt, und beim ersten Mal kann sie nur die Worte »wichtig« und »Mathilde« aufschnappen. Sie wiederholt, was sie schon gesagt hat, und versucht, ihm zu sagen, dass sie ihn fast nicht hören kann, aber er ist sehr angelegen, ihr etwas zu erzählen. Plötzlich sieht Rosa Liu am Tor zu einem Hinterhof stehen, wo sie aufgeregt mit dem neuen Ministerchauffeur spricht, der aus irgendeinem Grund nicht mit dem Wagen zu ihnen gekommen ist.

»Steen, es passt grad nicht gut. Ich muss auflegen.«

»Hör nur kurz!«

Plötzlich ist die Verbindung da, und Steens Stimme klar und deutlich zu hören.

»Du hast zu den Polizisten gesagt, dass die Mädchen Kastanienmännchen gebastelt haben. Kann es sein, dass du dich täuschst?«

»Steen, ich kann jetzt nicht reden.«

»Ich habe grade mit Mathilde gesprochen. Sie sagt, dass sie letztes Jahr *keine* Kastanienmännchen gemacht haben. Sie haben Tiere und Spinnen und alles Mögliche gebastelt, aber keine Kastanienmännchen. Wie kann dann der Fingerabdruck von Kristine auf einem sein? Verstehst du, was ich sage?«

Rosa hält inne, doch dann verschwindet Steens Stimme wieder.

»Hallo? Steen?«

Sie verspürt einen Knoten im Magen, die Verbindung bleibt schwach, und schon hört sie das kleine Piepen als Zeichen, dass die Leitung unterbrochen ist. Zögernd geht sie auf Liu zu, die schweigend auf etwas in diesem Hinterhof starrt. Liu sieht erst auf, als der Fahrer sie am Arm berührt und in Rosas Richtung nickt.

»Kommen Sie, wir nehmen einen anderen Wagen stattdessen.«

»Ich muss Steen zurückrufen. Warum können wir das Auto nicht nehmen?«

»Das erkläre ich unterwegs. Kommen Sie.«

»Nein. Was ist denn passiert?«

»Kommen Sie, wir müssen uns beeilen!«

Doch es ist zu spät. Rosa kann den Ministerwagen im

Hinterhof stehen sehen. Die Frontscheibe ist zerschlagen. Jemand hat etwas mit großen, roten Buchstaben auf die Kühlerhaube geschrieben, wie mit Blut. Rosa erstarrt, als ihr aufgeht, was da steht: MÖRDERIN.

Liu nimmt sie am Arm und führt sie weg.

»Ich habe gesagt, dass er die Sicherheitsleute anrufen soll. Wir müssen jetzt gehen.«

42

Die Silhouette des Waldes erhebt sich vor ihnen in der Dunkelheit, und Thulin hat kaum abgebremst, als Hess sie schon auf die Hausnummer aufmerksam macht. Sie biegt mit so hohem Tempo auf die Einfahrt des palastähnlichen Hauses in Klampenborg ein, dass der Wagen im Kies ausbricht. Sie fährt bis zum Eingang, und noch bevor der Wagen ganz zum Stehen gekommen ist, reißt Hess die Tür auf und springt raus. Zu ihrer Erleichterung sieht sie, dass der örtliche Streifenwagen, den sie dazugerufen hat, bereits vor dem Gebäude steht, und als sie selbst die Steintreppe hinauf und in die Eingangshalle rennt, kommt einer der Beamten die Treppe vom ersten Stock herunter.

»Wir haben das Haus durchsucht. Im Wohnzimmer ist etwas passiert.«

»Thulin!«

Thulin geht ins Wohnzimmer und sieht als Erstes den Blutfleck an der Wand und den Hund, der auf dem Boden davor tot mit eingeschlagenem Schädel liegt. Möbel sind umgeworfen, eines der großen Panoramafenster ist zerschlagen, und auf den Türrahmen ist Blut und ebenso auf dem

Boden, wo zwei kleine Plüschpandabären hingeworfen liegen. Eine schwarze Reisetasche ist hinter eine Tür geschoben, und daneben liegt ein Handy auf dem Fußboden.

»Ruft sofort Verstärkung mit einer Hundestaffel zum Wald!«

Hess steht keuchend in der Terrassentür und gibt dem Beamten den Befehl. Der nickt verwirrt und nestelt sein Handy heraus. Vor der Tür liegt ein Gartenstuhl, aber Hess tritt die Tür frei und Thulin rennt hinter ihm her, über den Rasen und zum Wald.

43

Anne Sejer-Lassen läuft so schnell sie kann, es ist dunkel, die Äste schlagen ihr ins Gesicht. Sie spürt, wie sich Tannennadeln und Wurzeln in ihre nackten Füße bohren, aber sie rennt weiter, treibt sich selbst an, während die Muskeln sauer werden und die Krämpfe anfangen. Jeden Moment hofft sie ein Detail im Wald, der ihr doch so vertraut ist, wiederzuerkennen, doch um sie ist nichts als Dunkelheit und das Geräusch ihres Atems und der Äste, die knacken und verraten, wo sie ist.

An einem großen Baum bleibt sie stehen. Sie stellt sich dicht an die kalte, nasse Borke, versucht, den Atem anzuhalten und in den Wald zu horchen. Ihr Herz zerspringt fast, und die Tränen schießen ihr in die Augen. Sie meint, weit entfernt Stimmen zu hören, kann sich aber nicht genau orientieren, und wenn sie ruft, wird der Verfolger sie hören. Sie weiß, dass sie weit gelaufen ist, versucht auszurechnen, ob der Verfolger ihr in ihrem Tempo und in ihre

Richtung folgen konnte. Sie hat sich verirrt, doch als sie zurückschaut, ist kein Schein von der Taschenlampe zu sehen, kein Geräusch und keine Bewegung in der Dunkelheit, und das *muss* bedeuten, dass sie es geschafft hat.

Vor sich, weit hinten zwischen den Bäumen, erkennt sie plötzlich Licht. Das Licht bewegt sich in einem langsamen Bogen, und bald meint sie auch, ein fernes Motorengeräusch zu hören. Mit einem Mal wird ihr klar, wo sie ist. Das Licht muss von den Scheinwerfern eines Autos stammen, das auf der kleinen Straße fährt, die oben am Rondell beginnt und dann runter zum Wasser führt. Sie spannt ihre Muskeln an, nimmt allen Mut zusammen und rennt los. Ungefähr 150 Meter sind es bis zur Straße, aber sie weiß genau, wo sie abknickt, sodass sie das Auto abpassen kann. Nur noch fünfzig Meter, dann wird sie schreien. Nur noch dreißig Meter, und auch wenn der Wagen fährt, wird der Fahrer doch ihre Stimme hören, und dann wird der Verfolger aufgeben müssen.

Der Schlag mit dem Knüppel trifft sie von vorn. Etwas bohrt sich in ihre Wange, etwas, das sticht, und ihr wird klar, dass er vor ihr gestanden und darauf gewartet haben muss, dass sie auf das Licht des Wagens reagiert. Sie spürt den Waldboden unter sich und den Geschmack von Eisen, der sich im Mund ausbreitet. Fieberhaft versucht sie wieder auf die Knie zu kommen, doch schon schlägt der Knüppel mit der Kugel ihr wieder ins Gesicht, und sie fällt auf alle viere und beginnt zu schluchzen.

»Bist du okay, Anne?«

Die Stimmt flüstert dicht an ihrem Ohr, doch noch bevor sie antworten kann, hageln die Schläge auf sie herab. In den Sekunden dazwischen hört sie sich selbst wimmern und fragen warum. Warum sie? Was hat sie getan? Als die Stimme es ihr sagt, schwinden ihr die Kräfte. Ein Stiefel zwingt ihren Arm auf den Boden, und sie spürt eine scharfe Klinge an ihrem einen Handgelenk. Sie fängt an, um ihr Leben zu betteln. Nicht für sich selbst, sondern für die Kinder. Einen Moment lang ist es, als würde die Gestalt sich besinnen, und Anne spürt eine zärtliche Berührung an ihrer Wange.

44

Das Licht von Thulins Taschenlampe tanzt auf den nassen Bäumen herum und huscht über Baumstümpfe und Äste, während sie in die Dunkelheit den Namen der Frau ruft. Vor ihr, weit links, kann Thulin hören, wie Hess dasselbe tut, und sie kann den flackernden Schein seiner Lampe erkennen, der sich immer weiter vorwärtsbewegt. Sie sind jetzt schon weit gelaufen, mehrere Kilometer, und Thulin will gerade noch einmal rufen, als sie plötzlich einen Schmerz im Fuß spürt, sie bleibt an etwas hängen und wird zu Boden geschleudert. Finsternis begräbt sie, und sie tastet fieberhaft nach der Taschenlampe, die offenbar ausgegangen ist. Sie kommt wieder auf die Knie, gräbt mit den Händen in den nassen Blättern und beginnt, die Umgebung abzusuchen. Da ahnt sie plötzlich die Gestalt und erstarrt in ihrer Bewegung. Die Gestalt steht vollkommen still und betrachtet sie von der anderen Seite einer Lichtung, kaum 20 Meter entfernt und fast eins mit der Dunkelheit.

»Hess!«

Ihr Ruf hallt durch den Wald, und sie packt ihre Pistole im Schulterholster, während Hess mit dem Licht auf sie zugelaufen kommt. Als er sie außer Atem erreicht, hat sie die Pistole auf die Gestalt gerichtet, und er leuchtet dorthin.

Anne Sejer-Lassen hängt in einem Windschutzzaun. Zwei Äste ragen unter ihren Armen heraus und halten ihren zerschlagenen Körper hoch. Ihre nackten Füße baumeln über der Erde, und der Kopf ist ihr auf die Brust gesunken, sodass das lange, flatternde Haar ihr Gesicht bedeckt. Als Thulin näher kommt, begreift sie, was sie verwirrt. Anne Sejer-Lassens Arme sind zu kurz. Beide Hände sind fort. Und dann sieht sie ihn. Den kleinen Kastanienmann, der in Anne Sejer-Lassens linke Schulter gebohrt ist. Thulin scheint es, als würde er grinsen.

Dienstag, 13. Oktober,
Gegenwart

45

Es gießt in Strömen. Lange Reihen von dunkel gekleideten Beamten suchen mit auf den Boden gerichteten Lampen den Wald ab, über ihnen knattert ruhelos ein Helikopter auf Höhe der Baumwipfel und streift sie mit seinem Flutlicht. Hess und die Kollegen sind bald sieben Stunden zugange, und es ist nach Mitternacht. Drei Einsatzleiter haben die Umgebung kartographiert und den Wald in fünf verschiedene Zonen eingeteilt, die je einzeln von Mannschaften mit Maglite-Lampen und Patrouillenhunden abgesucht werden.

Gleich nach dem Fund der Leiche von Anne Sejer-Lassen hat man versucht alle Zufahrtswege abzusperren, und an mehreren Ausfallstraßen wurden Straßensperren errichtet. Autos sind angehalten worden, und Menschen mussten Fragen beantworten, doch Hess fürchtet, das wird alles vergebens sein. Sie sind zu spät gekommen und liegen immer noch weit zurück. Kurz nach ihrer Ankunft im Wald begann es zu regnen, und die Spuren, die vielleicht da gewesen waren – Fußabdrücke, Reifenspuren, was auch immer –, sind nun weggewaschen und haben sie in dem Gefühl zurückgelassen, einem Phantom gegenüberzustehen, das die Wettergötter auf seiner Seite hat. Hess denkt an die Leiche von Anne Sejer-Lassen, er denkt an die kleine Figur auf ihrer Schulter und fühlt sich dabei wie ein widerwilliger Theatergast, der nach dem Ausgang sucht, während sich vor ihm eine bizarre Vorstellung abspielt. Seine Kleider sind durchnässt, und er ist auf dem Weg vom nördlichen Ende des Waldes zu einem der Hauptwege, die der Einsatzleiter auf der Karte eingetragen hat. Ein jüngerer Beamter ist aus einer Kettenformation rausgetreten und steht und pinkelt hinter einen Baum, und Hess macht ihn zur Schnecke, weil er dazu nicht erst das Gelände, das nach Spuren durchsucht wird, verlassen hat. Der Beamte beeilt sich, in die Formation zurückzukommen, und Hess bereut seinen Ausbruch. Er merkt, dass er eingerostet ist. Sein Körper ist außer Form, die Gedanken flimmern verwirrt. Es ist viel zu lange her, dass er mit einer solchen Sache zu tun hatte, oder besser gesagt war er noch nie mit so etwas konfrontiert. Er sollte eigentlich in seiner kleinen, versifften Wohnung in Haag sitzen und Fußball kucken oder auf dem Weg zu einer weiteren gleichgültigen Aufgabe in irgendeiner europäischen Stadt sein, aber stattdessen watet er in einem Wald nördlich von Kopenhagen herum, wo der Regen vom Himmel schüttet und alle niederdrückt.

Hess kommt zum Fundort zurück, zu den großen Scheinwerfern, die den Windschutzzaun grell erleuchten, sodass die weißgekleideten Techniker, die sich zwischen den Bäumen bewegen, lange Schatten werfen. Die Leiche von Anne Sejer-Lassen ist vor ein paar Stunden abgenommen und in die Gerichtsmedizin gefahren worden, aber Hess sucht nach Thulin. Er sieht sie von der westlichen Seite des Waldes her kommen, ihre Haare sind nass und zerzaust, und sie wischt sich Lehmspuren aus dem Gesicht, während sie gerade ein Telefonat beendet. Sie entdeckt Hess, begegnet seinem fragenden Blick und schüttelt den Kopf zum Zeichen, dass sie auch nichts gefunden hat.

»Aber dafür habe ich gerade mit Genz gesprochen.«

Als der Kriminaltechniker nach dem Auffinden von Anne Sejer-Lassen im Wald auftauchte, hatte Hess ihn beiseitegezogen und gebeten, den Kastanienmann zu sichern und sofort mit ins Labor zu nehmen, damit sie schnell eine Antwort bekommen könnten. Hess blickt durch den Regen zu Thulin und kennt die Antwort von Genz' Analyse schon, ehe sie etwas sagt.

46

Es ist mitten am Vormittag. Vom Fenster des Aktionsraums im zweiten Stock des Polizeigebäudes aus kann Nylander sehr gut die Geier des freien Wortes mit ihren Handys, Kameras und Mikrofonen unten vor dem Eingang zum Säulengang lungern sehen. Trotz der zahlreichen Ermahnungen von oberster Stelle an alle Beteiligten muss er doch in regelmäßigen Abständen feststellen, dass das System löchrig wie ein Sieb ist, und dieser Tag stellt keine Ausnahme dar. Nur zwölf Stunden nach dem Leichenfund im Wald wurde in den ersten Pressenotizen über einen Zusammenhang mit dem Mord an Laura Kjær spekuliert, angeblich, weil »Quellen bei der Polizei« sich anonym über eine solche Möglichkeit geäußert hätten. Und als wäre die Belagerung durch die Presse nicht schon genug, hat Nylander auch noch den Vize-Polizeipräsidenten in der Leitung, doch den kann er sich mit dem kurzangebundenen Bescheid, er werde ihn gleich zurückrufen, kurzfristig vom Hals schaffen. Jetzt hat die Ermittlung Vorrang, und er wendet sich ungeduldig Thulin zu, die dabei ist, die Ermittlergruppe auf den aktuellen Stand der Dinge zu bringen.

Die meisten sind in der Nacht dabei gewesen und haben nur wenige Stunden Schlaf bekommen, doch im Hinblick auf den Ernst der Lage ist es für sie selbstverständlich, sich während Thulins Vortrag wach zu halten.

Auch für Nylander war es eine lange Nacht. Der Anruf, dass sie Anne Sejer-Lassen gefunden hätten, kam am Abend zuvor während eines Essens mit der Danish Management Society in einem Restaurant in der Bredgade. Bei dem Treffen waren etliche Spitzenmanager zugegen, und das wäre für ihn eine gute Gelegenheit gewesen, sein Netzwerk zu pflegen, doch nach dem Anruf hatte er die Gesellschaft mitten im Tiramisu verlassen. Eigentlich musste er sich nicht mehr rausbegeben und Tatorte untersuchen. Dazu hatte er seine Leute, doch er hatte es sich zum Prinzip gemacht, auch persönlich dort zu sein, denn einerseits galt es, mit gutem Beispiel voranzugehen, und andererseits seinen Kasten sauber zu halten. Wenn Schlendrian einkehrt, dann bedeutet das eine offene Flanke für spätere Angriffe, und dazu ist Nylander zu klug. Er hatte unzählige Chefs und Beamte ihre Karriere verspielen sehen, die dann, weil die Macht sie plötzlich übermütig gemacht hatte, am Ende mit heruntergelassenen Hosen dastanden.

Im Fall von Laura Kjær in Husum hatte er den Tatort ausnahmsweise nicht besucht, denn da saß er gerade in einem Budgetmeeting, und als er später dann den Anruf von Thulin bekam, dass sie Kristine Hartungs Fingerabdruck gefunden hätten, da war ihm das wie eine Nemesis vorgekommen. Also war Nylander am Abend zuvor augenblicklich und ohne jeden Verdruss aus dem Restaurant geeilt. Immerhin markierte das Dessert bereits den Zeitpunkt, an dem die ärgsten Anzugträger bereits so viel intus hatten, dass sie anfingen, von ihren eigenen Geschäften zu bramarbasieren. Nylander weiß, dass er an ihnen allen vorbeiziehen wird, aber nur, wenn er klar im Kopf ist und den Finger am Puls hat, wenn die rote Lampe plötzlich zu blinken beginnt, und das war nun der Fall. Seit der Fahrt zum Tatort im Wald hat er die unterschiedlichsten Szenarien in seinem Kopf durchgespielt, konnte aber aus dem einfachen Grund keine Strategie dahinter erkennen, weil das Ganze so unfassbar war. Am Morgen war er persönlich bei Genz in der Kriminaltechnischen Abteilung aufgeschlagen, in der Hoffnung, dass sich die Fingerabdrücke als eine Fehleinschätzung erweisen würden, doch es kam anders. Genz hatte ihm erklärt, es gäbe in beiden Fällen Vergleichspunkte, die eine Übereinstimmung mit Kristine Hartung wahrscheinlich machten, und das Einzige, was Nylander jetzt mit Sicherheit weiß, ist, dass er hier gut navigieren muss, wenn er zwischen den Felsen durchkommen will.

»... und beide Opfer waren Ende dreißig, beide wurden in ihrem Haus überrascht. Die vorläufige gerichtsmedizinische Untersuchung zeigt, dass die Frauen mit einer Schlagwaffe misshandelt und getötet wurden, die durchs Auge und ins Gehirn geschlagen wurde. Im Fall des ersten Opfers war darüber hinaus die rechte Hand abgesägt, im anderen Fall beide Hände, und die Frauen waren wahrscheinlich noch am Leben, als die Amputationen erfolgten.«

Die Versammlung der Ermittler betrachtet die Leichenfotos, die Thulin herumgegeben hat, und einzelne unter den neu Hinzugekommenen ziehen die Augenbrauen zusammen und schauen weg. Nylander hat die Bilder auch gesehen, doch haben sie auf ihn nicht denselben Eindruck gemacht. Als er einst bei der Polizei anfing, hat er sich gewundert, dass ihn solche Bilder vergleichsweise kaltließen, doch inzwischen betrachtet er es als Vorteil.

»Was wissen wir über die Tatwaffe?«, unterbricht er Thulins Vortrag ungeduldig.

»Noch nichts Endgültiges. Eine unbekannte Schlagwaffe, die mit einer Metallkugel mit kleinen Spitzen versehen ist. Kein Morgenstern, aber dasselbe Prinzip. Was die Amputationen betrifft, handelt es sich vermutlich um eine batteriebetriebene Säge mit Diamantklinge oder dergleichen. Die vorläufige Untersuchung deutet darauf hin, dass es sich in beiden Fällen um dasselbe Instrument…«

»Und was ist mit der SMS-Nachricht, die auf Laura Kjærs Handy einging? Absender?«

»Die Nachricht wurde über ein altes Nokia-Handy mit einer nicht registrierten Paycard versandt, die überall gekauft worden sein kann. Bei dem Nokia selbst, das mit Laura Kjærs rechter Hand zusammengeklebt war, kommen wir auch nicht weiter, denn es enthält keine anderen Daten als die SMS, und die Gerätenummer ist mit einem Lötkolben weggebrannt worden, sagt Genz.«

»Aber der Kurier, der das Päckchen ausgefahren hat, und den ihr über Handysignal verfolgt habt, hat der denn keine Informationen über den Absender?«

»Doch, aber das Problem ist, dass Laura Kjær als Absender angegeben ist.«

»Was?«

»Die Kundenbetreuung von denen sagt, es habe gestern früh jemand bei ihnen angerufen. Die Person hat einen Kurier bestellt, der im Auftrag von Laura Kjær auf der Treppe vor der Eingangstür vom Cedervænget 7 in Husum ein Päckchen abholen sollte. Das ist Laura Kjærs Adresse. Als der Bote kurz nach 13 Uhr kam, lag das Päckchen fertig da, zusammen mit Bargeld für den Versand. Der Bote hat es ins

Warenhaus gefahren und im 7-Eleven im Erdgeschoss abgeliefert, wo für die Firma von Erik Sejer-Lassen Post abgegeben werden kann. Mehr weiß der Bote nicht, und wir haben auf dem Päckchen auch nur die Fingerabdrücke vom Boten, vom 7-Eleven-Verkäufer und von Sejer-Lassen gefunden.«

»Und die Person, die angerufen hat?«

»Der Mitarbeiter kann sich nicht einmal erinnern, ob da ein Mann oder eine Frau angerufen hat.«

»Was war am Cedervænget? Es muss doch jemand gesehen haben, wer das Päckchen hingelegt hat.«

Thulin schüttelt den Kopf.

»Unser erster Verdacht galt Laura Kjærs Lebensgefährten Hans Henrik Hauge, aber Hauge hat ein Alibi. Die Gerichtsmedizin sagt, der Mord an Anne Sejer-Lassen habe sich um 18 Uhr herum ereignet, und laut seiner Anwältin stand Hauge zu dem Zeitpunkt mit ihr auf dem Parkplatz vor der Rechtsanwaltskanzlei und beklagte sich darüber, dass wir das Haus immer noch nicht freigegeben haben.«

»Das heißt also, wir haben rein gar nichts.«

»Noch nicht. Es scheint nicht einmal irgendwelche Verbindungen zwischen den Opfern zu geben. Sie wohnen an unterschiedlichen Orten, haben einen vollkommen unterschiedlichen Bekanntenkreis und haben scheinbar überhaupt nichts gemeinsam, abgesehen von den beiden Kastanienmännchen und den Fingerabdrücken, also müssen wir …«

»Was für Fingerabdrücke?«

Nylander sieht kurz zu Jansen, der, wie immer neben seinem treuen Gefolgsmann Martin Ricks sitzend, diese Frage gestellt hat. Nylander spürt Thulins Blick auf sich, denn er hatte ihr zuvor erklärt, dass er über diesen Teil selbst informieren wolle.

»In beiden Fällen war ein Kastanienmännchen am Opfer oder in der Nähe platziert. In beiden Fällen war das Kastanienmännchen mit einem Fingerabdruck versehen, und laut der daktyloskopischen Untersuchungen könnte dieser Fingerabdruck mit dem von Kristine Hartung identisch sein.«

Nylander sagt das bewusst trocken und undramatisch, und einen Moment lang herrscht Schweigen. Dann geht Tim Jansen und ein paar anderen auf, was diese Worte bedeuten. Ungläubige Entrüstung breitet sich aus, und Nylander schreitet ein.

»Hört mal gut zu. Die Kriminaltechnik ist dabei, weitere Untersuchungen durchzuführen, ich möchte hier also keine übereilten Schlüsse ziehen, bevor wir mehr wissen. Im Moment wissen wir nichts. Vielleicht sind die besagten Abdrücke nicht relevant, wenn also jemand auch nur einen Pieps über die Sache außerhalb dieser vier Wände verlauten lässt, dann werde ich persönlich dafür sorgen, dass die betreffende Person nie wieder einen Job bekommt. Ist das klar?«

Nylander hat darüber nachgedacht, wie er mit dieser Sache umgehen soll. Schlimm genug, dass sie mit zwei unaufgeklärten Morden dastehen. Vielleicht vom selben Täter verübt – auch wenn es Nylander schwerfällt, das zu glauben. Und solange auch nur die kleinste Unsicherheit über die Identität der Fingerabdrücke besteht, soll über die Sache nichts geraunt werden. Der Fall Kristine Hartung ist einer von Nylanders allergrößten Erfolgen. Zuzeiten dachte er, dieser Fall würde ihn die Karriere kosten, doch dann kam der Durchbruch mit der Festnahme von Linus Bekker. Die Leiche des Mädchens haben sie zwar nicht gefunden, aber das konnte man aus rein logischen Gründen auch nicht verlangen. Der Täter hatte sich außerstande gezeigt, ihnen die

Plätze zu nennen, an denen er die Leiche vergraben hatte, doch er hatte gestanden, und es gab ausreichend Beweise, um ihn zu verurteilen.

»Aber ihr werdet den Hartung-Fall wieder aufmachen müssen.«

Nylander und alle Übrigen drehen sich um, woher die Stimme kommt, und die Blicke landen auf dem Mann von Europol. Bisher war er schweigsam und unsichtbar gewesen, mit den Fotos beschäftigt, die herumgingen. Er trägt immer noch dieselben Kleider wie im Wald, die Haare sind ungekämmt und verfilzt, und obwohl er selbst eigentlich aussieht wie etwas, das eine Woche lang auf dem Waldboden gelegen hat, ist er doch schnell und konzentriert.

»Ein Abdruck kann Zufall sein. Zwei dagegen nicht. Und wenn es wirklich der Fingerabdruck von Kristine Hartung ist, dann könnten die ermittlungstechnischen Schlüsse im Zusammenhang mit ihrem Verschwinden falsch sein.«

»Was zum Teufel redest du da?«

Tim Jansen hat sich umgedreht und sieht Hess herausfordernd an, als sei er eben gebeten worden, seinen Monatslohn abzuliefern.

»Jansen, das ist meine Sache.«

Nylander merkt, wie die Stimmung hochkocht, und das ist genau, was er vermeiden will, aber Hess ergreift das Wort, noch ehe Nylander weitersprechen kann.

»Ich weiß nicht mehr als ihr. Aber Kristine Hartungs Leiche ist nicht gefunden, und die technischen Untersuchungen von damals reichen wahrscheinlich nicht aus, um auf ihren Tod zu schließen. Jetzt tauchen Fingerabdrücke auf, und ich sage nichts, als dass sich daraus gewisse Fragen ergeben.«

»Nein, das ist es nicht, was du sagst, Hess. Du sagst, dass

wir möglicherweise unsere Arbeit nicht gut genug gemacht haben.«

»Es ist nicht persönlich gemeint. Aber zwei Frauen sind ermordet worden, und wenn man verhindern will, dass noch mehr Morde geschehen, dann muss man …«

»Ich nehme es keineswegs persönlich. Und das tun die anderen 300 Kollegen, die an der Aufklärung des Falles beteiligt waren, bestimmt auch nicht. Aber es ist so verdammt seltsam, dass wir uns hier Kritik von einem anhören müssen, der grade mal zur Tür hereingekommen ist, weil sie ihm in Haag den Laufpass gegeben haben.«

Jansens Antwort spielt ein Grinsen auf die Gesichter einiger Kollegen. Doch Nylander sieht Hess unverwandt an, ohne eine Miene zu verziehen. Er hat erfasst, was Hess gesagt hat, und Jansen nicht mehr zugehört.

»Was zum Teufel soll das heißen, dass wir verhindern müssen, dass noch mehr Morde geschehen?«

47

Die Pressemitarbeiterin des Polizeipräsidiums versucht, ihm eifrig zu erklären, wie er sich da rausreden soll, aber Nylander schneidet ihr das Wort ab und erklärt, dass er schon selbst klarkommen wird. Normalerweise würde er sich die Zeit für eine Unterredung mit ihr nehmen, weil er, seit sie bei ihnen gelandet ist und mit guten Ratschlägen in seiner Abteilung herumtanzt, Lust auf sie hat. Aber jetzt grade ist er auf dem Weg die Treppe hinunter, und er möchte den restlichen Weg darauf verwenden, vor dem Zusammentreffen mit der Presse den Kopf klar zu kriegen, und dabei können ihm ihre drei Jahre mit Caffè Latte und unverbindlichem Sex am Institut für Medienwissenschaften an der Universität Njalsgade nicht helfen. Und schon gar nicht nach der besorgniserregenden Besprechung, die er eben in seinem Büro mit Hess und Thulin hatte.

Ehe Nylander aus der Tür in den Säulengang tritt, erhält er die Nachricht, dass Rosa Hartung eine Lücke im Kalender gefunden hat und nun auf dem Weg zum Polizeipräsidium ist, und er erteilt strenge Instruktionen, dass sie und ihr Mann durch den Hintereingang reingebracht und nur von ihm persönlich befragt werden sollen.

Hess selbst hatte nach dem Briefing vorgeschlagen, dass Thulin und er noch einmal mit Nylander allein reden. Bei dieser Gelegenheit hatte Hess dann die Tatortfotos zu Laura Kjær und Anne Sejer-Lassen auf Nylanders Schreibtisch gelegt.

»Dem ersten Opfer fehlte eine Hand. Dem zweiten Opfer fehlten zwei Hände. Es ist möglich, dass der Täter Anne Sejer-Lassen noch mehr verunstaltet hätte, wenn er nicht von uns gestört worden wäre, aber was, wenn sein Plan war, dass wir die Opfer genau so finden, wie wir sie gefunden haben?«

»Ich verstehe nicht. Kommt auf den Punkt, ich habe viel zu tun«, hatte Nylander erwidert.

Thulin, die offensichtlich vor der Besprechung von Hess eingeweiht worden war, hatte ihm daraufhin die Nahaufnahmen von den Kastanienmännchen gezeigt, die Nylander bereits bis zur Bewusstlosigkeit angeschaut hatte.

»Ein Kastanienmann besteht aus einem Kopf und einem Körper. Der Kopf ist mit Augen versehen, die mit einer Ahle oder etwas anderem Spitzem reingestochen werden, und der

Körper ist mit vier Streichhölzern versehen, die Arme und Beine der Figur darstellen sollen. Aber ein Kastanienmann hat keine Hände. Und er hat auch keine Füße.«

Nylander war verstummt und hatte die Kastanienmännchen mit ihren abgestumpften Armen auf den Bildern angestarrt. Einen Moment lang hatte er sich gefühlt, als wäre er in der Vorlesestunde in einem Kindergarten. Und er wusste nicht, ob er lachen oder weinen sollte.

»Ihr sagt jetzt aber nicht, was ich glaube, oder?«

Ein kranker Gedanke. Man musste fast selbst krank sein, um überhaupt darauf zu kommen, aber Nylander hatte mit einem Mal begriffen, was Hess gemeint hatte, als er im Briefing sagte, man müsse versuchen zu verhindern, dass noch mehr passierte. Keiner hatte ihm geantwortet, aber die Vorstellung, dass hier ein Täter dabei sein könnte, sich seinen eigenen Kastanienmann aus Fleisch und Blut zu fabrizieren, war nur schwer abzuschütteln.

Hess hatte darauf beharrt, dass es notwendig sei, den Hartung-Fall noch einmal aufzurollen. Dabei hatte er die ganze Zeit die Formulierung »ihr« benutzt – »ihr seid gezwungen« und »ihr solltet es als Möglichkeit in Betracht ziehen, dass«, bis Nylander ihm zwei Dinge mal ganz deutlich zu verstehen gegeben hatte. Zum einen, dass Hess derzeit zu vollkommen gleichen Bedingungen wie alle anderen Ermittler Teil der Mordkommission sei und dass es nach Nylanders bestem Wissen auch niemand gäbe, der sich darum bemühte, ihn zurück nach Haag zu holen. Im Gegenteil. Zum anderen, dass es vollkommen undenkbar sei, den Hartung-Fall wieder aufzurollen. Ganz gleich, als wie bedeutsam sich die Fingerabdrücke vielleicht erweisen mochten, war doch der Hartung-Fall aufgeklärt. Es lag ein Geständnis vor, und es gab ein Urteil, und keine zehn Pferde würden ihn dazu bringen, eine neue Ermittlung in diese Richtung zu schicken.

Aus demselben Grund hatte Nylander beschlossen, dass er persönlich das Gespräch mit den Hartung-Eltern führen und sie über den neuen Fingerabdruck informieren würde. Der Fund durfte nicht überdramatisiert werden, zumal er eben vom Sicherheitsdienst erfahren hatte, dass die Ministerin schon genug belastet sei, weil mehrere unbekannte Personen sie schikanierten und aktuell die Windschutzscheibe ihres Dienstwagens eingeschlagen und den Kühler mit Tierblut beschmiert hatten.

Das Thulin und Hess mitzuteilen hielt Nylander jedoch nicht für nötig, und er hatte daraufhin Hess rausgeworfen, um noch allein mit Thulin reden zu können. Er hatte sie direkt gefragt, ob Hess der Richtige sei, um an dem Fall mitzuarbeiten, und er fragte das nicht ohne Grund. Aus einer alten Personalakte hatte er den tragischen Grund erfahren, warum Hess damals das Dezernat verlassen hatte, und auch wenn der Mann ohne Frage bei Europol eine Menge Erfahrung gesammelt hatte, ließen seine aktuellen Probleme mit Autoritäten doch vermuten, dass er seine besten Zeiten hinter sich hatte.

Doch Thulin hatte sich hinter Hess gestellt – auch wenn deutlich wurde, dass sie den Kerl nicht mochte. Danach hatte er sie instruiert, dass sie und Hess gemeinsam an der Sache weiterarbeiten sollten, mit der Prämisse, dass er sofort von ihr informiert werden wollte, wenn es auch nur den kleinsten Ärger mit Hess gäbe. Selbstverständlich hatte Nylander das mit der Bemerkung versehen, dass sie im Übrigen mit der Empfehlung für das NC3 warten mussten, bis wieder Ruhe einkehrte, und er wusste, dass Thulin das so interpretieren würde, dass ihre Loyalität eine Vorbedingung für die Empfehlung war, und genau so hat er es auch gemeint.

Nylander biegt aus dem Haupteingang des Polizeipräsidiums und kommt zu den Geiern, die dort in der Hoffnung warten, dass jemand aus dem Fenster fallen möge. Es war seine eigene Idee gewesen, die erste Konfrontation hier geschehen zu lassen und nicht in der Pressekonferenz, denn hier vor dem Gebäude ist es leichter, die Sache abzurunden und sich wieder ins Haus zurückzuziehen. Doch als die Blitzlichter ihm entgegenfunkeln, spürt er, wie sein Gesicht die gewohnte Miene auflegt, und plötzlich wird ihm klar, dass er die Aufmerksamkeit vermisst hat. Das hier ist es, was er gut kann. Gut möglich, dass sein Hintern auf dem Spiel steht, aber es gibt auch Siege einzufahren. In den nächsten Tagen wird er es sein, mit dem alle reden wollen, und bei dem Interesse, das der Fall auf sich zieht, könnte dies durchaus die Chance sein, auf die Nylander gewartet hat. Und wenn etwas schiefgeht, ist es vielleicht gar nicht schlecht, einen Mark Hess in der Hinterhand zu haben.

48

Das Weinen der beiden Mädchen aus dem oberen Stockwerk breitet sich in alle Ecken des großen, neu eingerichteten Hauses aus. Auch in die Küche, wo Erik Sejer-Lassen an dem imposanten Esstisch aus chinesischem Holz sitzt. Er hat noch immer denselben Anzug an, den er trug, als am Tag zuvor die Hand von Laura Kjær in einem Paket in seinem Büro gefunden wurde. Für Hess, der neben ihm hockt, ist klar, dass der Mann nicht im Bett war. Die Augen sind rot und geschwollen, das Hemd zerknittert, auf dem Boden des Hauses fahren Spielsachen herum, und auf dem Herd hinter ihm stehen schmutzige Töpfe. Hess kann sehen, wie Thulin versucht, von ihrem Platz auf der anderen Seite des Tisches aus Augenkontakt mit dem Mann aufzunehmen, aber vergeblich.

»Sehen Sie sich doch bitte das Bild noch einmal an. Sind Sie sicher, dass Ihre Frau diese Person hier nicht kannte?«

Erik Sejer-Lassen sieht auf das Foto von Laura Kjær, doch sein Blick ist leer.

»Was ist mit der hier? Die Sozialministerin Rosa Hartung. Ist das eine Person, die Ihre Frau kannte oder von der sie gesprochen hat oder die Sie beide einmal getroffen haben, oder ...«

Doch Sejer-Lassen schüttelt nur apathisch den Kopf über das Foto von Rosa Hartung, das Thulin ihm hingeschoben hat. Hess sieht, dass sie versucht, ihren Ärger zu unterdrücken, und er kann sie gut verstehen. Es ist das zweite Mal innerhalb einer Woche, dass sie einem Witwer gegenübersitzt, den die Fragen, die sie stellt, überhaupt nicht zu berühren scheinen.

»Sejer-Lassen, wir brauchen Hilfe. Irgendetwas muss Ihnen doch einfallen. Hatte sie Feinde, gab es jemanden, vor dem sie Angst hatte, oder ...«

»Aber ich weiß nichts. Sie hatte keine Feinde. Sie ging ganz in dem Haus und den Kindern auf ...«

Thulin holt tief Luft und fragt weiter, doch Hess hat das Gefühl, dass Erik Sejer-Lassen tatsächlich die Wahrheit sagt. Er versucht, das Weinen der Kinder zu ignorieren, und hat schon längst bereut, dass er, als sich vor ein paar Stunden im Polizeipräsidium die Gelegenheit bot, nicht einfach zu Nylander gesagt hat, dass dies hier nicht sein Ding ist. Andererseits gab es kein Zurück, als er heute Morgen nach nur drei Stunden Schlaf mit einem Film über Kastanienmännchen und Leichenteile auf der Netzhaut im Odinpark aufgewacht war. Kurz darauf war der kleine Hausmeister aufgekreuzt und hatte ihn getadelt, weil Hess Malersachen und Schleifmaschine mitten auf dem Balkongang liegen gelassen hatte, doch Hess hatte keine Zeit gehabt, sich darum zu kümmern. Auf dem Weg ins Präsidium hatte er das Hauptquartier in Haag angerufen und versucht, seine Abwesenheit bei der Telefonkonferenz mit Freimann zu entschuldigen, die er am Nachmittag zuvor verschwitzt hatte. Der kühle Tonfall der Sekretärin war nicht zu überhören gewesen. Hess gab den Versuch auf, die Ursache seines Versäumnisses zu erklären, und schob sich stattdessen durch das Morgengewühl des Hauptbahnhofs, um sich dann im Präsidium die Detailfotos von Anne Sejer-Lassens Leiche anzusehen. Im Vorhinein hatte er für sich entschieden, dass es keinen Grund zur Sorge gäbe, sofern sie feststellen würden, dass auch an anderen Stellen als nur an ihren Handgelenken Schnittverletzungen zu erkennen waren. Wenn mehrere konkrete Verletzungen durch das Instrument, das für die Amputation der Hände gebraucht worden war, nachzuweisen waren, dann gäbe es wahrscheinlich keinen Grund, den kranken Gedanken, mit dem er aufgewacht war, weiterzuverfolgen. Doch es hatte keine Hinweise darauf gegeben, dass der Täter versucht hatte, noch mehr Gliedmaßen von Anne Sejer-Lassen zu amputieren. Hess hatte sogar die Gerichtsmedizin angerufen, um sicherzugehen: Das betreffende Instrument war laut Gerichtsmediziner ausschließlich für die Amputation der Hände benutzt worden, und das galt sowohl für den ersten Mord wie für den zweiten und bestätigte Hess' bange Ahnung. Er konnte nicht wissen, ob er mit seiner Prophezeiung weiterer möglicher Morde recht hatte, doch das Gefühl einer bösen Vorahnung war gewachsen. Am liebsten hätte er die Zeit angehalten und sich in den Kristine-Hartung-Fall vertieft, ehe er sich dazu äußerte, welche neue Spuren sie verfolgen sollten, doch Nylander war in der Sache deutlich geworden, und so waren er und Thulin zum Haus von Sejer-Lassen rausgefahren, wo sie nun auf der Stelle traten.

Zwei Stunden hatten sie gebraucht, um das palastähnliche Haus und den Grund und Boden, auf dem es stand, zu untersuchen. Erst einmal hatten sie festgestellt, dass die an der Nordseite des Hauses angebrachten Überwachungskameras, die zum Wald hin zeigten, außer Betrieb gesetzt worden waren. Jeder hätte über die Hecke steigen und sich Zugang zu dem Haus verschaffen können, nachdem Anne Sejer-Lassen erst einmal, von ihrer Laufrunde zurückgekehrt, die Alarmanlage ausgeschaltet hatte. Den Nachbarn war nichts aufgefallen, was voll und ganz glaubwürdig wirkte, da die an der Straße liegenden Paläste in so großzügigem Abstand voneinander standen, dass ein Immobilienmakler die Lage der Villa ohne die übliche Übertreibung als ungestört bezeichnen könnte.

Während Genz und die Kriminaltechniker damit beschäftigt gewesen waren, Garten, Wohnzimmer und Diele nach möglichen Spuren abzusuchen, hatten Thulin und Hess im ersten Stock Schlafzimmer, Abseiten und Schränke durchsucht, die vielleicht etwas über Anne Sejer-Lassens Leben verraten könnten. Das obere Stockwerk bestand, wenn man Spa und Walk-in-Closet mitzählte, aus neun Räumen. Hess war kein Spezialist, was materiellen Luxus anging, aber allein der B&O-Bildschirm im Schlafzimmer sah aus, als könnte man damit gleich ein paar Wohnungen im Odinpark finanzieren. Geschmackvollerweise gab es weder Gardinen noch Jalousien vor den großen, beeindruckenden Fenstern, und als er so mitten im Raum stand, konnte er nicht umhin zu spekulieren, ob der Täter nicht aus der Dunkelheit des Gartens, wo nun schon wieder der Regen herunterprasselte, sich den Blick auf die abendliche Routine von Anne Sejer-Lassen zunutze gemacht hatte.

Auch in den anderen Zimmern des oberen Stockwerks erschienen Einrichtung und Materialien sorgsam durchdacht: Anne Sejer-Lassens begehbarer Schrank prangte in kleinlicher Ordnung mit Reihen von hochhackigen Schuhen und Röcken und frisch gebügelten Hosen, alle auf gleichen Holzbügeln, während Strümpfe und Unterwäsche ebenso ordentlich bestückte Schubladen zugeteilt bekommen hatten. Das angrenzende Badezimmer wirkte wie in einer Fünf-Sterne-Hotelsuite, mit zwei Waschbecken, einer großen eingebauten Badewanne mit italienischen Fliesen und einer separaten Spa-Abteilung mit Sauna. Im Kinderzimmer zierten große Wandbilder die Wände hinter den beiden kleinen Betten, an der Zimmerdecke waren Planeten und Raketen aufgemalt.

Doch egal wo sie suchten, es gab keinerlei Erklärung dafür, warum jemand Anne Sejer-Lassen in ihrem Zuhause überrascht, sie in den Wald verfolgt und ihr beide Hände abgesägt hatte.

Also hatten sie sich auf das Verhör mit Erik Sejer-Lassen gestürzt, der ihnen erzählte, wie Anne und er sich am

Gymnasium Ordrup kennengelernt hatten. Sowie sie beide mit ihren Ausbildungen an der Copenhagen Business School fertig gewesen waren, hatten sie das mit ihrer Hochzeit gefeiert und waren zu einer Weltreise aufgebrochen, um sich dann erst in Neuseeland und schließlich in Singapur niederzulassen. Erik hatte erfolgreich in diverse Biotech-Unternehmen investiert, während Annes großer Wunsch Familie und Kinder gewesen war. Sie hatten zwei Mädchen bekommen, und als die Ältere ins Schulalter kam, waren sie wieder nach Dänemark zurückgekehrt, hatten aber zunächst in einer Wohnung in einem der angesagten neuen Wohngebiete auf Islands Brygge gewohnt, bis sie das Haus in Klampenborg übernehmen konnten, das ganz in der Nähe des Viertels lag, wo Erik aufgewachsen war. Hess vermutete, dass der Lebensstandard der Familie auf Eriks Einkünfte zurückging, denn auch wenn Anne vor einigen Jahren eine Ausbildung zur Innenarchitektin gemacht hatte, bekam er doch den Eindruck, dass sie ganz darin aufging, Mutter zu sein, das Haus zu versorgen und die Kontakte zum Freundeskreis zu arrangieren, der hauptsächlich aus Eriks Freunden bestand.

Sie hatten eine Kriminalassistentin nach Helsingør geschickt, wo Anne Sejer-Lassens Mutter wohnte, und aus dem Bericht konnte Hess entnehmen, dass Anne in bescheidenen Verhältnissen aufgewachsen war, ihren Vater sehr früh verloren hatte und von klein auf schon darauf fokussiert gewesen war, sich eine Familie zuzulegen. Die Mutter hatte unter Tränen berichtet, dass sie ihre Tochter und die Enkelkinder nicht so oft zu sehen bekommen hatte, wie sie sich wünschte, und sie meinte, das läge daran, dass Erik Sejer-Lassen sie nicht mochte. Weder Anne noch er selbst hatten das je ausgesprochen, aber sie hatte Tochter und

Enkelinnen doch nur sehen können, wenn Erik arbeitete, oder zu den seltenen Gelegenheiten, wenn die Tochter mit den Mädchen auf Besuch gekommen war. Die Mutter hatte den Eindruck, das Kräfteverhältnis zwischen Anne und Erik sei sehr ungleich gewesen, aber Anne hatte ihren Mann immer verteidigt und nicht in Betracht gezogen, ihn zu verlassen, und der Mutter war klar gewesen, dass sie ihre Bedenken für sich behalten musste, wenn sie die Tochter weiterhin sehen wollte. Was sie nun, nach den Geschehnissen des vorangegangenen Tages, nie wieder würde tun können.

Die digitale Uhr an einem der beiden großen Smeg-Öfen in der Küche springt ein weiteres Mal um, und Hess zwingt sich, Thulins Verhör zu lauschen und das Weinen aus dem oberen Stockwerk zu verdrängen.

»Aber Ihre Frau hatte eine Tasche gepackt. Sie war auf dem Weg zur Tür hinaus, und sie hatte dem Au-pair gesagt, dass sie selbst die Kinder holen wollte. Also, wohin war sie unterwegs?«

»Das habe ich schon gesagt. Zu ihrer Mutter, wo sie auch übernachten wollte.«

»Danach sieht es aber nicht aus. Sie hatte eine Tasche mit Pass und Kleidung für mehr als eine Woche gepackt, also, wohin wollte sie? Warum wollte sie Sie verlassen?«

»Sie wollte mich nicht verlassen.«

»Doch, das wollte sie, und dafür muss es einen Grund gegeben haben. Also, entweder erzählen Sie mir, warum sie abhauen wollte, oder ich besorge mir einen gerichtlichen Beschluss, ihr Handy und ihre Internetkommunikation zu überprüfen, um zu sehen, ob ich da vielleicht den Grund finde.«

Erik Sejer-Lassen sieht gestresst aus.

»Meine Frau und ich hatten es gut. Aber wir – oder ich – hatten auch ein paar Probleme.«

»Was für Probleme?«

»Ich hatte Affären. Nichts von Bedeutung. Aber … vielleicht hatte sie das herausgefunden.«

»Affären, sagen Sie. Mit wem?«

»Verschiedene.«

»Wer, wie? Frauen, Männer?«

»Frauen. Zufällige Bekanntschaften. Einfach eine, die ich getroffen habe oder mit der ich mir in dem einen oder anderen Portal geschrieben habe. Es war nichts von Bedeutung.«

»Warum haben Sie das getan?«

Erik Sejer-Lassen zögert.

»Ich weiß es nicht. Manchmal läuft das Leben wahrscheinlich einfach nicht so, wie man gehofft hat.«

»Wie meinen Sie das?«

Sejer-Lassen starrt leer in die Luft. Hess würde ohne Umschweife seinen letzten Satz unterschreiben, aber es fällt ihm auch nichts ein, was ein Kerl wie Sejer-Lassen sich vom Leben erhofft haben könnte, wenn nicht die Vorzeige-Ehefrau, die Kernfamilie und den gute 35 Millionen Kronen schweren goldenen Käfig.

»Wie und wann könnte Ihre Frau das herausgefunden haben?«, fährt Thulin verärgert fort.

»Das weiß ich nicht, aber Sie haben gefragt, ob …«

»Sejer-Lassen, wir haben das Handy Ihrer Frau, ihre Mails und ihre Accounts in den sozialen Medien untersucht. Wenn sie, wie Sie sagen, etwas herausgefunden haben sollte, dann wäre es logisch, dass sie jemandem davon erzählt hätte. Entweder Ihnen selbst, ihrer Mutter oder einer Freundin, doch es gibt nicht den kleinsten Hinweis darauf.«

»Na ja …«

»Ergo wollte sie nicht deshalb abhauen. Und jetzt frage ich Sie noch einmal: Warum wollte Ihre Frau Sie verlassen? Warum hat sie eine Tasche gepackt und …«

»Ich weiß es doch nicht! Sie haben mich nach einem Grund gefragt, und das ist der einzige, der mir einfällt, verdammt noch mal!«

Erik Sejer-Lassens Wutausbruch kommt Hess wie eine Überreaktion vor. Vielleicht kann er aber auch einfach nicht mehr. Es war ein langer Tag, und Hess sieht keinen Grund, das Verhör noch fortzusetzen, also unterbricht er: »Danke, wir brechen hier ab. Wenn Ihnen noch irgendetwas einfällt, dann melden Sie sich sofort bei uns, okay?«

Erik Sejer-Lassen nickt dankbar, und obwohl Hess sich umdreht, um seine Jacke zu suchen, spürt er, dass Thulin seine Einmischung nicht passt. Doch glücklicherweise kommt ihr eine Stimme zuvor: »Can I take the girls out to buy ice cream?«

Das Au-pair-Mädchen ist mit den beiden Kindern, die nun Jacken anhaben, von oben gekommen. Hess und Thulin haben sie bereits befragt. Sie hat Anne nur am Morgen gesehen und war dann in die philippinische freikirchliche Gemeinde gefahren. Dort hatte sie Mittag gegessen und war nachmittags mit dem Bescheid angerufen worden, dass Anne die Mädchen selbst abholen wolle. Es war deutlich, dass sie großen Respekt sowohl vor der Sejer-Lassen-Familie als auch vor der Polizei hat, und Hess vermutet, dass ihre Aufenthaltspapiere nicht ganz in Ordnung sind. Sie hat das kleinere Mädchen auf dem Arm, das größere an der Hand. Sie sehen verweint aus, mit roten Augen, und Erik Sejer-Lassen ist auf die Füße gekommen und geht zu ihnen.

»Yes. Good idea, Judith. Thank you.«

Erik Sejer-Lassen streichelt der einen Tochter übers Haar und lächelt die andere verkrampft an, während sie alle vier zur Tür gehen.

»Ich entscheide selbst, wann ich mit einem Verhör fertig bin.«

Thulin ist zu Hess getreten und stellt sich so hin, dass er nicht umhin kann, ihr in die braunen Augen zu sehen.

»Wir waren doch gestern mit dem Mann zusammen, während Anne Sejer-Lassen überfallen wurde, er kann es also nicht getan haben.«

»Wir suchen nach verbindenden Elementen zwischen den beiden Ermordeten. Das eine Opfer hat die Schlösser ausgewechselt, das andere wollte möglicherweise abhauen ...«

»Ich suche nicht nach verbindenden Elementen. Ich suche nach einem Täter.«

Hess macht Anstalten, ins Wohnzimmer zu gehen, um sich den Bericht der Kriminaltechniker anzuhören, aber Thulin stellt sich ihm in den Weg.

»Lass uns das gleich mal klären: Hast du hiermit ein Problem? Ich meine, mit uns beiden, dass wir zusammenarbeiten, uns koordinieren?«

»Nein, ich habe kein Problem. Aber lass uns die Aufgaben aufteilen, damit wir nicht hier stehen und wie zwei Idioten Tauziehen betreiben.«

»Störe ich?«

Die cremefarbene Schiebetür zur Diele gleitet zur Seite, und Genz erscheint in seinem weißen Arbeitsanzug und mit einem Pilotenkoffer in der Hand.

»Wir packen jetzt zusammen. Ich will nicht vorgreifen, aber im Moment gibt es ebensowenig Anhaltspunkte wie bei Laura Kjær. Am interessantesten sind noch Spuren von Blutspritzern in ein paar Fußbodenritzen in der Diele. Aber die sind nicht neu und passen auch nicht zur Blutgruppe von Anne Sejer-Lassen, also gehe ich mal davon aus, dass sie nicht relevant sind.«

Auf dem Holzfußboden der Diele hinter Genz kann man in einzelnen Ritzen die grünen Luminol-Spuren im Schein der Phosphorlampen leuchten sehen, während ein Kriminaltechniker mit einer Kamera Fotos macht.

Thulin wendet sich an Sejer-Lassen, der das Au-pair-Mädchen und die Kinder hinausbegleitet hat und jetzt ein wenig apathisch beginnt, Spielsachen beiseitezuräumen.

»Warum sind auf dem Dielenfußboden Blutspuren?«

»Das an der Treppe zum ersten Stock? Das ist von Sofia, unserer Tochter. Sie ist vor ein paar Monaten gestürzt und hat sich Nase und Schlüsselbein gebrochen und war dann im Krankenhaus.«

»Das klingt plausibel. Übrigens soll ich vom Festkomitee unserer Abteilung grüßen, Hess, und danke sagen für das Schwein.«

Genz verschwindet wieder zu den anderen weißgekleideten Astronauten und macht die Schiebetür hinter sich zu. Ein Gedanke hat sich in Hess eingenistet, und er betrachtet Erik Sejer-Lassen mit neuem Interesse. Thulin kommt ihm zuvor.

»In welchem Krankenhaus war Sofia?«

»Im Rigshospital. Aber nur ein paar Tage.«

»Welche Station im Rigshospital?«

Diesmal fragt Hess. Die Tatsache, dass sich plötzlich beide Ermittler für das Thema interessieren, verwirrt Sejer-Lassen offensichtlich, und er hält mitten im Zimmer mit einem Dreirad in der Hand inne.

»Die Kinderstation. Glaube ich. Aber darum hat sich hauptsächlich Anne gekümmert, sie ist dann auch hinterher mit ihr zur Kontrolle. Warum?«

Keiner der beiden antwortet. Thulin marschiert Richtung Haustür, und Hess weiß, dass er auch diesmal das Auto nicht wird fahren dürfen.

49

Jeder, der die Kinderstation des Rigshospital am Blegdamsvej besucht, wird unwillkürlich innehalten und die unzähligen kleinen und großen farbenfrohen Kinderzeichnungen betrachten, die die Wand im Flur zieren. Hess ist keine Ausnahme. Hier ist so unendlich viel Lebensfreude und Schmerz an einem Ort versammelt, und Hess kann nicht anders, als darauf zu starren, während Thulin zum Empfang geht, um sie beide anzumelden.

Bei Erik Sejer-Lassens Bemerkung, dass seine Tochter auf der Kinderstation behandelt worden war, hatten sie beide an die Terminnotiz an der Pinnwand in Laura Kjærs Küche denken müssen. Auf dem Weg zurück in die Stadt hat Hess die Station angerufen und bestätigt bekommen, dass sowohl Laura Kjærs Junge als auch die ältere Tochter von Anne Sejer-Lassen stationär dort behandelt worden waren, doch die Stationsschwester, mit der er sprach, konnte nicht unmittelbar brauchbare Informationen darüber geben, ob die Kinder zur gleichen Zeit dort gewesen waren. Jetzt standen sie hier, weil dies der einzige gemeinsame Nenner der beiden Mordfälle zu sein schien und weil das Rigshospital sowieso auf der Strecke zurück ins Präsidium lag. Bisher hat der Tag keine neuen Erkenntnisse gebracht, und die Meldung von Nylander, die sie im Auto erhalten haben, nämlich dass Rosa Hartung und ihr Mann auch nichts Neues beitragen konnten, was Anne Sejer-Lassen betraf, hat die Stimmung der beiden Ermittler nicht gerade gehoben.

Hess sieht Thulin vom Empfang zurückkommen, aber sie meidet seinen fragenden Blick und steuert auf die Thermoskanne mit Kaffee zu, die für Besucher bereitgestellt ist.

»Sie versuchen, den diensthabenden Oberarzt zu finden, der laut Krankenakte mit beiden Kindern zu tun hatte.«

»Das heißt, wir werden jetzt mit ihm sprechen können?«

»Ich weiß nicht. Wenn du was anderes zu tun hast, ist das okay für mich.«

Hess antwortet nicht, sondern sieht sich ungeduldig um. Überall auf den Fluren und im Wartezimmer sind Kinder mit Gebrechen zu sehen. Kinder mit Schrammen im Gesicht, dem Arm in der Schlinge oder dem Bein im Gips. Kinder ohne Haare auf dem Kopf, Kinder in Rollstühlen und Kinder, die mit an ihrem Arm angedockten Infusionsständern herumlaufen. Mittendrin dann ein Spielzimmer mit großen Glasscheiben und einer blauen Tür, auf die Ballons und Herbstzweige geklebt sind. Die Tür ist nur angelehnt, und der Klang von singenden Kinderstimmen lässt Hess näher treten. Am einen Ende des Zimmers sitzen ein paar größere Kinder und malen, während in der anderen Ecke eine Gruppe kleinerer Kinder auf bunten Plastikhockern in einem Halbkreis versammelt ist. Die Kinder singen, die Gesichter einer Pädagogin zugewandt, die vor ihnen kniet und ein Bild mit einem nett gezeichneten roten Apfel hochhält.

»Apfelmann, komm herein, Apfelmann, komm herein. Hast du welche für mich dabei? Daaaanke schööön …«

Die Pädagogin nickt den Kindern aufmunternd zu, und als sie die letzten Silben des Herbstlieds lang und laut ausgehalten haben, tauscht sie das Bild gegen das einer Kastanie aus.

»Und weiter geht's!«

»*Kastanienmann, komm herein, Kastanienmann, komm herein. Hast du welche für mich dabei …*«

Bei den Worten läuft es Hess kalt den Rücken herunter. Als er sich von der Tür zurückzieht, merkt er, dass Thulin ihn beobachtet.

»Sind Sie die Eltern von Oskar?«

Eine Krankenschwester ist zu ihnen getreten. Thulin bekommt den Kaffee, den sie aus einem Plastikbecher nippt, in den falschen Hals und beginnt zu husten.

»Nein, ganz und gar nicht«, antwortet Hess. »Wir sind von der Polizei. Wir warten auf den diensthabenden Oberarzt.«

»Der Oberarzt ist leider immer noch bei der Visite.«

Die Krankenschwester ist hübsch. Dunkle, funkelnde Augen und langes dunkles Haar, das sie zu einem Pferdeschwanz gebunden hat. Sie ist ungefähr 30 Jahre alt, doch ihr Gesicht hat einen ernsten Zug, der sie älter wirken lässt.

»Vielleicht kann der Oberarzt die Visite ja unterbrechen. Bitte richten Sie ihm doch aus, dass wir es eilig haben.«

50

Der diensthabende Oberarzt Hussein Majid bittet sie, im Personalraum zwischen weißen Kaffeetassen, fettigen iPads, Süßstofftabletten, fleckigen Vormittagsberichten und über Stuhllehnen geworfenen Kitteln Platz zu nehmen. Er ist so groß wie Hess, Anfang 40, gepflegt, trägt einen weißen, offenen Kittel, das Stethoskop um den Hals und eine schwarze viereckige Brille im Gesicht. Ein goldener Ehering verrät, dass er vermutlich verheiratet ist, doch das ist nicht der Eindruck, den man von dem Mann erhält, als er Thulin die Hand gibt. Die Eile, die den Handschlag des Oberarztes mit Hess kennzeichnete, weicht schnell einem Lächeln und einem intensiven Blickkontakt, als der Mann sich der Kollegin zuwendet. Es überrascht Hess für einen Augenblick, dass der Arzt Thulin offenkundig attraktiv findet, denn so hat er sie selbst noch nicht betrachtet. Bisher fand er sie vor allem nervig, doch er kann durchaus, wenn auch widerwillig, anerkennen, dass der Arzt guten Grund hat, seinen Blick diskret über ihre schlanke Taille und ihren Hintern wandern zu lassen, als sie sich abwendet, um sich einen Stuhl heranzuziehen. Hess denkt einen Moment lang, ob Hussein Majid wohl auch Laura Kjær und Anne Sejer-Lassen so angesehen hat, als die beiden die Station mit ihren kranken Kindern aufsuchten.

»Leider bin ich gerade mitten in der Visite, aber wenn wir das hier schnell erledigen können, helfe ich Ihnen selbstverständlich gern.«

»Das ist wirklich nett von Ihnen. Tausend Dank«, erwidert Thulin.

Majid legt zwei Krankenakten und sein Handy auf den Tisch, während er anbietet, ihr Kaffee nachzuschenken, was sie kokett annimmt. Hess hat den Eindruck, dass sie vollkommen vergessen hat, warum sie hier sind, doch er unterdrückt seinen Ärger und rückt auf seinem Stuhl nach vorn.

»Wir haben wie gesagt ein paar Fragen zu Magnus Kjær und Sofia Sejer-Lassen, und wir hätten gern, dass Sie uns exakt berichten, was Sie wissen.«

Hussein Majid wirft ihm einen Blick zu und antwortet dann mit einer natürlichen Autorität und Freundlichkeit, die möglicherweise vor allem an Thulin gerichtet ist.

»Selbstverständlich. Es ist korrekt, dass beide Kinder hier in Behandlung waren – allerdings aus unterschiedlichen Gründen. Darf ich mich zunächst einmal nach dem Grund für Ihre Frage erkundigen?«

»Nein.«

»Okay. Nun denn.«

Der Arzt lächelt Thulin kumpelhaft zu, die mit den Schultern zuckt, als wolle sie sich für Hess entschuldigen, der rasch weiterspricht.

»Warum waren die beiden in Behandlung?«

Majid legt die Hand auf die Akten der Kinder, ohne jedoch Anstalten zu machen, sie aufzuschlagen.

»Magnus Kjær ist in Verbindung mit einem längeren Krankheitsverlauf hierhergekommen, der vor ungefähr einem Jahr begann. Die Kinderstation und die angeschlossene Kindersprechstunde fungieren wie eine Schleuse, die die Patienten weiter an die betreffenden Abteilungen dirigiert. Er ist dann von unseren Kollegen in der Neurologie wegen Autismus beobachtet und untersucht worden. Sofia Sejer-Lassen hingegen war lediglich vor ein paar Monaten wegen eines banalen Knochenbruchs behandelt worden, den sie sich bei einem Unfall zu Hause zugezogen hatte. Sie wurde schnell wieder entlassen, ein recht unkomplizierter Verlauf, doch mit nachfolgender Physiotherapie, die hauptsächlich in der Physiologischen Abteilung stattfand.«

»Aber beide Kinder kamen also auf die Kinderstation«, stellt Hess fest. »Wissen Sie, ob die Kinder einander kannten? Oder die Eltern?«

»Das weiß ich natürlich nicht, doch über die Diagnosen der Kinder gab es keine unmittelbaren Berührungspunkte.«

»Wer kam mit den Kindern?«

»Soweit ich mich erinnere, waren es in beiden Fällen vor allem die Mütter, doch wenn Sie das mit Sicherheit wissen wollen, dann müssen Sie diese selbst fragen.«

»Aber jetzt frage ich nun mal Sie.«

»Ja, und ich habe soeben geantwortet.«

Majid lächelt freundlich. Hess schätzt, dass er wahrscheinlich überdurchschnittlich intelligent ist, und geht davon aus, dass Majid sehr wohl weiß, dass Hess die Mütter nicht fragen kann.

»Aber Sie waren es, der den Kontakt zu den Müttern hatte, wenn sie hierherkamen?«

Thulin stellt diese Frage ganz unschuldig, und der Oberarzt scheint froh zu sein, sich wieder ihr zuwenden zu können.

»Ich habe mit vielen Eltern Kontakt, aber ja, auch mit ihnen. Es ist ein wichtiger Teil des Jobs, dafür zu sorgen, dass sich die Mütter, oder auch die Väter, hier so sicher wie möglich fühlen. Es kann entscheidend sein, Vertrauen und Vertraulichkeit herzustellen, die man dann mit in den Behandlungsverlauf nehmen kann, denn das nutzt allen. Nicht zuletzt den Patienten.«

Der Arzt lächelt Thulin an und blinzelt ihr keck zu, als wäre er gerade dabei, ihr einen Urlaub für zwei Verliebte auf den Malediven zu verkaufen. Thulin erwidert das Lächeln.

»Dann ist es also nicht falsch zu sagen, dass Sie die Mütter richtig gut kannten?«

»Richtig gut?«

Majid schaut ein wenig verständnislos drein, lächelt Thulin aber unverwandt weiter an. Auch Hess ist von dieser Formulierung überrascht, doch Thulin hat erst angefangen.

»Haben Sie die beiden privat getroffen, waren Sie in sie verliebt, oder sind Sie einfach nur mit ihnen ins Bett gegangen?«

Majid hält das Lächeln, zögert aber.

»Wie bitte, was sagen Sie da?«

»Sie haben sehr richtig gehört. Antworten Sie auf meine Frage.«

»Warum fragen Sie das? Worum geht es hier eigentlich?«

»Bisher sind das nur Fragen, und es ist wichtig, dass Sie uns die Wahrheit sagen.«

»Das kann ich schnell tun. Wir führen eine Station mit ungefähr zehn Prozent mehr Kindern, als es Plätze gibt. Das bedeutet unter anderem, dass ich für jedes Kind nur eine bestimmte Anzahl Minuten bei der Visite zur Verfügung habe. Also widme ich mich in dieser Zeit wenn möglich weder den Müttern noch den Vätern noch der Polizei, sondern den Kindern.«

»Aber gerade haben Sie doch gesagt, dass es wichtig ist, ein enges Verhältnis zu den Müttern zu haben.«

»Nein, das habe ich nicht gesagt, und Ihre Andeutung gefällt mir nicht.«

»Das ist keine Andeutung. Eine Andeutung ist, was sie vorher gemacht haben, als sie mir zuzwinkerten und über Vertraulichkeit geredet haben, aber ich habe Sie tatsächlich völlig ohne jede Andeutung gefragt, ob Sie mit den Frauen ins Bett gegangen sind.«

Majid lächelt verwirrt und schüttelt den Kopf.

»Berichten Sie, welchen Eindruck die Mütter auf Sie machten.«

»Es waren Mütter, die in Sorge um ihre Kinder waren, wie Eltern es nun einmal sind, wenn sie hierherkommen. Doch wenn Sie mir diese Art Fragen stellen wollen, dann habe ich anderes zu tun.«

Hussein Majid macht Anstalten, sich zu erheben, aber Hess, der den jüngsten Schlagabtausch genossen hat, schiebt dem Arzt einen mit Kaffeeringen bedeckten Zeitungsartikel hin.

»Einen Moment noch. Wir sind aus einem Grund hier, den Sie wahrscheinlich bereits kennen. Bis auf Weiteres sind Sie in jedem Fall der gemeinsame Nenner in unseren Ermittlungen.«

Der Oberarzt betrachtet die Bilder vom Wald und die Überschriften, die beide Morde miteinander in Verbindung bringen, und er wirkt ein wenig erschüttert.

»Aber ich habe wirklich nicht mehr zu sagen. An die Mutter von Magnus Kjær erinnere ich mich am besten, weil der Behandlungszeitraum länger war. Sie haben es in der Neurologie mit verschiedenen Diagnosen versucht, und die Mutter war sehr frustriert, weil nichts geholfen hat, aber plötzlich kam sie nicht mehr mit dem Jungen, und mehr weiß ich nicht.«

»Ist sie nicht mehr gekommen, weil Sie aufdringlich geworden sind, oder…«

»Ich bin nicht aufdringlich geworden! Sie hat angerufen und gesagt, dass eine oder mehrere Anzeigen wegen des Jungen vom Jugendamt gekommen seien, und sie wollte sich darauf konzentrieren. Ich dachte, sie würde wiederkommen, aber das tat sie nicht.«

»Aber Laura Kjær hat ihre gesamte freie Zeit in die Behandlung ihres Sohnes investiert, da muss sie doch einen wirklich handfesten Grund gehabt haben, Sie nicht mehr sehen zu wollen, oder?«

»Nicht *ich* war es, den sie nicht mehr sehen wollte, denn das alles hatte rein gar nichts mit mir zu tun! Wie gesagt, ging es um eine Anzeige.«

»Was für eine Anzeige?«

Hess insistiert mit seiner Frage, doch im selben Augenblick steckt die junge Krankenschwester den Kopf herein und schaut den Oberarzt an.

»Entschuldigen Sie die Störung. Es eilt mit der Antwort für Zimmer neun, denn die warten im Operationsgang auf den Patienten.«

»Ich komme. Wir sind hier fertig.«

»Was für eine Anzeige, habe ich gefragt.«

Hussein Majid hat sich erhoben und nimmt eilig seine Sachen vom Tisch.

»Ich weiß nichts. Ich habe es nur von der Mutter gehört – irgendjemand hatte offenbar Kontakt mit dem Jugendamt aufgenommen und sie beschuldigt, sich nicht ordentlich um den Jungen zu kümmern.«

»Wie meinen Sie das? Was sollte sie getan haben?«

»Keine Ahnung. Sie klang geschockt, und der zuständige Sachbearbeiter hat später angerufen und wollte eine Aussage zu dem Jungen, und die haben wir ihm gegeben. Also, was den Behandlungsverlauf anging und unsere Versuche, seine Probleme zu lösen. Danke und auf Wiedersehen.«

»Und Sie sind sicher, dass Sie nicht versucht haben, sie ein wenig zu trösten?«, versucht es Thulin erneut und erhebt sich ebenfalls vom Stuhl, sodass sie ihm im Weg steht.

»Ja, da bin ich sicher! Bitte lassen Sie mich jetzt gehen.«

Auch Hess steht auf.

»Hat Laura Kjær etwas darüber gesagt, wer sie angezeigt hat?«

»Nein. Wenn ich mich recht entsinne, war die Anzeige anonym.«

Oberarzt Hussein Majid geht mit seinen Akten um Thulin herum. Als er um die Ecke verschwindet, kann Hess wieder die Kinder singen hören.

51

Sachbearbeiter Henning Loeb hat eben in der fast menschenleeren Kantine im Keller des Kopenhagener Rathauses zu Mittag gegessen, als der Anruf ihn auf seinem Handy erreicht. Der Vormittag war bisher eine einzige Zumutung gewesen. Am Morgen war er auf seinem Fahrrad vom Regen überrascht worden, und als er endlich unter dem Dach des Fahrradschuppens am Hintereingang des Rathauses ankam, waren seine Kleider und Schuhe vollkommen durchnässt. Als Nächstes hatte ihn sein Chef, Abteilungsleiter des Kinder- und Jugendreferats, gebeten, seine Expertise in eine eilig einberufene Besprechung mit einer afghanischen Familie und deren Anwalt einzubringen, die gegen eine behördlich angeordnete Inobhutnahme eines Kindes protestieren wollten.

Henning Loeb kannte den Fall eingehend und hatte das Verfahren selbst in die Wege geleitet, doch jetzt hatte er ein weiteres Mal eineinhalb Stunden lang dasitzen und sich Zank und Streit anhören müssen. Heutzutage betrafen die meisten behördlich angeordneten Inobhutnahmen Familien mit Migrationshintergrund, und in diesem Fall hatten sie einen Dolmetscher zu der Besprechung hinzuziehen müssen. Was natürlich dazu führte, dass alles länger dauerte als nötig. Im Grunde war das ganze Gespräch eine einzige Zeitverschwendung gewesen, weil der Fall bereits entschieden war: Der Vater war wiederholt gewalttätig gegenüber seiner 13-jährigen Tochter aufgetreten, weil sie mit einem dänischen Teenager zusammen war. Doch die demokratische Gesellschaft sichert auch die Rechte solcher Gewalttäter, sie müssen angehört werden, und während die Argumente über den Tisch hin und her geschoben wurden, hatte Henning fröstelnd dasitzen und auf das Leben schauen können, das sich vor den Fenstern des Rathauses abspielte.

Danach fühlte er sich vom Regen immer noch ganz klamm am ganzen Leib, aber er hatte sich unter großem Zeitdruck auf seine Fälle stürzen müssen, weil er mit der Tagesarbeit in Verzug geraten war. Er ist nur ein Bewerbungsgespräch von einer Position im sehr viel strukturierteren und wohlriechenden Referat für Umwelt und Technik oben im zweiten Stock entfernt, und ebendieses Gespräch würde er heute Nachmittag haben. Wenn er es schafft, das Versäumte nachzuholen, dann wird er genug Zeit haben, sich darauf vorzubereiten, und wenn das Gespräch gut läuft, wird er bald das sinkende Schiff, in dem er sitzt, verlassen können, ehe es mit noch mehr gewalttätigen, inzestuösen oder psychotischen Passagieren der Sozialgruppe Fünf untergeht. Es wäre nur gerecht, wenn er sich stattdessen mit Vorschlägen zu Ortserneuerung und Parkverschönerung beschäftigen dürfte, ganz abgesehen von der rothaarigen Architektur studierenden Praktikantin in jener Abteilung, die ungeachtet der Jahreszeit im Minirock herumlief und frech lächelte, weshalb sie mal einen richtigen Mann verdiente.

Möglicherweise würde nicht Henning die Ehre zuteilwerden, dieser Mann zu sein, doch ihren Anblick und die dazugehörigen Phantasien konnte ihm niemand nehmen.

Sofort bereut Henning, dass er den Anruf auf seinem Handy entgegengenommen hat, denn er kann den Kriminalfritzen nicht wieder abschütteln. Und der redet auf eine Weise, die Henning am meisten verhasst ist. Mit Autorität und in Befehlsform, und er hat Henning rasch klargemacht, dass er die Informationen genau jetzt braucht. Und nicht gleich und schon gar nicht später am Nachmittag. Henning möge deshalb alles fallenlassen, was er in Händen hat, und sich beeilen zu seinem Computer zurückzukommen.

»Ich muss wissen, ob Sie einen Vorgang zu einem Jungen haben, der Magnus Kjær heißt.«

Der Kriminalfritze hat die Personennummer des Jungen, und Henning fährt also seinen Rechner wieder hoch, während er sicherheitshalber erklärt, dass er für Hunderte von Fällen verantwortlich ist und sich deshalb natürlich nicht an alle erinnern kann.

»Sagen Sie mir einfach, was da steht.«

Henning überfliegt die Akte auf dem Schirm, während er den Kriminalfritzen ein bisschen hinhält. Wie sich herausstellt, handelt es sich um einen seiner eigenen Fälle, und der ist schnell zusammengefasst.

»Es trifft zu, dass wir einen solchen Vorgang hatten. Es kam eine Anzeige oder besser gesagt eine anonyme Mail, in der die Mutter des Jungen, Laura Kjær, beschuldigt wurde, sich nicht um ihren Sohn zu kümmern. Doch wir haben die Sache untersucht, ohne Belege für diese Behauptung zu finden, deshalb kann ich nicht mehr …«

»Ich wüsste gern alles über den Fall. Und zwar jetzt.«

Henning unterdrückt einen Seufzer. Das kann dauern, also gibt er Gas und präsentiert dem Kriminalfritzen die kürzeste Version, die er überhaupt parat hat, und überfliegt dazu seinen Fallbericht.

»Die Anzeige kam vor ungefähr drei Monaten per Mail auf den Whistleblower-Account der Verwaltung. Dieser Account ist auf Betreiben des Sozialministeriums in sämtlichen Kommunen zu ein und demselben Zweck eingerichtet worden: Menschen können sich anonym mit Tipps melden, wenn sie Kinder kennen, denen es schlecht ergeht. Die betreffende Anzeige hatte keinen Absender. Kurz gesagt forderte sie, dass der Junge so schnell wie möglich der Mutter weggenommen und von zu Hause entfernt würde, mit der Begründung, dass die Mutter – und ich zitiere – ›ein egoistisches Luder‹ sei – Zitat Ende. Es stehen da auch Dinge wie, dass sie nur daran denken würde, die Beine breit zu machen, und die Augen vor den Problemen des Jungen verschließen würde, obwohl sie – und ich zitiere wieder – ›es besser wissen müsste‹ – Zitat Ende. Die Beweise für die Notwendigkeit einer Inobhutnahme würden sich laut dem Mailschreiber am Wohnort finden.«

»Was haben Sie am Wohnort gefunden?«

»Nichts. Vorschriftsgetreu haben wir uns die Mühe gemacht, die Behauptungen bezüglich des mangelnden Wohlergehens des Jungen zu überprüfen, und wir haben sowohl mit dem introvertierten Jungen gesprochen als auch mit den schockierten Eltern, der Mutter, und soweit ich mich erinnere, einem Stiefvater. Doch da war nichts, was verdächtig erschienen wäre, und leider ist diese Form von Schikane nichts Ungewöhnliches.«

»Ich würde die Mail gern sehen. Können Sie mir eine Kopie schicken?«

Auf diese Bemerkung hatte Henning schon gewartet.

»Das kann ich, sowie Sie mir eine gerichtliche Verfügung vorlegen. Und falls es weiter nichts ist …«

»Es gab also keine Information über einen Absender?«

»Nein. Das ist mit ›anonym‹ gemeint. Wie gesagt …«

»Wieso sollte das Schikane sein?«

»Wir haben ja nichts gefunden. Und tatsächlich benutzen die Leute die Whistleblower-Accounts hauptsächlich für solche Schikane. Fragen Sie nur beim Finanzamt. Die Politiker haben selbst dazu aufgefordert, also bespitzeln die Bürger einander ohne großen Grund, auch wenn sie selbst überhaupt nichts davon haben. Niemand denkt daran, dass da tatsächlich jemand Zeit und Ressourcen verschwenden muss, um den ganzen Mist zu verfolgen, der da geschrieben und geschickt wird. Aber wie gesagt, wenn das alles ist …«

»Das ist es. Aber wo ich Sie hier schon mal dranhabe, möchte ich Sie bitten nachzuprüfen, ob Sie auch zu zwei anderen Kindern Anzeigen bekommen haben.«

Und der Kriminalfritze gibt doch tatsächlich Henning noch zwei weitere Personennummern durch, diesmal zwei Mädchen, Lina und Sofia Sejer-Lassen. Auch wenn die Familie inzwischen in Klampenborg gemeldet ist, weiß er doch, dass sie bis vor Kurzem auf Islands Brygge in der Kommune Kopenhagen gewohnt haben, und um diese Zeit geht es ihm. Verärgert fährt Henning den Rechner erneut hoch und schielt dabei auf seine Uhr. Er schafft es immer noch, sich vorzubereiten, wenn er jetzt Stoff gibt.

Der Computer antwortet schließlich auf die Nummern, und Henning schaut auf die Fälle und die Akten dazu, während er den Kriminalfritzen die Nummern noch einmal aufsagen hört. Und Henning will schon sagen, dass er sich gut an die Fälle erinnern kann, weil sie ebenfalls über seinen Tisch gingen, als er etwas auf dem Schirm entdeckt, was ihm vorher nicht aufgefallen war. Er scrollt durch die Akten, dann schnell zurück zum Fall von Magnus Kjær, um sein Gefühl und nicht zuletzt die Wortwahl der anonymen Mail zu bestätigen. Und Henning Loeb erkennt etwas, was er nicht versteht, und das macht ihn vorsichtig.

»Nein, tut mir leid. Zu den beiden Nummern habe ich nichts. Zumindest nicht, soweit ich sehen kann.«

»Sind Sie sicher?«

»Das System reagiert nicht auf die Personennummern. Haben Sie sonst noch etwas? Ansonsten habe ich es eilig.«

Hinterher hat Henning Loeb ein unangenehmes Gefühl. Sicherheitshalber schickt er sofort eine Mail an den IT-Service der Verwaltung, dass das System streiken würde und er der Polizei in einem bestimmten Anliegen nicht behilflich sein konnte. Nicht dass er glaubt, das könnte relevant werden, aber man weiß doch nie. Und Henning ist schließlich nur ein Gespräch vom Aufstieg entfernt, also wird er aus dem ganzen Mist hier rauskommen. Richtig raus. Rauf in den zweiten Stock in das Referat Umwelt und Technik und womöglich sogar rauf auf die Rothaarige.

52

Im Viertel mit den vielen Einfamilienhäusern in Husum ist das Tageslicht verschwunden. An den kleinen kinderfreundlichen Sträßchen mit Geschwindigkeitsbegrenzung und hohen Fahrthindernissen sind die Straßenlaternen angezündet, und die Gartenwege sind gemütlich vom Schein aus Küchenfenstern beleuchtet, hinter denen geschäftig das Abendessen bereitet und über den Tag im Hamsterrad gesprochen wird. Als Thulin auf dem Cedervænget aus dem Dienstwagen steigt, riecht sie sofort den Bratendampf von Frikadellen, den die Dunstabzugshaube eines der Nachbarn der Kjær-Familie auf die Straße bläst, und nur das weiße Haus im funktionalen Stil mit der Blechgarage und der Sieben auf dem Postkasten liegt dunkel da und wirkt trist und verlassen.

Thulin nimmt die letzten säuerlichen Bemerkungen von Nylander am Handy entgegen und läuft hinter Hess her durch den Regen zur Haustür.

»Hast du den Schlüssel?«

Hess hält die Hand auf. Sie stehen jetzt vorm Eingang mit dem charakteristischen gelb-schwarzen Absperrband, das die Haustür versiegelt, und Thulin sucht nach dem Schlüssel in ihrer Jackentasche.

»Du hast gesagt, die Kommune hat den Fall mit der anonymen Anzeige gegen Laura Kjær untersucht, aber keinen Grund zu der Annahme gefunden, dass die Beschuldigungen berechtigt waren?«

»Ja, das stimmt. Geh mal ein bisschen zur Seite. Du stehst im Licht.«

Hess hat ihr den Schlüssel aus der Hand genommen und versucht nun, ihn im spärlichen Licht einer Straßenlaterne ins Schloss zu bekommen.

»Und was machen wir dann hier?«

»Hab ich doch schon gesagt. Ich möchte mir einfach gern das Haus ansehen.«

»Ich *habe* das Haus bereits gesehen. Mehrmals!«

Als Thulin vorhin mit Nylander gesprochen hat, war er frustriert über die Ergebnisse des Tages gewesen, oder besser gesagt, über den Mangel an solchen, und er hatte auch kein Verständnis dafür, dass sie wieder Kurs auf Cedervænget genommen hatten. Ebensowenig wie Thulin. Es hatte ihnen einen Strich durch die Rechnung gemacht, dass Hans Henrik Hauge laut seiner Anwältin ein Alibi für den Zeitpunkt des Mordes an Anne Sejer-Lassen besaß, aber Thulin hatte das akzeptiert, und trotzdem stand sie jetzt ein weiteres Mal hier und starrte auf das finstere Haus, in dem das Ganze vor einer Woche begann.

Hess hatte ihr von dem Gespräch mit dem Sachbearbeiter im Kopenhagener Rathaus erzählt, den er auf dem Weg zum Parkplatz nach ihrem Gespräch mit dem Arzt angerufen hatte. Als sie dann im Auto vor dem Rigshospital saßen und der Regen auf die Windschutzscheibe prasselte, hatte sie von der anonymen Mail gehört, die Laura Kjær beschuldigte, eine so schlechte Mutter zu sein, dass der Junge ihr weggenommen werden sollte. Die Kommune hatte die Sache kontrolliert, und die Anzeige hatte sich als haltlos erwiesen und war deshalb als ein möglicher Fall von Schikane abgetan worden. Thulins Interesse endete an dieser Stelle. Es war überraschend, dass Laura Kjær scheinbar nur dem Arzt im Rigshospital von der Anzeige erzählt hatte, doch auf der anderen Seite auch verständlich: Laura Kjær hatte einen Jungen, der laut Diagnose der Ärzte an Autismus litt, und das Verhalten des Jungen, so wie es zum Beispiel von der Schule beschrieben worden war, hätte durchaus zu der falschen Einschätzung führen können, dass die Mutter ihn nicht richtig im Griff hatte. Was sehr wohl eine Person veranlasst haben könnte, sich an das Jugendamt zu wenden. Und im Grunde konnte Laura Kjær auch nicht wissen, ob der anonyme Schreiber aus ihrem Bekanntenkreis, aus der Schule oder aus ihrem Kollegenkreis stammte, so gesehen war es nicht erstaunlich, dass sie es verschwiegen hatte. Auf jeden Fall hatte sie offensichtlich alles getan, was sie als Mutter vermochte, um ihrem Sohn zu helfen, und auch wenn Thulin Hans Henrik Hauge nicht mochte, musste sie doch zugeben, dass alles darauf hindeutete, dass er ihr eine Stütze gewesen war. Was sollten sie also noch mit der Anzeige anfangen? Der Sachbearbeiter hatte zudem verneint, dass eine vergleichbare Anzeige gegen Anne Sejer-Lassen ergangen sei, und damit gab es *keine* Gemeinsamkeiten, die verlangten, dass man diese Spur verfolgte.

Trotzdem wollte Hess zu Laura Kjærs Haus fahren, und Thulin hatte auf dem Weg schon bereut, dass sie den Mann beim Gespräch mit Nylander am Vormittag nicht aus dem Fall rausgekickt hatte. Sie war keineswegs blind und taub gegenüber seinen Prophezeiungen, dass der Täter sein makabres Spiel erst begonnen habe, und sie hatte selbst instinktiv die Bedrohung gespürt, als sie vor Anne Sejer-Lassens Leiche im Wald gestanden hatten. Doch gingen sie die Ermittlung unterschiedlich an, und sie war nicht sonderlich erfreut, hier als Denunziant zu agieren und Nylander mitzuteilen, wenn Hess die verkehrte Richtung einschlug und anfing, im Hartung-Fall zu graben. Nicht einmal, wenn das eine der Bedingungen für eine Empfehlung zum NC3 war.

»Wir suchen einen Täter, der zwei Morde verübt hat, und du siehst selbst die Möglichkeit, dass uns noch mehr Morde bevorstehen, warum also Zeit verschwenden, um ein Haus zu durchsuchen, das bereits durchsucht worden ist?«

»Du musst nicht mitkommen. Tatsächlich wäre es eine große Hilfe, wenn du mal die Nachbarn befragen könntest, ob sie was von der Anzeige wussten oder wer sie vielleicht geschickt haben könnte. Dann geht es auch schneller, nicht wahr?«

»Wieso soll ich sie überhaupt fragen?«

Das Absperrband reißt, als Hess die Tür aufkriegt und im Trockenen verschwindet. Er schließt die Tür hinter sich, der Regen nimmt zu, und Thulin muss im Laufschritt rüber zum ersten Haus eilen.

53

Die Stille im Haus ist das Erste, was Hess registriert, als er die Eingangstür hinter sich zugemacht hat. Seine Augen versuchen, sich an die Dunkelheit zu gewöhnen. Nachdem er vergeblich auf drei verschiedene Lichtschalter gedrückt hat, wird ihm klar, dass der Stromversorger den Strom schon abgeschaltet haben muss. Das Haus ist auf Laura Kjær gemeldet, ihr Tod ist registriert und die juristische Abwicklung eines Menschenlebens angelaufen.

Hess holt seine Taschenlampe heraus, leuchtet den Flur hinunter und tastet sich weiter durch das Haus. Das Gespräch mit dem Sachbearbeiter von der Kommune geht ihm noch nach. Die Wahrheit ist, dass er nicht weiß, wie er es einordnen soll. Oder ob es überhaupt von Bedeutung ist. Er weiß nur, dass er sich noch einmal im Haus umsehen muss. Die Befragung des Oberarztes im Rigshospital war eigentlich gut gelaufen. Eine ganze Weile hatte er gedacht, sie wären am rechten Ort und hätten die richtige Person vor sich. Die beiden Opfer standen beide zu diesem Oberarzt in Kontakt, und die Vermutung von Hess, dass die Kinder der gemeinsame Nenner waren, hatte sich richtig angefühlt. Doch dann hatte der Oberarzt die Anzeige erwähnt.

Es war natürlich ein Schuss ins Blaue, hier zu suchen. Zum einen waren Haus und Grundstück schon von unterschiedlichen Ermittler- und Technikerteams durchsucht worden. Zum anderen war die Anzeige drei Monate alt, wenn es also etwas zu finden gegeben hatte, dann war es jetzt höchstwahrscheinlich weg. Doch irgendjemand hatte Laura Kjær angezeigt – irgendjemand hatte sich für sie interessiert und eine hasserfüllte Aufforderung zu einer Inobhutnahme des Kindes geschrieben, und Hess kann nicht anders als zu hoffen, dass das Haus ihm eine Antwort geben wird. Als er sich durch den Flur bewegt, bemerkt er, dass immer noch Hinweise auf die Arbeit der Techniker da sind. Reste des weißen Fingerabdruckpulvers sitzen auf Klinken und Türrahmen, und an bestimmten Stellen kleben nummerierte Zettel. Hess geht von Raum zu Raum und kommt in das kleine Gästezimmer, das offensichtlich als Büro gedient hat, jetzt aber seltsam leer wirkt, weil auf dem Schreibtisch der Rechner fehlt, der immer noch im Gewahrsam der Polizei ist. Er öffnet Schubladen und Schränke, liest unwichtige Zettel und Papiere und geht dann weiter ins Badezimmer und die Küche, wo er die Prozedur wiederholt. Doch er findet nichts von Interesse. Der Regen trommelt aufs Dach, und Hess geht durch den Flur zurück und ins Schlafzimmer, wo das Bett immer noch ungemacht ist und die Lampe auf dem Teppich liegt. Als er bei der Schublade mit Laura Kjærs Unterhosen angekommen ist, hört er die Eingangstür, und Thulin taucht auf.

»Keiner der Nachbarn weiß etwas oder hat von der Anzeige gehört. Sie bekräftigen, dass sowohl Mutter als auch Stiefvater gut und fürsorglich zu dem Jungen waren.«

Hess öffnet einen neuen Schrank und sucht weiter.

»Ich fahre jetzt zurück. Der Oberarzt muss überprüft werden und ebenso die Behauptung von Sejer-Lassen zu seinen Affären. Nimm den Schlüssel mit, wenn du fertig bist.«

»Alles klar, bis später.«

54

Thulin knallt die Eingangstür zum Cedervænget mit etwas mehr Schwung zu, als nötig wäre. Sie hechtet durch den Regen und muss vor einem schwarzgekleideten Fahrradfahrer zur Seite springen, ehe sie am Auto ankommt und sich hineinsetzt. Ihre Kleider sind durchnässt von der Tour zu allen möglichen Nachbarn, aber wenigstens wird Hess jetzt allein zur U-Bahn gehen müssen, wenn er in die Stadt zurückfahren will. Sie haben an diesem Tag nichts erreicht, es gibt immer noch keine eindeutige Spur, der sie nachgehen könnten, und es ist, als würde der Regen nur niederprasseln und alles wegwaschen, während sie sich im Kreis drehen und nichts ausrichten.

Thulin steckt den Schlüssel ins Zündschloss, startet den Wagen und fährt schnell die Straße hinunter. Sie sollte jetzt alle Rückmeldungen, die Ergebnisse der Einsatzgruppe für heute, sammeln, aber am liebsten würde sie einfach nur ins Präsidium zurückfahren und Akten lesen. Von vorn beginnen, das Ganze noch einmal durchgehen, um einen Zusammenhang zu finden. Vielleicht Hans Henrik Hauge und Erik

Sejer-Lassen noch einmal ansprechen und sie fragen, was sie über den Oberarzt Hussein Majid wissen, der beide Opfer kannte. Thulin biegt vom Cedervænget ab und hinauf auf die Hauptstraße, als etwas ihren Blick fängt, sodass sie den Fuß auf die Bremse setzt.

Im Rückspiegel kann sie gerade noch das Auto erahnen, das 50 Meter hinter ihr geparkt ist. Es steht unter den großen Bäumen im toten Ende des Weges, der auf den Cedervænget trifft. Fast eins mit den Bäumen und der Hecke, die an den Naturspielplatz grenzt. Thulin setzt zurück, bis sie parallel zu dem Fahrzeug steht. Ein schwarzer Kombi. Keine besonderen Kennzeichen, auch nicht im Innern des Wagens. Aber der Regen fällt auf die Motorhaube, und der leichte Dampf, der davon aufsteigt, verrät ihr, dass der Motor warm ist und das Auto somit erst seit Kurzem hier steht. Thulin sieht sich um. Wenn man bei einem Einfamilienhaus etwas zu erledigen hat, dann parkt man vor dem Haus, in das man gehen will, doch dieser Wagen steht allein hier in der kleinen Abzweigung, kurz bevor die Sackgasse endet. Einen Moment lang erwägt sie, das Kennzeichen checken zu lassen. Doch dann klingelt ihr Handy, und auf dem Display kann sie sehen, dass es Le ist. Ihr wird klar, dass sie vollständig vergessen hat, sie beim Opa abzuholen, und Thulin geht ran und fährt weg.

55

Das Zimmer von Magnus Kjær ist im Vergleich zu dem üppigen Mädchenzimmer bei Sejer-Lassens eher einfach eingerichtet, doch selbst im spärlichen Licht der Taschenlampe kann Hess sehen, dass es gemütlich ist. Ein langfloriger Teppich, grüne Gardinen und eine Reispapierlampe, die von der Decke hängt. Kleine Plakate mit Donald Duck und Mickey Mouse an den Wänden und ringsum auf den weißen Regalen eine Menge Plastikfiguren aus Märchenwelten, wo wahrscheinlich das Gute gegen das Böse kämpft. Auf dem Schreibtisch steht ein Becher mit Buntstiften und Farbpinseln, und dem kleinen Bücherregal neben dem Schreibtisch kann man entnehmen, dass Magnus Kjær sich auch für Schach interessiert. Hess nimmt ein paar Bücher aus dem Regal und schaut sie an, ohne zu wissen, warum. Es fühlt sich wie ein geborgenes Zimmer an, vielleicht das schönste im Haus.

Hess' Blick fällt auf das Bett, und aus alter Gewohnheit geht er auf die Knie und leuchtet darunter, auch wenn er weiß, dass die Kollegen diese Möglichkeit längst auch erkundet haben. Ein Gegenstand ist zwischen Bettfuß und Wand eingeklemmt, doch als er ihn mit einiger Mühe herausfischt, ist es nur ein abgenutztes Manual für League of Legends, und in Hess regt sich das schlechte Gewissen, weil er sein Versprechen nicht eingehalten hat, den Jungen wieder im Krankenhaus zu besuchen.

Er legt das Heft beiseite und bereut allmählich, dass er nicht mit Thulin in die Stadt zurückgefahren ist. Die Information über den anonymen Mailschreiber hatte wie das Detail gewirkt, das neues Licht in den Fall bringen wird, doch jetzt fühlt er sich wie ein Idiot, nicht zuletzt, weil er bald durch den Regen wird laufen müssen, zumindest bis zur S-Bahn-Haltestelle, oder er nimmt sich ein Taxi. Die Müdigkeit meldet sich, und er erwägt einen Augenblick, ob er sich ein kleines Nickerchen hier auf dem Bett des Jungen, wo es sich schön und gut anfühlt, leisten kann, oder ob er direkt zum Polizeipräsidium zurückkehren und Nylander eine Lüge auftischen soll, wonach er am Abend nach Haag zurückkehren müsse. Natürlich könnte er auch einfach nur die Wahrheit sagen. Dass er die Aufgabe nicht bewältigt. Dass Kristine Hartung und diverse Fingerabdrücke und der ganze Mist nichts mit ihm zu tun haben – dass es wohl der Schlafmangel gewesen sein muss, der ihn solche Albtraumszenarien über Leichenteile und Kastanienmänner hat verbreiten lassen. Mit etwas Glück könnte Hess den letzten Flug um 20.45 Uhr erwischen und sich spätestens morgen früh vor Freimann in den Staub werfen, und jetzt in diesem Moment erscheint der Gedanke geradezu verlockend.

Hess wirft einen letzten Blick aus dem dunklen Fenster in den Garten und zum Naturspielplatz, wo Laura Kjær gefunden wurde, und da sieht er sie. Halb hinter der grünen Gardine verborgen hängt neben dem Fenster ein Stapel DIN-A4-Blätter mit Kinderzeichnungen. Sie sind mit einer Heftzwecke an der Wand festgemacht. Die oberste ist ein Bild von einem Haus – eine Zeichnung, die Magnus Kjær vor einigen Jahren angefertigt haben muss. Hess geht hin und richtet das Licht auf die Bilder. Die Striche sind einfach. Neun, zehn Stück stellen ein Haus mit einer Eingangstür dar, und oben über allem scheint die Sonne. Eine Eingebung lässt Hess weiterblättern, doch auch da ist nur eine weitere Zeichnung von einem Haus, diesmal weiß gemalt und etwas genauer und mit mehr Merkmalen. Hess wird klar, dass die Zeichnungen das Haus am Cedervænget darstellen, in dem er gerade steht. Die dritte Zeichnung hat dasselbe Motiv, das weiße Haus, die Sonne und jetzt auch eine Garage. Dasselbe gilt für die vierte und fünfte, und mit jeder Zeichnung ist Magnus offensichtlich älter geworden und konnte besser zeichnen. Aus irgendeinem Grund ist Hess beeindruckt von dem Jungen, und er lächelt in sich hinein. Dann kommt er zur letzten Zeichnung. Das Motiv ist dasselbe. Haus, Sonne, Garage. Doch irgendwas stimmt mit der Garage nicht. Plötzlich ist sie unverhältnismäßig groß und nimmt mehr Platz ein als das Haus selbst. Sie ragt weit über das Hausdach hinaus. Die Wände sind dick und schwarz und bringen die Symmetrie durcheinander.

56

Hess wirft die Terrassentür hinter sich zu. Die Luft ist kalt, und vor sich sieht er seinen Atem im Regen, als er auf die Gartenplatten auf der Rückseite des Hauses leuchtet. Als er um die Hausecke kommt, steht er am Eingang zur Garage. Der Geruch nach Frikadellen hängt in der Luft und verschwindet erst, als er die Tür öffnet. Er will eben eintreten, als ihm auffällt, dass die Tür zwar rein faktisch mit dem Absperrband der Polizei versiegelt ist, dass aber, als er sie öffnete, das charakteristische Geräusch von reißendem Klebeband ausgeblieben war. Hess beschließt, dass ihm das egal ist, und macht die Garagentür hinter sich zu.

Die Garage ist geräumig, bestimmt sechs Meter lang und vier Meter breit, aus neuen Materialien mit Stahlskelett und Blechwänden gebaut und mit einer hohen Decke. Hess erinnert sich, diesen Typ in Verkaufskatalogen von Baumärkten gesehen zu haben. Es gibt Platz genug für ein oder mehrere Autos. Eine Menge durchsichtiger Plastikbehälter stehen nebeneinander aufgereiht und nehmen fast allen Platz auf dem Betonfußboden ein. Einige der Behälter haben Rollen, andere sind zu hohen Türmen gestapelt, und er muss an sein eigenes irdisches Hab und Gut denken, das jetzt das fünfte Jahr in schönem Durcheinander in Pappkartons und Plastiktüten in einem Mietlager in Amager steht.

Während der Regen aufs Dach trommelt, schiebt Hess sich an den Plastiktürmen vorbei und weiter in die Garage hinein, doch soweit er im Licht der Taschenlampe erkennen kann, enthalten die Plastikkästen nichts Ungewöhnliches. Nur Kleidung, Teppiche, alte Spielsachen, Küchengeräte, Teller und Schalen, alles sorgfältig geordnet. Entlang der einen Wand der Garage hängt eine beeindruckende Reihe Gartengerätschaften, auch diese schön ordentlich an Aluminiumhaken, dann folgt ein großes Stahlregal mit aufgereihten Farbeimern und Werkzeug. Doch mehr nicht. Nur eine Garage. Die Zeichnung von Magnus war auffällig, doch als Hess jetzt hier steht, ist sie scheinbar doch nur eine Erinnerung daran, dass Magnus Kjær ein dysfunktionaler Junge ist, der laut ärztlicher Aussage mit einigem zu kämpfen hat.

Hess macht ärgerlich auf dem Absatz kehrt, um sich zurück zur Tür zu schlängeln, als er plötzlich merkt, wie er auf eine genoppte Unterlage tritt, die ein wenig höher ist als der Betonfußboden. Nicht viel, vielleicht nur ein paar Millimeter. Hess leuchtet auf den Boden. Entdeckt, dass er seine Füße auf eine schwarze, rechteckige Gummimatte gesetzt hat, die auf dem Boden liegt. Vielleicht ein Meter auf einen halben. Sie liegt genau vor dem Stahlregal, und man würde an die Matte keinen weiteren Gedanken verschwenden, wenn man nicht wie Hess auf der Suche nach einer Nadel im Heuhaufen wäre. Er tritt von der Matte herunter, und eine Eingebung lässt ihn sich hinunterbeugen, um sie wegzuziehen. Doch die

Matte kann nicht verschoben werden. Er vermag lediglich seine Fingerspitzen zwei, drei Zentimeter unter sie zu schieben, und als er an der Kante entlangfühlt, merkt er, dass parallel zu den Kanten der Matte im Betonboden ein Schlitz verläuft. Auf dem Stahlregal findet er einen Schraubenzieher. Er nimmt die Taschenlampe in den Mund und beißt mit den Zähnen darauf, schiebt den Schraubenzieher unter die Kante der Matte, fest in den Schlitz hinein, und versucht den Spalt weiter zu öffnen. Der Betonboden mit der aufgeklebten Matte hebt sich ein wenig, Hess schiebt die Finger darunter, zieht und schlägt eine Klappe auf.

Ungläubig starrt Hess auf die Klappe und das schwarze Viereck im Betonfußboden. Auf der Innenseite der Klappe befindet sich ein Griff, sodass man sie von innen schließen kann, und Hess nimmt die Taschenlampe aus dem Mund und leuchtet in das Loch hinunter. Das Licht reicht ein paar Meter tief, doch das Einzige, was er sehen kann, ist eine auf die innere Seite der Wand im Loch montierte Leiter und die Umrisse einer Matte am Ende der Leiter. Hess lässt sich auf dem Betonboden nieder, schiebt die Taschenlampe wieder in den Mund, setzt einen Fuß auf die oberste Sprosse der Leiter und beginnt, nach unten zu steigen. Er hat keine Ahnung, was er da finden wird, doch mit jeder Stufe, die er hinuntersteigt, wächst das Gefühl der Nervosität. Plötzlich riecht es anders. Eine seltsame Mischung aus Baumaterialien und etwas Parfümiertem trifft auf seine Nase. Erst als er festen Boden unter dem einen Fuß spürt, lässt er die Leiter los, tritt auf die Unterlage und leuchtet in die Runde.

Der Raum ist nicht groß, aber doch größer, als Hess erwartet hat. Vielleicht vier mal drei Meter, und er kann aufrecht stehen. Entlang der Fußleisten gibt es Steckdosen, die

Wände sind weiß gekalkt, auf dem Boden ein gewürfelter Laminatboden. Sauber und ordentlich. Auf den ersten Blick ist nichts Erschreckendes an dem Raum, außer der alles überschattenden Tatsache, dass es ihn gibt. Jemand hat gegraben und ausgehoben, Material gekauft, montiert und installiert und das Ganze mit einer schweren, schalldämpfenden Klappe versehen. Obwohl Hess die Klappe offen gelassen hat, sind der Lärm vom Regen und die Wirklichkeit über ihm bereits weit entfernt.

Er merkt, dass er insgeheim befürchtet hat, hier unten Teile von Kristine Hartungs Leiche zu finden, doch zu seiner Erleichterung ist der Raum fast völlig leer. Mitten im Raum stehen ein sauberer, weißer Couchtisch, darauf eine seltsame dreibeinige, schwarze Lampe. Ein hoher weißer Kleiderschrank steht an der Wand, vom Türgriff des Schranks hängt ein Handtuch. Über einem Bett mit einem weißen Laken hängt ein rötlicher Teppich. Die Taschenlampe beginnt zu flackern, und Hess muss sie schütteln, um wieder Licht zu haben. Er bewegt sich zum Bett hinüber und entdeckt erst jetzt die Strahler, die darauf gerichtet sind.

Doch seine Aufmerksamkeit wird von dem Pappkarton eingefangen. Aus irgendeinem Grund steht ein Pappkarton auf dem Boden. Er kniet sich hin und leuchtet hinein. Im Karton liegen Dinge durcheinander, als wären sie in aller Eile hineingeworfen. Feuchtigkeitscremes und Duftkerzen. Eine Thermoskanne, eine benutzte Tasse und ein Vorhängeschloss. Kabel und eine Wi-Fi-Ausstattung. Ziemlich viel Wi-Fi-Ausstattung. Und ein MacBook Air, an das immer noch ein Kabel eingesteckt ist, das über den Laminatboden zur Lampe auf dem Couchtisch führt. Mit einem Mal wird ihm klar, dass dies keine Lampe ist. Es ist eine Kamera auf einem dreibeinigen Stativ, und die Linse zeigt, ebenso wie die Strahler, aufs Bett.

Hess verspürt Übelkeit und will aufstehen. Er will raus aus diesem Loch, hinaus in den Regen. Doch sein Blick stockt. Denn er hat plötzlich den schwachen, nassen Fußabdruck auf dem Laminatboden auf der anderen Seite des Sofatischs bemerkt. Es könnte sein, dass er selbst diesen nassen Abdruck hinterlassen hat, doch so ist es nicht. Ehe er den Gedanken zu Ende denken kann, fährt etwas aus dem Kleiderschrank hinter ihm. Ein Schlag trifft ihn am Hinterkopf, und es werden noch mehr Schläge. Die Taschenlampe fällt ihm aus der Hand, er sieht Streifen von Licht in kaleidoskopischen Fetzen über die Decke jagen, während die Schläge auf sein Gesicht einhämmern und seinen Mund mit Blut füllen.

57

Hess stürzt auf den Couchtisch, schafft es aber, sich halb umzudrehen. Er ist immer noch benommen, tritt nach rückwärts in die Dunkelheit und trifft seinen Widersacher mit dem Fuß, fällt dabei aber selbst aufs Bett und schlägt sich den Kopf an der Bettkante an. Der Schmerz jagt durch seinen Kiefer. Auf dem einen Ohr klingelt es, und er wälzt sich auf der Matratze herum, um das Gleichgewicht wiederzuerlangen. Das Geräusch von jemandem, der in dem Pappkarton wühlt und dann zur Leiter läuft, macht ihm klar, dass er jetzt auf die Beine kommen muss. Er rappelt sich auf, sieht aber nichts. Stolpert benommen durch die Dunkelheit, hält die Hände vor sich und versucht sich zu erinnern, wo die Leiter ist. Der Zusammenstoß mit der rauen Betonwand reißt die Haut auf seinen Fingerknöcheln auf, aber dann bekommt er mit der linken Hand etwas zu fassen. Die hastigen Bewegungen über ihm verraten ihm seinen Widersacher, und seine Hände und Füße finden den Weg die Stiege hinauf. Als er an der zweitobersten Sprosse ankommt, greift er in die Dunkelheit und bekommt einen Fußknöchel zu fassen, woraufhin sein Gegner in einen Turm aus Plastikbehältern fällt und nach ihm zu treten beginnt. Aber Hess hält fest. Zieht sich weiter hoch, und plötzlich kann er in der Dunkelheit das MacBook erahnen, das auf dem Betonboden liegt. Da trifft ihn zweimal eine Ferse ins Gesicht. Er spürt das Gewicht seines Widersachers, der ihm mit überraschender Behändigkeit ein Knie in den Nacken setzt, sodass sein Gesicht auf den Boden gepresst wird. Hess zappelt, ist nur mit dem Oberkörper aus dem Loch, und muss nach Atem ringen. Seine Füße baumeln, als hinge er an einem Galgen, und er hört, wie der andere nach dem Schraubenzieher greift, den Hess dummerweise auf dem Garagenboden liegen gelassen hat. Hess spürt, dass er kurz davor ist, das Bewusstsein zu verlieren. Ihm wird schwarz vor Augen, doch da hört er plötzlich eine Stimme, die nach ihm ruft. Es ist Thulin. Sie ruft seinen Namen, vielleicht draußen von der Straße her oder aus dem Haus, doch wie sehr er es auch versucht, er schafft es nicht zu antworten. Er liegt auf einem kalten Garagenboden in diesem beschissenen Kaff Husum mit 100 Kilo auf seiner Luftröhre, und das Gewicht bewegt sich kein bisschen. Fieberhaft fuchtelt er mit den Armen und spürt plötzlich etwas in seiner rechten Hand. Etwas Kaltes – etwas aus Stahl, das er aber nicht freibekommen und als Waffe benutzen kann, also zieht er stattdessen mit aller Kraft. Der Stahl gibt nach. Ein ohrenbetäubender Lärm umgibt ihn, als das Regal mit den Farbeimern kippt und umstürzt.

58

Thulin steht an der Terrassentür und schaut in den Regen und den dunklen, stillen Garten hinaus. Sie hat Hess schon mehrmals gerufen. Erst drinnen im Haus, jetzt draußen, und jedes Mal, wenn er nicht antwortet, kommt sie sich lächerlich vor. Es war sinnlos, dass sie umgedreht und zurückgefahren ist, sowie ihr aufging, wem der schwarze Kombi gehören könnte. Jetzt ärgert sie sich einfach nur, dass Hess nicht mal daran gedacht hat, die Eingangstür abzuschließen, als er gegangen ist.

Thulin will gerade die Terrassentür zuknallen, als sie plötzlich ein lautes Krachen aus der Garage hört. Sie tritt aus der Tür und ruft noch einmal. Einen Moment lang meint sie, dass Hess dort ziellos herumstöbert, doch dann sieht sie eine dunkle Gestalt aus der Garage stürzen und durch den Regen im Garten verschwinden. Nach nur drei Schritten hat sie ihre Pistole gezogen. Die Gestalt taucht durchs Gebüsch und auf den Spielplatz hinüber, und obwohl sie so schnell läuft, wie sie nur kann, ist niemand mehr zu sehen, als sie das Spielhäuschen erreicht. Außer Atem und schon klatschnass schaut sie sich um, und der Lärm eines sich nähernden Güterzuges lenkt ihre Aufmerksamkeit auf die Bahngleise. Die Gestalt ist die Böschung hinuntergesprungen und rennt jetzt die Gleise entlang. Thulin läuft hinterher, während von hinten der Güterzug herandonnert.

Mit durchdringendem Signal rauscht der Güterzug in voller Fahrt an ihr vorbei, sodass sie ins Gras geworfen wird. Die Person, die vor ihr herläuft, schaut über die Schulter zurück, dreht sich dann, kurz bevor der Zug sie einholt, um 90 Grad nach links und hechtet über die Gleise. Thulin wendet sich um. Sie läuft in die entgegengesetzte Richtung zum Ende des Zuges, damit sie über die Schienen kommen und die Verfolgung fortsetzen kann. Doch die Reihe der Güterwaggons ist lang, und schließlich muss sie stehen bleiben. In der Lücke zwischen zwei Wagen sieht sie, wie Hans Henrik Hauge sich mit wilder Miene nochmals umdreht, ehe er im Wald verschwindet.

59

Die Streifenwagen mit Blaulicht auf dem Dach haben die schmale Straße an jedem Ende abgesperrt, und die eifrigsten Kriminalreporter sind auch schon da. Ungeachtet der Tatsache, dass sie von der Polizei keine weiteren Informationen erhalten werden und nicht mehr werden berichten können, als das, was man von der Absperrung aus sehen kann, sind einige Fotografen und Sendewagen mitgekommen, die direkt für die aktuellen Nachrichten von der Entwicklung des Falles berichten sollen. Außerdem hat sich eine Gruppe Bewohner des Viertels versammelt, die zum zweiten Mal binnen einer Woche schockiert auf das Haus mit der Nummer 7 starren. In diesem Wohnviertel steht normalerweise nichts anderes als Straßenfeste und Abfallsortierung auf dem Programm, und Thulin hegt die Vermutung, dass viele Jahre vergehen werden, bis die Ereignisse dieser Woche wieder vergessen sind.

Thulin ist vor das Haus hinaus auf die Straße gegangen, um Le anzurufen und ihr Gute Nacht zu wünschen. Die Tochter hat mit Freuden akzeptiert, wieder beim Opa zu übernachten. Doch es fällt Thulin schwer, sich auf das Gespräch zu konzentrieren, und während Le ihr von einer neuen App und einer Spielverabredung mit Ramazan erzählt, geht sie in Gedanken noch einmal die Ereignisse des Abends durch. Auf dem Weg zur Ringstraße 2 war ihr die Idee gekommen, dass es sich bei dem schwarzen Kombi um Hans Henrik Hauges Mazda 6 handeln könnte, und deshalb war sie umgedreht. Doch Hauge war entkommen, und nach der Verfolgung hatte sie Hess auf dem Boden in der Garage gefunden, immer noch benommen und zusammengeschlagen, aber doch nicht so sehr, dass er sich nicht augenblicklich auf das MacBook konzentriert hätte, das Hauge offensichtlich hatte mitnehmen wollen. Sie hatte die Techniker gerufen, Nylander informiert und Hans Henrik Hauge zur Fahndung ausgeschrieben, Letzteres jedoch bisher ohne Erfolg.

Nun wimmelt es auf dem Gelände wieder von weißgekleideten Technikern, die sich diesmal auf die Garage konzentrieren. Sie haben ihre eigene Stromversorgung dabei und Scheinwerfer mit grellem, weißem Licht aufgestellt. Vor dem Eingang ist ein weißes Zelt errichtet worden, und die meisten der Plastikbehälter aus der Garage sind rausgetragen worden, damit man leichter an den Raum unter dem Boden herankommt. Thulin beendet das Gespräch mit ihrer Tochter und will gerade in die Garage hineingehen, als Genz mit seiner Kamera auftaucht. Er sieht müde aus, als er seine Gesichtsmaske abnimmt und berichtet.

»Die Materialien, die für den Raum benutzt wurden, lassen darauf schließen, dass er gleichzeitig mit dem Bau der neuen Garage eingerichtet wurde. Der Größe nach zu schließen kann Hauge das Loch mit einem Bobcat gegraben haben, den er bestimmt schon für das Eingraben der Eckpfeiler ausgeliehen hatte. Er wird nicht mehr als ein paar Tage dafür gebraucht haben, wenn er dafür gesorgt hat, ungestört arbeiten zu können. Der Raum war selbstverständlich schalldicht, zumindest wenn die Deckenklappe geschlossen war – was Hauge vermutlich vorgezogen hat.«

Thulin hört schweigend zu, Genz fährt fort. Neben einzelnen Spielsachen von Magnus Kjær hat man im Zimmer Cremes, Mineralwasserflaschen, Duftkerzen und andere Utensilien gefunden. Außerdem gab es dort unten Strom und eine WLAN-Verbindung. Die vorläufigen Untersuchungen haben keine weiteren Fingerabdrücke zutage gefördert als die des Jungen und die von Hans Henrik Hauge, und für Thulin ist das alles vollkommen unfassbar. Bisher hat sie über solche Fälle nur gelesen oder in den Nachrichten davon gehört. Josef Fritzl, Marc Dutroux, oder wie die Psychopathen auch heißen, und es geht ihr auf, dass diese Dinge bis zu diesem Tag für sie völlig unwirklich waren.

»Wofür das WLAN?«

»Das wissen wir noch nicht. Es sieht so aus, als wäre Hauge gekommen, um ein paar Sachen mitzunehmen, aber wir wissen natürlich nicht, was. Dafür haben wir in einem Pappkarton aber ein Notizbuch mit ein paar Codes gefunden, die darauf hinweisen, dass er ein anonymes Peer-to-Peer-System benutzt hat. Vielleicht zum Streaming.«

»Streaming von was?«

»Hess und die IT-Techniker haben versucht, in den Mac reinzukommen, den er mitnehmen wollte, aber das Passwort macht noch Schwierigkeiten, es sieht also ganz so aus, als müssten wir ihn mit zu uns nehmen, um es zu knacken.«

Thulin nimmt Genz ein paar Einmalhandschuhe aus Plastik ab und will an ihm vorbei in die Garage gehen, als er ihr eine Hand auf die Schulter legt.

»Vielleicht ist es besser, wenn du die IT-Leute das Ding einfach mitnehmen lässt. Die rufen dann schon so schnell wie möglich an und geben dir Bescheid.«

Thulin kann an seinen dunklen Augen erkennen, dass es freundlich gemeint ist. Er möchte sie gern schonen, aber sie geht an ihm vorbei.

60

Thulin lässt die Sprosse über sich los. Sie stellt beide Füße auf den Laminatfußboden und wendet sich dem unterirdischen Raum zu, der jetzt von starken Lampen an jedem Ende ausgeleuchtet ist. Zwei weißgekleidete Techniker stehen, in ein leises Gespräch mit Hess vertieft, um ein MacBook und eine WLAN-Ausrüstung, die auf dem Couchtisch platziert sind.

»Habt ihr schon versucht, ihn im Recovery-Mode zu starten?«

Hess dreht sich kurz um. Das eine Auge ist geschwollen, die Hände sind mit Verband umwickelt, und mit der einen Hand hält er sich einen Klumpen blutiges Küchenpapier an den Hinterkopf.

»Ja, aber sie sagen, dass er FileVault dazugeschaltet hat, deshalb könnten sie ihn nicht hier aufmachen.«

»Rück mal. Ich mach das.«

»Sie sagen, es sei besser, wenn sie ...«

»Wenn ihr da was verkehrt macht, dann löscht ihr vielleicht was von dem Material, das in dem Programm abgespeichert ist.«

Hess sieht sie an, rückt von dem MacBook ab und nickt den Technikern zu.

Es geht schnell. Thulin kennt jedes operative System, und sie braucht weniger als zwei Minuten mit den Gummihandschuhen auf der Tastatur, um Hauges Zugangscode auf null zu stellen. Der Bildschirm leuchtet auf, und auf dem Desktop erscheint ein großes Bild von verschiedenen Disney-Figuren. Goofy, Donald Duck und Mickey Mouse. Auf der linken Seite des Bildschirms liegen 12 bis 13 Ordner, alle nach einem Monat benannt.

»Nimm den jüngsten.«

Thulin hat bereits einen Doppelklick auf den Ordner gesetzt. »September«. Ein neues Register tut sich auf, und nun kann man zwischen fünf Icons wählen, die alle mit einem Play-Symbol belegt sind. Thulin klickt willkürlich auf eines und sieht die Bilder, die nun auftauchen. Und sofort ist ihr klar, dass sie Genz' freundlichen Rat hätte befolgen sollen. Eine Welle der Übelkeit überkommt sie.

61

Die Nachrichten im Autoradio bringen bis auf Weiteres nur Vermutungen und Wiederholungen der bisher bekannten Fakten plus natürlich der Fahndung nach Hans Henrik Hauge. Da der nachfolgend gesendete Popsong eine feierliche Huldigung auf den Analsex ist, schaltet Thulin das

Radio aus. Sie hat keine Lust zu reden, und es passt ihr gut, dass Hess mit seinem Handy beschäftigt ist.

Von Husum sind sie zum Glostrup Hospital gefahren, wo Magnus Kjær immer noch behandelt wird. Im Personalraum haben sie eine Ärztin von der Situation in Kenntnis gesetzt, und es hatte Thulin beruhigt, dass sie aufrichtig geschockt und um den Jungen besorgt wirkte. Thulin hatte sie daraufhin instruiert, dass sich Hans Henrik Hauge unter keinen Umständen Magnus Kjær nähern dürfe, sollte er es tatsächlich wagen, im Krankenhaus aufzutauchen. Was eigentlich ziemlich unwahrscheinlich ist, denn schließlich befindet er sich auf der Flucht vor der Polizei. Die Ärztin hatte glücklicherweise gesagt, dass es dem Jungen den Umständen entsprechend gut gehe, aber Thulin und Hess hatten trotzdem auf dem Weg nach draußen kurz an seinem Zimmer Halt gemacht. Der Junge schlief in seinem Bett, und sie hatten beide einen Moment dagestanden und durch das viereckige Fenster in der Tür geblickt.

Bis zu 14 oder 15 Monate lang war der Junge regelmäßigem Missbrauch ausgesetzt gewesen, während diverse Ärzte seine Kontaktprobleme als einen Ausdruck von Autismus bewertet hatten. Soweit Thulin es sich zusammenreimen kann, war er bis zum Tod seines Vaters, und ehe seine Mutter mit Hauge zusammenkam, ganz normal und so wie alle Jungs in seinem Alter gewesen. Hauge hatte sich wahrscheinlich über das Datingportal gerade deshalb Magnus' Mutter ausgesucht, weil aus ihrem Profil hervorging, dass sie einen kleinen Sohn hatte. Diese Tatsache, die möglicherweise auf andere Männer abschreckend wirkte, war für Hauges Absichten gerade der Grund, sie zu wählen. Thulin wusste bereits aus Hauges Datingverlauf, dass er seine Anfragen hauptsächlich an Frauen mit Kindern geschickt hatte, doch sie hatte dem bis jetzt keine größere Bedeutung beigemessen, weil es einfach so gewirkt hatte, als würde Hauge eine Partnerin suchen, die ungefähr in seinem eigenen Alter war.

Aus dem Videoclip, den Thulin auf Hauges MacBook gesehen hatte, war deutlich hervorgegangen, wie er den Jungen zum Schweigen gezwungen hatte. Auf der Matratze im unterirdischen Zimmer sitzend, mit dem surrealistischen, roten Wandbehang im Hintergrund, hatte er Magnus in pädagogischem Tonfall daran erinnert, dass er doch sicher wolle, dass seine Mutter froh war und nicht so traurig wie damals, als der Vater starb. Und in ebenso leichtem und selbstverständlichem Tonfall hatte er hinzugefügt, dass Magnus doch sicher auch nicht wolle, dass Hauge der Mutter wehtat.

Magnus hatte sich der nachfolgenden Vergewaltigung nicht widersetzt, die Thulin dann nicht hatte ansehen wollen. Doch sie war geschehen, und sie wusste von Hauges I2P-Log, dass die Szene im Netz geteilt oder gestreamt worden war. Selbstverständlich ohne das einleitende Gespräch und die Bilder, auf denen Hauges Gesicht zu erkennen war. Und es war auch nicht das einzige Mal gewesen. Im Gegenteil.

Laura Kjær konnte nichts von den Übergriffen gewusst haben, doch die anonyme Anzeige, die bei der Kommune einging, muss auf sie alarmierend gewirkt haben. Sie hatte den Vorwurf der Vernachlässigung zurückgewiesen, doch muss sie verunsichert gewesen sein. Vielleicht war ein Verdacht gewachsen, denn der Zeitpunkt der Anzeige fiel in die Zeit, in der sie immer öfter ihre Unternehmungen außerhalb des Hauses abgesagt hatte, um mehr bei dem Jungen sein zu können. Vielleicht hatte sie sogar Angst vor Hauge gehabt, zumindest hatte sie die Schlösser im Haus ausgewechselt, während er auf der Messe war. Doch leider vergebens. Sie war ermordet und noch mit einem Kastanienmann verhöhnt worden, und Thulin hat nicht das Gefühl, als wären Hess und sie dem Täter in den vergangenen paar Stunden irgendwie näher gekommen.

»Danke, tschüss.«

Hess drückt das Gespräch auf seinem Handy weg.

»Sieht nicht so aus, als würden wir den Sachbearbeiter oder irgendeinen anderen im Rathaus, der uns mehr sagen kann, vor morgen früh zu greifen kriegen.«

»Du glaubst, wir suchen nach dem anonymen Mailschreiber?«

»Vielleicht. Ist es auf jeden Fall wert, überprüft zu werden.«

»Warum soll nicht Hauge der Mörder sein?«

Thulin weiß die Antwort selbst sehr gut, aber sie muss die Frage einfach stellen, und Hess nimmt sich Zeit.

»Es weist ziemlich viel darauf hin, dass es sich um ein und denselben Täter handelt, der beide Morde begangen hat. Nun können wir zwar sagen, dass Hauge ein Motiv für den Mord an Laura Kjær hat, aber doch keines für den Mord an Anne Sejer-Lassen. Für den er im Übrigen auch ein Alibi besitzt. Darüber hinaus zeigt das Material, das wir auf dem Computer im Kellerraum gesehen haben, dass Hauge pädophil ist. Ihm geht es um sexuellen Missbrauch von Kindern. Nicht unbedingt um Gewalt, Amputationen oder Mord an Frauen.«

Thulin antwortet nicht. Ihre gesamte Wut ist auf Hauge

gerichtet, und am meisten wünscht sie sich, all ihre Zeit darauf verwenden zu können, genau ihn zu finden.

»Alles in Ordnung?«

Sie merkt, dass Hess sie forschend ansieht, aber sie hat keine Lust, noch mehr über Hauge oder die Bilder auf seinem MacBook zu reden.

»Das sollte ich eigentlich *dich* fragen.«

Hess sieht sie ein wenig verwirrt an, und obwohl Thulin den Blick auf die Straße gerichtet hat, zeigt sie auf ein kleines Rinnsal Blut, das von seinem Ohr herunterläuft. Hess wischt es mit dem Klumpen Küchenpapier ab, während sie zu dem Haus abbiegt, in dem sie wohnt. Da kommt ihr ein Gedanke.

»Aber woher soll der Mailschreiber von dem Missbrauch an Magnus Kjær gewusst haben, wenn es sonst niemand wusste?«

»Keine Ahnung.«

»Und wenn der Mailschreiber davon gewusst hat und vielleicht sogar wusste, dass die Mutter keine Ahnung hatte, was da vor sich ging – warum hat er dann die Mutter getötet und nicht Hauge?«

»Auch das weiß ich nicht. Aber wenn du es so herum aufzäumst, dann vielleicht deshalb, weil sie es nach Meinung des Mailschreibers vielleicht hätte wissen müssen. Und vielleicht, weil sie auf die Anzeige nicht reagierte. Oder zumindest nicht schnell genug.«

»Das sind ziemlich viele Vielleichts.«

»Ja, das nenne ich mal eine solide Theorie. Und wenn man bedenkt, dass der Sachbearbeiter gesagt hat, es gäbe keine passende Anzeige gegen Anne Sejer-Lassen, dann hängen die Fälle doch wirklich wunderbar zusammen.«

Hess unterstreicht seine Ironie, indem er einen Anruf auf seinem Handy wegdrückt, nachdem er das Display gecheckt hat. Thulin hält an und schaltet den Motor aus.

»Andererseits saß Anne Sejer-Lassen auf gepackten Koffern, um mit den Kindern das Haus zu verlassen. Und jetzt, da wir wissen, was in Wirklichkeit mit Magnus Kjær passiert ist, wäre es vielleicht eine gute Idee, mal nachzuprüfen, ob das Unglück, das Anne Sejer-Lassens ältester Tochter zugestoßen ist, versehentlich passierte oder möglicherweise auch ein Symptom für etwas ganz anderes war.«

Hess sieht sie an. Sie merkt, dass er versteht. Erst antwortet er nicht, und sie spürt, dass ihre Worte seine Gedanken bereits in eine neue Richtung angeschoben haben.

»Hast du nicht vorhin gesagt, das wären zu viele Vielleichts?«

»Vielleicht doch nicht.«

Es fühlt sich falsch an, nach dem Fund in Laura Kjærs Garage zu lächeln, aber Thulin kann es trotzdem nicht lassen. Der Humor schafft eine Distanz gegenüber dem Unfassbaren, und gleichzeitig hat sie plötzlich das Gefühl, dass sie vielleicht etwas entdeckt haben. Das harte Geräusch von Fingerknöcheln, die an die Scheibe klopfen, lässt sie aufsehen, und sie stellt fest, dass Sebastian lächelnd neben ihrer Autotür steht. Er trägt einen seiner Anzüge und den schwarzen Trenchcoat. In der einen Hand hat er einen in Schleife und Zellophan gewickelten Blumenstrauß und in der anderen eine Flasche Wein.

62

Thulin klappt ihren Laptop im dunklen Zimmer auf und beginnt, das Material zu lesen, das die übrigen Ermittler der Gruppe im Laufe des Tages zusammengetragen haben. Vor allem das, was Erik Sejer-Lassen betrifft. Sebastian ist gegangen, und das hatte sie auch so gewünscht, aber ihr Treffen hätte durchaus besser verlaufen können.

»Wenn du mich nicht zurückrufst, dann läufst du Gefahr, dass ich überraschend auftauche«, hatte er gescherzt, als sie in die Wohnung hinaufgekommen waren. Sie hatte das Licht in der Küche mit dem Gefühl eingeschaltet, viel zu lange nicht dort gewesen zu sein. Die feuchten Klamotten von der nächtlichen Suche im Wald in Klampenborg lagen immer noch auf einem Haufen in der Ecke, und auf dem Küchentisch stand eine Schale mit eingetrocknetem Joghurt vom Morgen.

»Woher wusstest du, dass ich jetzt nach Hause kommen würde?«

»Ich bin auf gut Glück hergekommen.«

Die Situation auf der Straße war peinlich gewesen, und sie war immer noch verärgert, dass sie Sebastians dunkelgrauen Mercedes in der Reihe geparkter Autos vor ihrer Eingangstür nicht bemerkt hatte, ehe er dastand und an die Scheibe klopfte. Sie war ausgestiegen und Hess ebenso, um zur Fahrerseite zu kommen, denn sie hatten ausgemacht, dass er den Wagen haben konnte, um damit nach Hause zu fahren. Einen Moment lang hatten Sebastian und er einander gegenübergestanden und sich zugenickt, Sebastian energisch und Hess etwas entspannter, und Thulin war zu ihrem

Hauseingang gegangen. Eine unbedeutende Situation, aber trotzdem hatte es sie geärgert, dass Hess nun Sebastian getroffen und so ein Stück von ihrem Privatleben gesehen hatte. Oder ärgerte sie sich über Sebastian? Es war, als wäre sie einem Wesen von einem anderen Planeten begegnet, aber das war doch normalerweise genau das, was ihr an ihm so gefiel.

»Ich muss sofort anfangen zu arbeiten.«

»War das dein neuer Kompagnon? Der von Europol nach Hause geschickt worden ist?«

»Woher weißt du, dass er von Europol kommt?«

»Ich war heute mit jemand von der Staatsanwaltschaft beim Mittagessen. Der hat nur erwähnt, dass sie einen haben, der in Haag Zoff gemacht hat und jetzt nach Hause ins Morddezernat gekickt worden ist. Da habe ich mal eins und eins zusammengezählt, denn du hast mir ja von dem Typen erzählt, der neu ist und nichts arbeitet. Wie läuft es denn mit dem Fall?«

Thulin hatte bereut, überhaupt irgendwas von Hess erzählt zu haben, als Sebastian ein paarmal im Verlauf der letzten Woche und am Wochenende angerufen hatte. Wegen des Falls hatte sie keine Zeit für ein Treffen gehabt, und sie hatte ihm gegenüber erwähnt, dass sie mehr eingebunden sei als sonst, weil ihr neuer Partner keine große Hilfe sei. Eine Einschätzung von Hess, die inzwischen nicht mehr gerechtfertigt schien.

»Ich hab heute Abend in den Nachrichten gesehen, dass draußen am ersten Tatort wieder was passiert ist. Hat der deswegen im Gesicht wie nach einem Verkehrsunfall ausgesehen?«

Sebastian war zu ihr gekommen, und sie war weggetaucht.

»Du musst jetzt gehen. Ich muss noch viel lesen.«

Sebastian hatte versucht, sie zu streicheln, und sie hatte ihn abgewiesen. Er unternahm einen neuerlichen Versuch und sagte, er würde sie vermissen und habe Lust auf sie, dann erinnerte er sie sogar daran, dass die Tochter nicht zu Hause war und sie es überall tun könnten, wo sie Lust hätten, zum Beispiel auf dem Küchentisch.

»Warum denn nicht? Ist irgendwas mit Le? Wie geht es ihr?«

Aber Thulin hatte auch keine Lust gehabt, über Le zu reden, sondern ihn noch einmal aufgefordert zu gehen.

»Ach, so funktioniert das also. Du bestimmst, wo und wann, und ich habe nichts dazu zu sagen?«

»So war es schon die ganze Zeit. Wenn du damit nicht leben kannst, dann lassen wir es am besten gleich bleiben.«

»Weil du einen anderen gefunden hast, mit dem es mehr Spaß macht?«

»Nein, dann hätte ich dir schon Bescheid gesagt. Danke für die Blumen.«

Sebastian hatte aufgelacht, aber es war schwer gewesen, ihn aus der Wohnung zu kriegen, und sie ging davon aus, dass ihm nur selten die Tür gewiesen wurde, wenn er mit Blumen und Wein aufkreuzte. Vielleicht war es auch wirklich seltsam, dass sie das getan hatte, und sie nahm sich vor, ihn morgen mal anzurufen.

Thulin hat einen halben Apfel am Laptop gegessen, da klingelt das Handy. Es ist Hess. Nach dem Gespräch im Auto hatten sie vereinbart, dass er den Unfall des Mädchens von Sejer-Lassen im Haus überprüft, somit ist nicht verwunderlich, dass er anruft. Ungewöhnlich ist nur, dass er höflich fragt, ob er stört.

»Nein, alles gut. Was gibt es?«

»Du hattest recht. Ich habe grade mit einem aus der Notaufnahme am Rigshospital gesprochen. Abgesehen von der Sache mit der Nase und dem gebrochenen Schlüsselbein, weswegen Sofia eingeliefert wurde, sind beide Mädchen nach häuslichen Unfällen behandelt worden. Nichts davon weist auf sexuellen Missbrauch hin, doch es besteht die Möglichkeit, dass den Mädchen Schaden zugefügt wurde. Vielleicht lediglich in anderer Weise als Magnus Kjær.«

»Wie viele Unfälle?«

»Da habe ich noch keinen Überblick. *Zu* viele.«

Thulin hört, was er recherchiert hat. Als er mit den Berichten über die Verletzungen fertig ist, scheint die Übelkeit von dem unterirdischen Raum sie wieder zu überrollen. Sie hört gerade noch, dass er vorschlägt, den nächsten Tag mit einem Besuch im Rathaus von Gentofte zu beginnen.

»Sejer-Lassens Haus in Klampenborg gehört zur Kommune Gentofte, und wenn dort eine anonyme Anzeige gegen Anne Sejer-Lassen vorliegt, dann sind wir auf der richtigen Spur.«

Er beendet das Gespräch mit einem »Übrigens, vielen Dank, dass du da draußen in dem Haus aufgetaucht bist. Nur, falls ich das noch nicht gesagt habe«, und sie hört sich selbst »Nicht der Rede wert, bis morgen« antworten, woraufhin sie das Gespräch beendet.

Danach fällt es ihr schwer, zur Ruhe zu kommen. Sie will sich ein Red Bull aus dem Kühlschrank holen, damit sie nicht vollkommen schlappmacht. Aber als sie aufsteht, schaut sie zufällig aus dem Fenster.

Ihre Wohnung liegt im vierten Stock, und Thulin kann normalerweise über die Dächer und Türme der Stadt und fast bis zum Meer schauen. Doch neuerdings versperrt das Gerüst am Haus gegenüber den größten Teil des Ausblicks, seit es vor einem Monat aufgestellt wurde. Wenn viel Wind weht, so wie an diesem Abend, schlägt es in allen Planen, und das Gerüst quietscht und knarzt in seinen Metallgelenken, als würde es im nächsten Moment zusammenbrechen. Doch Thulin betrachtet nur die Gestalt. Ist es überhaupt eine Gestalt? Sie meint, hinter der Plane auf dem Gang des Gerüsts direkt gegenüber ihrer Wohnung eine Silhouette wahrzunehmen. Einen Moment lang ist es, als würde sie da stehen und ihren Blick direkt erwidern. Plötzlich muss Thulin an die Gestalt denken, die sie über den Verkehr hinweg beobachtet hat, als sie vor einer Woche ihre Tochter in der Schule ablieferte. Das Misstrauen packt sie und sagt ihr, dass dies dieselbe Gestalt ist. Doch als der Wind ein weiteres Mal in die Plane fährt und sie wie ein gigantisches Segel aufbläst, verschwinden die Konturen. Als der Stoff zurück auf seinen Platz fällt, ist die Silhouette verschwunden. Thulin schaltet das Licht aus und klappt den Laptop zu. Mehrere Minuten steht sie im dunklen Zimmer und starrt mit angehaltenem Atem auf das Gerüst.

Freitag, 16. Oktober,
Gegenwart

63

Es ist früher Morgen, doch Erik Sejer-Lassen weiß nicht, wie spät es ist, denn seine TAG Heuer im Wert von 45.000 Euro liegt seit gestern spätabends zusammen mit seinem Gürtel und seinen Schnürsenkeln in einem Schließfach oben im zweiten Stock des Polizeipräsidiums eingeschlossen. Er selbst hockt in einer Zelle unter der Erde, und als die schwere Eisentür aufgeht, erklärt ihm ein Beamter, dass er wieder verhört werden soll. Erik Sejer-Lassen macht sich auf den Weg. Durch den Keller und die gewundenen Treppen hinauf zu Tageslicht und Zivilisation, während er sich bemüht, seine Wut in den Griff zu kriegen.

Am Abend zuvor war die Polizei unangekündigt in seinem Haus aufgetaucht. Er war gerade dabei, mit den Kindern zu sprechen, die weinend in ihren Betten lagen, als das Au-pair ihn hinunter zur Eingangstür rief, wo zwei Beamte darauf warteten, ihn mit zum Verhör nehmen zu können. Er hatte eingewandt, dass er das Haus jetzt unmöglich verlassen könne, doch die Beamten ließen ihm keine Wahl und überrumpelten ihn damit, dass sie seine Schwiegermutter mitgebracht hatten, damit die sich um die Kinder kümmern konnte. Erik hatte nach Annes Tod noch nicht mit der Schwiegermutter gesprochen. Er wusste, dass sie besorgt nach ihren Enkelinnen fragen und ihre Hilfe anbieten würde, die Erik nicht wollte. Doch jetzt stand sie hinter den Beamten am Fuß der Steintreppe und betrachtete ihn mit furchtsamem Blick, als habe er ihre Tochter totgeschlagen.

Es sah aus wie eine Verschwörung. Als Erik zum wartenden Polizeiauto begleitet wurde, war sie über die Schwelle zu seinem Haus getreten, und die Mädchen waren ihr entgegengelaufen und hatten sich an ihre Beine geklammert.

Auf dem Präsidium war er ohne weitere Erklärung über die Ursachen der Unfälle und Verletzungen der Mädchen über die Jahre hinweg ausgefragt worden. Da hatte er gar nichts mehr verstanden, und schon gar nicht, was das mit allem anderen zu tun hatte, und er hatte lautstark verlangt, mit einem Vorgesetzten reden zu können oder alternativ augenblicklich nach Hause gefahren zu werden. Stattdessen war er wegen »Zurückhaltung von Informationen zur Aufklärung des Mordes an Anne Sejer-Lassen« in Untersuchungshaft genommen worden und hatte sich damit abfinden müssen, wie ein Gewohnheitsverbrecher in die Zelle im Keller verfrachtet zu werden.

Erik Sejer-Lassen hatte seine Frau das erste Mal in der Hochzeitsnacht geschlagen. Sie hatten die Suite im D'Angleterre kaum betreten, da hatte er die Arme seiner Braut gepackt und sie im Zimmer herumgeschleudert, während er ihr durch die zusammengebissenen Zähne zugezischt hatte, wie sehr er sie hasste. Die Hochzeit war üppig gewesen. Eriks Familie hatte das Gelage bezahlt, den weltberühmten schwedischen Koch, die 12 exotischen Gerichte, die Räume auf Schloss Havreholm und was noch alles dazugehörte, weil Annes Familie arm wie Kirchenmäuse war. Doch zum Dank hatte Anne sich zu lange und zu intim mit einem seiner alten Kumpel vom Internat Herlufsholm unterhalten, was Erik dermaßen in Verlegenheit gebracht hatte, dass er dann, als sie sich verabschiedet und zur Zweisamkeit ins D'Angleterre zurückgezogen hatten, innerlich vor Wut kochte. Anne hatte sich weinend damit entschuldigt, dass sie nur mit seinem Kameraden gesprochen hätte, um höflich zu sein, doch in seinem Jähzorn hatte Erik ihren Rock zerrissen und sie mehrere Male geschlagen, um sie schließlich zu vergewaltigen. Am nächsten Tag hatte er sich für sein Verhalten entschuldigt und ihr seine große Liebe erklärt. Ihre glühend rote Wange wurde beim Frühstücksbuffet von den Gästen als Folge einer leidenschaftlichen Hochzeitsnacht interpretiert. Damals war wahrscheinlich der Grund zu seinem Hass auf sie gelegt worden – weil sie sich gefügt hatte und ihn weiterhin verliebt ansah, während sie mit ihren langen Wimpern klimperte.

Ihre Jahre in Singapur waren die glücklichsten. Er hatte mit ein paar beherzten Investitionen in Biotech-Unternehmen eine Blitzkarriere hingelegt, und Anne und er waren schnell in den Jetset der britischen und amerikanischen Expats aufgenommen worden. Er vergriff sich nur ab und zu an ihr, in der Regel, weil sie seine Loyalitätsforderungen nicht erfüllte, die unter anderem umfassten, dass sie ihm alles berichtete, was sie zu unternehmen gedachte. Im Gegenzug konnte er ihr Dasein mit Spritztouren auf die Malediven und Bergwanderungen in Nepal versüßen. Doch mit der Ankunft der Kinder hatte sich das Leben verändert. Auch da war er zunächst gegen Annes großen Wunsch eingestellt gewesen, doch allmählich hatte die Reproduktion, von der er schon selbst häufig gesprochen und über die er in den Vorstandssitzungen der Biotech-Unternehmen schon manche Diskussion mit angehört hatte, eine patriarchalische Anziehungskraft auf ihn ausgeübt. Es hatte ihn gequält, dass sein Samen von so geringer Qualität war, dass sie die Kinderwunsch-Klinik konsultieren mussten, die Anne vorgeschlagen hatte – eine Idee, für die er sie erst einmal im Penthouse geschlagen hatte, weil sie so etwas überhaupt geäußert hatte. Neun Monate später hatte er keinerlei Freude bei der Geburt des kleinen Mädchens im Raffles Hospital empfunden, doch er dachte, das würde schon noch kommen. Es kam aber nicht. Auch nicht, als Kind Nummer zwei geboren wurde, oder besser gesagt, *erst recht nicht*, als Kind Nummer zwei zur Welt kam. Die Ärzte mussten Lina rausoperieren, und Annes Unterleib wurde dabei so in Mitleidenschaft gezogen, dass sie zum einen die Hoffnung auf einen Jungen, den Erik sich wünschte, aufgeben mussten und zum anderen ihr Sexleben auf null gestellt wurde.

Die restlichen Jahre in Singapur hatte er sich mit diversen Affären und großem beruflichem Erfolg getröstet, doch da Anne sich wünschte, dass die Kinder in eine dänische Schule gingen, waren sie aus Asien zurückgekehrt und in die große Luxuswohnung auf Islands Brygge gezogen, wo sie das erste Jahr gewohnt hatten, bis das Haus in Klampenborg fertig war. Die Hobbitgesellschaft in Kopenhagen war eng und klaustrophobisch und bedeutete naturgemäß, verglichen mit der internationalen Atmosphäre und Freiheit, an die er sich in Singapur gewöhnt hatte, eine große Veränderung. Schnell war er wieder in den Kreis alter Freunde auf der Bredgade aufgenommen worden, die er eigentlich als provinziell verachtete, mit allen Statussymbolen und den Vorzeigeweibern, die nur von Kindern und Haushalt palaverten. Zu seiner großen Enttäuschung trug auch bei, dass die Töchter immer mehr ihrer Mutter ähnelten. Sie waren grobe, plumpe Klone, die naiv Annes romantisches Gewäsch nachplapperten, und noch schlimmer war, dass sie auch noch denselben Mangel an Rückgrat aufwiesen wie die Frau, die er geheiratet hatte.

Eines Abends zur Schlafenszeit in der Wohnung auf Islands Brygge hatten sie hysterisch über eine Kleinigkeit geheult, und da sowohl Anne als auch das Au-pair-Mädchen Judith außer Haus waren, musste er sich mit ihnen herumschlagen. Am Ende hatte er die Hand erhoben, und das Heulen war verstummt. Ein paar Wochen später hatte das ältere Mädchen beim Essen herumgekleckert, und als mehrere Aufforderungen und pädagogische Maßnahmen nicht gefruchtet hatten, hatte er sie so geschlagen, dass sie vom Stuhl gefallen war. In der Notaufnahme, wo Sofia wegen einer Gehirnerschütterung behandelt wurde, hatte er Judith klargemacht, dass sie ihren Mund halten sollte, wenn sie nicht mit dem ersten Flieger zurück ins Reisfeld befördert werden wollte. Anne war eilig von einem Besuch bei ihrer Mutter zurückgekehrt, und eigentlich hatte es ihn erstaunt, wie einfach es gewesen war, eine Geschichte von dem ungeschickten Kind zusammenzustricken, das trotz seiner spärlichen Begabung doch so viel begriffen hatte, dass es seiner Mutter besser nicht die Wahrheit sagte.

Die Unfälle auf Islands Brygge waren zahlreich, vielleicht auch *zu* zahlreich, aber sie hatten geholfen. Anne war ihm während der Zeit mit Misstrauen begegnet, doch sie hatte nicht nachgefragt, zumindest nicht bis kurz vor ihrem Umzug nach Klampenborg plötzlich der Sachbearbeiter vom Jugendamt Kopenhagen aufgetaucht war. Bei der Kommune war eine anonyme Anzeige eingegangen, dass die Mädchen schlecht behandelt würden, und eine Zeitlang hatte sich Erik damit abfinden müssen, dass der Sachbearbeiter herumschnüffelte. Mithilfe seiner Anwälte hatte er ihn schließlich rausgeschmissen und ihm untersagt, jemals wiederzukommen, und Erik selbst hatte sich vorgenommen, in Zukunft größere Selbstbeherrschung zu beweisen, zumindest bis er herausbekam, wer es gewagt hatte, diese Anzeige zu erstatten.

Danach hatte Anne ihn zum ersten Mal gefragt, ob die Unfälle in Wirklichkeit seine Schuld seien. Das hatte er natürlich von sich gewiesen, doch als sie nach Klampenborg gezogen waren, wo dann die Episode in der Diele passiert war, hatte sie aufgehört, ihm zu glauben. Sie hatte geweint und sich selbst Vorwürfe gemacht und gesagt, dass sie die Scheidung wolle. Darauf war er selbstverständlich vorbereitet. Wenn sie eine derartige Initiative ergriffe, dann würde er seine Anwälte auf sie ansetzen und dafür sorgen, dass sie die Kinder niemals wiedersähe. Schon vor langer Zeit hatte sie einen Ehevertrag unterschrieben, der ihm alles, was er verdient hatte, sicherte, und wenn ihr der goldene Käfig in Klampenborg nicht mehr gefiel, dann wartete ein Leben von Sozialhilfe auf dem Sofa bei ihrer Mutter auf sie.

Die Stimmung war nie wieder richtig gut geworden, aber er hatte geglaubt, dass Anne aufgegeben hatte, bis ihm die Polizei vorgestern erzählte, dass sie gar nicht auf dem Weg zu ihrer Mutter gewesen war, sondern in Wirklichkeit hatte abhauen wollen. Sie hatte vorgehabt, ihn im Wohlstandsreservat zu einem Skandal-Sündenbock zu machen, aber dann war sie selbst wie von Geisterhand von der Landkarte gepflückt worden. Diesen Teil der Geschichte kann er immer noch nicht fassen, aber das Geschehen schenkt Erik ein Gefühl von Gerechtigkeit. Das Verhältnis zu den Kindern, die jetzt ihm ganz allein gehören, wird von jetzt an auch einfacher sein, weil er nun nicht mehr auf die Meinungen anderer Rücksicht nehmen muss.

Mit diesem Selbstvertrauen betritt Erik Sejer-Lassen den Raum, um in der Mordkommission verhört zu werden. Dort sitzen die beiden Ermittler, die er schon kennt. Der Kerl mit der Farbverwirrung in der Iris und die kleine Schickse mit den Rehaugen, der er in einem anderen Zusammenhang einen Ritt geben würde, den sie nie wieder vergisst. Alle beide sehen richtig scheiße aus. Müde und mitgenommen, vor allem der Typ, mit dem Gesicht voller gelber und blauer Flecken, als hätte er kürzlich Prügel bezogen. Erik wird sofort klar, dass er die beiden problemlos plattmachen kann. Er wird augenblicklich freigelassen werden. Die haben nichts gegen ihn in der Hand.

»Erik Sejer-Lassen, wir haben noch einmal mit Ihrem Au-pair-Mädchen gesprochen, und diesmal hat sie uns detailliert erklärt, wie Sie in mindestens vier Fällen Gewalt gegen Ihre Kinder verübt haben.«

»Ich weiß nicht, wovon Sie reden. Wenn Judith behauptet, ich hätte die Kinder geschlagen, dann ist sie eine Lügnerin.«

Erik denkt sich, dass sie nach diesem Argument ein wenig hin und her diskutieren werden, doch die beiden Idioten tun so, als hätten sie nicht gehört, was er gesagt hat.

»Wir *wissen*, dass sie die Wahrheit sagt. Unter anderem deshalb, weil wir auch telefonischen Kontakt zu den beiden philippinischen Au-pair-Mädchen hatten, die bei Ihnen tätig waren, als Sie in Singapur lebten. Die drei Mädchen berichten unabhängig voneinander dieselbe Geschichte. Deshalb hat die Staatsanwaltschaft nun entschieden, Anklage gegen Sie zu erheben wegen Gewalt gegen Ihre Kinder, auf Grundlage der Fälle, die in den sieben Krankenhausberichten aus Ihrer Zeit in Dänemark beschrieben sind.«

Der Kerl redet weiter, und Sejer-Lassen spürt den kalten Blick aus den Rehaugen, die ihn anstarren.

»Ihre Untersuchungshaft wird vorläufig um 48 Stunden verlängert. Sie haben das Recht auf einen Anwalt, wenn Sie sich den nicht leisten könnten, wird Ihnen ein Pflichtverteidiger zugeteilt werden. Bis zur Urteilsverkündung werden die Sozialbehörden die Interessen Ihrer Kinder vertreten, dies in enger Zusammenarbeit mit der Großmutter der Kinder, die bereits angeboten hat, als ihr Vormund zu fungieren. Für den Fall, dass Sie für schuldig befunden werden und eine Strafe ableisten müssen, wird entschieden werden, ob Sie das Sorgerecht behalten können und ob Ihnen erlaubt werden wird, die Kinder unter Aufsicht zu sehen.«

Die Stimme verschwindet. Erik Sejer-Lassen starrt einen Moment lang leer in die Luft. Dann senkt er den Blick. Auf dem Tisch vor ihm liegen die Krankenhausakten ausgebreitet, mit Arztberichten, Fotos und Röntgenbildern der Verletzungen der Mädchen, und er findet plötzlich, dass sie brutal aussehen. Aus weiter Entfernung hört er die mit den Rehaugen erzählen, dass Judith auch ausgesagt hat, dass sie kurz vor dem Umzug von Islands Brygge Besuch von einem Sachbearbeiter vom Jugendamt Kopenhagen hatten, weil es eine anonyme Anzeige gegeben habe. Das ist das Einzige, worüber sie bei dieser Gelegenheit mit Sejer-Lassen sprechen wollen, denn sein Fall wird in Kürze dann an eine andere Stelle abgegeben werden.

»Wissen Sie, wer die Anzeige erstattet hat?«

»Haben Sie irgendeine Idee, wer es gewesen sein könnte?«

»Wer außer den Au-pair-Mädchen kann gewusst haben, dass Sie Ihre Kinder geschlagen haben?«

Der Ermittler mit den gelben und blauen Flecken betont,

wie wichtig es für sie ist, eine Antwort zu bekommen, aber Erik Sejer-Lassen kriegt kein Wort heraus. Er starrt nur auf die Bilder. Einen Moment später wird er rausgeführt, und als die Zellentür hinter ihm zuschlägt, bricht er zusammen, und zum ersten Mal in seinem Leben vermisst er seine Mädchen.

64

Hess hat das Gefühl, als würde ihm der Kopf platzen, und er bereut, nicht in dem kalten Wind vor dem Gemäuer des Rathauses stehen geblieben zu sein. Die akute Taubheit im Schädel nach dem Kampf mit Hans Henrik Hauge in der Garage in Husum war im Laufe der Woche einem hartnäckigen Kopfschmerz gewichen. Das ist auch nicht davon besser geworden, dass Hauge immer noch flüchtig ist, er heute Morgen am Verhör von Erik Sejer-Lassen teilnehmen musste, um dann als Nächstes ins Kopenhagener Rathaus zu eilen und den Sachbearbeiter Henning Loeb und seinen Chef zu befragen, mit denen zusammen er jetzt in einem viel zu warmen Büro im Referat für Kinder- und Jugendpflege sitzt.

Der Sachbearbeiter ist eifrig dabei, sich zu verteidigen, wahrscheinlich vor allem vor seinem Abteilungsleiter, der neben ihm nervös auf seinem Stuhl herumrutscht.

»Also, wie gesagt, das System ist abgestürzt, und deshalb konnte ich mit keinen Informationen aushelfen.«

»Das war aber nicht das, was Sie mir am Dienstag am Telefon gesagt haben. Da sagten Sie, dass es keine Anzeige bezüglich der Kinder von Anne Sejer-Lassen gäbe, aber die gab es ja doch.«

»Vielleicht habe ich auch gesagt, das System könne das in dem Moment nicht richtig zeigen.«

»Nein, das haben Sie nicht gesagt. Ich gab Ihnen die Personennummern der Mädchen, und Sie sagten …«

»Na, okay. Ich kann mich nicht an den genauen Wortlaut erinnern …«

»Warum zum Teufel haben Sie nicht die Wahrheit gesagt?«

»Also, es war wirklich nicht meine Absicht, etwas zu verbergen …«

Henning Loeb zappelt weiter und schielt dabei nervös zu seinem Chef, und Hess macht sich Vorwürfe, dass er den Mann nicht schon vor Tagen aufgesucht hat, wie er es ursprünglich ja vorgehabt hatte.

Der Verdacht gegen den anonymen Mailschreiber im Fall Laura Kjær war am Tag nachdem sie den Kellerraum in der Garage gefunden hatten, für kurze Zeit verworfen worden, weil scheinbar keine entsprechende Anzeige gegen Anne Sejer-Lassen vorlag. Hess hatte bereits in Erfahrung gebracht, dass laut Sachbearbeiter angeblich keine solche Anzeige an die Stadt Kopenhagen eingegangen war, während die Familie auf Islands Brygge wohnte, und deshalb hatten er und Thulin sich stattdessen an die Gemeinde Gentofte gewandt, zu der die Residenz in Klampenborg gehörte. Im Rathaus von Gentofte wusste man jedoch nichts von einer Anzeige gegen Anne Sejer-Lassen, und die Theorie, dass die beiden Mordfälle darüber verbunden sein könnten, dass die Kinder der Opfer in der Familie Übergriffen ausgesetzt waren, war allmählich in sich zusammengefallen: Niemand im engsten Kreis der Familie Sejer-Lassen hatte die Verletzungen der Mädchen für etwas anderes als Unfälle gehalten. Die Aussagen des Au-pair-Mädchens waren recht einsilbig gewesen, und erst am späten Nachmittag gestern, nachdem Hess und Thulin ihr noch einmal versichert hatten, dass man sie vor Erik Sejer-Lassens möglichem Zorn beschützen würde, war das Mädchen weinend zusammengebrochen und hatte sich alles von der Seele geredet. Bei dieser Gelegenheit hatte sie auch berichtet, dass damals ein Sachbearbeiter der Stadt Kopenhagen an der alten Adresse auf Islands Brygge erschienen war und Fragen gestellt hatte, weil ein anonymer Mailschreiber Anne beschuldigt habe, sie würde sich nicht richtig um ihre Kinder kümmern. Hess hatte innerlich geflucht und gekocht, weil ihm klar wurde, dass sie kostbare Zeit verschwendet hatten.

Hess' Eindruck von dem Sachbearbeiter war schon nach dem Telefongespräch am Dienstag nicht der beste gewesen, und das hatte sich auch im Verlauf der Befragung nicht geändert, die er hier allein vornimmt, da Thulin zusammen mit den IT-Technikern begonnen hat, nach den digitalen Spuren des Mailschreibers im Computer der Behörde zu suchen. Der Sachbearbeiter hatte seine Vertuschung der Angelegenheit mit einem »technischen Fehler« erklären wollen, doch beim Durchlesen der beiden anonymen Schreiben, die sich gegen Laura Kjær und gegen Anne Sejer-Lassen richteten, hatte Hess eine andere Theorie entwickelt, warum der Sachbearbeiter ihn am Telefon abgewimmelt hatte.

Die Anzeige gegen Anne Sejer-Lassen ging ungefähr zwei Wochen nach der Anzeige gegen Laura Kjær auf dem Whistleblower-Account ein, und kurz vor Familie Sejer-Lassens Umzug nach Klampenborg. Es ist ein wortreiches Schreiben, das fast eine ganze DIN-A4-Seite einnimmt. Im Grunde handelt es sich um eine Aufforderung, die Töchter von Anne Sejer-Lassen, Lina und Sofia, aus der Familie zu holen, mit der Begründung, dass die Mädchen dort zu Schaden kämen. Doch der Ton ist geschwätzig, fast ohne Kommata geschrieben, wie ein einziger, langer Gedankenfluss, und steht deshalb in scharfem Kontrast zu der kurz gehaltenen Anzeige gegen Laura Kjær, die kühl und nüchtern wirkt. Anne Sejer-Lassen wird als eine Oberschichtgans beschrieben, die sich nur mit sich selbst beschäftigt und nicht an die Mädchen denkt. Sie sei vernarrt in Geld und Luxus, und die Notwendigkeit, ihr die Kinder wegzunehmen, würde offenkundig, wenn jemand sich mal die Mühe machen würde, die Krankenakten aus diversen Krankenhäusern zu überprüfen. Schrifttype und -größe in den beiden Anzeigen ist auch sehr unterschiedlich, doch wenn man sie direkt hintereinander liest, dann muss man bemerken, dass der Absender in beiden Fällen die Begriffe »egoistisches Luder« und »sollte es besser wissen« verwendet. Was Anne Sejer-Lassen angeht, sogar mehrere Male. Das vermittelt den Eindruck, dass es sich um ein und dieselbe Person handelt und dass die Unterschiede zwischen den beiden Schreiben konstruiert sein könnten. Hess vermutet, dass es das war, was Henning Loeb, als er nach den Mädchen von Anne Sejer-Lassen suchte, plötzlich nervös gemacht und veranlasst hat, Hess abzuwehren.

Henning Loeb verteidigt sich derweil nach allen Regeln der Kunst, auch was die Behandlung des Falles angeht: Alles sei nach Vorschrift verlaufen, und die Eltern hätten in beiden Fällen verneint, von etwaigen Übergriffen gegen die Kinder zu wissen. Das wiederholt er mehrere Male, als wäre es üblich, dass Eltern augenblicklich Farbe bekennen, sowie das Jugendamt anklopft.

»Doch die Ermittlungen der Polizei werfen natürlich ein neues Licht auf die Fälle, und ich werde selbstverständlich sofort veranlassen, dass man die Dinge noch einmal gründlich überprüft«, ist vom Abteilungsleiter zu hören.

Der Sachbearbeiter verfällt bei dieser Bemerkung in Schweigen, während der Abteilungsleiter weitere Versicherungen absondert. Hess spürt, wie die Haut über seinem Schädel wieder spannt. Er sieht ein, dass er am Dienstagabend beim Besuch der Notaufnahme sich auch selbst hätte untersuchen lassen sollen, aber stattdessen war er zurück zum Odinpark in sein selbst verursachtes Baustellenchaos gefahren. Dort war er mit dem Gedanken in Schlaf gesunken, dass vor Thulins Eingangstür ein Typ mit Blumen und Wein gestanden und auf sie gewartet hatte. Aus irgendeinem Grund hatte er sich darüber geärgert, dass er überrascht gewesen war, denn natürlich stand, wenn Thulin den Laden abends verließ, schon einer bereit, und das war nichts, was ihn beschäftigen sollte.

Am nächsten Tag war er mit dem übelsten Kopfweh der Welt davon aufgewacht, dass sein Handy klingelte. Es war Francois gewesen, der kein Verständnis dafür zeigte, dass Hess nicht mehr unternommen hatte, um Freimann nach der gescheiterten Telefonkonferenz zu kontaktieren. Wollte er seinen Job überhaupt wiederkriegen? Was zum Teufel dachte er sich eigentlich? Hess hatte gesagt, er würde später zurückrufen, und aufgelegt. Es war, als hätte der emsige Pakistani von 34 C gehört, dass er wach war, jedenfalls stand er kurz darauf in der Tür und betrachtete das Durcheinander, während er die Nachricht überbrachte, dass am Tag zuvor der Immobilienmakler vergeblich da gewesen sei.

»Was ist eigentlich mit den Farbeimern und der Schleifmaschine im Balkongang? Sie müssen auch an die anderen Bewohner denken.«

Hess hatte ihm das Blaue vom Himmel herunter versprochen, das dann aber alles nicht halten können, weil er und Thulin daran gearbeitet hatten, Sejer-Lassen festzunageln.

»Was können Sie denn über den Mailschreiber sagen? Als Sie, wie Sie behaupten, die Familie besucht haben, haben Sie da etwas herausgefunden?«, versucht Hess es erneut.

»Wir *waren* bei der Familie und haben sie überprüft. Das ist nichts, was ich nur behaupte, aber wie gesagt…«

»Jetzt machen Sie mal einen Punkt. Ein Junge wird in einem Kellerraum vergewaltigt, und zwei Mädchen werden so zusammengeschlagen, dass es zum Himmel schreit, aber Sie haben offenbar einen scheißguten Grund, warum das nicht entdeckt wurde. Das Einzige, was ich wissen will, ist, ob Sie etwas über den Mailschreiber wissen.«

»Ich weiß nichts. Aber Ihr Ton gefällt mir nicht. Wie gesagt…«

»Schon gut. Einen Moment.«

Nylander ist gekommen. Er steht in der Tür zum Büro und hat Hess mit einem Nicken angedeutet, dass er mit ihm sprechen möchte. Hess ist froh, aus dem stickigen Büro zu kommen, hinaus ins Treppenhaus, wo alle möglichen Angestellten und Ministerialen vorbeilaufen und neugierig zu ihnen rüberschielen.

»Es ist nicht unsere Aufgabe, Zeit darauf zu verwenden, die Arbeit der Stadtverwaltung zu bewerten.«

»Ich werde versuchen, das bleiben zu lassen.«

»Wo ist Thulin?«

»Da drüben. Sie und die IT-Typen versuchen, den Absender der beiden Anzeigen zu identifizieren.«

»Wir glauben, dass er der Täter ist?«

Hess versucht, seinen Ärger über das »wir« des Dezernatschefs zu unterdrücken. Freimann redet genauso, und Hess überlegt, ob er und Nylander vielleicht dasselbe Seminar für Führungskräfte besucht haben.

»Das ist die einzige Spur, die wir haben. Wann können wir Rosa Hartung befragen?«

»Befragen, wozu?«

»Nun, sie befragen, ob ...«

»Die Ministerin *ist* bereits befragt worden. Sie kennt weder Laura Kjær noch Anne Sejer-Lassen.«

»Aber die Tatsache, dass wir hier stehen, bedeutet doch, dass sie noch einmal befragt werden muss. Beide Opfer sind anonym angezeigt worden, mit dem Ziel, eine Inobhutnahme der Kinder aus der jeweiligen Familie zu bewirken. Oder das war vielleicht gar nicht das Ziel des Täters. Vielleicht ging es ihm nur darum, mit dem Finger auf ein System zu zeigen, das nicht funktioniert, aber in jedem Fall muss man wirklich ein Idiot sein, um nicht zu sehen, dass das hier etwas mit Rosa Hartung zu tun haben könnte. Sie ist die Sozialministerin, und je mehr man darüber nachdenkt, desto auffälliger ist es, dass der Mord, mit dem alles anfing, im Grunde mit ihrem Comeback als Ministerin zusammenfiel.«

»Hess, alles, was recht ist. Normalerweise zeige ich nicht mit dem Finger auf einen Mann, dessen Ruf nicht der beste ist. Aber das hier klang gerade, als würden Sie mich einen Idioten nennen.«

»Das haben Sie selbstverständlich falsch verstanden. Aber wenn man dann noch bedenkt, dass die Fingerabdrücke auf den beiden Kastanienmännern, die an den Tatorten gefunden wurden, von Rosa Hartungs Tochter stammen ...«

»Jetzt hören Sie mir mal gut zu. Ihr Arbeitgeber in Haag hat mich um eine Einschätzung Ihrer fachlichen Eignung gebeten, und ich würde Ihnen selbstverständlich gern dabei helfen, wieder in den Sattel zu kommen. Aber das setzt voraus, dass Sie sich auf das Wichtige konzentrieren. Rosa Hartung wird nicht mehr befragt, weil es nicht relevant ist. Sind wir uns da einig?«

Die Information über seinen Arbeitgeber in Haag erwischt Hess kalt. Einen Moment lang ist er zu erstaunt, um antworten zu können. Nylander wirft einen Blick auf Thulin, die inzwischen aus dem Computerraum der Verwaltung gekommen ist.

»Was gibt's?«

»Beide Anzeigen sind über denselben Server in der Ukraine verschickt worden, aber der Anbieter des Servers ist nicht grade bekannt dafür, mit den Behörden zusammenzuarbeiten. Im Gegenteil. Möglicherweise werden wir in ein paar Wochen eine Antwort von einer IP-Adresse bekommen, aber das bringt dann auch nichts mehr.«

»Würde es helfen, wenn ich mich mal erkundige, ob der Justizminister vielleicht Kontakt zu seinem Kollegen in der Ukraine aufnehmen könnte?«

»Ich bezweifle, dass das etwas nutzt. Selbst wenn die gern helfen würden, braucht das doch mehr Zeit, als wir haben.«

»Zwischen dem ersten und dem zweiten Mord lagen nur knapp sieben Tage. Wenn der Täter so krank im Kopf ist, wie ihr behauptet, dann können wir nicht hier rumstehen und abwarten.«

»Vielleicht müssen wir das auch gar nicht. Beide Anzeigen gegen die Opfer sind über den Whistleblower-Account bei der Stadt eingegangen. Die erste vor drei Monaten, die andere zwei Wochen später. Wenn wir davon ausgehen, dass beide Anzeigen vom Täter stammen, und wenn wir davon ausgehen, dass der Täter noch mehr vorhat …«

»… dann hat der Täter bereits eine anonyme Anzeige gegen das nächste Opfer geschickt.«

»Genau. Da gibt es nur ein Problem. Ich habe eben erfahren, dass über den Whistleblower-Account im Schnitt fünf anonyme Hinweise in der Woche allein an das Kinder- und Jugendreferat reinkommen. Das macht im Jahr 260 Hinweise. Nicht alle haben mit Inobhutnahme zu tun, aber es gibt keine Systematik, also können wir nicht sagen, wie viele es tatsächlich sind.«

Nylander nickt.

»Ich spreche mit dem Referatsleiter. Die haben gute Gründe, uns helfen zu wollen. Wonach sollen sie suchen?«

»Hess?«

Es dröhnt im Schädel, und die Nachricht von einer Allianz zwischen Freimann und Nylander hat nicht zur Linderung beigetragen. Hess versucht, klar zu denken, damit er Thulin antworten kann.

»Anonyme Anzeigen wegen Vernachlässigung und Missbrauch von Kindern im letzten halben Jahr. Gerichtet gegen Mütter zwischen 20 und 50, mit Aufforderung, die Kinder aus der Familie zu nehmen. Fälle, die bereits behandelt *wurden*. Aber bei denen keine Gründe gefunden wurden einzuschreiten.«

Der Referatsleiter tritt aus der Tür des Computerraumes, und Nylander nutzt die Gelegenheit, ihn sogleich darüber zu informieren, was sie brauchen.

»Aber diese Fälle sind nirgends gesammelt. Das wird dauern, die rauszusuchen«, lautet die Antwort.

Nylander sieht fragend zu Hess, der langsam in das stickige Büro zurückgeht.

»Dann setzen Sie mal alle Ihre Leute daran. Wir haben keine andere Spur, also brauchen wir die Namen binnen einer Stunde.«

65

Wie sich zeigt, sind anonyme Anzeigen an die Stadtverwaltung Kopenhagen gegen Frauen mit Kindern recht populär. Zumindest sind es eine Menge, und als die Angestellten der Behörde abwechselnd mit den roten Aktenmappen reinkommen und den Stapel auf dem Tisch anwachsen lassen, fragt Hess sich allmählich besorgt, ob der Plan, den Thulin und er haben, auch der richtige ist. Doch nach dem Gespräch mit Nylander blieb ihnen nicht viel anderes übrig, als an diesem Ende zu beginnen. Während Thulin es vorzieht, die Fälle auf einem Acer-Laptop in der großen Bürolandschaft durchzusehen, hat Hess beschlossen, sich im Besprechungszimmer niederzulassen, wo er nun sitzt und Seite um Seite umblättert, von denen einige gerade erst aus dem Drucker kamen und deshalb noch warm sind.

Seine Methode ist einfach. Er öffnet die entsprechende Akte und liest nur die anonyme Anzeige. Wenn die Anzeige nicht relevant zu sein scheint, dann wandert die Mappe auf einen Stapel links von ihm. Wenn sie relevant wirkt und näher betrachtet werden sollte, dann wandert die Mappe auf einen Stapel rechts.

Sehr schnell wird ihm klar, dass die Grobsortierung sich schwerer gestaltet als erwartet. Aus allen Mails spricht derselbe Zorn gegen die Mütter, den er von den Anzeigen gegen Laura Kjær und Anne Sejer-Lassen kennt. Sie sind oft im Affekt geschrieben, oft mit so deutlichen Hinweisen versehen, dass man leicht raten kann, dass es sich hier um einen Exmann, eine Tante oder eine Großmutter handelt, die sich veranlasst sahen, eine anonyme Anzeige zu schicken, welche die Defizite der Mutter einmal zusammenfasst. Aber Hess kann das nicht mit Sicherheit wissen, und so wächst der Stapel rechts von ihm stetig. Die Lektüre selbst ist schrecklich, da die Anzeigen generell Ausdruck des Rosenkriegs sind, in den die Kinder geraten sind, und der möglicherweise immer noch ihre Realität darstellt, denn alle Fälle, um die Hess gebeten hat, endeten damit, dass die Anzeige fallen gelassen wurde. Die Behörde war in jedem Fall verpflichtet, die Umstände zu überprüfen, und auch wenn dies Hennig Loeb nicht von seiner Verantwortung freispricht, empfindet Hess mit einem Mal mehr Verständnis für den Zynismus des Sachbearbeiters, denn diese Anzeigen enthalten viele andere Motive als Wohl und Wehe der Kinder.

Als Hess zirka vierzig anonyme Anzeigen aus den vergangenen sechs Monaten durchgearbeitet hat, hängt ihm das Ganze zum Hals raus. Das hier hat viel mehr Zeit benötigt, als er dachte. Fast zwei Stunden, weil er immer wieder gezwungen war, den Verlauf der Fälle durchzublättern, um sich ein richtiges Urteil zu bilden. Aber schlimmer ist, dass ihr Täter im Prinzip die meisten der Anzeigen verfasst haben könnte, auch wenn nirgendwo die von ihm benutzte Wendung »egoistisches Luder« oder »sollte es besser wissen«, wie in den beiden Fällen von Laura Kjær und Anne Sejer-Lassen, vorkommt.

Ein Angestellter erklärt ihm, dass es nun keine weiteren

Fälle mehr gäbe, die zu den von Hess genannten Kriterien passen, und deshalb beginnt er mit dem rechten Stapel noch einmal von vorn. Als er mit dem zweiten Durchlesen fertig ist, ist es draußen vor den Sprossenfenstern des Rathauses dunkel geworden. Es ist zwar gerade erst halb fünf, aber auf dem H.C.Andersen-Boulevard sind die Straßenlaternen angegangen, und entlang des Tivoli-Parks erleuchten bunte Glühbirnen die dunklen, entblätterten Bäume. Bei diesem Durchgang hat Hess mit einiger Mühe sieben Anzeigen ausgesucht, ist aber alles andere als sicher, dass wirklich die richtige dabei ist. In allen sieben Fällen steht eine Aufforderung zur Entfernung des Kindes oder der Kinder der betreffenden Frau aus der Familie in der Anzeige. Die Anzeigen sind sehr verschieden. Einige lang, andere kurz. In einem Fall kann er sich bei näherem Hinsehen vorstellen, dass es sich um ein Familienmitglied handelt, das die Anzeige geschickt hat, und in einem anderen ahnt er, dass es sich um einen Pädagogen handelt, denn sie enthält interne Informationen von einer Besprechung in einer Betreuungseinrichtung.

Die letzten fünf aber kann er nicht entschlüsseln. Er schiebt noch eine beiseite, weil sie altmodisches Vokabular benutzt, als wäre sie von einem Großelternteil geschrieben. Und noch eine, weil sie übermäßig viele Schreibfehler enthält. Bleiben drei: eine Frau aus Gambia, die vom Mailschreiber beschuldigt wird, ihre Kinder für Kinderarbeit auszunutzen. Eine behinderte Mutter, die beschuldigt wird, die Kinder zu vernachlässigen, weil sie drogenabhängig ist. Eine frühpensionierte Mutter, der vorgeworfen wird, mit ihrem eigenen Kind ins Bett zu gehen.

Alle drei Anzeigen beinhalten schreckliche Vorwürfe,

und Hess muss daran denken, dass, wenn eine der Anzeigen wirklich vom Täter ist, die Behauptungen wahrscheinlich zutreffen. So war es zumindest sowohl bei Laura Kjær als auch bei Anne Sejer-Lassen.

»Wie weit bist du?«, fragt Thulin, die mit dem Laptop auf dem Arm ins Zimmer kommt.

»Nicht sonderlich weit.«

»Drei springen einem ins Auge. Die gegen die Mutter aus Gambia, die gegen die behinderte Mutter und die gegen die frühpensionierte Mutter.«

»Ja, möglich.«

Es erstaunt ihn wenig, dass Thulin dieselben Anzeigen gefunden hat wie er selbst. Tatsächlich hat er schon überlegt, ob sie die Ermittlung nicht sogar allein besser hinkriegen würde.

»Ich denke, wir sollten uns auf die konzentrieren. Vielleicht sogar alle drei.«

Thulin sieht ihn ungeduldig an. Hess tut der Kopf weh. Irgendetwas stimmt an der Sache nicht, aber er kommt nicht darauf, was es ist. Als er aus dem Fenster schaut, ist es draußen noch dunkler geworden als vorhin, und er weiß, dass sie eine Entscheidung treffen müssen, wenn sie es schaffen wollen, heute noch Maßnahmen zu ergreifen.

»Der Täter wird davon ausgehen, dass wir zu irgendeinem Zeitpunkt herausfinden werden, dass die Opfer bei der Behörde angezeigt wurden. Richtig oder falsch?«, fragt Hess.

»Richtig. Vielleicht will er sogar, dass wir das herausfinden. Aber der Betreffende weiß nicht, *wie schnell* wir das rausfinden.«

»Also weiß der Täter auch, dass wir zu irgendeinem Zeitpunkt die zwei Anzeigen gegen Laura Kjær beziehungsweise Anne Sejer-Lassen lesen werden. Richtig oder falsch?«

»Was sollen diese Spielchen? Wenn wir jetzt nicht bald in die Gänge kommen, dann können wir genauso gut wieder anfangen, Nachbarn zu befragen.«

Aber Hess macht weiter. Versucht, in seinem Gedankengang zu bleiben.

»Wenn du also der Täter wärest und die beiden Anzeigen geschrieben hättest – und du wüsstest, dass wir sie finden und uns dabei enorm schlau vorkommen – wie würdest du dann die dritte Anzeige schreiben?«

Hess sieht ihr an, dass sie versteht. Ihr Blick springt zwischen ihm und dem Bildschirm, den sie dabeihat, hin und her.

»Wir haben insgesamt nicht viele Treffer. Aber wenn wir mal mit dem Gedanken spielen, dass wir aufs Glatteis geführt werden sollen, dann gibt es noch zwei andere, die herausstechen. Die mit all den Schreibfehlern und die, die in altertümlichem Dänisch geschrieben ist.«

»Welche von denen ist die dümmste?«, fragt Hess.

Thulin lässt ihren Blick über den Bildschirm fliegen, während Hess nach den beiden Fällen auf den Tisch sucht und sie aufschlägt. Diesmal spürt er plötzlich etwas, als er die Anzeige mit all den Schreibfehlern liest. Vielleicht ist es Einbildung. Vielleicht auch nicht. Thulin dreht ihren Schirm Hess zu und er nickt. Sie hat dieselbe rausgesucht wie er. Die Anzeige gegen Jessie Kvium. 25 Jahre. Wohnhaft im Urbanplan.

66

Jessie Kvium will schnell mit ihrer sechsjährigen Tochter abziehen, aber der junge Kanacke von einem Erzieher mit dem Hundeblick holt sie, noch ehe sie um die Ecke gebogen ist, auf dem Flur ein.

»Jessie, kann ich kurz mit Ihnen sprechen?«

Noch bevor sie sagen kann, dass sie und Olivia sich leider beeilen müssen, um in die Tanzschule zu kommen, kann sie an seiner entschlossenen Miene ablesen, dass er sie diesmal nicht gehen lässt. Sie macht immer einen großen Bogen um ihn, weil er ein zuverlässiger Lieferant von schlechtem Gewissen ist, und diesmal muss sie es wohl mit Charme versuchen. Sie klimpert kokett mit den Wimpern und streicht sich mit den langen, frisch lackierten Nägeln die Haare aus dem Gesicht, damit ihm mal die Augen aufgehen, wie gut sie heute aussieht. Zwei Stunden war sie beim Frisör, zwar nur der Kanackenfrisör auf dem Amager Boulevard, aber der ist billig und macht auch Make-up und Nagellack, wenn man länger warten muss, so wie heute. Der neue, gelbe Rock sitzt eng über ihren Hüften. Sie hat ihn eben bei Hasi & Mausi im Zentrum für nur 79 Kronen erstanden, weil es ein dünnes Sommerteil ist, das rausmusste, und weil sie der Verkäuferin zeigen konnte, dass die Nähte aufgegangen waren. Was für den Zweck, zu dem sie ihn benötigen wird, allerdings so was von egal ist.

Doch ihr Lächeln und das Klimpern prallen an dem Erzieher ab. Erst denkt sie, dass sie ein weiteres Mal hören wird, dass sie ihr Kind viel zu knapp vor Ende der Nachmittagsbetreuung um 17 Uhr abholt, also hält sie die rasche

Antwort bereit, dass man ja wohl immer noch das Recht habe, etwas zu kriegen für seine Steuerkronen. Doch heute will Ali, wie der Erzieher wahrscheinlich heißt, nach der Regenjacke und den Gummistiefeln fragen, die in Olivias Garderobe fehlen.

»Die Schuhe, die sie anhat, sind wirklich schön, aber sie sagt, dass sie friert, wenn sie nass werden, und das ist jetzt im Herbst vielleicht nicht so günstig.«

Der Erzieher schaut diskret auf Olivias löchrige Gummischuhe, und Jessie hat richtig Lust, ihm in die Birne zu schreien, dass er seine Schnauze halten soll. Sie hat die 500 Kronen für die Ausstattung jetzt nicht, und wenn sie es sich leisten könnte, dann würde sie im Übrigen ihre Tochter lieber sofort aus dieser Vorschulklasse rausnehmen, wo fünfzig Prozent der Kinder Arabisch sprechen und auf den Elternabenden jedes einzelne Wort von drei verschiedenen Dolmetschern übersetzt werden muss. Nicht dass sie selbst zu den Elternabenden geht, aber das hat sie jedenfalls gehört.

Doch leider stehen da noch andere Erzieher im Hintergrund auf dem Gang, und deshalb wählt Jessie Plan B.

»Ja klar, aber wir *haben* den Regenmantel und die Stiefel wirklich gekauft. Bloß dann haben wir sie oben im Sommerhaus vergessen, aber nächstes Mal denken wir daran.«

Das ist natürlich eine komplette Lüge. Es gibt keinen Regenmantel, auch keine Stiefel und schon gar kein Sommerhaus, aber die halbe Flasche Weißwein, die sie sich zu Hause im Urbanplan genehmigt hat, bevor sie sich umgezogen hat und hierhergefahren ist, hilft wie immer, die Worte auf die richtige Bahn zu schicken.

»Na, dann ist es ja gut. Und wie läuft es sonst so mit Olivia zu Hause, was ist Ihr Eindruck?«

Jessie spürt die Blicke der vorbeigehenden Erzieher, als sie erzählt, wie gut es geht. Ali senkt die Stimme und sagt, dass er doch ein wenig besorgt ist, weil, was Olivias Kontakt zu den anderen Kindern angeht, noch keine rechte Verbesserung zu erkennen sei. Vielmehr würde Olivia leider sehr isoliert wirken, deshalb meint er, dass es gut wäre, noch einmal ein Gespräch anzuberaumen, und Jessie beeilt sich, das so freundlich anzunehmen, als hätte er ihnen eine kostenlose Tour durch den Bakken-Freizeitpark angeboten.

Hinterher sitzt sie in dem kleinen Toyota Aygo, während die Tochter sich auf dem Rücksitz den Tanzdress anzieht und sie selbst aus dem geöffneten Fenster eine Zigarette raucht. Es ist dunkel und behaglich geworden, und sie sagt zu Olivia, dass schon was dran ist an dem, was der Erzieher sagt, und dass sie bald diese Regensachen kaufen werden.

»Aber es ist auch wichtig, dass du dich zusammenreißt und mehr mit den anderen spielst, okay?«

»Mein Fuß tut weh.«

»Das geht vorüber, wenn du dich aufgewärmt hast. Es ist wichtig, jedes Mal dabei zu sein, Schätzchen.«

Die Ballettschule befindet sich im oberen Stockwerk im Amager Centrum, und als sie ankommen, sind es nur noch zwei Minuten bis zum Beginn der Stunde. Sie müssen die Treppen vom unterirdischen Parkhaus raufrennen, und die anderen Prinzesschen stehen selbstverständlich bereits fertig in ihren teuren, modischen Trikots auf dem lackierten Holzboden. Olivia hat immer noch das lila Trikot vom Discounter, das sie auch schon letztes Jahr getragen hat, aber obwohl es über den Schultern schon etwas spannt, wird das gut noch ein bisschen länger passen. Jessie beeilt sich, der Tochter die Jacke auszuziehen, und schickt sie in den Saal, wo die Lehrerin sie mit einem freundlichen Lächeln begrüßt. Entlang der einen Seite des Ballettsaals sitzen die Mütter, scheißvornehm allesamt und ins Gespräch über Winterferien auf Gran Canaria, Wellness und Oberschichtvergnügungen vertieft, und sie grüßt nett und lächelt, obwohl sie die am liebsten alle auf den Mond schießen würde.

Während die Mädchen mit dem Tanzen beginnen, schaut sie sich ungeduldig um und rückt ihren gelben Rock zurecht, aber er ist immer noch nicht da, und einen Moment lang steht sie ausgegrenzt neben den anderen Müttern und spürt die Enttäuschung. Sie war ganz sicher, dass er kommen würde, und dass er jetzt nicht hier ist, verunsichert sie, was die Beziehung angeht, die sie ihrer Meinung nach haben. Sie spürt, wie verlegen diese Gesellschaft sie macht, und obwohl sie beschlossen hat, still zu sein, fängt sie doch mit ihrem nervösen Gegacker an.

»Ach, wie schön sie heute aussehen, die kleinen Prinzessinnen. Ich kann gar nicht glauben, dass sie erst ein Jahr tanzen!«

Mit jedem Wort fühlt sie, wie sie unter mitleidigen Blicken begraben wird. Doch dann geht endlich die Tür auf, und er kommt rein, zusammen mit seiner Tochter, die eilig zu den anderen läuft und sich einreiht. Er sieht zu ihr und den Müttern, nickt freundlich und lächelt unbeschwert, und sie spürt, wie ihr Herz schneller schlägt. Er bewegt sich selbstsicher und schwenkt dabei die Autoschlüssel zu dem Audi, den sie inzwischen so gut kennt. Nachdem er ein paar Worte mit den anderen Müttern gewechselt und sie zum Lachen gebracht hat, geht ihr auf, dass er sie noch gar nicht richtig angesehen hat. Er ignoriert sie, obwohl sie wie ein schwanzwedelnder Hund dabeisteht, und deshalb platzt es aus ihr heraus, es würde übrigens etwas geben, was sie gern mit ihm besprechen würde. Etwas Wichtiges über die Schule und die »Klassenkultur« dort – ein Wort, das sie gerade von einer der anderen Madams aufgeschnappt hat. Er sieht überrascht aus, doch ehe er noch antworten kann, marschiert sie schon Richtung Ausgang. Sie wirft einen Blick zurück und stellt befriedigt fest, dass es für ihn zu peinlich wäre, ihre Aufforderung zum Gespräch über etwas so Wichtiges abzulehnen, also entschuldigt er sich bei den Müttern und folgt ihr.

Als sie die Treppen hinunter und durch die schwere Tür zu den Korridoren unter der Ballettschule gekommen ist, kann sie seine Schritte hinter sich hören. Sie bleibt stehen und wartet, doch sowie sie seine Miene sieht, erkennt sie, dass er wütend ist.

»Was zum Teufel ist in dich gefahren? Kapierst du nicht, dass Schluss ist? Du sollst mich in Ruhe lassen, verdammt noch mal!«

Sie packt ihn, greift nach seiner Hose, öffnet seinen Reißverschluss, fährt mit der Hand hinein und findet sofort, was sie sucht. Er will sie wegschubsen, aber sie hält fest, und schon hat sie ihn rausgeholt und hat ihn in den Mund genommen, und sein Widerstand wird zu unterdrücktem Stöhnen. Als er fast kommt, dreht sie sich um und legt sich vornüber auf die Mülltonne und will schon mit der anderen Hand den Rock hochschieben. Doch er kommt ihr zuvor. Zerrt ihr neues, gelbes Unterteil beiseite, sodass sie den Stoff reißen hört. Sie spürt, dass er in sie eindringt, und sie schiebt sich nach hinten, sodass er nicht widerstehen kann, und in wenigen Sekunden ist er fertig und lässt ganz außer

Atem von ihr ab. Sie dreht sich herum, küsst seine leblosen Lippen und hält sein nasses Glied, aber er weicht einen Schritt zurück, als hätte sie ihn weggestoßen, und knallt ihr eine Ohrfeige auf die eine Wange.

Jessie ist zu schockiert, um etwas zu sagen. Sie spürt, wie sich die Hitze in ihrem Gesicht ausbreitet, während er sich die Hose hochzieht.

»Das war das letzte Mal. Ich empfinde nichts für dich. Nicht den kleinsten Scheiß, und ich werde niemals meine Familie verlassen. Ist das klar?«

Dann hört sie seine Schritte und die schwere Tür, die hinter ihm zufällt. Sie bleibt allein zurück, mit dem brennenden Schmerz im Gesicht. Sie fühlt ihn immer noch zwischen ihren Beinen, doch jetzt auf eine Weise, die sie beschämt. In einer Metallplatte an der Wand sieht sie ihr verzerrtes Spiegelbild, und sie rückt ihre Kleidung zurecht, aber der Rock ist zerrissen. Der Riss geht bis über die Vorderseite, und sie muss den Mantel zuknöpfen, damit man ihn nicht sieht. Sie wischt die Tränen ab, über sich hört sie entfernt die fröhliche Musik aus dem Ballettsaal, und sie reißt sich zusammen.

Jessie geht den Weg zurück, den sie gekommen ist, doch jetzt ist die Tür auf die Treppe hinaus verschlossen. Vergeblich zieht sie daran, und als sie um Hilfe ruft, kann sie doch nur die schwachen Klänge der Musik hören.

Sie beschließt, in die andere Richtung zu gehen, einen langen Gang mit Heizungsrohren hinunter, wo sie noch nie war. Doch schon bald teilt sich der Gang, und die Richtung, die sie zuerst wählt, endet in einer Sackgasse. Jessie probiert eine weitere Tür, doch auch die ist verschlossen. Sie geht zurück, wieder durch den Gang mit den Heizungsrohren, und nach zwanzig Metern hört sie plötzlich ein Geräusch hinter sich.

»Hallo? Ist da jemand?«

Einen Moment lang versucht sie, sich einzubilden, dass er das ist, der zurückgekommen ist, um sich zu entschuldigen, doch das Schweigen sagt ihr etwas anderes. Verunsichert geht sie weiter. Dann läuft sie. Ein Gang folgt auf den nächsten, und Jessie meint, hinter sich Schritte zu hören, und dieses Mal ruft sie nicht. Sie zerrt an jeder Tür, an der sie vorbeikommt, und als eine endlich aufgeht, stürzt sie in den Aufgang und weiter die Treppen hinauf. Sie meint zu hören, wie unter ihr die Tür geöffnet wird, und als sie auf dem nächsten Absatz ankommt, schubst sie die Tür zum Einkaufszentrum mit so großer Kraft auf, dass sie gegen die Wand schlägt.

Auf dem oberen Stockwerk, wo Familien mit ihren Einkaufswagen zu den Tönen der Herbstangebote herumlaufen, stolpert Jessie Kvium aus der Tür. Als sie zum Eingang des Ballettstudios schaut, stehen da eine Frau und ein hochgewachsener Mann mit Schrammen im Gesicht. Sie befragen gerade eine der Mütter, die sie plötzlich entdeckt und in ihre Richtung zeigt.

67

»Ist sie es jetzt oder nicht?«

»Wir wissen es nicht. Sie hat sich im Einkaufszentrum verfolgt gefühlt. Das Problem ist nur, dass sie nicht sonderlich kooperativ ist, aber vielleicht weiß sie wirklich nicht mehr.«

Thulin hat Nylander geantwortet, während Hess dasteht und durch die Scheibe in den Verhörraum schaut. Das Glas ist verspiegelt, sodass er zu Jessie Kvium hineinsehen kann, sie ihn aber nicht sieht. Hess ist sich nicht sicher, aber sein Bauchgefühl sagt ihm, dass Jessie Kvium die Art von Geheimnissen mit sich herumtragen könnte, für die sich der Täter interessiert. Aber sie unterscheidet sich auch deutlich von den anderen Opfern. Hess hat den Eindruck, dass Laura Kjær und Anne Sejer-Lassen bürgerlicher waren und sich mehr um ihr Erscheinungsbild bemühten, während Jessie Kvium dreist und selbstgerecht wirkt. Auf der anderen Seite ist es genau das, was sie zu einem roten Tuch macht. Unter Hunderten von Frauen wird man Jessie Kvium sofort bemerken, und als Mann fühlt man sich von ihr gleichermaßen angezogen wie abgestoßen. Im Moment diskutiert die junge Frau wütend mit einer bedauernswerten Beamtin, die an der Tür Wache hält, denn sie möchte so schnell wie möglich wieder weg, und Hess preist sich glücklich, dass die Lautstärke des Gesprächs in den Lautsprechern an der Wand auf ein Minimum reduziert ist. Draußen ist der Himmel schwarz geworden, und Hess denkt für einen Augenblick, dass es schön wäre, wenn man auch Nylander runterdrehen könnte.

»Aber wenn sie euch nicht helfen kann, dann liegt es vielleicht daran, dass ihr euch auf die Falsche konzentriert.«

»Oder wir müssen sie erst noch ein bisschen weichkochen, dann brauchen wir mehr Zeit.«

»Mehr Zeit?«

Nylander lässt Thulins Worte auf der Zunge zergehen, und aus einem inzwischen langen Leben mit Polizeichefs weiß Hess, was jetzt kommt.

Thulin und Hess waren sofort vom Rathaus zum Urbanplan gefahren und hatten an der Tür zur Wohnung, in der Jessie Kvium wohnt, geklingelt. Niemand machte auf, und die Frau ging auch nicht an ihr Telefon. In der Akte vom Amt waren keine Angehörigen aufgeführt, sondern nur die Nummer zur kommunalen Betreuerin, die einen wöchentlichen Kontakt-, oder besser gesagt Kontrolltermin mit Mutter und Tochter hatte. Die Betreuerin hatte ihnen am Telefon erzählt, mit der Mutter sei vereinbart, dass die Tochter jeden Freitag um 17.15 Uhr die Ballettstunde im oberen Stockwerk des Einkaufzentrums in Amager besucht.

Sowie sie Jessie Kvium gefunden hatten, konnten sie erkennen, dass irgendetwas nicht stimmte. Die junge Frau hatte erklärt, dass sie sich von jemandem verfolgt gefühlt habe, als sie unten war, um die Parkscheibe in ihr Auto zu legen. Sie hatten sofort die Treppen, Gänge und das Kellerareal durchsucht, aber nichts Verdächtiges gefunden. In den Gängen gab es keine Überwachungskameras, und die Parkgarage selbst war voller Menschen gewesen, die fürs Wochenende einkaufen wollten.

Während der Vernehmung im Polizeipräsidium war Jessie Kvium immer aggressiver geworden. Sie roch nach Alkohol, und als man sie bat, den Mantel abzulegen, hatte sich gezeigt, dass ihr Rock in Fetzen gerissen war. Die Frau gab an, an der Autotür hängengeblieben zu sein, und ansonsten wolle sie jetzt gern wissen, was zum Teufel sie überhaupt im Polizeipräsidium machte. Sie hatten versucht, ihr zu erklären, worum es ging, aber Jessie Kvium wusste scheinbar rein gar nichts. Sie hatte sich bisher nicht verfolgt gefühlt, und für sie gab es keinen Zweifel, wer vor zwei Monaten die anonyme Aufforderung an die Stadt geschickt hatte, ihr

Olivia wegzunehmen, weil sie ihre Tochter angeblich schlug und vernachlässigte.

»Eine von den Tussen aus der Vorschule. Die haben so beschissene Vorurteile, weil sie vor Angst fast sterben, dass ihre liederlichen Männer merken könnten, dass es anderswo schöner ist. Dabei konnte sie nicht mal richtig schreiben.«

»Jessie, wir glauben nicht, dass die Anzeige von einer der Mütter in der Vorschule kam. Wer könnte es sonst gewesen sein?«

Aber Jessie Kvium war fest davon überzeugt, dass es so gewesen war, und zu ihrer Befriedigung hatte die Behörde sich am Ende entschieden, ihrer Version Glauben zu schenken, auch wenn es natürlich »scheißbelastend war, die so lange am Arsch zu haben.«

»Jessie, es ist unglaublich wichtig, dass Sie uns jetzt die Wahrheit sagen. Um Ihrer selbst willen. Wir wollen Sie nicht anzeigen, aber wenn an der Anzeige irgendetwas dran war, dann könnte es sein, dass die Person, die sie geschrieben hat, Ihnen Böses antun will.«

»Was zum Teufel bilden Sie sich ein?«

Jessie Kvium war auf der Palme. Niemand hatte das Recht, sie eine schlechte Mutter zu nennen. Sie hatte das Kind allein versorgt, völlig ohne Hilfe vom Vater, der keine einzige Krone bezahlt hatte – die letzten paar Jahre mit der Entschuldigung, dass er wegen Drogenhandels in Nyborg im Knast saß.

»Wenn Sie da noch irgendwelche Zweifel haben, dann können Sie ja Olivia selbst fragen, ob sie es vielleicht nicht gut hat!«

Das hatten Hess und Thulin natürlich nicht vor. Das kleine sechsjährige Mädchen saß, immer noch in seinem Ballett-Trikot, mit einem Mineralwasser und ein paar Knäckebroten mit einer Beamtin in der Kantine und schaute, in dem Glauben, die Mutter müsse ihr Auto überprüfen lassen, Zeichentrickfilme. Ihre Kleidung war abgenutzt und löchrig, sie war vielleicht ein wenig mager und ungepflegt, doch war unmöglich festzustellen, ob das Kind zu Hause Schaden nahm.

Aus dem Vernehmungsraum sind wieder Jessie Kviums Schwüre und Flüche zu vernehmen, als sie ihren Bewachern erzählt, dass sie jetzt gehen wolle, doch sie wird von Nylander übertönt:

»Es *gibt* nicht mehr Zeit. Ihr habt gesagt, das hier sei die richtige Spur, dann muss die jetzt auch zu etwas benutzt werden, oder wir müssen in einer anderen Richtung weitermachen.«

»Vielleicht würde es schneller gehen, wenn wir die Vernehmungen durchführen dürften, von denen wir glauben, dass sie notwendig sind«, wirft Hess ein.

»Sie spielen wieder auf Rosa Hartung an?«

»Ich sage nur, dass wir keine Erlaubnis haben, mit ihr zu reden.«

»Wie oft muss ich Ihnen das noch erklären?«

»Das weiß ich nicht. Ich habe aufgehört zu zählen, aber das macht offensichtlich keinen Eindruck.«

»Ruhe jetzt! Es gibt noch eine andere Möglichkeit.«

Hess und Nylander hören auf, sich zu beharken und sehen zu Thulin.

»Wenn wir uns einig sind, dass Jessie Kvium das nächste Opfer sein könnte, dann müssen wir sie im Prinzip nur ihren Alltag wieder aufnehmen lassen und sie überwachen, während wir darauf warten, dass der Täter auftaucht.«

Nylander sieht sie mit einem Kopfschütteln an.

»Das ist ausgeschlossen. Nach zwei Morden werde ich nicht Jessie Kvium auf die Straße zurückschicken, während wir dasitzen und auf einen Psychopathen warten.«

»Ich rede doch nicht von Jessie Kvium. Ich rede von mir selbst.«

Hess sieht Thulin überrascht an. Sie ist höchstens 1,67 groß. Sieht aus wie ein Hänfling, der von einem Windstoß umgeblasen werden kann, doch wenn man ihr in die Augen sieht, ist nicht mehr sicher, wie es mit den Kräfteverhältnissen aussieht.

»Ich bin genauso groß wie sie, habe dieselbe Haarfarbe und einigermaßen den gleichen Körperbau. Wenn wir eine Puppe besorgen können, die aussieht wie ihre Tochter, dann glaube ich, dass wir den Täter in den entscheidenden Situationen täuschen können.«

Nylander betrachtet sie interessiert.

»Und wann soll das stattfinden?«

»So bald wie möglich. Damit der Täter nicht anfängt, sich zu fragen, wo sie ist. Wenn Jessie Kvium das Ziel ist, kennt der Betreffende ihre Routinen. Hess, was meinst du?«

Thulins Vorschlag ist eine einfache Lösung. Er ist ansonsten ein Fürsprecher einfacher Lösungen, doch diese hier gefällt ihm nicht. Da ist zu viel, was sie nicht wissen. Außerdem war der Täter bisher immer einen Schritt voraus, und nun glauben sie plötzlich, die Situation umkehren zu können?

»Lass uns lieber noch mal Jessie Kvium befragen. Es könnte sein, dass …«

Die Tür geht auf. Tim Jansen erscheint, und Nylander sieht ihn ärgerlich an.

»Nicht jetzt, Jansen!«

»Es muss aber sein. Oder schaltet mal die Nachrichten ein.«

»Warum?«

Jansens Blick landet auf Hess.

»Weil irgendjemand seine Schnauze nicht gehalten hat, was die Fingerabdrücke von Kristine Hartung angeht. Auf allen Kanälen wird getönt, dass der Hartung-Fall vielleicht noch gar nicht aufgeklärt ist.«

68

Auf dem kleinen Gasherd in der Wohnung an der Vesterbro köchelt es in den Töpfen, und Thulin muss die Nachrichten lauter stellen, um Dunstabzugshaube und Türklingel zu übertönen.

»Mach dem Opa mal die Tür auf.«

»Mach selber.«

»Komm, hilf mir ein bisschen. Ich stehe hier und koche.«

Widerwillig schlurft Le mit dem unvermeidlichen iPad in der Hand zur Tür. Sie haben schon darüber gestritten, aber Thulin hat jetzt keine Kapazitäten frei, das noch mal zu tun. Die Medien haben tatsächlich von Kristine Hartungs Fingerabdrücken auf den beiden Kastanienmännchen, die man bei den Leichen von Laura Kjær und Anne Sejer-Lassen gefunden hat, erfahren. Soweit Thulin im Netz lesen konnte, kam die allererste Nachricht am späten Nachmittag von einem der beiden großen Boulevardblätter, doch das rivalisierende Blatt folgte so schnell, dass schwer zu erkennen war, ob man dort eigene Quellen hatte oder nur bei den

Kollegen abgeschrieben hatte. Die Headline »Schock: Lebt Kristine Hartung?« hatte sich wie ein Lauffeuer in fast allen Medien verbreitet, wobei sämtliche Blätter auf die Boulevardartikel als Quelle hinwiesen und alle denselben Inhalt hatten. »Anonyme Quellen im Polizeipräsidium« hätten angedeutet, dass es möglicherweise eine Verbindung zwischen den beiden Frauenmorden und dem Fall Kristine Hartung gäbe, weil rätselhafte Fingerabdrücke auf zwei Kastanienmännchen Zweifel an Kristine Hartungs Tod hätten aufkommen lassen. Im Prinzip also ein Konzentrat der Wahrheit, wenn auch von Nylander und der Polizeileitung als Spekulation zurückgewiesen. Diese Wendung war dermaßen sensationell, dass sie überall die Top-Meldung war, und wenn Thulin vergessen hatte, wie überrascht sie selbst gewesen war, als sie zum ersten Mal von dem Fingerabdruck von Kristine Hartung gehört hatte, dann wurde es ihr jetzt wieder deutlich. In alle Richtungen wurde geraten und spekuliert, ein simpler Infokanal im Netz hatte angefangen, für die hinter den Morden stehende Person den Spitznamen »der Kastanienmann« zu verwenden, und es war klar, dass dies hier nur der Anfang einer Welle von Reportagen war. Thulin verstand sehr gut, warum Nylander sofort Hess und sie hatte stehen lassen, um sich in Strategiebesprechungen und Pressearbeit zu stürzen.

Sie selbst hatte angefangen, die Aktion am Urbanplan für den Abend zu organisieren. Der Versuch, den Täter in einen Hinterhalt zu locken, war von Nylander genehmigt worden, auch wenn Hess dagegen war. Jessie Kvium hatte die Nachricht, dass sie und die Tochter keine Gelegenheit bekommen würden, zur Wohnung zurückzukehren, mit ungläubiger Frustration entgegengenommen, aber ihre Einwände waren vom Tisch gewischt worden. Zahnbürsten und andere Notwendigkeiten würde man ihnen zur Verfügung stellen, und sie müssten damit rechnen, in dieser und den nachfolgenden Nächten in einem Schrebergartenhaus in Valby einquartiert und bewacht zu werden. Das Haus gehörte zum Angebot der Kommune für sozial benachteiligte Familien, und Jessie Kvium und ihre Tochter hatten bereits im Sommer eine Woche Ferien dort verbracht.

Jessie Kvium hatte sich über ihre Routinen befragen lassen, und je detaillierter und insistierender die Fragen wurden, desto mehr war ihr aufgegangen, dass die Rede von einer Bedrohung wirklich ernst gemeint war. Thulin selbst hatte sie zusammen mit Hess ausgefragt und alle Informationen aufgesogen, damit sie genau wusste, wie Jessie Kvium sich von dem Moment an verhielt, wenn sie mit ihrem Auto, das die Polizei natürlich auch für die Aktion nutzen wollte, in ihrem Wohnkomplex ankam.

Thulin war bereit, sofort Richtung Urbanplan aufzubrechen, doch wie sich herausstellte, sah Jessie Kviums Routine anders aus. Jeden Freitagabend nach dem Ballettunterricht der Tochter musste sie sich sofort zu den Anonymen Alkoholikern am Christianshavns Torg begeben. Die Kommune hatte für eine weitere finanzielle Unterstützung jeglicher Art zur Bedingung gemacht, dass sie dort bei einem Treffen von 19 bis 21 Uhr erschien. Die Tochter lag meistens auf einem Stuhl im Gang und schlief, bis Jessie Kvium fertig war und sie zum Auto brachte. Doch weil es inzwischen bereits nach 19 Uhr war, wurde entschieden, dass Thulin ihr Leben als Jessie Kvium erst beginnen würde, wenn die alleinstehende Mutter kurz nach 21 Uhr das Treffen der AA verließ.

Während der Einsatzleiter und die Einsatzkräfte die Wartezeit darauf verwendeten, Grundrisse und Zu- und Abfahrtswege im Urbanplan zu studieren, hatte Thulin Le von der Nachmittagsverabredung bei Ramazan abgeholt und war nach Hause gefahren, um Pasta zu kochen, ehe der Opa kommen und übernehmen würde. Le hatte die Nachricht mit großer Frustration aufgenommen, weil das bedeutete, dass Thulin auch heute Abend keine Zeit haben würde, ihr zu helfen, das nächste Level von League of Legends zu erreichen, dem sie neuerdings ihr Leben gewidmet hatte, und Thulin musste einmal mehr eingestehen, dass sie in der letzten Zeit zu wenig zu Hause gewesen war.

»Komm jetzt, du musst was essen! Wenn Opa noch nichts gegessen hat, dann könnt ihr ja zusammen essen.«

Die Tochter kehrt mit triumphierender Miene von der Wohnungstür zurück.

»Das war gar nicht Opa. Das war einer von deiner Arbeit mit Schrammen am Kopf und zwei verschiedenen Augen. Er sagt, dass er mir *gerne* zeigen will, wie ich aufs nächste Level komme.«

69

Thulin hatte nicht vor, selbst Zeit auf ein Abendessen zu verschwenden, aber Hess' Erscheinen unter der Lampe in der kleinen Diele ändert die Sache.

»Ich komme ein bisschen früher, weil ich den Grundriss vom Urbanplan und den Wohnungen bekommen habe. Den musst du dir noch einprägen, bevor wir losfahren.«

»Aber erst sollst du *mir* helfen«, tönt Le, ehe Thulin noch antworten kann. »Wie heißt du?«

»Mark. Aber wie schon gesagt, habe ich jetzt grade leider keine Zeit, dir mit dem Spiel zu helfen, aber wann anders mache ich das gern.«

»Du musst jetzt auch essen, Le«, schiebt Thulin rasch ein.

»Aber dann kann Mark ja auch mitessen. Komm, Mark, dann kannst du mir alles erklären. Mamas Freund darf nicht mitessen, aber du bist ja nicht Mamas Freund, also darfst du.«

Le verschwindet in der Küche. Thulin steht einen Moment lang vor Hess. Plötzlich fühlt es sich zu seltsam an, seinem eigenen Kind zu widersprechen, also rückt sie zögerlich beiseite und zeigt Hess den Weg.

In der Küche setzt er sich neben Le, die das iPad gegen den Laptop tauscht, während Thulin drei Teller rausholt. Mit dem Charme und der Sanftheit, die einer Prinzessin würdig sind, belegt Le die Aufmerksamkeit ihres Gastes mit Beschlag. Erst ist die Freundlichkeit bestimmt eine Demonstration gegenüber Thulin, doch je mehr Hess erklärt, was er aus unerklärlichen Gründen weiß, desto mehr wird das Mädchen von den Ratschlägen in Bann gezogen, die sie weiter zum gelobten Land auf Level 6 bringen können.

Sie beginnen zu essen und diskutieren über Computerspiele, von denen Thulin nicht ahnte, dass ihre Tochter sie kennt, doch es zeigt sich bald, dass Hess nur das eine Spiel kennt und andere nie ausprobiert hat. Das ist für die Tochter, als habe sie einen Lehrling auf Besuch. Sie breitet ihr Wissen mit einem schnellen Wortstrom aus, und als das Thema erschöpft ist, holt sie den Käfig mit dem Wellensittich, der übrigens bald einen Spielkameraden bekommen wird, damit es mehr Namen auf dem Stammbaum gibt.

»Ramazan hat fünfzehn auf seinem Stammbaum, aber

ich hab nur drei. Fünf, wenn ich den Wellensittich und den Hamster mitzähle. Mama will ihre Freunde nicht da drauf haben, deshalb habe ich nicht mehr – sonst hätte ich viele.«

Ungefähr hier schiebt Thulin ein, dass es an der Zeit sei, sich auf Level 6 zu stürzen, und nach ein paar weiteren guten Ratschlägen von Hess lässt sich Le endlich auf dem Sofa nieder, um in den Krieg zu ziehen.

»Lebhaftes Mädchen.«

Thulin nickt kurz und denkt, dass dies bestimmt der Startschuss für die üblichen Fragen nach dem Vater des Mädchens, die Familienverhältnisse und Zusammenhänge ist, die Thulin nie gern beantwortet. Doch Hess wendet sich stattdessen seiner Jacke über dem Stuhl zu und holt ein Bündel Papiere heraus, die er auf dem Esstisch ausbreitet.

»Schau dir die hier mal ein wenig an. Wir gehen sie eben durch.«

Hess ist gründlich, und Thulin hört konzentriert zu, während sie seinen Fingern folgt, die auf den Grundriss, die Treppenaufgänge und das Außengelände der Gebäude zeigen.

»Der gesamte Komplex wird überwacht werden, aber natürlich in gehörigem Abstand, damit die Einsatzleute den Täter nicht abschrecken. Wenn der Täter sich überhaupt zeigt.«

Er erwähnt auch die Puppe, die in eine Decke gewickelt sein wird, damit Thulin so tun kann, als würde sie ein schlafendes Kind reintragen. Thulin hat nur ein paar Bemerkungen zur Platzierung der Überwachung zu machen, weil sie fürchtet, sie könnte den Verdacht des Täters wecken, aber Hess beharrt darauf.

»Wir dürfen kein Risiko eingehen. Wenn Jessie Kvium

das nächste Opfer sein soll, dann kennt der Täter sich wahrscheinlich am Urbanplan aus, und wir müssen vor Ort sein, um schnell eingreifen zu können. Wenn irgendwie Gefahr im Verzug ist, musst du dich sofort melden. Und du hast jetzt noch die Möglichkeit zurückzuziehen, wenn du lieber möchtest, dass ein anderer das übernimmt.«

»Warum sollte ich das tun?«

»Weil die Aktion nicht ungefährlich ist.«

Thulin schaut in das blaue und grüne Auge, und wenn sie es nicht besser wüsste, würde sie meinen, der Mann mache sich Sorgen um sie.

»Alles gut. Ich habe kein Problem damit.«

»Ist das die, nach der ihr suchen müsst?«

Ohne dass sie es bemerkt haben, ist Le aus dem Wohnzimmer in die Küche gekommen, um sich ein Glas Wasser zu holen. Sie steht da und schaut auf Thulins iPad, das auf dem Küchentisch an die Wand gelehnt ist und eine weitere Runde Nachrichtensendungen zeigt. Auch die mit dem Kristine-Hartung-Fall als Top-Meldung, während der Sprecher in Vergangenheit und Gegenwart des Falles schwelgt.

»Das sollst du gar nicht sehen. Das ist nichts für Kinder.«

Thulin ist aufgestanden und greift in einer raschen Bewegung nach dem Gerät und schaltet es aus. Sie hatte Le erzählt, dass sie noch einmal würde arbeiten müssen, und als die Tochter darauf beharrte zu erfahren, warum, hatte Thulin erzählt, dass sie nach jemandem suchen müssten. Sie hatte nicht erwähnt, dass es der Täter war, nach dem sie fahnden würden, und deshalb stellte Le nun die Verbindung zu Kristine Hartung her.

»Was ist mit ihr passiert?«

»Komm, geh wieder ins Wohnzimmer und spiel weiter.«

»Ist das Mädchen tot?«

Die Frage wird mit einer ungeschminkten Unschuld gestellt, als hätte sie gefragt, ob auf Bornholm immer noch Dinosaurier leben. Doch unter der Neugier schwingt eine Sorge mit, die Thulin innerlich geloben lässt, in Zukunft nie zu vergessen, die Nachrichten auszuschalten, wenn Le in der Nähe ist.

»Das weiß ich nicht, Le. Also …«

Thulin weiß nicht, was sie sagen soll. Überall lauern Fallgruben, egal, was sie antwortet.

»Das weiß keiner genau. Vielleicht hat sie sich nur verlaufen. Manchmal verläuft man sich und hat es dann schwer, wieder nach Hause zu finden. Aber wenn sie sich verlaufen hat, dann werden wir sie finden.«

Die Antwort kam von Hess. Es ist eine gute Antwort, und es kommt wieder Leben in den Blick der Tochter.

»Ich hab noch nie ausprobiert, mich zu verlaufen. Haben deine Kinder sich schon mal verlaufen?«

»Ich habe keine Kinder.«

»Warum nicht?«

Thulin sieht, dass Hess das Mädchen anlächelt, doch diesmal antwortet er nichts. Dann klingelt es an der Tür, und Le läuft hin, um ihrem Großvater zu öffnen.

70

Urbanplan ist ein kommunaler Wohnkomplex im Ortsteil Vestamager, nur drei Kilometer vom Rathausplatz in Kopenhagen entfernt. Die Wohnblöcke wurden in den 1960er-Jahren errichtet, um dem grundsätzlichen Mangel an Wohnungen abzuhelfen, doch irgendetwas ging schief, und Anfang der Nullerjahre stand die Gegend für eine Reihe von Jahren auf der Ghetto-Liste der Regierung. Die Stadt hat die Probleme immer noch nicht in den Griff bekommen, und wie auch im Odinpark würde der Einsatz von bleichen, dänischen Zivilpolizisten eine Menge Aufmerksamkeit erregen. Deshalb sind die nach Migrationshintergrund aussehenden Beamten auf den augenfälligsten Posten platziert worden – unter anderem in einigen der Autos, die auf dem dunklen Parkplatz links von dem Wohnblock, in dem Hess sich aufhält, geparkt sind.

Auf der Backofenuhr in der leeren Parterrewohnung ist es fast eins. Wie sich herausstellte, ist die Wohnung zum Verkauf ausgeschrieben, deshalb kann die Polizei sie für die Aktion benutzen. Das Licht ist ausgeschaltet, und vom Fenster in der kleinen Küche kann Hess über den nachtschwarzen Hof mit den fast entlaubten Bäumen sehen, über den Spielplatz und die Bänke und ganz hinüber bis zum erleuchteten Eingang, der zu den Treppen und dem Fahrstuhl in Jessie Kviums Häuserblock führt. Auch wenn die Überwachung richtig platziert zu sein scheint, ist Hess nervös. Vier Eingänge gibt es zu Jessie Kviums Wohnblock. Einen in jeder Himmelsrichtung, und alle hat entweder er selbst oder einer der Beamten, die um das Gebäude postiert sind, im Blick, so können sie kontinuierlich kontrollieren, wer rein- oder rausgeht. Auf den Dächern liegen Scharfschützen, die auf eine Entfernung von 200 Metern ein Einkronenstück treffen können, und in nur zwei Minuten Entfernung wartet ein Bus mit der Einsatztruppe darauf einzuschreiten, wenn sie über Funk gerufen werden. Trotzdem hat Hess das Gefühl, dass das alles nicht reicht.

Thulins Ankunft ist gut verlaufen. Hess hatte sofort den kleinen Toyota Aygo erkannt, als er mit leuchtenden Scheinwerfern von der Straße in den Parkplatz einbog, wo er in der vereinbarten Parkbucht abgestellt wurde, die kurz zuvor von einem Zivilwagen der Polizei verlassen worden war.

Thulin trug Jessie Kviums Mütze, Kleider und Mantel, nur der Rock war gegen einen entsprechenden gelben ausgetauscht worden, und aus der Entfernung verriet nichts, dass sie nicht die war, für die sie sich ausgab. Thulin hatte vom Rücksitz die Decke mit der Puppe herausgehoben, mühsam das Auto abgeschlossen, indem sie sich selbst und das Kind gegen die Autotür abstützte, und daraufhin Kurs auf den Eingang genommen, wobei ihre Art das Kind zu tragen wenig herzlich wirkte, genau wie es bei Jessie Kvium ausgesehen hätte. Hess hatte ihre Gestalt im Haus verschwinden sehen, wo dann das Licht anging. Was sie nicht vorhergesehen hatten, war, dass der Fahrstuhl benutzt wurde und ziemlich lange besetzt war, doch dann war Thulin einfach die Treppen bis in den dritten Stock hinaufgestiegen, und zwar so, dass es aussah, als würde das Kind mit jeder Runde, die sie drehte, schwerer und schwerer werden.

Es kamen ihr einzelne Bewohner des Hauses entgegen, doch scheinbar ohne Notiz von ihr zu nehmen. Am Ende war sie außer Sichtweite, und Hess hielt den Atem an, bis das Licht in der Wohnung mit dem kleinen Balkon eingeschaltet wurde.

Inzwischen waren drei Stunden vergangen, und nichts war passiert. Etwas früher am Abend waren noch Menschen auf dem Außengelände gewesen – Leute, die spät von der Arbeit kamen, oder welche, die dastanden und über die Welt diskutierten, während verblichene Blätter ihnen um die

Ohren fegten, und im Wohnblock rechts war im Gemeinschaftsraum im Keller eine kleinere Party im Gange. Die Klänge indischer Sitarmusik waren ein paar Stunden zwischen den Blöcken hin und her geweht, doch allmählich war die Party erstorben, und in immer mehr Wohnungen wurden die Lichter ausgeschaltet und zeugten davon, dass es spät geworden war.

Das Licht bei Jessie Kvium brennt immer noch, aber Hess weiß, dass es bald gelöscht werden wird, denn es gehört zu Jessie Kviums Routine, um diese Zeit ins Bett zu gehen, zumindest, wenn sie ausnahmsweise mal an einem Freitagabend zu Hause ist.

»11-7 hier. Hab ich euch schon den von der Nonne und den sieben kleinen Beamten von Europol erzählt? Over.«

»Nein, komm rüber damit, 11-7. Wir hören.«

Tim Jansen ist das, der seine Kollegen über Funk unterhalten möchte, verbunden mit einem kaum versteckten Seitenhieb auf Hess. Von seinem Posten am Küchenfenster aus kann Hess ihn nicht sehen, weiß aber, dass er mit einem der jüngeren Beamten mit Migrationshintergrund ein Stück vom Eingang entfernt in einem Auto sitzt. Auch wenn es ihm nicht gefällt, dass der Funkkontakt für Witze benutzt wird, lässt er es durchgehen. Bei der Gruppenbesprechung im Präsidium, bevor Hess zu Thulin gefahren war, hatte Jansen schon seinem Misstrauen gegenüber der Aktion Ausdruck verliehen, weil Hess nicht mit Sicherheit sagen konnte, dass Jessie Kvium wirklich in Gefahr war. Zweifellos hielt der Mann Hess für die Person, die sich bei der Presse verplappert hatte, was natürlich hauptsächlich daher kam, dass Hess derjenige war, der sich überhaupt Fragezeichen in Sachen Aufklärung des Kristine-Hartung-Falls erlaubt hatte. So etwas tat man nicht ungestraft. Mehrere Tage lang hatte Hess den Blick von Jansen im Nacken gespürt, wenn er im Polizeipräsidium gewesen war, doch mit der Medienexplosion an diesem Abend betrachteten ihn jetzt mehrere Kollegen mit unverhohlenem Misstrauen, was vollkommen lächerlich war. Das Geschreibe der Presse über Mordfälle brachte nur selten etwas Gutes hervor, weshalb sich Hess schon seit Langem angewöhnt hatte, Abstand zu Journalisten zu halten. Tatsächlich hatte das Leck ihn selbst am meisten geärgert – wenn es denn wirklich ein Leck war. Der Täter wusste natürlich von den Fingerabdrücken, und Hess konnte sich vorstellen, dass sich der Betreffende wahrscheinlich darüber amüsierte, dass die Ermittlung nun bis ins Letzte der Öffentlichkeit preisgegeben war.

Hess darf nicht vergessen, die Quellen der Artikel zu überprüfen, und mit diesem Gedanken greift er verärgert nach dem Funkgerät, wo Jansen mit einem weiteren Witz kommt.

»11-7, bitte den Funkkontakt auf die Aufgabe beschränken.«

»Was passiert sonst, 7-3? Rufst du die Zeitung an?«

Man hört vereinzeltes Gelächter, bis der Einsatzleiter sich einmischt und Schweigen anordnet. Hess schaut aus dem Fenster. Bei Jessie Kvium ist das Licht ausgegangen.

71

Thulin hält sich von den großen, dunklen Fenstern fern, geht aber von einem Zimmer zum anderen, um den Täter ahnen zu lassen, dass sie, also Jessie Kvium, in der Wohnung ist. Vorausgesetzt, dass der Täter überhaupt da draußen ist und zuschaut.

Das Schauspiel auf dem Parkplatz hat funktioniert. Die Puppe war ziemlich ähnlich, und das künstliche schwarze Haar war größtenteils unter der Decke versteckt. Es hatte ihr einen Strich durch die Rechnung gemacht, dass der Fahrstuhl im Eingang besetzt war, aber sie hatte sich gedacht, dass eine ungeduldige Person wie Jessie Kvium lieber die Treppen hochsteigen würde, als zu warten. Auf dem Weg nach oben war sie einem jüngeren Paar begegnet, doch die beachteten sie kaum, und sie hatte die Wohnung mit Jessie Kviums Schlüssel aufgeschlossen und die Tür sofort hinter sich zugemacht, als sie in der Diele stand.

Obwohl Thulin noch nie zuvor in der Wohnung gewesen war, kannte sie doch den Grundriss und konnte die Puppe direkt ins Schlafzimmer tragen und dort auf das Bett legen. Im Schlafzimmer standen sowohl das Bett der Mutter als auch das der Tochter. Die Fenster hatten keine Gardinen und blickten auf einen weiteren Betonblock mit Wohnungen gegenüber. Sie wusste, dass Hess hinter den dunklen Fenstern im Erdgeschoss stand, aber nicht, wer sie eventuell aus den anderen Etagen sehen konnte, also zog sie die Puppe auch aus und steckte die Decke um sie fest, so wie sie es auch zu Hause bei Le machte. Es fiel ihr plötzlich ein, wie paradox es doch war, dass sie hier stand und einer Puppe gute Nacht sagte, anstatt ihre eigene Tochter ins Bett zu bringen, doch jetzt war nicht der richtige Zeitpunkt für solche Gedanken. Als Nächstes war sie ins Wohnzimmer gegangen und hatte den Flachbildschirm eingeschaltet, wie es Jessies Routine vorschrieb, um sich dann mit dem Rücken zum Fenster in den Lehnstuhl zu setzen und die Wohnung in Augenschein zu nehmen.

Jessie Kvium selbst war die letzte Person gewesen, die sich in dieser Wohnung aufgehalten hatte, und sie hatte offenbar ihre Zeit nicht damit verschwendet aufzuräumen. Die Wohnung war ein einziges Chaos. Viele leere Weinflaschen, Teller mit Essensresten, Pizzakartons und schmutziges Geschirr. Nicht viele Spielsachen. Plötzlich war sich Thulin privilegiert vorgekommen. Auch wenn sie nicht sicher sein konnten, dass Jessie Kvium ihr Kind wirklich vernachlässigte, wirkte dies nicht gerade wie ein appetitlicher Ort zum Aufwachsen. Was Thulin an ihre eigene Kindheit erinnerte, und weil sie daran nicht gern dachte, konzentrierte sie sich stattdessen ganz auf den Flachbildschirm. Der Kristine-Hartung-Fall hatte immer noch erste Priorität, und mit der Begründung, dass der Fall möglicherweise doch nicht aufgeklärt war, wurde alles noch einmal durchgekaut. Es hieß, dass Rosa Hartung abgelehnt hatte, sich zu äußern, und Thulin bekam beinahe Mitleid, dass die Ministerin und ihre Familie jetzt ein weiteres Mal mit einer Vergangenheit konfrontiert wurden, die sie so gern hinter sich lassen wollten. Doch dann erreichte die Lawine einen weiteren Höhepunkt:

»Bleiben Sie dran, gleich sprechen wir hier in den Nachrichten mit Steen Hartung – dem Vater von Kristinc Hartung.«

Steen Hartung war zu Gast in der letzten Nachrichtensendung des Abends und teilte in einem längeren Interview mit, dass er keine Zweifel hatte, dass seine Tochter immer noch irgendwo am Leben sein könnte. Er flehte die Menschen an, wenn sie etwas wüssten, mit den Hinweisen zur Polizei zu gehen, und er wandte sich auch direkt an »die Person, die Kristine entführt hat« und forderte sie auf, die Tochter unverletzt zurückzugeben.

»Wir vermissen sie … Sie ist immer noch nur ein Kind, und sie braucht ihre Mutter und ihren Vater.«

Thulin konnte Steen Hartung gut verstehen, aber sie war nicht sicher, ob sein Appell den Ermittlungen nutzen würde. Der Justizminister und Nylander als Leiter der Mordkommission hatten bereits den Fehdehandschuh aufgegriffen und mit scharfen Kommentaren alle Spekulationen zurückgewiesen. Vor allem Nylander wirkte in der Presse stahlhart und fast zornig, zugleich aber auch von so guter Laune, dass sie ihn in Verdacht hatte, die Aufmerksamkeit zu genießen. Mitten in der ganzen Sache hatte Thulin eine SMS von Genz bekommen, der fragte, was zum Teufel los sei, denn die Reporter hätten auch schon angefangen, *ihn* anzurufen. Sie antwortete, es sei wichtig, dass er sich nicht äußerte. Er hatte zurückgescherzt, dass er das versprechen könne, wenn sie morgen früh 15 Kilometer mit ihm laufen würde, doch die SMS hatte sie unbeantwortet gelassen.

Das Pressegetöse um den Kristine-Hartung-Fall hatte dann gegen Mitternacht endlich ein Ende genommen und den langweiligen Wiederholungen irgendwelcher Fernsehserien Platz gemacht.

Der Optimismus und die Anspannung, die sie verspürt hatte, als sie von Christianshavn weggefahren war, weicht langsam den Zweifeln. Wie sicher können sie sein, dass Jessie Kvium die Richtige ist? Wie sicher können sie sein, dass der Täter ihr etwas antun will? Und als sie nun hört, wie Tim Jansen anfängt, über Funk die Zeit mit geistlosen Bemerkungen totzuschlagen, kann sie ihn sogar ein wenig verstehen. Natürlich ist der Mann ein Idiot, aber wenn sie sich getäuscht haben, dann sind sie mit der Ermittlung unendlich weit hinterher. Thulin kontrolliert die Uhrzeit auf ihrem

Handy, steht auf und schaltet wie verabredet das Licht im Wohnzimmer aus, und bevor sie sich wieder in den Sessel setzen kann, ruft Hess sie an.

»Alles okay?«

»Ja.«

Sie merkt, dass er ruhiger wird. Sie unterhalten sich ein bisschen über den Stand der Dinge, und auch wenn er es nicht sagt, kann sie doch spüren, dass er nach wie vor in Alarmbereitschaft ist. Zumindest mehr als sie.

»Nimm dir das mit Jansen nicht so zu Herzen«, hört sie sich selbst plötzlich sagen.

»Danke. Mache ich auch nicht.«

»Seit ich in dem Laden bin, protzt der mit dem Hartung-Fall. Und wenn jemand wie du und jetzt auch noch die Presse die Aufklärung in Frage stellen, dann ist das ungefähr so, als würde man ihm mit einem abgesägten Jagdgewehr in die Eier schießen.«

»Klingt wie etwas, worauf du selbst Lust hättest.«

Thulin grinst. Sie will gerade antworten, als Hess' Stimme sich verändert.

»Es passiert was. Geh auf Funk.«

»Was passiert?«

»Tu, was ich sage. Sofort.«

Die Verbindung wird unterbrochen.

Als Thulin das Handy sinken lässt und vor sich in die Dunkelheit starrt, wird ihr plötzlich klar, wie allein sie ist.

72

Hess steht regungslos am Fenster. Er weiß, dass er von außen nicht zu sehen ist, trotzdem rührt er sich nicht. Ungefähr hundert Meter entfernt, am Eingang zum Ende von Kviums Betonblock, hat er eben noch ein junges Paar mit einer Babytrage die Tür zum Fahrradkeller aufschließen und darin verschwinden sehen. Doch gerade, als sich die Tür mit der hydraulischen Automatik hinter ihnen zu schließen beginnt, da bemerkt Hess vor dem angrenzenden Gebäude eine Bewegung in der Dunkelheit. Einen Moment lang glaubt er, dass es nur der Wind in den Bäumen gewesen sein könnte, doch dann ist die Bewegung wieder da. Eine Gestalt beginnt zu laufen und verschwindet im Haus, kurz bevor die Tür zufällt. Hess nimmt das Funkgerät zur Hand.

»Der Gast ist möglicherweise angekommen. Die Tür nach Osten, over.«

»Wir haben es gesehen, over.«

Hess weiß, was sich an diesem Ende des Gebäudes befindet, obwohl er selbst nicht dort gewesen ist. Der Eingang führt zum Fahrradkeller und vom Fahrradkeller weiter unter den Häuserblock und dann zur Treppe und zum Fahrstuhl nach oben in die Stockwerke.

Hess verlässt die Parterrewohnung, tritt in den Hausflur und schließt die Tür hinter sich. Anstatt aus dem Haupteingang hinaus in den Hof zu gehen, nimmt er die Treppe in den Keller hinunter. Er schaltet kein Licht ein, sondern holt seine Taschenlampe heraus. Als er in den Keller kommt, weiß er aus den Grundrissplänen, welchen Weg er nehmen muss. Mit dem Lichtkegel vor sich läuft er zu dem unterirdischen Verbindungsgang, der unter dem Hof hindurch und hinüber zu Kviums Wohnblock führt. Er ist ungefähr fünfzig Meter lang, und als er sich der schweren Metalltür zu Kviums Wohnkomplex nähert, hört er über Funk, dass der Fahrstuhl von dem Paar mit der Babytrage belegt ist.

»Die nicht identifizierte Person könnte sich auf der Treppe befinden, aber das Licht ist nicht eingeschaltet worden, deshalb können wir nicht sicher sein. Over.«

»Wir suchen in Richtung nach oben und starten jetzt«, antwortet Hess.

»Aber wir wissen nicht einmal, ob ...«

»Wir starten jetzt. Kein Gerede mehr.«

Hess schaltet den Funk aus. Irgendetwas stimmt nicht. Die Gestalt scheint zu Fuß über die dunkle Grasfläche gekommen zu sein, und das kommt ihm nicht sehr durchdacht vor. Hess wird klar, dass es ihn überhaupt nicht erstaunen würde, wenn der Täter sich vom Dach abseilen oder aus einem Gullydeckel springen würde. Alles, nur nicht durch den Haupteingang. Er entsichert seine Waffe, und als die Metalltür hinter ihm zugleitet, ist er bereits oben auf dem ersten Treppenabsatz.

73

Thulin hat die Meldungen über Funk gehört und schaut aus den Fenstern. Es sind acht bis neun Minuten vergangen, seit der Gast angekündigt wurde. Sie kann nicht auf den Parkplatz hinunterschauen, und ihr wird klar, wie still es in dem Wohnkomplex ist. Die Musik hat aufgehört, nur der Wind ist noch zu hören. Als sie die Details der Aktion planten, hatte sie nichts dagegen gehabt, in der Wohnung zu bleiben, aber jetzt erscheint ihr das wie eine dumme Idee. Sie war noch nie gut darin zu warten. Außerdem hat die Wohnung keinen Hinterausgang, keinen Ort, zu dem man sich flüchten könnte, wenn es notwendig wäre. Als sie hört, dass in der Diele an die Wohnungstür geklopft wird, ist sie deshalb erleichtert, denn sie meint, es müsse Hess sein oder einer der anderen, die ihr helfen wollen.

Sie schaut durch den Türspion. Der Hausflur liegt dunkel und verlassen da. Niemand ist zu sehen, nur der Feuerlöscher im Gewölbe gegenüber der Tür. Einen Moment lang überlegt sie, ob sie sich getäuscht haben kann. Aber da war ein Klopfen. Und auch wenn sie es als ein Zeichen dafür genommen hat, dass die Gefahr vorüber ist, entsichert sie doch ihre Waffe und macht sich bereit. Sie schiebt den Riegel zurück, dreht das Schloss nach links und tritt mit der Pistole am Anschlag auf den Gang.

Im Dunkeln leuchten schwach ein paar Schalter, doch sie schaltet das Licht nicht ein. Die Dunkelheit fühlt sich wie ein Schutz an. Alle Türen zu den anderen Wohnungen, die auf den breiten Linoleumgang weisen, scheinen verschlossen zu sein, und als sich ihre Augen an die Dunkelheit gewöhnen, kann sie bis zum Flurende auf der linken Seite sehen. Dann schaut sie in die andere Richtung, nach rechts, wo sich Treppe und Fahrstuhl befinden, doch auch da ist nichts zu sehen. Es ist niemand im Flur.

Drinnen aus der Wohnung ist ein Knacken vom Funkgerät zu hören. Jemand ruft ungeduldig ihren Namen, und sie zieht sich wieder zur Tür zurück. Doch in dem Moment, als sie dem Flur den Rücken zudreht, fährt die Gestalt aus der Wölbung beim Feuerlöscher auf sie zu. Da hat sie gekauert und auf genau diesen Augenblick gewartet, und Thulin spürt das Gewicht, das sie umwirft, durch die Tür und auf den Fußboden. Kalte Hände klammern sich um ihren Hals, und sie hört die Stimme, die ihr ins Ohr flüstert: »Du elende Sau. Gib mir die Fotos, oder ich schlage dich tot.«

Ehe der Mann noch mehr sagen kann, bricht seine Nase unter zwei schnellen Stößen von Thulins Ellenbogen. Einen Moment lang sitzt er wie versteinert in der Dunkelheit. Ehe er begreift, was ihm da eben passiert ist, schlägt Thulin ein drittes Mal zu, sodass er zu Boden stürzt.

74

Als Hess an Kviums Wohnung ankommt, steht die Tür offen, und noch ehe er mit zwei Beamten hinter sich reingeht, kann er den Mann vor Schmerz schreien hören. Hess schaltet das Licht ein. In der Wohnung herrscht totales Chaos. Auf dem Boden zwischen Wäsche und Pizzakartons liegt ein Mann mit blutiger Nase, dem beide Arme auf den Rücken gepresst werden. Thulin sitzt auf ihm und hält seine Handgelenke mit der einen Hand zwischen den Schulterblättern fest, während sie dabei ist, ihn mit der anderen abzusuchen.

»Was zum Teufel machen Sie? Lassen Sie mich los, verdammt noch mal!«

Als sie fertig ist, hieven die beiden Beamten den Mann auf die Knie, immer noch mit den Händen zwischen die Schulterblätter gepresst, was ihn noch lauter schreien lässt.

Er ist ungefähr 40 Jahre alt. Muskulöser Vertretertyp mit Pomade im Haar und Ehering am Finger. Nur in T-Shirt,

Jacke und Trainingshosen, so als wäre er eben aus seinem Bett gekrabbelt. Seine Nase ist schief und angeschwollen, und die Tour über den Fußboden hat das Blut in seinem Gesicht verschmiert.

»Nikolaj Møller. Mantuavej 76, Kopenhagen Süd.«

Thulin liest von der Versicherungskarte des Mannes vor, die mit Kreditkarte und Familienfotos in dem Geldbeutel lag, den sie in seiner Innentasche gefunden hat. Da waren auch ein Handy und ein Autoschlüssel mit Audi-Logo.

»Was ist hier los? Ich habe nichts getan!«

»Was machen Sie hier? Was machen Sie hier, habe ich gefragt!«

Thulin ist zu dem Mann getreten und zwingt ihn sie anzuschauen. Er ist immer noch schockiert und kann sich offensichtlich nicht daran gewöhnen, hier eine fremde Frau als Jessie Kvium verkleidet zu sehen.

»Ich wollte nur mit Jessie reden. Sie hat mir grade eine Nachricht geschickt, dass ich hierherkommen soll!«

»Sie lügen. Was machen Sie hier, habe ich gefragt.«

»Ich habe überhaupt nichts gemacht! Sie ist diejenige, die *mich* verarscht hat!«

»Zeigen Sie mir die Nachricht. Sofort.«

Hess hat Thulin das Handy abgenommen und dem Mann gereicht. Die Beamten lassen ihn los, und er fängt schniefend an, mit seinen blutverschmierten Fingern den Code in sein Handy zu tippen.

»Kommen Sie schon, beeilen Sie sich!«

Hess ist ungeduldig. Er weiß instinktiv, dass das hier die Antwort auf seine bangen Ahnungen ist, aber er versteht nicht wie und warum.

»Zeigen Sie es mir, schnell!«

Hess reißt dem Mann das Handy aus der Hand und schaut auf das Display.

Da ist keine Nummer des Absenders, sondern nur der Hinweis »Verborgene Nummer«, und die SMS-Nachricht ist einfach und kurz:

»Komm jetzt zu mir nach Hause. Sonst schicke ich die Bilder an deine Frau.«

Hess sieht, dass ein Foto an die Nachricht angehängt ist, und er tippt es an, um es zu vergrößern. Es ist aus vier bis fünf Meter Entfernung aufgenommen worden, und Hess erkennt die Mülltonnen aus dem Gang unter dem Ballettstudio wieder, in dem Einkaufszentrum, in dem sie Jessie Kvium gefunden haben. Zwei Personen stehen dicht hintereinander, und es ist deutlich, was sie da tun. Die vordere ist Jessie Kvium, in denselben Kleidern, die Thulin jetzt anhat, und die hintere ist Nikolaj Møller, dessen Hosen ihm um die Knöchel hängen.

Tausend Gedanken explodieren in Hess' Kopf.

»Wann haben Sie die Nachricht bekommen?«

»Lassen Sie mich gehen. Ich habe nichts getan!«

»Wann, frage ich!«

»Vor einer halben Stunde. Was zum Teufel geht hier vor?«

Hess starrt den Mann einen Moment lang an. Dann lässt er von ihm ab und läuft zur Tür.

75

Der Schrebergartenverein Hængekøjen H/F in Valby, zu dem etwas mehr als 100 Gartengrundstücke gehören, ist über den Winter geschlossen. Im Sommer gehört das hier zu den lebendigsten Oasen der Stadt, doch wenn der Herbst kommt, werden die kleinen Häuschen und die Gärten abgeschlossen und sich selbst überlassen, bis wieder Frühling ist. Deshalb ist nur ein einziges Haus in der Mitte der Gartenkolonie erleuchtet, nämlich die Hütte, die der Stadtverwaltung Kopenhagen gehört.

Es ist spät in der Nacht, aber Jessie Kvium ist immer noch wach. Draußen zerrt der Wind an Bäumen und Büschen, und manchmal klingt es fast, als würde das Dach des kleinen Holzhauses mit den zwei Zimmern gleich mitgerissen. Der Geruch im Haus ist anders als im Sommer, und von dem Bett in dem dunklen Zimmer, wo sie mit ihrem kleinen, schlafenden Mädchen liegt, sieht sie das Licht unter der Tür hindurchscheinen. Es fällt ihr immer noch schwer zu begreifen, dass auf der anderen Seite der Wand wirklich zwei Polizeibeamte sitzen, um sie und Olivia zu beschützen. Jessie streichelt die Wange ihrer Tochter. Das tut sie nur selten, und obwohl ihr die Tränen in den Augen stehen, und obwohl sie in einem Augenblick der Klarheit eingesehen hat, dass die Tochter das einzig Sinnvolle in ihrem elenden Leben ist, begreift sie auch plötzlich, dass sie das Kind weggeben muss, wenn alles irgendwie mal besser werden soll.

Der Tag war dramatisch. Erst der Vorfall mit Nikolaj, der sie im Centrum gedemütigt hat. Dann die Flucht durch die Gänge, die Vernehmung auf dem Polizeipräsidium und schließlich die Unterbringung in der menschenleeren Gartenkolonie. Auch wenn Jessie weiter ihre Unschuld beteuert hatte, war sie doch über die Anschuldigungen während der Vernehmung bestürzt gewesen. Sie soll ihre Tochter vernachlässigt und geschlagen haben, so wie es auch schon in der anonymen Anzeige bei der Behörde behauptet wurde. Obwohl, eigentlich waren es nicht die Anschuldigungen, über die sie bestürzt war. Die hatte sie ja schon vorher gehört, aber sie war schockiert über den Ernst, mit dem sie vorgetragen wurden. Die beiden Ermittler, die sie ausgefragt hatten, waren anders gewesen als die Leute vom Jugendamt. Es war, als wüssten sie, was vorgefallen war. Sie hatte sich aufgeregt und gebrüllt und geschrien, genau, wie sie dachte, dass sich eine zu Unrecht beschuldigte Mutter wohl verhalten würde, doch ganz gleich, wie überzeugend sie auch klingen mochte, hatten sie ihr nicht geglaubt. Und obwohl sie nicht verstand, warum sie zusammen mit der Tochter in einer kalten und feuchten Holzhütte in Sicherheit gebracht werden musste, wusste sie doch so viel, dass es ihre eigene Schuld war. Wie so vieles andere.

Als sie im Schlafzimmer allein gelassen wurden, hatte Jessie zunächst gedacht, dass sie sich zusammenreißen könnte. Dass sie sich in einer Nacht verändern könnte. Aufhören mit dem Feiern und Trinken, aufhören, sich selbst zu erniedrigen in dem ewigen Versuch, jemanden zu finden, der anbiss, damit sie sich mal geliebt fühlen konnte. Sie hatte schon Nikolajs Nummer auf ihrem Handy gelöscht, damit sie nicht auf die Idee käme, noch einmal zu ihm Kontakt aufzunehmen. Aber würde das vorhalten? Oder würden nur andere kommen? Vor ihm hatte es andere gegeben, Kerle oder Mädels, und ihr eigenes elendes Leben war schon längst auch das von Olivia geworden, die sich in alles gefügt hatte. Die langen Tage in der Nachmittagsbetreuung, die Einsamkeit auf dem Spielplatz, die wilden Abende in Bars, sogar die morgendlichen Ausschweifungen mit Wildfremden, die Jessie nach Hause mitgeschleift hatte und denen sie alles versprochen hatte, wenn sie nur ihr Leben ein wenig versüßen würden. Sie hatte ihre Tochter gehasst, und sie hatte sie geschlagen. Zeitweilig hatte nur das Kindergeld von der Kommune sie davon abgehalten, das Kind wegzugeben.

Doch ganz gleich, wie sehr sie bereut und sich wünscht, alles wiedergutmachen zu können, weiß Jessie auch, dass sie nicht imstande sein wird, das allein zu schaffen.

Vorsichtig, um Olivia nicht zu wecken, rutscht sie unter der Decke heraus. Obwohl sich der Fußboden unter ihren nackten Füßen eiskalt anfühlt, nimmt sie sich die Zeit, die Decke um ihre Tochter festzustecken, ehe sie zur Tür geht.

76

Der Magen von Ermittler Martin Ricks knurrt laut und vernehmlich, während er auf seinem Handy über die Pornhub-Seiten mit nackten Frauen scrollt. Er ist seit zwölf Jahren Kriminalassistent und langweilt sich immer schrecklich bei solchen Einsätzen wie heute Nacht, aber Pornhub, Bet365 und Sushi gehören zu den wenigen Dingen, die eine Wartezeit versüßen können. Er blättert weiter in der unendlichen Reihe von Sexbildchen, doch ganz gleich wie viele Plastiktitten, High Heels und Bondage-Fotos da zu sehen sind, ändert das doch nichts an seinem Frust über das Arschloch Hess und die Medienexplosion im Hartung-Fall.

Martin Ricks war, als er vor sechs Jahren vom Revier in Bellahøj zur Mordkommission versetzt wurde, zum Einarbeiten Ermittler Tim Jansen zugeteilt worden. Zu Anfang hatte er nicht viel für den großen, arroganten Kerl mit dem strengen, eindringlichen Blick übrig. Jansen hatte immer eine witzige Antwort parat, die Ricks ein Gefühl der Unterlegenheit vermittelte, und Ricks, der mit Worten nicht so gut ist, hatte ihn schnell in denselben Topf mit der langen Reihe von Idioten geworfen, die ihn seit der Schulzeit in Ribe für dumm gehalten hatten. Zumindest so lange, bis er die Gelegenheit bekam, sie in den Boden zu rammen. Doch mit Jansen war es anders gekommen, denn der hatte in Ricks' Ausdauer und seinem grundsätzlichen Misstrauen gegenüber den Menschen und der Welt Qualitäten gesehen. Die beiden hatten in Ricks' erstem halben Jahr Zeit zusammen in Autos, Vernehmungsräumen, Aktionsräumen, Umkleideräumen und Kantinen verbracht, und als Ricks' Einarbeitungszeit überstanden war, hatten sie dem Chef mitgeteilt, dass sie weiter zusammenarbeiten wollten. Nach sechs Jahren kannten sie einander in- und auswendig, und es war kaum übertrieben zu sagen, dass sie, ganz gleich, wie viele Chefs durch die Drehtür rein- und rausrauschten, einen Status erreicht hatten, den niemand herauszufordern wagte. Zumindest nicht, bis vor einigen Wochen das Arschloch aufgekreuzt war.

Hess war ein Blender. Möglicherweise war er vor langer Zeit, als er in der Abteilung gewesen war, einmal gut gewesen, doch jetzt war er aus demselben arroganten Holz geschnitzt wie der Rest von Europol. Ricks erinnert sich an ihn als einen Einsiedler, schweigsam und herablassend, und dass es eine Erleichterung gewesen war, ihn loszuwerden.

Doch jetzt hatte Europol offensichtlich genug von ihm bekommen, und anstatt sich nützlich zu machen, hatte Hess angefangen, die Ermittlung in Frage zu stellen, die bis dato Ricks' und Jansens größtes Ding war.

Ricks kann sich immer noch gut an die Tage im Herbst des letzten Jahres erinnern. Der Druck war enorm gewesen. Jansen und er hatten Tag und Nacht geschuftet, und sie waren es auch gewesen, die auf einen anonymen Hinweis hin rausgegangen waren und Linus Bekker verhört und festgenommen und so die Durchsuchung veranlasst hatten. Als sie einige Tage später mit Bekker zu einem weiteren Verhör im Polizeipräsidium gesessen hatten, hatte Ricks schon gespürt, dass gerade diese Vernehmung etwas Besonderes sein würde. Sie hatten gute Karten auf der Hand. Indizien und Beweise, die sie dem Kerl um die Ohren hauen konnten, und selbstverständlich hatte er am Ende gestehen müssen. Die Erleichterung war riesig gewesen, und sie hatten den Durchbruch gefeiert, indem sie sich sinnlos betrunken und schließlich bis weit in den Vormittag hinein bei Mc.Kluud an der Vesterbro Billard gespielt hatten. Zwar hatten sie die Leiche des Mädchens nie gefunden, aber das war lediglich ein Schönheitsfehler.

Trotzdem sitzt Ricks jetzt in einem kalten Schrebergarten in Valby und gibt das Kindermädchen für eine alkoholisierte Mutter – und alles nur wegen Hess und der Tusse Thulin. Während die beiden und der Rest der Einsatzgruppe, inklusive Jansen, draußen auf dem Urbanplan rumsausen, wo die spannenden Sachen passieren, hockt er hier und glotzt an die Wand, und kann sich im besten Fall erhoffen, um 6.30 Uhr abgelöst zu werden.

Plötzlich geht die Tür zum Schlafzimmer auf. Die Frau,

die er bewachen soll, kommt raus. Sie hat nur ein T-Shirt an und nackte Beine, und Ricks legt das Handy mit dem Display nach unten ab. Einen Moment lang schaut sie sich erstaunt um.

»Wo ist der andere Polizist?«

»Das heißt nicht Polizist. Das heißt Kriminalassistent.«

»Wo ist der andere Kriminalassistent?«

Obwohl es sie eigentlich nichts angeht, erklärt Ricks, dass er runtergelaufen ist, um an der Valby Langgade Sushi zu holen.

»Warum fragen Sie?«

»Ach, nichts. Ich würde gern mit den beiden Kriminalassistenten sprechen, die mich heute verhört haben.«

»Worüber? Sie können mit mir sprechen.«

Obwohl die Alki-Mama hinter dem Sofa steht, kann Ricks sehen, dass die junge Frau einen netten Hintern hat. Einen Moment überlegt er, ob er eine Chance hätte und ob sie eine Runde auf dem Sofa schieben können, ehe sein Partner mit dem Sushi zurückkommt. Das ist eine der vielen Phantasien von Ricks. Sex mit einer schutzbefohlenen Zeugin während der Überwachung. Doch bisher ist diese Phantasie noch nie Wirklichkeit geworden.

»Ich würde ihnen gern die Wahrheit sagen. Und ich würde gern mit jemandem darüber sprechen, wie ich meine Tochter in einer guten Familie unterbringen kann, bis ich selbst die Dinge im Griff habe.«

Die Antwort enttäuscht Martin Ricks. Er antwortet kurz und trocken, dass sie warten müsse. Das Jugendamt hätte schließlich noch nicht geöffnet. »Die Wahrheit« würde er sich hingegen anhören, doch bevor die Frau den Mund aufmachen kann, klingelt sein Handy.

»Hier Hess. Ist alles in Ordnung?«

Hess ist außer Atem, und es klingt, als würde er eine Autotür zuschlagen, während jemand einen Motor startet. Martin Ricks gibt sich Mühe, arrogant zu klingen.

»Warum sollte nicht alles in Ordnung sein? Was ist mit euch?«

Doch er kann die Antwort nicht hören, denn im selben Moment geht ein Autoalarm los. Draußen in der Gartenkolonie.

Die laute Sirene tönt in einer enervierenden Endlosschleife, und Ricks dreht sich um und sieht seinen Dienstwagen draußen vorm Haus in der Herbstfinsternis wie ein Tivoli-Karussell blinken und leuchten.

Martin Ricks versteht das nicht. Soweit er sehen kann, ist niemand in der Nähe des Wagens. Er hat immer noch das Handy am Ohr, und als er nach Aufforderung dem Arschloch Hess berichtet hat, dass der Autoalarm losgegangen ist, kann er hören, wie Hess plötzlich wachsam klingt.

»Bleib im Haus, wir sind auf dem Weg.«

»Warum seid ihr auf dem Weg? Was ist denn los?«

»Bleib im Haus und pass auf Jessie Kvium auf! Hörst du, was ich sage?«

Martin Ricks zögert einen Moment. Dann unterbricht er die Verbindung, sodass nur noch der Autoalarm lärmt. Falls Hess meint, dass Ricks Anweisungen von ihm annimmt, dann täuscht er sich gewaltig.

»Was ist denn los?«

Jetzt steht die Alki-Mama vor ihm und sieht ihn ängstlich an.

»Nichts. Gehen Sie rein und schlafen Sie.«

Die Antwort überzeugt sie nicht, doch bevor die Frau

protestieren kann, ist aus dem Schlafzimmer ein Weinen zu hören, und sie eilt hinein.

Ricks schiebt das Handy in die Tasche und löst den Riemen der Pistole im Schulterholster. Er ist doch nicht blöd, und wie er eben dem Telefongespräch entnehmen konnte, hat sich die Situation gedreht. Das hier ist möglicherweise die einzige Chance, die er bekommen wird, um ihnen allen das Maul zu stopfen. Hess und Thulin, und nicht zuletzt dem Kastanienmann, wie die Medien den Täter inzwischen nennen. In Kürze wird die Einsatztruppe unten am Tor angerauscht kommen, doch im Moment ist die Bühne leer und bereit, erobert zu werden.

Ricks holt seine Autoschlüssel aus der Jacke, geht zur Tür und schließt auf. Der Wind tobt und zerrt in Bäumen und Büschen, und mit der Pistole in der Hand schreitet er den Gartenpfad hinunter wie auf einem roten Teppich.

77

Obwohl Olivia sich im Bett an der Holzwand aufgesetzt hat, ist sie nicht richtig wach.

»Mama, was ist los?«

»Nichts, mein Liebling. Leg dich einfach wieder hin.«

Jessie Kvium geht schnell zu ihr, setzt sich aufs Bett und streicht der Tochter über das lange Haar.

»Aber ich kann nicht schlafen, wenn es so laut ist«, flüstert die Tochter und lehnt sich an Jessies Schulter, als die Alarmanlage plötzlich still ist.

»So, jetzt hat es aufgehört. Jetzt schlaf wieder, mein Schatz.«

Einen Moment später ist Olivia eingeschlafen, und während Jessie sie betrachtet, denkt sie, dass es geholfen hat, mit dem Polizisten zu reden. Das reicht natürlich noch nicht, und sie hätte gern weiter mit ihm gesprochen, um sich so manches von der Seele zu reden. Aber der Autoalarm veränderte plötzlich die Stimmung. Sie hatte sich gefürchtet, wie noch nie zuvor, aber jetzt, da der Alarm verstummt ist und sie irgendwo draußen im Garten wieder das wohlbekannte Klingeln vom Handy des Polizisten hört, kommt sie sich ganz albern vor. Aber nur, bis ihr klar wird, dass niemand an das Handy rangeht. Sie horcht und wartet, aber der Klingelton bricht ab. Dann beginnt ein neuer Anruf, doch auch der wird nicht beantwortet.

Draußen fährt der Wind in Jessies Haare. Sie hat Schuhe an den Füßen, doch es ist eiskalt, und sie bereut, sich keine Decke um die Beine gewickelt zu haben, ehe sie aus der Tür ging. Sie kann das Handy in der Nähe der Zivilstreife klingeln hören, aber der Polizist ist immer noch nicht zu sehen.

»Hallo? Wo sind Sie?«

Es kommt keine Antwort. Zögernd nähert sich Jessie der Ligusterhecke und dem Wagen, der im Kies vor dem Gartentor geparkt ist. Wenn sie noch einen Schritt weiter geht, ganz bis in den Kies, kann sie den ganzen Wagen sehen und wahrscheinlich auch das Handy, das ganz dicht in der Nähe klingelt. Doch dann kommen ihr wieder die Worte von der Vernehmung auf dem Polizeipräsidium in den Sinn. Die Gefahr, die sie da beschrieben haben, kriecht plötzlich in sie hinein. Aus den krummen Bäumen und den entlaubten Büschen im dunklen Garten kommt die Angst angekrochen und greift nach ihren nackten Beinen, und Jessie dreht sich herum und rennt zurück ins Haus, die Holztreppe hinauf und durch die geöffnete Tür, die sie hinter sich zuknallt.

Dem Telefongespräch des Polizisten vorhin hat sie entnommen, dass Hilfe auf dem Weg ist, und sie ermahnt sich selbst, nicht in Panik zu geraten. Sie dreht den Schlüssel im Schloss herum und rückt eine Kommode vor die Tür. Dann läuft sie in die Küche und das kleine Badezimmer und versichert sich, dass Türen und Fenster verschlossen sind. Im Küchenschrank findet sie ein langes Messer, das sie mitnimmt. Sie kann nicht aus den Fenstern in den Garten sehen, und plötzlich geht ihr auf, dass sie da in Licht getaucht steht. Wenn da draußen jemand ist, und daran zweifelt sie überhaupt nicht mehr, dann kann er jede Bewegung von ihr beobachten. Mit wenigen Schritten ist sie zurück im Wohnzimmer, und nach einigen fieberhaften Versuchen gelingt es ihr, den richtigen Schalter zu finden, sodass das Licht ausgeht.

Jessie steht still und horcht in die Dunkelheit, den Blick auf den Vorgarten gerichtet. Nichts. Nur der Wind, der versucht, das Haus umzuwerfen. Sie steht dicht an dem elektrischen Heizkörper, und ihr wird klar, dass sie den auf der Suche nach dem Lichtschalter sicher auch ausgemacht hat. Jessie beugt sich herab und schaltet ihn wieder ein. Der Heizkörper beginnt zu brummen, und im schwach rötlichen Licht des elektronischen Displays erkennt sie plötzlich die kleine Figur auf dem Stuhl, auf dem vorhin der Polizist gesessen hat.

Für einen kurzen Moment weiß sie nicht, was das ist. Doch dann wird es ihr klar. Und obwohl der kleine Kastanienmann ganz unschuldig aussieht und seine Streichholzarme ergeben zum Himmel streckt, erfüllt er sie doch mit

Furcht, denn sie weiß ganz sicher, dass er noch nicht auf dem Stuhl stand, als sie vorhin rausgegangen ist, um nach dem Polizisten zu suchen. Als sie wieder aufsieht, ist es, als würde vor ihr in der Dunkelheit etwas lebendig werden, und sie legt all ihre Kraft hinein, als sie das Messer durch die Luft jagt.

78

Der Dienstwagen rast durch den Eingang zum Schrebergartenverein und weiter den Kiesweg hinunter. In der kleinen Oase mit Häuschen und Gartengrundstücken ist es stockfinster, aber ihr Fernlicht erfasst das reflektierende Nummernschild weiter vorne in der Anlage. Thulin fährt den ganzen Weg zu der Zivilstreife hinauf, und Hess springt raus.

Ein paar Sushi-Kartons liegen in den Kies geworfen, und ein jüngerer Beamter sitzt über eine Gestalt gebeugt. Der Beamte entdeckt Hess und schreit um Hilfe, während er mit beiden Händen fieberhaft versucht, das Blut aufzuhalten, das aus einem tiefen Schnitt in Martin Ricks' Hals pulsiert. Martin Ricks liegt in Krämpfen, den Blick starr auf die schwarzen Bäume über sich gerichtet, und Hess rennt weiter zum Haus hinauf. Die Tür ist verschlossen, er tritt sie ein und schiebt dabei eine Kommode weg. Im Zimmer ist es dunkel, doch als er mit der Pistole in der Hand den Raum sichert, kann er erkennen, dass Stühle und Tisch wie nach einem Kampf umgeworfen sind. Im Schlafzimmer sitzt Jessie Kviums Tochter verwirrt und weinend im Bett und klammert sich an die Decke. Jessie Kvium ist nicht da, und

Thulin macht ihn darauf aufmerksam, dass die Hintertür sperrangelweit offen steht.

Der rückwärtige Garten fällt stark ab, und in drei Schritten sind sie unten auf dem Rasen am Ende des Grundstücks. Hess und Thulin rennen an dem großen Apfelbaum vorbei, der mitten auf dem Rasen steht, doch als sie an den Zaun kommen, der an das Nachbargrundstück stößt, ist niemand zu sehen. Die Reihe von dunklen, windzerzausten Gärten geht bis zu den Hochhäusern an der großen Straße weiter, und sie entdecken sie erst, als sie sich wieder dem Haus zuwenden. Die untersten Äste, die vom Stamm des Apfelbaums abgehen, sind keine Äste, sondern Jessie Kviums nackte Beine. Ihr Körper ist sitzend an der Stelle angebracht, wo sich der Stamm dreiteilt. Rittlings auf den dicksten Ast gequetscht, sodass die Beine unnatürlich in verschiedene Richtungen zeigen. Der Kopf hängt schief, und die leblosen Arme sind mit Ästen abgestützt, sodass sie zum Himmel weisen.

»Mama?«

Durch den Wind erreicht sie die verwirrte Stimme, und oben an der Hintertür des Hauses können sie den schwachen Umriss des Mädchens erkennen, das in die Kälte hinausgetreten ist. Aber Hess kann sich nicht rühren, und so ist es Thulin, die den Abhang hinaufrennt und das Mädchen mit reinnimmt, während Hess beim Baum zurückbleibt. Obwohl es dunkel ist, kann er erkennen, dass beide Arme unnatürlich kurz sind. Ebenso das eine Bein. Und als er ganz herantritt, kann er die Kastanienfigur mit den ausgestreckten Streichholzarmen erahnen, die so in Jessie Kviums offenen Mund gedrückt ist, dass sie aufrecht steht.

Dienstag, 20. Oktober,
Gegenwart

79

Thulin ist im Laufschritt durch den Regen zwischen den Wohnblöcken unterwegs, während sie nach einem Hinweis sucht. Das Wasser sickert in ihre Schuhe, und als sie endlich ein Schild sieht, auf dem 37C steht, zeigt es in die entgegengesetzte Richtung zu der, in die sie gerade läuft.

Es ist früh am Morgen, und sie hat eben ihre Tochter an der Schule abgeliefert. Nur wenige Tage ist es her, dass sie zwischen den Wohnblöcken im Urbanplan stand, und sie wusste nicht, dass auch Hess in einem Sozialbau wohnt, doch aus irgendeinem Grund überrascht sie das nicht. Freundliche, aber wachsame Blicke von Frauen mit Nikab und Kopftuch verraten ihr, dass sie bemerkt wird, und als sie sich nach dem richtigen Weg umschaut, ärgert es sie wieder, dass Hess nicht erreichbar ist, wenn die Hütte brennt.

Fast vier Tage lang haben die Medien sich mit Standups und Reportagen von den Tatorten, aus Christiansborg, dem Polizeipräsidium und der Gerichtsmedizin in eine Eigendynamik hineingesteigert. Es gab Porträts von den drei ermordeten Frauen und von Martin Ricks, der im Kies der Gartenkolonie gestorben war. Es gab Interviews mit Zeugen, Nachbarn, Angehörigen, es gab Aussagen von Experten und den Kritikern der Experten, Stellungnahmen von Politikern und nicht zuletzt von Nylander, der sich wieder und wieder vor die Mikrofone stellen musste – oft zusammengeschnitten mit passenden Äußerungen des Justizministers. Dazu kam die Geschichte von Rosa Hartung, die ihre Tochter verloren hatte und nun die Pein durchleben musste, dass der Fall möglicherweise nicht korrekt aufgeklärt worden war. Als die Nachrichtenmagazine schließlich merkten, dass sie sich selbst wiederholten, fingen sie an zu spekulieren, wann wohl wieder etwas Schreckliches passieren würde.

Hess und Thulin hatten seit Freitag nicht viel Schlaf bekommen. Der Schock über die Morde in der Gartenkolonie waren der Notwendigkeit schlichter Brotarbeit gewichen, wie die ewigen Befragungen und das Herumtelefonieren, das Sammeln von Daten über den Urbanplan und den Schrebergartenverein und die Ermittlung von Jessie Kviums Familien- und Liebesverhältnissen. Die sechsjährige Tochter, die glücklicherweise ihre tote Mutter nicht gesehen hatte, war untersucht worden, und die Ärzte hatten vielfältige Anzeichen für Vernachlässigung, Unterernährung und Misshandlung gefunden. Ein Psychologe hatte mit ihr gesprochen, sich dabei jedoch ausschließlich auf die Trauer um die tote Mutter beschränkt, und war hinterher aufrichtig beeindruckt von der Fähigkeit dieses kleinen Menschen, den Verlust in Worte zu fassen. Das war zumindest ein gutes Zeichen, und das Mädchen war von seinen Großeltern aus Esbjerg abgeholt worden, die sie sehr gerne zu sich nehmen wollten, aber nun abwarten mussten, ob die notwendige Beurteilung des Jugendamts zu ihren Gunsten ausfiel oder nicht. Durch Thulins Eingreifen war es gelungen, das Mädchen und die Großeltern aus den Medien herauszuhalten; Letztere verbreiteten jetzt sowieso lieber die jüngsten Neuigkeiten über den Kastanienmann.

Thulin hasste es, wenn die Presse Täter auf diese Weise

dämonisierte. Nicht zuletzt, weil sie sicher war, dass der Täter in diesem Fall genau daran interessiert war, Angst zu schüren, und sich von der großen Aufmerksamkeit geradezu angestachelt fühlte. Doch der Dramatisierung durch die Presse war nur schwer Einhalt zu gebieten, wenn die technischen Ermittlungen und eine Unzahl von Vernehmungen keinen Durchbruch zeitigten. Genz und seine Leute waren Tag und Nacht beschäftigt, doch vorläufig ohne brauchbare Ergebnisse. Auch die SMS des Täters auf Nikolaj Møllers Handy konnte nicht zurückverfolgt werden, und es gab keine Zeugenaussage, die einen Hinweis darauf gab, wer Jessie Kvium beobachtet haben könnte. Weder im Urbanplan noch an jenem Tag im Einkaufszentrum, und obwohl sie sogar noch einmal dorthin gegangen waren, um ein weiteres Mal die Überwachungsfilme anzusehen. Sämtliche Spuren vom Täter lösten sich in Wohlgefallen auf – genau wie bei den Fällen von Laura Kjær und Anne Sejer-Lassen.

Doch die Gerichtsmedizin konnte sagen, dass Jessie Kvium ungefähr um 01.20 Uhr gestorben war. Die Amputationen waren mit demselben Instrument vorgenommen worden wie in den beiden anderen Fällen, und man wusste auch, dass sie noch lebte, als sie vorgenommen wurden. Zumindest, was die Amputation der Hände angeht. Es bestand kein Zweifel, dass der Fingerabdruck auf dem kleinen Kastanienmännchen, das diesmal im Mund des Opfers gefunden wurde, von Kristine Hartung stammte. Und man war sich selbstverständlich einig darüber, dass die Anzeigen gegen die drei ermordeten Frauen ein und denselben Urheber hatten. Doch die Behörden und diverse Sachbearbeiter waren keine große Hilfe, und die drei Mails und ihre labyrinthischen Server-Verbindungen gaben auch keinen Fingerzeig auf den wirklichen Absender. Als Ausdruck der verzweifelten Lage hatte Nylander für eine ausgesuchte Gruppe von Frauen, die über den Whistleblower-Account der Stadt anonym angezeigt worden waren, Personenschutz angeordnet und außerdem seine Abteilung in höchste Alarmbereitschaft versetzt.

Die Stimmung im Polizeipräsidium war durch die ganze Situation sehr gedrückt. Zwar war Martin Ricks als Ermittler kein großes Licht gewesen, doch mit nur wenigen Fehltagen in sechs Dienstjahren war der Mann ein ebenso fester Bestandteil des Präsidiums gewesen wie die beiden goldenen Sterne über dem Haupteingang. Übrigens war er verlobt gewesen, was für die meisten eine Überraschung war. Gestern um 12 Uhr war eine Schweigeminute im Präsidium abgehalten worden, und die Stille war schrecklich gewesen. Kollegen hatten geweint, und die Ermittlungen hatten die Verbissenheit bekommen, die entsteht, wenn ein Beamter im Dienst umkommt.

Für Hess und Thulin war die größte unbeantwortete Frage, wie der Täter sie in der Mordnacht hatte ausmanövrieren können. Sie hatten am Urbanplan im Hinterhalt gelegen, doch der Täter hatte das entdeckt. Wie, das wusste Thulin nicht, doch es musste so gewesen sein. Daraufhin hatte der Täter die Gartenkolonie aufgesucht, was nur Sinn machte, wenn der Betreffende im Vorhinein wusste, dass Kvium und ihre Tochter im Sommer dort eine Woche verbracht hatten und sich somit möglicherweise dort aufhielten. Die SMS an Nikolaj Møller war vor den Morden abgeschickt worden, genau gesagt um 00.37 Uhr, und zwar von einem Handy mit nicht registrierter Paycard und von einem Ort in der Gartenkolonie aus, und dieser Part war noch erschreckender. Mit der SMS war es dem Täter gelungen, den überraschten untreuen Ehemann zum Urbanplan und in die Arme der Polizei zu schicken, und das sagte Thulin, dass es die Absicht des Täters war, sie auszuspielen und lächerlich zu machen. Genau wie mit der SMS, die der Täter nach Laura Kjærs Tod auf ihr Handy geschickt hatte. Zusammengenommen mit den fruchtlosen Ergebnissen des enormen Arbeitseinsatzes war es nicht erstaunlich, dass am Abend zuvor alles in einer Konfrontation mit Nylander kulminiert war.

»Wovor zum Teufel haben Sie denn Angst? Warum dürfen wir Rosa Hartung nicht befragen?«

Hess hatte ein weiteres Mal insistiert, dass die Morde auf irgendeine Weise mit der Sozialministerin Rosa Hartung und dem Verschwinden ihrer Tochter zusammenhängen mussten.

»Es macht keinen Sinn, den einen Fall ohne den anderen zu untersuchen. Drei Fingerabdrücke auf drei Kastanienmännchen, das ist so deutlich, wie es überhaupt nur sein kann. Und damit nicht genug: Erst fehlt eine Hand, dann fehlen zwei Hände, dann fehlen zwei Hände und ein Fuß. Was glauben Sie, plant der Täter für nächstes Mal? Das schreit doch zum Himmel! Rosa Hartung ist entweder der Schlüssel, oder sie ist das Ziel!«

Doch Nylander hatte Ruhe bewahrt und festgestellt, dass man die Ministerin bereits befragt habe, die sich ansonsten mit anderen Dingen herumschlagen müsse.

»Was für andere Dinge? Wie kann es wichtigere Dinge geben als das hier?«

»Kommen Sie mal auf den Teppich, Hess.«

»Ich frage ja bloß.«

»Laut Sicherheitsdienst ist sie die letzten Wochen von einer unbekannten Person schikaniert und bedroht worden.«

»Wie bitte?«

»Und du hast es nicht für nötig befunden, uns davon in Kenntnis zu setzen?«, hatte sich Thulin eingemischt.

»Nein, weil es nichts mit den Morden zu tun haben kann! Die letzte Drohung wurde laut Sicherheitsdienst am Montag, den 12. Oktober, auf den Kühler ihres Dienstwagens geschrieben, und zwar in dem Zeitraum, als der Täter damit beschäftigt gewesen sein muss, Anne Sejer-Lassen zu überfallen.«

Die Besprechung hatte im Zorn geendet. Hess und Nylander waren beide abgerauscht, und Thulin hatte das unangenehme Gefühl, dass der Zerfall nur allzu symptomatisch für den Status ihrer Ermittlungen war.

Jetzt ist sie dem Regen endlich mal entkommen und geht den überdachten Balkongang bis zu Nummer 37C hinunter. Eine Menge Farbeimer, Lack und Reinigungsmittel türmen sich zu beiden Seiten der Tür, und mitten in dem Haufen thront ein größeres Gerät, von dem Thulin glaubt, dass es eine Bodenschleifmaschine ist. Sie klopft ungeduldig, aber natürlich wird nicht geöffnet.

»Hat er Sie angerufen wegen des Fußbodens?«

Thulin betrachtet den Pakistani, der gerade mit einem kleinen, braunäugigen Jungen auf den Balkongang getreten ist. Der Pakistani trägt einen orangefarbenen Regenmantel, und Gartenhandschuhe und Abfallsäcke verraten, dass er wahrscheinlich vorhat den Wohnkomplex von Laub zu befreien.

»Das ist gut, hoffentlich sind Sie ein Profi. Der Mann hat nämlich zwei linke Hände, glaubt aber selbst, er sei Bob der Baumeister. Aber das ist er nicht. Sie kennen Bob den Baumeister?«

»Ja, schon …«

»Es ist gut, dass er verkaufen will. Das hier ist kein Ort für ihn. Aber um die Wohnung loszuwerden, muss alles in Ordnung sein. Ich musste sogar die Wände und Decke noch mal überstreichen, weil der Mann eine Schaufel nicht von einem Pinsel unterscheiden kann, aber seinen Fußboden will ich nicht abschleifen. Und er sollte auch nicht selbst mit dem Ding rumfahren.«

»Das sollte ich auch nicht.«

Thulin zeigt ihre Polizeimarke, um den Mann loszuwerden, aber der bleibt vielmehr überrascht stehen und sieht sie an, als sie noch einmal klopft.

»Dann übernehmen nicht Sie die Wohnung? Wir sind also noch nicht weitergekommen?«

»Nein, das tue ich nicht. Wissen Sie, ob Bob der Baumeister zu Hause ist?«

»Sehen Sie doch selbst nach. Der Mann schließt nie die Tür ab.«

Der Pakistani schiebt Thulin zur Seite und schubst die Tür, die klemmt, auf.

»Das ist auch so ein Problem. Wer kommt denn auf die Idee, im Odinpark seine Tür nicht abzuschließen? Das habe ich ihm schon gesagt, aber er meint, er habe nichts, was man stehlen könnte, also wäre es ganz egal, aber …«

Dem kleinen Pakistani verschlägt es die Sprache. Und Thulin versteht, warum. Im Zimmer, das frisch gestrichen riecht, ist nicht viel zu sehen. Ein Tisch, ein paar Stühle, ein Päckchen Zigaretten, ein Handy, ein Pizzakarton und auf dem mit Zeitungen bedeckten Fußboden Farbeimer und Pinsel. Vermutlich kein Ort, an dem sich Hess je längere Zeit aufhält. Und irgendwie hat Thulin die Vorstellung, dass die Behausung des Mannes in Haag, oder wo er eigentlich wohnt, nicht sehr viel üppiger eingerichtet ist als das hier. Doch nicht die Einrichtung hat ihren Blick gefangen – sondern die Wände.

Überall hängen kleine abgerissene Zettel, Fotos und ausgeschnittene Zeitungsartikel, und dazwischen sind Worte und Buchstaben direkt auf die Tapete geschrieben. Wie ein großes, labyrinthisches Spinnennetz breitet sich das Material über zwei frisch gestrichene Wände aus, und ein penetranter roter Filzstift verbindet die verschiedenen Posten mit verschlungenen Strichen und Zeichnungen. Offenbar beginnt alles in der einen Ecke mit dem Mord an Laura Kjær und breitet sich zu den nachfolgenden Morden aus, inklusive dem an Martin Ricks. Dazwischen finden sich Zeichnungen von Kastanienmännchen und diverse Namen von Betroffenen und Tatorten, die entweder mit Hilfe von Fotos gezeigt werden oder mit Filzstift direkt auf die Wand geschrieben sind. Wenn die Dinge auf Zettel notiert sind, dann handelt es sich dabei um zerknüllte Quittungen oder abgerissene Stücke von einem Pizzakarton, doch auch diese Materialien waren offensichtlich zur Neige gegangen. Ganz unten klebt ein aus einem Artikel ausgerissenes Bild von Ministerin Rosa Hartung mit dem Datum für ihr Comeback, und dieses ist mit einem Filzstiftstrich mit dem Mord an Laura Kjær verbunden, und so entstehen Myriaden von Strichen, die sich in unüberschaubare Verbindungen multiplizieren und zu einer völlig separaten Reihe führen, wo »Christiansborg: Bedrohung, Schikane, Sicherheitsdienst« steht. Über allem thront ein altes Zeitungsfoto von der zwölfjährigen Kristine Hartung, dazu ein mit Filzstift gezeichnetes Kästchen, in dem mit großen Buchstaben »LINUS BEKKER« steht, und auch hier sind Notizen auf die Wand geschrieben. Die meisten der Notizen sind unleserlich, und es scheint Hess selbst mithilfe der kleinen Malerleiter, die auf dem Boden bereitsteht, schwergefallen zu sein, dort oben hinzukommen.

Thulin betrachtet das gigantische Spinnennetz mit gemischten Gefühlen. Als Hess am Abend zuvor gegangen war, hatte er in sich gekehrt und wortkarg gewirkt, und als sie ihn am Morgen nicht erreichen konnte, wusste sie nicht, was sie davon halten sollte. Doch nach diesen Wänden hier zu urteilen hat der Mann offensichtlich nicht aufgegeben. Auf der anderen Seite sind sie durchaus Ausdruck für ein wahnsinniges Unterfangen. Möglich, dass er dies geschaffen hat, um einen zusammenhängenden Überblick zu bekommen, doch das ist ihm offensichtlich nicht gelungen, und selbst für einen begabten Entschlüsselungsexperten oder einen Nobelpreisträger in Mathematik wäre es eine Herausforderung, hier zu einem anderen Schluss zu kommen, als dass der Urheber zu Besessenheit oder einem vergleichbaren psychischen Leiden neigt.

Als der kleine Mann die Wände in Augenschein nimmt, entfahren ihm eine Menge pakistanische Flüche, und das wird auch nicht besser, als Hess plötzlich an der Tür auftaucht. Er ist außer Atem und vom Regen vollständig durchnässt, trägt nur ein T-Shirt, Shorts und Laufschuhe, und sein Körper und sein Atem dampfen in der kalten Luft. Er sieht erstaunlich muskulös und drahtig aus, ist aber offenkundig nicht in guter Form.

»Was denken Sie sich nur? Wir hatten doch gerade alles gestrichen!«

»Ich streiche es noch mal. Sie haben doch sowieso gesagt, dass es zweimal gestrichen werden muss.«

Thulin sieht Hess an, der sich mit der linken Hand am Türrahmen abstützt, und bemerkt, dass er in der rechten Hand eine zusammengerollte Klarsichtfolie hält.

»Es *ist* bereits zweimal gestrichen. Dreimal, um genau zu sein!«

Der braunäugige Junge ist es leid, auf seinen Vater zu warten, und der Pakistani muss widerwillig wieder auf den Balkongang hinaus. Thulin sieht Hess kurz an und folgt den beiden.

»Ich warte im Auto. Nylander will eine Besprechung mit uns. In einer Stunde sollen wir Rosa Hartung im Sozialministerium vernehmen.«

80

»Störe ich?«

Tim Jansen steht in der Tür. Er hat Ringe unter den Augen, einen abwesenden Blick, und Nylander nimmt den Geruch von abgestandenem Alkohol wahr.

»Nein, komm nur rein.«

Hess und Thulin haben eben sein Büro verlassen, und Jansen hat ihren Gruß nicht erwidert, sondern nur vor sich hingestarrt.

Nylander hat nicht lange gebraucht, um seine Entscheidung Thulin und Hess mitzuteilen. Er war schon am Morgen mit dem Sozialministerium in Kontakt gewesen, und

Ministerin Rosa Hartung hatte durch ihren persönlichen Referenten Frederik Vogel mitteilen lassen, dass sie gern mit allen Informationen, die sie beitragen könnte, behilflich sein würde.

»Aber die Ministerin ist nicht verdächtig oder in irgendeiner Weise in Misskredit geraten, deshalb ist die Vorbedingung, dass es Gespräch und nicht Vernehmung genannt wird.«

Nylander vermutete, dass die Sache dem Referenten nicht gefiel und er seiner Ministerin geraten hatte, das »Gespräch« zu vermeiden, also musste sie persönlich darauf bestanden haben, ihnen zu helfen. Nach dieser Nachricht war Hess, den Nylander allmählich immer weniger mochte, in seinem Büro stehen geblieben.

»Heißt das auch, dass der Fall um Kristine Hartungs Verschwinden wieder aufgenommen wird?«

Nylander hatte bemerkt, dass Hess »Kristine Hartungs Verschwinden« sagte, und nicht »Kristine Hartungs Tod«.

»Nein, das steht nicht zur Diskussion. Und wenn das für Sie zu schwer zu begreifen ist, dann können Sie zum Urbanplan rausfahren und wieder Nachbarn abklappern gehen.«

Eigentlich hatte Nylander die Befragung von Rosa Hartung am gestrigen Abend ein weiteres Mal auf die lange Bank geschoben, aber auf der Abteilung lastete allmählich ein enormer Druck. Der Anblick, der sich ihnen in der Gartenkolonie geboten hatte, war albtraumhaft gewesen, und mit dem Mord an Kriminalassistent Martin Ricks war die Ermittlung für viele zu einem persönlichen Anliegen geworden. Ein Leben war ein Leben, und es sollte eigentlich keinen Unterschied machen, ob das Mordopfer ein Polizist oder irgendein anderer Mensch war, doch der kaltblütige

Überfall auf den 39-jährigen Ermittler, den jemand laut Gerichtsmedizin von hinten angegriffen und der ihm die Halsschlagader durchgeschnitten hatte, fuhr jedem in Mark und Bein, der den Diensteid geleistet hatte.

Heute Morgen um sieben Uhr war Nylander dann gebeten worden, auf einer Sondersitzung mit der Polizeileitung Bericht zu erstatten. Da hätte er im Grunde einfach von der erhöhten Alarmbereitschaft erzählen können und von den vielen ermittlungstechnischen Eisen, die sie im Feuer hatten und von denen sie sich etwas erhofften. Doch obwohl er ihren Namen nicht ein einziges Mal erwähnte, hing doch der Schatten von Kristine Hartung über seinen sämtlichen Ausführungen. Es war, als würden die Anwesenden nur darauf warten, dass er fertig wäre, um zum eigentlichen Thema der Sitzung kommen zu können: den verdammten Fingerabdrücken auf den Kastanienmännchen.

»Ist denn im Lichte dessen, was geschehen ist, ein irgendwie gearteter Zweifel an der Aufklärung des Kristine-Hartung-Falls aufgetaucht?«

Die Formulierung des Vize-Polizeichefs war diplomatisch gewesen, doch gleichzeitig auch ein Hohn. Zumindest kam es Nylander so vor. Dies war ein entscheidender Punkt in der Sondersitzung, und Nylander fühlte alle Blicke auf sich. Jeder einzelne der anwesenden Chefs war glücklich, nicht in seiner Haut zu stecken, denn die Frage war mit Minen bewehrt wie eine Nachschubroute im Nahen Osten. Doch Nylander hatte geantwortet. Es gäbe isoliert betrachtet nichts am Hartung-Fall, das nicht aufgeklärt war. Die Ermittlungen wären extrem gründlich durchgeführt und alle Möglichkeiten untersucht worden, woraufhin das Beweismaterial dem Gericht vorgelegt und der Schuldige verurteilt worden sei.

Auf der anderen Seite existierten auf den drei Kastanienfiguren, die in Verbindung mit den Morden an den drei Frauen gefunden worden waren, drei leicht verwischte Fingerabdrücke von Kristine Hartung. Doch das konnte so ziemlich alles bedeuten. Es könnte eine Art Signatur für Kritik an der Sozialministerin und den Sozialbehörden sein, und deshalb müsse die Sozialministerin selbstverständlich unter verstärkten Personenschutz gestellt werden. Und die Kastanien *könnten* ja auch aus Kristine Hartungs Straßenverkauf und somit aus der Zeit vor ihrem Tod stammen, doch könne man noch nichts mit Sicherheit sagen, außer dass nichts darauf hinweisen würde, dass das Mädchen noch irgendwo am Leben sein könnte. Um die Chefs zum Schweigen zu bringen, hatte Nylander gleich noch hinzugefügt, dass es möglicherweise gerade die Absicht des Täters sei, den Boden für Zweifel und Unsicherheit zu bereiten, und deshalb konzentrierte man sich als Fachmann besser auf die Fakten.

»Doch soweit ich über den Buschfunk gehört habe, teilen nicht alle Ihre Ermittler Ihre Auffassung.«

»Das haben Sie falsch gehört. Es gibt möglicherweise einen Einzelnen, der zu kreativ denkt, doch das ist nicht erstaunlich, da der betreffende Beamte nicht in die umfangreiche Ermittlung eingebunden war, die wir letztes Jahr durchgeführt haben.«

»Von wem zum Teufel reden wir hier?«, hatte ein Chefpolizeiinspektor gefragt.

Nylanders Vize hatte solidarisch erklärt, gemeint sei Mark Hess, der Verbindungsoffizier, mit dem es in Haag Probleme gegeben habe und der kürzlich außerordentlich nach Hause geschickt worden sei, bis seine Zukunft geklärt wäre.

Nylander merkte an den misstrauischen Äußerungen der anderen, dass sie keine großen Stücke auf einen Verbindungsoffizier hielten, der das Verhältnis zu Europol noch schwieriger machte. Nylander glaubte schon, die Diskussion sei überstanden, da sagte der Vize-Polizeidirektor, dass er sich sehr gut an Hess erinnern könne und wisse, dass der Mann kein Idiot sei. Hess habe vielleicht manchmal eine Schraube locker, doch zu seiner Zeit sei er einer der besten Ermittler gewesen, der jemals die Abteilung betreten habe.

»Aber nun sagen Sie, Hess sei auf dem Holzweg. Das ist beruhigend zu wissen, nicht zuletzt, da der Justizminister vor weniger als einer Stunde im Radio noch einmal betont hat, dass es keinen Grund gäbe, den Kristine-Hartung-Fall noch einmal auszugraben. Auf der anderen Seite stehen wir mit vier Morden da, darunter ein Polizistenmord, deshalb ist entscheidend, dass etwas passiert, und zwar jetzt. Es wird auf uns selbst zurückfallen, wenn es Dinge gibt, die nicht überprüft wurden, nur weil man das Gefühl hat, die eigene Haut retten zu müssen.«

Nylander hatte zurückgewiesen, dass er irgendetwas retten wolle, doch das Misstrauen war über dem Mahagonitisch im Raum hängen geblieben. Und weil er einen flinken Kopf besaß, hatte er sofort hinzugefügt, er würde unter anderem deshalb heute veranlassen, dass Ministerin Rosa Hartung noch einmal befragt würde. Um zu sehen, ob sie und das Sozialministerium Informationen besäßen, die zur Ergreifung des Täters führen könnten.

Daraufhin hatte Nylander den Saal erhobenen Hauptes verlassen und musste nicht bekennen, dass ihn im Stillen die Sorge beschlichen hatte, bei der Aufklärung des Hartung-Falles könnte ein Fehler geschehen sein.

Er hat den Verlauf unzählige Male durchdacht, doch er kann immer noch nicht erkennen, wo der Fehler stecken soll. Wenn es einen gibt. Hingegen weiß er, dass er sämtliche glänzend polierten Karrierepläne, das Polizeipräsidium oder andere Orte innerhalb der Stadtgrenzen betreffend, vergessen kann, wenn nicht bald der Durchbruch kommt.

»Du musst mir erlauben, wieder in den Fall einzusteigen.«

»Jansen, wir haben darüber schon gesprochen. Du wirst nicht wieder an dem Fall arbeiten. Geh nach Hause. Nimm eine Woche frei.«

»Ich will nicht nach Hause. Ich will helfen.«

»Das ist ausgeschlossen. Ich weiß, was Ricks dir bedeutet hat.«

Tim Jansen hat nicht in dem schicken Eames-Stuhl Platz genommen, den Nylander ihm angeboten hat, sondern ist stehen geblieben, den Blick aus dem Fenster zum Säulengang gerichtet.

»Was passiert denn jetzt?«

»Die Leute arbeiten mit Hochdruck. Du erfährst sofort, wenn wir was wissen.«

»Also haben sie immer noch keine einzige Spur? Hess und die Tusse?«

»Jansen, geh nach Hause. Du kannst nicht klar denken. Geh nach Hause und schlaf dich aus.«

»Hess ist daran schuld. Das ist dir hoffentlich klar!«

»Niemand außer dem Mörder ist schuld an Ricks' Tod. Und außerdem war ich es und nicht Hess, der grünes Licht für die Aktion gegeben hat, wenn du also auf jemanden wütend sein willst, dann auf mich.«

»Ricks wäre niemals allein aus dem Haus gegangen,

wenn Hess nicht gewesen wäre. Hess hat ihn dazu gezwungen.«

»Ich verstehe nicht, was du meinst.«

Erst antwortet Jansen nicht. Schaut nur aus dem Fenster.

»Wir haben drei Wochen lang fast nicht geschlafen... Wir haben alles gegeben, was wir in uns hatten, und am Ende haben wir die Beweise gefunden und das Geständnis gekriegt... Und dann kommt dieses Arschloch aus Haag durch die Tür gewalzt und verbreitet Gerüchte, dass wir es vermasselt hätten...«

Die Worte fallen bedächtig, und Jansens Blick ist in die Ferne gerichtet.

»Aber das stimmt ja nicht. Der Fall wurde aufgeklärt. Also habt ihr ja nichts vermasselt. Oder?«

Jansen starrt vor sich hin. Es ist, als würde er sich an einem anderen Ort befinden, doch dann klingelt sein Handy, und er geht aus dem Zimmer, um den Anruf anzunehmen. Nylander schaut ihm nach. Mit einem Mal hofft er mehr als alles andere, dass Hess und Thulin vom Besuch bei der Ministerin etwas mitbringen.

81

Die Angestellten vom Sozialministerium tragen Kartons rein und stellen sie auf den weißen, elliptisch geformten Konferenztisch mitten in dem Raum mit der hohen Decke.

»So, jetzt müsste alles hier sein. Sagen Sie nur Bescheid, wenn Sie noch etwas brauchen«, ist bereitwillig vom Büroleiter zu hören, der nun zur Tür geht. »Gutes Arbeiten.«

Einen Moment lang stehen die Kartons in Sonnenlicht

gebadet da, und die Staubpartikel tanzen über ihnen, ehe sich der Himmel draußen vor den Fenstern wieder verdunkelt und die Beleuchtung den Poulsen-Lampen überlässt. Die Kriminalassistenten stürzen sich auf die Akten in den Kartons, doch für Hess ist das hier ein lähmendes Déjà-vu. Vor nur wenigen Tagen stand er in einem anderen Besprechungszimmer mit einem anderen Stapel Akten, damals im Kopenhagener Rathaus, und es ist, als hätte der Mörder ihn jetzt in einen ähnlichen kafkaesken Albtraum mit neuen Fällen platziert, die er durchsehen soll. Je mehr Akten Hess da in den Kartons erkennen kann, desto klarer wird ihm, dass er eigentlich etwas völlig anderes tun müsste – er muss den Rahmen der Vorhersehbarkeit sprengen, aber er weiß nicht wie.

Eine Befragung von Rosa Hartung war die Hoffnung gewesen, an die Hess sich geklammert hatte. Nach einem überflüssigen Gespräch mit ihrem persönlichen Referenten Vogel, der Thulin und Hess eingeschärft hatte, dass es keine Vernehmung, sondern vielmehr ein Gespräch zu sein habe, waren sie alle ins Ministerbüro eingetreten, wo Rosa Hartung wartete. Nach eigener Aussage kannte sie die Ermordeten nicht, obwohl sie mühsam ein Opfer nach dem anderen durchgingen. Für Hess war klar, dass die Ministerin wirklich versuchte, sich zu erinnern, ob sie früher einmal den Opfern oder deren Familien begegnet war, doch das schien nicht der Fall zu sein. Zudem hatte er ein Gefühl von Mitleid unterdrücken müssen. Rosa Hartung, eine hübsche, begabte Frau, die ihre Tochter verloren hatte, war in der kurzen Zeit, in der er sie jetzt kannte, ein Schatten ihrer selbst geworden. Ihr Blick war verwirrt und verletzlich wie bei einem gejagten Wild, und als sie da mit Fotos und

Papieren saß, konnte Hess sehen, dass die zarten Hände zitterten, auch wenn sie dagegen ankämpfte.

Er hatte dennoch einen strammen Ton angeschlagen, denn er hegte keinen Zweifel, dass Rosa Hartung der Schlüssel war. Die ermordeten Frauen hatten etwas gemeinsam. In drei Fällen waren Kinder in ihrem Zuhause grob misshandelt oder missbraucht worden. In allen Fällen hatte der Täter eine anonyme Aufforderung zur Inobhutnahme geschickt, und in sämtlichen Fällen hatte das System fälschlicherweise die Familien freigesprochen und versäumt, zum Wohl der Kinder einzuschreiten. Da bei allen Opfern ein Kastanienmännchen gefunden wurde, das jeweils den Fingerabdruck von Rosa Hartungs Tochter trug, zeigte das womöglich darauf, dass der Täter Rosa Hartung zur Verantwortung ziehen wollte, also *mussten* die Fälle der Ministerin etwas sagen.

»Aber das tun sie nicht. Es tut mir leid, aber ich weiß gar nichts.«

»Was ist mit den Drohungen, die Sie in jüngster Zeit erhalten haben? Soweit ich weiß, haben Sie eine unangenehme Mail bekommen, und jemand hat ›Mörderin‹ auf Ihren Dienstwagen geschrieben. Haben Sie eine Idee, wer das getan haben könnte? Oder warum?«

»Das hat der Sicherheitsdienst auch gefragt, doch mir fällt niemand ein …«

Hess hatte bewusst vermieden, die Bedrohungen mit den Morden zu verknüpfen, denn wenn das Beschmieren des Dienstwagens laut Sicherheitsdienst im selben Zeitraum stattgefunden hatte wie der Überfall auf Anne Sejer-Lassen, dann hingen diese zwei Dinge wahrscheinlich nicht zusammen. Es sei denn, man musste von einer Zusammenarbeit von *zwei* Tätern sprechen, doch darauf deutete vorläufig nichts hin. Thulin hatte die Geduld verloren.

»Aber Sie müssen doch wissen, worum es geht. Irgendetwas deutet darauf hin, dass Sie nicht überall beliebt sind, und Sie müssen doch wissen, ob Sie etwas getan haben, was jemanden gegen Sie aufbringt.«

Der Referent der Ministerin, Vogel, hatte gegen den barschen Ton protestiert, doch Rosa Hartung hatte darauf beharrt, helfen zu wollen. Sie wusste nur nicht wie. Bekanntermaßen war sie immer auf der Seite der Kinder gewesen und hatte immer für eine Inobhutnahme plädiert, wenn Kinder misshandelt wurden, und unter anderem deshalb hatte sie ja auch die Kommunen gebeten, Whistleblower-Accounts wie den im Kopenhagener Rathaus einzurichten. Der Kampf um das Wohl der Kinder war ihr Markenzeichen, und ihre erste Tat als Ministerin war es gewesen, die Kommunen sofort aufzufordern, aktiver einzugreifen. Nach ungewöhnlich groben Fällen von Versäumnissen in gewissen jütländischen Kommunen war das dringend nötig gewesen, doch natürlich konnte sie Gegner haben, nicht zuletzt in den Kommunen und Familien, die ihren harten Kurs zu spüren bekommen hatten.

»Kann es auch jemand sein, der findet, dass Sie die *Kinder* im Stich gelassen haben?«, hatte Thulin eingeschoben.

»Nein, das kann ich mir nicht vorstellen.«

»Warum nicht? Als Ministerin wird man doch leicht mal abgelenkt von ...«

»Weil ich so nicht bin. Nicht dass es Sie etwas anginge, aber ich war selbst Kind, und ich habe selbst eine Pflegefamilie gebraucht, ich weiß also, wovon ich spreche, und ich lasse die Kinder nicht im Stich.«

Ihre Augen hatten vor Zorn gelodert, als Rosa Hartung Thulin zurechtwies, und obwohl Hess froh war, dass sie gefragt hatten, konnte er doch plötzlich gut verstehen, warum Rosa Hartung so populär geworden war. Nach ein paar harten Jahren als Ministerin besaß sie immer noch die Aufrichtigkeit, die jeder Politiker herbeizuzaubern versucht, wenn die Kameras zur besten Sendezeit auf ihn gerichtet sind, doch in Hartungs Fall war diese Haltung ehrlich.

»Was ist mit den Kastanienmännchen? Können Sie sich vorstellen, warum jemand Lust haben könnte, Sie mit Kastanienmännchen oder überhaupt mit Kastanien zu konfrontieren?«

Obwohl draußen Herbst war, wirkte die Signatur des Täters doch ungewöhnlich, und wenn Rosa Hartung, wie Hess vermutete, wirklich der Schlüssel war, dann kam ihr hoffentlich irgendein Gedanke dazu.

»Nein, tut mir leid. Nur die Sache mit Kristines Verkaufsstand im Herbst. Als sie da am Tisch saßen, Mathilde und sie, und … Aber das habe ich ja schon erzählt.«

Die Ministerin hatte gegen die Tränen ankämpfen müssen, und Vogel hatte versucht, die Vernehmung abzubrechen, aber Thulin wandte ein, dass sie immer noch ihre Hilfe brauchten: Weil die Ministerin sich für mehr Inobhutnahmen in den Kommunen ausgesprochen hatte, würden Thulin und Hess gern Einblick in all die Fälle nehmen, die während Rosa Hartungs Zeit als Ministerin verhandelt worden waren. Der Täter könnte eine betroffene Person sein, die sich an der Ministerin und dem System, das sie repräsentierte, rächen wollte, und Rosa Hartung hatte mit einem Nicken Vogel rausgeschickt, um mit dem Büroleiter zu sprechen und alles Nötige zu veranlassen. Hess und

Thulin hatten sich daraufhin erhoben und Rosa Hartung für das Gespräch gedankt, doch dann waren plötzlich sie diejenigen, die durch eine Frage der Ministerin überrascht wurden.

»Bevor Sie gehen, wüsste ich gern, ob es eine Chance gibt, dass meine Tochter noch lebt.«

Keiner von ihnen wusste, was er sagen sollte. Das war eine naheliegende Frage, und dennoch waren sie vollkommen unvorbereitet, doch dann hörte Hess sich selbst sagen: »Der Fall Ihrer Tochter ist aufgeklärt. Ein Mann hat ein Geständnis abgelegt, und er ist verurteilt worden.«

»Aber die Fingerabdrücke... dreimal.«

»Wenn der Täter Sie nicht mag und seine Gründe dafür hat, dann wäre es das Boshafteste, Sie und Ihre Familie das glauben zu lassen.«

»Aber Sie wissen es nicht. Sie können es nicht wissen.«

»Wie gesagt...«

»Ich tue alles, was Sie sagen. Aber Sie müssen sie finden.«

»Das können wir nicht. Der Fall...«

Rosa Hartung hatte nichts weiter gesagt. Sie nur mit ihren feuchten Augen angesehen, bis sie sich besonnen hatte und von Vogel abgeholt wurde. Hess und Thulin war daraufhin das Konferenzzimmer zur Verfügung gestellt worden, und Nylander hatte in aller Eile zehn Kriminalassistenten rübergeschickt, um ihnen mit dem Screening der Akten zu helfen.

Thulin kommt mit einem weiteren Karton herein, den sie vor sich auf den Konferenztisch stellt.

»Da war noch eine. Ich lese gleichzeitig auf dem Laptop. Los geht's!«

Der Optimismus, den Hess verspürt hatte, als sie die Erlaubnis bekamen, mit der Ministerin zu reden, ist spurlos verschwunden. Nun sollen sie wieder dasitzen und irgendwelches Zeug durchlesen. Massenhaft schlechte Kindheiten, verletzte Gefühle, kommunale Eingriffe und Versäumnisse, mit denen der Täter offensichtlich gern Politik und Autoritäten konfrontieren möchte. Hess wird klar, dass er zu wenig Schlaf bekommen hat. Die Gedanken springen zu schnell hin und her, und es fällt ihm schwer, einen Fokus zu bewahren. Sollte der Täter unter den ungerecht Behandelten in den Aktenmappen auf dem Tisch zu finden sein? Das scheint logisch, aber denkt der Täter logisch? Er könnte sich auch längst ausgerechnet haben, dass sie sich auf genau diese Fälle stürzen werden, und warum sollte er riskieren, auf sich selbst zu zeigen? Und wozu die Kastanienmänner? Warum Hände und Füße abschneiden, warum die Mütter hassen und nicht die Väter, und wo ist Kristine Hartung?

Hess versichert sich, dass die Klarsichthülle noch in seiner Innentasche liegt, und geht zur Tür.

»Thulin, wir gehen. Sag deinen Leuten, dass sie anrufen sollen, wenn sie was finden.«

»Warum? Wohin müssen wir?«

»Zurück an den Anfang.«

Hess verschwindet aus der Tür, ohne zu wissen, ob Thulin mitkommt. Auf dem Weg raus sieht er Frederik Vogel, der ihm zum Abschied zunickt und dann die Tür zum Ministerbüro schließt.

82

»Warum sollten wir über den Hartung-Fall sprechen, wenn Nylander sagt, er sei nicht relevant?«

»Keine Ahnung. Was Macheten und das Zerteilen von Schweinen angeht, bin ich raus, aber frag doch *ihn*.«

Thulin steht gegenüber von Genz in seinem Laboratorium und nickt verärgert zu Hess, der die Tür schließt, damit niemand hören kann, worüber sie sprechen. Sie sind direkt vom Sozialministerium durch die Stadt zu Genz und dem würfelförmigen Gebäude mit den vielen Glaskästen und weißen Kitteln gefahren. Auf dem Weg hat Hess Thulin gebeten, sicherzustellen, dass Genz auch da ist, während er selbst mit einem Gespräch auf seinem Handy beschäftigt war. Genz klang erfreut, dass Thulin ihn anrief, vielleicht besonders erfreut, weil es ein unerwarteter Anruf war, und dann vielleicht ein wenig enttäuscht, als sie sagte, dass Hess ein paar Sachen mit ihm durchsprechen wolle. Thulin hatte gehofft, Genz würde keine Zeit haben, doch offenbar war ihm ein Termin abgesagt worden, sodass er es einrichten konnte, und Thulin bereut jetzt schon heftig, mitgekommen zu sein.

An genau diesem Tisch waren sie gestanden, als Genz ihnen den Abdruck von Kristine Hartungs Daumen gezeigt hatte, aber es kommt ihr vor, als sei das ewig her. Ein Schweißapparat und Testmaterialien auf einer Flamme zeigen Thulin, dass Genz gerade dabei gewesen war, Plastik aufzuwärmen, um seine Flexibilität zu testen, doch jetzt schaut er mit freundlichem, aber wachsamem Blick zu Hess, der an den Tisch getreten ist.

»Ich glaube, dass der Hartung-Fall durchaus relevant ist. Doch weder ich noch Thulin waren bei den Ermittlungen damals dabei, also brauche ich Hilfe, und Sie sind der Einzige, dem ich vertraue. Wenn Sie fürchten, in einen Gewissenskonflikt zu geraten, dann sagen Sie es jetzt, und wir gehen einfach wieder.«

Genz sieht sie an. Dann lächelt er.

»Ich bin neugierig. Solange Sie nicht verlangen, dass ich noch ein Schwein zerteile, ist es okay. Worum geht es?«

»Das Beweismaterial gegen Linus Bekker.«

»Wusste ich es doch!«

Thulin erhebt sich von dem Stuhl, auf dem sie sich eben niedergelassen hat, aber Hess nimmt ihre Hand.

»Lass mich ausreden. Bisher haben wir im Großen und Ganzen nur das getan, was der Täter von uns erwartet. Wir müssen irgendwie eine Abkürzung finden. Sollten wir bei dieser Gelegenheit herausfinden, dass es verschwendete Zeit ist, sich mit dem alten Fall zu beschäftigen, dann werde ich kein Wort mehr darüber verlieren. Auch, was Kristine Hartung angeht.«

Hess lässt ihre Hand los. Thulin bleibt einen Augenblick stehen, dann setzt sie sich wieder. Sie hat gesehen, dass Genz bemerkt hat, wie Hess nach ihrer Hand gegriffen hat, und irgendwie macht es sie verlegen, sie nicht einfach wieder zurückgezogen zu haben. Hess schlägt eine dicke Akte auf.

»Am 18. Oktober letzten Jahres verschwand Kristine Hartung am Nachmittag auf dem Weg nach Hause vom Handball. Das wurde rasch bei der Polizei gemeldet, und als man ein paar Stunden später ihr Fahrrad und die Tasche in einem Wald fand, lief die Ermittlung sofort in großem Stil an. In den folgenden drei Wochen suchte man vergebens nach dem Mädchen, das wie vom Erdboden verschluckt schien. Dann bekam man einen Tipp, einen anonymen Hinweis, dass man bei einem gewissen Mann – Linus Bekker, 23 Jahre alt, wohnhaft in einer Parterrewohnung in einem Wohnkomplex auf Bispebjerg – eine Durchsuchung anberaumen solle. Klingt das bisher korrekt?«

»Ja. Ich war selbst bei der Durchsuchung dabei, und wie sich herausstellte, war das ein guter Hinweis.«

Hess antwortet Genz erst einmal nicht, sondern blättert weiter in der Akte.

»Die Kollegen fuhren daraufhin zu Linus Bekker, befragten ihn nach Kristine Hartung und führten die erwähnte Hausdurchsuchung durch. Der Mann wirkte verdächtig. Kein Job, keine Ausbildung, kein soziales Netzwerk. Wohnte allein, verbrachte seine Zeit vor dem Computer und lebte hauptsächlich davon, dass er Poker im Netz spielte. Noch wesentlicher war, dass er drei Jahre gesessen hatte, und zwar wegen Vergewaltigung zweier Frauen, Mutter und Tochter, in einem Haus in Vanløse, in das er als 18-Jähriger eingebrochen war. Außerdem hatte Bekker ein paar kleinere Verurteilungen wegen unzüchtigen Verhaltens auf dem Kerbholz und war wegen seiner Probleme in psychiatrischer Behandlung, doch Bekker stritt von Anfang an jedes Wissen über ein Verbrechen an Kristine Hartung ab.«

»Er behauptete wohl sogar, dass er jetzt ein ganz normales Leben führte. Aber dann ist es uns, oder besser gesagt unseren IT-Spezialisten, gelungen, seinen Laptop zu öffnen.«

»Genau. Soweit ich weiß, stellte sich heraus, dass Linus Bekker ein recht geschickter Hacker war. Autodidakt, aber hartnäckig. Paradoxerweise war sein Interesse für Computer bei einem IT-Kurs im Gefängnis geweckt worden, und nun entdeckte man, dass er mindestens ein halbes Jahr lang imstande gewesen war, sich in das digitale Archiv der Polizei einzuloggen und sich Leichenfotos von Tatorten anzuschauen.«

Thulin hatte eigentlich vorgehabt, den Mund zu halten, um Zeit zu sparen, doch jetzt muss sie Hess korrigieren.

»Rein technisch hat er den Zugang nicht gehackt. Er hatte ein Login-Cookie von einem der Computer aufgeschnappt, der in das System eingeloggt gewesen war, und da es sich um ein altes und ungesichertes System handelte, konnte er es überlisten, indem er das Cookie zurückschickte. Es ist ein Skandal, dass dieses System nicht schon längst ausgetauscht worden war.«

»Also gut. Auf jeden Fall hatte Bekker Zugang zu Hunderten von Tatortfotos durch die Jahre, und es muss ein Schock gewesen sein, als das entdeckt wurde.«

»Von wegen Schock. Es war eine Atombombe«, ergänzt Genz. »Es war dem Mann gelungen, sich Zugang zu etwas zu verschaffen, was außer uns niemand sehen darf. Außerdem ging aus seinen Benutzerdaten hervor, dass er seinen Zugang verwendet hatte, um in einigen der schlimmsten Mordverbrechen zu schwelgen, die er überhaupt finden konnte.«

»So habe ich das auch verstanden. Vor allem sexuell motivierte Morde an Frauen. Nackte, verstümmelte Frauen gehörten angeblich zu seinen Favoriten, doch in manchen Fällen waren es auch Verbrechen an Kindern, vor allem an minderjährigen Mädchen. Bekker räumte dann auch ein, dass er sadistische Zwangsgedanken hegen und beim Betrachten der Bilder sexuelle Stimulierung empfinden würde.

Doch er stritt immer ab, Kristine Hartung angerührt zu haben, und bis dahin wies im Grunde ja auch nichts darauf hin, oder?«

»Nein. Nicht, bis wir ein Paar seiner Schuhe analysieren konnten.«

»Was war mit den Schuhen?«

»Das ist ziemlich simpel. Wir haben alles in der Wohnung untersucht, auch seine alten weißen Sneakers, die in einem Schrank auf einer Zeitung standen. Die Analyse der Erdreste unter den Schuhen ergab eine 100%ige Übereinstimmung mit der Art von Erde, die in der Gegend im Wald zu finden war, wo Kristine Hartungs Fahrrad und ihre Tasche lagen. Da gab es keinen Zweifel. Aber dann fing er an, in der Sache zu lügen.«

»Mit Lüge meinst du seine Erklärung, wann er im Wald gewesen war?«

»Ja. Soweit ich es verstanden habe, erklärte er, dass er sich – ähnlich wie bei den Fotos aus dem Archiv – von Tatorten angezogen fühlte. Und da er in den Nachrichten von Kristine Hartungs Verschwinden gehört hatte, war er zu dem Platz im Wald gefahren. Fragt Tim Jansen oder einen der anderen, aber ich meine, er hätte behauptet, dass er zusammen mit den anderen Neugierigen hinter der Absperrung der Polizei stand und allein dadurch, dass er an diesem Ort war, sexuelle Erregung empfunden hätte.«

»Darauf komme ich nachher noch mal zurück. Tatsache ist also, dass der Mann daran festhielt, er habe Kristine Hartung nicht ermordet. Er konnte sich nicht an alles erinnern, was er getrieben hatte, und er schob das auf Blackouts und verwies auf seine Diagnose als paranoid schizophren. Aber tatsächlich blieb er dabei zu leugnen, selbst als man dann die Waffe mit Kristine Hartungs Blut, also die Machete, auf einem Regal in der Garage neben seinem Auto fand.«

Hess findet die Stelle in der Akte.

»Erst als er von Jansen und Ricks verhört und mit Fotos von der gefundenen Waffe konfrontiert wurde, legte er schließlich ein Geständnis ab. Ist das so korrekt?«

»Ich kann nicht sagen, was bei den Vernehmungen passiert ist, aber der Rest scheint korrekt zu sein.«

»Schön. Können wir jetzt gehen?«

Thulin wirft Hess einen strengen Blick zu.

»Ich verstehe nicht, wozu wir das brauchen. Ist es nicht vollkommen gleichgültig? Der Mann war offensichtlich krank im Kopf, deshalb macht es keinen Sinn, Zeit auf ihn zu verschwenden, während uns ein anderer Täter entwischt.«

»Ich bin ja nicht der Meinung, dass Linus Bekker gesund wirkt. Das Problem ist nur, dass ich glaube, dass er bis zu dem Tag, an dem er plötzlich das Verbrechen gestand, die Wahrheit sagte.«

»Jetzt hör aber auf.«

»Wie meinen Sie das?«

Jetzt ist Genz neugierig geworden, und Hess zeigt in die Akte.

»Linus Bekker war im Jahr vor Kristine Hartungs Verschwinden zweimal wegen unzüchtigen Verhaltens verurteilt worden. Das erste Mal im Hinterhof eines Studentenwohnheims in Odense, wo ein paar Jahre zuvor eine junge Frau von ihrem Geliebten vergewaltigt und ermordet worden war. Das zweite Mal im Amager Fælled, wo zehn Jahre zuvor eine Frau von einem Taxifahrer ermordet und in den Büschen zurückgelassen worden war. In beiden Fällen wurde Bekker dabei beobachtet, wie er an den alten Tatorten masturbierte, und er wurde dann festgenommen und zu einer kleineren Strafe verurteilt.«

»Das sagt dann doch alles, oder?«

»Nein. Das sagt uns, dass es rein faktisch möglich ist, dass Linus Bekker, als er in den Nachrichten den Ort von Kristine Hartungs Verschwinden erfuhr, diesen aufsuchte. Für andere Menschen ist das vielleicht unbegreiflich, doch für einen Mann mit seinen Neigungen würde es Sinn machen.«

»Schon, aber der Punkt ist doch, dass er es bei seiner Festnahme nicht von sich aus erzählt hat. Ein Unschuldiger hätte das getan. Und seltsamerweise kam er erst mit der Erklärung, als wir die Erde unter seinen weißen Sneakers analysiert hatten.«

»Das ist vielleicht gar nicht so seltsam. Vielleicht hatte er zunächst einmal gehofft, dass ihr einfach keine Spuren finden würdet. Immerhin waren schon drei Wochen vergangen, und ohne Linus Bekker persönlich zu kennen, kann ich mir vorstellen, dass er hoffte, niemandem von seinem Drang, Tatorte zu besuchen, erzählen zu müssen. Doch als er mit der Erdanalyse konfrontiert wurde, musste er die Wahrheit sagen.«

Thulin steht auf.

»Wir drehen uns im Kreis. Ich fahre jetzt zurück ins Ministerium, denn ich kann nicht erkennen, warum wir plötzlich die Erklärung eines verurteilten Psychopathen für die Wahrheit halten sollten.«

»Das sollten wir, weil Linus Bekker tatsächlich im Wald war. Und zwar genau zu dem Zeitpunkt, wie er behauptet hat.«

Hess zieht die Plastikhülle aus der Innentasche und holt einige zerknitterte Ausdrucke heraus. Bevor er sie Thulin rüberschiebt, kann sie erkennen, dass es die Hülle ist, die sie am Morgen im Odinpark in seiner Hand gesehen hat, als er nach seiner Joggingtour auftauchte.

»Die Königliche Bibliothek bewahrt in ihrem digitalen Archiv Artikel und Fotos auf, und unter den Bildern, die an jenem Abend im Wald von dem mutmaßlichen Ort des Verschwindens gemacht wurden, habe ich das hier gefunden. Der oberste Ausdruck zeigt das Foto als Teil einer Reportage aus einer Morgenzeitung vom Tag, nachdem Kristine Hartung verschwunden war. Die übrigen Ausdrucke sind Vergrößerungen.«

Thulin betrachtet die kleine Sammlung von Ausdrucken. Zuoberst ein Foto, das sie schon gesehen hat. Es ist fast ikonisch, denn es ist ein Eins-zu-eins-Abdruck eines der ersten Fotos, an die sie sich von der Berichterstattung der Presse im Kristine-Hartung-Fall erinnert. Das Motiv ist ein Bereich im Wald, der von Scheinwerfern erleuchtet ist und Beamte und Hundestaffeln zeigt, die wahrscheinlich gerade dabei sind, ihre Suchaktion zu koordinieren. Sie haben finstere Mienen und vermitteln dem Betrachter ein Gefühl vom Ernst der Lage. Weit im Hintergrund stehen Journalisten, Fotografen und andere Neugierige hinter einer Polizeiabsperrung, und Thulin will sich eben schon erneut über die Zeitverschwendung beschweren. Doch auf dem nächsten Ausdruck kann sie ihn erkennen. Das Bild ist grob und stark verpixelt. Es zeigt ein Close-up von einem Ausschnitt von Gesichtern, und Thulin ist sofort klar, dass dies die Neugierigen hinter der Absperrung sind. Ganz hinten und fast hinter den Schultern der anderen verborgen, also in der dritten oder vierten

Reihe, sieht sie das Gesicht von Linus Bekker. Wegen der Vergrößerung sind die Augen schwarze, verwischte Löcher, doch die Gesichtsform und das spärliche helle Haar lassen keinen Zweifel.

»Die Frage ist natürlich, wie er da stehen kann, wenn er später in seinem Geständnis erklärt, er sei genau zu diesem Zeitpunkt mit Kristine Hartungs Leiche Richtung Norden gefahren und habe nach einem Platz gesucht, wo er sie vergraben könnte.«

»Das kann doch nicht...«

Genz hat den Stapel Ausdrucke von Thulin übernommen, die immer noch nicht weiß, was sie sagen soll. Sie blickt Hess an.

»Wieso sagst du das erst jetzt? Warum hast du Nylander nichts davon erzählt?«

»Ich musste den Zeitpunkt, wann das Foto aufgenommen wurde, mit dem Fotografen, der es gemacht hat, gegenchecken. Ich brauchte die Bestätigung, dass es wirklich an jenem Abend aufgenommen wurde, und die habe ich erst auf dem Weg hierher im Auto erhalten. Und was Nylander angeht, dachte ich, es wäre am besten, wenn erst mal nur wir zwei über die Sache reden.«

»Aber das spricht Bekker ja noch nicht frei. Im Grunde kann er Kristine Hartung ermordet, die Leiche im Auto versteckt haben und dann in den Wald zurückgefahren sein, um die Polizeiaktion zu beobachten, ehe er dann weiter nach Norden fuhr.«

»Ja. Solch ein Verhalten hat man ja schon gesehen. Aber wenn er die Leiche wirklich zerteilt hat, dann ist es, wie gesagt, auch seltsam, dass die Machete vollständig frei von Knochenstaub war. Und dann nehmen die Rätsel...«

»Aber weshalb sollte Linus Bekker etwas gestehen, was er gar nicht getan hat? Das ergibt doch keinen Sinn.«

»Dafür kann es viele Gründe geben. Aber ich denke, wir sollten ihn selbst fragen. Ich glaube nämlich, dass der Täter im Kristine-Hartung-Fall identisch mit dem Täter ist, nach dem *wir* suchen. Und mit etwas Glück kann Linus Bekker uns helfen.«

83

Nach Slagelse sind es ungefähr hundert Kilometer, und das Navi berechnet die Fahrtzeit mit etwa eineinviertel Stunden. Doch als Thulin am alten Zirkusplatz am Grønningen abbiegt, wo die Forensische Psychiatrie und damit auch die Sicherheitsverwahrung jetzt liegen, ist kaum eine Stunde vergangen.

Es war schön, die Stadtgrenzen hinter sich zu lassen und die Äcker und Wälder der Herbstlandschaft in roten, gelben und braunen Farbschattierungen vorbeiflimmern zu sehen. Bald würden die Farben verschwunden sein, und es würde der Teil des Herbstes beginnen, der nur grau war. Thulin hatte versucht, den Anblick zu genießen, auch wenn sie in Gedanken noch im Labor der Kriminaltechnischen Abteilung war.

Während sie noch mit Genz zusammensaßen, hatte Hess seine Theorie vertieft. Wenn Linus Bekker kein Verbrechen gegen Kristine Hartung begangen hatte, dann bedeutete das, dass jemand anders daran interessiert gewesen war, den Verdacht auf ihn zu lenken. Linus Bekker war in vieler Hinsicht ein geeigneter Sündenbock mit einem Strafregister und einer psychopathischen Veranlagung, die das Interesse der Polizei auf sich ziehen würden, wenn er einmal ins Visier der Ermittler gekommen war. Doch der Täter – und damit meinte Hess nicht Linus Bekker – musste in diesem Fall alles von sehr langer Hand geplant haben und wahrscheinlich bewusst das Ziel verfolgt haben, es so aussehen zu lassen, als sei Kristine Hartung tot und begraben. Der anonyme Hinweis auf Linus Bekker, der zur Aufklärung des Falles geführt hatte, wirkte deshalb nun verdächtig.

Zunächst einmal hatte Hess deshalb Genz über die Nachforschungen zu dem Telefonanruf befragt, der die Polizei in Richtung Bekker gelenkt hatte. Genz hatte sich sofort auf die Tastatur gestürzt, um die Details im Bericht der IT-Ermittler aufzurufen. Der anonyme Hinweis war an einem frühen Montagmorgen auf einem Festnetztelefon eingegangen, doch leider nicht auf der Notrufnummer 112, wo alle Anrufe automatisch auf Band aufgenommen wurden. Das Bemerkenswerte war, dass der Anruf direkt in das Sekretariat vom Chef des Gewaltdezernats, Nylander, gegangen war. Das musste aber an und für sich nicht verdächtig sein, denn Nylander war in jener Zeit so oft in den Medien aufgetreten, dass es jedem, der die Nachrichten verfolgte, sinnvoll erscheinen konnte, einen Hinweis genau an ihn abzugeben. Abgesehen davon war der Anruf, wie sich herausstellte, von einem Handy mit einer nicht registrierten Paycard getätigt worden, und es war deshalb nicht möglich gewesen, den Anrufer ausfindig zu machen. Damit endete die Spur. Die Sekretärin, die den Anruf entgegengenommen hatte, konnte laut Bericht keine andere Beschreibung geben, als dass es »ein Dänisch sprechender Mann« gewesen sei, der kurz angebunden gesagt hatte, man solle Linus Bekker überprüfen und seine Wohnung im Zusammenhang mit dem Hartung-Fall durchsuchen. Linus Bekkers Name war wiederholt worden, und danach wurde die Verbindung unterbrochen.

Hess hatte daraufhin Genz gebeten, die technischen Spuren des Hartung-Falls so schnell wie möglich noch einmal durchzugehen. In dem Moment, als die Ermittlungen sich auf Bekker gerichtet hatten, waren möglicherweise andere und vermeintlich unwichtige Spuren verworfen worden, und diese Spuren waren es, für die sich Hess jetzt interessierte. Das würde einige Zeit in Anspruch nehmen, doch Genz hatte eingewilligt, es zu versuchen. Allerdings wollte er wissen, was er antworten solle, wenn bemerkt würde, dass er in den Beweisen und technischen Spuren des Hartung-Falls herumstocherte.

»Sagen Sie, dass ich Sie darum gebeten habe, damit Sie nicht selbst in Schwierigkeiten kommen.«

Thulin hatte einen Moment lang an sich selbst gedacht und abgewogen, was *sie* denn sagen sollte. Sie hegte keinen Zweifel, dass die aktuelle Entwicklung zu den Dingen gehörte, die Nylander nicht gefielen, und wenn es herauskam, dann würde der Ungehorsam sich auf ihre Chancen, ins NC3 zu wechseln, auswirken. Doch sie konnte sich nicht überwinden, Nylander zu informieren. Stattdessen hatte sie einen der Kriminalassistenten angerufen, der im Sozialministerium saß und Fälle durchkämmte, um mögliche Feinde von Rosa Hartung zu finden. Es hatte sich nichts Neues ergeben, außer dass viele der Unterlagen starke Emotionen und Antipathien gegen die Behörden bezeugten, und deshalb hatte sie Hess' Vorschlag zugestimmt zu versuchen, ein Gespräch mit Linus Bekker zu führen. Daraufhin hatte Hess die Forensische Psychiatrie angerufen, wo Bekker einsaß. Der psychiatrische Oberarzt war in einer Besprechung, doch Hess hatte ihr Anliegen dem in der Hierarchie nächsten Arzt andeutungsweise erklärt und gesagt, dass sie auf dem Weg seien und in einer Stunde mit ihnen zu rechnen wäre.

»Ist es in Ordnung für dich, dabei zu sein? Du musst nicht mitfahren, wenn du das Gefühl hast, es kompromittiert dich.«

»Es ist okay.«

Thulin fällt es immer noch schwer zu glauben, dass der Besuch irgendeinen Nutzen haben wird. Es war sehr wahrscheinlich, dass Linus Bekker die Wahrheit gesagt hatte, als er das Verbrechen gestand. Er könnte trotzdem im Wald hinter der Polizeiabsperrung aufgetaucht sein. So wie sie Tim Jansen kannte und auch den verstorbenen Martin Ricks, waren sie sehr wahrscheinlich gut in Grobheiten und möglicherweise auch noch in Schlimmerem, wenn ein Verdächtiger zu einem Geständnis überredet werden sollte, doch ganz gleich, mit wie viel Druck sie Linus Bekker angegangen waren, hätte der Mann doch hinterher noch viele Gelegenheiten gehabt, sein Geständnis zu widerrufen. Warum also sollte das Geständnis falsch sein? Trotz seiner behaupteten Blackouts hatte sich Bekker schließlich an genug Sachen erinnert, dass der Tathergang rekonstruiert werden konnte. Er hatte die Darstellung der Ermittler bestätigt, dass er an jenem Nachmittag mit seinem Auto durch die Gegend gefahren und zufällig dem Mädchen mit der Sporttasche begegnet war, sowie dass er sich später mit der Leiche in einem Wald im Norden befunden hatte. Er hatte von seinem sexuellen Übergriff berichtet und davon, wie er das Mädchen erwürgt hatte, und wie er anschließend mit der

Leiche herumgefahren war und nicht wusste, was er tun sollte. Er hatte sich sogar in seiner Aussage vor Gericht bei den Eltern des Mädchens für seine Untat entschuldigt.

Es *muss* einfach wahr sein. Alles andere ist unrealistisch. Das ist Thulins Gedanke, als sie vor der Schleuse der Forensischen Psychiatrie parken.

84

Die neu gebaute Sicherheitsabteilung, die auf einem eigenen quadratischen Grundstück in der Nähe des Psychiatrischen Krankenhauses liegt, ist an allen vier Seiten von sechs Meter hohen Doppelmauern mit einem so genannten Krokodilgraben dazwischen abgegrenzt. Der einzige mögliche Zugang ist von Süden, wo das Schleusensystem zum Parkplatz hinausgeht, und Hess und Thulin nehmen Aufstellung vor der Überwachungskamera mit Lautsprecheranlage neben der großen, schweren Eingangstür.

Im Gegensatz zu Hess war Thulin noch niemals in einer Anstalt für Sicherungsverwahrung, aber natürlich hat sie schon von dem Ort gehört. Die Sicherungsabteilung, im alltäglichen Sprachgebrauch nur Sicherung genannt, ist die größte forensisch-psychiatrische Einrichtung des Landes für die gefährlichsten Kriminellen. Die zirka dreißig Insassen sind gemäß der so genannten Regelung zur Sicherungsverwahrung verurteilt worden; diese kann ein Gericht anwenden, wenn es Grund zu der Annahme gibt, dass der betreffende Täter eine besondere und andauernde Gefahr für andere Menschen darstellt. Wenn als Ursache für die Gefährlichkeit eine Geisteskrankheit angenommen wird, dann wird der Täter in der Sicherung untergebracht, die als Hybrid zwischen Psychiatrie und Hochsicherheits-Gefängnis fungiert, und dann handelt es sich immer um Verwahrung auf unbestimmte Zeit. Unter den Insassen, die als Patienten bezeichnet werden, sind Mörder, Pädophile, Serienvergewaltiger und Pyromanen, und einige von ihnen werden niemals wieder in die Freiheit entlassen werden, weil sich an ihrer Unberechenbarkeit nichts ändern wird.

Das automatische Tor öffnet sich, und Thulin folgt Hess in eine Art leere Garage, wo ein Wachmann hinter Panzerglas sitzt und sie empfängt. Ein weiterer Wachmann ist zu sehen, der vor sämtlichen Monitoren der Kameraüberwachung sitzt. Und das sind viele. Thulin liefert auf Anweisung ihr Handy ab, ihren Gürtel, die Schnürsenkel und andere Dinge, die entweder als Waffe oder suizidal benutzt werden könnten. In Thulins und Hess' Fall müssen auch die Waffen abgegeben werden, doch die Handys schmerzen am meisten, denn damit wird Thulin die Möglichkeit genommen, in Kontakt mit den Kollegen im Ministerium zu bleiben. Das hatte sie nicht vorhergesehen. Ein Körperscanner erspart ihr weitere Untersuchungen, und Hess und sie warten in der Garage darauf, dass sich eine neue Tür auftut. Dann treten sie in die Schleuse ein, und erst als diese vollständig geschlossen ist, öffnet sich das nächste Tor. Eine schwere Metalltür wird am Ende des Raumes von einem breitschultrigen Pfleger mit einem Namensschild, auf dem »Hansen« steht, geöffnet.

»Willkommen. Folgen Sie mir.«

Mit den hellen Fluren und dem Ausblick auf einladende Innenhöfe gleicht die Einrichtung auf den ersten Blick einer

Art modernem Seminarzentrum. Doch nur so lange, bis man entdeckt, dass ein Teil des Interieurs wie auf einem Schiff im Fußboden oder an der Wand festgeschraubt ist. Das Geräusch von rasselnden Schlüsseln ist allgegenwärtig, und sie müssen eine Schleuse nach der anderen passieren – wie in einem normalen Gefängnis. Auf dem Weg sehen sie einzelne Patienten in Sofaecken und an Tischtennisplatten. Es sind bärtige Männer, einige von ihnen stehen offensichtlich unter Medikamenten, und die meisten schlurfen in Badelatschen herum. Die Patienten, die Thulin sieht, haben betrübte Mienen. In erster Linie wirken sie wie Bewohner eines Pflegeheims, doch Thulin erkennt einige von Fotos in der Presse, und obwohl die Gesichter alt geworden sind und leblos wirken, weiß sie doch, dass sie Menschenleben auf dem Gewissen haben.

»Das ist sehr störend. Ich verstehe nicht, warum ich nicht im Vorhinein unterrichtet worden bin.«

Der psychiatrische Oberarzt Weiland ist nicht begeistert, sie zu sehen. Obwohl Hess seinem Vertreter am Telefon ihr Anliegen erklärt hat, geht nun alles von vorn los.

»Das tut mir sehr leid, aber wir müssen mit ihm sprechen.«

»Linus Bekker macht Fortschritte. Er darf nicht mit irgendwelchen Nachrichten über Tod und Gewalt behelligt werden, denn das könnte ihn in seiner Entwicklung zurückwerfen. Und übrigens gehört Linus Bekker zu den Patienten, denen, abgesehen von einer Stunde Naturprogramm am Tag, der Zugang zu Medien in jeder Form untersagt ist.«

»Wir werden Linus Bekker ausschließlich zu Dingen befragen, über die er früher schon gesprochen hat. Es ist entscheidend, dass wir ein Gespräch mit ihm führen dürfen.

Wenn Sie uns das nicht erlauben, werde ich eine gerichtliche Verfügung einholen, doch das würde eine Verzögerung mit sich bringen, die Menschenleben kosten kann.«

Thulin kann sehen, dass der Oberarzt auf diese Antwort nicht gefasst war. Einen Moment lang zögert er, denn offensichtlich möchte er seine Position nicht aufgeben.

»Warten Sie hier. Wenn er selbst zustimmt, dann ist es in Ordnung, aber ich werde ihn zu nichts zwingen.«

Kurz darauf kehrt der Oberarzt zurück und signalisiert Pfleger Hansen mit einem Nicken, dass Linus Bekker einverstanden ist, und dann verschwindet er. Hansen sieht ihm kurz nach, und dann beginnt er, ihnen die Sicherheitsvorkehrungen zu erklären.

»Es darf keinen physischen Kontakt geben. Wenn ein irgendwie gearteter Affekt von Bekkers Seite kommt, dann ziehen Sie die Alarmschnur im Besucherraum. Wir stehen vor der Tür bereit, wenn es eine kritische Situation geben sollte, doch am besten ist, es gibt keine. Verstanden?«

85

Das Besucherzimmer misst ungefähr fünf mal drei Meter. Die dicke, gepanzerte Scheibe macht Gitter unnötig, und man kann frei in den grünen Innenhof und auf die sechs Meter hohe Mauer dahinter sehen. Vier Stühle aus hartem Plastik stehen sehr präzise um einen kleinen, viereckigen Tisch platziert, eine Ordnung, die sich dadurch erklärt, dass die Sitzgruppe im Fußboden verschraubt ist. Linus Bekker sitzt bereits auf einem der Stühle, als Hess und Thulin hereingeführt werden.

Er ist erstaunlich klein. Vielleicht nur 1,65 groß. Ein junger Mann fast ohne Haare. Kindliches Gesicht, aber kräftig gebaut. Er wirkt ein wenig wie ein Turner, ein Eindruck, den seine grauen Jogginghosen und das weiße T-Shirt noch verstärken.

»Darf ich am Fenster sitzen? Ich mag am liebsten am Fenster sitzen.«

Linus Bekker hat sich erhoben und steht nun wie ein nervöser Schuljunge da und sieht sie an.

»Vollkommen in Ordnung. Das bestimmen Sie.«

Hess stellt sie beide vor, und Thulin merkt, dass er sich Mühe gibt, freundlich und vertrauenswürdig zu wirken, und schließlich beendet er die Vorstellung sogar damit, dem Mann zu danken, dass er sich die Zeit nimmt.

»Zeit hab ich jede Menge.«

Linus Bekker sagt das ohne Ironie oder Lächeln. Lediglich eine Feststellung, bei der seine Augen sie unsicher anblinzeln. Als Thulin auf einem der festgeschraubten Stühle gegenüber dem jungen Mann Platz nimmt, beginnt Hess zu erklären, dass sie gekommen sind, weil sie seine Hilfe benötigen.

»Aber ich weiß nicht, wo die Leiche ist. Es tut mir furchtbar leid, aber ich kann mich wirklich an nichts anderes erinnern als an das, was ich Ihnen schon erzählt habe.«

»Machen Sie sich darüber keine Gedanken. Darum geht es auch nicht.«

»Waren Sie damals bei dem Fall dabei? Ich kann mich nicht an Sie erinnern.«

Linus Bekker wirkt ein wenig verängstigt. Treuherzige, blinzelnde Augen. Sitzt mit geradem Rücken auf dem Stuhl, während er angespannt an seiner Nagelhaut zupft, die ausgefranst und rot ist.

»Nein, wir waren nicht bei dem Fall dabei.«

Hess erzählt die Geschichte, die sie sich zurechtgelegt haben. Er zeigt seine Europol-Marke und erklärt, dass er normalerweise in Haag an Täterprofilen arbeitet. Indem man Persönlichkeit und Verhalten eines Täters wie zum Beispiel Linus Bekker registriert, können diese Profile der Aufklärung vergleichbarer Verbrechen dienen. Jetzt ist Hess in Dänemark, um seinen dänischen Kollegen, unter anderem Thulin, dabei zu helfen, eine entsprechende Abteilung aufzubauen. Sie sprechen mit ausgewählten Insassen, um sich über ihre Reaktionsmuster aus der Zeit vor dem Verbrechen zu informieren, und nun hoffen sie, dass Linus Bekker daran teilnehmen wird.

»Aber ich habe gar nicht erfahren, dass Sie kommen wollen.«

»Nein, da ist ein Fehler passiert. Sie hätten viel früher davon erfahren sollen, damit Sie sich hätten vorbereiten können, aber da hat es leider ein Missverständnis gegeben. Jetzt liegt es ganz bei Ihnen, ob Sie helfen wollen. Wenn Sie keine Lust dazu haben, dann gehen wir wieder.«

Linus Bekker schaut aus dem Fenster und zupft wieder an seiner Nagelhaut, und einen Moment lang ist Thulin sicher, dass er Nein sagen wird.

»Das mache ich gern. Es ist doch wichtig, wenn ich anderen helfen kann, oder?«

»Doch, ganz genau. Danke, das ist freundlich von Ihnen.«

Die nächsten Minuten verwendet Hess darauf, unterschiedliche Fakten mit Linus Bekker zu prüfen. Alter. Wohnort. Familienverhältnisse. Schulzeit. Rechtshänder oder nicht. Frühere Gefängnisstrafen. Alles in allem harmlose und unwichtige Fragen, deren Antworten sie bereits kennen, die aber Linus Bekker ein Gefühl der Sicherheit geben und Vertrauen aufbauen sollen. Thulin muss zugeben, dass Hess seine Sache gut macht, und ihre Skepsis gegenüber der Europol-Geschichte wird zerstreut. Doch das Schauspiel braucht Zeit, und sie hat das Gefühl, im Auge des Zyklons zu hocken und sich mit Nebensächlichkeiten zu beschäftigen, während draußen der Sturm tobt. Endlich kommt Hess zum Tag des Verbrechens.

»Sie haben gesagt, der Tag war für Sie diffus. Sie erinnern sich nur bruchstückhaft daran.«

»Ja, ich hatte Blackouts. Die Krankheit hat mich schwindelig gemacht, und ich hatte auch ein paar Tage nicht geschlafen. Hatte zu viel Zeit mit den Archivbildern verbracht.«

»Erzählen Sie, wie das mit dem Archiv anfing.«

»Na, das war eine Art feuchter Traum. Wenn ich so sagen darf. Ich hatte ja diese Lust, die …«

Bekker hält inne, und Thulin denkt sich, dass ein Teil der psychologischen Behandlung sicher darauf hinausläuft, dass er sich seinem Sadismus und der Todesgeilheit nicht mehr hingibt.

»… und aus den Dokumentarsendungen über Verbrechen wusste ich, dass von Tatorten Fotos gemacht werden, aber ich wusste nur nicht, wo die versteckt werden. Jedenfalls nicht, bis ich in den Server von der Kriminaltechnischen Abteilung reinkam. Und der Rest war dann ziemlich einfach.«

Das kann Thulin bestätigen. Die mangelnden Sicherheitsvorkehrungen konnten nur damit entschuldigt werden, dass es undenkbar schien, dass jemand sich in das digitale Archiv mit Fotos von Ermordeten und Tatorten würde einhacken wollen. Jedenfalls so lange, bis Linus Bekker diese Grenze überschritten und es getan hatte.

»Haben Sie jemandem erzählt, worauf Sie da Zugriff bekommen hatten?«

»Nein. Ich wusste ja sehr wohl, dass ich das nicht tun durfte. Aber … wie gesagt …«

»Was haben die Bilder mit Ihnen gemacht?«

»Ich glaubte wirklich, dass die Bilder … dass sie gut für mich wären. Weil ich so meine … Lust steuern konnte. Aber heute kann ich einsehen, dass es nicht so war. Sie haben mich erregt. Ließen mich nur an eine Sache denken. Ich kann mich erinnern, dass ich das Gefühl hatte, an die frische Luft zu müssen. Und da bin ich eine Runde gefahren. Aber danach wird es mit dem Erinnern schwierig.«

Linus Bekkers entschuldigender Blick streift den von Thulin, und obwohl er kindlich und arglos aussieht, läuft ihr ein Schauder über den Rücken.

»Gab es jemanden in Ihrer Umgebung, der wusste, dass Sie diese Blackouts hatten? Oder gab es jemanden, dem Sie selbst davon erzählt haben?«

»Nein. In der Zeit habe ich niemanden getroffen. Ich war meistens zu Hause. Wenn ich irgendwo hin bin, dann, um mir die Orte anzusehen.«

»Was für Orte?«

»Die Tatorte. Neue oder alte. Zum Beispiel in Odense oder im Amager Fælled, wo ich festgenommen wurde. Aber auch andere Orte.«

»Haben Sie da auch Blackouts gehabt?«

»Möglich. Ich kann mich nicht daran erinnern. Das ist ja nun mal so bei Blackouts.«

»An wie viel vom Mordtag erinnern Sie sich?«

»Nicht sonderlich viel. Das ist schwer zu sagen, denn ich vermische es mit den Sachen, die ich später erfahren habe.«

»Können Sie sich zum Beispiel erinnern, Kristine Hartung in den Wald gefolgt zu sein?«

»Nein, daran nicht. Aber ich kann mich an den Wald erinnern.«

»Aber wenn Sie sich nicht an sie erinnern, woher wollen Sie dann wissen, dass Sie es waren, der sie überfallen und ermordet hat?«

Einen Moment lang sieht Linus Bekker überrascht aus, und dies scheint eine unerwartete Frage an einen Mann zu sein, der sich schon längst mit seiner Schuld abgefunden hat.

»Das haben die ja gesagt. Und sie haben mir geholfen, mich an die anderen Sachen zu erinnern.«

»Wer?«

»Nun, die Beamten, die mich verhört haben. Die hatten ja auch Sachen gefunden. Erde unter den Schuhen. Blut an der Machete, die ich benutzt habe, um …«

»Aber damals haben Sie immer beteuert, Sie hätten es nicht getan. Konnten Sie sich selbst an die Machete erinnern?«

»Nein, erst nicht. Aber dann haben die Dinge angefangen, in diese Richtung zu zeigen.«

»Als die Machete gefunden wurde, haben Sie tatsächlich ursprünglich gesagt, dass Sie die noch nie gesehen hätten. Und dass vielleicht jemand sie auf dem Regal in der Garage bei Ihrem Auto platziert haben könnte. Erst in einer späteren Vernehmung haben Sie zugegeben, dass die Machete Ihnen gehörte.«

»Ja, das stimmt. Aber die Ärzte haben mir erklärt, dass meine Krankheit so funktioniert. Wenn man paranoid schizophren ist, arbeitet man die Wirklichkeit um.«

»Sie können sich also nicht vorstellen, wer sie da platziert haben könnte, wenn es so wäre?«

»Sie war ja nicht platziert … Ich war es, der sie da hingelegt hat. Wahrscheinlich bin ich nicht so gut für diese Art Fragen …«

Linus Bekker schaut verunsichert zur Tür. Als würde er gern wegkommen, aber Hess beugt sich zu ihm vor und versucht, seinen Blick einzufangen.

»Linus, Sie machen das sehr gut. Ich muss einfach nur wissen, ob es in der Zeit jemanden gab, der Ihnen nahestand. Jemand, der wusste, wie es Ihnen ging. Dem Sie sich anvertraut haben – jemand, den Sie plötzlich kennengelernt haben oder mit dem Sie sich im Netz geschrieben haben, oder …«

»Aber so war es nicht. Ich verstehe nicht, was Sie wollen. Ich glaube fast, ich möchte jetzt zurück in mein Zimmer.«

»Linus, Sie müssen nicht nervös werden. Wenn Sie mir noch ein wenig helfen, dann können wir womöglich herausfinden, was an dem Tag damals passiert ist. Und was genau mit Kristine Hartung geschehen ist.«

Linus Bekker, der eben noch Anstalten gemacht hat aufzustehen, schaut Hess unsicher an.

»Glauben Sie?«

»Ja, das glaube ich. Ganz sicher. Sagen Sie mir nur, mit wem Sie Kontakt hatten.«

Hess sieht Linus Bekker vertrauensvoll an und hält seinen Blick fest. Einen Moment lang wirkt es so, als sei Linus Bekkers ängstliches Kindergesicht im Begriff, von Hess überzeugt zu werden. Doch dann bricht es in ein breites Grinsen aus.

Linus Bekker platzt vor Lachen. Thulin und Hess sehen erstaunt den kleinen Mann an, der vergeblich versucht, sein

Lachen zurückzuhalten. Als er wieder zu sprechen beginnt, ist es, als hätte er eine Maske abgenommen, und da ist keine Spur mehr von Unsicherheit oder Nervosität.

»Warum fragen Sie nicht einfach nach dem, was Sie so gerne wissen wollen? Überspringen Sie den ganzen Mist und kommen Sie zur Sache.«

»Wie meinen Sie das?«

»Wie meinen Sie das?«

Linus Bekker äfft Hess' Stimme nach, verdreht die Augen und lächelt falsch.

»Sie sind doch ganz scharf darauf herauszufinden, warum ich ein Verbrechen gestehe, das ich nicht begangen habe.«

Thulin sieht Linus Bekker an. Die Verwandlung ist schockierend. Der Mann ist wahnsinnig. Komplett geisteskrank, und einen Moment lang hat Thulin nicht übel Lust, den Oberarzt zu rufen, damit er selbst sehen kann, wie es um den Fortschritt bei Linus Bekker steht, den er vorhin erwähnt hat. Hess bemüht sich, die Fassung zu wahren.

»Okay. Warum haben Sie es gestanden?«

»Halt die Schnauze. Du wirst dafür bezahlt, das rauszufinden. Haben sie dich wirklich von Europol zurückgeholt, um irgendwas aus mir rauszulocken, oder war das vorhin nur ein Pappschild, was du mir gezeigt hast?«

»Linus, ich verstehe nicht, was Sie meinen. Aber wenn Sie nichts mit Kristine Hartung zu tun haben, dann ist es nicht zu spät, das zu sagen. Dann können wir Ihnen wahrscheinlich helfen, Ihren Fall wieder aufzurollen.«

»Aber ich *brauche* keine Hilfe. Wenn wir immer noch einen Rechtsstaat haben, dann bin ich spätestens Weihnachten wieder zu Hause. Oder wenn der Kastanienmann mit dem Herbsten fertig ist.«

Die Worte treffen Thulin wie ein Hammer. Hess sitzt wie versteinert da. Bekker weiß es. Er lächelt, und während Thulin noch versucht, so zu tun als wäre nichts, ist es plötzlich, als würde sich Finsternis über den Raum senken.

»Der Kastanienmann …?«

»Ja, der Kastanienmann. Der Grund, warum Ihr hier seid. Der kleine süße Hansen, der Vierschrötige da draußen, der vergisst, dass auf dem Flachbildschirm im Aufenthaltsraum immer Teletext läuft. Nur 38 Zeichen pro Satz, aber da erfährt man schon ein bisschen was. Warum kommt ihr erst jetzt? Etwa, weil euer Chef nicht will, dass ihr anfangt, in dem schönen, aufgeklärten Fall zu graben?«

»Was wissen Sie vom Kastanienmann?«

»*Kastanienmann, komm herein. Kastanienmann …*«

Linus Bekker summt die Melodie neckisch weiter. Hess wird ungeduldig.

»Ich frage, was Sie wissen.«

»Es ist zu spät. Er ist euch weit voraus. Deshalb sitzt ihr hier und bettelt. Weil er euch verarscht hat. Weil ihr nicht wisst, was ihr machen sollt.«

»Sie wissen, wer er ist?«

»Ich weiß, *was* er ist. Er ist der Meister. Und er hat mich zu einem Teil seines Plans gemacht. Sonst hätte ich damals nicht gestanden.«

»Sagen Sie uns, wer er ist, Linus.«

»Sagen Sie uns, wer er ist, Linus.«

Linus Bekker äfft Hess wieder nach.

»Was ist mit dem Mädchen?«

»Was ist mit dem Mädchen?«

»Was wissen Sie? Wo ist sie? Was ist mit ihr geschehen?«

»Ist das nicht egal? Vielleicht hat sie ja Spaß gehabt …«

Linus Bekker schaut sie mit unschuldigem Blick an, während sich ein fieses Lächeln auf seinem Gesicht ausbreitet. Thulin schafft es nicht zu reagieren, als Hess aufspringt und auf ihn losgeht. Doch Bekker ist vorbereitet und zieht augenblicklich an der Schnur. Der Alarm geht mit ohrenbetäubendem Heulen los. Im nächsten Moment, als die schwere Metalltür aufgeworfen wird und die breitschultrigen Männer reinkommen, verwandelt sich Linus Bekker wieder in den unsicheren Schuljungen mit dem ängstlichen Blick.

86

Das Tor geht langsam auf, aber Hess kann es nicht abwarten. Während Thulin ihre persönlichen Dinge von dem Wachmann hinter der gepanzerten Scheibe entgegennimmt, sieht sie, wie er sich schon rausschiebt, obwohl das Tor noch nicht ganz offen ist, und dann weiter über den Parkplatz läuft. Als sie ihm folgt, fühlt sich der kalte, regennasse Wind wie eine Befreiung an, und sie pumpt Luft tief in ihre Lunge, um Linus Bekker abzuschütteln.

Sie sind im hohen Bogen aus der Sicherungsabteilung rausgeflogen. Oberarzt Weiland, der hinzugerufen wurde, hatte eine Erklärung für die Situation im Besuchsraum verlangt. Linus Bekker war überzeugend. Ängstlich und furchtsam hatte er sich von Hess und Thulin weggeschoben, so als hätten sie ihm psychischen und physischen Schaden zugefügt. Beim Oberarzt beklagte er sich darüber, dass Hess ihn »angefasst« habe und »seltsame Fragen zu Tod und Mord« gestellt hätte, und der Oberarzt hatte seine Partei ergriffen.

Weder Hess noch Thulin hatten gedacht, dass es erforderlich sein würde, das Gespräch mit Linus Bekker aufzuzeichnen, und selbst wenn, dann lagen doch ihre Handys bei der Wache, und so war es sinnlos, gegen Bekkers Behauptung protestieren zu wollen. Es war eine Katastrophe, die ganze Strecke bis hierher gefahren zu sein, und als Thulin auf dem Weg über den Parkplatz ihr Telefon abhört, wird ihre Laune nicht besser. In der Zeit, in der sie in der Sicherung waren, hat ihr Handy siebenmal geklingelt, und nachdem sie die erste Nachricht gehört hat, beginnt sie, durch den Regen zum Auto zu laufen.

»Wir müssen zurück ins Ministerium. Die haben Fälle gefunden, die wir überprüfen müssen.«

Thulin erreicht das Auto, klickt es auf, aber Hess bleibt im Regen stehen.

»Das Ministerium ist sinnlos. Der Täter hat nichts mit den Fällen zu tun, zu denen er uns selbst geführt hat. Hast du nicht gehört, was Bekker gesagt hat?«

»Ich habe einen Psychopathen wirres Zeug reden hören und gesehen, wie du Amok gelaufen bist. Sonst nichts.«

Thulin öffnet die Tür, steigt ein und schmeißt Hess' Pistole und seine Sachen auf den Beifahrersitz. Sie checkt die Uhr im Armaturenbrett und rechnet sich aus, dass sie erst nach Einbruch der Dunkelheit wieder in der Stadt sein werden, und sie weiß, dass sie Le wieder in die Obhut des Opas geben muss. Hess hat kaum einen Fuß in den Fußraum gesetzt, als sie den Wagen schon startet und auf die Straße einbiegt.

»Bekker wusste, dass wir kommen würden. Er hat seit seiner Verurteilung gewartet. Er weiß, nach wem wir suchen«, ist von Hess zu hören, nachdem er die Autotür zugeknallt hat.

»Nein, er weiß rein gar nichts. Linus Bekker ist ein perverser Sexualverbrecher, der ein bisschen Teletext gelesen hat. Aber er möchte gern provozieren und mit uns Fangen spielen, und du bist darauf angesprungen. Was zum Teufel hast du dir nur dabei gedacht?«

»Er weiß, wer sie gekidnappt hat.«

»Nein, zum Donnerwetter! Linus Bekker selbst hat sie gekidnappt. Alle Welt weiß, dass das Mädchen tot und begraben ist. Nur du hast es noch nicht begriffen. Warum zum Teufel sollte er einen Mord gestehen, den er nicht begangen hat?«

»Weil er mit einem Mal begriffen hat, *wer* ihn begangen hat. Jemand, für den er gern die Schuld übernehmen wollte, weil er in seinem kranken Kopf die Vorstellung hegte, Teil eines größeren Plans zu sein. Jemand, den er bewundert hat – einer, zu dem er aufsah. Und zu wem würde Linus Bekker aufschauen?«

»Zu niemandem! Der Mann ist geisteskrank. Das Einzige, in dem er aufgeht, ist Tod und Verderben.«

»Genau. Also jemand, der etwas lieferte, was Linus Bekker wertschätzte. Soll heißen, etwas, was Linus Bekker in dem Archiv mit Leichenbildern gesehen haben kann, in das er sich eingehackt hat.«

Die Worte sinken langsam ein. Thulin steigt auf die Bremse und vermeidet damit gerade noch einen Zusammenstoß mit dem großen Lastwagen, der sich auf der Hauptstraße durch den Regen pflügt. Eine lange Reihe von Autos rauscht im Kielwasser des Lastwagens vorbei, und Thulin spürt den Blick von Hess.

»Es tut mir leid, ich habe die Grenze überschritten. Das war falsch. Aber wenn Linus Bekker lügt, gibt es immer noch niemanden, der weiß, was mit Kristine Hartung passiert ist. Und ebenso wenig, ob sie tot ist.«

Thulin antwortet nicht. Sie tritt wieder aufs Gas und wählt dabei eine Nummer auf dem Handy. An dem, was Hess sagt, ist etwas dran. Ärgerlicherweise. Es dauert einen Augenblick, dann geht Genz ran. Die Verbindung ist schlecht, und es klingt, als würde er auch in einem Auto sitzen.

»Hallo, warum kann man euch denn nicht erreichen? Wie lief es mit Bekker?«

»Deshalb rufe ich an. Hast du Zugang zu den Bildern aus dem Tatortarchiv, in denen er herumgeschnüffelt hat? Die Fotos, in die er sich eingehackt hat?«

Genz klingt überrascht.

»Davon gehe ich aus, aber ich muss noch mal nachsehen. Warum?«

»Das erkläre ich dir später. Aber wir müssen wissen, an welchen Fotos Bekker ganz konkret am meisten interessiert war. Es müsste doch möglich sein, seine Favoriten rauszufinden. Also, eine Liste von den Bildern zu erstellen, die er am häufigsten angeklickt hat. Oder möglicherweise die, die er runtergeladen hat, falls er das gemacht hat. Wir glauben, daraus könnte sich eine wichtige Spur ergeben, deshalb bräuchten wir sie so schnell wie möglich. Aber so, dass Nylander nichts davon mitkriegt. Okay?«

»Ja, okay. Ich kann versuchen, die IT-Leute zu erreichen, wenn ich zurückkomme. Aber sollten wir damit nicht erst warten, bis wir wissen, ob Jansen recht hat?«

»Jansen?«

»Hat der euch nicht angerufen?«

Thulin verspürt eine Unruhe. Sie hat Jansen total vergessen, seit der kurzen Begegnung mit ihm am Morgen, als sie das Büro von Nylander verlassen haben. Jansen hatte ausgesehen wie eine Leiche. War in sich gekehrt und schweigsam, und es hatte sie beruhigt zu sehen, dass Nylander ihn zu einem Gespräch in sein Büro bat, in dessen Verlauf er den Mann hoffentlich nach Hause geschickt hatte. Doch irgendetwas sagte ihr, dass dies nicht der Fall war.

»Weswegen sollte Jansen anrufen?«

»Wegen der Adresse in Sydhavn. Vorhin habe ich über Polizeifunk gehört, wie er um Verstärkung bat, weil er eine Vermutung hätte, wo der Verdächtige sich aufhalten könnte.«

»Der Verdächtige? Was für ein Verdächtiger? Jansen arbeitet gar nicht mehr an diesem Fall.«

»Nun. Das ist ihm dann wohl selbst nicht ganz klar. Er macht gerade eine Razzia an einer Adresse, von der er glaubt, dass sich der Mörder dort aufhält.«

87

Auf dem Vordersitz seines Dienstwagens kontrolliert Tim Jansen das Patronenmagazin und schiebt es mit einem Klicken zurück in seine Heckler & Koch. Es wird mindestens noch zehn Minuten dauern, bis Verstärkung eintrifft, doch das stört ihn nicht, denn er hatte gar nicht vorgehabt, auf die zu warten. In diesem Gebäude befindet sich möglicherweise der Mörder von Ricks, und da will Jansen den ersten Kontakt oder das erste Verhör allein vornehmen. Aber jetzt wissen die Leute zumindest, wo er sich befindet, für den Fall, dass er Probleme bekommt, und wenn er dann später erklären muss, warum er schon reingegangen ist, kann er behaupten, dass es sein musste, weil schon vor dem Auftauchen der Verstärkung Gefahr im Verzug war.

Als Jansen aussteigt, spürt er den kalten Wind im Gesicht. Das ehemalige Industrieviertel im Südhafen ist eine Mischung aus hohen Lagerhäusern, neuen Self-Storage-Gebäuden, Schrottplätzen und einzelnen, zwischen die Industriegrundstücke eingezwängten Wohnhäusern. Müll und Sand fliegen herum, und auf den Straßen sind keine Fahrzeuge zu sehen, als er zielgerichtet auf das Gebäude zugeht.

Das Vorderhaus hat zwei Stockwerke und ist leicht mit einem gewöhnlichen Wohnhaus zu verwechseln, doch als er näher kommt, kann er an dem verfallenen Giebel die Reste eines Schilds erkennen, das verrät, dass die Anlage als Schlachthof gedient hat. Ein Schaufenster mit Eingangstür ist auf der Innenseite mit einem schwarzen Stück Stoff verkleidet, das die Sicht zur Straße verdeckt, und Jansen geht stattdessen durch die Einfahrt und in den Hof. Das große, längliche Gebäude, das im Verhältnis zum Vorderhaus ein wenig verschoben ist, könnte die alte Schlachthalle gewesen sein, denn entlang des Gebäudes sind Rampen vor den großen Türen angebracht, die wohl zum Be- und Entladen benutzt wurden. Weiter hinten ist die Halle von einem Gartenstück mit umgefallenem Zaun umgeben, in dem drei, vier Obstbäume stehen, die aussehen, als würden auch sie gleich vom Wind umgeworfen. Jansen wendet sich wieder dem Vorderhaus zu und entdeckt eine Tür ohne Namensschild, vor der eine Fußmatte und ein Blumentopf mit einem vergilbten Tannenbaum darin zu sehen sind. Er hebt die Faust und klopft an, während er mit der anderen Hand die Heckler & Koch in der Manteltasche entsichert.

Für Jansen waren die Tage seit Martin Ricks' Tod unwirklich gewesen. Dieses Gefühl hatte eingesetzt, als er die leblose Gestalt des Partners im blitzenden Blaulicht des Krankenwagens daliegen sah, während ringsherum Polizeihunde bellten, die durch die dunklen Winkel des Schrebergartenvereins geführt wurden. Als er sich vom Urbanplan dorthin aufgemacht hatte, wusste er noch nicht, was dem Freund zugestoßen war, und dann war er plötzlich dem Unfassbaren gegenübergestanden. Erst meinte er, dieses leichenblasse Wesen könne unmöglich sein Kollege sein. Der Tod hätte doch niemals Ricks auf die leblose Hülle reduzieren können, die da vor seinen Füßen lag. Doch so war es, und sosehr Jansen in den Stunden danach auch damit gerechnet hatte, dass Ricks auftauchen und jemanden anbrüllen würde, weil er so lange im Schotter hatte liegen müssen, war es doch einfach nicht geschehen.

Sie waren eher zufällig Partner geworden, doch Jansen erinnerte sich, dass sie vom ersten Tag an auf derselben Wellenlänge gewesen waren. Ricks besaß genau die Qualitäten, die es brauchte, damit Jansen den Partner ertragen konnte. Er war nicht sonderlich klug oder schlagfertig, tatsächlich sprach er selten allzu viel, doch im Gegenzug war er hartnäckig und loyal, wenn man seine Sympathie erst einmal erworben hatte. Außerdem hegte Ricks ein gesundes Misstrauen gegen fast alles und jeden, sicherlich, weil er in seiner Kindheit schon so manches erlebt hatte, und Jansen hatte sofort begriffen, wofür man das Potential des Mannes gebrauchen konnte. Während er selbst der Kopf war, war Ricks der Körper, und sie teilten rasch die völlig natürliche Aversion gegen Chefs, Anwälte und Ministeriale, die eins gemeinsam hatten, nämlich, dass sie aber auch nicht den kleinsten Scheiß von Polizeiarbeit verstanden. Jansen und Ricks hatten zusammen so viele Rocker, Kanacken, Ehefrau-Misshandler, Vergewaltiger und Mörder hinter Gitter gebracht, dass ihr Weg zur Rente mit Gehaltserhöhungen und Verdienstmedaillen gepflastert sein müsste. Doch so sah die Gesellschaft nicht aus. Die Güter der Welt sind ungerecht verteilt. Darüber hatten sie oft gesprochen, wenn sie sich in Bars und Nachtclubs selbst gefeiert hatten, bis sie betrunken umgefallen waren oder noch eine Runde in dem kleinen Bordell in Ydre Østerbro vorbeigeschaut hatten.

Doch das alles war nun zu Ende. Ricks würde nur einen einzigen Dank bekommen, nämlich dass sein Name neben all den anderen Polizisten, die im Dienst umgekommen waren, auf dem Gedenkweg des Polizeipräsidiums eingraviert werden würde. Jansen war nicht sentimental veranlagt, doch es hatte ihn berührt, am Morgen auf dem Weg zur Arbeit in diesem Wissen durch den Säulenhof zu gehen. Zwei Tage lang war er zu Hause geblieben. In der Mordnacht war er zu schockiert gewesen, um noch etwas anderes beitragen zu können, als Ricks' besserer Hälfte die Todesnachricht zu überbringen, und als seine Frau später in der Nacht aufgewacht war, da hatte sie ihn apathisch im dunklen Zuhause in Vanløse im Wintergarten sitzend gefunden. Tags darauf war die Familie zu einem Geburtstag gefahren, während er selbst angefangen hatte, das IKEA-Regal zusammenzubauen, das im Zimmer des Jungen noch in der Verpackung gewartet hatte. Doch die Bauanleitung war unverständlich gewesen, und gegen halb elf hatte er mit dem Weißwein begonnen. Als seine Frau am späten Nachmittag mit den Kindern nach Hause kam, war er in den Schuppen hinten im Garten getorkelt, wo er mit Wodka und Red Bull weitergemacht hatte, und als er später auf dem Fußboden aufwachte, war ihm eins klar gewesen, nämlich dass er wieder arbeiten gehen musste.

Doch das hatte er erst am Montag getan. Das Präsidium hatte vor Aktivität und Zielstrebigkeit nur so gebrummt, und die Leute hatten ihm teilnahmsvoll zugenickt. Nylander hatte natürlich verboten, dass er wieder an dem Fall arbeitete, also musste er stattdessen eine Handvoll Kollegen im Umkleideraum versammeln und ihnen einschärfen, dass er von ihnen informiert werden wollte, falls etwas Entscheidendes bei der Jagd auf den Täter geschah. Einige hatten abweisend gewirkt, doch andere waren derselben Ansicht wie er selbst: dass Ricks' Tod der Tatsache geschuldet war, dass Hess und Thulin ihrer Aufgabe nicht gewachsen waren. Und überhaupt musste es einer der beiden gewesen sein, wahrscheinlich Hess, der sich bei der Presse verplappert hatte, und dass man plötzlich Fragezeichen an den Kristine-Hartung-Fall machte, wirkte jetzt, da Ricks ermordet worden war, nur wie ein noch größerer Hohn.

Leider war keine Bewegung in die Sache gekommen, denn die Kollegen waren am Vormittag ins Sozialministerium gerufen worden. Seine eigenen Aufgaben waren Jansen im Moment völlig gleichgültig, und er war stattdessen im Dienstwagen raus nach Greve, hatte unterwegs im Kiosk ein Sixpack gekauft und ein paar Dosen davon getrunken, ehe er bei der kleinen Parterrewohnung an der S-Bahn-Station anklopfte, wo Ricks gewohnt hatte. Die Verlobte war in Tränen aufgelöst gewesen. Er war hereingebeten worden und hatte gerade die Einladung zum Tee angenommen, als einer der Kriminalassistenten aus dem Sozialministerium anrief: In den geprüften Akten waren Informationen über Leute aufgetaucht, die guten Grund hatten, den Staat, das System, die Sozialministerin und den größten Teil der Welt zu hassen. Jansen hörte sich die Verdachtsfälle an und stellte fest, dass einer davon ein sehr viel stärkeres Motiv als die anderen enthielt. Nachdem er sich versichert hatte, dass Hess und Thulin noch nicht informiert waren, legte er auf, entschuldigte sich bei Ricks' Verlobter und fuhr zu der Adresse in Sydhavn, wo die Betreffenden wohnten.

»Wer ist da?«, ist hinter der Tür zu hören.

»Polizei! Machen Sie auf!«

Jansen bollert ungeduldig an die Tür und macht sich mit der Pistole in der Tasche bereit. Die Tür wird geöffnet, und ein zerfurchtes Gesicht schaut ängstlich heraus. Jansen unterdrückt sein Erstaunen. Es ist eine alte Frau, und Jansen kann hinter ihr den Geruch von Zigaretten und verdorbenem Essen wahrnehmen.

»Ich möchte mit Benedikte Skans und Asger Neergaard sprechen.«

Die Namen hat Jansen vom Kollegen im Sozialministerium bekommen, aber die alte Frau schüttelt den Kopf.

»Die wohnen nicht mehr hier. Die sind schon vor einem halben Jahr weggezogen.«

»Weggezogen? Wohin?«

»Das weiß ich nicht. Hat man mir nicht gesagt. Worum geht es?«

»Wohnen Sie alleine hier?«

»Ja.«

Jansen zögert einen Moment. Das hier hat er nicht erwartet. Die alte Frau hustet und zieht ihre löchrige Strickjacke gegen die Kälte fester um sich.

»Kann ich mit etwas behilflich sein?«

»Sieht nicht so aus. Entschuldigen Sie die Störung. Auf Wiedersehen.«

»Auf Wiedersehen, auf Wiedersehen.«

Jansen tritt von der Tür zurück, und die alte Frau schließt ab. Einen Augenblick weiß er nicht, was er jetzt machen soll. Die Antwort der Alten hat ihn überrascht. Er will gerade ins warme Auto zurückgehen, um den Kollegen im Sozialministerium anzurufen, als sein Blick plötzlich ein Fenster im ersten Stock des Gebäudes streift. Ihm wird klar, dass er ein Mobile sieht, das von der Decke hängt. Ein Mobile mit kleinen Vögeln, wie es sonst über einem Kinderbettchen hängt, und Jansen weiß sofort, dass das hier nicht hängen dürfte, wenn die Alte recht hat und Benedikte Skans und Asger Neergaard wirklich vor langer Zeit ausgezogen sind.

Jansen klopft wieder an, diesmal fester. Als die alte Frau wieder die Tür öffnet, marschiert er gleich an ihr vorbei, während er seine Pistole zieht. Die Frau protestiert laut, doch er geht zielgerichtet durch den schmalen Flur und in die Küche und weiter ins Wohnzimmer, welches der Raum ist, der in früheren Zeiten der Laden war. Nachdem er festgestellt hat, dass das Wohnzimmer leer ist, geht er zurück zur Treppe in den ersten Stock, wo die alte Hexe jetzt steht und ihm den Weg versperrt.

»Geh zur Seite!«

»Da ist nichts! Sie dürfen nicht …«

»Halt die Schnauze und geh beiseite!«

Er schiebt sie weg und rennt die Treppe hinauf, während die Alte hinter ihm jammert. Mit erhobener Pistole stößt er die Türen im ersten Stock auf, und sein Finger am Abzug ist angespannt. Die ersten beiden Zimmer sind Schlafzimmer, doch das letzte, dessen Tür er aufschiebt, ist ein Kinderzimmer.

Das Mobile hängt friedlich über dem Babybett, doch ansonsten ist der Raum leer, und einen Moment lang glaubt Jansen, dass er sich vielleicht doch getäuscht hat. Doch dann entdeckt er die Wand hinter der Tür, und mit einem Mal weiß er, dass er den Fall gelöst hat, der Martin Ricks das Leben gekostet hat.

88

Es ist dunkel geworden. Um diese Nachmittagszeit verlassen in der Regel die letzten Fahrzeuge das Industriegebiet des Südhafens, und die Straßen liegen öde da. Doch nicht so heute. Vor den ramponierten Gebäuden, die einst einen der größten Schlachthöfe Kopenhagens beherbergten, wimmelt es von Beamten und Technikern, die mit ihren Pilotenkoffern rein- und rausrennen. Die Wagen stehen in Kolonne, und aus jedem einzelnen Fenster im Vorderhaus strömt das grelle Licht von den Scheinwerfern der Techniker. In dem Zimmer im ersten Stock kann Hess das Jammern der alten Frau hören, die unten im Wohnzimmer verhört wird, und das Geräusch vermischt sich mit hektischen Instruktionen, schnarrenden Funkdurchsagen und nicht zuletzt mit den Worten von Thulin und Jansen, die an der Tür diskutieren.

»Wer von den anderen hat dir denn den Tipp gegeben, hier rauszufahren?«

»Wer sagt denn, dass ich einen Tipp bekommen habe? Vielleicht war ich ja nur draußen und bin eine Tour gefahren.«

»Warum, verdammt noch mal, hast du nicht angerufen?«

»Dich und Hess? Was zum Teufel hätte das denn helfen sollen?«

Das Foto könnte ungefähr zwei Jahre alt sein. Das Glas ist verstaubt, doch der schwarze Rahmen ist schön, und es liegt neben einem Schnuller und einer Locke aus dünnem weißem Haar auf dem Kissen in dem weißen Babybettchen. Die junge Mutter auf dem Foto steht neben einem Brutkasten, hält das in eine Decke gewickelte Kind im Arm und lächelt in die Kamera. Es ist ein gequältes Lächeln, das von Erschöpfung und großen Anstrengungen zeugt, und weil die junge Frau immer noch ein zerknittertes Krankenhaushemd trägt, denkt Hess, dass dieses Bild wohl kurz nach der Geburt im Krankenhaus gemacht worden ist. Das Lächeln erreicht ihre Augen nicht. Ihr Blick hat etwas Zerbrechliches und Wirklichkeitsfremdes, als ob die Frau das Kind eben gereicht bekommen hätte und nun versucht, eine Rolle zu spielen, auf die sie nicht vorbereitet ist.

Es besteht kein Zweifel, dass die Frau auf dem Foto, Benedikte Skans, mit der hübschen, ernsten Krankenschwester identisch ist, der Thulin und Hess auf der Kinderstation im Rigshospital begegnet sind, als sie Hussein Majid über Magnus Kjær und Sofia Sejer-Lassen befragt haben. Seit das Foto aufgenommen wurde, sind die Haare länger und das Gesicht älter geworden, und das Lächeln ist völlig verschwunden. Doch sie *ist* es, und Hess tut sich schwer, einen Zusammenhang zu begreifen.

Als er zusammen mit Thulin aus der Forensischen Psychiatrie kam, saß das Gespräch mit Linus Bekker wie ein bösartiges Geschwür in ihm. All seine Energie und Aufmerksamkeit waren auf die Möglichkeit gerichtet, auf den Fotos des Archivs, in das Bekker sich eingehackt hatte, eine Spur des Täters zu finden.

Doch dann waren nach und nach die Neuigkeiten reingekommen. Erst von Genz, danach von den Kriminalassistenten, die im Ministerium gearbeitet hatten, aber jetzt nach Jansens Meldung nach Sydhavn ausgerückt waren. Man brauchte nicht viel Phantasie, um sich auszurechnen, dass Jansen zu der betreffenden Sache einen Tipp von einem der Kollegen bekommen hatte, die im Ministerium gesessen hatten und die Akten durchgegangen waren, doch jetzt wirkte dieses Detail unerheblich im Verhältnis zu dem Durchbruch, der mit der Akte über Benedikte Skans und ihren Lebensgefährten gelungen war.

»Wie weit seid ihr?«

Nylander ist eben angekommen, und Jansen wirkt erleichtert, dass die Diskussion mit Thulin auf diese Weise abgebrochen wird.

»Die Mieterin der Wohnung ist Benedikte Skans, 28 Jahre alt, Krankenschwester im Rigshospital. Das gemeinsame Kind von ihr und ihrem Lebensgefährten ist vor eineinhalb Jahren vom Jugendamt Kopenhagen in Obhut genommen worden. Das Kind kam in eine Pflegefamilie, und Benedikte Skans legte Widerspruch ein, ging an die Presse und griff die Sozialministerin an, weil die dazu aufgerufen hatte, Kinder schneller aus den Familien zu nehmen.«

»Rosa Hartung?«

»Ja. Die Medien haben es gefressen, jedenfalls bis sie plötzlich rauskriegten, dass die Behörde das Kind mit gutem Grund in Obhut genommen hatte, und somit geriet der Fall in Vergessenheit. Doch nicht für Benedikte Skans und ihren Lebensgefährten, denn kurz darauf starb das Kind. Skans kam in die Geschlossene und ist erst dieses Jahr im Frühling wieder rausgekommen. Sie bekam ihren alten Job zurück und zog hier wieder mit dem Lebensgefährten ein, aber wie du an der Wand erkennen kannst, nicht, weil sie das Geschehene vergessen hätten.«

Hess ist selbst gerade dabei, die Wand zu betrachten, und er hört nicht zu. Die meisten Informationen aus den Akten, die ein Kriminalassistent aus dem Sozialministerium mitgebracht hat, kennt er bereits. Benedikte Skans Jugend in Tingbjerg bestand aus Hasch, Nachtleben und einer nicht abgeschlossenen Ausbildung in einem Bekleidungsgeschäft, bis sie als 21-Jährige einen Ausbildungsplatz zur Krankenschwester in Kopenhagen bekam. Diese hatte sie mit guten Noten abgeschlossen, und war ungefähr zu dem Zeitpunkt auch mit ihrem Lebensgefährten Asger Neergaard zusammengekommen, der ein paar Jahre über ihr die Schule in Tingbjerg besucht hatte. Asger Neergaard war in der Zwischenzeit Soldat in der Gardehusaren-Kaserne in Slagelse geworden und war nach Afghanistan entsandt gewesen.

Zusammen hatten sich die beiden in dem Vorderhaus des stillgelegten Schlachthofs ein Zuhause eingerichtet. Benedikte Skans hatte Arbeit als Krankenschwester auf der Kinderstation im Rigshospital gefunden, und gleichzeitig versuchten die beiden, Eltern zu werden. Doch mit der Schwangerschaft begannen die Schwierigkeiten. Wie man aus den Notizen des Sachbearbeiters erkennen konnte, wirkte Benedikte nervös und litt unter Selbstzweifeln. Als sie mit 26 Jahren einen Jungen zur Welt brachte, der zwei Monate zu früh kam, löste das eine postnatale Depression aus, und offensichtlich war der Vater des Kindes hier auch kein verlässlicher Partner. Der Sachbearbeiter hatte den damals 28-jährigen Soldaten als unreif und verschlossen beschrieben, in manchen Situationen auch als aggressiv, wenn Benedikte Skans ihn dazu provozierte. Das Jugendamt versuchte es mit mehreren unterstützenden Maßnahmen, doch nach einem halben Jahr waren die psychischen Probleme von Benedikte Skans schlimmer geworden, und bei ihr wurde eine bipolare Störung diagnostiziert. Als es ein paar Wochen lang nicht möglich gewesen war, Kontakt zu der kleinen Familie aufzunehmen, wandte sich die Behörde an die Polizei, die eine Durchsuchung des Hauses vornahm, was sich als die richtige Entscheidung erwies. Der sieben Monate alte Junge lag bewusstlos in seinem Kinderbett, mit Kot und Erbrochenem verklebt, und er war schlimm unterernährt. Im Krankenhaus zeigte sich, dass der Junge an chronischem Asthma und einer Lebensmittelallergie litt, was ihn in Lebensgefahr gebracht hatte, als er den Rest eines Nussschokolade-Riegels schluckte, der ihm zuletzt von den Eltern gegeben worden war.

Ungeachtet der Tatsache, dass die Intervention wahrscheinlich das Leben des Kindes gerettet hatte, hatte sie eine maßlos zornige Benedikte Skans hinterlassen. Von einem Pflichtverteidiger unterstützt, hatte sie ein Gerichtsverfahren gegen die Behörden angestrengt, und eines ihrer Mittel war die Presse gewesen. Benedikte Skans war zu mehreren Gelegenheiten interviewt worden und hatte ihrem Zorn über die Behandlung Ausdruck verliehen, der die kleine Familie ausgesetzt worden war: »Wenn ich eine schlechte Mutter bin, dann sind wir viele«, lautete eine der Schlagzeilen, die in der Akte wiedergegeben wurden. Da die Behörde die Informationen über die Vernachlässigung des Kindes nicht veröffentlichte, wirkte es wahrscheinlich so, als wäre Benedikte Skans im Recht. Doch nur, bis Sozialministerin

Rosa Hartung vor die Presse trat und daran erinnerte, dass man im Interesse der Kinder verfuhr, wenn man den Paragraphen 42 des Sozialgesetzbuches zur staatlichen Inobhutnahme von Kindern so streng wie möglich interpretierte. Da hatten die Medien begriffen, dass es offenbar handgreifliche Gründe für das Einschreiten des Jugendamts gegeben hatte, und die Kritik war verstummt.

Aber dann geschah die Tragödie: Der Junge war in eine Pflegefamilie in Nordjylland gegeben worden, offensichtlich entwickelte er sich zunächst auch gut, doch dann starb er nur zwei Monate nach der Inobhutnahme an einer akuten Lungenkrankheit. Benedikte Skans war gegenüber dem Sachbearbeiter, der ihr die Nachricht überbrachte, gewalttätig geworden, und ihre Betreuung in der Tagespsychiatrie war in einen langen Aufenthalt in der psychiatrischen Klinik Sankt Hans in Roskilde umgewandelt worden. Von dort war sie im letzten Frühling entlassen worden und hatte dann auf Probe ihre alte Stellung auf der Kinderstation im Rigshospital wiederbekommen.

Hess schaudert es bei dem Gedanken, denn die Wand hinter der Tür beweist, dass die junge Frau alles andere als gesund ist.

»Meine Vermutung ist, dass sie und der Lebensgefährte das gemeinsam gemacht haben«, fährt Jansen an Nylander gerichtet fort. »Offensichtlich hatten sie das Gefühl, ungerecht behandelt worden zu sein, und um die Sozialministerin zu verhöhnen und lächerlich zu machen, haben sie in ihren kranken Gehirnen die Idee entwickelt, das System bloßzustellen und die Frauen zu bestrafen, die ihre Kinder nicht schützen können. Wie Sie sehen, besteht kein Zweifel darüber, wer schließlich das Werk krönen sollte.«

Mit dem letzten Teil hat Jansen recht. Während die eine Seite des Zimmers als Mausoleum für ein Kind dient, das es nicht mehr gibt, ist die andere ein Ausdruck für eine krankhafte Fixierung auf Rosa Hartung. Von links nach rechts kleben da Ausschnitte von Headlines und Artikelfotos über das Verschwinden ihrer Tochter, dazu Paparazzi-Bilder von der trauernden Ministerin. Überschriften der Morgenzeitungen wie »Zerstückelt und begraben« oder »Vergewaltigt, bevor sie in Stücke geschnitten wurde« sind höhnisch neben ein Foto von der schwarzgekleideten Rosa Hartung geklebt, die auf einem Gedenkgottesdienst zusammengebrochen ist. Derartige Ausschnitte gibt es mehrere, »Rosa Hartung am Boden zerstört« und »Krank vor Trauer«, doch dann machen die Ausschnitte einen Zeitsprung, und weiter auf der rechten Seite der Wand finden sich neuere Fotos, wahrscheinlich drei, vier Monate alt, mit der Überschrift »Hartung kehrt zurück«. In einem mit Heftzwecken angepinnten Artikel ist von Hand die Textinformation eingekreist, dass die Sozialministerin zur Parlamentseröffnung am ersten Dienstag im Oktober zurückkehren wird, und daneben hängt eine A4-Seite mit diversen Selfies von ihrer Tochter und dazu die Worte: »Willkommen zurück. Sterben sollst du, Luder.«

Doch viel besorgniserregender ist, dass die Ausschnitte danach in eine neue Fotoserie übergehen. Jetzt sind es keine Zeitungsartikel mehr, sondern entwickelte Fotos, wahrscheinlich von Ende September, denn auf den Bildern sieht man deutlich, dass nun Herbst ist: Fotos vom Haus der Ministerin aus unterschiedlichen Perspektiven, von ihrem Mann, ihrem Sohn, einer Sporthalle, ihrem Dienstwagen, ihrem Ministerium und Christiansborg, und schließlich eine

Menge Ausdrucke von Google Maps mit eingezeichneten Strecken im Stadtgebiet Kopenhagen.

Das Material ist überwältigend. Es zerschmettert die schmächtige Gedankenkonstruktion, die Hess nach dem Verlassen der Forensischen Psychiatrie ansatzweise geformt hatte. War die Fahrt zu Linus Bekker unnütz gewesen? Selbst wenn er es versucht, kann er die Konstruktion nicht mehr wiederherstellen, doch ihn quält nicht nur das. Es gibt ganz klar noch eine andere Bedrohung. Etwas, was näher ist und ihre Aufmerksamkeit genau jetzt verlangt, da sie glauben, den Fall unter Kontrolle zu haben, und deshalb bleibt Hess dabei, die Wand und die Myriaden von Fotos zu überfliegen, während Nylander Jansen befragt.

»Und wo ist das Paar jetzt?«

»Die Station im Rigshospital hat die Frau nicht gesehen, seit sie sich vor ein paar Tagen krankgemeldet hat, und wir wissen auch nicht, wo sich der Lebensgefährte aufhält. Über ihn wissen wir am wenigsten, denn das Paar war nicht verheiratet, deshalb lief der ganze Fall auf den Namen von Benedikte Skans, aber wir haben seine Unterlagen von der Armee angefordert. Ist der PET darüber informiert, was wir gefunden haben?«

»Ja. Die Sozialministerin ist in Sicherheit. Wer ist die Frau da unten?«

»Asger Neergaards Mutter. Offensichtlich hat sie auch hier gewohnt. Sie sagt, sie würde nicht wissen, wo sie sich aufhalten, aber wir sind mit ihr noch nicht fertig.«

»Aber wir glauben also, dass wir in dem jungen Paar die Mörder haben?«

Hess hört, wie Thulin Jansen das Wort abschneidet, als ihm plötzlich drei, vier Heftzwecken an der Wand auffallen, bei denen ein restlicher Fetzen Papier zwischen Stift und Plastikhütchen sitzt, so, als wäre ein Foto eilig weggerissen worden.

»Das wissen wir noch nicht. Bevor wir Schlüsse ziehen, müssen wir ...«

»Was genau wissen wir noch nicht? Wir haben doch schließlich alle Augen im Kopf!«, wendet Jansen ein.

»Genau! Es gibt hier jede Menge Material über Rosa Hartung, aber nichts über die ermordeten Frauen. Wenn das Paar hinter den Morden an den Frauen steht, dann müsste doch hier irgendwo ein Zusammenhang erkennbar sein, doch das ist nicht der Fall!«

»Aber die Frau hat als Krankenschwester auf einer Station gearbeitet, wo sie mindestens zwei der Opfer begegnet sein kann, als sie mit ihren Kindern dort waren. Ist das vielleicht unerheblich, oder was?«

»Nein, das ist nicht unerheblich. Selbstverständlich wird das Paar festgenommen und verhört werden, doch das wird auch nicht gerade leicht, jetzt, wo du die Einsatzkräfte gerufen und die ganze Welt darauf aufmerksam gemacht hast, dass wir hier stehen und auf sie warten!«

Hess kann immer noch nicht das Foto finden, das an dem Platz zwischen den Heftzwecken gehangen haben könnte, und im Hintergrund hört er, wie Nylanders kühle Stimme sich einmischt.

»So wie ich es sehe, war es Jansens gutes Recht, etwas zu unternehmen, Thulin. Laut Oberarzt Weiland, der vor wenigen Minuten so freundlich war, mich anzurufen, warst du gemeinsam mit Hess ja offensichtlich damit beschäftigt, Linus Bekker in der Psychiatrie zu schikanieren ... Und das, obwohl ich ganz deutlich gemacht hatte, dass ihr euch von solchen Unternehmungen fernhalten sollt. Was hast du dazu zu sagen?«

Hess weiß, dass er Thulin jetzt verteidigen müsste, doch stattdessen wendet er sich Jansen zu.

»Jansen, kann die Frau hier oben etwas weggenommen haben, ehe du reingekommen bist?«

»Was zum Teufel hattet ihr bei Linus Bekker zu suchen?«

Die Diskussion wird hinter Hess fortgesetzt, während er sich vorzustellen versucht, wo er etwas verstecken würde, wenn die Polizei vor der Tür steht und anklopft. Als er eine Kommode von der Wand rückt, fällt ein zusammengeknülltes Foto auf den Boden, und er beeilt sich, es aufzuheben und glattzustreichen.

Der junge Mann, von dem Hess annimmt, dass es Asger Neergaard ist, steht hochgewachsen und schlank neben einem Auto mit einem Satz Schlüssel in der Hand. Er trägt einen schicken dunklen Anzug, und der schwarze Wagen schimmert im schwachen Sonnenlicht, als wäre er eben gewaschen und poliert worden. Sowohl der Anzug als auch das teure deutsche Auto stehen in krassem Kontrast zum verfallenen Schlachthofgebäude im Hintergrund. Erst versteht Hess nicht, wieso Asger Neergaards Mutter ausgerechnet dieses Foto entfernt haben könnte. Doch dann sieht er sich noch einmal das Auto an, und als er wieder zur Wand zurückgeht und das Foto mit dem von Rosa Hartungs Dienstwagen vergleicht, hat er keinen Zweifel mehr: Das Ministerauto ist dasselbe wie das, vor dem Asger Neergaard mit den Schlüsseln steht. Doch noch ehe Hess etwas sagen kann, schiebt Genz in seinem charakteristischen weißen Raumanzug den Kopf zur Tür herein.

»Entschuldigt die Störung. Wir sind grade dabei, die alte

Schlachthalle zu untersuchen, und da gibt es etwas, das ihr euch ansehen solltet. Es sieht so aus, als sei einer der Räume dafür eingerichtet worden, längere Zeit jemanden gefangen zu halten.«

89

Es ist spät am Nachmittag, und auf der E20 südwestlich von Kopenhagen herrscht dichter Verkehr. Asger drückt auf die Hupe, um die Überholspur frei zu fegen, aber die Reihe von Idioten vor ihm bleibt beharrlich vorsichtig wegen des Regens, und so überholt er ungeduldig rechts. Der Dienstwagen ist ein Audi A8, und es ist das erste Mal, dass er den Motor mal richtig laufen lässt. Es ist ihm egal, wenn er Aufmerksamkeit erregt, denn jetzt geht es nur noch darum wegzukommen. Die Sache ist gründlich schiefgegangen, und Asger weiß, dass es nur eine Frage der Zeit ist, bis die Polizei kapiert, dass sie nach ihm und Benedikte suchen – wenn sie es nicht schon längst wissen.

Bis vor 35 Minuten war alles nach Plan verlaufen. Er hatte sich sein Alibi besorgt, indem er dem Rotzjungen in die Tennishalle gefolgt war und kurz den alten Hallenwart begrüßte, der vor dem Training immer herumläuft und die Netze überprüft. Danach hatte er sich verabschiedet und war zur Rückseite der Halle gefahren, wo er zwischen den Kiefern parkte und dann durch die Seitentür reinging, die er angelehnt gelassen hatte, als er dem Jungen gefolgt war.

Zu dem Zeitpunkt war die Halle so gut wie leer gewesen, es war also kein Problem, sich unbemerkt zum Umkleideraum zu schleichen. Der Junge war dabei, sich umzuziehen, und hörte nichts, doch gerade als Asger wie ein Trottel mit Strumpfmaske und Handschuhen dagestanden war und das Chloroform bereithatte, näherten sich Schritte. Der Hallenwart kam herein, und obwohl Asger es schaffte, die Maskierung schnell abzuziehen, war doch eine peinliche Situation entstanden, als Gustav entdeckte, dass Asger im Raum stand. Der Hallenwart hingegen schien erleichtert.

»Da sind Sie ja. Ich habe den Sicherheitsdienst am Telefon. Ich soll Gustav finden, weil die Sie nicht erreichen konnten, aber jetzt können Sie ja selbst mit ihnen reden.«

Der Hallenwart reichte Asger sein Handy. Einer von Hartungs arroganten Leibwächtern hatte ihm befohlen, Gustav zu seiner Mutter ins Ministerium zu fahren, weil sich eine Gefährdungslage ergeben habe: Die Polizei hatte den Aufenthaltsort der mutmaßlichen Mörder in einem stillgelegten Schlachthof im Südhafengebiet gefunden. Asgers Kehle hatte sich zusammengeschnürt. Doch dann war ihm aufgegangen, dass die Polizei noch nicht ahnte, dass *er* es war, nach dem sie suchten. Er war gerügt worden, weil er nicht ans Handy gegangen war, und dann hatte er die Halle zusammen mit dem Rotzjungen verlassen dürfen. Der Hallenwart sah ihnen nach, deshalb musste er Gustav mit ins Auto nehmen, obwohl das jetzt gar keine Rolle mehr spielte, denn das Ministerium war der letzte Ort, wo Asger hinfahren würde.

»Warum fahren wir hier entlang? Das ist nicht der Weg zu meiner …«

»Halt deine fucking Schnauze und gib mir dein Handy.«

Der Junge auf dem Rücksitz ist zu perplex, um zu reagieren.

»Gib mir das Handy! Bist du taub?«

Gustav tut, was er befiehlt, und als Asger das Telefon in der Hand hat, schleudert er es aus dem offenen Fenster, sodass es scheppernd auf dem nassen Asphalt hinter ihnen aufschlägt. Asger ist klar, dass diese Situation dem Jungen Angst macht, aber das ist ihm egal. Das Einzige, was ihm jetzt Sorgen macht, ist, wo zum Teufel Benedikte und er hinfahren sollen, denn bisher haben sie noch zu keinem Zeitpunkt über einen konkreten Fluchtplan nachgedacht. Asger hatte es sich so vorgestellt, dass sie über alle Berge sein würden, ehe die Polizei Unrat witterte, doch das ist nun anders gelaufen. Ihm schwirrt der Kopf, doch er weiß, dass Benedikte ihm verzeihen wird, denn es ist nicht seine Schuld, dass der Plan schiefgelaufen ist. Sie wird verstehen, und solange sie zusammen sind, wird alles gut.

Das hat Asger vom ersten Moment an gespürt, als er in ihre dunklen Augen schaute. Sie waren sich in der alten, heruntergekommenen Schule mit den pissgelben Vorhängen in Tingbjerg begegnet, wo er ein paar Klassen über ihr war, und seitdem war er in sie verliebt. Sie hatten geschwänzt, gesoffen, geraucht und der ganzen Welt den Finger gezeigt, während sie neben der Leitplanke zur Ringstraße im Gras gelegen hatten, und Benedikte war das erste Mädchen, mit dem er geschlafen hatte. Doch dann war er wegen der ganzen Schlägereien von der Schule geflogen, und als er hinterher in einer Erziehungsanstalt in Sønderjylland landete, war die Beziehung im Sande verlaufen. Gut zehn Jahre später aber hatte er sie in Christiania wiedergetroffen, wo sie mit einer ihrer Krankenschwester-Freundinnen vom Rigs unterwegs gewesen war, und schon am Tag darauf hatten sie angefangen davon zu reden zusammenzuziehen.

Asger liebte es, wenn sie sich an ihn schmiegte und sich

von ihm beschützt fühlte, doch im Grunde seines Herzens wusste er, dass sie unendlich viel stärker war als er. Die Zeit bei den Streitkräften war gut für ihn gewesen, aber nach zwei Entsendungen nach Afghanistan als Fahrer für Patrouillen- und Versorgungsfahrzeuge hatte er den Dienst quittiert, weil er unter Panikattacken litt und oft nachts schweißgebadet aufwachte und sich schwach fühlte. Doch dann nahm Benedikte seine Hand, hielt sie fest in ihrer, und dann schlief er wieder ein. Zumindest bis zum nächsten Mal.

Wenn sie von ihren Nachtdiensten nach Hause kam, erzählte Benedikte ihm immer von den Kindern, mit denen sie auf der Station zu tun hatte, und eines Tages hatte sie zu ihm gesagt, dass sie auch gern eine Familie hätte. Asger konnte ihr ansehen, was ihr das bedeuten würde. Schnell fanden sie eine billige, geräumige Wohnung in dem ehemaligen Schlachthofgebäude, in dem niemand anders wohnen wollte, und als Benedikte schwanger wurde, sorgten sie dafür, dass Asger bei einem alten Soldatenkameraden gemeldet war, damit Benedikte die finanzielle Unterstützung der Kommune für Alleinerziehende bekommen würde, die sie gut gebrauchen konnten.

Asger hatte nicht kapiert, was mit ihr geschah, nachdem der Junge auf der Welt war, und er dachte zunächst, es sei die Schuld des Kindes. Die Inobhutnahme war natürlich ein Schock gewesen, aber andererseits hatte er eigentlich nie eine Beziehung zu dem Kleinen aufgebaut. Nach der Geburt hatte er als Gerüstarbeiter geschuftet, um Geld nach Hause zu bringen, und in seinen Augen war Benedikte eine gute Mutter, zumindest besser, als seine eigene es gewesen war, die regelmäßig ankam und sich bei ihnen einnistete oder ihn um Geld für Alkohol anging. Benedikte hatte Kontakt zu Anwälten, Zeitungen und Nachrichtensendungen aufgenommen und den Zorn auf das Ministerluder Rosa Hartung geschürt, aber dann war alles wieder versickert, und sie hatte ihm weinend erklärt, die Journalisten wollten ihnen nicht mehr helfen.

Kurz darauf war der Junge nach einer Lungenkrankheit in der Pflegefamilie gestorben, und das hatte alles verändert. Benedikte wurde wegen eines Zusammenstoßes mit einem von den Fuckhirnen vom Sozialamt in die Psychiatrie eingewiesen, und Asger war jeden Tag nach der Arbeit bei den Gerüstbauern nach Roskilde gefahren, um sie dort zu besuchen. Anfangs stand sie so stark unter Medikamenten, dass sie nicht einmal ihre Gesichtsmimik benutzen konnte, und er hatte sich lange unverständliche Erklärungen einer Oberärztin anhören müssen, die er am liebsten mal so richtig gegen die Wand geschubst hätte. Obwohl Asger alles andere als gut im Lesen war, hatte er doch dasitzen und Benedikte Zeitschriften und Tageszeitungen vorlesen müssen, und wenn er abends nach Hause kam und sich in dem Schlachthof einschloss, fühlte er sich allein und machtlos. Oft hatte er sich vor dem Flachbildschirm in den Schlaf trinken müssen, doch als im letzten Herbst die Tochter des Ministerluders verschwunden war, ging es wieder bergauf.

Es war ein großer Trost für Benedikte gewesen, dass die Sozialministerin selbst ein Kind verloren hatte, und eines Nachmittags, als er nach der Arbeit zu ihr kam, hatte sie sogar schon selbst den Artikel, den er ihr vorlesen sollte, auf dem Stuhl bereitgelegt. An dem Tag wurde die Ermittlung abgeschlossen und der Fall zu den Akten gelegt. In der folgenden Zeit war immer weniger darüber geschrieben worden, doch Benedikte hatte wieder zu lächeln begonnen, und als der Schnee kam und der Fjord hinter dem Krankenhaus zufror, fingen sie an, lange Spaziergänge zu machen. Dann wurde es Frühling, und als Asger gerade meinte, sie hätten alles hinter sich gelassen, schrieben die Zeitungen plötzlich, dass die Hartung nach den Sommerferien wieder auf ihren Ministerposten zurückkehren würde. Dort stand, sie würde sich darauf freuen. Benedikte hatte Asgers Hand genommen und sie lange festgehalten, und Asger hatte gewusst, solange seine Hand in ihrer lag, würde er alles für sie tun.

Sowie Benedikte entlassen war, hatten sie mit dem Planen begonnen. Erst hatten sie vor, Rosa Hartung in anonymen Mails und SMS-Nachrichten zu beschimpfen, in ihr Haus einzubrechen und Sachen zu zerstören, vielleicht sogar sie zu überfahren und am Straßenrand liegen zu lassen. Doch als Benedikte auf Hartungs Website nach einer Mailadresse suchte, klappte eine Nachricht auf, aus der hervorging, dass das Ministerium einen neuen Chauffeur für die Ministerin suchte, und damit war der Plan, sich an Rosa Hartung zu rächen, konkreter geworden.

Benedikte hatte Asgers Bewerbung geschrieben, und sie hatte viel Zeit dazu, denn sie war nach der Geburt und langer Krankschreibung erst auf Probe wieder auf ihre alte Stelle auf der Kinderstation zurückgekehrt. Kurz darauf war er zum Gespräch mit einem Abteilungsleiter im Ministerium gebeten worden, und das war somit auch gleich die Versicherung, dass die Idioten keine Ahnung von seiner Beziehung zu Benedikte und ihrer Fehde mit der Ministerin in der Presse hatten, wahrscheinlich weil er immer noch woanders gemeldet war als sie. Bei dem Gespräch war Wert darauf gelegt worden, dass Asger gute Zeugnisse von den Streitkräften hatte, flexibel war und ohne familiäre Verpflichtungen, und danach hatte er sich entspannt mit einem vom Sicherheitsdienst unterhalten, der die verschiedenen Kandidaten überprüfen sollte. Als er später den Bescheid erhielt, dass er den Job bekommen hatte, hatten er und Benedikte das gefeiert, indem sie zur Begrüßung der Ministerin an ihrem ersten Arbeitstag die Hassmail aus alten Facebook-Fotos von dem Hartung-Mädchen gebastelt hatten.

An dem Tag hatte Asger selbst in seinem neuen Job begonnen und Rosa Hartung zum ersten Mal kennengelernt. Er hatte sie vor ihrer großen Luxusvilla in Østerbro abgeholt und war dann von ihrem Referenten Vogel herumdirigiert worden, der zu genau der Sorte arroganter Arschlöcher zählte, denen Asger gern mal eine reinhauen würde. Kurz darauf hatten sie den Dienstwagen mit Blut von ein paar Ratten aus der alten Schlachthalle beschmiert, und sie hatten sich noch weitere Boshaftigkeiten ausgedacht, doch plötzlich waren sie von wahnsinnigen Mordgeschichten und Kastanienmännchen mit rätselhaften Fingerabdrücken überholt worden, zu denen Rosa Hartung sich verhalten musste. Auch diese Sache war im Grunde noch gut gewesen, auch für Benedikte, doch dann war die Bombe geplatzt: Rosa Hartungs Tochter, von der die ganze Welt dachte, sie sei tot und verschwunden, lebte vielleicht doch noch.

Die Spekulationen hatten sie veranlasst, ihre Rache wieder aufzunehmen, aber Rosa Hartung wurde jetzt vom Sicherheitsdienst beschützt. Selbst für Asger war es völlig unmöglich, ihr unbeobachtet nahe zu kommen, also hatte Benedikte ihn stattdessen über den Rotzjungen ausgefragt. Sie hatten sich darauf geeinigt, dass es mehr bringen würde, sich den Jungen zu schnappen. Asger hatte sogar gedacht, im besten Fall würde die Polizei glauben, dass der Mörder nun plötzlich auch Gustav gekidnappt hätte.

Doch als er jetzt blinkt, um von der Autobahn abzufahren, spürt er, wie ironisch es ist, dass er und Benedikte nun auf der Flucht sind und wegen Verbrechen verdächtigt werden, von denen sie überhaupt nichts wissen.

Der Regen hämmert auf die Windschutzscheibe, und als er auf den Rastplatz fährt, ist das letzte Tageslicht verschwunden. Am anderen Ende des Rastplatzes kann er den Lieferwagen sehen, den sie früh am Morgen bei Hertz ausgeliehen haben, doch er bleibt absichtlich 20 Meter davon entfernt stehen und schaltet den Motor aus. Asger holt seine Sachen aus dem Handschuhfach und dreht sich kurz zu dem Jungen um.

»Du bleibst sitzen, bis einer kommt und dich findet. Du bleibst sitzen. Verstanden?«

Der Junge nickt ängstlich. Asger steigt aus, knallt die Tür zu und läuft zu Benedikte, die aus dem Lieferwagen herausgesprungen ist und jetzt im Regen auf ihn wartet, obwohl sie nur ihre dünne Daunenweste und den roten Kapuzenpullover anhat.

Sie sieht nicht fröhlich aus. Ganz sicher sieht sie ihm an, dass es nicht so gelaufen ist, wie es sollte, und Asger erklärt ihr stockend, was geschehen ist.

»Es gibt nur zwei Möglichkeiten, Liebling. Entweder machen wir einfach weiter, oder wir fahren direkt zu einem Polizeirevier und erklären den ganzen Mist, ehe es schlimmer wird. Was meinst du?«

Doch Benedikte antwortet nicht. Auch nicht, als er ungeduldig die Tür des Leihwagens öffnet, um einzusteigen, und die Hand nach dem Autoschlüssel ausstreckt. Sie bleibt im Regen stehen, und ihr stummer, ernster Blick, der schon lange jedes Lächeln und Lachen verdrängt hat, ist auf einen Punkt hinter ihm gerichtet. Als Asger über seine Schulter sieht, begreift er, dass sie das ängstliche Gesicht des Rotzjungen anstarrt, der sich gegen die getönte Scheibe im Dienstwagen lehnt. Plötzlich wird Asger klar, dass sie es sich nicht anders überlegen wird. Im Gegenteil.

90

Während Rosa dem Beamten vom Sicherheitsdienst aus den Räumen des Ministerpräsidenten die Treppe hinunter folgt, versucht sie vergeblich, Steen auf seinem Handy zu erreichen. Sie kann es fast nicht erwarten, mit ihm zu sprechen, denn sie weiß, dass er das Gefühl teilen wird, das sie gerade erfüllt. Eben durfte der PET-Beamte die Besprechung beim Ministerpräsidenten unterbrechen, um ihr zu berichten, dass die Polizei eine Razzia vorgenommen und wahrscheinlich das Versteck der Täter, die hinter den Morden an den drei Frauen und dem Kriminalassistenten stehen, gefunden hat. Rosa hat so lange versucht, ihre Gefühle zu unterdrücken, aber seit Steen sie zu der Einsicht gebracht hat, dass der Fund von Kristines Fingerabdrücken auf den Kastanien etwas bedeuten muss, ist sie geneigt, ihren sehnlichen Wünschen nachzugeben. Die Entdeckung der Polizei könnte der Durchbruch sein, auf den sie alle gewartet haben, und doch spürt sie, dass an der Sache irgendetwas ist, was sie ängstlich und besorgt macht.

Als Rosa durch die Tür zum Prins Jørgens Gård kommt, warten mehrere Sicherheitsbeamte auf sie. Sie schirmen sie ab und führen sie zu einem schwarzen Wagen, und als das Auto wenige Momente später die hundert Meter über die Kreuzung bis zum Sozialministerium zurückgelegt hat, wiederholen sie penibel die Prozedur, während sie aussteigt und zum Haupteingang geht.

Rosa ignoriert die Fragen der Journalisten, die ihr Lager bei den Türen aufgeschlagen haben, und als sie an den Sicherheitsbeamten vorbei- und hereingekommen ist, steht Liu da und wartet am Fahrstuhl, um mit ihr hinaufzufahren. Seit die Medien die sensationellen Spekulationen über Kristine aufgegriffen haben, hat Rosa unzählige Nachfragen erhalten, die sie nicht kommentieren will. Zunächst war sie selbst frustriert gewesen und wütend auf Steen, als er anfing, von Kristines Verkaufsstand, ihrer Freundin Mathilde und Kastanienmännchen und Kastanientieren zu faseln. Sie wusste, dass er trank, und sie wusste, dass er jeden Tag sein Bestes gab, um stark zu wirken, in Wirklichkeit aber vielleicht heftiger mitgenommen war als sie selbst. Sie hatten über die Bedeutung der Fingerabdrücke auf den Kastanien, die im Zusammenhang mit den ersten beiden Morden gefunden worden waren, gestritten – ob es nun wichtig sei, inwieweit Mathilde und Kristine im letzten Jahr überhaupt Kastanienmännchen gemacht hatten, aber sie hatte eingesehen, dass ganz gleich, was sie sagte, Steen sich doch nicht aufhalten lassen würde. Möglicherweise gab es niemanden, auch nicht bei der Polizei, der seine Auffassung teilte, und doch hatte er sie schließlich überzeugt. Nicht weil sie an seine Argumentation glaubte, sondern weil sie an *ihn* glaubte und auch gern glauben *wollte*. Steen war nicht mehr der Schatten seiner selbst, der er lange gewesen war, und als sie ihn mit bebender Stimme gefragt hatte, ob er wirklich glaube, dass ihr Mädchen immer noch am Leben sein könnte, da hatte er genickt und ihre Hände genommen, sodass sie in Tränen ausbrach. Sie hatten das erste Mal seit mehr als einem halben Jahr miteinander geschlafen, und Steen hatte ihr von seinem Plan erzählt, und sie hatte ihn unterstützt, ohne zu wissen, ob sie das würde durchhalten können.

Am Freitagabend war er dann in einer Nachrichtensendung aufgetreten, wo er berichtete, dass er glaubte, Kristine sei noch am Leben. Wie schon vor einem Jahr hatte er die Menschen aufgefordert, Hinweise zu liefern, und er hatte den Täter gebeten, Kristine freizulassen. Rosa hatte derweil versucht, die Sendung zusammen mit Gustav anzusehen, den sie so gut wie möglich vorbereitet hatte. Aber Gustav hatte zornig und verständnislos reagiert, und Rosa konnte seine Verwirrung und seinen Widerwillen nachvollziehen, und sie hatte ihren Entschluss beinahe schon bereut. Später in derselben Nacht waren Rosa und Steen informiert worden, dass an einem Tatort eine weitere Kastanienfigur, also die dritte, mit einem Fingerabdruck gefunden worden war, und das hatte ihnen neue Hoffnung gegeben, auch wenn der Chef der Mordkommission und nicht zuletzt die beiden Ermittler, die sie früher am Tag befragt hatten, festgehalten hatten, dass es dazu keinen Grund gäbe.

Die vielen Hinweise aus der Bevölkerung, die nach Steens Fernsehauftritt eingegangen waren, schienen jedoch nicht brauchbar zu sein, und Steens eigenmächtig unternommene Untersuchung von Kristines Schicksal an dem Tag ihres Verschwindens hatte bisher auch noch kein Ergebnis erbracht. Am Wochenende hatte er angefangen, die verschiedenen Routen zu rekonstruieren, die Kristine von der Sporthalle aus genommen haben könnte, in der Hoffnung, neue Möglichkeiten oder Zeugen zu finden, die zur Aufklärung würden beitragen können. Als Architekt hatte er Zugang zu Plänen von Abwasseranlagen, Tunnels und Stromversorgungshäuschen, die benutzt worden sein könnten, um Kristine schnell verschwinden zu lassen. Es war wie die Suche nach einer Nadel im Heuhaufen, doch es war bewegend für Rosa gewesen zu sehen, wie hingebungsvoll er zu Werke ging. Deshalb freut sie sich, ihm von den Neuigkeiten erzählen zu können, die eben zum Abbruch der unbehaglichen Besprechung geführt hatten, die damit begann, dass der Ministerpräsident sie an der Tür empfing.

»Kommen Sie rein, Rosa. Wie geht es?«

Er hatte sie umarmt.

»Danke, nicht so gut. Ich habe Gert Bukke mehrere Male wegen eines weiteren Treffens angefragt, aber ich höre nichts von ihm, also gehe ich mal davon aus, dass wir ganz schnell mit den Verhandlungen zur anderen Seite anfangen müssen.«

»Jetzt habe ich aber nicht nach Bukke gefragt, denn das ist ja offensichtlich, dass er nicht mehr mit uns an einem Tisch sitzen will. Ich habe nach Ihnen und Steen gefragt.«

Rosa hatte gemeint, dass sie einen Bericht über die gestrandeten Haushaltsverhandlungen ablegen sollte, doch auch der Justizminister war zur Stelle, und die Tagesordnung war offenbar eine andere als gedacht.

»Bitte verstehen Sie uns nicht falsch. Wir können das im Prinzip sehr gut nachfühlen, doch wie Sie wissen, hat die Regierung im letzten Jahr bereits ein paar Kratzer im Lack einstecken müssen, und die derzeitige Situation hilft da überhaupt nicht. Steens Botschaft in den Medien ist eine

Kritik an der Arbeit des Justizministers. Der hat nämlich wiederholte Male erklärt, dass der tragische Fall um Kristine gründlich aufgeklärt worden ist: dass alles untersucht wurde – und dass alles getan wurde, um Ihnen zu helfen, wofür Sie ja auch Dankbarkeit ausgedrückt haben –, doch nun werden hier ernsthafte Zweifel an seiner Glaubwürdigkeit erhoben.«

»Ich möchte sagen, an der Glaubwürdigkeit der gesamten *Regierung*«, hatte der Justizminister eingeschoben. »Mein Ministerium wird Tag für Tag mit Anrufen überschüttet. Journalisten ersuchen um Akteneinsicht in alles Mögliche, die Opposition will, dass der Fall noch einmal gründlichst überprüft wird, und ein paar Leute reden davon, mich vor einen Untersuchungsausschuss bringen zu wollen. Von mir aus gern, aber heute Morgen ist selbst der Ministerpräsident gebeten worden, den Fall zu kommentieren.«

»Was ich natürlich nicht getan habe, aber der Druck ist nicht zu unterschätzen.«

»Und was soll ich Ihrer Auffassung nach tun?«

»Ich möchte Sie bitten, auf eine Linie mit den offiziellen Aussagen des Justizministers zu gehen. Soll heißen, sich von Steens Aussagen zu distanzieren. Ich verstehe, dass Ihnen das schwerfällt, aber ich muss Sie jetzt bitten, das Vertrauen einzulösen, das ich Ihnen gezeigt habe, indem ich Sie als Ministerin habe zurückkehren lassen.«

Rosa war außer sich vor Wut gewesen. Sie hatte darauf beharrt, dass der Fall tatsächlich Unsicherheiten aufwies. Der Ministerpräsident hatte versucht, einen Kompromiss zu finden, was den Justizminister nur noch mehr frustriert hatte, und dann waren sie unterbrochen worden. Das war Rosa nur recht gewesen. Die konnten sie beide mal, und sie hinterlässt eine rasche Nachricht auf Steens Mobilbox, als Liu und sie ihr Ministerbüro betreten.

»Wie lief es mit dem Ministerpräsidenten?«

Vogel fragt.

»Egal. Was wisst ihr?«

Vogel, zwei PET-Beamte, Büroleiter Engells und ein paar Mitarbeiter sind um den Tisch versammelt, wo sie sich jetzt niederlässt, während man die Lage zusammenfasst. Der Sicherheitsdienst hatte sich bereits vor zehn Minuten mit dem Namen der Mieterin in Sydhavn direkt ans Ministerium gewandt, und sofort hatte Büroleiter Engells die Akte von Benedikte Skans hervorgeholt. Sie berichten ihr den Sachverhalt, obwohl Rosa sich jetzt auch daran erinnert, und Engells und Vogel überbieten einander in Mutmaßungen, wie die Dinge zusammenhängen könnten. Das Handy des einen Beamten vom Sicherheitsdienst klingelt, und er verlässt den Raum, um ranzugehen. Rosa hört den anderen Beamten fragen, inwieweit sie sich erinnern kann, kürzlich Kontakt mit Benedikte Skans oder auch mit ihrem Lebensgefährten gehabt zu haben. Von dem Lebensgefährten haben sie noch keine Bilder beschaffen können, doch von Benedikte Skans gibt es jede Menge aus der Zeit, als sie damals in den Medien war.

»Das hier ist sie.«

Rosa erkennt die junge Frau mit den zornigen, dunklen Augen. Sie war es, die Rosa vor etwas über einer Woche in der Wandelhalle absichtlich geschubst hat. Die Frau trug eine Daunenweste und einen roten Kapuzenpullover, und sie waren am selben Tag zusammengestoßen, als jemand den Dienstwagen mit Blut beschmiert hatte.

»Das kann ich bestätigen. Ich habe sie auch gesehen.«

Der PET-Beamte notiert, was Vogel sagt, und Engells liest weiter aus der Akte vor, woraus hervorgeht, dass Benedikte Skans' Kind von der Behörde in Obhut genommen wurde und dann tragischerweise bei der Pflegefamilie verstarb, und plötzlich wird Rosa klar, was ihr Unbehagen verursacht.

»Warum ist Gustav noch nicht gekommen?«

Vogel nimmt ihre Hand.

»Der Chauffeur ist mit ihm auf dem Weg. Alles ist in Ordnung, Rosa.«

»Woran erinnern Sie sich, was Benedikte Skans angeht? War sie an dem Tag in Christiansborg mit jemandem zusammen?«, fährt der PET-Beamte fort.

Aber die Unruhe hat sich festgebissen. Aus irgendeinem Grunde fällt Rosa ein, dass der Chauffeur sie bereits gestern gefragt hat, ob er oder Steen heute Gustav zum Tennis fahren würde. Doch erst die Stimme von Engells lässt sie erstarren.

»Über den Lebensgefährten und Vater des Kindes haben wir scheinbar nicht so viel, außer, dass er als Soldat in Afghanistan war und Asger Neergaard heißt…«

Vogel erstarrt auch, und sie wechseln einen Blick.

»Asger Neergaard?«

»Ja…«

Rosa checkt sofort die App auf ihrem Telefon, während Vogel sich so abrupt von seinem Stuhl erhebt, dass das Möbel hinter ihm umfällt. Es ist eine Sicherheits-App »Find My Child«, die Steen und sie voriges Jahr eingerichtet haben, um feststellen zu können, wo sich Gustavs Handy befindet. Aber die GPS-Karte bleibt leer. Gustavs Handy sendet kein Signal. Noch ehe Rosa das laut sagen kann, kommt der PET-Beamte wieder zur Tür herein und nimmt sein Handy vom Ohr. Als sie seinen Blick sieht, spürt sie den Boden unter sich nachgeben, wie an dem Tag, als Kristine verschwand.

91

Hess merkt, dass er mehrere Minuten lang nicht zugehört hat. Er sitzt links von Thulin an dem länglichen Tisch im Meetingraum, und sein Blick ist apathisch auf die Fensterscheiben geheftet, hinter denen es längst dunkel geworden ist. Um ihn herum sind energische, gestresste Stimmen zu hören, die allesamt an den Ernst der Lage erinnern. Er hat das schon oft erlebt. Ganz gleich, wo in der Welt man sich befindet, spielt sich dasselbe Szenario ab, wenn eine Entführung gemeldet wird. Nur mit dem Unterschied, dass die Intensität bedeutend höher ist, wenn die Suche dem Kind einer prominenten Politikerin gilt.

Hartungs Dienstwagen ist vor fast fünf Stunden auf einem Autobahnrastplatz südwestlich von Kopenhagen gefunden worden. Keine Spur von dem Jungen oder Benedikte Skans und Asger Neergaard. Auch keine Lösegeldforderung. Seit dem Auffinden des leeren Wagens ist eine der größten Suchaktionen in der dänischen Geschichte angeworfen worden. Grenzen, Flughäfen, Bahnhöfe, Brücken, Fähren und Küstenstriche werden bewacht oder kontrolliert, und Hess hat den Eindruck, als sei der komplette Fuhrpark der Polizei auf die Straßen geschickt worden, um Ausschau zu halten. Die Gesamtkoordination der Aktion hat der PET in Zusammenarbeit mit der Kopenhagener Polizei übernommen, und selbst die Mannschaften der Zivilkräfte sind vom Abendessen weggeholt und in die herbstliche Finsternis gejagt worden. Die Kollegen in Norwegen, Schweden und Deutschland sind längt unterrichtet, ebenso wie Interpol und Europol, doch Hess hofft, dass diese Kontakte nicht bei der Suche erforderlich sein werden. Wenn die internationalen Polizeibehörden involviert werden, dann heißt das in der Regel, dass es Hinweise darauf gibt, dass die Entführer mehrere Grenzen überschritten haben, und dann sinken die Chancen, Gustav Hartung zu finden, dramatisch. Auch die, den Jungen lebendig zu finden. Eine Faustregel bei Entführungsfällen besagt, dass die Chancen in den ersten 24 Stunden am größten sind, wenn die Spuren noch frisch sind. Mit jedem weiteren Tag sinkt die Wahrscheinlichkeit, und Hess weiß von den Haager Statistiken, dass diese Einschätzung auf tatsächlichen Fällen verschwundener Kinder beruht. Er versucht, nicht an den Entführungsfall zu denken, in den er vor einigen Jahren involviert war, weil damals eine Zusammenarbeit zwischen der deutschen und der französischen Polizei erforderlich war. Ein zweijähriger Junge aus Karlsruhe war verschwunden, und der französischsprachige Entführer ließ seinen Vater, einen deutschen Bankdirektor, wissen, dass er zwei Millionen Euro zahlen solle, um seinen Jungen zurückzubekommen. Hess war bei der Übergabe dabei, doch das Geld wurde niemals an der angegebenen Stelle abgeholt, und einen Monat später wurde die Leiche des Jungen nur 500 Meter vom Haus des Bankdirektors entfernt in einem Abwasserkanal gefunden. Wie die Untersuchung zeigte, war der Schädel des Jungen eingeschlagen, wahrscheinlich weil der Kidnapper ihn schon auf der Flucht am Tag der Entführung in der Nähe des Gullydeckels auf den Asphalt hatte fallen lassen. Der Täter wurde nie gefunden.

Die Umstände von Gustav Hartungs Entführung sind zum Glück andere, und das ist durchaus Grund zu Optimismus. Die Kriminalassistenten sind dabei, Asger Neergaards Kollegen und Kontaktpersonen im Ministerium und in Christiansborg zu befragen, und dasselbe geschieht an Benedikte Skans' Arbeitsplatz auf der Kinderstation im Rigshospital. Bisher hat allerdings niemand mit Informationen darüber aufwarten können, auf welche Weise oder wohin das Paar mit dem Jungen geflohen sein könnte, doch es ist zu früh, um irgendetwas auszuschließen. In den Nachrichtensendungen erscheinen ununterbrochen Bilder von Gustav Hartung, was es den Entführern schwerer machen wird, sich mit ihm im öffentlichen Raum zu bewegen. Das ist sowohl gut als auch schlecht. Gut, weil binnen kurzer Zeit die meisten Bürger imstande sein werden, Gustav Hartung wiederzuerkennen und die Behörden zu informieren, wenn sie ihn irgendwo sehen. Schlecht, weil dieser Umstand einen extremen Druck auf die Entführer ausüben wird, was zur Folge haben kann, dass sie im Affekt eine fatale Entscheidung treffen.

Diese Problematik ist in der Polizeileitung und beim Sicherheitsdienst intensiv diskutiert worden, doch am Ende war es gleichgültig, weil die Hartung-Familie selbst auf dieser Form der Suche nach dem Jungen bestand, und somit war alle weitere Spekulation belanglos. Hess kann diese Entscheidung sehr gut verstehen. Vor einem Jahr hatte die Familie einen Albtraum erlebt, aus dem sie noch kaum erwacht war, und nun beginnt ein neuer. Keine Möglichkeit sollte versäumt werden, doch Hess kann nicht im Voraus sagen, ob es der richtige oder der falsche Weg ist. Neben sich hört er Thulins ungeduldige Stimme eine Frage an Genz richten, der gerade dabei ist, über den Lautsprecher von Nylanders Handy, das mitten auf dem Tisch liegt, von seinem Posten in der Kriminaltechnischen Abteilung einen vorläufigen Bericht abzugeben.

»Gibt es denn Neues in der Verfolgung ihrer Handys?«

»Nein. Weder Benedikte Skans noch Asger Neergaard hatten seit 16.17 Uhr heute Nachmittag ihre Handys eingeschaltet, was wahrscheinlich der Zeitpunkt der Entführung ist. Es ist möglich, dass sie andere, nicht registrierte Handys besitzen, aber die kann ich nicht...«

»Was ist mit iPads und Laptops aus ihrer Wohnung? Da waren doch auf jeden Fall ein iPad und ein Lenovo-Laptop, auf denen elektronische Tickets von Flügen, Fähren oder Zügen sein könnten. Und was ist mit Kreditkarten?«

»Wie gesagt, haben wir noch nichts Brauchbares gefunden. Es dauert besonders lange, in die gelöschten Dateien des Lenovo reinzukommen, weil die beschädigt waren und...«

»Dann habt ihr ja noch gar nichts überprüft. Genz, für so was hier haben wir keine Zeit! Wenn auf dem Lenovo gelöschte Dateien sind, dann müssen die schlicht durch ein Recovery-Programm wiederhergestellt werden, verdammt noch mal, und ihr müsst...«

»Thulin, Genz weiß, was er zu tun hat. Genz, gebt mir Bescheid, sowie ihr was findet.«

»Selbstverständlich. Wir machen weiter.«

Nylander drückt das Gespräch weg und steckt sein Handy wieder in die Tasche. Thulin wirkt wie ein Boxer, der gerade erfahren hat, dass er nicht mehr in den Ring darf.

»Noch was? Dann weiter«, fährt Nylander fort.

Jansen schiebt seinen Block auf dem Tisch vor.

»Ich habe mit der Psychiatrie in Roskilde gesprochen. Nichts, was wir hier und jetzt gebrauchen können, aber doch kein Zweifel, dass Benedikte eine ganze Zeitlang nach der Geburt des Kindes ganz schön durchgeknallt war. Ein Oberarzt sagt zwar, dass die Frau sich im Laufe des Aufenthalts dort erholt hat, er kann aber nicht ausschließen, dass sie gewalttätig wird. Vielen Dank. Superberuhigend, wenn man bedenkt, dass Benedikte Skans auf einer Kinderstation arbeitet.«

»Aber folglich keine Idee, wo sie sein könnte. Was ist mit Asger Neergaard?«

»Ehemaliger Soldat, 30 Jahre, zweimal als Fahrer nach Afghanistan entsandt, einmal mit Einheit 7 und einmal mit Einheit 11. Gute Zeugnisse, aber wenn man mal anfängt, seine ehemaligen Kameraden in der Kaserne zu befragen, dann sind da einige, die meinen, es hätte, außer dass er die Arbeit leid war, noch einen anderen Grund gegeben, dass er die Streitkräfte verlassen hat.«

»Und was sollte das sein?«

»Einige sagen, seine Hände hätten angefangen zu zittern und er hätte sich von den anderen ferngehalten. Sei jähzornig und aggressiv gewesen und habe Tendenzen gezeigt, die als posttraumatisches Belastungssyndrom gedeutet werden könnten, doch war das dann nichts, weswegen er in Behandlung gekommen ist. Wie die Sicherheitsleute vom PET den Mann als Ministerchauffeur durchgehen lassen konnten, ist mir ein Rätsel, und da werden wahrscheinlich auch ein oder zwei Köpfe rollen, nehme ich mal an.«

»Aber keiner, mit dem ihr geredet habt, weiß, wo er sich aufhalten könnte?«

»Nein. Und die Mutter auch nicht. Zumindest lässt sie nichts verlauten.«

»Dann beenden wir die Sitzung und machen weiter. Über das Motiv im Fall Hartung besteht kein Zweifel, deshalb müssen wir verdammt noch mal alle Kräfte darauf verwenden, den Jungen zu finden. Was die Ermittlungen zur Täterschaft des Paares in den vier Mordfällen angeht, verwenden wir keine Ressourcen darauf, ehe nicht der Junge wohlbehalten gefunden ist.«

»*Wenn* das Paar für die Morde verantwortlich ist.«

Es ist das erste Mal, dass Hess in dieser Sitzung das Wort erhebt, und Nylander sieht ihn an wie einen Fremden, der in der Tür steht und reinwill. Hess spricht weiter, ehe diese Tür vor seiner Nase zuknallt.

»Bisher gibt es nichts in der Wohnung des Paares, was darauf hinweist, dass die beiden die Morde begangen haben. Sie haben Rosa Hartung mit Todesdrohungen schikaniert, und sie haben die Entführung ihres Jungen geplant und ausgeführt. Doch es gibt nichts über die drei weiblichen Opfer, und zumindest für eine der Tatzeiten hat Asger Neergaard ein Alibi, nämlich als Anne Sejer-Lassen totgeschlagen wurde und er laut PET mit Rosa Hartung und ihrer Sekretärin in einem Hinterhof des Ministeriums beim Auto stand.«

»Aber Benedikte Skans stand nicht dabei.«

»Nein, aber das muss nicht bedeuten, dass sie Anne Sejer-Lassen erschlagen hat. Und was sollte denn auch das Motiv des Paares sein?«

»Jetzt versuchen Sie mal nicht, mit irgendwelchem Gerede Ihr Verhalten bei Linus Bekker zu rechtfertigen. Benedikte Skans und Asger Neergaard sind die Hauptverdächtigen, und über Ihren Besuch in der Sicherung reden wir noch.«

»Aber ich versuche gar nicht…«

»Hess, wenn Sie und Thulin die Zeit vernünftig auf die Akten im Sozialministerium verwendet hätten, dann wären Sie vielleicht etwas früher auf die Spur von Skans und Neergaard gekommen, und dann wäre Gustav Hartung niemals entführt worden! Verstehen Sie, was ich sage?«

Hess schweigt. Dasselbe hat er sich auch schon gedacht, und einen Moment lang fühlt er sich schuldig, obwohl er sehr gut weiß, dass das falsch ist. Nylander verschwindet aus dem Raum, und Jansen und der Rest der Schar folgen ihm, während Thulin ihren Mantel vom Stuhl nimmt.

»Im Moment ist das Wichtigste, den Jungen zu finden. Wenn sie die Morde nicht begangen haben, dann finden wir es heraus.«

Thulin wartet keine Antwort ab. Hess sieht sie den Gang hinunter verschwinden, und er schaut durch die Glastrennwände zu den Kriminalassistenten, die im Laufschritt hin und her laufen, mit der Energie und Zielstrebigkeit, die sich einfindet, wenn ein Fall seinen Kulminationspunkt erreicht und kurz vor der Aufklärung steht. Doch Hess fühlt nichts davon. Ihm ist, als würden die Marionettenfäden immer noch von der Decke hängen, und er erhebt sich nur, um raus aus dem Gebäude an die frische Luft zu kommen.

92

Normalerweise macht die Dunkelheit Asger nichts aus. Seine Augen gewöhnen sich schnell daran, und er hat immer das Gefühl, sicher zu sein und alles unter Kontrolle zu haben, auch wenn er so wie jetzt mit hoher Geschwindigkeit und bei starkem Regen fährt.

In Afghanistan war er richtig froh gewesen, im Dunkeln zu fahren. Wenn sie Truppen oder Material von einem Camp zum anderen transportieren mussten, war das manchmal nach Sonnenuntergang geschehen, und obwohl einige von Asgers Kollegen das für eine große Gefahr hielten, ging es ihm doch ganz anders. Auch vorher hatte er es schon geliebt, hinter dem Steuer zu sitzen. Es war, als würden alle Gedanken zur Ruhe kommen, wenn er sich vorwärtsbewegte und das Sichtfeld sich zusammen mit neuen Umgebungen veränderte, mit denen das Gehirn dann beschäftigt war. Doch in Afghanistan hatte er gelernt, dass es in der Nacht am allerbesten war. Auch wenn man dann weniger zu sehen bekam. Die Finsternis hatte sich wie ein Schutz angefühlt, sie schenkte Ruhe und Ausgeglichenheit, die ihm sonst fehlten.

Doch so fühlt es sich jetzt nicht an. Die schwarze Landstraße ist auf beiden Seiten von dichtem Wald umgeben, und auch wenn er nur wenig sieht, hat er doch den Eindruck, als könne jeden Moment etwas aus der Finsternis schießen und ihn vollständig verschlingen. Er bekommt eine Gänsehaut, und der Druck in den Ohren steigt, und als er das Gaspedal noch weiter heruntertritt, ist es, als würde er versuchen, vor seinem eigenen Schatten zu fliehen.

Überall waren Polizeisperren, und sie mussten immer wieder ihre Richtung ändern. Erst waren sie Richtung Gedser gefahren, danach zur Schwedenfähre in Helsingør, doch beide Male waren sie von Polizeiautos mit Martinshorn überholt worden, und es war nicht schwer zu erraten, wohin die wollten. Deshalb hat Asger nun Kurs auf Sjællands Odde genommen. Die Brücke über den Großen Belt scheint zu offenkundig und kommt deshalb nicht in Frage, doch Asger hofft, dass eine Fähre nach Jylland vielleicht nicht kontrolliert wird, auch wenn er gut weiß, wie unwahrscheinlich das ist. Er grübelt nach, was sie tun sollen, wenn auch dieser Weg versperrt ist, aber er weiß keinen nächsten Schritt, und Benedikte sitzt schweigend und mit düsterer Miene neben ihm auf dem Beifahrersitz.

Asger war nicht dafür, den Rotzjungen mitzunehmen, aber da gab es keine Diskussion, und er konnte sie gut verstehen. Wenn sie einfach nur aufgaben, dann wäre das Ganze nur lachhaft gewesen, und das Ministerluder würde niemals begreifen, was sie ihnen angetan hatte. Es war nur gerecht, wenn sie selbst auch durch die Hölle gehen musste, und Asger hatte keine moralischen Bedenken, weil sie den Jungen entführt hatten. Er hatte es allein seiner Mutter zu verdanken, dass er nun hinten im Lieferwagen lag und hin und her geworfen wurde.

Asger haut die Bremse rein. Kurz spürt er, wie der Lieferwagen auf dem nassen Asphalt außer Kontrolle gerät, doch dann lässt er die Bremse los und zieht ihn wieder in die Spur. Ganz hinten auf der Landstraße kann er durch die nassen Bäume den Schein von Blaulicht erkennen, und auch wenn er noch keine Streifenwagen sieht, kann er sich doch ausrechnen, dass hinter der nächsten Kurve eine weitere Polizeiabsperrung auf sie wartet. Er blinkt zur Seite und nimmt die Fahrt raus, bis sie ganz stillstehen.

»Was zum Teufel sollen wir tun?«

Benedikte antwortet nicht. Asger wendet resolut und rast auf der Landstraße zurück und spricht derweil laut davon, welche Möglichkeiten sie haben. Als sie endlich etwas sagt, ist es nicht das, was er erwartet hat.

»Nimm die nächste Abzweigung in den Wald.«

»Wieso? Warum in den Wald?«

»Fahr in den Wald, sage ich.«

Als die nächste Abzweigung kommt, biegt Asger in den Wald ab, und bald rumpeln sie über einen kleinen, holprigen Schotterweg. Da begreift er, was sie vorhat. Benedikte hat natürlich begriffen, dass sie eingekesselt sind, also plant sie das einzig Richtige, nämlich sich diskret tief im Wald hinzustellen, wo sie warten können, bis der Sturm sich gelegt hat. Eigentlich ist ja Asger der Soldat gewesen, und er hätte auf diese Möglichkeit kommen sollen, doch wie immer ist es Benedikte, die den Ausweg kennt. Nachdem sie drei, vier Minuten gefahren sind und der Wald noch nicht so dicht ist, dass Asger sich sicher fühlt, bittet sie ihn plötzlich anzuhalten.

»Nein, noch nicht. Wir müssen weiter rein. Sie können uns noch sehen, wenn sie …«

»Halt das Auto an. Halt das Auto jetzt an!«

Asger tritt auf die Bremse. Er schaltet den Motor aus, lässt die Scheinwerfer jedoch an. Benedikte sitzt einen Moment da. Er kann ihr Gesicht nicht sehen, sondern hört nur ihren Atem und den Regen auf dem Dach. In der Dunkelheit öffnet sie das Handschuhfach, holt etwas heraus und öffnet ihre Autotür, um auszusteigen.

»Was hast du vor? Wir haben keine Zeit, hier anzuhalten!«

Benediktes Autotür knallt zu, und einen Moment lang sitzt Asger allein mit dem Nachhall seiner Stimme in der Kabine. Im Schein der Lampen sieht er sie um das Führerhaus herumgehen, und als sie an seiner Tür vorbeikommt, öffnet er diese instinktiv und steigt aus.

»Was hast du vor?«

Benedikte schiebt sich an ihm vorbei und greift resolut nach der Schiebetür des Lieferwagens. Asger erkennt kurz den scharfen Gegenstand in ihrer Hand und erinnert sich, dass er früh am Morgen, als sie den Wagen bei Hertz abgeholt haben, sein Militärmesser ins Handschuhfach gelegt hat. Es geht ihm auf, was sie will, und auch wenn es ihn erstaunt, dass er doch Gefühle für den Rotzjungen hegt, packt er Benedikte. Er merkt, wie stark sie ist und wie sehr sie es will.

»Lass mich! Lass mich, sage ich!«

Sie ringen in der Dunkelheit, und Asger spürt, wie das Messer ihm ein wenig in die Leiste ritzt, als sie versucht, sich frei zu kämpfen.

»Er ist nur ein Junge! Er hat uns doch nichts getan!«

Es gelingt ihm schließlich, sie an sich zu ziehen. Ihre Arme werden schlaff, und sie beginnt zu schluchzen. Das Weinen überwältigt sie, und Asger weiß nicht, wie lange sie da in der Dunkelheit im Wald stehen, doch es fühlt sich wie eine Ewigkeit an, und es ist der beste Augenblick seit Langem. Er weiß, dass Benedikte dasselbe erkannt hat wie er. Die Übermacht ist zu groß, aber sie haben immer noch einander. Er kann ihr Gesicht nicht erkennen, aber ihr Weinen wird weniger, und er nimmt ihr das Messer aus der Hand und wirft es auf den Waldboden.

»Wir lassen den Jungen frei. Es ist leichter, wenn wir zwei allein sind, und sowie er gefunden wird, lassen die Bullen locker. Okay?«

Asger hat keinerlei Zweifel, dass es ihnen glücken wird, jetzt, da er ihren Körper so dicht an seinem fühlt. Er streichelt ihr übers Gesicht und küsst ihre Tränen weg, und er merkt, wie sie nickt und schnieft. Sie hält immer noch seine Hand fest, und mit der anderen langt er nach dem Griff der Schiebetür, um die Tür zur Seite zu schieben. Wenn sie dem Jungen sagen, in welche Richtung er gehen soll, dann kann er in ein paar Stunden an der Polizeiabsperrung sein, und das wird Asger und Benedikte die Zeit geben, die sie brauchen.

Doch ein Geräusch lässt Asger innehalten und sich wachsam in der Dunkelheit umsehen. Aus der Ferne hört man, wie ein Motor sich nähert. Immer noch mit Benediktes Hand in seiner schaut er auf den Weg zurück, auf dem sie gekommen sind. Ungefähr fünfzig Meter entfernt spiegelt sich das Licht von zwei Scheinwerfern in den Wasserpfützen auf dem Schotterweg, und bald sind Benedikte und er in Licht getaucht und kneifen die Augen zusammen. Das Auto hält an, und als der Fahrer sie einen Moment lang betrachtet hat, wird erst der Motor ausgeschaltet und dann die Scheinwerfer.

Auf dem Schotterweg ist es jetzt nur noch dunkel. Tausend Gedanken explodieren in Asgers Kopf. Erst glaubt er, dass es ein ziviler Polizeiwagen ist, aber Leute von der Polizei würden sich in einer Situation wie dieser nicht so gelassen verhalten, und einen Moment lang meint er, dass es vielleicht ein Bauer ist oder ein Förster. Doch dann geht ihm auf, dass nur aus einem einzigen Grund jemand um diese Uhrzeit ausgerechnet auf diesem Schotterweg entlangfährt, nämlich, um *sie* zu finden. Aber es kann doch niemand gesehen haben, wie sie in den Wald abgebogen sind, und er hat schon längst dafür gesorgt, dass ihre Handys nicht verfolgt werden können.

Asger spürt, wie Benediktes Hand die seine umklammert, und als er eine Autotür aufgehen hört, fragt er in die Dunkelheit, ohne eine Antwort zu bekommen.

»Wer ist da?«, fragt Asger noch einmal. Die sich nähernden Schritte machen ihm klar, dass er es gleich erfahren wird, und im selben Augenblick bückt er sich nach dem Messer auf dem Waldboden.

93

Thulin schüttet den Müll auf zwei Werbeprospekte auf dem Küchenfußboden, nimmt aus einer Schublade eine Gabel und beginnt, darin herumzuwühlen. Sie trägt Gummihandschuhe, und der Geruch von verdorbenen Essensresten, Zigarettenkippen und schmutzigen Konservendosen brennt ihr in den Nasenlöchern, als sie dreckige Kassenbons in der Hoffnung auseinanderfaltet, dass sie verraten mögen, wohin das Paar geflohen ist. Genz und die Kriminaltechniker haben früher am Tag schon das gesamte Vorderhaus durchgearbeitet, aber Thulin zieht es vor, ihre eigenen Stichproben zu nehmen. Aber da ist nichts. Nur Supermarkteinkäufe von alltäglichen Waren und Reinigungsquittungen, wahrscheinlich von der Uniform, die Asger Neergaard im Chauffeurdienst getragen hat. Thulin lässt den Müll auf den Zeitungen liegen. Sie befindet sich im Wohnbereich des alten Schlachthofes, und außer ihr selbst und ein paar Streifenwagen, die in einiger Entfernung die Gebäude überwachen, ist niemand da. Bisher hat sie nur feststellen können, dass Genz und seine Leute vorzüglich gearbeitet haben. Da ist nichts, was darauf hinweist, dass das junge Paar noch andere Zufluchtsorte hatte als diesen hier, und es gibt auch keinerlei Anzeichen, dass sie über Fluchtrouten oder alternative Verstecke nachgedacht hätten. Früher am Tag hatte man in einem der Kühlräume draußen in der alten Schlachthalle eine Matratze auf dem Boden, eine Steppdecke, eine transportable Toilette und ein paar Mickey-Mouse-Hefte gefunden, und alles deutet darauf hin, dass hier Gustav Hartung gefangen gehalten werden sollte.

Thulin schaudert es bei dem Gedanken, doch andererseits haben die Beobachtungen, die sie im Vorderhaus gemacht hat, nicht den Eindruck vermittelt, dass sie es hier mit einem Paar von kaltblütigen Mördern zu tun haben. Es ist klar, dass Asger Neergaard hier wohnt und nicht in dem Zimmer bei einem ehemaligen Soldatenkameraden, wo er gemeldet ist, und offensichtlich hat er eine Vorliebe für japanische Manga-Comics mit nackten Frauen. Aber das ist auch schon das Radikalste, was sie unter seinen mutmaßlichen Besitztümern gefunden hat. Ansonsten scheint es ihn zu kennzeichnen, dass er trotz seines jungen Alters dänische Fernsehserien aus den Siebzigerjahren und alte dänische Komödien mit Dirch Passer liebt, denen man bestenfalls vorhalten kann, dass sie alle in einer sonnendurchfluteten Zeit mit grünen Wiesen und wehenden Dannebrog-Flaggen spielen. Vermutlich hat er sie mithilfe des eingestaubten DVD-Spielers auf dem alten Flachbildschirm angeschaut, während er auf dem durchgesessenen Sofa lag, doch für Thulin weist das nicht notwendigerweise auf eine Psychose oder unberechenbares Verhalten hin.

Da wirkten die Dinge, die etwas über Benedikte Skans' Persönlichkeit aussagen, schon radikaler: Fachbücher über staatliche Inobhutnahme, handschriftlich kommentierte Ausdrucke von Paragraphen des Sozialgesetzbuchs, dazu juristische Zeitschriften zum Thema Kindeswohl, und noch mehr in der Art. Unter ihren Besitztümern in ein paar Wohnzimmer-Schubladen fanden sich auch Akten zum Fall ihres kleinen Jungen und Ringbücher, die die Korrespondenz enthielten, die sie mit Behörden und dem Pflichtverteidiger gehabt hatte. Auf fast jeder Seite waren handgeschriebene Notizen zugefügt, einige unleserlich, doch immer mit Frage- und Ausrufezeichen versehen, und Thulin hatte den Zorn und die Frustration dahinter gespürt. Doch da waren auch Poesiealben aus Benediktes Schulzeit, sogar mit einem aufgeklebten Foto von ihr selbst und Asger Neergaard vor einer hässlichen Leitplanke im Gras liegend, sowie die Abschlusszeugnisse von der Schwesternschule und diverse Trainingsprogramme im Zusammenhang mit Schwangerschaft und Geburt.

Je mehr Thulin zu sehen bekam, desto schwerer fiel es ihr zu glauben, dass diese beiden die Morde begangen haben sollten, in denen sie selbst zusammen mit Hess ermittelt hatte. Noch viel weniger konnte man sich vorstellen, dass das Paar die Fähigkeit besessen haben sollte, die massiven polizeilichen Ermittlungen mehrere Wochen lang in Schach zu halten, und deshalb war sie zu dem Schluss gekommen, dass Hess mit seiner Nylander gegenüber geäußerten Skepsis recht hatte.

Nachdem sie am Tag zuvor seine Wände in der Wohnung im Odinpark gesehen hatte, wollte sie schon annehmen, dass er den Verstand verloren hatte. Es wirkte auf sie mehr als bedenklich, dass er nicht einfach akzeptieren konnte, dass Kristine Hartung längst tot war, und seine Initiative zu den unorthodoxen Besuchen bei Genz und in der Sicherung hatten nichts daran besser gemacht. Sie musste sich klarmachen, dass sie tatsächlich überhaupt nichts über Hess oder seine Vergangenheit wusste, doch im Nachhinein hatte der Ausflug in die Forensische Psychiatrie ihr doch einen Zweifel eingegeben, und jetzt sieht sie sich schon mit Hess ein weiteres Mal dorthin fahren und mit Linus Bekker reden, um herauszufinden, was er weiß.

Doch im Moment ist Gustav Hartung das Wichtigste, und als Thulin damit fertig ist, die letzten Kommoden und Schubladen im oberen Zimmer durchzusehen, begibt sie sich runter zum Eingang, um zu Genz rauszufahren und ihm mit dem Lenovo-Laptop zu helfen, von dem er sagte, dass er ihnen Probleme macht. Sie geht gerade unten an der Treppe um die Ecke und durch den Flur, als ein schwaches Geräusch sie innehalten lässt. Irgendwo ist ein Alarm zu hören, doch offenbar nicht im Vorderhaus, wo sie jetzt gerade steht. Der Laut hat einen langsameren Rhythmus als ein Autoalarm, ist aber genauso insistierend. Thulin geht zurück und durch die Küche in den Verbindungsgang hinein, der zur Schlachthalle selbst führt. Sie öffnet die Tür, und das Geräusch wird deutlicher. Die große, lange Halle liegt dunkel da, und sie bleibt stehen, denn sie weiß nicht, wo hier die Lichtschalter sitzen. Plötzlich wird ihr klar, dass, wenn die beiden jungen Leute nicht die Mörder sind, der richtige Mörder sich durchaus irgendwo hier in der Dunkelheit befinden kann. Sie versucht, den Gedanken abzuschütteln, denn sie hat keinen Grund zu glauben, dass der Betreffende ausgerechnet jetzt hier sein sollte, nimmt aber trotzdem ihre Pistole heraus und entsichert sie.

Mithilfe des Handys leuchtet sich Thulin durch die alte Schlachthalle. Sie bewegt sich auf den Laut zu, vorbei an einem Kühlraum nach dem anderen, auch dem, der für Gustav Hartung vorgesehen war. Einige der Räume sind, abgesehen von den Fleischerhaken an der Decke, völlig leer, doch die meisten sind voller Kisten und altem Kram.

An der Tür zu einem der letzten Kühlräume bleibt sie stehen. Von hier kommt der Laut, und als sie zwei Schritte in den Raum gemacht hat, begreift sie, dass dies hier der Raum sein muss, in dem Asger Neergaard trainiert hat. Im Licht des Handys kann sie alte, abgenutzte Kettlebells erkennen, eine Hantel, ein ramponiertes Rennrad und einen Boxsack, die neben lehmigen Soldatenstiefeln und einer dreckigen Flecktarnuniform auf dem Fußboden liegen. Doch das Auffälligste ist der Geruch. Obwohl sie sich in einem stillgelegten Schlachthof befindet, hat es doch in keinem der anderen Räume dermaßen nach vergammeltem Fleisch gerochen wie hier, aber sie kann den Gedanken nicht zu Ende denken, denn plötzlich nimmt sie eine Bewegung in der Ecke wahr. Sie richtet den Lichtstrahl in die Richtung, und obwohl sie jetzt in Licht gebadet sind, reagieren die Tiere nicht. Vier, fünf Ratten beißen wie verrückt in die unterste Klappe eines ramponierten Mini-Kühlschranks, der zusammen mit Gartengeräten und einem zusammengeklappten Bügelbrett in der Ecke steht. Das Display auf der Kühlschrankfront blinkt und gibt den Alarm von sich, denn die Ratten haben sich durch die unterste Gummilitze der Klappe gebissen, und dadurch ist sie nicht mehr richtig geschlossen. Thulin geht zu dem Kühlschrank, doch erst, als sie mit dem Fuß nach den Ratten tritt, verschwinden sie zwischen ihren Beinen, um dann etwas weiter weg hin und her zu rennen und hysterisch zu pfeifen. Als Thulin vorsichtig die Klappe öffnet und reinschaut, muss sie sich den Mund zuhalten, um sich nicht zu übergeben.

94

»Aber du bist *ganz* sicher? Benedikte Skans hatte von Freitag, den 16. Oktober, auf Samstag, den 17. Oktober, Nachtdienst?«

»Ja, ich bin ganz sicher. Ich habe es eben von der Oberschwester bestätigt bekommen, die in der Nacht selbst gearbeitet hat.«

Hess bedankt sich und beendet das Gespräch mit dem Kriminalassistenten, als er im Sozialministerium auf der Etage mit Rosa Hartungs Büro ankommt. Es geht auf 23 Uhr zu, und das Vorzimmer vibriert von kontrollierter Nervosität und klingelnden Handys. Ein paar Kriminalbeamte sind ununterbrochen dabei, die Leute vom Personal zu vernehmen, zwei weibliche Angestellte stehen mit roten Augen da und sprechen leise und schluchzend, und überall auf den Tischen lagern weiße Plastiktüten mit Takeaway-Sushi, doch hatte bisher noch niemand Zeit sie zu öffnen.

»Ist die Ministerin im Büro?«

Die geschäftig wirkende, chinesisch aussehende Sekretärin der Ministerin nickt Hess zu, und er steuert auf die Mahagonitür zu und versucht dabei, sich den Code zum Bildschirm des iPads zu merken, den er eben im Chauffeursraum drüben in Christiansborg ausgeliehen hat.

Thulin hatte recht, der Hartung-Junge war jetzt gerade das Wichtigste. Deshalb war Hess vom Polizeipräsidium zum Sozialministerium gefahren, um zu helfen, indem er nach Informationen über den Verbleib des Paares und mögliche Zufluchtsorte suchte, und dazu die Menschen befragte, die täglich mit Asger Neergaard zu tun gehabt hatten. Doch ihm war sehr schnell klar geworden, dass niemand irgendetwas wusste. Die Kriminalassistenten hatten bereits ihre Arbeit getan, und es änderte nichts am Ergebnis, dass Hess selbst noch einmal mit den Leuten sprach. Asger Neergaard hatte mit niemandem Umgang gepflegt und sich auch kaum zu seinem Privatleben, seinen Freizeitaktivitäten oder über irgendetwas anderes, was interessant sein könnte, geäußert. Stattdessen hatte Hess sich vage Beschreibungen seiner Person anhören dürfen. Einige meinten, der Chauffeur sei von Anfang an merkwürdig gewesen – seltsam, schweigsam, vielleicht auch ein wenig gefährlich –, doch für Hess war klar, dass solche Aussagen unter dem Eindruck der jüngsten Ereignisse gemacht wurden und nicht als objektiv gewertet werden konnten. Die Fernsehsender hatten die Bürger viele Stunden mit einem Flächenbombardement zur Suche nach Gustav Hartung traktiert, und sie hatten Beschreibungen der vermeintlichen Täter geliefert, von denen der eine sich sensationellerweise als Rosa Hartungs Chauffeur entpuppt hatte.

Wenn man Zweifel bezüglich der Verkäuflichkeit der Story hatte, dann musste man nur auf das Heer von Aufnahmewagen und Journalisten herunterschauen, die sich auf dem engen Platz vorm Ministerium drängten, doch diese Verbreitung von Informationen bedeutete auch, dass die wichtigsten Zeugen längst von den Medien beeinflusst waren. Der Teil von Zeugenaussagen, auf die Hess sich stützte, deutete an, dass Asger Neergaard introvertiert und ein wenig einfältig war, für sich blieb und seine Pausen im Gegensatz zu den Kollegen, die den warmen Aufenthaltsraum in Christiansborg vorzogen, damit verbrachte, am Kanal zu stehen, zu rauchen und mit dem Handy zu telefonieren.

Ebenjenen Aufenthaltsraum hatte Hess auch aufgesucht,

und ein älterer Chauffeurskollege hatte erzählt, wie er Asger wiederholte Male mit dem Schließsystem der Garagenanlage, in der die Dienstwagen die Nacht über abgestellt werden, hatte helfen müssen. Allein aus diesem Grund schon wirkte es nicht sonderlich wahrscheinlich, dass der Kerl zusammen mit seiner Liebsten imstande gewesen sein sollte, die sorgfältig ersonnenen Morde an Laura Kjær, Anne Sejer-Lassen und Jessie Kvium zu planen.

Noch unwahrscheinlicher war das geworden, als Hess von einem anderen der Kollegen von Asger Neergaard, der offenbar den Energieminister fuhr, Zugang zu dem elektronischen Dienstplan erhielt. Hier wurde über jeden Einsatz des jeweiligen Fahrers sorgfältig Buch geführt, und jeder von ihnen war verpflichtet, auf dem Schirm im elektronischen Logbuch der Wagen zu notieren, wo man sich wann befand und mit welcher Aufgabe man gerade befasst war. Hess fiel rasch ein bestimmtes Datum bei Asger Neergaards Dienstplan ins Auge, woraufhin er sich wieder ins Sozialministerium begeben hatte. Auf dem Weg dorthin hat er mit einem der Kriminalassistenten telefoniert, die man zu Benedikte Skans' Arbeitsplatz geschickt hatte, und über dieses Thema will er nun mit Rosa Hartung sprechen.

Als Hess das Büro der Ministerin betritt, ist deutlich, dass sie krank vor Sorge um ihren Sohn ist. Ihre Hände zittern, ihre Augen sind angsterfüllt und rot, und die Mascara ist verlaufen, obwohl sie versucht hat, sie wegzuwischen. Ihr Mann ist auch da, er ist dabei zu telefonieren und will das Gespräch abschließen, als er Hess sieht, doch Hess schüttelt den Kopf, um zu signalisieren, dass er keine Neuigkeit mitbringt. Rosa Hartung und ihr Mann haben entschieden, im Ministerium zu bleiben, zum einen, weil sie zu Asger Neergaard befragt werden sollen, zum anderen, weil das Personal im Ministerium sie ständig über den Stand der Dinge auf dem Laufenden halten kann. Hess kann sich vorstellen, dass sie wahrscheinlich auch keine Lust haben, allein zu sein. Zu Hause würden sie der Sorge ständig ins Auge sehen müssen, aber hier können sie zumindest das Gefühl haben, irgendwie aktiv zu sein, indem sie die Polizisten nach den Ergebnissen ihrer Ermittlungen ausfragen können.

Während Steen Hartung sein Gespräch fortsetzt, zeigt Hess auf den großen Konferenztisch und sieht Rosa Hartung an.

»Können wir uns einen Moment setzen? Ich habe eine Frage, die Sie hoffentlich beantworten können. Das wäre eine große Hilfe.«

»Wie weit sind Sie? Was passiert jetzt gerade?«

»Es gibt leider keine Neuigkeiten. Aber alle Leute sind im Einsatz, alle Wagen sind auf den Straßen, und alle Grenzen werden überwacht.«

Er kann die Angst in ihrem Blick sehen, sie weiß, dass ihr Sohn in Lebensgefahr ist, aber Hess muss das Gespräch auf sein Anliegen lenken, deshalb legt er das iPad auf den Tisch zwischen sie, während sie noch dabei ist, sich damit abzufinden, dass er keine Neuigkeiten bringt.

»Am Freitag, den 16. Oktober, um 23.57 Uhr hat Ihr Chauffeur Asger Neergaard in sein elektronisches Logbuch geschrieben, dass er mit dem Dienstwagen zum Schwarzen Diamanten kam, um Sie wie verabredet abzuholen. Er schreibt ins Logbuch, dass er bereitsteht und im Foyer bis 00.43 Uhr wartet, dann notiert er: ›Feierabend. Fahre nach Hause‹. Ist es korrekt, dass er im Foyer gewartet hat und Sie erst um diese Uhrzeit nach Hause gefahren hat?«

»Ich verstehe nicht, warum das wichtig ist. Was hat das mit Gustav zu tun?«

Hess möchte sie nicht noch mehr beunruhigen, indem er sie daran erinnert, dass es sich bei dem angegebenen Zeitpunkt um die Nacht handelt, in der die beiden letzten Morde begangen wurden. Wenn die Information aus dem Logbuch korrekt ist, dann kann Asger Neergaard unmöglich rechtzeitig in der Schrebergartenkolonie angekommen sein, um Jessie Kvium und Martin Rickş zu erschlagen und die Amputationen von zwei Händen und einem Fuß vorzunehmen, ehe Hess und Thulin auftauchten. Und da Hess gerade erfahren hat, dass Benedikte Skans in derselben Nacht auf der Kinderstation Nachtdienst hatte, ist dies ein zentraler Punkt.

»Es ist aus Gründen wichtig, über die ich momentan noch nichts sagen kann. Es wäre eine große Hilfe, wenn Sie versuchen könnten, sich zu erinnern. Ist es korrekt, dass er da wartete und dass Sie erst zu dem Zeitpunkt nach Hause fuhren?«

»Aber ich verstehe nicht, warum das in seinem Logbuch steht, denn ich habe die Verabredung abgesagt, ich war also nicht dort.«

»Sie waren nicht dort?«

Hess versucht, seine Enttäuschung zu verbergen.

»Nein. Frederik – Frederik Vogel, mein persönlicher Referent – hat für mich abgesagt.«

»Sie sind sicher, dass Sie nicht dort waren? Asger Neergaard schreibt, dass …«

»Ich bin sicher. Die Vereinbarung lautete, dass Frederik und ich zu Fuß dorthin gehen würden, denn es ist nicht weit vom Ministerium entfernt. Doch ein paar Stunden vorher sprachen wir noch einmal über den Termin. Es war der Abend, an dem mein Mann im Fernsehen auftreten wollte, und Frederik meinte, es würde nichts ausmachen abzusagen, und darüber war ich froh, denn ich wollte ja lieber mit Gustav zusammen sein …«

»Aber wenn Vogel für Sie abgesagt hat, warum steht dann im Logbuch, dass der Chauffeur …«

»Das weiß ich nicht. Da müssen Sie Frederik fragen.«

»Wo *ist* er denn?«

»Er wollte irgendetwas erledigen, bestimmt kommt er bald. Aber ich wüsste gern, was denn gerade getan wird, um Gustav zu finden.«

Das große Büro von Frederik Vogel ist leer und dunkel. Nachdem Hess eingetreten ist, macht er die Tür hinter sich zu. Es ist ein schönes Zimmer. Loungeartig und gemütlich im Gegensatz zum ansonsten kühlen und unpersönlichen Milieu des Ministeriums. Verner-Panton-Lampen, langflorige Wollteppiche und niedrige italienische Sofas mit massenhaft weichen Kissen. Da fehlt nur noch ein bisschen sahnige Musik von Marvin Gaye, und Hess spekuliert einen Moment darüber, ob er vielleicht neidisch ist, weil er selbst nie die Energie hätte, sich zu so etwas aufzuraffen.

Es ist nicht das erste Mal an diesem Abend, dass Hess sich fragt, wo der Referent der Ministerin ist. Er weiß, dass die Kriminalassistenten den 37-jährigen Frederik Vogel gegen 19 Uhr zu Asger Neergaard befragt haben, ohne dass Vogel mit etwas anderem als Überraschung darüber hatte beitragen können, dass Asger Neergaard der war, der er war. Doch als Hess vor ein paar Stunden im Ministerium ankam, war der Referent weg, laut Ministersekretärin, weil er in der Stadt etwas zu erledigen habe. Was Hess zu denken gegeben hatte, weil sich Vogels Ministerin immerhin in einer tiefen Krise befand und zudem noch von der Presse belagert wurde.

Hess weiß nicht viel über Vogel. Rosa Hartung hat eben wieder erwähnt, dass er ihr immer eine große Stütze war. Sie haben einige Jahre gemeinsam in Kopenhagen Politikwissenschaften studiert, bevor sich ihre Wege trennten, weil es Vogel gelang, in die Journalistenhochschule aufgenommen zu werden. Sie hatte jedoch den Kontakt gehalten, und mit der Zeit war Vogel schließlich ein Freund der Familie geworden. Als man sie später zur Ministerin ernannte, wurde er selbstverständlich ihr Ratgeber. Er hatte sie und die Familie in dem schweren vergangenen Jahr seit dem Verschwinden von Kristine ungeheuer unterstützt, und er hatte wohl auch stark dazu beigetragen, ihr Mut zum Comeback zu machen.

»Was hat er dazu gesagt, dass Ihr Mann und Sie sich Hoffnungen machen, dass Ihre Tochter noch am Leben sein könnte?«, hatte Hess gefragt.

»Frederik ist sehr beschützend, deshalb war er anfangs sehr besorgt, was meine Situation als Ministerin angeht. Doch jetzt unterstützt er uns rückhaltlos.«

Hess schaut sich ein wenig um, damit er sich ein Bild von dem Mann machen kann, dessen Schreibtisch von Unterlagen aus der alten Benedikte-Skans-Akte überhäuft ist, dazu handgeschriebene Merkzettel zur Pressestrategie, doch ansonsten nichts von Interesse. Bis Hess versehentlich die Maus des MacBooks, das auf dem Tisch steht, berührt. Der Bildschirmschoner beginnt Fotos von Vogel in verschiedenen Karrieresituationen zu zeigen: Vogel vor dem EU-

Hauptquartier in Brüssel, Vogel schüttelt der deutschen Bundeskanzlerin in der Wandelhalle von Christiansborg die Hand, Vogel in New York vor dem World Trade Center Memorial und Vogel und Rosa Hartung zu Besuch in einer Kinder-Notaufnahme der Vereinten Nationen. Doch zwischen den offiziellen Fotos tauchen plötzlich auch private Bilder von Frederik Vogel und Familie Hartung auf: Kindergeburtstage, Handballturniere und Tivoli-Ausflüge. Traditionelle Familienfotos, und Vogel ist ein Teil davon.

Erst versucht Hess, sich einzureden, dass es doch eigentlich erfreulich ist, wenn seine eigenen Vorurteile über einen herzlosen, machiavellistischen Schleimer sich als haltlos erweisen. Doch dann begreift er plötzlich, was hier komisch wirkt. Steen Hartung fehlt. Auf keinem der Fotos ist Steen Hartung dabei. Stattdessen sind es Selfies von Vogel zusammen mit Rosa und den Kindern, oder allein mit Rosa, so als wären sie ein Paar.

»Die Ministersekretärin hat mir ausgerichtet, dass Sie mit mir sprechen möchten.«

Die Tür ist aufgegangen, und Vogels Blick landet auf Hess und wird wachsam, als er Hess am Schreibtisch stehen sieht. Sein Mantel ist regennass, und das braune Haar hängt herunter, bis er mit der Hand hindurchfährt und es zurückstreicht.

»Wie weit sind Sie? Haben Sie den Chauffeur gefunden?«

»Noch nicht. Aber wir konnten auch Sie nicht finden.«

»Ich hatte einen Termin in der Stadt. Ich habe versucht, den Tratsch der Redakteursarschlöcher und die Ausbeutung von Gustavs Netzwerk zu beschränken. Was ist mit der Lebensgefährtin des Chauffeurs? Sie werden doch wohl die Zeit auf das eine oder andere verwandt haben, nicht wahr?«

»Wir arbeiten daran. Momentan bräuchte ich Ihre Hilfe in einer anderen Sache.«

»Ich habe keine Zeit für andere Sachen. Beeilen Sie sich.«

Hess bemerkt, dass Vogel mit diskreter Selbstverständlichkeit den Laptop zusammenklappt, nachdem er seinen Mantel auf den Stuhl geworfen und sein Smartphone rausgeholt hat.

»Am Freitag, den 16. Oktober, haben Sie im Auftrag Ihrer Ministerin eine Abendverabredung im Schwarzen Diamanten abgesagt. Sie hatten ein paar Stunden zuvor über den Termin gesprochen, und sie hat Ihnen erzählt, dass ihr Mann im Fernsehen sein würde, und darauf sagten Sie zu ihr, es sei in Ordnung, die Verabredung abzusagen.«

»Das kann sein. Abgesehen davon muss die Ministerin nicht meine Erlaubnis einholen, um etwas abzusagen – das regelt die Ministerin selbst.«

»Aber die Ministerin richtet sich doch durchaus nach Ihren Ratschlägen?«

»Ich weiß nicht, was ich darauf antworten soll. Warum fragen Sie?«

»Egal. Aber Sie waren es, der die Verabredung absagte?«

»Ich war es, der im Auftrag der Ministerin den Arrangeur anrief und absagte.«

»Haben Sie auch Asger Neergaard die Information weitergegeben, dass die Ministerin abgesagt hat und nach der Verabredung nicht nach Hause gefahren werden muss?«

»Ja, das habe ich getan.«

»In seinem elektronischen Logbuch steht, dass er an dem betreffenden Abend gearbeitet hat. Dass er im Foyer vom Diamanten von ungefähr Mitternacht bis fast Viertel vor eins auf Abruf bereitstand und darauf gewartet hat, dass die

Verabredung zu Ende ist und die Ministerin nach Hause gefahren werden sollte.«

»Wer zum Teufel will sich auf etwas verlassen, was *der* geschrieben hat? Vielleicht wollte er das als Alibi für irgendetwas benutzen, was er stattdessen gemacht hat. Ich bin ziemlich sicher, dass ich ihm Bescheid gegeben habe, aber es ist doch wohl völlig scheißegal und nichts, worauf man Zeit verschwenden sollte, wenn Gustav Hartung gesucht wird, oder?«

»Nicht ganz. Haben Sie an jenem Abend Asger Neergaard Bescheid gegeben oder nicht?«

»Wie gesagt, habe ich ihm ziemlich sicher Bescheid gegeben, oder vielleicht habe ich auch jemand anders gebeten, es zu tun.«

»Und wen haben Sie gebeten?«

»Warum zur Hölle ist das wichtig?«

»Es ist also möglich, dass Sie ihm *nicht* Bescheid gegeben haben und dass er tatsächlich da im Foyer saß?«

»Wenn unser Gespräch sich darum drehen soll, dann habe ich leider keine Zeit.«

»Was haben Sie selbst an dem Abend gemacht?«

Vogel ist auf dem Weg zur Tür, als er innehält und Hess ansieht.

»Es war offenbar geplant, dass Sie die Ministerin in den Schwarzen Diamanten begleiten würden, aber nachdem Sie abgesagt haben, da hatten Sie doch Zeit für andere Dinge.«

Die Andeutung eines spöttischen Grinsens fliegt über Vogels Gesicht.

»Sie sagen jetzt aber nicht, was ich glaube, dass Sie sagen, oder?«

»Was glauben Sie, sage ich?«

»Sie versuchen herauszufinden, was ich zu einem bestimmen Zeitpunkt für ein Verbrechen begangen habe, anstatt sich auf die Entführung des Sohnes der Ministerin zu konzentrieren, aber das kann ja hoffentlich nicht sein.«

Hess begnügt sich damit, ihn anzusehen.

»Wenn Sie es unbedingt wissen wollen, ich bin nach Hause in meine Wohnung gegangen, um Steen Hartung im Fernsehen zu sehen und mich auf die Tragweite dieses Auftritts vorzubereiten. Ich war allein, ohne Zeugen, und mit massenhaft Zeit, um Morde zu begehen und die ganze Nacht mit Kastanien zu basteln. Ist es das, was Sie hören wollen?«

»Was ist mit der Nacht auf den 6. Oktober? Oder mit dem 12. Oktober gegen 18 Uhr?«

»Das kann ich Ihnen gern in einer offiziellen Vernehmung im Beisein meines Anwalts erzählen. Bis dahin möchte ich meine Arbeit machen. So wie ich finde, dass Sie Ihre machen sollten.«

Vogel nickt zum Abschied. Hess hat keine Lust, den Kerl laufen zu lassen, doch in dem Moment klingelt sein Handy, und Vogel schlüpft aus der Tür. Auf dem Display kann Hess sehen, dass es Nylander ist, und er entscheidet sich dafür, ihm von seiner Entdeckung und dem Verdacht gegen Vogel zu berichten, aber Nylander kommt ihm zuvor.

»Hier Nylander. Sagen Sie den Leuten Bescheid, die Nachforschungen im Sozialministerium und in Christiansborg einzustellen.«

»Warum?«

»Weil Genz Skans und Neergaard aufgespürt hat. Ich bin gerade mit den Einsatzkräften auf dem Weg dorthin.«

»Auf dem Weg wohin?«

»Westlich von Holbæk, irgendwo in einem Wald. Genz hat den Lenovo-Laptop geknackt und in der Mailbox die Rechnung über einen Hertz-Wagen gefunden und sich dann an die Firma gewandt. Das Paar hat heute Früh das Auto am Westhafen ausgeliehen, und Genz konnte es verfolgen, weil die Firma in allen Autos GPS-Tracker hat, für den Fall, dass sie gestohlen werden. Sagen Sie den Leuten Bescheid, und kommen Sie ins Präsidium zurück und schreiben Sie Ihren Bericht.«

»Aber was ist mit ...«

Doch Nylander hat das Gespräch bereits abgebrochen. Frustriert nimmt Hess das Handy vom Ohr und läuft zur Tür. Nachdem er einen Kriminalassistenten über Nylanders Order unterrichtet hat, läuft er weiter den Gang hinunter, und auf dem Weg aus dem Ministerium hinaus sieht er durch die offene Tür zum Ministerbüro, wie Vogel die Arme tröstend um Rosa Hartung legt.

95

Trotz des Regens braucht er für die Fahrt nach Nordwestsjælland mit Blaulicht auf dem Dach nur 40 Minuten, aber es fühlt sich an wie eine Ewigkeit. Als Hess die dunkle Landstraße erreicht, die durch den Wald verläuft, kann er deutlich erkennen, wo er abbiegen muss. Am Straßenrand bei einem Schotterweg stehen die großen, leeren Mannschaftswagen der Einsatzkräfte neben einer Reihe Streifenwagen geparkt, und Hess zeigt seine Marke zwei durchnässten Beamten durch die Scheibe und erhält die Erlaubnis weiterzufahren. Dass er reinfahren darf, kann bedeuten, dass die

Aktion überstanden ist. Aber das Ergebnis kann er nicht erraten, und er möchte keine Zeit damit verschwenden, die Beamten zu fragen, die unmöglich voll informiert sein können, wenn sie an der Landstraße Wache schieben.

Hess ist schnell gefahren, und er muss sich selbst ermahnen, auf dem unebenen Schotterweg das Tempo rauszunehmen. Er hat Nylanders Order, sich ins Polizeipräsidium zurückzuziehen, ignoriert, und auf dem Weg hierher hat er beschlossen, sich noch mehr Informationen über Frederik Vogel zu besorgen. Was er vielleicht schon längst hätte tun sollen.

Es spricht einiges dafür, dass Asger Neergaard bestätigen wird, dass er am späten Abend des 16. Oktober gearbeitet hat. Zumindest hat Hess eben mit Hartungs Ministersekretärin telefoniert, die berichten konnte, dass Neergaard sie in jener Nacht um kurz nach halb eins tatsächlich geweckt hat, als er anrief und fragte, wo denn die Ministerin bliebe, er würde im Foyer des Schwarzen Diamanten auf sie warten. Sie hatte sich entschuldigt, dass er über die Absage des Termins nicht informiert worden war, und falls Neergaard tatsächlich im Foyer gewesen war, würden das bestimmt andere Zeugen bestätigen können. Wenn Benedikte Skans gleichzeitig Nachtdienst im Rigshospital hatte, dann konnte das Paar unmöglich Jessie Kvium und Martin Ricks ermordet haben, und damit wurde Vogel möglicherweise interessanter. Vogel scheint für den Zeitpunkt der Morde in der Gartenkolonie kein Alibi zu haben, und Hess kann es kaum erwarten, Asger Neergaard zu fragen, was er über Vogel in Bezug auf die beiden anderen Mordzeiten weiß. Vielleicht weiß er ja außerdem etwas über die Beziehung zwischen Vogel und Rosa Hartung. Vielleicht ist das schlichtweg ein

Motiv, das Hess und Thulin nicht beachtet haben, und Hess möchte noch einmal Thulin anrufen, die er seit seiner Abfahrt aus Kopenhagen schon zweimal vergeblich zu erreichen versucht hat.

Auf dem schmalen Schotterweg nähern sich entgegenkommende Scheinwerfer, und er muss zur Seite fahren und einen Krankenwagen vorbeilassen. Der Wagen fährt nicht mit Martinshorn, und Hess weiß nicht, ob das ein gutes oder ein schlechtes Zeichen ist. Hinter ihm folgt eine Zivilstreife, und ganz kurz erkennt er Nylander im Dunkeln auf dem Rücksitz, der in ein Telefongespräch vertieft ist. Er fährt weiter, kommt jetzt an kleineren Gruppen von Einsatzkräften vorbei, die zurück zur Landstraße gehen, und plötzlich nimmt er die Gegenwart des Todes auf ihren ernsten Gesichtern wahr. Als er an die Absperrung kommt, begreift er, dass die Dinge nicht so liegen, wie er gehofft hatte.

Weiter vorne stehen mehrere Polizisten, und ein Areal von zirka zehn mal zehn Metern ist von grellen Scheinwerfern erleuchtet. Im Zentrum des Areals steht der Lieferwagen mit dem Hertz-Logo. Die eine Vordertür steht offen, ebenso die Schiebetür zum leeren Laderaum, und dicht beim linken Vorderrad liegt eine Gestalt unter einer weißen Plane. Zirka zehn Meter davon entfernt liegt eine weitere Gestalt.

Hess steigt aus dem Auto, ohne sich um Regen oder Wind zu scheren. Das einzige Gesicht, das er kennt, ist das von Jansen, und obwohl er ihn nicht mag, wendet er sich an ihn.

»Wo ist der Junge?«

»Was suchst du hier?«

»Wo ist er?«

»Dem Jungen geht es gut. Er scheint unverletzt, ist aber trotzdem ins Krankenhaus gefahren worden.«

Hess spürt die Erleichterung, aber jetzt weiß er auch, wer unter den beiden weißen Decken auf der Erde liegt.

»Die Einsatzkräfte haben ihn gefunden und aus dem Wagen befreit. Ging alles gut, du wirst hier also nicht gebraucht, Hess.«

»Was ist denn passiert?«

»Überhaupt nichts. Wir haben sie so hier gefunden.«

Jansen hebt die weiße Plane am vorderen Ende des Wagens hoch. Der junge Mann, den Hess als Asger Neergaard erkennt, hat tote, geöffnete Augen, und sein Torso ist wie ein Nadelkissen von Stichwunden übersät.

»Vorläufig sieht es so aus, als wäre die Frau Amok gelaufen. Wir sind zirka sechs Kilometer von einer unserer Absperrungen entfernt, also sind sie wahrscheinlich hier reingefahren, um außer Sichtweite zu kommen, aber sie wird eingesehen haben, dass der Ausflug hier zu Ende war. Erst hat sie das Militärmesser gegen ihren Lebensgefährten gerichtet, und dann hat sie sich selbst die Halsschlagader durchgeschnitten. Die beiden waren noch warm, als wir kamen, es muss also innerhalb der letzten paar Stunden passiert sein. Und nein, ich freue mich keineswegs darüber, denn mir wäre es weitaus lieber gewesen, wenn sie dreißig Jahre modern für das, was sie Ricks angetan haben.«

Hess spürt, wie der Regen über sein Gesicht läuft. Jansen lässt die Plane fallen, sodass nur noch die leblose Hand von Asger Neergaard herausschaut. Für einen Augenblick scheint es Hess, als würde sie sich nach der zugedeckten Gestalt von Benedikte Skans, die ein Stück entfernt im Schlamm liegt, ausstrecken.

96

»Was sagen sie denn? Sie müssen jetzt doch schon was wissen.«

Rosa weiß, dass Frederik Vogel keine Antworten hat, aber trotzdem rutschen ihr die Fragen heraus.

»Sie sind dabei alles zu überprüfen und zu untersuchen, aber der Chef der Mordkommission wird sich bei uns melden, sowie …«

»Das genügt nicht. Frag sie noch mal, Frederik.«

»Rosa …«

»Wir haben das Recht zu erfahren, was da passiert!«

Vogel fügt sich, obwohl sie sehen kann, dass er es sinnlos findet, schon wieder im Polizeipräsidium anzurufen. In ihrem tiefsten Innern ist sie dankbar für seine Hilfe, denn sie weiß, dass er alles tun wird, was in seiner Macht steht, auch wenn er, was die Vorgehensweise angeht, nicht ihrer Meinung ist. Aber Rosa kann unmöglich noch länger warten. Die Uhr zeigt 01.37 Uhr, und vor einer Viertelstunde sind sie, Steen und Vogel mit Gustav aus dem Rigshospital nach Hause gekommen. Sie hat schon die beiden Beamten, die abgestellt sind, um vor ihrem Zuhause Wache zu stehen und das große Presseaufgebot auf Abstand zu halten, mit Fragen drangsaliert, doch die wissen nichts. Nur der Chef der Mordkommission selbst kann ihr ihre brennenden Fragen zu Kristine beantworten.

Rosa war in Tränen ausgebrochen, als Steen und sie in die Notaufnahme des Rigshospitals kamen, wohin man den armen, zerzausten Gustav zur Untersuchung gebracht hatte. Sie hatte das Schlimmste befürchtet, doch er war unverletzt, und sie durfte ihn an sich drücken. Scheinbar war ihm nichts angetan worden, und als er da jetzt in der Küche auf seinem gewohnten Platz in der Ecke sitzt und ein Brötchen mit Leberpastete isst, das Steen ihm gerade geschmiert hat, kann sie fast nicht glauben, dass er in Lebensgefahr war. Rosa geht zu ihm und streicht ihm übers Haar.

»Möchtest du noch mehr essen? Ich kann dir auch Nudeln machen, oder …«

»Nein danke. Ich will lieber FIFA spielen.«

Rosa lächelt, denn die Antwort ist ein Zeichen für Gesundheit, doch da ist immer noch so viel, was sie nicht weiß.

»Gustav, was genau ist denn passiert? Was haben die gesagt?«

»Hab ich doch schon erzählt.«

»Erzähl es noch mal.«

»Sie haben mich mitgenommen und im Auto eingeschlossen. Dann sind sie lange gefahren, und dann hielt das Auto an, und sie haben angefangen zu streiten, aber es hat so geregnet, deshalb habe ich nicht verstehen können, was sie gesagt haben. Und dann war es lange still, und dann kamen die Polizisten und haben die Tür aufgemacht, und mehr weiß ich nicht.«

»Aber worüber haben die denn gestritten? Haben sie was von deiner Schwester gesagt? Wo wollten sie hinfahren?«

»Mama …«

»Gustav, es ist wichtig!«

»Liebling, komm mal mit.«

Steen zieht Rosa ins Wohnzimmer, wo Gustav sie nicht hören kann, aber Rosa will sich nicht beruhigen lassen.

»Warum hat die Polizei in der Wohnung der Täter noch keine Spuren von ihr gefunden? Warum haben sie die Täter noch nicht dazu gebracht zu erzählen, wo sie ist? Warum um Himmels willen erfahren wir denn nichts?!«

»Dafür kann es viele Gründe geben. Das Wichtigste ist, dass sie die Täter haben, und jetzt werden sie auch Kristine finden. Da habe ich gar keinen Zweifel.«

Rosa wünscht sich so sehr, dass Steen recht hat, deshalb drückt sie ihn an sich, bis sie merkt, dass jemand sie beobachtet. Sie dreht sich zu Vogel um, der in der Tür steht, und noch ehe sie etwas fragen kann, berichtet er, dass er nicht mehr im Polizeipräsidium anrufen muss. Der Chef der Mordkommission ist eben eingetroffen.

97

Nylander schaut sich in der Diele um, in der er steht, und obwohl er weiß, dass er vor ungefähr einem Dreivierteljahr schon einmal hier gestanden und Familie Hartung endgültig mitgeteilt hat, dass der Fall ihrer Tochter als aufgeklärt und abgeschlossen betrachtet wird, kann er sich nicht an den Raum erinnern. Die Situation kommt ihm wie ein Déjàvu vor, und einen Moment lang denkt er, so muss es in der Hölle sein. Dass man dieselben grässlichen Szenen wieder und wieder durchspielen muss. Aber das hier ist notwendig, Nylander weiß es, und hinterher wird er sich viel besser fühlen. In Gedanken spielt er schon die Pressekonferenz durch, die er abhalten wird, wenn er zurück im Präsidium ist und die Polizeiführung informiert hat. Im Gegensatz zu den anderen Malen im Laufe der letzten beiden Wochen wird es mit einem Anflug von Triumph sein.

Danach sah es überhaupt nicht aus, als er am frühen

Abend zusammen mit den Einsatzkräften im Wald ankam und sie Benedikte Skans und Asger Neergaard leblos auf dem Waldboden gefunden hatten. Selbstverständlich war er erleichtert darüber gewesen, dass der Sohn der Ministerin unverletzt im Lieferwagen gefunden wurde, doch von zwei stummen Tätern würde er natürlich nicht die Erklärungen und Geständnisse bekommen, die erforderlich waren, um den Fall mit Überzeugungskraft abschließen zu können. Doch als er gerade auf der Rückbank eines Wagens saß, mit Blick auf den Krankenwagen mit dem Sohn der Ministerin, und sich Gedanken machte, wie zum Teufel er die Zweifler zum Schweigen bringen könnte, da hatte Thulin ihn angerufen. Es war schon paradox, dass es ausgerechnet sie war, die ihm die Nachricht vom Fund in dem kleinen Kühlschrank des ehemaligen Schlachthofs überbrachte, weil Hess schon langsam auf sie abgefärbt hatte und sie sich noch irritierender verhielt, als es sonst schon der Fall war. Doch die Neuigkeit bedeutete ein fast perfektes Ende dieses Tages. Schnell hatte er sie gebeten, Genz hinzuzurufen, um die Funde sofort zu sichern, und als er danach auflegte, fürchtete er die Zweifler auf der Pressekonferenz oder im Polizeipräsidium nicht mehr.

»Geht es Gustav gut?«

Nylander hat gemerkt, dass Steen und Rosa Hartung in die Diele hinausgekommen sind, und Steen Hartung nickt.

»Ja. Er sieht aus, als ginge es ihm gut. Grade isst er was.«

»Ich freue mich, das zu hören. Ich möchte auch nicht länger stören, sondern wollte Ihnen nur mitteilen, dass wir die Mordfälle nun als aufgeklärt betrachten, und dass wir ...«

»Was haben Sie über Kristine herausgefunden?«

Rosa Hartung ist es, die Nylanders Agenda stört, aber er

ist vorbereitet, also springt er direkt zu der Stelle, wo er die beiden auf gewichtige und ruhige Weise wissen lässt, dass es leider keine neuen Informationen über ihre Tochter gibt.

»Die Umstände um den Tod Ihrer Tochter sind letztes Jahr aufgeklärt worden, und der aktuelle Fall ändert nichts an dieser Tatsache. Wie ich Ihnen die ganze Zeit versucht habe nahezubringen, sprechen wir hier von zwei völlig voneinander getrennten Geschehnissen, und Sie werden selbstverständlich einen richtigen Bericht über den aktuellen Fall erhalten, wenn die Ermittlungen einmal abgeschlossen sind.«

Nylander kann erkennen, wie die Frustration bei den Eltern einsetzt, während sie einander ins Wort fallen und nach Details fragen.

»Aber was ist mit den Fingerabdrücken?«

»Die müssen doch etwas bedeuten.«

»Was sagen die Täter? Haben Sie die nicht verhört?«

»Ich verstehe Ihre Enttäuschung, aber bitte haben Sie Vertrauen in unsere Ermittlungen. Meine Leute haben das Fahrzeug untersucht, in dem Gustav gefunden wurde, dazu die Wohnung und die Arbeitsplätze der Täter, doch sie haben nichts gefunden, was darauf hindeuten würde, dass Kristine lebt. Tatsächlich überhaupt nichts, was darauf hindeutet, dass die Täter irgendetwas mit ihr zu tun hatten. Zudem waren die beiden Täter leider tot, als wir sie fanden. Von eigener Hand getötet, vermutlich, um ihrer Ergreifung und Strafe zu entgehen, und sie können deshalb nichts aussagen. Doch wie gesagt, gibt es nichts, was darauf hinweist, dass eine Vernehmung der beiden Neues zum Fall Ihrer Tochter erbracht hätte.«

Nylander kann sehen, dass keiner von beiden den Strohhalm loslassen will, den sie in Händen halten, und Rosa Hartung greift ihn auch gleich heftig und aggressiv an.

»Aber Sie können sich täuschen! Sie wissen nichts mit Sicherheit! Da waren doch diese Kastanienmännchen mit ihren Fingerabdrücken, und wenn Sie nichts über Kristine gefunden haben, dann liegt das vielleicht daran, dass es einfach nicht die richtigen Täter sind!«

»Doch, sie haben die Morde begangen. Das wissen wir mit hundertprozentiger Sicherheit.«

Nylander erzählt ihnen von den unwiderlegbaren Beweisen, die sie an diesem Abend in dem ehemaligen Schlachthof gefunden haben. Er verspürt beim Gedanken an die Beweise ein kribbelndes Glücksgefühl im Bauch, doch als er fertig gesprochen hat, kann er an Rosa Hartungs Blick erkennen, dass er ihre letzte Hoffnung zerstört hat. Sie sieht ihn an, ohne ihn zu sehen, und plötzlich fällt es ihm schwer, sich vorzustellen, dass dieser Mensch sich je wieder erholen wird. Das macht ihn unsicher und verlegen. Mit einem Mal möchte er ihre Hände nehmen und ihr sagen, dass es trotzdem irgendwie gehen wird. Dass sie immer noch einen Jungen haben. Dass sie immer noch einander haben. Dass sie immer noch so viel haben, für das sie leben können. Doch stattdessen hört Nylander sich selbst irgendwas murmeln, dass er leider nicht richtig erklären kann, wie die Kastanienmännchen mit Kristines Fingerabdrücken je in den Besitz der Täter gekommen sind, dass es aber nichts am Ausgang der Sache ändert.

Die Ministerin hört nicht zu. Nylander verabschiedet sich und geht rückwärts durch die Diele, bis er das Gefühl hat, sich erlauben zu können, sich umzudrehen. Als er die Eingangstür hinter sich zumacht, sind es immer noch zwanzig Minuten, bis er die Polizeiführung informieren muss, aber er schnappt nur nach Luft und geht schnell zu seinem Wagen.

98

Hess eilt im Laufschritt über die nassen Fliesen im leeren Säulengang. Auf dem Flachbildschirm bei der Sicherheitskontrolle am Eingang zum Polizeipräsidium sind die nächtlichen Live-Reportagen von Rosa Hartungs Haus in Ydre Østerbro zu hören, doch er achtet nicht darauf. Als er in der Rotunde die Treppe hinaufkommt und den Gang der Mordkommission erreicht, sieht er im Augenwinkel Bierdosen, die geöffnet werden, um den Ausgang des Falles zu feiern. Ein langer Tag neigt sich dem Ende zu, aber für Hess ist noch nicht Feierabend.

»Wo ist Nylander?«

»Nylander sitzt in einer Besprechung.«

»Ich muss mit ihm reden. Es ist wichtig. Jetzt gleich!«

Die Sekretärin erbarmt sich und verschwindet in einem Besprechungsraum, während Hess draußen wartet. Seine Schuhe sind schlammverschmiert, und seine Kleidung ist klatschnass vom Regen. Die Hände zittern, und er weiß nicht, ob es aus Aufregung oder wegen der Kälte im Wald ist, wo er sich die letzten paar Stunden aufgehalten und stur über den Wunsch der Gerichtsmediziner, sie doch in Ruhe arbeiten zu lassen, hinweggesetzt hat. Doch es war nicht vergeblich.

»Ich habe jetzt keine Zeit. Die Pressekonferenz geht gleich los.«

Nylander ist rausgekommen und verabschiedet sich gleichzeitig von ein paar Spitzen der Polizeiführung. Hess weiß aus Erfahrung, dass dies der Moment ist, auf den sich jeder Polizeichef freut: der Öffentlichkeit einen Fall als aufgeklärt zu präsentieren. Doch er muss mit Nylander sprechen, ehe der vor die Presse tritt, also folgt er ihm den Gang hinunter, während er ihm erklärt, dass der Fall nicht gelöst ist.

»Hess, das wundert mich jetzt überhaupt nicht, dass Sie das denken.«

»Zunächst einmal gibt es keine Beweise dafür, dass Benedikte Skans und Asger Neergaard die ermordeten Frauen kannten. Es gibt nichts in ihrem Haus, was darauf hinweist, dass sie auch nur in ihrer *Nähe* gewesen wären.«

»Da bin ich anderer Ansicht.«

»Und zum anderen hatte das Paar kein Motiv, sie zu ermorden, und schon gar nicht, ihnen die Hände und Füße abzuschneiden. Ihr Zorn war gegen Rosa Hartung gerichtet, nicht gegen Frauen oder Mütter generell. Über die Krankenhausverwaltung könnte Benedikte Skans theoretisch Zugang zu den Krankenakten der Kinder der Opfer gehabt haben, doch wenn wirklich sie und Asger Neergaard hinter den Anzeigen an das Jugendamt standen, warum haben wir dann keinerlei Hinweise darauf gefunden?«

»Weil wir mit den Untersuchungen noch nicht fertig sind, Hess.«

»Drittens hat Benedikte Skans ebenso wie wahrscheinlich auch Asger Neergaard ein Alibi für den Mord an Jessie Kvium und Martin Ricks in der Nacht vom 16. auf den 17. Oktober. Wenn sich erweist, dass sich Neergaard im Foyer des Schwarzen Diamanten befand, kann keiner von beiden die Morde begangen haben, die in jener Nacht geschahen, und damit wird es auch unwahrscheinlich, dass sie die *anderen* Morde begangen haben.«

»Ich habe keine Ahnung, wovon Sie faseln, aber wenn Sie das beweisen können, höre ich es mir gerne an.«

Nylander ist im Meetingraum angekommen, um seine Unterlagen für die Pressekonferenz zu holen, aber Hess stellt sich ihm in den Weg.

»Außerdem habe ich eben mit dem Gerichtsmediziner gesprochen. Benedikte Skans hat sich scheinbar selbst die Halsschlagader durchgeschnitten, aber wenn man die Bewegung rekonstruiert, ist sie unnatürlich und kann auch so gedeutet werden, dass jemand versucht hat, es nach Selbstmord aussehen zu lassen.«

»Ich habe auch mit ihm gesprochen. Und er hat betont, dass es ebenso denkbar ist, dass sie es tatsächlich getan *hat*.«

»Die Stichwunden auf Asger Neergaards Oberkörper sitzen außerdem ein wenig zu hoch im Verhältnis zu Benedikte Skans Größe, und wenn sie wollte, dass sie und ihr Lebensgefährte gemeinsam in den Tod gehen, warum zum Teufel liegen sie dann an die zehn Meter voneinander entfernt, sodass es aussieht, als habe sie versucht zu fliehen?«

Nylander will etwas sagen, aber Hess gibt ihm keine Chance.

»Wenn sie imstande waren, die Morde auszuführen, dann wären sie doch niemals so dumm gewesen, den Jungen in einem Leihwagen zu entführen, der leicht geortet werden kann!«

»Also, was sollten wir Ihrer Meinung nach tun, wenn Sie entscheiden könnten?«

Nylanders Frage erwischt Hess kalt, und er weiß nicht, was er sagen soll. Er hört sich selbst weiter von Linus Bekker faseln und von dem Archiv mit Tatortfotos, das sie schnellstmöglich überprüfen müssten. Hess hat deshalb einen der IT-Ermittler noch mal nach dem Material gefragt, um das er auch Genz bereits gebeten hatte.

»Und Hartungs Referent Frederik Vogel sollten wir uns auch mal ansehen, vor allem, ob er ein Alibi für die Zeitpunkte hat, an denen die Morde stattfanden!«

»Hess, du hast meine Nachricht nicht abgehört…«

Hess dreht sich nach Thulins Stimme um und stellt fest, dass sie ins Zimmer gekommen ist und jetzt mit einem kleinen Stapel Fotos in der Hand dasteht und ihn ansieht.

»Was für eine Nachricht?«

»Thulin, bring ihn auf den neusten Stand. Ich habe keine Zeit.«

Nylander nimmt wieder Kurs auf die Tür, aber Hess bremst ihn, indem er ihn an der Schulter packt.

»Was ist mit den Fingerabdrücken auf den Kastanienmännchen? Sie können doch nicht da reingehen und behaupten, der Fall sei gelöst, bevor dieser Teil aufgeklärt ist! Aus drei ermordeten Frauen können immer noch vier werden, wenn Sie jetzt falschliegen!«

»Ich liege nicht falsch! Nur Sie können das offensichtlich nicht begreifen!«

Nylander reißt sich los und nickt Thulin zu, während er seinen Anzug zurechtrückt. Hess sieht sie fragend an, und sie reicht ihm zögernd den Stapel Fotos. Er starrt auf das oberste. Ein Foto von vier abgesägten Menschenhänden, die durcheinander auf einem Kühlschrankrost liegen.

»Ich habe sie auf dem Gelände von Benedikte Skans und

Asger Neergaard gefunden. In einem kleinen Kühlschrank in einem der Kühlräume der alten Schlachthalle…«

Hess blättert ungläubig die verschiedenen Bilder mit abgesägten Frauenhänden durch. Bei einem Foto hält er schließlich inne. Diesmal ist es ein bläulicher Frauenfuß, am Knöchel abgesägt und in die Gemüseschublade des Kühlschranks gelegt, als handele es sich um eine Installation von Damien Hirst.

Hess versteht gar nichts, und es fällt ihm schwer, Worte zu finden.

»Aber… warum haben die Techniker die denn nicht schon tagsüber gefunden? War das Gelände abgeschlossen? Kann jemand sie da platziert haben?«

»Hess, verdammt noch mal, gehen Sie nach Hause.«

Als er aufsieht, ist Nylanders Blick auf ihn gerichtet.

»Aber die Fingerabdrücke? Das Hartung-Mädchen… Wenn wir aufhören zu suchen und das Mädchen gar nicht tot ist…«

Nylander verlässt den Raum. Hess bleibt verwirrt zurück. Als er im nächsten Augenblick zu Thulin schaut, um sich ihrer Zustimmung zu vergewissern, wird ihm klar, dass sie ihn mitleidig ansieht. Ihr Blick ist ernst und mitfühlend geworden, aber nicht wegen Kristine Hartung. Nicht wegen eines Mädchens, das verschwunden ist und nie gefunden wurde, nicht wegen rätselhafter Fingerabdrücke auf einem Kastanienmann, sondern seinetwegen. Er sieht es in ihrem Blick, sie glaubt, dass er Verstand und Urteilskraft verloren hat, und das erfüllt ihn plötzlich mit Furcht, denn er weiß nicht, ob sie vielleicht recht hat.

Hess stolpert rücklings durch die Tür, stürzt den Gang hinunter, während er hört, wie sie seinen Namen ruft. Er läuft weiter, durch den Säulengang, und obwohl er sich nicht umdreht, spürt er ihren Blick, als sie ihm aus dem Fenster nachschaut. Das letzte Stück zum Ausgang rennt er.

Freitag, 30. Oktober, Gegenwart

99

Hess kann sich nicht erinnern, wann es je so früh Schnee gegeben hätte. Obwohl der Oktober noch nicht einmal vorbei ist, liegen schon zwei bis drei Zentimeter, und draußen vor den großen Fenstern im Auslandsterminal des Flughafens, wo er gerade gestanden und die Camel geraucht hat, die ihn hoffentlich den Flug nach Bukarest ohne Entzugserscheinungen überstehen lässt, schneit es ununterbrochen.

Er hat den Schnee erst wahrgenommen, als er vor einer Dreiviertelstunde zum letzten Mal die Tür zu seiner Wohnung zugeworfen hat und die Treppen hinunter und in die frostklare Luft zum wartenden Taxi hinausging. Das Tageslicht hatte ihn geblendet, und er war erleichtert, als seine Hände die ramponierte Sonnenbrille in der Innentasche ertasteten, denn er war nicht sicher gewesen, ob sie sich da befand. Er war sich insgesamt in ziemlich vielen Dingen nicht mehr sicher gewesen, denn er war mit einem anständigen Kater aufgewacht, und so schenkte ihm die Entdeckung, dass die Sonnenbrille an ihrem Platz war, das Gefühl, es könnte tatsächlich ein guter Tag werden. Auf der Taxifahrt hatte er es genossen, dass der Herbst an seinem Abreisetag so nachdrücklich begraben wurde, und die guten Vibes halten an, da er sich nun durch die Sicherheitskontrolle und weiter in die internationale Atmosphäre des Flughafens hineinbewegt. Hess ist von Touristen und anderen Fremden umgeben, die in ihren jeweiligen Sprachen plappern, und er fühlt bereits, dass er Kopenhagen hinter sich gelassen hat. Zufrieden checkt er sein Abfluggate auf einem der Bildschirme und stellt fest, dass er schon aufgerufen ist. Das Schneewetter hat noch keine Auswirkungen auf den Flugverkehr – ein weiteres Zeichen, dass das Glück ihm hold ist, und er nimmt die Tasche mit den wenigen Habseligkeiten, die er dabeihat, und begibt sich zum Gate. Als er im Schaufenster einer der Bekleidungsboutiquen des Flughafens sein Spiegelbild sieht, wird ihm klar, dass seine Kleidung für das Klima in Bukarest möglicherweise noch weniger geeignet ist als für das in Kopenhagen. War es in Bukarest denn warm, oder gab es da auch Schnee und Frost? Am besten wäre es wohl, sich im Vorbeigehen mit einem Parka und einem Paar Timberland-Stiefeln auszustatten, aber der Kater und die Lust, das Land zu verlassen, überwältigen ihn, und er begnügt sich mit einem Croissant und einem Coffee-to-go in einem Starbucks.

Gestern Abend hatte es grünes Licht aus Haag gegeben, in Form eines Anrufs von Freimanns Sekretärin und eines One-way-Tickets nach Rumänien. Paradoxerweise befand sich Hess zu dem Zeitpunkt in einer weitaus schlimmeren Verfassung als vor etwas mehr als drei Wochen, da er in Ungnade gefallen und nach Kopenhagen geschickt worden war. Die letzten zehn Tage hatte er sich in den Bars und Kneipen, von denen es in Kopenhagen so reichlich gab, dem Alkohol ergeben, und zu allem Übel hatte er nicht einmal ordentlich reden können, als der Anruf kam. Augenblicke später war er zu Freimann selbst durchgestellt worden, und sein Chef hatte ihm kurz angebunden mitgeteilt, dass die Evaluation zu seinen Gunsten ausgefallen war.

»Unter der Maßgabe, dass der Hammer sofort fällt, falls es irgendwelche Versäumnisse, Weisungsmissachtungen oder

Andeutungen gibt, dass Sie sich in Luft auflösen. Ihr Chef in Kopenhagen hat sich positiv über Sie geäußert und für Ihre Motivation garantiert, also dürfte es Ihnen nicht schwerfallen, sich daran zu halten.«

Hess hatte auf längere Sätze verzichtet und sich lediglich bekräftigend geäußert. Es gab keinen Grund zu erklären, dass Nylander sich wahrscheinlich nur deshalb positiv über ihn geäußert hatte, um ihn loszuwerden, und als die Botschaft eingesickert war, hatte Hess Francois angerufen und sich für die Hilfe bedankt. Er hatte eine ungeheure Erleichterung bei der Aussicht empfunden, zurück unter den Schildkrötenpanzer von Europol schlüpfen zu dürfen. Freilich erst nach einem Abstecher nach Bukarest, noch ein unbedeutendes Hotelzimmer und noch ein Euro-Fall, aber alles war besser als hier.

Sogar die Sache mit der Wohnung hatte sich zum Guten gewendet. Zwar war der endgültige Vertrag noch nicht unterschrieben, doch überraschenderweise war es dem Immobilienmakler gelungen, einen Käufer zu finden. Wohl auch deshalb, weil Hess an einem der Tage, als er besonders betrunken war, eingewilligt hatte, um 200.000 Kronen im Preis runterzugehen. Spät am gestrigen Abend hatte Hess deshalb seine Schlüssel beim Hausmeister abgeliefert, der scheinbar genauso erleichtert war, ihn loszuwerden, wie Nylander und die Kollegen im Polizeipräsidium. Der Pakistani hatte sogar zuvor in dieser Woche noch ein großes Ding daraus gemacht, dass er gern dafür sorgen würde, dass die Böden abgeschliffen und die Wohnung fertig renoviert würde, wenn das helfen könne, dass Hess sie verkaufen konnte. Hess hatte ihm gedankt, doch in Wahrheit waren ihm Fußboden und Preisnachlass herzlich egal, wenn er nur den ganzen Mist loswerden konnte und nie wiederkommen musste.

Die einzige Hängepartie, die Hess hinterließ, war die ungeklärte Situation mit Naia Thulin, und auch das war trotz allem so unbedeutend, dass man es kaum eine Hängepartie nennen konnte. An dem Abend, als sie sich trennten, hatte er plötzlich den Eindruck gehabt, dass sie glaubte, seine Theorien über das Hartung-Mädchen kämen daher, dass er psychisch nicht stabil war. Dass sie dachte, er sei nur aus dem Grund außerstande, die Dinge richtig einzuordnen, weil er selbst sein Päckchen zu tragen hatte. Wahrscheinlich hatte ihr längst jemand von seiner Vergangenheit erzählt, und vielleicht hatte sie ja mit ihren Vermutungen auch recht. Jedenfalls hatte er seit jener Nacht keine Zeit mehr darauf verwandt, über Kastanien und Fingerabdrücke zu spekulieren. Der Fall war aufgeklärt, vor allem der Fund der abgesägten Gliedmaßen in der alten Industrieschlachterei war entscheidend gewesen, und jetzt, da er mit der auf dem Handy aufgerufenen Boardingkarte am Gate in der Schlange stand, fühlte es sich im Rückblick seltsam an, wie störrisch er gewesen war. Deshalb wird das Einzige, was ihn von dem Aufenthalt in Kopenhagen noch beschäftigen wird, Thulins klarer Blick und die Tatsache sein, dass er sie nicht noch angerufen und sich verabschiedet hat. Doch dem kann man ja abhelfen – zumindest ist das die Einstellung, mit der er in der Verkehrsmaschine verschwindet und seinen Platz auf 12B findet.

Ein missbilligender Blick von dem Geschäftsmann neben ihm verrät, dass er nach Alkohol riecht, doch Hess lässt sich tief in den Sitz sinken, bereit, für ein paar Stunden die Augen zu schließen. Er will sich gerade noch einen Erholungswhiskey genehmigen, damit der Schönheitsschlaf auch tief genug ausfällt, als eine SMS auf Englisch von Francois hereintickert.

»I'll pick you up at the airport. We go straight to headquarter. Make sure you read the case before arrival!«

Letzteres war Hess entfallen, doch das macht nichts, denn er schafft es immer noch den Fall zu lesen, wohlgemerkt nur, wenn er den Schönheitsschlaf aussetzt und jetzt damit anfängt. Widerwillig drückt er zum ersten Mal seit mehr als einer Woche auf das Mail-Icon auf seinem Handy und stellt fest, dass er das Material noch nicht bekommen hat. Ein weiterer SMS-Wechsel mit Francois macht ihn darauf aufmerksam, dass der Fehler bei ihm liegen muss.

»Check again. Emailed you the case at 10.37 pm you lazy Danish sod.«

Hess entdeckt den Grund, warum er die Mail von Francois nicht bekommen hat. Eine große Datei, die an eine andere Mail angehängt ist, blockiert alles, und in der Mailbox ist kein Platz mehr. Es ist die Mail von einem IT-Ermittler der Kriminaltechnischen Abteilung, und die Datei entpuppt sich als das Material, um das Thulin Genz nach ihrem Besuch bei Linus Bekker gebeten hatte und wegen dem Hess selbst noch einmal bei den IT-Leuten nachgehakt hatte. Ganz konkret handelt es sich um die Hitliste der Fotos aus dem Tatortarchiv, die Bekker am meisten interessiert hatten, ehe er festgenommen wurde und den Mord an Kristine Hartung gestand.

Weil die Mail nun längst nicht mehr relevant ist, markiert Hess sie, um sie daraufhin zu löschen. Doch dann kann er seine Neugier nicht beherrschen. Linus Bekker zu treffen war alles andere als angenehm, doch von einer fachlichen Perspektive aus war seine Psyche trotz allem interessant, und Hess hat Zeit, weil sich immer noch Passagiere im Gang drängeln und ihre Plätze suchen. Er setzt einen Doppelklick auf die Datei. Es dauert einen Moment, und dann hat er vollen Blick auf die Fotos, mit denen Linus Bekker sich am meisten amüsiert hat. Zwar nur auf dem kleinen Display seines Handys, doch das ist mehr als ausreichend.

Linus Bekkers Hitliste besteht auf den ersten Blick ausschließlich aus Fotos von Tatorten mit ermordeten Frauen. Es sind hauptsächlich Frauen zwischen 25 und 45 Jahren, viele von ihnen wahrscheinlich Mütter, zumindest nach den Dingen zu schließen, von denen die Opfer umgeben sind oder die im Hintergrund zu sehen sind: Plastik-Traktor, Laufstall, Fahrrad mit Kindersitz und dergleichen. Einige der Fotos sind schwarz-weiß, aber die meisten in Farbe, und insgesamt zeigen sie einen Querschnitt von Frauenmorden über viele Jahre, angefangen von den 1950er-Jahren bis zum Zeitpunkt von Linus Bekkers Festnahme. Nackte Frauen, angezogene Frauen, dunkelhaarige, blonde, kleine und große Frauen. Erschossen, erstochen, erdrosselt, ertränkt oder zu Tode geprügelt. Einige offensichtlich erst, nachdem sie vergewaltigt worden waren. Ein groteskes, sadistisches Potpourri, und es fällt Hess unendlich schwer, sich mit dem Gedanken vertraut zu machen, dass Linus Bekker sagte, er würde durch das Betrachten der Bilder sexuell erregt. Er merkt, wie das Croissant von Starbucks wieder auf dem Weg nach oben ist, doch als er aus alter Gewohnheit schnell zurück nach oben scrollt, um aus der Datei rauszukommen, kann die Datenmenge nicht so schnell verarbeitet werden, und das Display friert auf einem Bild ein, das Hess beim ersten Durchsehen nicht aufgefallen ist.

Es handelt sich um ein fast 30 Jahre altes Foto, aufgenommen in einem Badezimmer, und ganz unten auf dem Foto ist mit Schreibmaschine geschrieben »Møn, 31. Okt. 1989«. Ein nackter Frauenkörper liegt verdreht und übel zugerichtet auf einem Terrazzofußboden, mit Blut verschmiert, das schwarz und geronnen ist. Die Frau ist vielleicht so um die 40 Jahre alt, doch das ist kaum mit Sicherheit zu sagen, denn das Gesicht ist bis zur Unkenntlichkeit zerschlagen. Die Zerstückelung ist es, die Hess aufmerksam werden lässt. Ein Arm und ein Bein sind abgeschlagen und liegen vom Torso getrennt. Scheinbar nach vielen Versuchen – wie mit einer Axt, die schwer und kaum zu beherrschen war, aber irgendwann doch ihrem Besitzer gehorchte. Das Wüten zeugt von einem Blutrausch, und obwohl das Szenario nichts gleicht, was Hess schon einmal gesehen hat, weckt das Foto sein Interesse.

»Boarding completed.«

Das Kabinenpersonal ist dabei, die letzten Handgepäckstücke unterzubringen, und der Steward hängt das Telefon zurück an die Cockpitwand.

Wie sich zeigt, ist das Foto von der nackten Frau im Badezimmer das erste in einer kleinen Serie, in der noch weitere Morde dokumentiert sind, offensichtlich auf demselben Anwesen begangen. Alle Aufnahmen sind mit derselben Zeit- und Ortsangabe versehen, nämlich »Møn, 31. Okt. 1989«. Ein Foto zeigt einen Jungen und ein Mädchen im Teenageralter erschossen in der Küche, der Junge halb aufrecht an einen Ofen gelehnt, das Mädchen am Esstisch mit dem Kopf in einer Schale Haferbrei. Hess scrollt weiter und stellt zu seiner Überraschung fest, dass das nächste Opfer in der Serie ein älterer Polizist ist, der tot auf einem Kellerfußboden liegt. Die Art und Weise, wie das Gesicht des Polizisten zugerichtet ist, legt den Verdacht nahe, dass auch er mit einer Axt getötet wurde. Das Foto des ermordeten Polizisten ist dann auch das letzte in der Serie, und Hess will eben zu der zerstückelten Frau auf dem Badezimmerfußboden zurückblättern, als ihm plötzlich die Klammern und die Zahl auffallen, die in der Datei bei dem Foto mit dem Polizisten stehen. »(37)«, steht dort. Hess wird klar, dass diese Zahl die Notiz des IT-Ermittlers sein muss, wie oft Linus Bekker dieses Foto angeklickt hat.

»Alle elektronischen Geräte müssen jetzt bitte ausgeschaltet werden.«

Hess nickt zum Zeichen, dass er den Steward verstanden hat, und der geht mit demselben Bescheid zur nächsten Reihe. Es macht keinen Sinn, dass Linus Bekker sich das Foto eines ermordeten Polizisten 37-mal angesehen hat. Nicht, wenn sein Interesse so klar Frauen gilt. Eilig überprüft Hess ein paar der übrigen Fotos, nun im Hinblick auf die eingeklammerte Zahl, die bei jedem Foto steht und die der IT-Ermittler eingesetzt hat. Doch keines der übrigen Bilder hat eine ebenso hohe Zahl wie das Foto des getöteten Polizisten. Nicht einmal die Frau auf dem Badezimmerfußboden, die Linus Bekker nur 16-mal angeklickt hat.

Hess spürt, wie sich sein Magen zusammenzieht. Irgendetwas an dem Foto von dem Polizisten auf dem Kellerfußboden muss wichtig sein, und er versucht für einen Augenblick die Möglichkeit zu verdrängen, dass der IT-Ermittler sich schlicht verschrieben haben könnte. Aus dem Augenwinkel sieht er, dass der Steward auf dem Weg zurück durch das Flugzeug ist, und er verflucht das winzige Display des Handys und dass er seine vom Alkohol zitternden Finger benutzen muss, um das Foto groß zu ziehen und nach den Details zu suchen, die er hier übersieht. Die Aufgabe gestaltet sich unmöglich. Bald verschwimmt sein Blick in grob gepixelten Kästchen, die auf keine Weise die Antwort darauf geben, warum Linus Bekker auf ausgerechnet dieses Foto Zeit verwendet hat.

»So, bitte schön. Seien Sie so freundlich, es auszuschalten, danke!«

Diesmal bleibt der Steward stehen. Hess will eben nachgeben, als seine Finger das Bild versehentlich noch einmal nach oben verschieben, sodass der Fokus auf ein paar Regalen über dem toten Polizisten landet. Hess erstarrt. Erst kapiert sein Gehirn nicht, was er da sieht, aber dann zieht er das Foto wieder klein, und die Zeit steht plötzlich still.

An der Wand im Keller über der Leiche des Polizisten hängen drei krumme Holzregale. Sämtlich vollgestellt mit kleinen, kindlichen Figuren: Kastanienmänner, Kastaniendamen, Kastanientiere. Große und kleine, einige von ihnen unfertig und amputiert, andere eingestaubt und schmutzig. Alle stehen sie schweigend und mit leeren Blicken wie kleine Soldaten da, die zusammen ein beeindruckendes Heer von Ausgestoßenen darstellen.

Der Schock lähmt Hess. Ohne erklären zu können, warum, ist ihm sofort klar, dass Linus Bekker deshalb das Bild 37-mal angesehen hat. Er spürt, wie sich das Flugzeug in Bewegung setzt, und noch ehe der Steward ihn aufhalten kann, ist er auf dem Weg zum Cockpit.

100

Die Business-Lounge des Kopenhagener Flughafens ist menschenleer und duftet nach Parfüm, frisch aufgebrühtem Kaffee und ofenwarmem Brot, doch es bedarf einer mehr als fünf Minuten währenden Diskussion mit der Empfangsdame, ehe Hess hineindarf. Ihr junges Gesicht ist perfekt geschminkt, und obwohl sie lächelt und freundlich nickt, fällt es ihr offensichtlich schwer, sein Aussehen und seine Kleidung mit der europäischen Polizeimarke in Einklang zu bringen, die er benutzt, um ihr mehrere Male sein wichtiges Anliegen zu erklären. Erst als ein junger, somalisch aussehender Sicherheitsmann hinzugerufen wird und die Echtheit der Marke bestätigt, lässt sie Gnade vor Recht ergehen, und Hess darf in die heiligen Hallen eintreten.

Er steuert auf die drei Computerbildschirme mit dazugehörigen Tastaturen zu, die im hintersten Teil der Lounge den Gästen zur Verfügung stehen. Die wenigen dort befindlichen Reisenden haben genug mit ihren eigenen Smartphones und dem fettarmen Brunch zu tun, den sie an den runden Tischen einnehmen, und es ist zweifelhaft, ob die hohen, leeren Hocker vor den Bildschirmen jemals von jemand anderem benutzt werden als von Kindern, die ab und zu mit auf eine Geschäftsreise geschleift werden. Hess nimmt vor einer Tastatur Platz und schimpft und flucht innerlich, während er sich einloggt und weiter durch das Sicherheitssystem von Europol dirigiert wird, um an sein Mailkonto zu kommen. Er weiß, dass es im Laufe des Tages noch mehrere Maschinen nach Bukarest gibt, falls nötig mit Zwischenlandung in irgendeiner öden deutschen Stadt, doch die Verspätung wird Ärger hervorrufen, wenn sie Freimann zu Ohren kommt. Trotzdem hat Hess das Gefühl, keine andere Wahl zu haben, und sowie er die Datei mit Linus Bekkers Hitliste anklickt und wieder die Kastanienfiguren betrachtet, hat er seinen Chef vollkommen vergessen.

Auf dem großen Schirm des Computers wirken die stummen Figuren auf dem fast dreißig Jahre alten Bild noch gruseliger, doch Hess weiß immer noch nicht, was seine Entdeckung bedeutet. Linus Bekker hat das Foto betrachtet und ihm eine ungewöhnliche Bedeutung beigemessen. So viel kann er aus den 37 Aufrufen schließen und aus der Tatsache, dass die Leiche auf dem Bild nicht das sonst von Linus Bekker bevorzugte weibliche Opfer ist. Aber *warum* war Bekker das Bild wichtig? Damals, als Linus Bekker das Foto aufgefallen war, nämlich vor ungefähr anderthalb Jahren, nachdem er sich in das Archiv eingehackt hatte, da wurde weder in der Presse noch irgendwo anders über einen rätselhaften Täter geschrieben, der Frauen ermordete und Kastanienfiguren hinterließ. Dieser Täter ist jüngeren Datums – zu dem Zeitpunkt von Bekkers Neugier existierte dieser Täter einfach nicht – so gesehen macht es also keinen Sinn, dass Bekker sich für das Heer selbstgebastelter Kastanienfiguren interessiert haben sollte. Trotzdem hegt Hess keinen Zweifel, dass es genau so war.

Einen Moment lang denkt Hess, dass Linus Bekkers Faszination vielleicht daher kam, dass er in den Akten des Falles auf Møn von 1989 etwas gelesen hat, was sein Interesse geweckt hat. Ein Polizeibericht über den Fall von damals würde möglicherweise erklären, warum ihn das Foto angezogen hat, zum Beispiel, wenn Bekker festgestellt hätte, dass er die Opfer oder den Tatort kannte oder wenn er auf einen anderen Blickwinkel gestoßen war, der ihn das Bild von dem getöteten Polizisten mit den Figuren im Hintergrund so beharrlich anklicken ließ. Doch es gibt in diesem Fotoarchiv, in das Linus Bekker sich eingehackt hat, keine Akten. Weder, was den Fall auf Møn angeht, noch von einem der anderen mit den Fotos verbundenen Fälle. Das Tatortarchiv ist ausschließlich ein Bildarchiv mit Fotos von Tatorten, nichts anderes. Die Berichte von den Verbrechen sind nicht in demselben digitalen Archiv verwahrt, und soweit Hess sich aus seiner Lektüre der Akte von Linus Bekker erinnern kann, gab es keine Anzeichen darauf, dass er sich auch noch in andere Datenarchive eingehackt hätte als gerade in dieses, das ihm eine Möglichkeit gab, seine sexuellen Neigungen auszuleben.

Diese Feststellung macht Hess nicht viel klüger. Der Kater macht sich wieder bemerkbar, und er beginnt zu bereuen, wie ein Wilder an die Cockpittür gebollert und einen deutschsprachigen Piloten, der ansonsten sicher und pünktlich Kurs auf Bukarest genommen hätte, genötigt zu haben, seinen Start-Slot aufzugeben. Sein Blick wandert zu den Bildschirmen mit der Übersicht über die nächsten möglichen internationalen Flüge, doch stattdessen sieht er Linus Bekkers Gesicht vor sich und hört sein Gelächter. Hess beschließt, die Bilder noch einmal durchzuscrollen. Er beginnt ganz oben und blättert noch einmal dieses hässliche Gemisch aus grässlichen Verbrechen durch. Ein Bild löst das nächste ab, und Szene um Szene gehen die Bilder voller Grauen und Leiden ineinander über, ohne eine Erklärung dafür zu geben, was Bekker daran so köstlich amüsiert hat. Hess' Gefühl ist, dass es irgendetwas Krankes sein muss. Etwas, was nur einem pervertierten Menschen wie Linus

Bekker auffallen würde, und mit einem Schlag wird ihm klar, was das sein könnte. Er versteht es, ehe er es sieht – er versteht es, weil es das Schrecklichste wäre, was er sich überhaupt vorstellen kann, und gleichzeitig so unfassbar, dass es Linus Bekker in Ekstase bringen könnte.

Er geht an den Anfang zurück, fährt über die Bilder, die er bereits kennt, doch diesmal sucht er nach etwas ganz Bestimmtem. Er schaut nicht länger auf den Fokus der Bilder, sondern nur noch auf das andere, den Vordergrund, Hintergrund, die Gegenstände auf den Fotos, alles das, was scheinbar ohne Bedeutung ist. Schon auf dem neunten Bild findet er, was er sucht. Es ist ein weiterer Tatort, angegeben als »Risskov, 22. Sept. 2001«. Auf den ersten Blick nicht anders als viele der übrigen Fotos. Eine blonde Frau, um die 35 Jahre, liegt ermordet auf dem Fußboden im Wohnzimmer eines Einfamilienhauses oder einer Wohnung. Sie trägt einen dunkelbraunen Rock, ein zerrissenes weißes Unterhemd und Schuhe mit hohen Absätzen, von denen der eine abgebrochen ist. Im Hintergrund kann man Spielsachen und einen Laufstall erahnen, der Esstisch links im Bild ist hübsch für zwei Personen gedeckt, doch das Abendessen hat nie stattgefunden. Der Mord ist aggressiv, unkontrolliert und offensichtlich auf der rechten Seite des Bildes ausgeführt worden, wo alles umgeworfen und blutbespritzt ist. Doch Hess' Blick ist an dem Laufställchen hängengeblieben. Wegen des kleinen, unscheinbaren Kastanienmännchens, das neben einer Rassel vom Geländer baumelt.

Hess setzt die Jagd fort, und es ist, als würde sich sein Blick einrichten und nur noch diese eine Schablone kennen. Alles andere ist egal, es existiert nur noch die kleine Figur für ihn, und beim 23. Bild hält er wieder inne.

»Nyborg, 2. Okt. 2015«. Diesmal eine junge Frau in einem kleinen schwarzen Auto. Durch die Windschutzscheibe kann man sehen, dass sie auf der Fahrerseite sitzt, ihr Oberkörper ist zur Seite geneigt und hängt halb über einem Kindersitz auf der Beifahrerseite. Auch sie ist hübsch angezogen, als wäre sie auf dem Weg zu oder von einer Verabredung oder einem Date. Eines ihrer Augen ist eingeschlagen, doch auf dem Bild ist fast kein Blut zu sehen, und auch ansonsten wirkt der Mord kontrollierter ausgeführt als auf dem Bild aus Risskov. Doch vom Rückspiegel im Vordergrund des Bildes hängt ein kleiner Kastanienmann. Kaum sichtbar, nur wie eine Silhouette, aber er ist da.

Es sind noch beinahe 40 Bilder übrig, aber Hess loggt sich aus und steht auf. Auf dem Weg die Rolltreppe hinunter ins Erdgeschoss des Flughafens kann er noch denken, dass Morde, die sich über fast dreißig Jahre erstrecken, nicht vom selben Täter begangen sein können. Das ist unmöglich. Das wäre jemandem aufgefallen. Jemand hätte etwas unternommen. Und Kastanienmännchen sind doch nichts Anstößiges, schon gar nicht im Herbst, und vielleicht sieht Hess einfach nur das, was er gerne sehen *will*?

Wie auch immer, während Hess die Papiere am Car-Rental-Schalter ausfüllt und auf die Autoschlüssel wartet, kann er nicht aufhören an Linus Bekkers Gesichtsausdruck zu denken. Es war diese Verbindung, die Linus Bekker aufgefallen war. Die Kastanienfigur als Signatur eines Täters, der wieder und wieder mordete. Als er schließlich die Schlüssel ausgehändigt bekommt und über den Parkplatz läuft, fällt der Schnee noch dichter als zuvor.

101

Thulin vermeidet den Blickkontakt mit den beiden Kriminalassistenten, die von ihren Bildschirmen aufsehen, als sie ihren Spind leert und die Metalltür ein bisschen zu schwungvoll zuknallt. Sie hat mit Absicht vermieden zu verbreiten, dass dies ihr letzter Tag bei der Mordkommission ist, und daran möchte sie auch jetzt nichts ändern. Nicht dass es einen Unterschied machen würde. Sie wird niemanden hier vermissen, und vermutlich beruht das auf Gegenseitigkeit. So hatte sie es vom ersten Tag an gehalten, und jetzt, an ihrem letzten, möchte sie das Gebäude so unauffällig wie möglich verlassen. Nylander war sie vorhin nur zufällig auf dem Flur begegnet, als er mit seinem Gefolge von Assistenten auf dem Weg zur wahrscheinlich vorerst letzten Pressekonferenz zu diesem Fall war. Heute unter dem Vorwand, dass der Bericht über die letzten Untersuchungen aus der Gerichtsmedizin und von den DNA-Ermittlern nun fertig und in Einklang mit den übrigen Ermittlungsergebnissen ausgefallen war. Thulin hatte kurz überlegt, ob der wirkliche Grund nicht nur war, dass Nylander das Rampenlicht genoss. So hatte es zumindest gewirkt, als er Seite an Seite in einem etwas zu edlen Anzug mit dem Justizminister posierte, oder als er eine großzügige Geste versuchte und verkündete, die Razzia seiner Kriminalassistenten in Sydhavn sei der entscheidende Wendepunkt der Ermittlungen gewesen.

Als er sie sah, hatte Nylander angehalten und ihr alles Gute für die Zukunft gewünscht.

»Man sieht sich, Thulin. Grüß Wenger von mir.«

Isak Wenger war Thulins neuer Vorgesetzter beim NC3, und aus dieser Bemerkung hatte sie gefolgert, dass Nylander nun das Kräfteverhältnis zwischen den Abteilungen als verändert betrachtete und meinte, Thulin müsse ihre Entscheidung bereuen. Sie hatte den Karrieresprung, den sie selbst angestoßen hatte, schon fast vergessen gehabt, bis der NC3-Chef sie am Montag persönlich angerufen und sie zur Aufklärung der Morde beglückwünscht hatte.

»Doch deshalb rufe ich nicht an. Ich hoffe, Sie sind immer noch an einem Job bei uns interessiert?«

Wenger hatte ihr die Position angeboten, obwohl sie weder eine Bewerbung geschrieben hatte noch von Nylander empfohlen worden war. Wenn sie den Job annähme, wollte Wenger dafür sorgen, dass alles Praktische mit Nylander geregelt würde, sodass sie nach einem späten Herbsturlaub beim NC3 beginnen könnte, und das ist es, worauf sich Thulin nun freut. Eine Woche mit massenhaft Zeit für sich selbst und Le, und obwohl alles so gelaufen ist, wie es sollte, hat Thulin doch die letzten Tage ärgerlicherweise damit verbracht, sich selbst zu versichern, dass der Fall den richtigen Ausgang genommen hat.

Der Fund von Anne Sejer-Lassens und Jessie Kviums abgesägten Händen, dazu Jessie Kviums Fuß in dem kleinen Kühlschrank des ehemaligen Schlachthofs war so eindeutig gewesen, dass Thulin keine andere Logik erkennen konnte, als sich Nylanders Auslegung anzuschließen. Zwar hatte Hess gewisse unbeantwortete Fragen aufgeworfen, doch das Wahrscheinlichste war trotz allem, dass er sich da in etwas reingesteigert hatte – vielleicht, weil er sich mit eigenen Problemen rumschlagen musste.

Das zumindest war Nylanders unsentimentale Erklärung

gewesen, und er hatte Thulin eingeweiht, dass Hess damals angeblich die Mordkommission und Kopenhagen aufgrund einer persönlichen Tragödie verlassen hatte. Er wusste zwar nichts Genaueres, denn Nylander war damals selbst nicht in der Abteilung gewesen, doch in einer Mainacht vor etwas mehr als fünf Jahren war die 29-jährige Ehefrau von Hess offenbar bei einem Brand umgekommen, der in ihrer gemeinsamen Wohnung in Valby ausgebrochen war.

Diese Information hatte Thulin zugesetzt. In dem Polizeibericht, den sie daraufhin im Datenarchiv rausgesucht hatte, stand, dass der Brand vermutlich gegen drei Uhr nachts ausgebrochen war und sich mit großer Geschwindigkeit ausgebreitet hatte. Die Bewohner des Mietshauses waren evakuiert worden, doch wegen der Gewalt des Feuers hatten die Feuerwehrleute nicht bis zur Dachwohnung vordringen können. Als der Brand gelöscht war, wurde die verkohlte Leiche der jungen Frau im Schlafzimmer gefunden, und der Ehemann, »Ermittler bei der Mordkommission, Mark M. Hess«, war telefonisch in Kenntnis gesetzt worden, weil er sich in Verbindung mit einem Fall gerade in Stockholm aufhielt. Die Brandursache wurde nicht gefunden. Es wurde in Sachen fehlerhafte Elektroinstallationen, entzündete Öllampen und Brandstiftung ermittelt, doch ohne eindeutiges Ergebnis. Die Frau war im siebten Monat schwanger gewesen, und das Paar hatte einen Monat zuvor geheiratet.

Thulin fühlte sich elend nach der Lektüre. Einerseits konnte sie Hess nun in vielen Dingen besser verstehen, andererseits war es unmöglich, sich in seine Lage hineinzuversetzen. Unter keinen Umständen machte es weiter Sinn, über die Fragen nachzudenken, die er aufgeworfen hatte, und vielleicht hatte sie auch deshalb Erleichterung empfunden, als sie am Vormittag hörte, wie der Vize-Polizeidirektor Nylander mitteilte, dass Hess in Haag wieder gnädig aufgenommen worden sei und sich nun einer Aufgabe in Bukarest annehmen solle. Hess war also auf dem Weg das Land zu verlassen, und das war sicher auch am besten so. Im Verlauf der Woche hatte sie ein paarmal vergebens versucht, ihn anzurufen, aber er hatte nicht zurückgerufen, und es hatte sie auf dem falschen Fuß erwischt, als Le sie gefragt hatte, wann denn »der mit den Augen« wieder vorbeikommen würde, um zu sehen, wie weit sie in dem Spiel gekommen sei. Dasselbe war ihr dann noch mal passiert, als sie sich per Telefon nach Magnus Kjær erkundigt hatte, der in einer Einrichtung für Jugendliche untergebracht war, solange man noch nach einer Pflegefamilie für ihn suchte. Ein Verantwortlicher auf dem Amt hatte ihr erzählt, dass es dem Jungen besser gehe, dass er aber auch ein paarmal nach dem »Polizeimann« gefragt habe, worauf Thulin nicht viel antworten konnte. Sie hatte beschlossen, dass Hess nicht länger ein Teil ihrer Gedankenwelt sein sollte, und in der Regel fiel es ihr leicht, Menschen auf diese Weise zu verdrängen. Zuletzt war das mit Sebastian so passiert, und obwohl der ständig Nachrichten auf ihrer Mailbox hinterließ, verspürte sie doch keinen Antrieb, sich wieder bei ihm zu melden.

»Naia Thulin?«

Als sie zu ihrem leeren Schreibtisch zurückkehrt, steht ein Fahrradbote da und sieht sie fragend an, und trotz allem, was sie sich vorgenommen hat, ist doch Hess der Erste, der ihr in den Sinn kommt, als sie den Blumenstrauß sieht. Gelbe, orangefarbene und rote Herbstblumen, von denen sie die Namen nicht kennt, weil Blumen ihr noch nie etwas gesagt haben. Sie quittiert den Erhalt der Sendung mit dem elektronischen Stift, den der Bote ihr reicht, und er klickert eilig wieder auf seinen Fahrradschuhen davon. Thulin öffnet die Karte und preist sich glücklich, dass alle Kollegen gerade vor dem Flachbildschirm in der Kantine versammelt sind, wo Nylanders Pressekonferenz live übertragen wird.

»Danke für die Joggingtour. Viel Glück beim NC3. Und jetzt weg von dem Schreibtisch! ☺«

Für einen kurzen Moment lächelt Thulin in sich hinein, doch dann wirft sie die Karte von Genz in den Papierkorb. Als sie kurz darauf den Gang entlang und die Treppe hinunter in die Freiheit und zum Halloween-Fest in Les Klasse verschwindet, hat sie den Blumenstrauß auf dem Empfangstresen im Sekretariat abgelegt, denn sie weiß, dass er dort wertgeschätzt wird.

Draußen vor dem Polizeipräsidium schneit es immer noch, und Thulin ärgert sich, dass sie bis zu ihrem Dienstantritt beim NC3 keinen Dienstwagen zur Verfügung hat. Ihre Sneakers sind sofort patschnass, und sie eilt die zugeschneite Bernstorffsgade zum Hauptbahnhof hinauf, um die S-Bahn zur Haltestelle Dybbølsbro zu nehmen.

Als sie sich am Morgen mit Genz traf, hatte es noch nicht angefangen zu schneien. Sie hatte entschieden, ihren letzten Tag bei der Mordkommission dadurch zu kennzeichnen, dass sie endlich seine Einladung zu einer gemeinsamen Joggingtour annahm. Jetzt, da sie nicht länger Kollegen sein würden, schien das wie ein guter Abschluss ihrer Beziehung, und sie hatte zudem ihre eigene Agenda gehabt. Sie hatten ausgemacht, am Strandvejen entlangzulaufen, und sie holte Genz um 6.30 Uhr ab, der vor seinem Hauseingang in einem der neuen, attraktiven Wohnhäuser in Nordhavn wartete. Dass Genz es sich leisten konnte, an einem solchen Ort zu wohnen, hatte sie überrascht, aber auf der anderen Seite passte es zu seiner Korrektheit, dass er auch seine Finanzen im Griff hatte.

Der erste Teil der Joggingtour war gut verlaufen, vor allem als die Sonne über dem Øresund aufgegangen war und sie die Zeit genutzt hatten, um noch einmal über die Ermittlung zu sprechen. Inwiefern Benedikte Skans' und Asger Neergaards übergeordnetes Rachemotiv sich im Lichte ihrer eigenen Tragödie entwickelt haben musste, wie die Krankenschwester Informationen über die zu Schaden gekommenen Kinder und deren Mütter gesammelt haben musste, die dann als Opfer ausgewählt worden waren, dass das Paar wahrscheinlich ein Internetcafé mit einem Browser zu einem ukrainischen Mailserver als Absender für die Anzeigen benutzt hatte und nicht ihren eigenen Computer, und wie es geschehen konnte, dass der Inhalt des Mini-Kühlschranks beim ersten Vorab-Durchgang der Techniker übersehen worden war. Die Schlagwaffe und das Säge-Instrument, die gegen die Opfer und bei den Amputationen benutzt worden waren, hatte man noch nicht gefunden, doch durch ihre Stellung als Krankenschwester hatte Benedikte Skans Zugang zu diversen Instrumenten aus Operationssälen gehabt, die dieser Tage auch untersucht und überprüft wurden.

Genz hatte keinen Grund gesehen, die Schlüsse der Ermittler in Zweifel zu ziehen, wenngleich Thulin ihn im Verdacht hatte, dass er sich mehr für das Laufen als für das Gespräch interessierte. Sie bereute, ihm von ihrer Vorliebe für lange Lauftouren erzählt zu haben, denn unterwegs wurde deutlich, dass er sich zurückhalten musste, um sich ihrem Tempo anzupassen. Nach acht Kilometern waren sie umgedreht, und sie hatte sich in seinen Windschatten gehängt, und erst als Genz feststellte, dass sie mehrere Meter zurückblieb, senkte er das Tempo, sodass sie ihr Gespräch fortsetzen konnten. Wenn sie gedacht hatte, die Einladung von Genz sei eine Ausrede, um sich an sie ranzumachen, dann hatte sie sich gründlich getäuscht, denn was sein Laufen anging war er ebenso leidenschaftlich wie bei der Arbeit im Labor.

Thulin reichte für den Rest der Runde die Luft nicht, um zu reden, aber als sie am Charlottenlund Fort an einer roten Ampel stehen bleiben mussten, hatte sie ihrem Frust darüber Ausdruck verliehen, dass sie immer noch keine Antwort darauf gefunden hatten, warum an den Tatorten Kastanienmännchen mit den Fingerabdrücken des Hartung-Mädchens platziert worden waren. Nichts in der Wohnung des jungen Paares hatte auf Kastanienmänner mit Fingerabdrücken hingewiesen, und es war ein Rätsel, wie Asger Neergaard und Benedikte Skans sich diese beschafft haben könnten.

»Außer Nylander hat recht, und das Paar hat sie aus irgendeinem Grund an dem Verkaufsstand, den Kristine Hartung vor ihrem Verschwinden mit der Freundin hatte, gekauft«, hatte Genz vorgeschlagen.

»Aber wie wahrscheinlich ist das denn? Steen Hartung meint sich zu erinnern, dass die Mädchen in jenem Jahr gar keine Kastanienmännchen gebastelt hätten.«

»Vielleicht täuscht er sich ja. Benedikte Skans war zu der Zeit in Roskilde in der Psychiatrie, aber Asger Neergaard kann doch sehr wohl in dem Viertel herumgefahren sein und damals schon alles gründlich vorbereitet haben.«

»Und du meinst, dann wurde er zufällig von Linus Bekker überholt? Zufällig fast zum selben Zeitpunkt?«

Genz hatte mit den Schultern gezuckt und sie angelächelt.

»Diese Theorie stammt schließlich nicht von mir. Ich bin nur Techniker.«

Wahrscheinlich würden sie nie eine endgültige Antwort bekommen, doch irgendwas mit den Kastanien hatte angefangen, Thulin zu stören. Fast als wäre da etwas, was sie zu untersuchen vergessen oder was sie nicht berücksichtigt hätten. Doch dann waren Genz und sie endlich zur Haltestelle Svanemøllen gekommen, wo es angefangen hatte zu schneien, und Thulin war unter das Dach auf dem Bahnsteig gestapft, während Genz seine Laufrunde mit einem kleinen, raschen Umweg um den Fælled-Park fortgesetzt hatte.

»Ich suche die 3a.«

»Versuchen Sie es in der Klasse. Einfach dem Lärm nach.«

Thulin schüttelt sich den Schnee ab und geht an den zwei Lehrern in dem schon für Halloween geschmückten Gruppenraum vorbei. Sie ist absolut pünktlich in der Schule angekommen, die in einer Seitenstraße nicht weit von der Haltestelle Dybbølsbro liegt, und sie nimmt sich vor, dass es ab jetzt immer so sein wird. Viel zu oft schon ist sie zu spät oder gar nicht zu den verschiedenen Veranstaltungen gekommen, und sie kann die überraschten Blicke einiger Eltern spüren, als sie das Klassenzimmer betritt. Sie sitzen neben ausgehöhlten Kürbissen entlang der Wände, während die Kinder in schönem Durcheinander johlend in ihren Halloween-Kostümen herumspringen. Halloween ist erst morgen, aber weil dann Wochenende ist, hat die Schule entschieden, das Fest heute zu feiern. Die Mädchen sind als Hexen verkleidet und die Jungen als Monster, viele von ihnen mit makabren Masken. Einer noch bluttriefender als der andere, sodass manche Eltern ein »Oha!« ausstoßen und schockiert und verängstigt tun, wenn die Kinder vorbeisausen. Die Klassenlehrerin, eine Frau in Thulins Alter, ist ebenfalls als Hexe verkleidet, mit einem schwarzen, ausgeschnittenen Kleid, schwarzen Netzstrümpfen und schwarzen Pumps, das Ganze mit kreideweißer Schminke und roten Lippen gekrönt, dazu einem schwarzen, spitzen Hut. Sie sieht aus wie eine Figur aus einem Tim-Burton-Film, und es ist nicht schwer zu erraten, warum vor allem die Väter an diesem Freitagnachmittag aufgekratzter wirken als sonst.

Zunächst kann Thulin weder Le noch ihren Großvater unter den Eltern und den kleinen, blutrünstigen Monstern finden, doch dann entdeckt sie den Zombie-Gummikopf mit gespaltenem Schädel und gelber Gehirnmasse, die über die Stirn fließt. Der Gummikopf stammt aus einem Spiel, das sich »Plants versus Zombies« nennt, und das war das einzige Kostüm, das für Le in Frage kam, als sie Thulin am Tag zuvor in »Faraos Cigarer«, den Laden mit Kostümbedarf auf der Skindergade, gezerrt hatte. Jetzt steht sie bei ihrem Opa, der dabei ist, den Schädel zurechtzurücken, damit die Gehirnmasse nicht in den Nacken rutscht.

»Hallo, Mama. Siehst du, dass ich das bin?«

»Nein, wo bist du?«

Sie schaut sich um, und als sie sich wieder herumdreht, hat Le die Gummimaske hochgehoben und ihr verschwitztes, triumphierendes Gesicht offenbart.

»Ich gehe nämlich vorneweg mit dem Kürbis zum Fest rein.«

»Cool. Das freut mich.«

»Bleibst du und schaust es an?«

»Na klar.«

»Soll ich nicht das Gehirn ein bisschen halten, damit du vor Hitze nicht vergehst?«, fragt Aksel und wischt Le die Stirn ab.

»Ist egal, Opa.«

Mit dem Zombiekopf im Nacken hängend läuft Le durchs Zimmer und zu Ramazan, der als Skelett verkleidet ist.

»Alles okay?«

Aksel sieht sie an, und sie weiß, dass er ihren letzten Tag im Polizeipräsidium meint.

»Ja, gut. Schluss, Ende, aus.«

Aksel will eben etwas sagen, da klatscht die Klassenlehrerin, dass alle sich versammeln sollen. »Also, dann geht's los! Kinder, kommt mal hierher zu mir«, ruft sie mit aufgeweckter Stimme und dreht sich zu den Eltern.

»Bevor wir zum Feiern in den Gruppenraum gehen, wollen wir noch die Themenwoche zum Herbst abschließen. Die Kinder haben drei Beiträge vorbereitet, die sie Ihnen jetzt gern vorführen wollen!«

Wie Thulin feststellt, ist das Klassenzimmer immer noch mit den Bildern der Stammbäume dekoriert. Sie hat bisher erst ein einziges Mal an einer Veranstaltung teilgenommen, wo die Kinder auftreten sollten. Das war eine Zirkusvorstellung gewesen, wo einer der Beiträge daraus bestanden hatte, dass die als Löwen verkleideten Kinder dreimal durch eine Tonne krabbeln mussten, und der hysterische Beifall der Eltern hatte Thulin die Haare zu Berge stehen lassen.

Diesmal ist es nicht viel anders. Die erste Gruppe Kinder präsentiert Bilder mit Ästen und rotgelben Blättern aus dem Wald, während die Eltern mit einem Lächeln auf den Lippen dastehen und das Ganze durch die Handykameras betrachten. Thulin wird klar, dass sie auf unbestimmte Zeit rot-gelbe Blätter mit dem schrecklichen Anblick von Laura Kjær, Anne Sejer-Lassen und Jessie Kvium verbinden wird, und das wird auch nicht besser, als die nächste Gruppe vortritt und der Klasse die Sammlung von Kastanienfiguren präsentiert.

Doch endlich ist Le an der Reihe. Sie und Ramazan und noch ein paar Kinder werden vor das Lehrerpult gescheucht, und nun ist zu hören, dass man Kastanien auch essen kann.

»Aber erst müssen sie eingeschnitten werden! Das macht man, damit sie im Ofen nicht explodieren! Dann müssen sie bei genau 225 Grad geröstet werden, und hinterher isst man sie mit Butter und Salz!«

Les Stimme ist klar und deutlich, und Thulin fällt fast hintenüber vor Erstaunen, weil sich das kleine, wilde Wesen noch nie dafür interessiert hat, was in einer Küche vor sich geht. Ein paar Schüsseln mit gerösteten Kastanien werden unter den Eltern herumgereicht, und die Klassenlehrerin wendet sich nun an Ramazan, der seinen Satz offenbar vergessen hat.

»Und, Ramazan, was darf man nicht vergessen, wenn man Kastanien rösten und essen will?«

»Man muss die richtigen aussuchen. Die heißen Esskastanien.«

»Genau. Es gibt nämlich viele verschiedene Arten von Kastanien, aber nur die Esskastanien sind essbar.«

Ramazan nickt, nimmt eine Kastanie und knabbert vernehmlich daran, und die stolzen Eltern lächeln und nehmen die Anerkennung der anderen Eltern entgegen. Die Klassenlehrerin fährt mit einer Anekdote fort, wie die Kinder die Esskastanien, die die Eltern nun probieren dürfen, selbst zubereitet haben, doch Thulin hört nicht zu. Etwas irritiert sie. Eine innere Unruhe, und sie merkt erst, woher die kommt, als die Eltern über etwas lachen, was die Lehrerin eben gesagt hat.

»Was meinen Sie damit, dass es viele verschiedene Arten von Kastanien gibt?«

Die Frage kommt zu spät und ist aus dem Kontext gerissen. Die Lehrerin sieht Thulin überrascht an, ebenso ein paar Eltern, die mit dem Lachen über die Anekdote fertig sind.

»Es gibt doch wohl nur zwei Arten von Kastanien. Die Esskastanien, und dann die, aus denen man Kastanienmännchen macht, oder?«

»Nein, es gibt mehrere verschiedene Arten. Aber jetzt darf Ramazan ...«

»Sind Sie da sicher?«

»Da bin ich sehr sicher. Aber jetzt wollen wir ...«

»Wie viele?«

»Wie viele was?«

»Wie viele verschiedene Arten Kastanien gibt es?«

Das Lachen im Raum ist verstummt. Die Eltern blicken von der Lehrerin zu Thulin und wieder zurück, und selbst die Kinder sind still. Thulins letzte Frage kam scharf und inquisitorisch und ohne die Höflichkeit, welche die erste Frage noch hatte. Die Lehrerin zögert und lächelt verunsichert, denn sie hat keine Idee, warum sie plötzlich geprüft werden soll.

»Ich kenne nicht alle. Aber es gibt verschiedene Esskastanien, wie zum Beispiel die europäische Kastanie und die japanische Kastanie, und es gibt verschiedene Rosskastanien, wie zum Beispiel …«

»Und aus welchen bastelt man Kastanientiere?«

»Aus allen. Aber hier bei uns ist ja die Rosskastanie am weitesten verbreitet …«

Niemand sagt etwas. Die Eltern sehen Thulin an, die selbst mit leerem Blick auf die Lehrerin starrt. Aus dem Augenwinkel bemerkt sie die Miene ihrer Tochter, die ihr verrät, dass dies hier möglicherweise der peinlichste Moment in ihrem Leben ist. Doch dann geht Thulin hinaus. Als sie durch den Gruppenraum zum Ausgang läuft, hat das Halloween-Fest begonnen.

102

»Für den Fall, dass du mich zu einer weiteren Laufrunde herausfordern willst, würde ich mir das lieber für nächste Woche aufheben.«

Genz lächelt sie an. Er steht neben einem länglichen Pilotenkoffer und einer kleineren Reisetasche und ist im Begriff, eine Wachsjacke anzuziehen, als Thulin das große Labor betritt. Sie hat schon am Empfang gehört, dass Genz gerade erst von einem Tatort zurückgekehrt und jetzt auf dem Weg zu einer Fachkonferenz ist, die dieses Wochenende im Messezentrum Herning stattfindet. Trotzdem hat sie die Rezeptionistin überredet, sie reinzulassen. Sie hatte auf dem Weg im Taxi vergeblich versucht, Genz auf dem Handy zu erreichen, deshalb war sie erleichtert, dass sie ihn noch abfangen konnte, auch wenn der Zeitpunkt offenkundig ungünstig war.

»Das habe ich nicht vor. Ich brauche deine Hilfe.«

»Können wir auf dem Weg zum Auto darüber sprechen?«

»Die Kastanienfiguren, die mit dem Fingerabdruck von Kristine Hartung bei den Opfern platziert wurden, was waren das für welche?«

»Wie, was für welche?«

Genz hat begonnen, die Halogenlampen auszuschalten, hält aber trotzdem kurz inne und sieht sie an.

»Wie meinst du das?«

Thulin ist die Treppen hochgerannt und merkt, dass sie immer noch außer Atem ist.

»Eine Kastanie ist nicht einfach eine Kastanie. Es gibt mehrere verschiedene Arten, also aus was für einer Sorte waren sie?«

»Daran kann ich mich so auf Anhieb nicht…«

»Waren es Rosskastanien?«

»Warum fragst du? Was ist passiert?«

»Vielleicht ist es nichts. Wenn du dich nicht erinnerst, müsste es doch in einem von euren Laborberichten stehen.«

»Ganz bestimmt, aber ich bin gerade…«

»Genz, ich würde nicht fragen, wenn es nicht wichtig wäre. Kannst du das sofort nachsehen?«

Genz sieht sie verständnislos an. Mit einem Seufzer lässt er sich auf den Stuhl vor dem großen Bildschirm sinken. Kurz darauf ist er im System, und Thulin kann auf dem Bildschirm an der Wand über ihm verfolgen, was er tut. Genz geht in einen Ordner und blättert zielgerichtet durch verschiedene nummerierte Berichte, fischt einen heraus und klickt ihn doppelt an. Die Menge analytischer Zahlen ist enorm, doch Genz scrollt versiert durch den Bericht und hält erst an einem bestimmten Abschnitt an, über dem »Art und Herkunft« steht.

»Im ersten Fall, also dem von Laura Kjær, saß der Fingerabdruck auf einer Esskastanie. Genauer gesagt einer so genannten *Castanea sativa x crenata*. Zufrieden?«

»Was ist mit den anderen?«

Genz lässt seinen Blick einen Moment auf ihr ruhen, wie um ihr zu signalisieren, dass das hier nicht witzig ist.

»Komm schon, es ist wichtig!«

Genz blättert weiter auf seinem elektronischen Schreibtisch, klickt auf einen weiteren Bericht, wiederholt die Prozedur bei einem dritten Bericht, und als er fertig ist, kennt Thulin die Antwort schon, ehe er sie laut ausspricht.

»In den anderen Fällen ist das Ergebnis dasselbe. *Castanea sativa x crenata*. Okay?«

»Und du bist sicher? Da gibt es keinen Zweifel?«

»Thulin, das ist der Teil der Analyse, den meine Assistenten durchgeführt haben, während ich mich auf den Fingerabdruck selbst konzentriert habe. Deshalb kann ich dir natürlich nicht garantieren …«

»Aber es ist ja wohl nicht wahrscheinlich, dass deine Assistenten in drei Fällen zu einem falschen Ergebnis gekommen sind.«

»Nein, das ist es nicht. Doch höchstwahrscheinlich ist auch keiner von ihnen Experte für Kastanien, weshalb der Arbeitsablauf sicher der gewesen ist, einen Fachmann zu finden, der die Arten bestimmen konnte. Willst du mir nicht sagen, was das hier bedeutet?«

Thulin schweigt. Im Taxi auf dem Weg ins Labor hat sie zwei Telefonanrufe getätigt. Den einen an Genz und den anderen an Steen Hartung. Hartung war mit lebloser Stimme ans Telefon gegangen. Sie hatte mit schlechtem Gewissen um Entschuldigung für die Störung gebeten und erklärt, sie sei dabei, letzte Hand an ihren Bericht zu legen, und wolle nur noch einmal Klarheit über die Art der Kastanie haben, die im Garten der Familie stehen würde und aus deren Früchten die Tochter Kristine zusammen mit ihrer Freundin die Kastanienmännchen gebastelt hätte. Steen Hartung hatte keine Kraft gehabt, sich zu wundern, und als sie hinzugefügt hatte, dass es sich nur um eine Formalität handele, hatte er ihr ohne weitere Kommentare geantwortet. Der große Kastanienbaum im Garten der Familie war eine Rosskastanie.

»Das bedeutet, dass wir ein Problem haben. Wir brauchen sofort diesen Experten.«

103

Die Strecke zwischen dem Røde Port und Peter Lieps Hus in Dyrehavn ist mit Neuschnee bedeckt, und Rosa Hartung läuft auf dem Schotterweg anstatt auf dem asphaltierten Weg, der vereist und glatt wie Schmierseife ist. Als sie am Ende des Weges ankommt und in den verlassen und gespenstisch daliegenden Vergnügungspark Bakken schaut, wendet sie sich nach rechts und biegt auf einen der Pfade ab, die unter den Baumkronen verlaufen und deshalb immer noch fast schneefrei sind. Die Beine wollen nicht mehr, aber die Luft ist klar und kalt, und sie kämpft sich vorwärts in der Hoffnung, dass die Runde sie aus ihrer Niedergeschlagenheit herausreißen wird.

Zehn Tage lang hat sie im Grunde genommen ihr Zuhause in Ydre Østerbro nicht verlassen. Alle Kräfte, die sie mobilisiert hatte, um wieder im Ministerium anzufangen, waren wie Tau in der Sonne verdampft, als ihr klar wurde, dass ihre Hoffnung, Kristine wiederzusehen, keinerlei Bezug zur Wirklichkeit hatte. Alles war grau und gleichgültig geworden, so wie es schon den größten Teil des Winters und des Frühlings über gewesen war, und wenngleich sowohl Vogel wie auch Liu und Engells sie mit Fürsorge bedacht und aufgefordert hatten, ins Ministerium zu kommen, hatte das keine Wirkung gezeigt. Sie war zu Hause geblieben, und ganz gleich, was sie gesagt hatten, wusste Rosa doch, dass ihre Tage als Ministerin gezählt waren. Ministerpräsident wie Justizminister meldeten sich in der Öffentlichkeit mit fürsorglichen Aussagen, doch hinter den Kulissen herrschte kein Zweifel, dass Rosa für die Partei Vergangenheit war. Wenn erst ein bisschen Zeit verstrichen war, dann würde sie weit nach hinten in den Reihen versetzt werden, entweder, weil sie sich den Anweisungen des Ministerpräsidenten widersetzt hatte, oder weil sie als zu unzuverlässig betrachtet wurde, und Rosa war es vollkommen egal.

Die Trauer jedoch konnte sie nicht ignorieren, und am Morgen hatte sie ihren Psychiater besucht, der ihr geraten hatte, wieder mit den Antidepressiva zu beginnen. Deshalb hatte sie sich in die Laufklamotten gezwungen, als sie nach Hause gekommen war, denn sie hoffte, dass die durch das Laufen ausgeschütteten Endorphine ihr die Kraft geben könnten, noch eine Zeit ohne die Tabletten auszukommen.

Ein anderer Grund für die Laufrunde war natürlich, dass der Spediteur kommen und Kristines Sachen holen würde. Rosa war nach der Konsultation ergeben genug gewesen, dem Rat des Psychiaters zu folgen und sich ein für alle Mal davon zu trennen, um die Vergangenheit loslassen zu können. Eine symbolische Handlung, die ihr weiterhelfen würde, hatte er gesagt. Deshalb hatte Rosa einen Spediteur angerufen und die betreffenden Dinge in Kristines Zimmer dem Au-pair-Mädchen gezeigt: die vier großen Kartons mit Kleidern und Schuhen, dazu der Schreibtisch und das Bett, auf das sich Rosa so oft gesetzt hatte. Das Au-pair-Mädchen hatte die Nummer vom Blauen Kreuz in der Nordre Frihavnsgade bekommen, damit sie dort ankündigen könnte, dass bald eine Spedition mit den Sachen kommen würde, und dann war Rosa aus dem Haus gegangen und hinauf zum Dyrehaven gefahren.

Auf dem Weg dorthin hatte sie überlegt, ob sie Steen anrufen sollte, um ihm von dem Entschluss zu erzählen, aber sie hatte keine Kraft dazu. Sie redeten fast nicht mehr miteinander. Der Chef der Mordkommission hatte ihnen einen klaren und deutlichen Bescheid mitgeteilt, aber Steen hatte sich weiter an seine Hoffnung geklammert, und das war mehr, als Rosa ertragen konnte. Er hatte sich geweigert, die Papiere über die Toterklärung zu unterschreiben, die zu schicken er selbst den Anwalt gebeten hatte, und auch wenn er nichts erzählte, so wusste sie doch, dass er herumging und in den Vierteln an Türen klingelte, an denen Kristine möglicherweise am Tag ihres Verschwindens vorbeigekommen war. Sein Partner Bjarke hatte Rosa angerufen und es ihr erzählt. Besorgt hatte er berichtet, dass Steens Schreibtisch immer noch mit Plänen von Abwassersystemen, Wohngebieten und Straßennetzen übersät war und er jeden Vormittag wegfuhr, ohne zu sagen, wohin. Gestern Vormittag war Bjarke ihm dann gefolgt und hatte ihn ruhelos in einem Viertel mit Einfamilienhäusern nahe der Sporthalle herumwandern sehen. Doch wahrscheinlich hatte Bjarke bereut, sie angerufen zu haben, denn Rosa reagierte nur mit Resignation. Steens Suche war sinnlos, aber das war doch so vieles. Sie mussten zusammenhalten und an Gustav denken, doch dazu waren sie gerade nicht imstande.

Als Rosa schließlich wieder am Røde Port ankommt, hat sie sich vollkommen verausgabt. Der Schweiß fühlt sich kalt und unangenehm an. Der Atem steht ihr wie Rauch vorm Mund, und sie muss sich einen Moment auf den Holzzaun stützen, bevor sie sich in ihr Auto auf dem Parkplatz setzt. Auf dem Weg nach Hause, als sie an der Statue von Knud Rasmussen und der von Arne Jacobsen entworfenen Tankstelle vorbeikommt, kann sie einen kleinen Spalt in der Wolkendecke erahnen. Es hat aufgehört zu schneien, und als die Sonnenstrahlen sich für einen Augenblick am Himmel durchsetzen können, leuchtet der Schnee wie ein gigantischer Teppich aus Kristallen, und sie muss die Augen zusammenkneifen, um nicht geblendet zu werden. Beim Einbiegen auf die Auffahrt des Hauses wird ihr klar, dass ihr Atem jetzt ruhiger ist als vorher – als würde er den ganzen Weg bis zum Zwerchfell reichen und nicht nur wie bei einem verstopften Abfluss zwischen Brustkasten und Hals stecken bleiben. Sie steigt aus und sieht die breiten Spuren des Lieferwagens im Schnee und fühlt ein wenig Erleichterung darüber, dass es überstanden ist. Aus alter Gewohnheit geht sie zur Rückseite des Hauses, zur Waschküchentür, die sie immer benutzt, wenn sie laufen war, damit sie nicht Dreck und Schmutz in den Eingang trägt. Sie schafft es nicht mehr, sich zu dehnen, will nur noch reinkommen und sich aufs Sofa fallen lassen, bevor die Gedanken an Kristines Sachen, die für immer weggebracht wurden, sie überwältigen. Der frisch gefallene, unberührte Schnee knirscht unter ihren Füßen, aber als sie um die Ecke zum Windfang mit der Waschküchentür kommt, hält sie abrupt inne.

Auf der Fußmatte vor der Tür steht etwas, von dem sie erst nicht begreift, was es ist. Als sie einen Schritt näher tritt, kann sie sehen, dass es ein zarter Kranz oder irgendeine Dekoration ist, und sie muss sofort an Weihnachten und Advent denken, wohl hauptsächlich wegen des weißen Schnees, der gefallen ist. Erst als sie sich herabbeugt, um es aufzunehmen, geht ihr auf, dass die Dekoration aus Kastanienmännchen besteht. Sie stehen in einer kleinen Runde und halten einander an den Händen, sodass sie einen Kreis bilden.

Rosa schreckt zusammen und schaut sich aufmerksam um. Doch es ist niemand zu sehen. Alles im Garten, auch der alte Kastanienbaum, ist von frisch gefallenem, unberührtem Schnee bedeckt, und die einzigen Fußabdrücke sind ihre eigenen. Sie betrachtet wieder die Dekoration, nimmt sie ängstlich auf und geht ins Haus. Unzählige Male ist sie zu den Kastanienmännern und ihrer möglichen Bedeutung befragt worden, und sie hat nie an etwas anderes gedacht als an die Figuren, die Kristine und Mathilde mühsam jedes Jahr am Esstisch gebastelt haben. Aber als sie die Treppe in den ersten Stock hinaufläuft und nach dem Au-pair-Mädchen ruft, immer noch mit ihren nassen Laufschuhen an den Füßen, geschieht das mit einem anderen und weitaus unbehaglicheren Gefühl, das sie nicht ganz einordnen kann.

Rosa findet das Au-pair-Mädchen in Kristines leerem Zimmer, wo sie gerade den Teppich an den Stellen saugt, wo Kartons und Möbel gestanden hatten. Das Mädchen sieht erschrocken auf, als Rosa den Staubsauger ausschaltet und ihr das Dekorationsobjekt zeigt, das sie in den Händen hält.

»Alice, who brought it? How did it get here?«

Doch das Au-pair-Mädchen weiß nichts. Sie hat den Kranz noch nie gesehen, und sie weiß nicht, wie er vor die Waschküchentür gekommen sein kann oder wer ihn dort hingestellt haben kann.

»Alice, it's important!«

Rosa wiederholt ihre Frage und insistiert, dass das verwirrte Mädchen etwas gesehen haben muss, doch abgesehen von dem Spediteur, der Kristines Sachen abgeholt hat, hat sie, seit Rosa weggefahren ist, niemanden bemerkt. Erst als das Mädchen Tränen in den Augen hat, wird Rosa klar, dass sie angefangen hat zu schreien, um eine Antwort zu bekommen, die das Mädchen nicht hat.

»Alice, I'm sorry. I'm so sorry…«

»I can call the police. Do you want me to call the police?«

Rosa schaut den Kranz an, den sie auf den Boden gelegt hat, um das Au-pair-Mädchen umarmen zu können, das immer noch schluchzt. Der kleine Kreis besteht aus fünf Kastanienfiguren, die mit Hilfe von Draht zusammengebunden sind. Sie ähneln den Figuren, die ihr die Polizei gezeigt hat, doch jetzt bemerkt Rosa, dass zwei der Figuren größer sind als die anderen drei. Als wären die beiden großen Figuren die Eltern. Die Kastanieneltern, die ihre drei kleinen Kastanienkinder an den Händen halten, und alle zusammen bilden sie eine Familie, die im Kreis tanzt.

Die Erkenntnis holt Rosa ein. Sie erkennt den Kranz wieder, und mit einem Mal begreift sie, warum er gerade vor ihrer Tür abgestellt wurde, damit gerade sie ihn findet. Sie erinnert sich, wann sie ihn zum ersten Mal gesehen hat und von wem sie ihn bekam, und nicht zuletzt, warum. Alles steht ihr klar und deutlich vor Augen, aber ihre Vernunft versucht weiterhin, ihr einzureden, dass es das nicht sein kann. Doch nicht deswegen. Das ist zu lange her.

»I'll call the police now, Rosa. It's better to call the police.«

»No! No police. I'm okay.«

Rosa macht sich von Alice los. Als sie einen Moment später zu ihrem Auto läuft und wegfährt, ist es mit dem Gefühl, dass jemand sie beobachtet und das schon sehr lange getan haben muss.

104

Die Fahrt ins Zentrum kommt ihr lang vor und voller Hindernisse. Sie wechselt die Spur, wann immer sie kann, und auf dem Trianglen und später auch am Kongens Have fährt sie bei Rot über die Kreuzung. Die Erinnerungen durchfluten sie. An einige von ihnen kann sie sich mit Sicherheit erinnern, andere sind unsicher und bröckelig, als wären sie im Nachhinein von ihrem Gedächtnis zusammengestückelt worden, um der ganzen Sache einen Sinn zu geben. Als sie beim Ministerium ankommt, denkt sie noch rechtzeitig daran, an einer Stelle zu parken, die nicht so auffällig ist, und nachdem sie einen Platz gefunden hat, läuft sie zum Hintereingang. Plötzlich wird ihr klar, dass sie ihre Zugangskarte vergessen hat, aber der Wachmann erkennt sie und lässt sie ins Gebäude hinein.

»Liu, ich brauche Ihre Hilfe.«

Oben in ihrem Büro findet sie ihre Sekretärin mitten in einem Gespräch mit zwei jungen Ministerialen, die offensichtlich neu sind. Liu sieht sehr erstaunt aus, als sie Rosa entdeckt, und das Gespräch am Tisch verstummt.

»Ja, selbstverständlich. Wir verschieben das hier auf später.«

Liu verabschiedet die beiden jungen Frauen, die auf dem Weg nach draußen neugierig zu Rosa schielen. Ihr wird klar, dass sie immer noch ihre Laufklamotten anhat, immer noch nass ist und die Schuhe lehmverschmiert.

»Was ist passiert? Sind Sie okay?«

Es ist schön, Lius Fürsorge zu spüren, doch sie hat keine Zeit, sie aufzunehmen.

»Wo sind Vogel und Engells?«

»Vogel ist heute noch nicht hier gewesen, und Engells ist irgendwo im Haus in einer Besprechung. Soll ich sie rufen?«

»Nein, es ist egal. Ich glaube, wir können es selbst herausfinden. Das Ministerium hat doch Zugang zum kommunalen Register über die Fälle von Inobhutnahme und über die Unterbringung in Pflegefamilien, stimmt das?«

»Ja … Warum?«

»Ich brauche Informationen zum Fall einer Pflegefamilie aus der Gemeinde Odsherred. Wahrscheinlich aus dem Jahr 1986, aber ich bin nicht sicher.«

»1986? Aber dann ist es vielleicht gar nicht digitali …«

»Versuchen Sie es einfach! Okay?«

Liu sieht sie überrascht an, und Rosa bereut ihre Reaktion.

»Liu, fragen Sie nicht warum. Helfen Sie mir einfach.«

»Okay …«

Liu setzt sich an die Tastatur ihres Laptops, der schon auf dem Tisch steht, und Rosa sieht sie dankbar an. Sie tippt ihr Login in das Gemeinderegister in Odsherred und bekommt Zugang, während Rosa sich einen Stuhl nimmt und dicht heranrückt, sodass sie alles auf dem Bildschirm mitverfolgen kann.

»Die Pflegefamilie hieß Petersen«, erklärt sie Liu. »Sie wohnten in Odsherred im Kirkevej 35. Der Vater hieß Poul und war Lehrer, die Mutter hieß Kirsten und war Töpferin.«

Lius Finger tanzen über die Tasten, als sie Rosas Informationen eingibt.

»Da kommt nichts. Haben Sie die Personennummern?«

»Nein, an die kann ich mich nicht erinnern, aber sie hatten eine Pflegetochter. Rosa Petersen.«

Liu beginnt, die Personennummer einzutippen, die Rosa ihr gibt, doch plötzlich hält sie inne und sieht Rosa an.

»Aber das sind ja Sie …«

»Ja. Suchen Sie einfach. Ich kann Ihnen nicht sagen, worum es geht. Sie müssen mir vertrauen.«

Liu nickt unsicher, und kurz darauf findet sie, wonach sie suchen.

»Ein Mädchen, Rosa. Geburtsname Juul Andersen. Von den Pflegeeltern Poul und Kirsten Petersen adoptiert …«

»Jetzt nehmen Sie deren Personennummern und suchen nach einem Fall von 1986.«

Liu tut, was Rosa sagt, und sucht wieder, doch nach einigen Minuten schüttelt sie den Kopf.

»Da ist nichts von 1986. Wie gesagt, die Digitalisierung ist noch nicht abgeschlossen, also vielleicht …«

»Versuchen Sie 1987 oder 1985. Da ist ein Junge in unsere Familie gekommen, und er hatte seine Schwester dabei.«

»Haben Sie den Namen des Jungen, oder …«

»Nein, ich habe nichts. Die beiden waren kurze Zeit da. Ein paar Wochen oder Monate …«

Liu hat weitergetippt, doch jetzt hält sie inne. Ihr Blick ist starr auf den Bildschirm gerichtet.

»Ich glaube, hier ist etwas. 1987. Toke Bering... Und seine Zwillingsschwester Astrid.«

Rosa kann sehen, dass Liu auf einer Seite mit einer Aktennummer und einer Menge Text gelandet ist. Die Schrifttype ist veraltet und verrät, dass der Bericht ursprünglich auf einer Schreibmaschine geschrieben wurde. Die Namen sagen ihr nichts. Auch nicht die Information, dass sie Zwillinge waren, aber sie weiß, dass dies die beiden sein müssen.

»Sieht so aus, als wären sie drei Monate lang bei Ihnen untergebracht gewesen, ehe sie weitergeschickt wurden.«

»Wohin weitergeschickt? Ich muss wissen, was mit ihnen geschehen ist.«

Liu macht Rosa Platz, damit sie selbst die Seiten des alten Berichts auf dem Bildschirm lesen kann. Und Rosa liest. Und als sie die drei maschinengeschriebenen Seiten des Sozialberaters gelesen hat, zittert sie am ganzen Leib. Die Tränen laufen ihr übers Gesicht, und sie hat das Gefühl, sich übergeben zu müssen.

»Rosa, was ist denn los? Das hier gefällt mir nicht. Soll ich Steen anrufen, oder...«

Rosa schüttelt den Kopf. Atemlos zwingt sie sich, den Text noch einmal zu lesen. Diesmal, weil sie denkt, dass sich dort eine Botschaft an sie verbergen könnte. Etwas, was der Schöpfer des Kastanienkranzes von ihr will. Oder ist es zu spät? Bedeutet die schreckliche Botschaft nur, dass alles deswegen geschehen ist? Besteht die Strafe darin, dass sie den Rest ihres Lebens mit diesem Wissen zubringen muss?

Diesmal beachtet Rosa alle Details, während sie fieberhaft überlegt, welche Handlungsmöglichkeiten darin für sie liegen könnten. Und plötzlich begreift sie. Als ihr Blick auf den Namen des Ortes fällt, wo das Zwillingspaar untergebracht wurde, ist ihr alles klar, und sie weiß, dass es nur dieser Ort sein kann, an den sie fahren soll. Es *muss* dort sein.

Rosa steht auf und merkt sich die Adresse, die in dem Bericht steht.

»Rosa, wollen Sie mir nicht doch sagen, was los ist?«

Sie antwortet Liu nicht. Plötzlich hat sie entdeckt, dass in der Zwischenzeit eine SMS von einem verborgenen Absender auf ihrem Handy eingegangen ist, das sie neben sich auf den Tisch gelegt hatte. Es ist ein Emoji mit einem über den Mund gelegten Finger, und Rosa begreift, dass sie schweigen soll, wenn sie sich irgendwelche Hoffnung darauf machen will zu erfahren, was mit Kristine geschehen ist.

105

Der Schnee fällt dicht und schwer, und der Teil der Landschaft, den Hess durch die Windschutzscheibe sehen kann, ist weiß und konturenlos. Auf der Autobahn ging es leidlich, weil die Räumfahrzeuge ununterbrochen unterwegs waren, doch jetzt, da er von der E47 abgefahren ist und sich auf die Landstraße Richtung Vordingborg begeben hat, muss er teilweise mit 20 Stundenkilometern dahinschleichen, um nicht in die vor ihm fahrenden Autos zu rutschen.

Auf dem Weg aus Kopenhagen heraus und quer durch Sjælland hat er die beiden Polizeibezirke von Risskov beziehungsweise Nyborg angerufen, doch wie befürchtet waren die keine große Hilfe. Am wenigsten Informationen gab es zu dem Mord von 2001 in Risskov. Weil das Verbrechen siebzehn Jahre zurücklag, hatte man bei der Polizei Aarhus nur wenig Verständnis für sein Anliegen, und er wurde in der Warteschleife bei drei verschiedenen Leuten herumgeschickt, bis sich eine Polizeibeamtin erbarmte, die Akte aufschlug und ihm sagen konnte, dass der Fall längst bei den Cold Cases lag. Sie persönlich wusste nichts davon, aber sie war willens, Hess Bruchstücke aus dem Abschlussbericht am Telefon vorzulesen. Leider ohne brauchbare Informationen. Das Opfer war Laborantin und alleinerziehende Mutter gewesen, und an dem betreffenden Herbstabend, als der Mord geschah, hatte sie ihre einjährige Tochter zu einem Babysitter gegeben, weil sie einen Freund zum Abendessen erwartete. Als der Freund kam, fand er sie erstochen auf dem Wohnzimmerfußboden und rief die Polizei. Vierundzwanzig Monate später waren die Ermittlungen runtergestuft und der Fall im Grunde aufgegeben worden, weil der Polizei die Verdächtigen ausgegangen waren und man keine weiteren Spuren hatte, die man verfolgen konnte.

Mit dem Fall in Nyborg von 2015 verhielt es sich anders. Das Opfer war Mutter eines dreijährigen Jungen, und die Ermittlung war immer noch dahingehend aktiv, als der Vater des Kindes, ihr ehemaliger Lebensgefährte, als Hauptverdächtiger zur Fahndung ausgeschrieben war, sich aber vermutlich nach Thailand abgesetzt hatte. Als Motiv galt eine Mischung aus Eifersucht und Geld. Der ehemalige Lebensgefährte stammte aus »Rockerkreisen«, und die Theorie, die der örtliche Kriminalinspektor ersonnen hatte, lief darauf hinaus, dass der Exfreund dem Opfer im Auto gefolgt war und ihr Treffen mit einem verheirateten Profi-Fußballspieler, mit dem die junge Frau eine Affäre begonnen hatte, beobachtet hatte. Auf dem Weg nach Hause war sie vermutlich auf die Standspur genötigt worden, woraufhin sie mit einer unbekannten Waffe erschlagen oder erstochen worden war, die durch das linke Auge ins Gehirn eingedrungen war. Weil Hess es als unwahrscheinlich ansah, dass der Exfreund des Opfers, der nun wahrscheinlich in Thailand untergetaucht war, in den Mordfällen, in denen er selbst in der Hauptstadt ermittelt hatte, der Täter gewesen sein konnte, fragte er den Kriminalinspektor, ob es in dem Fall von damals noch andere Verdächtige gäbe. Personen, die eine Verbindung zu der Frau gehabt hatten, ohne ein enger Freund, Exfreund oder Verwandter zu sein. Nein, so meinte der Kriminalinspektor, die hätte es nicht gegeben, und Hess merkte, dass der Mann die Frage als indirekte Kritik an seinen Ermittlungen empfand. Deshalb ließ Hess das ruhen und fragte stattdessen zum Abschluss nach der Figur, die auf dem Tatortfoto am Rückspiegel im Auto der Frau hing.

»Gab es jemanden, dem man in Verbindung mit den Vernehmungen die Fotos vom Tatort gezeigt hat und der sich über Dinge gewundert hat, die da zu sehen waren und die vielleicht nicht dahin gehörten?«

Die Frage überraschte den Kriminalinspektor offensichtlich.

»Woher können Sie das wissen? Warum fragen Sie?«

»Darf ich hören?«

»Die Mutter des Opfers wunderte sich, dass am Rückspiegel des Autos ein Kastanienmännchen hing. Sie meinte, ihre Tochter habe seit ihrer Kindheit eine Nussallergie gehabt, und da wäre das für sie ein seltsamer Anblick.«

Der Kriminalinspektor, der lose Enden nicht mochte, hatte durchaus Energie auf die Lösung des Rätsels verwandt. Eine Rückfrage im Kindergarten des Kindes brachte die Information zutage, dass die Kinder der roten Gruppe in den letzten Wochen Kastanienmännchen gebastelt hatten, deshalb war es denkbar, dass die Mutter ihrer Allergie getrotzt und eines der Kunstwerke des Kindes im Auto aufgehängt hatte. Hess schauderte es bei der Information. Obwohl die Theorie des Kriminalinspektors plausibel klang, glaubte er doch keine Sekunde, dass sie stimmte. Doch wer würde sich im September oder Oktober lange über ein Kastanienmännchen wundern? Vermutlich niemand. Einen Moment lang hatte Hess gespürt, wie seine Frage nach dem Kastanienmann beim Kriminalinspektor eine Tür zu neuen Zweifeln und Selbstvorwürfen weit öffnete, und er beeilte sich, die wieder zu schließen. Es gab keinen Grund, hier ein großes Fass aufzumachen, wenn er nicht mehr als eine Theorie zur Begründung bieten konnte.

Es gab im Augenblick keine Möglichkeit für Hess, in den beiden Fällen weiterzukommen, also hatte er beschlossen, gen Süden zu fahren, in der Hoffnung mit jemandem über den Fall »Møn, 31. Okt. 1989« sprechen zu können.

Møn gehört glücklicherweise zum Polizeibezirk in Vordingborg, sodass Hess zumindest die Schneewehen in der äußersten Provinz erspart bleiben. Doch er hat schon angefangen, seinen Einfall zu bereuen. Aus demselben Grund hat er auch immer noch nicht Thulin oder Nylander kontaktiert, und als er die glatten, schneebedeckten Treppen zum Polizeirevier in Vordingborg hinaufgeht, bezweifelt er, dass das heute noch erforderlich sein wird. Seit dem lichten Moment auf dem Flughafen ist ihm richtig klar geworden, was für eine schwere Aufgabe er sich aufgebürdet hat. Selbst wenn sich herausstellen sollte, dass ein und derselbe Täter jahrelang Frauen terrorisiert und ermordet hat, könnten sie für den Beweis unter Umständen genauso lange Zeit benötigen wie der Täter für seine Verbrechen. *Wenn* es überhaupt so war.

Am Empfang des Polizeireviers Vordingborg ist viel los, und Hess lügt routiniert und erklärt, er gehöre zur Mordkommission in Kopenhagen und würde gern mit dem örtlichen Chef sprechen. Die Beamten haben viel zu tun. Grund dafür ist, dass es draußen glatt ist und die Leute ununterbrochen ineinander reinfahren, doch eine freundliche Seele nimmt sich dennoch die Zeit, Hess den Weg den Flur hinunter zu weisen und ihm zu sagen, er solle nach Brink fragen.

Hess betritt ein schmuddeliges Großraumbüro, wo ein pockennarbiger, rothaariger Mann von ungefähr 60 Jahren und 100 Kilo gerade dabei ist, seinen Mantel anzuziehen, während er mit dem Handy telefoniert.

»Lass das Mistding stehen, wenn es nicht anspringen will. Ich komme jetzt!«

Der Mann beendet das Gespräch und marschiert Richtung Ausgang, ohne Anstalten zu machen, Hess ausweichen zu wollen.

»Ich suche Brink.«

»Ich bin auf dem Weg in den Feierabend, Sie müssen sich also bis Montag gedulden.«

Hess beeilt sich, seine Polizeimarke rauszufischen, aber der Mann ist bereits an ihm vorbei und auf dem Weg den Flur hinunter, während er den Reißverschluss seines Parkas zuzieht.

»Es ist wichtig. Ich habe eine Frage zu einem Fall, und …«

»Ganz bestimmt haben Sie das, aber ich habe Wochenende. Fragen Sie am Empfang, die helfen Ihnen sicher gern. Guten Tag!«

»Ich kann nicht am Empfang fragen. Es geht um einen Mord auf Møn aus dem Jahr 1989.«

Brinks riesige Gestalt hält mitten im Flur inne. Einen Moment lang bleibt er mit dem Rücken zu ihm stehen, und als er sich umdreht und Hess ansieht, ist es, als würde er ein Gespenst erblicken.

106

Polizeiinspektor Brink wird den 31. Oktober 1989 nie vergessen. Alles, was er in seiner Zeit als Polizist erlebt hat, verblasst vor der Erinnerung, die er an diesen Tag hat. Sogar heute noch, Jahrzehnte später, als draußen der Schnee fällt und er Hess in dem halbdunklen Großraumbüro gegenübersitzt, kann der große Mann seine Betroffenheit nicht verbergen.

Als Kriminalinspektor Brink am Tag vor seinem 29. Geburtstag nachmittags auf Ørums Hof ankam, geschah das aufgrund einer Bitte um Verstärkung, die von dem damaligen Polizeiinspektor Marius Larsen eingegangen war. Marius Larsen, damals »der Sheriff« genannt, war angeblich zu Ørum rausgefahren, weil einer oder mehrere Nachbarn sich beklagt hatten, dass Ørums Vieh auf ihren Feldern herumstreunte. Das war früher schon passiert. Ørum, ein Familienvater um die 40, betrieb eine kleine Landwirtschaft, arbeitete aber auch in Teilzeit an der Fähre. Er hatte keine Ausbildung zum Landwirt, geschweige denn Erfahrung oder allzu großes Engagement, und die Leute sagten über ihn, dass er mit der Viehhaltung nur ein bisschen Geld dazuverdienen wollte. Den Hof hatte er für einen Apfel und ein Ei bei einer Zwangsversteigerung bekommen, und weil Vieh, Ställe und Wiesen mit dabei waren, hatte er versucht, Geld daraus zu machen. Das war jedoch leider nicht so gut gelaufen. Insgesamt waren »Geld« und vor allem »Geldmangel« die Worte, die einem am häufigsten in den Sinn kamen, wenn die Rede auf Ørum kam. Einige meinten, dass es auch der Geldmangel gewesen sei, der die Familie dazu gebracht hatte, sich in den Kommunen als Pflegefamilie anzubieten. Jedes Mal, wenn ein Kind oder ein junger Mensch auf den Hof von Familie Ørum geschickt wurde, kam auch ein Scheck mit, und im Laufe der Jahre waren einige zusammengekommen. In der kleinen Gemeinde Møn hatte man durchaus bemerkt, dass die Ørums keine freundlichen Sozialpädagogen waren, man glaubte aber, dass den Kindern und Jugendlichen, die unter die Fittiche der Familie kamen, die Umgebung guttat, die ihnen dort geboten wurde. Es gab jede Menge frische Luft, Wiesen und Tiere, und gleichzeitig konnten die Kinder lernen, sich nützlich zu machen und zum Unterhalt beizutragen. Die Ørum-Kinder, sowohl die Pflegekinder als auch Ørums eigene, waren in der Regel im Ort leicht zu erkennen, denn sie waren etwas schäbiger gekleidet als ihre Kameraden und liefen oft in Sachen rum, die nicht zur Jahreszeit passten. Es gab wohl auch eine Tendenz in der Familie, unter sich zu bleiben, doch was die Pflegekinder betraf, ging man davon aus, dass ihr schüchternes Verhalten vor allem auf die schrecklichen Verhältnisse zurückzuführen sei, aus denen sie oft stammten. Obwohl also Familie Ørum nicht sonderlich wohlgelitten war, genoss sie doch ein gewisses Ansehen, weil sie – Geld her oder hin – etwas Gutes für solche Kinder tat, die sonst im Leben nicht viel hatten. Dass Ørum bei seiner Arbeit am Fähranleger oder wenn er in seinem alten, klapprigen Opel am Hafen saß, reichlich Bier trank, das sollte ihm vergönnt sein.

Mit diesen spärlichen Informationen waren Brink und ein Kollege vor 30 Jahren zusammen mit dem Krankenwagen, den der »Sheriff« angefordert hatte, auf dem Hofplatz angekommen. Das tote Schwein hinter dem Traktor war ein Vorbote des Blutbads gewesen, das sie im Haus erwartete. Ørums eigene zwei Teenagerkinder lagen erschossen in der Küche, die Mutter war im Badezimmer zerstückelt worden, und im Keller hatten sie die immer noch warme Leiche von Marius Larsen gefunden, getötet durch mehrere Schläge ins Gesicht mit derselben Axt, die auch gegen die Mutter gerichtet worden war.

Ørum selbst war nicht da. Sein alter Opel stand zwar im Schuppen, doch der Mann war verschwunden. Weil Marius Larsen innerhalb der letzten Stunde ermordet worden sein musste, wussten sie, dass Ørum nicht weit gekommen sein konnte, doch die große Suchaktion verlief ergebnislos. Erst drei Jahre später wurde Ørums Leiche zufällig von einem neuen Besitzer im Schlamm der Mergelgrube gleich hinter dem Hof gefunden, wo sich Ørum offensichtlich selbst mit einem Jagdgewehr erschossen hatte. Vermutlich kurz bevor Brink und sein Kollege damals auf dem Hof angekommen waren. Laut Kriminaltechnik war das Jagdgewehr in der Mergelgrube dasselbe, womit sowohl die Teenager in der Küche als auch das Schwein auf dem Hofplatz erschossen worden waren, und mit dieser Feststellung passte alles zusammen, und der Fall war aufgeklärt.

»Was war passiert? Warum hatte Ørum das getan?«

Hess hat sich während des Berichts ein paar Notizen auf

einem Post-it-Block gemacht, und jetzt schaut er den mächtigen Polizeimann auf der anderen Seite des Tisches an.

»Wir können das nicht mit Sicherheit sagen. Vielleicht Schuldgefühle. Wir gingen davon aus, dass es wegen dem war, was sie den Pflegekindern angetan hatten.«

»Welchen Pflegekindern?«

»Den Zwillingen. Die wir im Keller gefunden haben.«

Zunächst hatte Brink damals nur schnell festgestellt, dass die Zwillinge, das Mädchen und der Junge, die sie im Keller gefunden hatten, noch lebten. Die Sanitäter hatten sich um sie gekümmert, während Brink und sein Kollege sich darauf konzentriert hatten, die Suche nach Ørum in Gang zu bringen, nachdem die Verstärkung angekommen war. Doch als Brink noch einmal in den Keller gegangen war, da war ihm aufgegangen, dass der alles andere als gewöhnlich war.

»Er glich einem Gefängniskeller. Mit Vorhängeschlössern, Gittern vor den Fenstern, ein bisschen Kleidung, ein paar wenigen Schulbüchern und einer Matratze, deren Funktion man sich lieber nicht vorstellen mochte. In einem alten Schrank lagen massenhaft VHS-Kassetten, die dann offenbarten, was da vor sich gegangen war.«

»Was war vor sich gegangen?«

»Warum ist das wichtig?«

»Das ist es einfach.«

Brink sieht ihn an und holt dann tief Luft.

»Das Mädchen war misshandelt und vergewaltigt worden. Es begann an dem Tag ihrer Ankunft und ging so lange weiter, wie sie dort waren. Verschiedene Arten von Sex. Mit Ørum selbst oder den Teenagerkindern, die von Ørum und seiner Frau gezwungen wurden mitzumachen. Auf einer der Aufnahmen haben sie das Mädchen auch mit in den Schweinestall …«

Brink verstummt. Der riesige Mann fasst sich ans Ohr und blinzelt, und Hess kann sehen, dass seine Augen feucht geworden sind.

»Ich bin ein erwachsener Mann. Ich kann einiges vertragen. Aber manchmal höre ich immer noch den Jungen nach der Mutter schreien, damit sie eingreift …«

»Was hat die Mutter getan?«

»Nichts. Sie war es, die gefilmt hat.«

Brink schluckt einmal.

»Auf einer anderen Aufnahme konnte man sehen, wie sie den Jungen in einen Keller einschloss und ihm sagte, er könne seine Kastanienmänner basteln, bis alles überstanden sei. Und das tat er. Offenbar jedes Mal. Der ganze Keller war voll mit den beschissenen Figuren …«

Hess sieht das Bild vor sich. Wie in einer pervertierten Ausgabe von Michel aus Lönneberga war der Junge von seiner Pflegemutter in einen Kellerraum gesperrt worden, während auf der anderen Seite der Wand seine Schwester gequält wurde, und Hess versucht sich einen Moment lang vorzustellen, was das mit einem kleinen Menschen macht.

»Ich würde gern die Akte von damals sehen.«

»Warum?«

»Die Details kann ich Ihnen nicht nennen, aber ich muss unbedingt herausfinden, wo der Junge und das Mädchen heute sind. Und es eilt.«

Um zu unterstreichen, wie sehr es eilt, hat Hess sich erhoben, aber Brink bleibt sitzen.

»Weil Sie dabei sind, das Profil eines Insassen in der Sicherungsverwahrung zu erstellen?«

Brink sieht ihn an und zieht die Haut unter seinem einen Auge herunter, wie um zu fragen, ob Hess ihn für einen Idioten hält. Das war die Erklärung, die Hess ihm gegeben hat, als er ankam. Er dachte, dass es leichter sei, eine Lüge auszubauen, als eine neue anzufangen, und hatte deshalb gesagt, er sei dabei, der dänischen Polizei mit der Profiluntersuchung eines Insassen der Sicherung, Linus Bekker, zu helfen, dessen Psyche seltsamerweise von einem bestimmten Foto aus dem Møn-Fall von 1989 besessen war. Je weniger er über sein wirkliches Vorhaben verlauten ließ, desto besser.

»Ich glaube, wir beenden das hier. Geben Sie mir den Namen Ihres Vorgesetzten bei der Mordkommission.«

»Brink, es ist wichtig.«

»Warum sollte ich Ihnen mit irgendetwas helfen? Ich habe bereits eine halbe Stunde hergegeben, die ich eigentlich darauf hätte verwenden sollen, das Auto meiner Schwester aus dem Schnee auszugraben.«

»Weil ich nicht sicher bin, dass es Ørum war, der Ihren Kollegen Marius Larsen getötet hat. Dasselbe gilt auch für die übrigen Opfer.«

Der große Polizist sieht ihn an. Einen Moment lang glaubt Hess, dass er in ein erstauntes Grinsen ausbrechen wird. Doch als Brink antwortet, geschieht das ohne Überraschung, sondern mehr, als würde er versuchen, sich selbst zu überzeugen.

»Es *kann* nicht der Junge gewesen sein. Wir haben damals darüber gesprochen, aber es war unmöglich. Er war erst zehn oder elf Jahre alt.«

Hess antwortet nicht.

107

Die Akten zum Fall des Blutbads auf Møn 1989 sind umfangreich. Doch ist der Digitalisierungsprozess im Archiv unter dem Polizeirevier Vordingborg so weit gediehen, dass Hess den Fall auf einem Bildschirm nachlesen muss, anstatt, wie er es an sich vorzieht, Seiten in verstaubten Berichten durchzublättern, von denen es hier immer noch jede Menge gibt. Während er ungeduldig auf die automatische Warteschleife in seinem Handy horcht, gleitet sein Blick über die Regale des Archivs, und ihm wird deutlich, wie unfassbar viel menschliches Leid da im Auftrag des Staates im Laufe der Zeit festgehalten worden ist und jetzt in all diesen Archiven, Registern und Servern dem Vergessen anheimgegeben wird.

»Sie sind jetzt Nummer… 7… in der Warteschlange.«

Brink war mit ihm in den Keller gekommen und hatte das Archiv aufgeschlossen, das aus einem primitiven, eingestaubten Raum mit einer langen Reihe Regalsysteme voller Kartons und Klarsichthüllen bestand. Es gab keine Fenster, nur die länglichen altmodischen Lampen mit Leuchtstoffröhren, die Hess das letzte Mal gesehen hat, als er die Schulbank drückte, und das Ganze erinnerte ihn daran, wie sehr er Keller und unterirdische Räume verabscheut.

Die Menge von Akten war so gewaltig gewesen, erzählte Brink, dass dieser Fall einer der ersten war, die man, um Platz zu schaffen, einscannen ließ, als vor ein paar Jahren die Digitalisierung begann. Aufgrund dieser Entscheidung konnte Hess den Fall auf dem alten, brummenden Computer lesen, der in der Ecke stand. Brink hatte seine Hilfe angeboten und fast darauf bestanden zu bleiben, doch Hess zog es vor, das Material ungestört durchzusehen. Sein Telefon hatte zwar einige Male geklingelt, nicht zuletzt mit Anrufen von Francois, weil der Franzose vermutlich festgestellt hatte, dass er nicht mit dem Flug aus Kopenhagen gekommen war.

Hess wusste, wonach er in dem Material suchte, doch die Details hatten ihn dennoch völlig gefangen genommen. Die Beschreibung des ersten Zusammentreffens der Beamten mit den Zwillingen war eine harte Lektüre. Als sie gefunden wurden, saßen sie eng umschlungen in einer Ecke des Kellers, der Junge mit den Armen um seine Schwester, die apathisch wirkte, als stünde sie unter Schock. Als sie hinaus in den Krankenwagen gebracht werden sollten, hatte der Junge sich der Trennung widersetzt, und sein Verhalten war wie das »eines wilden Tieres« beschrieben worden. Die ärztliche Untersuchung der Kinder hatte den Missbrauch und die Misshandlung bestätigt, die der Keller bereits hatte vermuten lassen, und es war versucht worden, die Zwillinge zu befragen, was sich als unmöglich herausgestellt hatte. Der Junge hatte komplett geschwiegen – die Schwester hingegen hatte alles Mögliche geantwortet, scheinbar ohne die Fragen zu verstehen. Ein Psychologe, der dabei war, hatte wissen lassen, dass das Mädchen wahrscheinlich versuchte, die Erlebnisse zu verdrängen, und deshalb in einer Art Parallelwelt lebte. Ein Richter hatte von einer Vernehmung der Kinder in einem möglichen Gerichtsverfahren abgesehen, und zu dem Zeitpunkt waren sie auch bereits weiter zu Pflegefamilien in anderen Teilen des Landes geschickt worden. Hess konnte in dem Zusammenhang lesen, dass von den Behörden entschieden worden war, die Zwillinge zu trennen, damit sie besser Abstand zur Vergangenheit gewinnen und neu anfangen könnten. Was nicht unbedingt nach einer klugen Entscheidung klang.

Das Erste, was Hess auf seinem Post-it-Block neben dem Computer notiert hatte, waren natürlich die Namen des Zwillingspaares, Toke und Astrid Bering, und ihre Personennummern. Ansonsten gab es in dem Polizeibericht nicht viele andere Informationen über ihren Hintergrund. Aus einer Anlage eines Sachbearbeiters ging hervor, dass sie 1979, nur wenige Wochen alt, als Findelkinder auf der Treppe der Entbindungsklinik in Aarhus gefunden wurden und von den Hebammen ihre Namen bekamen. Ohne dabei weiter ins Detail zu gehen, war vermerkt worden, dass die Zwillinge bei anderen Pflegefamilien untergebracht waren, bevor sie zwei Jahre vor dem Blutbad in Pflege auf den Kastanienhof kamen. So nannte man den Hof der Familie Ørum, und mit jeder Zeile, die Hess las, hatte er das Gefühl, der Lösung näher zu kommen. Doch auch nur, bis er die Personennummern im RX-Register der Polizei eingab, um herauszufinden, wo sich die Zwillinge heute befanden.

»Sie sind jetzt Nummer … 3 … in der Warteschlange.«

Aus dem RX-Register, das eine Zusammenführung diverser Register ist, die für polizeiliche Ermittlungen relevant sein können, geht unter anderem hervor, wo und wann eine bestimmte Person gemeldet war. Für jede Person gibt es eine chronologische Liste mit Wohnorten sowie den Zeitpunkten des Umzuges, und da steht auch, ob die Person verheiratet oder geschieden ist und ob sie angeklagt, verurteilt oder ausgewiesen wurde oder sich auf eine andere Weise durch Aktivitäten bemerkbar gemacht hat, die für die Polizei interessant sein könnten.

Doch das, was herauszufinden eine Formsache sein müsste, war zu einem neuen Rätsel geworden.

Nach einem Aufenthalt in einer staatlichen Institution für sozial schwache Kinder, so stand es im Register, war Toke Bering als Zwölfjähriger in einer Pflegefamilie auf Langeland untergebracht worden. Danach in einer Pflegefamilie auf Als, daraufhin in drei weiteren Pflegefamilien, ehe sich seine Spur kurz nach seinem 17. Geburtstag verlor. Es waren ganz einfach keine weiteren Adressen oder Umstände mit der betreffenden Personennummer verknüpft.

Wenn Toke Bering tot wäre, müsste das dort stehen, doch in seinem Fall gab es schlichtweg keine weiteren Registerdaten, und Hess hatte die Registerbehörde angerufen, um eine Erklärung zu erbitten. Die Mitarbeiterin konnte jedoch nur dasselbe feststellen wie Hess, und ihr bester Vorschlag war, dass Toke Bering das Land verlassen haben könnte.

Bei der Gelegenheit fragte Hess nach der Schwester, doch auch hier gab es keine anderen Informationen als die, auf die er selbst schon gestoßen war. Astrid Bering war nach dem Aufenthalt auf dem Kastanienhof ebenfalls in mehreren Pflegefamilien untergebracht worden, doch Sozialberater und Kinderpsychologen hatten ihre Strategie für das Mädchen offenbar überdacht, denn die Pflegefamilien waren gegen Einrichtungen für psychisch kranke Jugendliche ausgetauscht worden. Von ihrem 18. bis zu ihrem 27. Lebensjahr war sie nirgends registriert, was auf einen Auslandsaufenthalt hinweisen konnte, doch danach war eine Einrichtung für psychisch Kranke auf die nächste gefolgt. Bis sie sich vor etwas weniger als einem Jahr im Alter von 38 Jahren plötzlich in Luft aufgelöst hatte. Hess hatte in der zuletzt angegebenen Einrichtung nachgefragt, doch dort hatte zwischenzeitlich die Leitung gewechselt, und es war nicht bekannt, wohin Astrid Bering im letzten Jahr verschwunden war, nachdem sie sich selbst entlassen hatte.

»Sie sind jetzt Nummer … 2 … in der Warteschlange.«

Deshalb hatte sich Hess entschieden, alle früheren Pflegefamilien des Zwillingspaares anzurufen, um zu hören, ob sie im Laufe der Jahre von dem Jungen oder dem Mädchen gehört hatten und wussten, wo sie sich heute befanden. Hess begann chronologisch, also mit den Pflegefamilien, die *vor* dem Aufenthalt auf dem Kastanienhof lagen, doch nach zwei Anrufen war er genauso weit wie zuvor. Die betreffenden Pflegefamilien wirkten hilfsbereit, doch hatten sie seither keinen Kontakt zu dem Zwillingspaar gehabt, und jetzt war Hess bei Pflegefamilie Nummer drei angekommen.

»Gemeindeverwaltung Odsherred, Familienreferat, womit kann ich helfen?«

Die alte Festnetznummer der Pflegefamilie Petersen aus Odsherred existiert nicht mehr, und deshalb wendet sich Hess stattdessen an die Kommune. Er erklärt, wer er ist, und dass er nach Poul und Kirsten Petersen, wohnhaft im Kirkevej 35 in Odsherred, sucht. Weil sie ihm möglicherweise Auskunft über ein Zwillingspaar geben können, das sie 1987 in Pflege hatten.

»Das können sie nur, wenn Sie eine direkte Verbindung zu Unserem Herrn haben. Nach den Informationen, die ich hier auf den Schirm bekomme, sind sowohl Poul wie auch Kirsten Petersen tot. Der Mann starb vor sieben Jahren, die Frau zwei Jahre danach.«

»Woran sind sie gestorben?«

Aus alter Gewohnheit fragt Hess nach der Todesursache, doch dazu kann die müde Stimme in der Leitung auf ihrem

Bildschirm nichts finden. Aber da der Mann und die Frau 74 beziehungsweise 79 Jahre alt waren, als sie wenige Jahre nacheinander starben, scheint es auch nicht relevant zu sein.

»Was ist mit Kindern? Hatten sie eigene Kinder?«

Hess fragt das, weil Geschwister oder Pflegegeschwister ja durchaus noch Kontakt haben könnten, obwohl die Eltern nicht mehr leben.

»Nein, nicht soweit ich sehen kann.«

»Okay, danke. Auf Wiederhören.«

»Doch, warten Sie. Sie hatten vorher ein Pflegekind, das sie adoptiert hatten. Rosa Petersen.«

Hess will gerade auflegen, als die Stimme das sagt. Es kann Zufall sein, und sein Gefühl sagt ihm, dass es Tausende von Menschen mit genau diesem Vornamen gibt. Aber trotzdem.

»Haben Sie eine Personennummer von Rosa Petersen?«

Hess bekommt die Nummer, und er bittet die Sachbearbeiterin dranzubleiben und wendet sich dem Computer zu. Als er einen Moment später im RX-Register überprüft hat, dass Rosa Petersen vor 15 Jahren geheiratet und den Namen ihres Mannes angenommen hat, gibt es keinen Zweifel: Rosa Petersen ist identisch mit Rosa Hartung. Er spürt die Nervosität, und es fällt ihm plötzlich schwer, still zu sitzen.

»Was genau steht da über den Aufenthalt des Zwillingspaares bei Familie Petersen 1987?«

»Nichts. Ich kann nur sehen, dass die Zwillinge ungefähr drei Monate lang bei Familie Petersen waren.«

»Warum nicht länger?«

»Das steht da nicht. Und ich verschwinde jetzt ins Wochenende.«

Als die Sachbearbeiterin auflegt, verharrt Hess immer noch mit dem Handy am Ohr. Das Zwillingspaar hatte nur drei Monate in Ödsherred bei Poul und Kirsten Petersen und ihrer Adoptivtochter Rosa gelebt. Danach waren sie zu Familie Ørum auf Møn geschickt worden. Mehr weiß Hess nicht, aber das ist der Punkt, der alles verbindet: der Aufenthalt bei Familie Petersen – der Junge im Keller auf dem Kastanienhof – die Kastanienmännchen, die bei den Opfern hinterlassen werden – die Opfer, die zerstückelt und so zugerichtet werden, dass sie an die Figuren erinnern – der Täter, der sich seinen eigenen Kastanienmann aus Menschengliedern baut.

Hess' Finger zittern, während die Bilder in seinem Kopf herumflimmern und versuchen, ihren Platz zu finden. Alles hatte von Anfang an mit Rosa Hartung zu tun. Die Fingerabdrücke hatten sie wieder und wieder in ihre Richtung geführt, ohne dass er begriffen hatte, warum, aber das hier war es, wonach er gesucht hatte. Mit dieser klaren Erkenntnis erhebt er sich, doch dann verdunkelt sich alles, als ihm plötzlich aufgeht, was der Mörder noch vorhaben könnte.

Sofort ruft er Rosa Hartung an. Der lange Klingelton wird von ihrer Mobilbox abgelöst, und Hess drückt die Verbindung weg. Er will es eben noch einmal versuchen, als eine unbekannte Nummer auf seinem Handy anruft.

»Hier Brink. Entschuldigen Sie, wenn ich störe. Ich habe mich mal umgehört, aber es gibt irgendwie niemanden, der weiß, was aus den Zwillingen geworden ist.«

»In Ordnung, Brink, ich habe keine Zeit.«

Brink hatte angeboten, Hess zu helfen, in der Gemeinde herumzurufen, und Hess hatte nur zugestimmt, um Brink vom Hals zu haben, deshalb ist es ärgerlich, dass er zurückkommt, um Bericht zu erstatten.

»Im System ist auch nichts, schon gar nicht über den Jungen. Ich habe grade die jüngste Tochter meiner Schwester gefragt, die ist damals mit den Zwillingen in eine Klasse gegangen, aber sie hat sie im Vorfeld des Klassentreffens, das die vor ein paar Jahren hatten, auch nicht ausfindig machen können.«

»Brink, ich muss los!«

Hess unterbricht das Gespräch und wählt wieder, während er ungeduldig neben dem Computer steht, aber Rosa Hartung geht immer noch nicht ran. Er hinterlässt eine Nachricht und beschließt, es bei ihrem Mann zu versuchen, doch da bekommt er eine SMS. Erst meint er, Rosa Hartung hätte zurückgerufen, doch die SMS ist von Brink.

»Das Klassenfoto der 5a von 1989. Weiß nicht, ob Sie das gebrauchen können. Meine Nichte sagt, das Mädchen sei an dem Tag vielleicht krank gewesen, als das Foto gemacht wurde, aber der Junge sitzt ganz außen links.«

Hess klickt sofort das Foto an, das angehängt ist, und betrachtet es. Es sind weniger als 20 Schüler auf dem verblichenen Klassenfoto, vielleicht weil es sich um eine Dorfschule handelt. Eine Reihe Schüler steht, eine weitere Reihe sitzt davor auf Stühlen. Sie sind in Pastellfarben gekleidet, einige der Mädchen mit dauergewelltem Haar und Schulterpolstern, während die Jungs Reebok-Schuhe und Kappa- oder Lacoste-Pullover tragen. In der ersten Reihe sitzt ein Mädchen mit großen Ohrringen und hält eine kleine Tafel, auf der »5a« steht, und die meisten Schüler lachen in die Kamera, als hätte jemand, vielleicht der Fotograf, gerade etwas richtig Lustiges gesagt.

Doch wenn man ihn erst einmal bemerkt hat, dann ist es der Junge ganz außen links, der die Aufmerksamkeit einfängt. Er ist nicht groß für sein Alter. Tatsächlich nicht so weit entwickelt wie die anderen Jungen, und seine Kleidung ist schäbig und schmuddelig. Aber der Blick ist intensiv. Er schaut geradewegs in die Kamera, ohne eine Miene zu verziehen, und es ist, als hätte er als Einziger den Witz, den jemand gerade gemacht hat, nicht gehört.

Hess starrt ihn an. Die Haare, die Wangenknochen, die Nase, das Kinn, die Lippen. All die Züge, die sich in den Jahren nach dem Alter, das der Junge auf dem Foto hat, so radikal verändern. Hess erkennt ihn und doch nicht, und erst als er das Foto größer zoomt und das Gesicht des Jungen abdeckt, sodass nur die Augen zu sehen sind, kann er sehen, wer es ist. Er kann es sehen, aber es ist ebenso unmöglich wie einleuchtend. Als die Erkenntnis ihn trifft, ist sein erster Gedanke, dass es zu spät ist, dagegen anzukämpfen.

108

Ihre Knöchel sind fein und zart und passen perfekt zu den hochhackigen Schuhen, die er inzwischen zu betrachten liebt, wenn er ihr wie jetzt den Vortritt aus dem Presseraum und in den Korridor lässt. Sie dreht sich um und sagt irgendwas zu ihm, und Nylander nickt bestätigend, während er in Wirklichkeit überlegt, wie er die Affäre mit ihr anfangen kann, für die er sich bereits entschieden hat. Der Startschuss könnte sehr gut später am heutigen Tag erfolgen. Vielleicht, wenn er sie auf einen Kaffee in eine der nahegelegenen Hotelbars am Hauptbahnhof einlädt, um mit ihr über ihre berufliche Zukunft zu sprechen. Er wird ihr für ihren Einsatz danken und dazu über ihre Möglichkeiten als Kommunikationsmitarbeiterin innerhalb der Polizeiverwaltung plaudern, doch wenn er die Temperatur richtig gemessen hat, wird nicht viel Vorspiel erforderlich sein, um sie für eine Stunde oder zwei hinauf in eines der Zimmer zu bekommen, bevor er nach Hause fahren und Willkommensdrinks für eine der üblichen Freitagsgesellschaften mixen wird, die seine Frau arrangiert hat. Nylander hat schon längst für sich entschieden, dass er seine Frau immer noch liebt oder zumindest die Idee von Familienleben, aber seine Frau hat genug mit Kindern, deren schulischen Angelegenheiten und der familiären Fassade zu tun, sodass er nichts Falsches darin sieht, seine Freiheit im Verborgenen zu genießen. Schon den ganzen Tag denkt er daran, dass er sich nach der vergangenen Woche wirklich eine Belohnung verdient hat.

Jetzt ist die allerletzte Pressekonferenz überstanden, und damit ist die Präsentation des Falles in der Öffentlichkeit endlich beendet. Zudem noch mit dem Ergebnis, das Nylander sich gewünscht hatte. Die wenigsten verstanden, was es für ein Balanceakt war, in den Medien ein seriöses und glaubwürdiges Bild abzugeben, doch Nylander hatte schon längst gemerkt, wie wohlüberlegte Äußerungen in der Öffentlichkeit auch dazu dienen konnten, im Polizeipräsidium wie bei der Staatsanwaltschaft oder im Justizministerium den Weg für eine andere Agenda zu bereiten. Nylander war zudem aufgefallen, dass sein interner Status im Takt mit den Minuten auf diversen Bildschirmen und Plattformen gewachsen war. Die Kritiker waren auf ihre Plätze verwiesen, und es war ihm völlig gleichgültig, wenn die Leute um ihn herum fanden, er habe sich selbst zu sehr profiliert. Er fand, dass er mit Lob für seine Leute großzügig gewesen war, nicht zuletzt gegenüber Tim Jansen, während es nicht notwendig gewesen war, Hess oder Thulin besonders hervorzuheben. Thulin hatte zwar die abgesägten Leichenteile gefunden, doch andererseits hatte sie sich seinen Anweisungen widersetzt, indem sie Linus Bekker aufgesucht hatte, und erst heute Vormittag hatte er sich gedacht, dass es eigentlich schön war, sie los zu sein. Sogar an das NC3. Bald würden neue Ressourcen in seine Abteilung fließen, und auf lange Sicht würde er wahrscheinlich in Hülle und Fülle Leute wie Thulin haben, wenngleich ihn der Gedanke gestreift hatte, dass dieser kleine, seltsame Vogel etwas Besonderes an sich hatte.

Über Hess hingegen konnte er nichts Gutes sagen. Zwar hatte er ihn in einem Telefongespräch mit einem hohen Tier bei Europol in den Himmel gelobt, aber nur, um ihn loszuwerden. Hess war seit der Aufklärung des Falles kein einziges Mal im Polizeipräsidium aufgetaucht, und Nylander hatte Thulin und die anderen daransetzen müssen, Berichte über die Ereignisverläufe zu schreiben, die eigentlich in Hess' Aufgabenbereich fielen, und so war es eine gute Nachricht gewesen, dass der Mann auf dem Weg ins Ausland war. Deshalb ist Nylander überrascht, als er jetzt feststellt, dass Hess auf seinem Handy anruft.

Sein erster Gedanke ist natürlich, den Anruf des Mannes, dessen Name auf dem Display erscheint, wegzudrücken, doch dann wird ihm plötzlich klar, warum er anruft, und da nimmt er den Anruf doch gern entgegen. Gerade eben hatte ein Mitarbeiter ihm mitgeteilt, dass ein Franzose von Europol angerufen und gefragt habe, ob man wisse, warum Hess nicht wie vereinbart aufgetaucht sei, aber Nylander hatte kaum zugehört, weil es ihm egal war. Aber jetzt stellt er sich vor, wie Hess erklären wird, dass er seinen Flug nach

Bukarest verpasst hat, und ob Nylander nicht in Haag anrufen und ihn mit irgendeiner faulen Ausrede retten kann. Hess aber verdient es, rausgeschmissen zu werden, und wie Nylander noch überlegt, wie er in diesem Fall vermeiden kann, dass der Kerl wieder bei ihm landet, hebt er das Telefon ans Ohr.

Drei Minuten und 38 Sekunden später ist das Gespräch überstanden. Diese minutiöse Zeitangabe leuchtet oben auf dem Display, auf das Nylander apathisch starrt. Ein Abgrund hat sich unter ihm aufgetan. Sein Gehirn protestiert immer noch gegen die Dinge, die Hess gesagt hat, bevor er die Verbindung unterbrach, doch in seinem tiefsten Innern weiß Nylander, dass sie wahr sein könnten. Ihm wird klar, dass die Kommunikationsmitarbeiterin mit dem Zuckermund dasteht und mit ihm redet, doch er setzt sich in Bewegung und rennt in die Abteilung, wo er sich den erstbesten Kriminalassistenten greift. Die Einsatzkräfte mobilisieren. Rosa Hartung suchen. Sofort!

109

Steen Hartung ist vom Schnee durchnässt. In dem Wohnviertel mit Einfamilienhäusern, in dem er herumwandert, hat es wieder zu schneien begonnen. Der Alkohol aus den kleinen Flaschen ist das Einzige, was ihn wärmt, aber bald hat er nichts mehr, und er nimmt sich vor an der Tankstelle auf dem Bernstorffsvej vorbeizufahren.

Er stapft noch einen schneebedeckten Gartenweg mit noch einer Parade schneebedeckter Halloween-Kürbisse hinauf und klingelt an noch einer Tür. Während er wartet, schaut er einen Moment auf seine Fußspuren im Schnee und zu den großen weißen Flocken zurück, die wie in einer Schneekugel in dem Viertel herumwirbeln. Einige Türen öffnen sich, andere nicht, und aus der Wartezeit schließt Steen, dass diese Eingangstür zu denen gehört, die verschlossen bleiben. Als er sich gerade schon umgedreht hat, um die Treppenstufen wieder hinunterzugehen, hört er, wie die Tür aufgeht. Der Blick, der ihm begegnet, ist vertraut. Er ist fremd, aber trotzdem ist es, als würde Steen ihn wiedererkennen. Aber Steen ist erschöpft, er ist mehrere Stunden erfolglos herumgelaufen, und die Erschöpfung lässt ihn an sich selbst zweifeln. Irgendwo tief drinnen weiß er, dass er mit seiner Suche nur den Schmerz lindern will, den er empfindet. Er studiert Karten und Zeichnungen und klingelt an Türen, aber in seinem tiefsten Innern hat er einzusehen begonnen, dass alles vergebens ist.

Dem Blick in der Tür stammelt er seinen Versuch zu, neue Informationen zu bekommen. Erst die Vorstellung der Situation – dann die Hoffnung, ob der Betreffende sich an irgendetwas, was auch immer, vom Nachmittag des 18. Oktober letzten Jahres erinnern kann, an dem die Tochter vielleicht auf genau diesem Weg durch das Viertel geradelt sein könnte. Steen verleiht seinen Worten mit dem Foto von der Tochter Nachdruck, deren Gesicht längst von den Schneeflocken feucht geworden ist, was ihre Farben hat verlaufen lassen wie verwischte Mascara. Doch noch ehe Steen seine Sätze vollendet hat, schüttelt der Mann in der Tür den Kopf. Steen zögert ein wenig und versucht dann noch einmal, sich zu erklären, doch der Mann schüttelt wieder den Kopf und macht Anstalten, die Tür zu schließen, und plötzlich vermag sich Steen nicht mehr zu beherrschen.

»Ich kann mich erinnern, ich hab Sie schon mal gesehen. Wer sind Sie? Ich weiß, ich kenne Sie von irgendwoher!« In Steens Stimme schwingt Misstrauen mit, fast als hätte er einen Verdächtigen erkannt, und er stellt seinen Fuß in die Tür, sodass sie nicht geschlossen werden kann.

»Ich kann mich auch erinnern, und das ist weiß Gott auch kein Wunder. Sie haben am Montag schon einmal geklingelt und genau dieselben Fragen gestellt.«

Es dauert einen Moment, bis Steen einsieht, dass der Mann recht hat. Beschämt hört er sich selbst eine Entschuldigung murmeln, während er verwirrt von der Treppenstufe tritt und hinunter zur Straße wankt. Hinter sich hört er den Mann fragen, ob er okay sei, doch Steen nimmt sich nicht die Zeit zu antworten. Er läuft durch den weißen Wirbelsturm aus Schneeflocken und bleibt erst am Ende der Straße beim Auto stehen, wo er wegrutscht und sich an der Motorhaube festhalten muss, um nicht auf dem Boden zu landen wie der elende Narr, der er ist, der die Vergangenheit nicht loslassen kann. Er schiebt sich auf den Fahrersitz, wo er in Tränen ausbricht. Dann sitzt er im Dunkeln in dem schneebedeckten Auto, schluchzt wie ein kleines Kind, und es ist ihm egal, dass das Handy in der Innentasche zu vibrieren begonnen hat. Erst als ihm der Gedanke an Gustav kommt, zwingt er seine Hand, nach dem Telefon zu greifen, und auf dem Display kann er sehen, dass da viele Anrufe waren, und seine Furcht wächst. Er geht ran, aber es ist nicht Gustav, der angerufen hat, sondern das Au-pair-Mädchen, und Steen würde am liebsten wortlos auflegen. Doch Alice erklärt ihm, dass er sofort Rosa finden muss, weil etwas Schlimmes passiert ist. Es ist unklar, was sie meint, aber die Worte »chestnut men« und »police« zwingen ihn aus dem

Albtraum an der mit kleinen Häusern gesäumten Straße heraus und hinein in einen neuen.

110

Die drei Mannschaftswagen mit heulenden Sirenen fegen den schwarzen, rutschigen Aaboulevard von Verkehr frei. Nylander sitzt im Autokonvoi dahinter, und auf dem ganzen Weg aus der Stadt heraus und zu der Adresse denkt er, dass es einen anderen Zusammenhang geben muss als den, auf dem Hess am Telefon beharrte. Immer wieder schaut er sich das Bild von der Schulklasse an, das Hess ihm per SMS geschickt hat, und obwohl er das kindliche Gesicht ganz links wiedererkennt, kann er an einen solchen Zusammenhang nicht glauben.

Kurz vor der Ankunft wird das Martinshorn ausgeschaltet, um den Verdächtigen nicht zu warnen, und als die Mannschaftswagen vor das Gebäude und den Eingangsbereich der Kriminaltechnischen Abteilung fahren, verteilen sie sich wie abgesprochen. Binnen 45 Sekunden ist das Gelände umringt, und während die ersten Neugierigen aus den Fenstern in dem bienenkorbartigen Gebäude herausschauen, begibt sich Nylander durch den Schnee zum Haupteingang, wo alles aussieht wie immer. Am Empfang läuft sanfte Hintergrundmusik, und über den Obstkorb auf dem Tresen hinweg tauschen Kollegen ihre Wochenendpläne aus, und als die Rezeptionistin mit dem Zitronenduft bereitwillig berichtet, dass Genz in einer rasch einberufenen Besprechung in seinem Labor sitzt, fängt Nylander an, innerlich zu fluchen, weil er auf Hess gehört und Alarm geschlagen hat.

Nylander ignoriert das Angebot der blauen Plastikpuschen, die wegen des Schneewetters für Gäste bereitliegen, und während Kriminaltechniker in weißen Kitteln neugierig von ihren Arbeitsplätzen in den Glaskästen aufsehen, erreichen Nylander und drei Kriminalassistenten das große Labor, in dem er so oft zu Besuch war, wenn er sich mit eigenen Augen versichern wollte, dass das Beweismaterial so war wie in Berichten oder Telefongesprächen beschrieben.

Doch das Labor ist leer. Ebenso das persönliche Büro von Genz gleich hinter dem Labor. Dennoch wirkt die Normalität in beiden Räumen beruhigend – alles ist ordentlich und aufgeräumt, und eine Plastiktasse mit einem Rest Kaffee steht friedlich auf dem Tisch vor dem großen Bildschirm.

Die Rezeptionistin, die ihnen zum Labor gefolgt ist, registriert ohne Verwunderung, dass der Chef nicht an seinem Platz ist, und teilt mit, dass sie ihn finden wird. Als sie gegangen ist, beginnt Nylander sich zurechtzulegen, wie er im Ausgleich für diese Blamage, die er Hess zu verdanken hat, dessen Leben und Karriere ruinieren wird. Denn wenn Genz kommt, wird er ihnen ihren Irrtum erklären, vielleicht sogar laut lachen und darauf aufmerksam machen, dass das auf dem Klassenfoto doch nicht er ist. Dass er niemals Toke Bering geheißen hat – dass er nicht mehrere Jahre seines Lebens darauf verwandt hat, eine Rache zu planen – dass er selbstverständlich nicht der Psychopath von einem Täter ist, von dem Hess behauptet, dass er es sei.

Doch dann sieht er es. Von dem Platz im Labor, wo er steht, kann Nylander in Genz' Büro hinübersehen und auf die Dinge auf dem Schreibtisch, die er bisher nicht bemerkt hat. Die ID-Karte von Genz, Schlüssel, Arbeitshandy und Codekarte liegen ordentlich auf dem leeren Tisch, fast wie wenn die Gegenstände abgelegt wurden, um nie wieder gebraucht zu werden. Doch das ist es nicht, was ihm kalte Schauer den Rücken herunterjagt. Es ist der kleine, unschuldige Kastanienmann, der daneben auf der Streichholzschachtel thront.

111

Grade als Hess bei Nylander durchkommt, fädelt er sich auf den letzten Autobahnabschnitt nach Kopenhagen ein. Mehrere Male hat er von unterwegs versucht anzurufen, doch erst jetzt geht der Idiot ans Telefon und ist außerdem auch noch nicht sonderlich gesprächig.

»Was ist? Ich habe es eilig!«

»Habt ihr ihn gefunden?«

Nein, das Labor war leer gewesen. Keine Spur von Genz, abgesehen von der Signatur, die er als einen Gruß an seine Verfolger hinterlassen hatte. Seine Mitarbeiter hatten erst gemeint, er sei wohl auf eine Fachkonferenz in Jylland gefahren, doch auf Anfrage stellte sich heraus, dass Genz dort gar nicht angemeldet war.

»Was ist mit seiner Privatadresse?«

»Da stehen wir grade. Große Penthouse-Wohnung in einem neugebauten Wohnkomplex in Nordhavn. Aber die ist leer, und damit meine ich *vollkommen* leer: keine Möbel, keine Hinterlassenschaften, möglicherweise nicht mal ein Fingerabdruck.«

Hess kann auf der Autobahn vor sich nicht weiter als 20 Meter sehen, trotzdem drückt er das Gaspedal noch etwas weiter hinunter.

»Aber ihr habt doch Rosa Hartung gefunden, oder? Es dreht sich alles um Hartung, und wenn Genz …«

»Einen Scheiß haben wir. Scheinbar weiß kein Mensch, wo sie ist, und ihr Telefon ist ausgeschaltet und kann deshalb nicht geortet werden. Ihr Mann weiß auch nichts, aber das Au-pair-Mädchen hat sie offenbar im Auto davonfahren sehen, nachdem sie irgendeine Kastanienmännchen-Dekoration vor ihrem Haus gefunden hat.«

»Was für eine Dekoration?«

»Ich habe es nicht gesehen.«

»Kann Genz nicht geortet werden? Sein Telefon oder das Auto …«

»Nein, das Telefon hat er im Büro gelassen, und in den Wagen von der Kriminaltechnischen gibt es keine GPS-Tracker. Sonst noch irgendwelche guten Vorschläge?«

»Was ist mit dem Computer in seinem Labor? Lassen Sie Thulin den Code knacken, damit wir sehen, was da drin ist.«

»Wir sind bereits dabei, uns Zugang zu verschaffen.«

»Dann holt Thulin! Die macht das innerhalb von …«

»Thulin ist weg.«

Nylanders Worte haben etwas Unheilverkündendes. Hess kann hören, dass er zusammen mit anderen auf dem Weg ein paar Treppen hinunter in einem widerhallenden Aufgang ist, und er vermutet, dass die Durchsuchung von Genz' leerer Wohnung erledigt ist.

»Wie meinen Sie das?«

»Offensichtlich hat sie heute Genz in der Kriminaltechnischen aufgesucht und eine Besprechung mit ihm gehabt. Ein Techniker in der Garage sagte, er hätte gesehen, wie die beiden vor ein paar Stunden die hintere Treppe runtergekommen und dann in Genz' Auto eingestiegen und weggefahren seien. Mehr weiß ich nicht.«

»Vor ein paar Stunden? Aber habt ihr sie nicht angerufen?«

»Ohne Erfolg. Ich habe eben die Nachricht bekommen, dass ihr Handy vor der Kriminaltechnischen Abteilung in einem Mülleimer gefunden worden ist.«

Nylanders Worte sind erschlagend. Hess bremst und schlingert auf der schneebedeckten Autobahn auf die Standspur. Mehrere Autos hupen ihn an, und er entgeht mit knapper Not einem Lastwagen, ehe er in Sicherheit ist und den Wagen zum Stehen bringen kann.

»Genz braucht sie zu nichts. Vielleicht hat er sie nur abgesetzt. Vielleicht ist sie zu Hause, oder zusammen mit ihrer ...«

»Hess, das haben wir bereits überprüft. Thulin ist weg. Haben Sie was Brauchbares? Haben Sie eine Idee, wo er jetzt sein könnte?«

Hess hört die Frage. Der Verkehr donnert vorbei. Er versucht, sich aus seiner Lähmung zu zwingen, aber das Einzige, was sich bewegt, sind die Scheibenwischer, die unausgesetzt hin- und hergleiten.

»Hess?!«

»Nein, ich weiß es nicht.«

Hess hört eine Autotür zuschlagen, und die Verbindung wird unterbrochen. Es dauert einen Moment, bis er das Handy vom Ohr nimmt. Die Autos pflügen durch den Schnee an ihm vorbei, und die Scheibenwischer mahlen weiter.

Er hätte sie anrufen sollen. Er hätte sie vom Flughafen aus in dem Moment anrufen sollen, als er begriff, dass etwas nicht stimmte. Wenn er sie angerufen hätte, wäre sie noch mit den Tatortfotos beschäftigt gewesen, die Linus Bekker angeschaut hatte, und wäre nie auf die Idee gekommen, Genz aufzusuchen. Aber das hatte er nicht getan, und die Gefühle, die ihm den Hals zuschnüren, sagen ihm, dass es mehr Gründe dafür gab, als er wissen wollte.

Hess versucht, bei den rationalen Gedanken zu bleiben. Es muss noch nicht zu spät sein. Er hat keine Ahnung, warum Thulin Genz aufgesucht haben könnte, aber wenn sie freiwillig zu ihm in sein Auto gestiegen ist, dann kann sie nicht gewusst haben, wer er ist. Ergo hat er keinen Grund, ihr etwas anzutun, geschweige denn ist er interessiert, Zeit auf sie zu verwenden. Außer Thulin hat etwas entdeckt und Genz deshalb als einen Verbündeten aufgesucht, mit dem sie reden könnte.

Der Gedanke ist erschreckend. Aber Thulin ist höchstens ein Hindernis auf dem Weg für Genz, und er ändert seinen Fokus nicht ihretwegen. Es ist Rosa Hartung, um die es geht – es war immer Rosa Hartung –, Rosa Hartung und ihre Vergangenheit.

Plötzlich weiß Hess, wohin er muss. Es ist ein Schuss ins Blaue, vielleicht mehr ein Gefühl als ein rationaler Gedanke, aber die anderen Möglichkeiten sind entweder zu unwahrscheinlich oder bereits von Nylander und der Suchaktion in Kopenhagen abgedeckt. Er wirft einen Blick über die Schulter, sieht in die Nebelscheinwerfer der Autos, die an ihm vorbeirasen, sodass der schwarze Schnee in alle Richtungen spritzt. Als eine kleine Lücke kommt, zumindest groß genug, dass die nächsten Autos eine Chance haben auszuweichen, drückt er das Gaspedal bis zum Anschlag durch und kurvt quer über die Autobahn auf die Stelle zu, wo wegen Straßenarbeiten ein Stück Leitplanke fehlt. Die Räder drehen durch, und einen Moment lang meint er, der Wagen wird schleudern und dann wie ein Kegel auf einer Bowlingbahn stehen bleiben. Doch dann greifen die Reifen, und er fährt weiter über den Mittelstreifen und auf die entgegengesetzte Spur. Hess hat sich um die Autos dort keine Gedanken gemacht, deshalb drückt er auf die Hupe und schiebt sich zwischen zwei Lieferwagen rein und zieht erst auf der Kriechspur den Wagen gerade.

Hess fährt wieder in die Richtung zurück, aus der er gekommen ist. Im nächsten Moment zeigt der Tacho 140 Stundenkilometer, und er hat die ganze Überholspur für sich allein.

112

»Das ist ein netter Tag für einen Ausflug in den Wald, aber soweit ich sehen kann, gibt es hier nur ganz gewöhnliche Buchen.«

Genz' Worte lassen Thulin besonders hartnäckig durch die Windschutzscheibe und die Seitenscheiben spähen, doch es sieht so aus, als hätte er recht. Selbst ohne das Schneewetter wäre es vermutlich schwer, hier Kastanienbäume zu finden, und jetzt, da die Landschaft auf Møn weiß gepudert ist, kommt es Thulin zunehmend unmöglich vor.

Sie fahren auf einer schmalen, kurvigen Landstraße, und Genz, der am Steuer sitzt, sieht auf seine Uhr.

»Den Versuch war es wert. Aber jetzt fahren wir zur Brücke zurück, und dann kannst du bis zum Bahnhof in Vordingborg mitfahren, und ich fahre dann weiter nach Jylland. Okay?«

»Ja …«

Thulin sieht ein, dass der Ausflug vergebens war, und lässt sich in den Sitz zurückfallen.

»Tut mir leid, ich habe deine Zeit verschwendet.«

»Kein Problem. Wie du ja selbst gesagt hast, musste ich sowieso in diese Richtung.«

Thulin versucht, Genz' Lächeln zu erwidern, obwohl sie friert und müde ist.

Es hatte nicht lange gedauert, die Expertin zu erreichen, die der Kriminaltechnischen Abteilung geholfen hatte, die Kastaniensorte mit Kristine Hartungs Fingerabdruck zu bestimmen. Ingrid Kalke, Professorin für Botanik an der Naturwissenschaftlichen Fakultät der Universität Kopenhagen, war sehr jung für eine Professorin, vielleicht höchstens 35 Jahre, aber die zarte Frau hatte sich mit großer Autorität geäußert. Über Skype hatte sie aus ihrem Büro bestätigt, dass die Kastanien, die man ihr zur Untersuchung vorgelegt hatte, keine Rosskastanien waren.

»Die Kastaniensorte, aus der die Kastanienmännchen gemacht sind, ist eine Esskastanie. Normalerweise ist das Klima hier zu kalt für Esskastanien, doch gibt es trotzdem einige Bäume in der Gegend, zum Beispiel am Limfjord. Diese Esskastanie hier ist aber ein Hybrid zwischen der europäischen und der japanischen Kastanie, genauer gesagt eine so genannte *castanea sativa x crenata*. Sie gehört auf den ersten Blick zur Marigoule-Sorte, an sich nichts Außergewöhnliches. Das Besondere daran ist, dass sie mit der Bouche-de-Betizac-Sorte gekreuzt zu sein scheint. Die meisten Experten meinen, dass gerade diese Kombination hierzulande ausgestorben ist, und das letzte Mal habe ich vor mehreren Jahren davon gehört, als die letzten Bäume angeblich durch einen bestimmten Pilz abgetötet wurden. Aber das habe ich Ihnen doch schon alles erzählt, oder?«

Diese bemerkenswerten Informationen hatte die junge Professorin bereits dem Assistenten von Genz mitgeteilt, der den Kontakt zu ihr aufgenommen hatte, und Thulin merkte, wie Genz sehr schweigsam wurde, als die Professorin sie daran erinnerte, bestimmt, weil er es kompromittierend für seine Abteilung fand, dass die Informationen erst jetzt den Weg zur Polizei fanden.

Die Suche hätte hier beendet sein können, wenn nicht Thulin noch eine letzte Frage gestellt hätte.

»Und wo ist die Marigoule-Betizac-Sorte *zuletzt* hierzulande gewachsen?«

Professorin Ingrid Kalke hatte sich bei einem Mitarbeiter rückversichert, und es hatte sich herausgestellt, dass die zuletzt registrierten Kastanienbäume dieser Sorte auf Møn standen, doch sie hatte wiederholt, dass die Sorte jetzt als ausgestorben galt. Thulin hatte sich trotzdem die betreffenden Orte auf der Insel an der Küste von Falster notiert und sich von der Professorin verabschiedet, woraufhin sie ein bisschen Zeit in eine Erklärung für Genz investieren musste, der die Bedeutung der Entdeckung nicht recht verstand.

Thulin hatte ihm erklärt, worum es ihr ging. Wenn die Kastanien mit Kristine Hartungs Fingerabdruck keine Rosskastanien waren und damit unmöglich aus ihrem und Mathildes Straßenverkauf stammen konnten, dann war ihre Herkunft noch rätselhafter als ursprünglich angenommen. Es gab keine logische Erklärung mehr dafür, wie sie in den Besitz von Benedikte Skans und Asger Neergaard gekommen sein sollten, schon gar nicht mit Kristine Hartungs Fingerabdruck, und es stellte somit Nylanders Auslegung der

Dinge in Frage. Auf der anderen Seite war es ermutigend für Thulin, dass die zuletzt registrierten Vorkommen dieser Kastanienart auf relativ wenige Orte in Dänemark zurückgeführt werden konnten, genauer gesagt auf Orte auf der Insel Møn. Wenn die Sorte so selten war, wie die Expertin gesagt hatte, dann konnte die betreffende Örtlichkeit möglicherweise etwas Neues zu den Ermittlungen beitragen. Im besten Fall etwas Neues über den Täter oder Kristine Hartung.

Zu dem Zeitpunkt war Genz aufgegangen, dass Thulin es tatsächlich für möglich hielt, dass die Mordfälle immer noch nicht aufgeklärt waren. Dass Hess recht haben könnte. Dass es möglicherweise jemandem gelungen war, es so aussehen zu lassen, als würde das junge Paar hinter den Verbrechen stehen.

»Das ist ja wohl nicht dein Ernst. Das soll doch ein Witz sein?«

Genz hatte erst gelacht und sich geweigert, sie nach Møn zu fahren, um nach Kastanienbäumen zu suchen. Obwohl sie versucht hatte, ihm zu erklären, dass er, wenn er nach Jylland fuhr, ja sowieso in diese Richtung musste. Zumindest fast. Doch er hatte den Kopf geschüttelt, bis ihm aufgegangen war, dass sie es in jedem Fall tun würde. Also hatte er nachgegeben, und sie war dankbar, einerseits, weil sie an diesem Tag keinen Dienstwagen hatte, und andererseits, weil sie seine Hilfe gebrauchen könnte, um die Kastaniensorte zu erkennen und zu verifizieren, wenn sie sie überhaupt fanden.

Leider war es nicht so gelaufen wie erhofft. Genz war durchaus flott gefahren. Trotz des Schnees hatten sie die Fahrt in anderthalb Stunden gemacht, doch als sie zu den Orten auf Møn gekommen waren, welche die Expertin ihnen angegeben hatte, waren da entweder nur alte, schneebedeckte Baumstümpfe übrig, oder die Bäume waren schon lange zugunsten von Neubauten gefällt worden. Um eine letzte Möglichkeit auszuschöpfen, hatte Thulin Genz dazu gebracht, von der Hauptstraße runter und zurück zur Brücke nach Sjælland über die stärker verschneite Landstraße zu fahren, mit dem Wald auf der einen und den Feldern auf der anderen Seite. Doch der Schnee hatte Genz immer mehr die Sicht genommen, und obwohl er gute Laune bewahrt hatte, mussten sie ihr Vorhaben schließlich aufgeben.

Thulin denkt an ihre Tochter und den Großvater, die inzwischen mit dem Fest in der Schule fertig sein müssen, und sie beschließt, anzurufen und ihnen zu sagen, dass sie auf dem Weg nach Hause ist.

»Hast du mein Handy gesehen?«

Sie fährt in ihren Manteltaschen herum, doch ganz gleich, wie tief sie gräbt, findet sie doch nicht, wonach sie sucht.

»Nein. Aber dafür habe ich eine Theorie, wie die Kastanien möglicherweise von seltenen Bäumen auf Møn stammen und trotzdem bei Familie Hartung und der Tochter gelandet sein können. Vielleicht hat die Familie einfach einen Ausflug nach Møn gemacht, hat sich die Kreidefelsen angesehen und ein paar Kastanien gesammelt, die sie dann mit nach Hause genommen haben?«

»Ja, möglich.«

Das letzte Mal, als Thulin ihr Handy hatte, lag es auf dem Tisch im Labor bei Genz, und es verwirrt sie, dass sie es vergessen hat, denn das passiert ihr sonst nie. Sie will gerade die Taschen ein weiteres Mal durchsuchen, als ihr Blick zufällig an etwas am Straßenrand hängen bleibt. Erst ist sie sich nicht sicher, doch das Bild bleibt, und dann begreift sie, was sie gesehen hat.

»Halt! Halt hier an! Halt!«

»Warum?«

»Halt, sage ich! Halt!«

Genz setzt schließlich den Fuß auf die Bremse, und der Wagen schlingert ein wenig, ehe er stillsteht. Thulin reißt die Tür auf und steigt hinaus in die Stille. Es ist mitten am Nachmittag, aber die Sonne ist schon dabei unterzugehen. Rechts von ihr breiten sich die schneebedeckten Felder aus, bis Schnee und Himmel am Horizont ineinander übergehen, links steht der Wald dunkel unter seiner Schneelast. Und gleich da, ein Stückchen weiter die Straße zurück, steht ein riesenhafter Baum am Straßenrand. Er ist höher als die anderen Bäume. Der Stamm ist dick wie eine Tonne, er misst 20, vielleicht 25 Meter in der Höhe, und das große, schwere Skelett aus Ästen ist mit Schnee bedeckt. Eigentlich sieht er nicht aus wie ein Kastanienbaum. Abgesehen vom Schnee ist er nackt und entlaubt, aber Thulin ist sich trotzdem sicher. Sie nähert sich dem Baum, und der Schnee knirscht in der kalten Luft, und als sie unter die Äste kommt, wo die Schneeschicht nicht so dick ist, fühlt sie plötzlich die kleinen Kugeln unter ihren Fußsohlen. Sie hat keine Handschuhe dabei, also greift sie mit bloßen Händen in den Schnee und gräbt die heruntergefallenen Kastanien aus.

»Genz!«

Es ärgert sie, dass Genz am Auto stehen geblieben ist und nicht dasselbe Engagement zeigt wie sie selbst. Sie hat die Kastanien vom Schnee frei gebürstet, und die kalten, dunkelbraunen Kugeln in ihrer linken Hand ähneln den Kastanien, die Kristine Hartungs Fingerabdruck tragen. Thulin versucht, sich zu erinnern, welche Charakteristika die Professorin genannt hat, auf die sie achten sollten.

»Komm doch und sieh sie dir an. Das können sie durchaus sein!«

»Thulin, selbst wenn es dieselben Kastanien sind, dann beweist das nichts. Familie Hartung kann hier unten gewesen sein, die Kreidefelsen angeschaut haben, und auf dem Nachhauseweg sind sie diese Straße hier gefahren, und die Tochter hat ein paar Kastanien mitgenommen.«

Thulin antwortet nicht. Zuvor, als sie an dem Baum vorbeigefahren sind, hat sie es nicht gesehen, aber jetzt, da sie an der Kastanie steht, kann sie deutlich erkennen, dass der Wald hier gar nicht so dicht ist, wie sie dachte. Neben dem Baum schlängelt sich ein Weg weit in den Wald hinein, wo der Schnee völlig unberührt aussieht.

»Wir fahren den Weg entlang und sehen mal, was da kommt.«

»Warum? Da ist doch nichts.«

»Das kannst du doch nicht wissen. Das Schlimmste, was passieren kann, ist doch, dass wir uns festfahren.«

Thulin marschiert energisch durch den Schnee zurück zum Auto. Genz steht immer noch an der Fahrertür und sieht sie an, aber als sie an ihm vorbei auf die andere Seite geht, um einzusteigen, bleibt sein Blick an einem unsichtbaren Punkt weit hinten auf dem kleinen, schmalen Weg hängen, der in den Wald hineinführt.

»Nun gut. Wenn du das wirklich möchtest.«

113

Herbst 1987.

Die Hände des Jungen sind schmutzig, und er hat Erde unter den Fingernägeln. Ungeschickt versucht er, mit der Ahle Löcher in die Kastanie zu machen, aber Rosa muss ihm zeigen, wie das geht. Nicht stechen, sondern bohren. Die Ahle herumdrehen, bis sie greift und sich ins Kastanienfleisch bohrt. Zuerst in beide Kastanien das Loch für den Hals machen, dann ein halbes Streichholz in der einen befestigen und danach die andere Kastanie obendrauf setzen. Dann wieder mit der Ahle bohren und Löcher für Arme und Beine machen – am besten tiefe Löcher, damit die Streichhölzer gut halten.

Das Mädchen kann es zuerst. Es ist, als wären die Finger des Jungen zu grob und gefühllos, und immer wieder fallen die Kastanien ihm aus den Händen und auf den nassen Rasen, von wo Rosa sie für ihn aufsammeln muss, damit er es noch einmal versuchen kann. Das Mädchen und Rosa lachen über ihn, aber nicht, um ihn zu hänseln, und der Junge fasst es auch nicht so auf. Doch, am Anfang vielleicht schon, die ersten paar Mal, als sie draußen im Gebüsch unter dem großen Baum waren und zusammen mit Mutter und Vater Kastanien gesammelt haben. Danach haben sie wie jetzt im hinteren Garten auf der Treppenstufe zu dem alten Spielhäuschen zwischen den gelben und roten Blättern gesessen, und wenn Rosa über seine Ungeschicklichkeit mit den Kastanien gelacht hat, sah er ganz erschrocken aus. Seine Schwester genauso, aber dann hatte Rosa ihnen beiden geholfen, und sie hatten verstanden, dass ihr Lachen nicht böse gemeint war.

»Kastanienmann, komm herein, Kastanienmann, komm herein…«

Rosa singt das Lied, während sie dem Jungen zeigt, was er machen muss, damit auch sein Kastanienmann fertig wird und auf das Holzbrett zu den anderen, die sie gebastelt haben, gesetzt werden kann. Sie hat den Zwillingen erzählt, je mehr Männchen sie basteln, desto mehr Geld können sie verdienen, wenn sie die in der Bude draußen an der Landstraße verkaufen. Rosa hat noch nie zuvor Geschwister gehabt, und wenngleich sie wohl weiß, dass die Zwillinge nicht für ewig hierbleiben, wahrscheinlich nicht einmal bis Weihnachten, will sie daran gar nicht denken. Es ist schön, dass sie da sind, wenn sie aufwacht. Samstags oder sonntags, wenn keine Schule ist, kann sie früh am Morgen in das Gästezimmer gehen, das auf der anderen Seite vom Schlafzimmer der Eltern liegt, und obwohl sie die Zwillinge weckt, sind sie doch nicht böse. Sie reiben sich den Schlaf aus den Augen und sehen sie gespannt an. Neugierig hören sie Rosas Vorschläge für verschiedene Spiele an, und es macht ihr nichts aus, dass die Zwillinge nicht so viel reden und keine eigenen Vorschläge machen. Sie freut sich jedes Mal, ihnen zu erzählen, was sie sich ausgedacht hat, und es ist, als würde ihre Phantasie immer neue lustige Ideen und Erfindungen hervorbringen, jetzt, wo es ein anderes Publikum gibt als nur Mutter und Vater, die meistens nur »ih« und »ah« oder *»jetzt haben wir es gesehen« sagen.*

»Rosa, komm mal kurz.«

»Jetzt nicht, Mama, wir spielen!«

»Doch, komm mal. Es dauert nicht lange.«

Rosa läuft über den Rasen, am Küchengarten vorbei, wo der Spaten ihres Vaters im Kartoffelbeet steckt.

»Was ist denn?«

Sie bleibt ungeduldig an der Waschküchentür zu dem kleinen Einfamilienhaus stehen, aber die Mutter sagt, sie soll die Gummistiefel ausziehen und ganz reinkommen. Es überrascht Rosa, dass ihre Mutter und ihr Vater beide mit einem seltsamen Lächeln auf den Lippen in der Waschküche stehen und sie empfangen, und ihr wird klar, dass sie möglicherweise eine ganze Weile dagestanden und ihr Spiel draußen im Garten beobachtet haben.

»Spielst du gern mit Toke und Astrid?«

»Ja, was ist denn? Wir haben viel zu tun!«

Es ärgert sie, da in der Waschküche zu stehen, wenn die Zwillinge beim Spielhäuschen auf sie warten. Wenn sie heute Vormittag mit den Kastanien fertig werden, dann schaffen sie es noch vor dem Mittagessen, die Obstkisten aus der Garage zu holen und einen Verkaufsstand zu bauen, es gilt also keine Zeit zu verlieren.

»Wir haben beschlossen, Toke und Astrid zu behalten, damit sie immer hierbleiben können. Was sagst du dazu?«

Die Waschmaschine hinter Vater fängt an zu brummen, und die beiden Erwachsenen stehen da und sehen sie an.

»Sie haben es schwer gehabt und brauchen dringend ein gutes Zuhause, und Papa und ich meinen, das sollte hier bei uns sein. Wenn du das auch findest. Was meinst du?«

Die Frage kommt überraschend für Rosa. Sie weiß nicht, was sie meint. Sie hatte gedacht, sie würden sie fragen, ob sie Butterbrote mit rausnehmen wolle. Oder Saft oder ein paar Kekse. Aber das war es nicht. Also antwortet sie das, was die lächelnden Gesichter gerne hören möchten.

»Ja. Das ist gut.«

Im nächsten Moment gehen Mutter und Vater in den nas-

sen Garten hinaus, Mutter in Gummistiefeln und Vater mit nackten Füßen und Flipflops. Sie merkt, dass sie sich freuen. Sie haben keine Jacken an, nicht einmal warme Pullover, aber trotzdem steuern sie auf das Spielhäuschen zu, wo die Zwillinge auf der Treppe sitzen, immer noch mit den Kastanien beschäftigt. Rosa bleibt an der Tür zur Waschküche stehen, wie man ihr gesagt hat. Sie kann nicht hören, was gesprochen wird, aber Mutter und Vater setzten sich zu den Zwillingen und lassen sich viel Zeit. Rosa kann die Gesichter der Zwillinge sehen. Plötzlich wirft sich das Mädchen in Vaters Arm und drückt ihn an sich. Kurz darauf beginnt der Junge zu weinen. Sitzt nur da und weint. Mutter legt den Arm um ihn und tröstet ihn, und Mutter und Vater sehen einander an und lächeln auf eine Weise, die Rosa, soweit sie sich erinnern kann, noch nie bei ihnen gesehen hat. Der Himmel öffnet seine Schleusen. Der Regen stürzt herab, und während Rosa in der Tür zur Waschküche steht, kauern sich die anderen lachend unter das kleine Vordach.

»Wir haben volles Verständnis für Ihre Entscheidung. Wo sind sie?«

»Im Gästezimmer. Ich hole sie.«

»Wie geht es Ihrem Mädchen?«

»Den Umständen entsprechend gut.«

Rosa sitzt am Küchentisch, kann aber die Stimmen im Flur deutlich hören. Mutter geht am Türspalt vorbei und zum Gästezimmer, während Vater zusammen mit dem Mann und der Frau, die Rosa eben vor dem Küchenfenster aus dem weißen Auto hat steigen sehen, im Flur stehen bleibt. Die Stimmen im Flur klingen gedämpft und sind schließlich nur noch ein Flüstern, das Rosa nicht deu-

ten kann. In der letzten Woche ist viel geflüstert worden. Rosa freut sich, dass damit bald Schluss ist. Es fing an, kurz nachdem sie ihnen die Geschichte erzählt hatte. Sie wusste nicht, woher sie die hatte – doch, vielleicht von damals im Kindergarten. Sie konnte sich immer noch an die Reaktion der Erwachsenen erinnern, als ein Mädchen, das Berit hieß, erzählt hatte, was im Kissenzimmer passiert war. Sie hatte da mit den Jungs gelegen, bis einer von den Jungen ihre Muschi sehen wollte. Er hatte ihr sogar 50 Øre dafür angeboten. Berit hatte ihm die Muschi gezeigt, und danach hatte sie gefragt, ob die anderen Jungs sie auch sehen wollten. Mehrere wollten das, und Berit hatte viel Geld verdient, das ihr die Jungs schuldeten. Man konnte auch Sachen in die Muschi stecken, aber das kostete 25 Øre extra.

Die Erwachsenen hatten es mit der Angst bekommen, das war deutlich. Nach diesem Vorfall im Kissenzimmer wurde richtig viel geflüstert, auch zwischen den Eltern an der Garderobe, und kurz darauf wurden richtig viele neue Regeln aufgestellt. Rosa hatte das Ganze schon fast vergessen gehabt. Aber an einem Abend, nachdem Mutter und Vater den ganzen Tag darauf verwandt hatten, zwei neue Betten zu kaufen und abzuholen und das Gästezimmer zu streichen, war ihr die Geschichte ganz von allein wieder eingefallen, ohne dass sie darüber nachdenken musste.

Im Türspalt kann sie die zwei Gestalten mit gesenkten Köpfen vorbeigehen sehen. Sie kann ihre Schritte auf der Treppe vor der Tür hören, wo Vater schon ihre Taschen abgestellt hat. Im Flur hört sie Mutter die Frau fragen, wo die Kinder jetzt hingeschickt werden.

»Wir haben noch keinen neuen Platz für sie gefunden, aber das wird hoffentlich nicht lange dauern.«

Die Erwachsenen verabschieden sich, und Rosa geht in ihr Zimmer. Sie hat keine Lust, die Zwillinge zu sehen, denn sie hat Bauchweh. Als wäre ein Knoten da drin. Aber sie kann unmöglich die Geschichte jetzt anders erzählen, denn nun hat sie es einmal gesagt, und man darf über solche Sachen nicht lügen. Man soll es in sich behalten und niemals zu niemandem etwas darüber sagen. Trotzdem kann sie merken, dass es sie fast von innen zerreißt, als sie das Geschenk sieht, das auf ihrem Bett steht. Die fünf Kastanienfiguren stehen in einem Kreis, als würden sie einander an den Händen halten. Sie sind mit Draht zusammengehalten, und zwei von den Figuren sind größer als die anderen, als wären es ein Vater und eine Mutter, die mit ihren drei Kindern da stehen.

»So, Rosa, jetzt sind sie weg …«

Rosa rennt an ihrem Vater und ihrer Mutter vorbei. Sie hört, wie sie ihr erstaunt nachrufen, als sie durch die Eingangstür hinausläuft. Das weiße Auto ist gerade von der Bordsteinkante weggefahren und nimmt jetzt hinauf zur Kurve Fahrt auf. Rosa rennt so schnell sie kann auf ihren Strümpfen, bis das Auto verschwindet. Das Letzte, was sie sieht, sind die dunklen Augen des Jungen, die sie durch die Rückscheibe anstarren.

114

Als sie auf die Straße in den Wald hinein abbiegt und Gas gibt, ist das Tageslicht beinahe völlig verschwunden. Es hat wieder angefangen zu schneien, und der Schnee hat begonnen, die schwachen Reifenspuren, die Rosa vor sich im Scheinwerferlicht ahnen kann, zuzudecken.

Erst war sie zu weit gefahren und musste anhalten und in ein Haus gehen, um nach dem Weg zu fragen. Sie ist noch nie zuvor auf Møn gewesen, und selbst wenn, dann hätte das doch keinen Unterschied gemacht. Als sie der Wegbeschreibung der Frau aus dem Haus folgte und die Straße in der Richtung zurückfuhr, aus der sie gekommen war, fiel ihr auf, dass sie den großen Kastanienbaum und den Stichweg, der in den Wald führte, übersehen hatte. Nun windet sich der von alten, entlaubten Bäumen und hohen Tannen gesäumte Weg durch viele scharfe Kurven, aber aufgrund der Reifenspuren, denen sie folgen kann, gelingt es ihr, das Tempo zu halten und auf der Straße zu bleiben. Als die Reifenspuren schließlich schwächer und vom aufwirbelnden Schnee verwischt werden, packt sie die Panik. Hier ist kein Hof. Keine Menschen, überhaupt nichts, nur der Weg und der Wald, und wenn sie sich wieder verfahren hat, kann es zu spät sein.

Gerade als Rosa die Verzweiflung überkommt, öffnet sich der Wald vor ihr, und der Weg endet plötzlich auf einem großen, zugeschneiten Hofplatz, der von riesigen Bäumen umgeben ist. So hat sie sich das nicht vorgestellt. Nach der Beschreibung in der Akte, die sie im Ministerium auf dem Bildschirm gelesen hat, hätte sie einen verfallenen Ort erwartet. Heruntergekommen und hässlich, doch so ist es nicht. Es ist idyllisch. Rosa hält den Wagen an, schaltet den Motor aus und vergisst ganz, die Autotür zu schließen, als sie eilig in den Schnee hinaustritt und sich umsieht, während ihr Atem nach allen Seiten dampft.

Es ist ein Zweiseithof mit zwei Etagen und Strohdach, und auf den ersten Blick sieht er aus wie ein gut renovierter Herrenhof aus dem vorletzten Jahrhundert. Die weiß verputzte Fassade jedoch wird von modernen Außenstrahlern beleuchtet, deren Licht ganz bis auf den Hof hinaus reicht, und in die Winkel unter dem Strohdach sind kleine Glaskuppeln installiert, die Rosa als Überwachungskameras erkennt. Durch die weißen Sprossenfenster kann sie einen flackernden, warmen Schimmer irgendwo drinnen im Erdgeschoss erkennen, und erst, als sie die Inschrift über der Haustür liest, wo mit zierlichen schwarzen Buchstaben »Kastanienhof« steht, ist sie sicher, an den richtigen Ort gekommen zu sein. Rosa kann nicht länger warten. Sie ruft mit aller Kraft, und als sie Luft holt und es herauslässt, hallt der Name vom Hofplatz und bis oben in den Bäumen wider.

»Kristine ...!«

Ein Schwarm Krähen erhebt sich von den Bäumen hinter dem Hof. Sie tauchen herab durch die Schneeflocken und fliegen über die Gebäudetrakte, und erst als die letzte der Krähen verschwunden ist, entdeckt Rosa hinten an der Tür zum Schuppen seine Gestalt.

Er ist groß, ungefähr 1,85 Meter. In einer Hand hält er einen blauen Maurereimer mit Holzscheiten, in der anderen eine Axt. Das Gesicht ist sanft und jugendlich, und erst erkennt sie ihn nicht.

»Du hast es gefunden ... Willkommen.«

Seine Stimme klingt nüchtern, fast freundlich, und nach einem kurzen Blick begibt er sich über den Hofplatz zur Haustür, der Schnee knirscht dabei unter seinen Sohlen.

»Wo ist sie?«

»Ich möchte mich erst einmal dafür entschuldigen, dass der Hof anders aussieht als damals. Als ich ihn kaufte, hatte ich geplant, den Ort wiederherzustellen, sodass du ihn so würdest sehen können, wie er war, aber der Gedanke war doch zu deprimierend.«

»Wo ist sie?«

»Sie ist nicht hier. Komm gern herein und sieh nach.«

Rosas Herz hämmert. Das Ganze ist surrealistisch, und sie schnappt nach Luft. Der Mann ist an der Haustür stehen geblieben, die er einladend weit aufgestoßen hat, während er selbst danebensteht und den Schnee von seinen Stiefeln klopft.

»Komm jetzt, Rosa. Bringen wir es hinter uns.«

115

Das Haus fühlt sich dunkel und kalt an, und sie ruft immer wieder ihren Namen und schaut in alle Zimmer. Sie läuft vom Erdgeschoss die Treppe hinauf in den ersten Stock und untersucht alle Zimmer mit Dachschrägen, doch mit demselben Ergebnis. Da ist nichts. Keine Möbel, keinerlei Inventar, nur der Geruch von Lack und neuem Holz, der über allem hängt. Es ist ein leeres, frisch renoviertes Haus, und es ist, als wäre es niemals mit irgendetwas eingerichtet gewesen. Auf dem Weg die Treppe hinunter ins Erdgeschoss hört sie ihn. Er summt etwas, ein altes Kinderlied, und als ihr klar wird, um welches es sich handelt, gefriert ihr das Blut in den Adern. Als sie über die Schwelle von der Diele ins Wohnzimmer tritt, sitzt er in der Hocke mit dem Rücken zu ihr und stochert mit dem Schürhaken in den schwelenden Holzscheiten im Ofen. In dem blauen Maurereimer neben ihm liegt die Axt, und sie reißt sie mit einer raschen Bewegung an sich. Doch er reagiert gar nicht. Er sitzt immer noch in der Hocke, als er zu ihr aufsieht, und ihre Hände beginnen zu zittern, während sie versucht, sie richtig auf dem Stiel der Axt zu platzieren, damit sie bereit ist, sie zu gebrauchen.

»Sag mir, was du getan hast…«

Er schließt die Ofenklappe und legt sorgfältig den Riegel vor.

»Sie ist jetzt an einem guten Ort. Pflegt man nicht so zu sagen?«

»Was hast du getan, frage ich!«

»Das war zumindest, was man zu mir immer gesagt hat, wenn ich nach meiner Schwester gefragt habe. Ziemlich paradox. Erst schickt man ein Zwillingspaar in einen Keller hinunter und lässt Väterchen machen, worauf er Lust hat, während Mütterchen gute Ideen hat und das Ganze filmt. Danach trennt man die Zwillinge jahrelang, ohne Kontakt zueinander, weil man der Meinung ist, es wäre am besten für sie…«

Rosa weiß nicht, was sie sagen soll, doch als er sich erhebt, packt sie die Axt fester.

»Aber *ein guter Ort*, das fühlt sich nicht sonderlich tröstlich an. Meiner Meinung nach ist die Ungewissheit das Schlimmste. Denkst du nicht auch?«

Der Mann ist wahnsinnig. Alle Gedanken, die sich Rosa auf der Fahrt hierher gemacht hat, sind unbrauchbar. Es gibt keine Vernunft, keine Strategie und keinen Plan, die man gegen den Blick, der sie ruhig anstarrt, anwenden könnte, und stattdessen tritt sie einen Schritt näher.

»Ich weiß nicht, was du willst. Das ist mir auch egal. Du sollst mir sagen, was du getan hast und wo Kristine ist. Hörst du?!«

»Sonst? Sonst richtest du die da gegen mich?«

Er zeigt mit einer wegwerfenden Bewegung auf die Axt,

und es ist, als würde die daraufhin zwischen ihren Händen zerbröseln. Rosa spürt, wie ihr die Tränen in die Augen steigen. Er hat recht. Sie wird die Axt nicht benutzen, denn dann bekommt sie niemals Gewissheit. Obwohl sie dagegen ankämpft, beginnen die Tränen zu fließen, und sie sieht die Andeutung eines Lächelns auf seinem Gesicht.

»Lass uns diesen Teil überspringen. Wir wissen beide, was du gerne wissen willst, und ich will es dir gern erzählen. Die Frage ist nur, wie *sehr* du es wissen willst.«

»Ich will alles tun ... Wenn du es mir nur sagst. Warum kannst du es mir nicht sagen ...«

Seine Bewegung ist behände, und sie kann nicht reagieren, ehe er dicht bei ihr steht und etwas Nasses und Weiches auf ihr Gesicht drückt. Der scharfe Geruch brennt in ihren Nasenlöchern. Sie versucht, sich aus seinem Griff zu befreien, doch er ist zu stark, und seine Stimme flüstert viel zu nah an ihrem Ohr.

»So ... Hol Luft. Es ist gleich überstanden.«

116

Das Licht ist grell und blendet sie. Sie blinzelt und kämpft, um die Augen aufzubekommen, und das Erste, was sie registriert, ist die weiße Decke und die weißen Wände. Links von ihr, ein Stück weiter im Raum, kann sie einen niedrigen Stahltisch erahnen, der im Licht glänzt, und zusammen mit den flimmernden Monitoren auf der entgegengesetzten Wand hat sie den Eindruck, sie befände sich in einem Krankenhaus. Sie liegt in einem Krankenhausbett, und alles war ein Traum, aber als sie sich aufsetzen will, wird ihr klar, dass das nicht geht. Sie liegt auf keinem Bett, sondern auf einem Operationstisch, auch der aus Stahl, und ihre entblößten Arme und Beine sind zur Seite gespreizt und mit Lederriemen festgebunden, die auf dem Tisch angeschraubt sind. Als sie das bemerkt, schreit sie auf, aber der Lederriemen, der ihren Kopf unten hält, ist quer über ihren offenen Mund gespannt, und ihr Ruf klingt gedämpft und unverständlich.

»Willkommen zurück. Bist du okay?«

Rosa fühlt sich benebelt, und sie kann ihn nicht sehen.

»Die Betäubung hört nach zehn bis zwölf Minuten auf zu wirken. Nur die wenigsten wissen, dass gewöhnliche Rosskastanien den Giftstoff Aesculin enthalten, der fast ebenso effektiv ist wie Chloroform, wenn man den richtigen Cocktail mixt.«

Rosa bewegt die Augen hin und her, aber sie kann immer noch nur seine Stimme hören.

»Auf jeden Fall müssen wir so einiges schaffen, also versuch bitte, dich von jetzt an wach zu halten. Versprochen?«

Mit einem Mal geht er in einem weißen Plastikanzug durch ihr Blickfeld. In der einen Hand hat er einen länglichen Pilotenkoffer, den er auf dem niedrigen Stahltisch abstellt, und während er sich herunterbeugt und das Schloss aufklickt, hört sie ihn sagen, dass die Geschichte mit Kristine an dem Tag anfing, als er nach langen Jahren der Suche plötzlich Rosa in einer Nachrichtensendung sah.

»Ich hatte schon gedacht, ich würde dich nie finden. Aber du wurdest aus den hintersten Reihen des Parlaments zur Sozialministerin befördert. Stell dir vor, wie ironisch, dass ich dich ausgerechnet aufgrund dieser Ernennung gefunden habe...«

Rosa fällt ein, dass sie diese weißen Anzüge bei den Leuten von der Spurensicherung der Polizei gesehen hat. Er trägt außerdem einen weißen Mundschutz und eine blaue Haube auf dem Kopf, und mit Gummihandschuhen an den Händen klappt er nun den Pilotenkoffer ganz auf. Wenn Rosa ihren Kopf fest nach links drückt, kann sie gerade so erkennen, dass in der Schaumstoffauskleidung des Koffers zwei Vertiefungen sind. Den Inhalt der vorderen kann sie nicht erkennen, weil er im Weg steht, doch in der hinteren kann sie einen schimmernden Metallstab sehen. Am Ende des Stabs sitzt eine faustgroße Metallkugel, die mit kleinen, spitzen Stacheln versehen ist. Das andere Ende ist mit einem Handgriff versehen, doch wo der aufhört und der Stab zu Ende sein sollte, geht das Metall weiter und wird zu einer fünf bis sechs Zentimeter langen Ahle. Dieser Anblick lässt sie an den Lederriemen zerren und reißen, während sie ihn erzählen hört, dass er durch die Akteneinsicht in einen alten Bericht der Gemeinde Odsherred schon lange kapiert habe, warum er und die Schwester zum Kastanienhof weitergeschickt worden waren.

»Natürlich warst du nur ein kleines, unschuldiges Mädchen mit niedriger Frustrationstoleranz. Aber aus deiner kleinen Mücke ist dann eben doch ein Elefant geworden, und jedes Mal, wenn du als Ministerin aufgetreten bist und von den armen, kleinen Kindern gesprochen hast, konnte ich an deinem selbstgefälligen Gesicht erkennen, dass du die Sache komplett vergessen hattest.«

Rosa schreit. Sie will ihm sagen, dass das nicht stimmt, aber die Laute, die sie ausstößt, sind wie die eines wilden Tieres, und aus dem Augenwinkel kann sie ahnen, dass er den Metallstab liegen lässt und stattdessen den Inhalt der vorderen Vertiefung im Koffer nimmt.

»Auf der anderen Seite kam es mir zu leicht vor, wenn du einfach nur sterben dürftest. Am allerliebsten wollte ich dir das Leid zeigen, das du selbst verursacht hattest – ich wusste nur nicht wie. Bis ich feststellte, dass du eine Tochter hast, sogar ungefähr im selben Alter wie meine Schwester damals –, und so kam ich auf die Idee. Ich begann, euer Leben und eure Gewohnheiten zu studieren, vor allem natürlich die von Kristine, und weil sie nicht besonders schlau oder originell war, im Grunde genommen bloß ein verwöhntes Oberschichtleben führte, war es leicht, sie zu berechnen und einen Plan zu machen. Danach musste ich einfach nur auf den Herbst warten. Warst du das eigentlich, die ihr beigebracht hat, Kastanienmänner zu basteln?«

Rosa versucht, sich zu orientieren. Es gibt keine Fenster, Treppen oder Türen in ihrem Sichtfeld, und trotzdem beginnt sie frenetisch zu schreien. Auch wenn der größte Teil des Lautes von dem Lederriemen vor ihrem Mund erstickt wird, füllt das Schreien doch trotzdem den Raum und gibt ihr Energie genug, um sich von einer Seite zur anderen zu winden, um freizukommen. Als sie nicht mehr kann, ist die Stimme plötzlich viel dichter bei ihr, und sie stellt fest, dass er an ihrer Seite steht und mit etwas herumhantiert.

»Es war ein ganz besonderes Vergnügen, das zu sehen. Ich wusste zu dem Zeitpunkt noch nicht, wozu ich es verwenden könnte, doch es hatte seine eigene Poesie, wie sie da mit ihrer Freundin saß und die Kastanienmännchen an der Straße verkaufte. Ich habe daraufhin tatsächlich alles ein paar Tage verschoben, bis ich ihr wie schon so viele Male vorher von der Sporthalle folgte. Nur ein paar Straßen von eurem Haus entfernt brachte ich sie dazu, anzuhalten und mir den Weg zum Rathausplatz zu zeigen, sodass ich sie in den Lieferwagen schubsen konnte. Ich betäubte sie und legte ihr Fahrrad und ihre Sporttasche im Wald ab, damit die Polizei etwas hatte, worauf sie sich stürzen konnte, und dann fuhren wir davon. Zu deiner Ehre will ich sagen, dass sie sich gut erzogen verhalten hat. Sie war zutraulich und freundlich, und glaube mir, das wird man nur, wenn man die richtigen Eltern hat…«

Rosa weint. Ihre Brust hebt und senkt sich mit ihrem Schluchzen, das sich durch den Hals presst und herauszukommen versucht. Sie wird von dem Gefühl überwältigt, dass sie es verdient hat, hier zu liegen. Es ist ihre Schuld, und sie hat ihre Strafe verdient. Ganz gleich, was geschehen ist, hat sie doch nicht auf ihr kleines Mädchen aufgepasst.

»So… Spaßigerweise hat diese Geschichte vier Kapitel, und das hier war das erste. Jetzt machen wir eine Pause, und dann erzähle ich hinterher mehr. Einverstanden?«

Plötzlich hört Rosa ein surrendes Geräusch und versucht, den Kopf zu ihm zu drehen. Das Instrument ist aus Stahl oder Aluminium, vielleicht von der Größe eines Bügeleisens. Es hat einen doppelten Handgriff, einen Metallschirm und eine Führungsschiene mit groben Schweißnähten, und es dauert einen Moment, bis Rosa erkennt, dass das Geräusch von dem rotierenden Sägeblatt ganz vorn am Instrument kommt. Plötzlich begreift sie, warum ihre Arme und Beine so festgebunden sind, dass ihre Hände und Füße über den Operationstisch hinausragen, und als er die Säge an eines ihrer Handgelenke ansetzt, beginnt sie wieder hinter dem Lederriemen zu schreien.

»Bist du okay? Kannst du mich hören?«

Die Stimme dringt zu ihr durch, und das grelle, weiße Licht flimmert wieder vor ihren Augen. Sie versucht sich zu orientieren und sich ins Gedächtnis zu rufen, was geschehen ist, ehe sie das Bewusstsein verloren hat. Einen Moment lang breitet sich in ihr Erleichterung darüber aus, dass nicht mehr passiert ist, bis sie die Lähmung auf der linken Seite spürt. Als sie ihren Blick dorthin wendet, gerät sie in Panik. Eine große Laborklemme aus schwarzem Kunststoff hindert das Blut daran, aus der offenen Wunde, wo einmal ihre linke Hand saß, herauszuströmen, und auf dem Fußboden, in dem blauen Maurereimer, kann sie ein paar Fingerspitzen erkennen.

»Das zweite Kapitel beginnt hier im Keller. Als ihr langsam bemerkt habt, dass irgendwas nicht stimmte, waren Kristine und ich schon hier angekommen.«

Sie hört seine Stimme, während er sich mit dem Instrument und dem blauen Eimer auf ihre andere Seite begibt. Der weiße Plastikanzug ist bis zur einen Schulter und zum Mundschutz, den er trägt, mit Blut bespritzt, *ihrem* Blut, und sie windet sich verzweifelt.

»Ich wusste, dass ihr Verschwinden das Land auf den Kopf stellen würde, also hatte ich mich gut vorbereitet. Der Keller sah damals noch anders aus, und ich hatte ihn so angelegt, dass er nicht zu finden wäre, selbst wenn jemand kommen und das Haus entdecken würde. Aber Kristine war natürlich sehr überrascht, als sie hier unten aufwachte. Erschrocken ist vielleicht das bessere Wort. Ich habe versucht, ihr zu erklären, dass ich an ihrer feinen, kleinen Hand einen Schnitt anbringen musste, weil ich ihre DNA brauchte, um die Polizei dazu zu bringen, sich für einen anderen Täter zu interessieren, und das hat sie recht tapfer ertragen. Doch leider war sie viel alleine, weil ich ja meine Verpflichtungen in Kopenhagen hatte. Jetzt fragst du dich sicher, wie es ihr ging. Ob sie traurig war oder Angst hatte, und da muss ich ganz ehrlich sagen, so war es. Sie hat gebettelt und gefleht, wieder nach Hause zu euch kommen zu dürfen. Das war sehr anrührend, aber nichts währt ewig, und als der Sturm sich nach einem Monat gelegt hatte, war es an der Zeit, Abschied zu nehmen.«

Die Worte der Stimme fühlen sich schlimmer an als der Schmerz vom Arm. Rosa schluchzt wieder, und es ist, als würde ihr ganzer Brustkorb aufgerissen.

»Das war das zweite Kapitel. Jetzt machen wir noch eine Pause. Versuch mal, diesmal nicht so lange bewusstlos zu sein – ich habe trotz allem nicht den ganzen Tag Zeit.«

Er platziert den blauen Maurereimer unter ihrer rechten Hand, und Rosa fleht ihn an, es nicht zu tun, doch es kommen nur unverständliche Laute aus ihrem Mund. Das Instrument beginnt zu summen, das Sägeblatt setzt sich in Gang, und sie schreit wieder vor Schmerz, als es in ihr Handgelenk gesenkt wird. Ihr Körper spannt sich in einem Bogen zur Decke, als sie spürt, wie es von einem Knochen abrutscht und in eine Vertiefung hinein, wo es greift und beginnt, sich hineinzuarbeiten. Der Schmerz ist unvorstellbar. Und er setzt sich fort, obwohl das Surren plötzlich erstirbt und das Instrument ausgeschaltet wird. Rosas gedämpfter Schrei wird jetzt von einem piependen Alarm übertönt, und dieser Laut ist es, der den Mann veranlasst, seine Operation einzustellen. Er dreht sich, immer noch mit dem Instrument in der Hand, zu den Monitoren an der Wand gegenüber, und Rosa versucht hinzusehen. Auf einem der Bildschirme kann sie eine Bewegung erahnen, und ihr wird klar, dass sie auf die Monitore von den Überwachungskameras schaut. Etwas kommt aus weiter Entfernung ins Bild. Vielleicht ein

Auto, und das ist ihr letzter Gedanke, bevor alles wieder schwarz wird.

117

Die Anstrengung lässt das Blut aus der Wunde am Kopf über Thulins Gesicht laufen, und sie muss heftig nach Luft ringen, um nicht ohnmächtig zu werden. Das Gafferband ist so rücksichtslos um ihren Kopf gewickelt, dass sie nur durch das eine Nasenloch atmen kann, und ihre Hände sind gefesselt, sodass sie das Tape auch nicht abreißen kann. Sie liegt zusammengekauert im Kofferraum, und sowie sie genug Sauerstoff bekommen hat, setzt sie wieder ihre Knie gegen die Stelle in der Dunkelheit, wo sie das Schloss vermutet. Sie spannt all ihre Muskeln an, während sie den Nacken und den oberen Rücken gegen die Rückwand presst. Sie gibt nicht auf, stößt wieder und wieder gegen das Schloss, während ihr Rotz und Blut aus dem Nasenloch fließen. Aber das Schloss gibt nicht nach. Stattdessen spürt sie, wie eine Schraube sich in die Fleischwunde unter der einen Kniescheibe schneidet, und als der Sauerstoffmangel sie erschöpft, gibt sie auf und fällt, heftig nach Atem ringend, in sich zusammen.

Thulin weiß nicht, wie lange sie schon im Kofferraum liegt. Die letzten Minuten kamen ihr wie eine Ewigkeit vor, weil sie entfernt das gellende Geräusch einer Maschine gehört hat, das sich mit den Schreien einer Frau vermischt hat. Obwohl die Schreie gedämpft sind, so als ob die Frau etwas vor dem Mund hat, und obwohl das Geräusch durch einen Entlüftungskanal zu kommen scheint, hat Thulin noch nie einen so herzzerreißenden Laut gehört. Wenn sie könnte, hätte sie sich die Ohren zugehalten, vor allem, weil sie sich sehr gut vorstellen kann, was die Schreie verursacht, doch ihre Hände und Füße sind gefesselt, die Hände sogar so fest, dass sie gefühllos sind.

Als sie zu Bewusstsein kam, hatte sie erst nicht gewusst, wo sie war, weil sie von schwarzer Dunkelheit umschlossen war, aber an den engen Seitenwänden und der kalten Metallfläche über sich hat sie erkannt, dass sie im Kofferraum eines Autos liegt. Vermutlich das Auto, in dem sie mit Genz hergekommen ist.

Als der Wald sich plötzlich öffnete und sie auf den Hofplatz gefahren waren, war all ihre Aufmerksamkeit auf den Bauernhof gerichtet gewesen. Sie war in den unberührten Schnee ausgestiegen, hatte die großen, alten Kastanienbäume bemerkt, die den Hofplatz umgaben, und als ihr Blick auf die Inschrift über der Haustür fiel, hatte sie sofort ihre Dienstwaffe gezogen. Der strohgedeckte Hof hatte dunkel und ungastlich gewirkt, und als sie näher trat, hatten die Bewegungsmelder das Außenlicht eingeschaltet, und die Kuppeln der Überwachungskameras wurden sichtbar. Die Haustür war verschlossen gewesen, und im Haus war nichts und niemand zu sehen gewesen, doch sie hatte keinen Zweifel gehabt, an den richtigen Ort gekommen zu sein.

Thulin hatte begonnen, um den Hof herumzugehen, um nach einer anderen Möglichkeit zu suchen hineinzukommen, und gerade, als sie beschlossen hatte, ein Fenster einzuschlagen und auf diesem Weg hineinzuklettern, hatte Genz hinter ihr gestanden und gesagt, dass er unter der Fußmatte bei der Haustür einen Schlüssel gefunden habe. Das hatte sie nicht einmal gewundert. Vielmehr hatte sie gedacht, dass sie selbst diese Möglichkeit hätte in Betracht ziehen sollen, und so waren sie gemeinsam reingegangen. Sie war vorweg gegangen, und im Eingang war ihr der Geruch von Lack und neuem Holz entgegengeschlagen. Als wäre es ein ganz neues Haus, das niemals bewohnt worden war. Doch sowie sie zu dem Kaminofen in der Zimmerecke kam, die vom Hofplatz nicht einsehbar war, war deutlich geworden, dass der Hof bewohnt war. Auf einem weißen Schreibtisch standen zwei Laptops, daneben elektronische Ausrüstung, Handys, Kastanien in Schalen, Grundriss-Zeichnungen, Glaskolben und Laborausrüstung, auf dem Boden standen ein paar Metallkanister. An der Wand über dem Tisch hingen Fotos von Laura Kjær, Anne Sejer-Lassen und Jessie Kvium. Ganz oben hing ein Foto von Rosa Hartung, und es gab auch paparazziartige Foto von Thulin selbst und von Hess.

Der Anblick hatte Thulin einen Schauder über den Rücken gejagt. Sie hatte ihre Waffe entsichert und sich bereit gemacht, den Rest des Hauses zu durchsuchen, und weil sie ihr Handy nicht dabeihatte, hatte sie Genz gebeten, sofort Nylander über ihren Fund zu informieren.

»Das kann ich leider nicht, Thulin.«

»Wie meinst du das?«

»Ich erwarte einen Gast, und das würde die Arbeitsruhe stören.«

Der Satz war so seltsam gewesen, dass sie sich umgedreht und ihn verständnislos angesehen hatte. Genz war kurz hinter der Schwelle ins Wohnzimmer stehen geblieben. Das Licht auf dem Hofplatz hinter ihm war immer noch eingeschaltet, und sie konnte sein Gesicht nicht sehen, nur seine Silhouette, und einen Moment lang hatte sie an die Gestalt hinter der Plane auf dem Gerüst gegenüber von ihrer Wohnung gedacht.

»Wovon zum Teufel redest du? Jetzt ruf an!«

Mit einem Mal war ihr klar geworden, dass Genz mit einer Axt dastand. Stand einfach da und ließ sie wie eine Verlängerung seines Arms herunterhängen.

»Es war riskant von mir, die Kastanien von diesem Hof hier zu benutzen. Später einmal wirst du vielleicht Gelegenheit haben zu verstehen, dass es genau diese sein mussten.«

Einen kurzen Moment lang hatte sie ihn angestarrt. Dann war ihr aufgegangen, was er da gerade gesagt hatte, und sie hatte begriffen, wie katastrophal es gewesen war, ihn um Hilfe zu bitten. Sie hatte den Arm gehoben, um die Pistole auf ihn zu richten, doch im selben Augenblick schwang er die Axt mit dem stumpfen Ende voraus. Sie hatte es geschafft, den Kopf zurückzuwerfen, doch nicht weit genug, und sie war erst wieder mit einem dröhnenden Kopfschmerz in dem dunklen Kofferraum aufgewacht. Stimmen hatten sie geweckt – die Stimme von Genz und eine hektische Frauenstimme, die wie Rosa Hartung klang. Sie kamen vom Hofplatz draußen, doch dann verschwanden sie wieder, und etwas später hatte die Frau angefangen zu schreien.

Thulin hält die Luft an und horcht. Die Maschine ist aus. Auch die Schreie sind verstummt, und sie weiß nicht, ob die Stille bedeutet, dass bald sie dran ist, derselben Tortur ausgesetzt zu werden. Sie denkt an Le und den Großvater zu Hause, und für einen Moment fürchtet sie, dass sie ihr kleines Mädchen vielleicht nie mehr wiedersehen wird.

Doch in der Stille nähert sich ein Motorengeräusch. Erst traut sie ihren Ohren nicht, doch dann klingt es, als würde ein Auto auf den Hofplatz fahren und stehen bleiben.

»Thulin!«

Sie erkennt seine Stimme. Ihr erster Gedanke ist, dass er es unmöglich sein kann. Er kann unmöglich hier sein – er muss doch inzwischen irgendwo ganz weit weg sein, aber die Tatsache, dass er trotzdem hier ist, gibt ihr Hoffnung. Thulin ruft mit aller Kraft zurück. Der Laut, den sie hervorbringt, ist minimal. Er kann sie nicht hören, zumindest nicht von draußen auf dem Hofplatz, und stattdessen beginnt sie, verzweifelt vor sich in die Dunkelheit zu treten. Sie trifft eine der Seiten, und es hört sich an wie ein Hohlraum. Sie tritt immer weiter gegen dieselbe Stelle.

»Thulin!«

Er ruft weiter. Erst als seine Rufe entschwinden, versteht sie, dass er in das Gebäude gegangen sein muss. Direkt zu Genz hinein, der schon längst weiß, dass er gekommen ist, denn sonst wäre die Maschine nicht aus. In dieser Gewissheit tritt sie weiter in die Dunkelheit.

118

Die Haustür ist unverschlossen, und Hess braucht nicht lange, um festzustellen, dass sowohl Erdgeschoss als auch erster Stock leer sind. Immer noch mit der Pistole am Anschlag eilt er die Treppen aus dem ersten Stock hinunter durch das dunkle Haus, doch abgesehen von seinen eigenen nassen Fußspuren auf den breiten Holzdielen gibt es kein Zeichen von Leben. Als er runter ins Wohnzimmer kommt und die Arbeitsecke am Kaminofen mit den Bildern von den drei weiblichen Mordopfern und Rosa Hartung, Thulin und ihm selbst findet, hält er inne und horcht. Nichts. Nicht der kleinste Laut außer seinem eigenen Atem, aber der Kaminofen fühlt sich warm an, und er spürt Genz' Anwesenheit überall im Haus.

Der Zustand des Hofs hatte ihn überrascht. Das war nicht die verkommene und verfallene Ruine, über die er in den alten Polizeiberichten gelesen hatte, und die Überraschung hatte ihn verunsichert. Doch dann hatte er auf dem Hofplatz Rosa Hartungs Auto bemerkt, das fast schneebedeckt war, was bedeutete, dass der Wagen schon mindestens eine Stunde lang hier stehen musste. Doch das Auto, mit dem Genz und Thulin gefahren waren, hatte er nirgends gesehen, also war es entweder versteckt oder ganz woanders. Hess hatte auf die erste Möglichkeit gehofft. Bei seiner Ankunft hatte er die Überwachungskameras bemerkt, die an verschiedenen Stellen oben an der Hausfassade angebracht waren, wenn also Genz hier war, dann wusste er auch, dass Besuch angekommen war. Deshalb hatte Hess auch nicht gezögert, erst Thulin und dann Rosa Hartung zu rufen. Wenn sie in der Nähe waren – und wenn sie lebten – gab es eine Chance, dass sie ihn hörten. Doch es war keine Antwort gekommen, nur die unheilverkündende Stille, in die er immer noch atemlos hineinlauscht.

Obwohl er schon dort war, geht er eilig zurück in die Küche, während er versucht, sich das alte Foto aus dem Tatortarchiv ins Gedächtnis zu rufen. Die Leichen der beiden Teenager hatten jeweils auf einer Seite eines unordentlichen Esstischs gesessen beziehungsweise gelegen, doch das ist es nicht, was ihn interessiert. Es ist die Tür im Hintergrund des Bildes, an die er sich erinnert. Er hatte gedacht, das müsste die Tür zum Keller hinunter sein, wo Marius Larsen und das Zwillingspaar gefunden wurden, aber jetzt, als er in der renovierten Küche steht, die in all ihrer Unberührtheit einem Ausstellungsraum bei IKEA gleicht, kann er sie nicht wiedererkennen. Wände sind versetzt, die Winkel anders. In der Mitte steht eine große, unbenutzte Kücheninsel mit sechs Gasflammen, einer verchromten Dunstabzugshaube, das Ganze umgeben von einem amerikanischen Kühlschrank, zwei weißen Doppelschränken, Porzellanwaschbecken, Spülmaschine und einem großen Ofen, auf dessen Glasfront noch die Folie klebt. Da ist keine Tür, zu keinem Keller, nur ein Durchgang zu einer Waschküche.

Hess eilt zum Eingang zurück, schaut die Treppe hinauf und darunter, in der Hoffnung, dass sich plötzlich eine Kellertür oder eine Klappe im Fußboden offenbart. Doch nichts davon. Einen Moment lang überlegt er, ob es vielleicht keinen Keller mehr gibt. Ob Genz, oder wie er sich nennt, den schon längst mit Beton aufgefüllt hat, damit er ihn nie mehr daran erinnern kann, was dort geschah, als er und die Zwillingsschwester hier wohnten.

Ein entfernt hämmernder Laut lässt ihn plötzlich innehalten, aber er kann das Geräusch nicht deuten. Auch nicht, woher es kommt, und er kann keine Bewegung erkennen, nur die Schneeflocken, die draußen auf dem Hofplatz im Licht der Lampen herabsegeln. Schnell geht er in die Küche zurück, diesmal mit dem Plan, weiter in die Waschküche und von dort hinaus auf die andere Seite des Hauses zu gehen, um zu sehen, ob da Fenster oder Schächte oder etwas anderes ist, was die Frage nach dem Keller beantworten kann. Doch als er an der Kücheninsel vorbeikommt, bleibt er stehen. Ihm ist ein banaler Gedanke gekommen. Er geht zu dem ersten weißen Doppelschrank, ungefähr da, wo seiner Erinnerung nach auf dem Foto der Abgang in den Keller war. Er öffnet beide Flügel, doch da ist nichts außer leeren Regalböden. Also öffnet er den angrenzenden Schrank, und sofort fällt sein Blick auf den weißen Türgriff. Regalbretter und Rückwand des Schrankes sind entfernt worden. An ihrer Stelle ahnt er den Umriss einer schweren, weißen Stahltür in der Küchenwand. Er steigt über das Frontpaneel in den leeren Doppelschrank und drückt die weiße Klinke runter, und die schwere Tür öffnet sich nach außen und offenbart eine Treppe.

Auf dem Boden am Ende der Betontreppe, ungefähr drei Meter unter ihm, breitet sich grelles weißes Licht aus. Er merkt wieder, wie sehr er Keller hasst. Den Keller unter dem Odinpark, den unter Laura Kjærs Garage, den am Urbanplan und das Kellerarchiv im Polizeirevier von Vordingborg, und jetzt auch diesen hier. Er hebt seine Waffe und geht eine Stufe nach der anderen hinunter, die Aufmerksamkeit auf den Boden am Ende gerichtet. Als er fünf Stufen hinuntergestiegen ist, sieht er etwas, das ihn innehalten lässt. Auf der nächsten Stufe liegt etwas, aus Plastik, zusammengeknüllt und verklebt, und als er mit seiner Pistole danach stochert, kann er sehen, dass es ein Set der blauen Plastikpuschen ist, die er selbst und die Kollegen an einem Tatort über die Schuhe streifen. Doch dieses Set ist benutzt und blutbespritzt. Und als er auf die Stufen weiter unten an der Treppe schaut, sieht er blutige Fußabdrücke, die nach oben führen, aber nur bis zu der Stufe, wo das Plastik abgelegt wurde. Ihm wird klar, was das bedeutet. Mit einem Ruck dreht er sich um und schaut nach oben zu der weißen Tür, aber die Gestalt steht bereits in der Türöffnung. Wie ein Pendel kommt die Axt auf ihn niedergesaust, und Hess kann gerade noch an den ermordeten Polizisten Marius Larsen denken, bevor sie seine Stirn streift.

119

Der Keller unter dem Haus seiner Großmutter war muffig und schimmelig. Der Steinfußboden war uneben und die Wände rau, nur sparsam erleuchtet von den nackten Glühbirnen, die in alten, schwarzen Porzellanfassungen mit ausgefransten Stoffkabeln von der Decke hingen. Eine labyrinthische Welt mit Unordnung und Durcheinander und seltsamen Räumen und Gängen, eine ganz andere Welt als die, welche auf der anderen Seite der Tür lag, die die Stockwerke voneinander trennte.

Im Erdgeschoss waren die Wände vergilbt. Schwere Möbel, Blumentapete, Stuck an der Decke, Gardinen und der Gestank von Großmutters Zigarillos. Die Asche lag wie eine beeindruckende Pyramide in der emaillierten Krenit-Schale neben dem gepolsterten Gartenstuhl, in dem sie bis zu dem Tag, an dem sie rausgetragen und ins Pflegeheim gebracht wurde, im Wohnzimmer saß. Hess hatte es gehasst, dort zu sein, doch im Keller war es trotz allem noch schlimmer. Keine Fenster, keine Luft, kein Ausweg als die wackelige Treppe, über die er, immer mit der Dunkelheit auf den Fersen, im Zickzack zurücklief, wenn er eine weitere Flasche für den kleinen Beistelltisch neben Großmutters Gartenstuhl geholt hatte.

Mit demselben Gefühl der Übelkeit und Panik wie damals in der Kindheit wacht Hess im Keller unter dem Kastanienhof auf. Jemand steht über ihm und schlägt ihm jähzornig ins Gesicht, und er spürt, wie ihm Blut über das eine Auge läuft.

»Wer weiß, dass du hier bist? Antworte mir!«

Hess kauert auf dem Fußboden, halb an die Wand gelehnt. Genz ist das, der ihn mit der flachen Hand schlägt. Er trägt einen weißen Plastikanzug, und nur die Augen sind in dem Spalt zwischen dem blutbespritzten Mundschutz und der blauen Haube auf seinem Kopf zu sehen. Hess will sich schützen, doch er kann nicht, denn seine Hände sind auf dem Rücken mit etwas gefesselt, was sich wie Kabelbinder anfühlt.

»Niemand …«

»Dein Finger, los, oder ich schneide ihn ab. Her damit!«

Genz schubst ihn um und beugt sich über ihn. Mit der Wange auf dem Boden schaut Hess sich nach seiner Pistole um, aber die ist ein paar Meter entfernt zu Boden gefallen. Er merkt, dass Genz seinen Daumen auf die Fingertouch-Taste eines Handys drückt, und als Genz sich erhebt und auf das Display starrt, geht Hess auf, dass es *sein* Handy ist. Er versucht, sich auf den Wutausbruch vorzubereiten, der jetzt kommen wird, aber dann trifft ihn der Tritt so heftig am Kopf, dass er kurz davor ist, wieder das Bewusstsein zu verlieren.

»Du hast vor neun Minuten Nylander angerufen. Wahrscheinlich gerade, bevor du auf dem Hofplatz aus dem Auto gestiegen bist.«

»Na gut. Das hatte ich vergessen.«

Wieder trifft ihn ein Tritt ins Gesicht, und dieses Mal muss er Blut spucken, um nicht zu ersticken. Er nimmt sich vor, dass er jetzt keine Scherze mehr versuchen wird, aber die Information kann er doch gebrauchen. Wenn es neun Minuten her ist, dass er auf den Hofplatz gefahren ist und Rosa Hartungs Auto erkannt und dann Nylander angerufen hat, dann kann es nicht mehr lange dauern, bis Brink und die Einsatzwagen aus Vordingborg hier sind. Wenn nicht der Schnee sie aufhält.

Hess spuckt wieder aus, und diesmal bemerkt er, dass die Blutpfütze zu seinen Füßen nicht von ihm selbst stammen kann. Er folgt der Blutspur auf dem Boden mit dem Blick und sieht plötzlich in die offene Wunde am Ende eines Armes. Rosa Hartung liegt leblos auf einem Stahltisch wie in einem großen Operationssaal, und an ihrem Handgelenk sitzt eine Kunststoffklemme, um dort, wo einmal ihre linke Hand saß, das Blut zurückzuhalten. Auch ihre rechte Hand sieht aus, als sei hineingesägt worden, aber nur halb, doch auf dem Boden unter der Hand steht ein blauer Maurereimer bereit. Hess ahnt den Inhalt des Eimers, und ihm wird übel.

»Was hast du mit Thulin gemacht?«

Doch Genz ist nicht mehr zu sehen. Eben hat er Hess noch das Handy in den Schoß geworfen und ist zum hintersten Ende des Raumes gegangen, wo Hess ihn klappern hören kann, während er selbst vergeblich versucht, auf die Beine zu kommen.

»Genz, gib auf. Die wissen, wer du bist, und sie finden dich. Wo ist sie?«

»Die finden nichts. Hast du vergessen, wer Genz ist?«

Der Petroleumgeruch ist deutlich, und Genz kommt mit dem Metallkanister ins Blickfeld. Er hat schon begonnen, die Flüssigkeit an die Wände zu schütten, und als er zu Rosa Hartungs leblosem Körper kommt, überschüttet er auch den mit Flüssigkeit, um dann weiter durch den Raum zu gehen.

»Genz hat ein wenig Erfahrung mit kriminaltechnischer Arbeit. Wenn sie hierherkommen, wird nichts von ihm zurückgeblieben sein. Genz wurde nur zu diesem Zweck erfunden, und bis sie das kapieren, ist der Zug schon lange abgefahren.«

»Genz, jetzt hör doch, was ich sage ...«

»Nein, wir lassen den Teil aus. Ich kann mir vorstellen, dass du zufällig herausgefunden hast, was hier mal geschehen ist, aber spar dir, mir zu erzählen, dass du mit mir fühlst und dass ich eine mildere Strafe bekomme, wenn ich mich stelle und all den Mist.«

»Ich fühle nicht mit dir. Wahrscheinlich warst du von Geburt an ein Psychopath. Ich bedaure nur, dass du damals aus dem Keller entkommen bist.«

Genz sieht ihn an. Lächelt ein wenig überrascht, und Hess schafft es auch diesmal nicht, sich auf den dritten Tritt ins Gesicht vorzubereiten.

»Ich hätte dein elendes Leben schon längst beenden sollen. Spätestens, als du mir in der Gartenkolonie den Rücken zugedreht und das Kvium-Luder im Baum angestarrt hast.«

Hess spuckt noch mehr Blut aus und fühlt mit der Zunge nach. Der Geschmack von Eisen, und ein paar Zähne im Oberkiefer sitzen locker. Der Täter war noch in der Dunkelheit in der Gartenkolonie gewesen, und Hess war überhaupt nicht darauf gekommen.

»Ich dachte wirklich, du wärst unwichtig. Dem Gerücht nach warst du ein Versager und ein egoistisches Arschloch, das bei Europol versackt ist, aber dann bist du plötzlich aufgetaucht, um Schweine zu zerteilen oder über Linus Bekker zu reden, und mir wurde klar, dass ich nicht nur Thulin im Blick behalten musste. Übrigens habe ich euch Vater, Mutter, Kind spielen sehen, vor der Tour zum Urbanplan. Du stehst doch wohl nicht auf das kleine Luder, oder?«

»Wo ist sie?«

»In dem Fall wärst du nicht der Erste. Ich habe einige Besucher in ihrer Wohnung beobachten dürfen, und du bist leider nicht ihr Typ. Aber ich werde sie von dir grüßen, ehe ich ihr den Hals durchschneide.«

Hess spürt die Flüssigkeit über sich rinnen, als Genz den Kanister ausleert. Es brennt in den Augen und in den alten und neuen Wunden auf der Kopfhaut, und er hält den Atem an, bis die Flüssigkeit nicht mehr fließt. Er schüttelt den Kopf, um die Tropfen abzuschütteln, und als er die Augen aufmacht, hat Genz seinen Anzug ausgezogen und das weiße Bündel, den Mundschutz und die Haube weggeworfen. Er steht vor einer weißen Stahltür am Ende des Raumes, vermutlich die zur Betontreppe und hinauf in die Küche. In der Hand hält er einen Kastanienmann, und während er Hess in die Augen sieht, streicht er den Schwefel auf dem Streichholzbein des Kastanienmanns gegen eine Streichholzschachtel. Der Schwefel schlägt Funken. Als die Flamme groß genug ist, wirft er die Figur in die Flüssigkeit auf dem Boden und macht die Tür hinter sich zu.

120

Die Lehne des einen Rücksitzes gibt ein lautes Knacken von sich und rückt nach vorn, sodass eine Lücke zur Kabine des Wagens entsteht. Thulin kann endlich Licht sehen. Für einen Moment liegt sie verschwitzt und erschöpft mit dem Körper im Kofferraum und dem Kopf in der Lücke. Sie dreht den Kopf und kann rechts nach oben aus dem rückwärtigen Seitenfenster sehen: Ein schmaler, senkrechter Streifen vom Licht der Lampen auf dem Hofplatz verrät ihr, dass das Auto, in dem sie liegt, im Schuppen hinter den Torflügeln geparkt ist.

Das Kofferraumschloss hatte sie nicht öffnen können. Stattdessen hatte sie bemerkt, dass die Rückwand nachgab, wenn sie sich mit den Schultern dagegenstemmte. Jetzt drückt sie sich wieder ab, diesmal, um sich weiter auf den Rücksitz der Kabine zu schieben. Wenn sie irgendetwas finden kann, um das Gafferband um Hände und Füße aufzuschneiden, ist es noch nicht zu spät. Die Stille vom Haus ist unerträglich, aber wenn sie dort hineinkommen und vielleicht sogar ihre Pistole finden kann, dann wären sie zwei gegen einen. Außerdem ist Hess nicht dumm. Wenn er bis hierher zum Hof gefunden hat, dann hat er entdeckt, dass es die ganze Zeit Genz war, und dann weiß er auch, dass er aufpassen muss. Das Letzte kann sie gerade noch denken, bevor sie das Geräusch des Feuers hört, das mit einem Krachen auflodert. Wie ein plötzlicher Windstoß, der ein Segel bis zum Äußersten aufbläht. Das geschieht nicht weit von Thulin entfernt, wahrscheinlich irgendwo im Haus, und möglicherweise am selben Ort, wo die längst verstummten Schreie herkamen.

Thulin hält die Luft an und horcht. Da tost tatsächlich ein Feuer, und jetzt kann sie auch Rauch riechen. Während sie sich windet, um ihren ganzen Körper in die Kabine auf den Rücksitz zu schieben, versucht sie sich auszurechnen, was das Feuer bedeutet. Mit einem Mal erinnert sie sich an die beiden Metallkanister, die im Wohnzimmer neben dem Tisch standen. Die hatte sie im Bruchteil einer Sekunde registriert, als sie den Raum betreten hatte, doch dann hatten die Fotos an der Wand ihre Aufmerksamkeit auf sich gezogen. Doch wenn das Feuer ein Teil des Szenarios ist, das Genz ersonnen hat, dann kann das eine Katastrophe für Hess bedeuten. Sie schafft es, sich weiter auf den Rücksitz zu schieben und kann nun die Beine nachziehen, sodass sie auf der Seite liegt. Mithilfe der Ellenbogen kann sie sich aufsetzen, und nun versucht sie mit den zusammengebundenen Händen nach dem Türgriff zu langen. In Gedanken hat sie bereits ein Werkzeug im Schuppen gefunden, mit dem sie sich befreien und dann ins Haus rennen kann, doch da entdeckt sie ihn durch den Spalt zwischen den Torflügeln draußen auf dem Hofplatz.

Er kommt mit einem der Metallkanister in der Hand aus der Haustür, und erst, als er auf die schneebedeckte Eingangstreppe tritt, hört er auf, die Flüssigkeit auszuschütten. Den Kanister wirft er durch die Eingangstür zurück, und sowie er das Streichholz angestrichen und weggeworfen hat, wendet er sich zum Schuppen. Er geht unmittelbar auf sie zu. Sie kann erkennen, wie hinter ihm das Feuer wie ein Steppenbrand durch das Wohnhaus tobt. Als er an dem Spalt zwischen den Toren angekommen ist, reichen die Flammen in den Fenstern bereits bis zur Decke, und nur seine Silhouette ist zu sehen.

In dem Moment, als die beiden Torflügel zur Seite gezogen werden, wirft sich Thulin auf den Boden hinter dem Fahrersitz. Der wilde, flackernde Schein strömt in die Garage, und sie macht sich so klein wie möglich. Die Fahrertür geht auf, und als er sich hineinsetzt, spürt sie durch den Sitz sein Gewicht an ihrer Wange. Ein Schlüssel wird ins Schloss gesteckt, der Motor angelassen, und als das Auto sich in Bewegung setzt und auf den eingeschneiten Hofplatz hinausfährt, hört Thulin die ersten Fenster von der Hitze explodieren.

121

Hess hat lange mit Gleichgültigkeit an den Tod gedacht. Nicht, weil er das Leben hasste, sondern weil es wehtat zu leben. Er hatte keine professionelle Hilfe gesucht und sich auch nicht an die sehr wenigen Freunde gewandt, die er hatte, und er hatte auch nicht die Ratschläge befolgt, die ihm gegeben worden waren. Stattdessen war er geflohen. Er war gerannt, so schnell er konnte, mit der Dunkelheit auf den Fersen, und das zwischenzeitlich auch mit Erfolg. Kleine Oasen in fremden Regionen Europas, wo sich seine Seele den neuen Eindrücken und Herausforderungen hingeben konnte. Doch die Finsternis war immer wieder gekommen. Zusammen mit den Erinnerungen und den toten Gesichtern, die er nach und nach zusammengesammelt hatte. Er *hatte* niemanden, er *war* niemand, und die Schulden, die er gemacht hatte, galten nicht den Lebenden. Wenn der Tod also eintreffen würde, wäre es ihm gleichgültig. So hatte er es empfunden, doch das ist nicht das Gefühl, mit dem er jetzt in dem Keller steht.

Als die Tür hinter Genz zufiel und das Feuer sich ausbreitete, war er sofort zu dem blutigen Instrument gekrochen, das er hinter Rosa Hartung auf dem Boden hatte liegen sehen. Es war leicht zu erraten, wozu es benutzt worden war, und mit den Zähnen des Diamantsägeblatts hatte er nur einen Moment gebraucht, um die Kabelbinder, die seine Hände hinter seinem Rücken fesselten, aufzuschneiden. Auch für die Kabelbinder an den Füßen hatte er die Klinge benutzt, und als das Feuer sich durch den halben Raum gefressen und beinahe den Tisch mit Rosa Hartung erreicht hatte, hatte er sein Handy und seine Pistole an sich gerissen und war auf die Beine gekommen. Schwarze Rauchwolken rollten bereits unter der Decke hin und her, und mit Blick auf die Flammen, die auf ihn zurannten, hatte er so schnell er konnte die Lederriemen einen nach dem anderen losgemacht. Als das Feuer gerade vom Boden auf die Stahlplatte gesprungen war, gelang es ihm, Rosa Hartungs leblosen Körper zur Seite zu reißen und sie in die Ecke zu tragen, in der Genz mit dem Petroleumkanister nicht gewesen war.

Doch damit hat er nur einen kurzen Aufschub erreicht. Das Feuer leckt schon an den Holzfaserplatten der Wände, bald auch an der Decke, und sowohl er selbst als auch Rosa Hartung sind petroleumgetränkt. Es ist nur eine Frage von Augenblicken, bis das Feuer sich bis zu der Ecke ausbreiten wird, in der sie sich befinden, oder bis die Temperatur im Raum so hoch sein wird, dass sie beide von selbst anfangen zu brennen. Der einzige Ausgang ist die Tür, durch die Genz verschwunden ist, doch die ist unmöglich aufzukriegen, und ihre Klinke ist bereits so heiß, dass die Jacke, die Hess ausgezogen hat, in Brand gerät, als er versucht, sie als Topflappen zu benutzen. Der dicke Rauchteppich unter der Decke wird auch immer dichter, doch da entdeckt Hess die kleinen, verschlungenen Rauchwirbel, die zu einer Fuge zwischen den Holzfaserplatten an der Wand gleich über ihm gesogen werden. Er reißt das Sägeinstrument vom Fußboden an sich, setzt die Diamantklinge in die Fuge und hebelt sie auf. Schon beim ersten Versuch kann er eine Ecke von der Platte abbrechen, sodass er die Finger hineinschieben und die Platte zur Seite biegen kann, bis sie abbricht.

Hess schaut hinauf in ein Kellerfenster mit zwei Eisenstreben auf der Innenseite, und draußen in der Dunkelheit wischen die Rücklichter eines Autos über den Hofplatz. Er reißt und zerrt vergebens an den Streben, und als das Auto in der Dunkelheit verschwindet, denkt Hess, dass er nun sterben wird. Er dreht sich zu den Flammen und Rosa Hartung um, die zu seinen Füßen liegt, und der Stumpf am Ende ihres einen Arms bringt ihn auf die Idee. Mit dem Sägeinstrument in den Händen dreht er sich wieder dem Fenster zu, und sein erster Gedanke ist, dass die Gitterstreben glücklicherweise nicht dicker aussehen als die Knochen, für die das Instrument benutzt worden ist. Die Klinge geht durch die erste Strebe, als sei sie aus Butter, und nach drei weiteren Schnitten sind die Gitterstäbe weg, und Hess öffnet den Riegel des Fensters und drückt es auf.

Die Haut brennt auf seinem Rücken, als er Rosa in den Fensterrahmen hinaufhebt. Dann hievt er sich selbst hoch und klettert an ihr vorbei. Als er rückwärts aus dem Fenster rollt und sie mit sich zerrt, kann er das Feuer im Nacken und auf seinem Pullover spüren, doch dann landet er in dem nassen Schnee vorm Fenster.

Hustend kommt er auf die Beine und beginnt sofort, Rosa Hartung über den Hofplatz zu schleifen. Sein Körper fühlt sich an, als würde er brennen, und am liebsten würde er sich in den Schnee werfen, um sich abzukühlen, während er furchtbar hustet. Doch als er ungefähr 20 Meter von dem brennenden Hof weg ist, setzt er Hartung an einer Steinmauer ab. Dann rennt er los.

122

Alles in Thulin schreit, dass sie etwas tun muss. In der Dunkelheit hinter dem Fahrersitz zusammengekauert spürt sie die Geschwindigkeit und jede kleinste Bewegung des Autos, während sie versucht, sich den Weg durch den Wald in Erinnerung zu bringen, um auszurechnen, wann Genz am wenigsten aufmerksam sein wird. Der Schnee und die Dunkelheit müssten auf ihrer Seite sein. Genz muss sich auf die Straße konzentrieren – es ist stockfinster, und es sind mindestens fünf bis zehn Zentimeter Schnee gefallen. In Gedanken versucht sie herauszufinden, wie sie es anstellen kann, ihn mit zusammengebundenen Händen und Füßen zu überwältigen, doch jeder einzelne Augenblick, in dem sie nichts tut, kommt ihr wie verschwendete Zeit vor. Sie muss schnellstmöglich zurück zum Hof. Auch wenn sie nicht gewagt hat, den Kopf zu heben und einen Blick aus dem Fenster zu werfen, als das Auto aus dem Schuppen und über den Hofplatz fuhr, hatte sie die Gewalt des Feuers gehört und gespürt.

Plötzlich merkt Thulin, dass der Wagen langsamer wird. Es ist, als würde er eine langgezogene Kurve beschreiben, und alle Muskeln in ihrem Körper spannen sich an. Ihr ist klar, dass sie zu dem großen Bogen ungefähr auf halber Strecke zur Landstraße gekommen sind. Sie setzt sich abrupt auf. In derselben Bewegung reißt sie wild entschlossen die zusammengebundenen Hände nach oben und will sie wie eine Schlinge um den Fahrersitz werfen. Die Augen im Rückspiegel, die vom Armaturenbrett schwach erhellt sind, sehen sie zu schnell. Es ist, als wäre er vorbereitet, und seine Hand pariert mit einem harten Schlag, der ihre Arme zurückstößt. Als sie es erneut versucht, hat er Pedale und Steuer losgelassen und sich zu ihr gewandt, und sie spürt die Faustschläge auf ihren Kopf einprasseln. Schließlich steht das Auto, und der Motor bleibt im Leerlauf, während sie unbeweglich auf dem Rücksitz liegt und durch das Nasenloch nach Luft ringt.

»Zu deiner Ehre, du warst die Einzige bei der Mordkommission, bei der ich wirklich das Gefühl hatte, ich müsste dich im Blick behalten. Das bedeutet auf der anderen Seite, dass ich alles von dir weiß. Ich kenne sogar deinen Geruch, wenn du dich anstrengst und wie ein kleines Schwein schwitzt. Bist du okay?«

Seine Frage macht keinen Sinn. Er hat die ganze Zeit gewusst, dass sie da war, und als er ein Messer unter das Gafferband über ihrem Mund steckt, glaubt sie kurz, dass er es reinjagen wird. Doch er macht nur einen Ritz ins Tape, sodass sie es endlich selbst mit ihren zusammengebundenen Händen lösen und Luft holen kann.

»Wo sind sie? Was hast du ihnen angetan?«

»Das weißt du sehr gut.«

Thulin bleibt auf dem Rücksitz liegen, schnappt nach Luft und sieht den brennenden Hof vor sich.

»Hess war vorhin nicht so wild darauf, Luft zu holen. Er hat mich übrigens gebeten, dich zu grüßen, bevor ich dir die Kehle durchschneide. Falls das ein Trost ist.«

Thulin schließt die Augen. Die Übermacht ist zu groß, und sie spürt, wie ihr die Tränen kommen. Sie weint um Hess und um Rosa Hartung, aber besonders um Le, die zu Hause ist und nichts getan hat.

»Das Hartung-Mädchen. Das warst auch du …?«

»Ja. Das war notwendig.«

»Aber warum …?«

Ihre Stimme ist dünn und schwach, und sie hasst das. Einen Moment lang ist es still. Sie hört ein tiefes Ausatmen, und als sie zu seiner Gestalt schaut, ist es, als würde er dasitzen und in die Dunkelheit hinausschauen, um es sich anders zu überlegen. Dann kommt er wieder zu sich und dreht ihr sein schwarzes Gesicht zu.

»Das ist eine lange Geschichte. Ich hab's eilig, und du musst jetzt mal schlafen.«

Seine Hand mit dem Messer setzt sich in Bewegung, und sie hält abwehrend ihre Hände vor sich.

»*Geeeeeeeeeenz …!*«

Der Schrei zerreißt die Stille, doch sie kann die heisere Stimme nicht zuordnen. Sie scheint ein Stück entfernt, kommt wie aus der Tiefe des Waldes oder von einem Ort weit darunter. Genz erstarrt und wendet sich blitzschnell der Dunkelheit draußen vor dem Auto zu. Sie kann sein Gesicht nicht sehen, doch es scheint, als würde er ungläubig auf etwas starren. Thulin kämpft sich in den Sitz hoch, sodass sie aus der Windschutzscheibe sehen kann, hinaus bis zum Ende des Lichtkegels der Scheinwerfer auf dem zugeschneiten Weg. Und dann begreift sie, warum.

123

Seine Brust droht zu zerbersten, und das Herz schlägt wie ein Hammer gegen die schmerzenden Rippen. Sein Atem stößt in weißen, unrhythmischen Wolken in die Luft, und seine Arme zittern vor Kälte, während er versucht, die Pistole auf das Auto vor sich gerichtet zu halten. Es sind gute 75 Meter dorthin, und Hess steht am Rande des Scheinwerferlichts mitten auf dem Weg, genau da, wo er vor einem Moment wie ein lebender Toter aus der pechschwarzen Finsternis des Waldes gestolpert kam.

Das erste Stück durch den Wald war noch von dem brennenden Hof hinter ihm erleuchtet gewesen. Die Flammen hatten ihm ihren wilden Schein hinterhergeworfen, und er war in dieselbe Richtung gelaufen wie die langen Schatten der Bäume. Er erinnerte sich, dass der Weg nicht geradeaus verlief, sondern einen Bogen wie ein riesiges C formte, bevor er oben an der Landstraße auf die Kreuzung traf, und er hatte die Hoffnung, eine Abkürzung nehmen und vor dem Wagen dort ankommen zu können. Doch sobald er weiter in den Wald hineingekommen war, wurde das Licht von den Flammen schwächer. Der Widerschein des weißen Schnees half ihm ein wenig, doch dann, als der Wald sich um ihn schloss, lief er fast wie blind. Überall war es dunkel, aber die Konturen der Bäume waren von einer schwärzeren Nuance, und er beschloss, sich ungeachtet der Hindernisse, die ihm begegneten, an die Richtung zu halten. Mehrere Male war er in den Schnee gestürzt, bis er kein Gefühl mehr dafür hatte, wohin er laufen sollte. Gerade in dem Augenblick hatte er weit entfernt auf der linken Seite das schwache Licht gesehen. Das Licht war ihm voraus gewesen, sogar weit voraus, und es bewegte sich weiter. Doch dann war es plötzlich langsamer geworden, und als er endlich auf den Weg kam, war das Auto hinter ihm, wo es nun im Leerlauf, immer noch mit eingeschalteten Scheinwerfern, stillstand.

Hess weiß nicht, warum das Auto angehalten hat, und es ist ihm auch egal. Genz ist irgendwo hinter der Windschutzscheibe in der Dunkelheit, und Hess wird sich jetzt nicht wegbewegen. Er bleibt geduldig mitten auf dem Weg stehen, die Pistole direkt vor sich gestreckt, während der Wind sacht in den Bäumen singt. Doch dann hört er plötzlich den unwirklichen Laut eines klingelnden Telefons. Ihm wird klar, dass es sein eigenes ist. Er sieht zum Auto und entdeckt das schwache Licht eines Displays auf der Fahrerseite. Zögernd holt er sein Handy aus der Tasche, den Blick und die Pistole in einer Hand unverwandt auf das Auto gerichtet.

Die Stimme ist kalt und tonlos.

»Wo ist Hartung?«

In der Dunkelheit hinter der Windschutzscheibe kann Hess den Umriss der Gestalt auf dem Fahrersitz erkennen. Die Frage erinnert ihn daran, dass die Qualen von Rosa Hartung das Einzige sind, was Genz im Sinn hat, und er versucht, seinen Atem zu beherrschen, um so ruhig wie möglich zu klingen.

»Es geht ihr gut. Sie sitzt auf dem Hofplatz und wartet darauf, dass du ihr sagst, was mit ihrer Tochter geschehen ist.«

»Du lügst. Du hast es nicht geschafft, sie rauszuholen.«

»Deine selbstgebastelte Säge kann auch noch andere Dinge schneiden als Knochen. Ein guter Kriminaltechniker hätte an so etwas gedacht, bevor er sie zurücklässt. Meinst du nicht?«

Am anderen Ende wird es still. Hess weiß, dass Genz jetzt im Kopf das Inventar und die Umstände im Keller durchgeht, um zu überprüfen, ob Hess die Wahrheit sagt, und das Schweigen lässt ihn für einen Augenblick fürchten, dass Genz, obwohl die Polizei unterwegs ist, zum Hof zurückfahren wird.

»Sag ihr, dass ich wann anders zurückkomme und sie besuche. Geh beiseite, ich habe Thulin.«

»Das ist mir scheißegal. Steig aus dem Auto und leg dich mit den Armen zur Seite gestreckt auf den Boden.«

Schweigen.

»Genz, steig aus dem Auto!«

Hess zielt auf das Auto und den einzigen Fokus, den er darin erkennen kann. Aber das leuchtende Display hinter der Windschutzscheibe verschwindet, und die Verbindung wird unterbrochen. Erst weiß Hess nicht, was das bedeutet. Doch dann heult der Wagen auf. Der Motor wird gewaltsam hochgejagt, als würde das Gaspedal in den Boden gedrückt. Die Reifen drehen im Schnee durch, und im roten Schein der Rücklichter stieben die Abgase hoch, dann endlich greifen die Räder, und das Auto schießt vorwärts.

Hess wirft das Handy weg und zielt. Das Auto fährt weiter direkt auf ihn zu und wird mit jedem Meter schneller. Er feuert den ersten Schuss ab, dann den zweiten und den dritten. Die ersten fünf Schüsse richtet er auf den Kühler des Wagens, doch nichts passiert, und seine zitternden Hände verraten ihm, warum. Er versucht es wieder, hält den Kolben mit beiden Händen fest, feuert wieder und wieder, immer verzweifelter. Es ist, als würde der Wagen von einem unsichtbaren Schild geschützt, und als er zirka dreißig Meter vor ihm ist, wird ihm klar, dass er riskiert, Thulin zu treffen, wenn sie im Auto ist. Seine Finger erstarren am Abzug. Er hört das Brüllen des Motors, während er mit erhobener Pistole auf dem Weg stehen bleibt, aber die Finger am Abzug rühren sich immer noch nicht. Ihm wird klar, dass das Auto ihn überfahren wird – dass er es nicht mehr schafft, sich zur Seite zu werfen. Im letzten Moment sieht er eine Bewegung hinter der Windschutzscheibe, die das Auto aus seiner Bahn wirft. Er spürt die Hitze der Motorhaube, als der Wagen an seiner rechten Hüfte vorbeirast, und als er sich herumdreht, sieht er, dass er über den Weg hinausschießt. Die Geräusche explodieren. Metall, das zerquetscht wird, Glas, das splittert, das Aufheulen des Motors, das zu einer schrillen, pfeifenden Frequenz wird, und der Autoalarm, der losgeht. Zwei ineinander verknäulte Gestalten krachen durch die Windschutzscheibe und wirbeln wie willenlose Puppen durch die Dunkelheit. Es ist, als würden sie einander festhalten, während sie durch die Luft fliegen, doch dann gleiten sie auseinander, und die eine setzt ihren Bogen fort, während die andere mit einem Klatschen auf einen Baum trifft und eins mit der Dunkelheit wird.

Hess läuft hin. Die Motorhaube stülpt sich um einen Baumstumpf, aber die Scheinwerfer leuchten noch, sodass er die Gestalt in dem großen Baum sehen kann.

Ein dicker, gebogener Ast ragt aus seiner Brust. Die Beine zappeln in der Luft, und als er Hess entdeckt, bleibt sein Blick hängen.

»Hilf… mir…«

»Wo ist Kristine Hartung?«

Die Augen starren Hess krampfhaft, wie überrascht an.

»Genz, antworte mir.«

Und dann verebbt das Leben. Er hängt dicht am Stamm, fast wie eins mit dem Baum, den Kopf gebeugt und die Arme seitwärts ausgestreckt, wie eine seiner Figuren. Als Hess sich verstört umsieht und nach Thulin ruft, spürt er die runden Kastanien unter seinen Füßen im Schnee knacken.

Dienstag, 3. November,
Gegenwart

124

Der kleine Konvoi aus drei Autos fährt von der Rampe und verlässt, als die Sonne gerade aufgeht, die Fähre. Rostock ist kalt und windig, und die Wagenkolonne nimmt Kurs auf ihren ein paar Stunden entfernten Bestimmungsort. Hess sitzt hinter dem Steuer des letzten Wagens, und auch wenn er das Ergebnis der Fahrt nicht im Voraus einschätzen kann, fühlt es sich doch schön an wegzukommen. Auf dem Polizeipräsidium und in den jeweiligen Abteilungen der Polizei hat in den letzten Tagen Bestürzung geherrscht, und man hatte in den oberen Etagen versucht, sich gegenseitig die Schuld zuzuschieben, aber auf der deutschen Autobahn scheint die Novembersonne, und er kann sorglos das Autoradio einschalten, ohne in die heimische Schlammschlacht und die Jagd nach Sündenböcken hineingezogen zu werden.

Die Entlarvung von Genz als der Kastanienmann hatte alle schockiert. Als Chef der Kriminaltechnischen Abteilung war er ein Leuchtturm für seine Mitarbeiter gewesen, und es gab immer noch Jünger von ihm, denen es schwerfiel zu glauben, dass er sein Amt missbraucht und mehrere Menschenleben auf dem Gewissen hatte. Auf der anderen Seite wiesen Kritiker darauf hin, dass Genz viel zu viel Macht gehabt habe und dass ihre Einwände schon längst hätten gehört werden müssen. Doch die Kritik und die Aufforderung zur Selbstüberprüfung hörte da noch lange nicht auf. Schon gar nicht in der Medienlandschaft. Die Mordkommission, die Genz und seine Fähigkeiten für ihre Zwecke eingesetzt hatte, ohne ein Misstrauen gegen ihn zu nähren, war unter heftigen Beschuss geraten. Ebenso natürlich die oberste Polizeileitung, die seinerzeit für seine Ernennung verantwortlich gewesen war. Bis auf Weiteres waren die Konsequenzen dieser Fehleinschätzung jedoch von dem schwer geprüften Justizminister ausgesetzt worden, zumindest bis die Ermittlungen zu den Untaten von Simon Genz zu Ende gebracht waren.

Während das alles in der Presse hohe Wellen schlug, hatten sich Hess und die übrigen Ermittler darauf konzentriert, die losen Enden des Falls zu verknüpfen. Hess war klar geworden, in welch hohem Maße Genz die Richtung der Mordermittlungen in ihrem Verlauf hatte steuern können: wie er von Anfang an Thulin und Hess auf die Spur des kleinen Kastanienmännchens mit dem Fingerabdruck gelenkt hatte, sodass Sozialministerin Rosa Hartung ins Spiel gekommen war. Wie er dann Thulin und Hess dazu gebracht hatte, die Versendung von Laura Kjærs Handy bis zu Erik Sejer-Lassen zu verfolgen, während Genz selbst Sejer-Lassens Ehefrau zu Hause in Klampenborg überraschte. Wie er sich erst in den Datenspeicher der Kinderstation des Rigshospitals eingehackt und Anlass gefunden hatte, die Kinder von Laura Kjær, Anne Sejer-Lassen und Jessie Kvium zu beobachten – es hatte sich herausgestellt, dass auch Olivia Kvium nach einem häuslichen Unfall dort stationär behandelt worden war –, um daraufhin die anonymen Anzeigen an die Kommunen zu schicken, um Polizei und Behörden mit der Untauglichkeit ihres Systems zu konfrontieren. Wie er dann dafür gesorgt hatte, dass er über die Falle informiert wurde, die man dem Täter im Urbanplan stellen wollte, und wie er sich durch Thulins und Hess' Besuch bei Linus Bekker unter Druck gesetzt gefühlt haben musste, weshalb er dann die abgesägten Gliedmaßen im Schlachthof hinter Skans' und Neergaards Wohnung abgelegt hatte, als er selbst den Ort im Rahmen seiner Arbeit untersuchen sollte. Schließlich und nicht zuletzt, wie Genz das junge Paar über den GPS-Tracker des Leihwagens im Wald gefunden und die beiden Verdächtigen ermordet haben musste, *bevor* er Nylander anrief und ihm Bescheid gab, wo sich das Paar befand. Das waren einige besonders unangenehme Entdeckungen, und weitere standen möglicherweise zu erwarten. Zumal auch noch nicht geklärt werden konnte, welche Rolle Genz im letzten Jahr im Zusammenhang mit dem Verschwinden von Kristine Hartung gespielt hatte.

Was die persönliche Geschichte von Genz anging, so waren die Informationen, die Hess im RX-Register gefunden hatte, noch weiter untersucht und vertieft worden. Das elternlose Zwillingspaar war nach dem Aufenthalt bei Familie Ørum getrennt worden, und weil den Behörden die Pflegefamilien für Toke Bering ausgegangen waren, hatte man ihn als 17-Jährigen auf ein Internat auf Vestsjælland geschickt. Hier war ihm das Glück offensichtlich hold gewesen. Ein älterer, kinderloser Geschäftsmann, der vorher schon eine Stiftung für sozial benachteiligte Jugendliche gegründet hatte, adoptierte den Jungen schließlich. Der Mann, der den Nachnamen Genz trug, hatte ihm die Chance auf einen ganz neuen Anfang auf einem Elitegymnasium in Sorø gegeben, jetzt unter dem Adoptivnamen Simon Genz, und der Junge hatte sich mit verblüffender Schnelligkeit ausgezeichnet. Doch das soziale Experiment des älteren Mannes hatte sich nur an der Oberfläche als ein Erfolg erwiesen, denn als 21-Jähriger war Genz in eine betriebswirtschaftliche IT-

Studie an der Universität Aarhus aufgenommen worden, wo er wahrscheinlich mit der später ermordeten Laborantin aus Risskov in Kontakt gekommen war. Aus der Akte der Polizei Aarhus ging bei näherer Untersuchung hervor, dass der »Studierende Simon Genz, der im Kollegiengebäude gegenüber wohnte, im Zusammenhang mit einer möglichen Beobachtung des Exfreunds des Opfers« vernommen worden war. Genz hatte mit anderen Worten gegenüber vom Opfer gewohnt und seine Hilfe zur Aufklärung eines Mordes angeboten, den er mit gewisser Wahrscheinlichkeit selbst begangen hatte.

Als sein Mäzen kurz darauf an einem Herzinfarkt gestorben war, erbte Genz eine beträchtliche Summe, und die neu gewonnene Freiheit hatte er genutzt, um in die Hauptstadt zu ziehen und das Studium gegen die Polizeischule zu tauschen, und dies mit dem bescheidenen Ziel, Kriminaltechniker zu werden. Seine Tüchtigkeit und seine Hingabe an das Fach waren schnell bemerkt worden, doch so ziemlich als Erstes hatte er offenbar auch gelernt, wie man in das Personennummer-Register hineinkam und seine Daten änderte, sodass er nicht mehr mit Toke Bering in Verbindung gebracht werden konnte. Sein anschließender Weg die Karriereleiter hinauf war beeindruckend, doch gleichzeitig sehr unheimlich zu lesen, wenn man bedachte, dass in zwei weiteren unaufgeklärten Frauenmorden aus der Zeit von 2007 bis 2011 jetzt neu ermittelt wurde, weil auf den Fotos von den Tatorten Kastanienmännchen entdeckt worden waren.

Von 2014 an war er als renommierter Experte sowohl für die Bundespolizei als auch für Scotland Yard tätig gewesen, doch er gab diese Posten auf, als er vor zirka zwei Jahren die leitende Position in Kopenhagen bekam. Tatsächlich hatte er sich wohl nur darauf beworben, um sie für seine Pläne mit Rosa Hartung auszunutzen, die kurz zuvor landesweite Bekanntheit erlangte, als sie zur Sozialministerin ernannt worden war. Unmittelbar danach hatte Genz den Kastanienhof gekauft, den er für das Geld, das noch vom Erbe übrig war, renovieren ließ, und als im vorigen Jahr die Blätter von den Bäumen fielen, war er bereit gewesen, den ersten Teil seiner Rache gegen Rosa Hartung in die Tat umzusetzen. Als kriminaltechnischer Chef konnte er problemlos die verschiedenen Spuren in der Ermittlung kontrollieren: zuerst die Spuren, welche die Entführung von Kristine an den falschen Ort verlegten, und dann auch die Spuren, die zur Verurteilung von Linus Bekker führten. Bei der Untersuchung von Genz' Computer im Labor hatte Thulin im Laufe des Wochenendes herausgefunden, dass Genz, lange bevor die Polizei darauf aufmerksam wurde, von Linus Bekker und seinem Hackereinbruch in das Tatortarchiv wusste. Wohlgemerkt, ohne das jemandem gegenüber zu erwähnen. Genz musste erkannt haben, dass er in Linus Bekker den Sündenbock gefunden hatte, den er brauchte, und es war wohl eine Kleinigkeit für ihn gewesen, die Machete mit dem Blut von Kristine Hartung in der Garage von Bekkers Wohnkomplex zu platzieren und der Polizei anonym einen Hinweis zu geben. Dass Bekker dann auch noch beschlossen hatte, das Verbrechen zu gestehen, muss ein unterhaltsames Geschenk für Genz gewesen sein, obwohl das nicht notwendig gewesen wäre, weil die Last der Beweise schon ausreichte.

Für Hess war das alles überschattende Problem jedoch gewesen, dass sich an keiner Stelle in den verschwindend geringen Hinterlassenschaften von Genz Hinweise dazu gefunden hatten, was *in Wirklichkeit* mit Kristine Hartung geschehen war. Alle diesbezüglichen Informationen waren scheinbar gelöscht, zerstört oder verbrannt worden, wofür der niedergebrannte Kastanienhof ein eindrückliches Bild war. Deshalb hatte er Hoffnung in die Auswertung der beiden Handys gesetzt, die in dem völlig zerstörten Autowrack im Wald gefunden worden waren, doch beide hatten sich als nagelneu herausgestellt und waren an dem Tag, an dem sie gefunden wurden, zum ersten Mal benutzt worden. Hingegen hatte der GPS-Verlauf des Wagens eine Reihe von Besuchen in einer bestimmten Gegend südöstlich von Rostock in Norddeutschland angezeigt. Auf den ersten Blick schien das nicht weiter bemerkenswert, wenn man an die frühere Zusammenarbeit von Genz mit der Bundespolizei dachte, doch als Hess gestern Nachmittag eine Anfrage an die Fähranleger gerichtet hatte, zu denen Falster und Lolland Routen unterhielten, war die Rostock-Spur interessant geworden. Ein nicht abgeholter, dunkelgrüner Leihwagen wartete noch immer am Fähranleger in Rostock, und das tat er seit Freitag, als Genz in einem Kastanienbaum hängend gestorben war. Als Hess bei dem deutschen Autoverleih nachfragte, erfuhr er, dass dieses Auto auf den Namen einer Frau ausgeliehen worden war.

»Eine gewisse Astrid Bering«, hatte es am anderen Ende geheißen.

Seitdem liefen die Ermittlungen auf Hochtouren. Hess hatte sofort seine Kontakte zur deutschen Polizei genutzt, und nach einigen Umwegen hatte sich herausgestellt, dass Genz' Zwillingsschwester jetzt in Deutschland gemeldet war, und zwar in einer Gegend bei einem kleinen Dorf auf dem Lande, Bugewitz, ungefähr zwei Fahrtstunden von Rostock und nicht weit von der polnischen Grenze entfernt. Aus dem RX-Register erinnerte sich Hess, dass sich die Spur der Zwillingsschwester mit ihrer Entlassung aus einer psychiatrischen Klinik vor etwas weniger als einem Jahr verloren hatte, doch wenn Genz und sie seitdem Kontakt gehabt hatten, worauf der GPS-Verlauf von Genz' Wagen hindeutete, dann könnte die Schwester sehr gut der einzige Mensch sein, der etwas über Kristine Hartungs Schicksal wusste.

»Thulin, wach auf.«

Ein Handy hat in dem Bündel auf dem Sitz neben ihm zu klingeln begonnen, und Thulin schiebt ihr verschlafenes Gesicht aus der Daunenjacke, die sie über sich gezogen hat.

»Das könnten die Deutschen sein. Weil ich fahre, habe ich sie gebeten, dich anzurufen, falls was ist, aber gib es mir einfach rüber.«

»Ich bin nicht invalide, und ich spreche ausgezeichnet Deutsch.«

Hess lächelt in sich hinein, während Thulin morgenmuffelig und mit Anstrengung das Handy aus der Jackentasche bugsiert. Ihr linker Arm liegt in einer Schlinge, weil er zweifach gebrochen ist, und in Kombination mit dem übel zugerichteten Gesicht erinnert sie an das Opfer eines Verkehrsunfalls. Hess sieht nicht viel besser aus, und beim Frühstücksbuffet auf der Fähre vor einer halben Stunde haben sie ein schönes Paar abgegeben. Als sie wieder unten bei den Autos waren, hatte sie gefragt, ob es in Ordnung wäre, wenn sie ein Nickerchen machen würde, und er hatte nichts dagegen einzuwenden gehabt. Seit Samstagnachmittag hatten sie geschuftet, um etwas Neues über Kristine Hartung herauszufinden. Beide hatten sie von ihren jeweiligen Arbeitgebern ein paar weitere Tage bewilligt bekommen, um den Fall abzuschließen und sich ein bisschen zu erholen, und Hess vermutete, dass Thulin nicht viel Schlaf bekommen hatte.

Außerdem war er ihr immer noch ganz einfach dankbar, denn ohne ihren Tritt gegen Genz im Auto wäre er höchstwahrscheinlich überfahren worden. Er hatte Thulins bewusstlose Gestalt ein Stück weiter hinter dem Baum gefunden, in dem Genz hing, und er hatte nicht gewusst, wie ernst ihre Verletzungen waren. Als sich das Martinshorn näherte, hatte er sie hochgehoben und auf den Weg hinausgetragen und sie mit dem ersten Streifenwagen, der dort ankam, ins nächstliegende Krankenhaus geschickt.

»Yes … Gut … I understand … Danke.«

Thulin beendet das Gespräch, und in ihren Blick ist Leben gekommen.

»Was haben sie gesagt?«

»Die Einsatzkräfte warten auf einem fünf Kilometer von der Adresse entfernten Parkplatz auf uns. Einer der Anwohner hat ausgesagt, dass da tatsächlich eine Frau im Haus wohnt, und die Beschreibung passt auf jemanden in Astrid Berings Alter.«

»Was noch?«

Hess kann Thulin ansehen, dass das noch nicht alles war, aber er kann ihre Miene nicht deuten.

»Die Frau lebt sehr zurückgezogen. Doch ein paarmal ist sie offensichtlich gesehen worden, wie sie mit einem 12 bis 13 Jahre alten Kind im Wald spazieren gegangen ist, von dem man bis heute annahm, es sei ihr Sohn …«

125

Die Sonne scheint hinter den Milchglasscheiben. Die Taschen stehen auf dem Kokosteppich zu ihren Füßen, und Astrid wartet ungeduldig im Eingang darauf, dass die kleine Familie auf den Fahrrädern sich weiter vom Haus entfernt, damit die sie nicht sehen können, wenn sie die Tür öffnet und rausläuft. Es sind nur ungefähr 15 Schritte zur Garage mit dem kleinen verbeulten Seat, aber sie trippelt ungeduldig, denn sie möchte gern zurück zum Haus kommen und Mulle holen, bevor wieder ein Fahrradfahrer oder ein Auto vorbeikommt.

Astrid hat nicht viel Schlaf bekommen. Den größten Teil der Nacht hat sie wachgelegen und sich den Kopf darüber zerbrochen, was wohl passiert sein könnte, und um Viertel nach sechs am Morgen hat sie beschlossen, den Anweisungen ihres Bruders zu trotzen und abzuhauen. Sie hat die kleine Speisekammer aufgeschlossen und Mulle sanft geschüttelt und ihr gesagt, sie solle sich anziehen, während sie selbst Frühstück machte. Heute nur ein paar Knäckebrote mit Marmelade und einen einfachen Apfel für Mulle, denn sie hatte sich in der letzten Woche kein einziges Mal getraut, einkaufen zu gehen. Ihre Reisetaschen waren seit Freitagabend gepackt, denn ihr Bruder hatte gesagt, sie sollten abreisebereit sein, wenn er käme. Aber er war nicht gekommen. Astrid hatte gewartet und gewartet, und vom Platz am Spülbecken vor dem Küchenfenster hatte sie auf die Landstraße hinausgestarrt und mit angehaltenem Atem die Scheinwerfer der Autos beobachtet, die immer mal wieder aus der Dunkelheit auftauchten. Doch jedes Mal waren sie an dem kleinen, einsamen Haus zwischen Feldern und Wald vorbeigefahren. Sie hatte gleichermaßen Furcht wie Erleichterung verspürt, doch hatte sie nicht gewagt, etwas anderes zu tun, als noch einen weiteren Tag zu warten. Und noch einen und noch einen.

Normalerweise rief er immer auf die Minute pünktlich morgens und abends an, um sich zu versichern, dass alles war, wie es sein sollte, doch seit Freitagmorgen war das nicht geschehen, und sie ihrerseits hatte keine Möglichkeit, ihn anzurufen, weil sie seine Nummer nicht kannte. Das wäre zu gefährlich, hatte er vor langer Zeit gesagt, und sie hatte sich mit dieser Regelung abgefunden. So, wie sie sich mit fast allem abfand, was er vorschlug, weil er der Stärkere war und wusste, was am besten war.

Ohne ihren Bruder wäre Astrid schon längst in Drogen, Alkohol und Selbsthass untergegangen. Unermüdlich hatte er an die Türen von Wohnheimen und Behandlungszentren geklopft, damit neue Versuche unternommen und neue medizinische Strategien ausprobiert werden konnten. Wieder und wieder hatte er dagesessen und den Behandelnden und ihrer Einschätzung der psychischen Schäden seiner Schwester gelauscht, und sie hatte einfach nicht begriffen, dass ihre Leiden auch die seinen waren. Natürlich hatte sie gewusst, wozu er imstande war, denn sie hatte es vor langer Zeit auf Ørums Hof mit eigenen Augen gesehen, doch weil sie so viele Jahre in ihrem eigenen Schmerz untergegangen war, hatte sie seinen nicht bemerkt, ehe es zu spät war.

Vor ungefähr einem Jahr, als sie in einer weiteren Klinik war, hatte er sie eines Tages abgeholt und raus zu einem Auto geführt. Sie waren zur Fähre gefahren, und dann weiter runter in einen Ort südlich von Rostock mit dem kleinen Sommerhaus, das er in ihrem Namen gekauft hatte. Sie hatte nichts begriffen. Doch der Ort und die Herbstfarben waren gerade an dem Tag bezaubernd, und sie war so überwältigt und dankbar für seine Liebe gewesen. Bis er ihr erzählt hatte, warum er das Haus gekauft hatte und wozu es gebraucht werden sollte.

Das war an dem Abend geschehen, als er mit dem kleinen, betäubten Mädchen im Kofferraum zurückgekehrt war. Astrid war entsetzt gewesen. Sie hatte das Gesicht des Mädchens aus den Nachrichten wiedererkannt, die sie im letzten Monat im Aufenthaltsraum der Klinik gesehen hatte, und er hatte sie mit triumphierender Miene daran erinnert, wer die Mutter des Mädchens war. Als Astrid sich dem Plan widersetzt hatte, war er zornig geworden, und er hatte gesagt, wenn Astrid sich nicht um das Mädchen kümmern würde, dann müsse er es sofort umbringen. Danach hatte er das Kind in die speziell für diesen Zweck eingerichtete Speisekammer gebracht und Astrid mit dem Bescheid alleingelassen, dass das Haus mit so vielen Kameras versehen sei, dass er jede kleinste Unternehmung von ihnen verfolgen könnte. Sie hatte ihn gefürchtet, und zwar plötzlich sehr viel mehr als damals, als er im Keller mit der Axt in der Hand neben der Leiche des Polizisten gestanden hatte.

Zu Anfang hatte sie im Großen und Ganzen den Kontakt mit dem Mädchen vermieden. Sie kam nur die zwei Mal am Tag in ihre Nähe, wenn sie die Tür zur Speisekammer öffnete, um das Essen hineinzustellen. Doch das Weinen war unerträglich gewesen, und das Unglück des Mädchens erinnerte sie daran, wie sie selbst eingesperrt gewesen war. Bald erlaubte Astrid ihr, rauszukommen und zusammen mit ihr selbst am Küchentisch zu essen. Oder im Wohnzimmer eine

Kinderserie auf einem der deutschen Kanäle zu schauen. Astrid fühlte, dass sie beide Gefangene unter demselben Dach waren, und die Zeit verging auch schneller, wenn sie zusammen waren, aber wenn das Mädchen versuchte, zur Tür zu laufen, musste Astrid sie aufhalten und wieder in die Speisekammer einsperren. Nachbarn gab es nicht, der Lärm spielte also keine Rolle, trotzdem fühlte es sich unangenehm an, und Astrid hatte gemerkt, dass das Mädchen ihr leidtat. Kurz nach Weihnachten und Neujahr, die in irgendeiner Weise zu feiern sie keine Kraft gehabt hatte, beschloss sie deshalb, feste Routinen einzuführen, um die Zeit auf eine sinnvolle Weise zu nutzen.

Der Tag begann mit Frühstück und danach Schulunterricht. Auf einer Fahrt zu einem der größeren Orte in der Umgebung hatte Astrid eine leuchtend rote Federtasche und Unterrichtshefte für Mathematik und Englisch gekauft, und dann hatte sie so gut sie konnte versucht, das Mädchen am Küchentisch zu unterrichten. Der Dänischunterricht geschah mithilfe einer Website, die Astrid im Netz entdeckt hatte, und das Mädchen hatte die Initiative mit Dankbarkeit angenommen. Der Vormittag war in drei Unterrichtsstunden eingeteilt, danach kam gemeinsames Mittagessen, das sie zusammen zubereiteten, und dann folgte als letzte Unterrichtsstunde Gymnastik im Wohnzimmer. Hier war es zum ersten Mal geschehen, dass sie gemeinsam gelacht hatten, weil sie beide dumm ausgesehen hatten, als sie versuchten auf der Stelle zu laufen und dabei die Knie richtig hochzuziehen. Das war Ende März gewesen, und Astrid war so glücklich gewesen wie viele Jahre nicht, und sie hatte begonnen, das Mädchen Mulle zu nennen, weil das der süßeste Name war, der ihr einfiel.

Wenn der Bruder zu Besuch kam, was er mindestens einmal die Woche tat, veränderte sich die Stimmung. Sowohl Astrid wie auch Mulle waren verschüchtert und schweigsam, als hätte ein Tyrann das Haus betreten. Der Bruder spürte das Band, das sich zwischen ihnen gebildet hatte, und er hatte Astrid mehrmals zurechtgewiesen, auch am Telefon, wenn die Kameras gepetzt hatten, welche Freiheiten sie dem Mädchen erlaubte. Wenn die drei zusammen aßen, was in der Regel schweigend geschah, saß er oft und betrachtete Mulle mit finsterer Miene, wenn sie nach dem Essen aufräumte, und Astrid hatte genau auf seine Bewegungen geachtet. Doch es war niemals etwas geschehen. Nur nach dem Fluchtversuch im Sommer hatte er Mulle geschlagen, und auch nur mit der flachen Hand.

Es war schwül gewesen, sodass man es im Haus kaum aushalten konnte. Deshalb hatten sie den täglichen Unterricht auf die Terrasse hinter dem Haus verlegt und ebenso die Gymnastikstunde, doch eines Tages hatte Mulle gefragt, ob sie nicht einen Spaziergang in den Wald machen könnten. Astrid hatte darin keine Gefahr gesehen. Der Wald war groß, und Menschen war sie dort nur selten begegnet. Außerdem waren sie weit von Dänemark entfernt, und Mulle sah jetzt anders aus als bei ihrer Ankunft – mit ihren kurz geschnittenen Haaren und den Kleidern, die sie wie einen Jungen wirken ließen. Doch auf einem der Spaziergänge, für die Astrid die gnädige Erlaubnis ihres Bruders bekommen hatte, war Mulle abgehauen. Sie hatten andere Spaziergänger im Wald entdeckt und waren deshalb, wie immer, umgedreht, um zum Haus zurückzugehen, aber Mulle hatte sich losgerissen und versucht, ein älteres Ehepaar einzuholen. Astrid musste das hysterische Mädchen den ganzen Weg nach Hause schleifen, und auf den Kameras war deutlich erkennbar gewesen, dass etwas geschehen war. Wenige Stunden später war der Bruder gekommen, und die Strafe dafür war ein Monat Quarantäne gewesen; das Mädchen durfte also 30 Tage lang die Speisekammer nur verlassen, um auf die Toilette zu gehen. Als die Strafe vorüber war, nahm Astrid sie mit auf die Terrasse. Sie hatte das größte Eis für sie gekauft, das sie hatte finden können. Sie erklärte, wie sehr Mulle sie enttäuscht hätte, und Mulle entschuldigte sich, und Astrid hatte das zarte Mädchen umarmt. Seither war es gut gegangen, mit festen Routinen, Schulunterricht und Gymnastik, und Astrid hatte gehofft, dass es so bleiben möge. Doch dann war der Herbst gekommen – und mit ihm der Bruder mit den Kastanien.

»Bleib hier, Mulle. Ich komme gleich zurück.«

Die Familie auf den Fahrrädern ist weg, und Astrid öffnet die Haustür und tritt mit einer Tasche in jeder Hand in die klare, kalte Luft hinaus. Sie eilt zur Garage und rechnet sich dabei aus, wie weit sie heute kommen kann, wenn sie jetzt losfährt. Sie hat keine Zeit gehabt, um sich einen Plan zurechtzulegen, denn es ist ihr Bruder, der sich immer um so was kümmert, und jetzt ist sie plötzlich auf sich gestellt. Aber wenn sie nur Mulle dabeihat, ist alles gut. Sie hat erkannt, dass sie zusammengehören, und sie hat schon vor langer Zeit aufgehört daran zu denken, dass das Mädchen einmal ein anderes Zuhause als das hier hatte. Vielleicht ist es sogar von Vorteil, dass ihr Bruder nicht hier ist, denn in ihrem tiefsten Innern hat Astrid Angst gehabt, dass er dem Mädchen etwas antun könnte, wenn alles überstanden wäre.

Das ist das Letzte, was sie noch denken kann, ehe sie

in die Garage eintritt und sich eine behandschuhte Hand über ihren Mund legt. Sie wird von den schwarzgekleideten Männern, die Sturmhauben und Gewehre tragen und wie Soldaten aussehen, hart an die Garagenwand gestoßen.

»Wie viele Personen sind im Haus?!«

»Wo ist das Mädchen?!«

»Antworten Sie!«

Die Taschen werden ihr weggerissen, aber Astrid ist zu schockiert, um antworten zu können. Erst als ein großer, übel zugerichtet aussehender Mann mit zwei verschiedenfarbigen Augen sich auf Dänisch an sie wendet, kann sie stammelnd hervorbringen, dass sie ihr nicht ihr Mädchen wegnehmen sollen. Sie hat einen Kloß im Hals, und die Tränen steigen ihr in die Augen, weil er nicht auf sie hört.

»Wo ist sie?«, fragt er weiter. Erst als ihr aufgeht, dass sie das Haus mit ihren Gewehren und den unheimlichen Gesichtsmasken stürmen werden, sagt sie ihm, was er gern wissen möchte, und dann bricht sie auf dem Fliesenboden zusammen.

126

Die Küche ist auf eine Weise leer, die ihr sagt, dass sie niemals wieder hierher zurückkommen wird. Sie sitzt in ihrer Jacke auf dem Hocker am Tisch mit der fleckigen Linoleumplatte und wartet darauf, dass ihre Mutter reinkommt und sie holt, weil sie nicht selbst rausgehen darf.

Das ist nicht ihre richtige Mutter, aber die Frau hat gesagt, sie soll sie »Mama« nennen. Nicht Astrid. Vor allem, wenn sie draußen sind. Sie kann sich immer noch an ihre richtige

Mutter erinnern und an ihren Vater und ihren kleinen Bruder, und sie träumt jeden Tag davon, sie wiederzusehen. Aber es tut weh zu träumen, und sie hat sich selbst beigebracht zu tun, was ihr gesagt wird, bis sie eines Tages abhauen kann. Sie hat es schon so oft probiert, in der Wirklichkeit wie in der Phantasie, aber ohne Erfolg. Trotzdem ist jetzt eine seltsame Hoffnung in ihr erwacht, während sie dasitzt und wachsam aus dem Fenster Richtung Garage schaut.

Es fing möglicherweise schon vor ein paar Tagen an, als der Mann nicht aufgetaucht war. Mama hatte schon gepackt, und sie hatte die Anweisung bekommen, zusammen mit ihr bereitzusitzen, gleich hier auf dem Hocker, wo sie jetzt sitzt. Aber er war nicht gekommen. Auch nicht am Tag danach oder dem danach. Auch Telefonanrufe hatte es nicht mehr gegeben. Mama hatte nervöser und unsicherer gewirkt als sonst. Und als sie heute Morgen geweckt worden war, hatte sie sofort an Mamas Stimme gehört, dass sie eine Entscheidung getroffen hatte.

Wegzukommen *könnte* eine gute Sache sein. Weg von dem Haus, das sie hasst, und von dem Mann und seinen Kameras, die sie immer verfolgen. Aber wohin – und was kommt dann – vielleicht etwas, was schlimmer ist? Sie hat noch nicht gewagt, diesen Gedanken zu Ende zu denken. Das ist es also nicht, woraus ihre Hoffnung entspringt – es ist der Spalt Tageslicht aus der offenen Haustür und die Tatsache, dass Mama immer noch nicht zurückgekommen ist.

Vorsichtig stellt sie die Füße auf den Boden und steht auf, den Blick unverwandt auf den leeren Rasen draußen vor der Garage gerichtet. Vielleicht ist dies ihre letzte Chance. Von der Küchendecke blinkt das rote Licht der Kamerakuppel, und sie setzt zögernd einen Fuß vor den anderen.

127

Nylander *hasst* die Tatsache, dass er nun mit einer deutschen Einsatztruppe in Norddeutschland an einem Waldrand steht und in Kürze erfahren wird, ob Kristine Hartung sich in dem kleinen Holzhaus befindet oder nicht. Allmählich scheint er über alles die Kontrolle verloren zu haben, und das schon seit Freitag, als ihm der Teppich unter den Füßen weggezogen wurde. Die Demütigung spielte sich sogar vor laufenden Kameras ab. Von der Kommunikationsmitarbeiterin, die er eigentlich in einem Hotelzimmer hatte flachlegen wollen, angeschoben, war er es jetzt, dem von der Polizeiführung angeraten wurde, sich flach auf den Rücken zu legen und seine falsche Einschätzung der bisherigen Schlüsse in dem Fall einzuräumen. Und dazu natürlich Hess beziehungsweise Thulin für die Aufklärung des Falls zu preisen.

In Nylanders Augen hätte die Polizeiführung ihm genausogut die Eier abschneiden und sie auf dem Giebel vorm Präsidium annageln können. Aber er hatte getan, was sie befohlen hatten, und danach hatte er zusehen müssen, wie seine eigenen Leute und Experten sich auf die verschwindend geringe Menge an Hinterlassenschaften von Genz stürzten, um Spuren des Hartung-Mädchens zu finden, deren Fall Nylander erst wenige Tage zuvor ebenfalls vor laufenden Kameras als endgültig gelöst bezeichnet hatte.

Nylander hat deshalb das Gefühl, bis zum Hals in der Scheiße zu stecken, aber trotzdem ist er mit dem Konvoi, der sehr früh heute Morgen das Kopenhagener Polizeipräsidium verlassen hat, hierhergekommen. In Kürze wird die

Spannung aufgelöst, und er weiß, ob er den Todesstoß erhalten wird. Wenn Kristine Hartung *nicht* in dem Haus ist, sind die Schäden überschaubar, und ihr Fall wird wahrscheinlich ein Rätsel verbleiben, zu dem er für die Presse ein bisschen was zusammenstricken kann. Wenn Kristine Hartung sich in dem Haus *befindet*, dann bricht die Hölle los. Außer es gelingt ihm, den Schwarzen Peter mit dem Argument weiterzugeben, dass seine Irrtümer vollkommen verständlich waren und ausschließlich der Tatsache geschuldet sind, dass jemand, also ein anderer als er selbst, den entscheidenden Schnitzer beging, einen Psychopathen wie Genz auf eine derart bedeutende Position zu setzen.

Die deutschen Einsatzkräfte haben das Haus umstellt, und die Männer beginnen, sich jeweils zu zweit langsam dem Haus zu nähern. Doch dann halten sie plötzlich inne. Die Haustür hat sich geöffnet, und plötzlich kommt eine zarte Gestalt herausgestürzt. Nylander folgt ihr mit dem Blick. Als die Gestalt mitten auf dem taufeuchten Rasen in dem zugewucherten Garten angekommen ist, bleibt sie erstaunt stehen und starrt sie an.

Alle stehen da wie versteinert.

Ihre Gesichtszüge sind verändert. Sie ist gewachsen, und der Blick ist wild und finster. Aber Nylander hat die Bilder von ihr Hunderte von Malen angesehen und erkennt sie sofort.

128

Es dauert zu lange, und Rosa spürt, dass dies ein schlechtes Zeichen ist. Von der Landstraße aus, an der sie stehen, können sie das Sommerhaus nicht sehen, aber man hat ihnen gesagt, dass es nur 500 Meter entfernt liegt, auf der anderen Seite des Ackers und der verwilderten Hecke mit hohen Bäumen und Büschen. Die Sonne scheint, aber der Wind ist schneidend kalt, obwohl sie im Windschatten hinter den beiden großen, deutschen Mannschaftswagen stehen.

Rosa hatte gemeinsam mit Steen darauf beharrt mitzukommen, als sie gestern Abend informiert wurden, dass die Polizei einer Spur in Deutschland nachgehen wolle. Angeblich lebte die Schwester des Täters in einem kleinen Haus an der polnischen Grenze, und etwas würde darauf hinweisen, dass er auf dem Weg hinunter zu ihr gewesen sein könnte, ehe er auf einem Waldweg nicht weit vom Kastanienhof ums Leben kam. Die Möglichkeit, dass die Schwester mitschuldig ist und etwas über Kristine weiß, besteht offenbar wirklich, und da es keine anderen Spuren gibt, auf die sie ihre Hoffnung richten können, haben sie sehr kategorisch gefordert, mitkommen zu dürfen. Vor allem, da der Täter selbst nun nicht länger reden kann.

Das war Rosas erste Frage gewesen, als sie nach der Operation im Krankenhaus aufgewacht war. Sie hatte in Steens verweintes Gesicht geschaut, und als sie begriff, wo sie war, in einem richtigen Krankenhaus und nicht in dem weißen Keller im Albtraum, fragte sie ihn, ob der Mann etwas gesagt hatte. Steen schüttelte den Kopf, und sie hatte ihm angesehen, dass das erst mal nicht von Bedeutung war. Für ihn war es eine Erleichterung, dass Rosa lebte, und dieselbe Erleichterung hatte sie in Gustavs Augen gesehen. Beide waren natürlich auch berührt, weil sie so gequält und verletzt worden war. Die Laborklemme am Ende ihres linken Arms hatte ihr das Leben gerettet, weil sie den Blutverlust verhindert hatte, doch die abgesägte Hand war in den Flammen verbrannt. Der Arzt hatte gesagt, dass die Schmerzen verschwinden würden. Irgendwann würde sie eine Prothese bekommen, die genau für sie passte, und sie würde sich daran gewöhnen und nicht wie jetzt überrascht innehalten, wenn sie einen Moment lang die Schmerzen vergessen hatte und sich selbst mit dem verbundenen Stumpf sah.

Seltsamerweise machte das Rosa nichts aus. Sie war nicht am Boden zerstört deswegen, sondern dachte vielmehr, dass dieses Opfer gleichgültig war. Sie hätte alles gegeben. Auch die rechte Hand, die wieder zusammengenäht worden war, beide Füße oder das Leben selbst, wenn sie stattdessen die Zeit zurückdrehen und Kristine retten könnte. Im Krankenhausbett hatten sie die Schuldgefühle überwältigt, und sie hatte sich unter Tränen Vorwürfe gemacht wegen einer Sünde, die sie vor langer Zeit begangen hatte, als sie noch ein kleines Mädchen gewesen war. Es *war* doch ihre Schuld, und auch wenn sie den größten Teil ihres Erwachsenenlebens darauf verwandt hatte, das wiedergutzumachen, hatte es doch nichts geholfen. Vielmehr hatte Kristine die Folgen tragen müssen, die nichts anderes getan hatte, als ihre Tochter zu sein. Dieses Wissen war schrecklich. Steen versuchte sie dazu zu bringen, dass sie sich nicht selbst quälte, aber Kristine war fort, und ebenso der Mann, der sie entführt hatte, und es verging kein Augenblick, in dem Rosa nicht wünschte, dass der Mann stattdessen *sie* mitgenommen hätte.

Mitten in die Trauer und Selbstvorwürfe war gestern Abend die Meldung von der Spur gekommen, und sie hatten sich dem Autokonvoi angeschlossen, der noch vor Sonnenaufgang Richtung Deutschland aufgebrochen war. Als sie ein paar Stunden später auf dem Parkplatz ankamen, wo schon die deutschen Mannschaftswagen gewartet hatten, konnte Steen einem Informationsaustausch zwischen deutschen und dänischen Beamten entnehmen, dass die Frau, die unter der Adresse des Hauses gemeldet war, im Laufe des Sommers auf Spaziergängen zusammen mit einem Kind, möglicherweise in Kristines Alter, gesehen worden war. Die dänischen Beamten wollten nichts bestätigen, und als die Aktion selbst anlief, wurden Rosa und Steen zusammen mit zwei deutschen Beamten bei den Autos zurückgelassen.

Plötzlich wird Rosa klar, dass sie nicht zu glauben wagt, dass Kristine noch am Leben sein kann. Ein weiteres Mal hat sie eine Hoffnung, einen Traum oder ein Luftschloss gebaut, das im nächsten Moment zerplatzen wird. In der Nacht, als sie aufgestanden war, um sich für die Fahrt anzuziehen, hatte sie sich dabei ertappt, wie sie Kleidungsstücke aussuchte, von denen sie wusste, dass Kristine sie wiedererkennen würde. Die dunkelblauen Jeans, der grüne Strickpullover, die alte Übergangsjacke und die kleinen gefütterten Stiefel, die Kristine immer »Teddy-Stiefel« genannt hatte. Sie hatte sich selbst damit entschuldigt, dass sie ja schließlich *irgendetwas* anziehen musste, aber sie hatte die Kleider aus einem einzigen Grund ausgesucht – weil sie wieder angefangen hatte zu hoffen, dass sie Kristine heute entgegenlaufen und sie an sich pressen und sie mit all ihrer Liebe überschütten könnte.

»Steen, ich will nach Hause. Wir sollten jetzt fahren.«

»Was?«

»Mach das Auto auf. Sie ist nicht da.«

»Sie sind noch nicht zurück…«

»Wir sollten nicht so lange weg sein. Ich möchte gern zurück zu Gustav.«

»Rosa, wir bleiben hier.«

»Mach das Auto auf! Hörst du, was ich sage? Mach das Auto auf!«

Sie zerrt am Griff der Autotür, aber Steen holt nicht den Schlüssel heraus, um sie reinzulassen. Sein Blick ist auf etwas hinter ihrem Rücken gerichtet, und sie dreht sich um und schaut in dieselbe Richtung.

Zwei Gestalten kommen von der verwilderten Hecke mit Bäumen und Büschen auf sie zu. Sie laufen über den Acker in Richtung Landstraße zu den Polizeiautos, und sie heben dabei die Füße extra hoch, wohl weil der Lehm vom Boden an ihren Schuhen klebt. Die eine Gestalt ist die Polizistin, die sie Thulin nennen. Die andere Gestalt, die Thulin an der Hand hält, ist auf den ersten Blick ein ungefähr 12 oder 13 Jahre alter Junge. Er hat kurze, zerzauste Haare. Die Kleider hängen an ihm wie an einer Vogelscheuche, und sein Blick ist auf den Boden gerichtet, weil es schwierig ist, auf dem Lehm zu gehen. Doch als der Junge aufsieht und suchend zu den Autos schaut, wo Rosa neben Steen steht, da weiß sie es. Sie spürt das tiefe Ziehen im Magen, und als sie zu Steen schaut, um sich zu vergewissern, dass er dasselbe sieht wie sie, da ist sein Gesicht schon verzerrt, und die Tränen rinnen seine Wangen hinunter.

Rosa beginnt zu rennen. Von den Autos weg und raus auf das Feld. Als Kristine die Hand der Polizistin loslässt und selbst auf sie zuläuft, da weiß Rosa, dass es wahr ist.

Mittwoch, 4. November,
Gegenwart

129

Die Zigarette schmeckt nicht wie sonst, und Hess hat es auch nicht eilig, in die internationale Atmosphäre zu kommen, die er sonst so angenehm findet. Er steht vor dem Eingang zum Terminal 3 des Flughafens, und obwohl es in Strömen regnet, bleibt er stehen, um zu sehen, ob Thulin auftauchen wird.

Das Gefühl von gestern sitzt ihm noch in den Knochen, und wenn er es einen kurzen Moment vergisst, wird er doch wieder daran erinnert, wenn er kurz ein Bild von einer Internetzeitung auf einem Handy oder einem iPad sieht. Die Wiedervereinigung der Familie Hartung mit ihrer Tochter hat die Hintergrundartikel über Simon Genz verdrängt, und sie ist die große Neuigkeit des Tages, in der Schrifttype nur von der Möglichkeit eines neuen Krieges im Nahen Osten übertrumpft. Selbst Hess fiel es schwer, die Tränen zurückzuhalten, als er die Eltern auf dem Acker stehen und das Mädchen umarmen sah, und als er spät gestern Abend im Odinpark ins Bett gefallen war, hatte er zum ersten Mal seit mehreren Jahren zehn Stunden am Stück geschlafen.

In einem vergessenen Gefühl des Wohlbefindens war er aufgestanden und mit Thulin und ihrer Tochter, die verspätete Herbstferien genoss, zu dem Heim gefahren, in dem Magnus Kjær untergebracht war. Der frühere Stiefvater von Magnus, Hans Henrik Hauge, war am Wochenende gefunden und von Verkehrspolizisten auf einem Rastplatz in Jylland festgenommen worden, doch das war nicht der

Grund, warum Hess Magnus besuchen wollte. Die beiden Kinder, Le und Magnus, hatten schnell ihr gemeinsames Interesse für League of Legends entdeckt, während der Leiter der Abteilung Hess und Thulin mitgeteilt hatte, dass man nun eine gute Pflegefamilie für den Jungen gefunden hatte. Die Familie stammte aus Gilleleje, hatte zehn Jahre Erfahrung, dazu einen Pflegejungen, der etwas jünger als Magnus war und einen Bruder oder eine Schwester vermisste. Das Treffen zwischen Magnus und der Familie war scheinbar gut verlaufen, auch wenn Magnus hinterher gesagt hatte, wenn er selbst wählen dürfte, dann würde er am liebsten »bei dem Polizisten mit den Augen« wohnen. Das kam selbstverständlich nicht in Frage, aber während Thulin eine Runde mit Le drehte, hatten Hess und Magnus ein Stündchen gespielt. Die Ausbeute war die Eroberung eines Towers, samt der Ausrottung einer größeren Anzahl von Minions und ein einzelner Champion, bevor Hess Magnus einen Schnipsel Papier mit seiner Handynummer gab und sich verabschiedete. Beim Leiter der Einrichtung hatte er sich ein weiteres Mal versichert, dass die Pflegefamilie auch gut war, und dann war er gegangen.

Im Experimentarium in Hellerup hatte er mit Thulin den Fisch des Tages gegessen, und während Le es eilig hatte, ins Lichtlabyrinth zurückzukommen, waren sie im Café mitten zwischen all den Familien mit Kindern und dem Rufen und Schreien sitzen geblieben. Sie wussten beide, dass er später am Tag nach Bukarest abreisen würde, doch die Vertrautheit und Natürlichkeit, die in den letzten paar Tagen zwischen ihnen geherrscht hatte, war plötzlich linkischen Bemerkungen gewichen. Hess hatte sich in ihren tiefen Blick verirrt und versucht, etwas zu sagen. Doch dann war die

Tochter angerannt gekommen, um sie mit zur »Löwengrube« zu ziehen, wo man die Stärke seines Brüllens messen lassen konnte, indem man den Kopf in ein Loch in einem Karton steckte und so laut schrie, wie man nur konnte. Danach war es Zeit für Thulin gewesen zu gehen, doch zum Abschied hatte sie gesagt, dass sie am Flughafen vorbeischauen würde, um auf Wiedersehen zu sagen. Das hatte ihn gefreut, und er hatte sich beeilt, zum Odinpark zurückzukommen, wo er sich mit dem Hausmeister und dem Immobilienmakler treffen sollte.

Doch der Immobilienmakler war zerknirscht gewesen. Der Käufer der Wohnung war abgesprungen und hatte »etwas Seriöseres« in Østerbro gefunden. Was offensichtlich den pakistanischen Hausmeister mehr ärgerte als Hess. Hess hatte dem Hausmeister die Schlüssel gegeben und sich mit einem »Vielen Dank fürs Erste« verabschiedet, und auf dem Weg zum Flughafen hatte er so viel Energie verspürt, dass er den Taxifahrer gebeten hatte, am Westfriedhof anzuhalten.

Es war das erste Mal, dass Hess das Grab besuchte. Er wusste nicht genau, wo es lag, aber bei der Friedhofsverwaltung hatten sie ihm den Weg die Pfade entlang zu einem kleinen Wald hinunter gezeigt. Das Grab sah genauso trist aus, wie er befürchtet hatte, was ihm Schuldgefühle machte. Ein mit Grünspan besetzter Stein, etwas Immergrün und Kieselsteinchen. Hess hatte einen Zweig aus dem Wald auf den Kies gelegt und seinen Ehering abgenommen und unter dem Stein begraben. Sie hätte sich sicher gewünscht, dass er das schon lange getan hätte, doch selbst jetzt fiel es ihm noch schwer. Als er am Grab stand, konnte er zum ersten Mal seit langer Zeit die Erinnerungen frei fließen lassen, und als er wieder zum Ausgang gegangen war, hatte er sich leichter gefühlt als beim Reingehen.

Ein weiteres Taxi spritzt an Terminal 3 vorbei, und Hess drückt die Zigarette aus und dreht dem Regen den Rücken zu. Thulin kommt nicht, und vielleicht ist es am besten so. Er lebt wie ein Heimatloser, der nichts im Griff hat, und er schiebt die Hand in die Tasche und holt sein Handy raus, um seine Bordkarte aufzurufen. Auf dem Weg zur Rolltreppe rauf in die Sicherheitskontrolle stellt er fest, dass er eine SMS bekommen hat.

»Gute Reise« steht da nur. Er sieht, von wem die SMS ist, und klickt auf das angehängte Bild.

Erst kann er nicht richtig erkennen, was das ist. Eine seltsame Kinderzeichnung von einem dicken Baum mit Verästelungen und aufgeklebten Bildern von ihm selbst und einem Wellensittich und einem Hamster. Und dann lacht er. Aus ganzem Herzen. Als er an der Sicherheitskontrolle ankommt, hat er das Bild mehrere Male angeschaut, und er kann immer noch nicht aufhören zu lachen.

»Hast du es geschickt? Hat er es gesehen?«

Le steht da und sieht Thulin an, als Thulin ihr Handy weglegt und sich nach einer Küchenschublade umsieht, in der sie das Bild verschwinden lassen kann.

»Ja, ich hab es geschickt. Jetzt geh und mach deinem Großvater die Tür auf.«

»Wann kommt er wieder?«

»Keine Ahnung, jetzt geh und mach auf!«

Le trottet zum Eingang, wo es klingelt. Dass Thulin das Bild geschickt hat, war der Höhepunkt eines seltsamen Tages. Es war eine emotionale Angelegenheit gewesen, zusammen mit Hess und Le den Kjær-Jungen zu besuchen, und das war auch nicht besser geworden, als Le sie überredet hatte, sich in die Familienhölle des Experimentariums zu begeben. Mitten im Café, zwischen kreischenden Kindern und Stullenpaketen, hatte sie plötzlich die Gefahr eines Lebens im selben Trott dräuen sehen wie die Familien, zwischen denen sie saßen. Sie wusste sehr gut, dass Hess nicht so drauf war, aber als er sie angesehen und Anlauf genommen hatte, etwas zu sagen, hatte sie trotzdem an Einfamilienhaus, Rentenversicherung und die große Lüge von der Kernfamilie denken müssen. Kurz darauf hatte sie ihm versprochen, dass sie später am Flughafen vorbeischauen würde, doch das war nur eine Ausrede gewesen, um aus der Nummer raus und nach Hause in Sicherheit zu kommen.

Zu Hause dann hatte Le darauf beharrt, eines der Fotos ausdrucken zu dürfen, die sie mit dem Handy bei der »Löwengrube« von Hess gemacht hatte. Weil sie nämlich Hess in das Bild mit dem Stammbaum einkleben wollte.

Thulin war überhaupt nicht begeistert gewesen. Aber als das Foto erst mal aufgeklebt war, fügte sich Hess fast ebenso natürlich in das Bild ein wie die Tiere, die ihn flankierten. Le wollte ihm den Stammbaum unbedingt schicken.

Thulin zögert an der Küchenschublade und muss lachen. Sie hört, wie Le den Großvater zur Tür hereinlässt, und beschließt, dass das Bild gut mit einer Heftzwecke an der Küchenwand hängen darf. Nicht gerade auf einem prominenten Platz. Nur neben der Dunstabzugshaube. Zumindest einen Tag oder zwei.

130

Linus Bekker atmet die frische Luft ein, aber über ihm hängen schwere, dunkle Wolken. Der Bahnsteig in Slagelse ist leer, und der kleine Rucksack mit den Besitztümern, die er aus der Psychiatrie mitnehmen wollte, steht zu seinen Füßen. Er ist eben aus der Sicherungsverwahrung entlassen worden, und er sollte froh und erleichtert sein, doch das ist er nicht. Draußen in der Freiheit – aber wozu?

Etwas in Linus Bekker erwägt den Vorschlag seines Anwalts, Schmerzensgeld zu fordern. Er hat schon lange das einzige Verbrechen, das er wirklich begangen hat, nämlich den Hackereinbruch in das Tatortarchiv, abgesessen. Geld ist gut, denkt er, doch er spürt auch, dass Geld nichts an der Enttäuschung ändern wird. Die Sache mit dem Kastanienmann nahm nicht das Ende, auf das er gehofft hatte. Seit er während einer Vernehmung letztes Jahr erkannt hatte, dass er eine wichtige Figur im Spiel war, hatte er sich schon gefreut. Erst hatte er nicht kapiert, wer die Machete in der Garage platziert haben könnte, doch als die Ermittler zum 180. Mal versuchten, ihn zum Geständnis zu bringen, indem sie ihn mit dem Foto der scharfen Waffe auf dem Regal konfrontierten, hatte er die kleine Kastanienfigur im Hintergrund entdeckt. Linus hatte eins und eins zusammengezählt. Er hatte gestanden, und jeden einzelnen Tag in der Hölle der Sicherung hatte er sich auf den Herbst gefreut, wenn der Kastanienmann seinen nächsten Schritt offenbaren würde. Die Wartezeit hatte sich gelohnt, als die Nachrichten über die Morde hereinsickerten, doch plötzlich war die Party aus, und der Kastanienmann hatte sich als ein verkorkster Amateur erwiesen, dem er nicht hätte vertrauen sollen.

Der Zug kommt, und Linus Bekker wirft sich den Rucksack über und steigt ein. Als er sich am Fenster niederlässt, ist er immer noch verärgert über die Ödnis des Lebens. Doch nur, bis er die junge Frau entdeckt, die allein mit ihrer kleinen Tochter schräg gegenüber von ihm sitzt. Die Mutter lächelt und nickt höflich. Linus Bekker erwidert die Höflichkeit und lächelt zurück.

Der Zug rollt los. Die dunklen Wolken verschwinden, und Linus Bekker denkt, dass er wohl trotz allem einen Weg finden wird, die Zeit rumzukriegen.

Dank an

Lars Grarup, der mich immer wieder dazu aufgefordert hat, einen Kriminalroman zu schreiben. Das erste Mal vor fünf oder sechs Jahren, als er Chefredakteur für die Digitalausgabe bei *Politiken* war und nicht mehr Mediendirektor bei Danmarks Radio, wo ich ihn kennengelernt hatte.

Lene Juul, die Verlegerin des Politikens Forlag, die mich zusammen mit Lars Grarup überredet hat. Als ich die Herausforderung endlich annahm, machte ich auf halber Strecke schlapp, aber Lene verlor nicht den Glauben und gab mir die Zeit und die Ruhe, die ich brauchte.

Emilie Lebech Kaae, Produzentin und Literaturliebhaberin. Für ihre phantastische Unterstützung und den Optimismus, wenn ich beides am meisten brauchte.

Meine Freunde Roland Jarlgaard und Ole Sas Thrane. Dafür, dass sie die erste Version gelesen und mir Mut gemacht haben weiterzuschreiben. Ein besonderer Dank an Ole, der zudem sein unglaubliches IT-Wissen beisteuerte.

Manuskriptautor Michael W. Horsten, weil er mir in den zarten Anfängen sein Ohr lieh. Nina Quist und Esther Nissen, die mir bei der Recherche halfen. Meta Louise Foldager und Adam Price für ihre Geduld mit mir im Alltag in unseren gemeinschaftlichen Räumen.

Meine Schwester Trine für ihre liebevolle Unterstützung und ihre Zuversicht.

Meinen Agenten Lars Ringhof für seine enorme Erfahrung, seinen Scharfsinn und die vielen guten Ratschläge.

Meine Lektorin im Politikens Forlag, Anne Christine Andersen. Klug, pflichtbewusst und absolut herausragend.

Suzanne Ortmann Reith für ihr Coaching und ihren ansteckenden Humor.

Den allergrößten Dank an meine Frau, Kristina. Für ihre Liebe und weil sie nie den Glauben an den Kastanienmann verloren hat.